1960년대 사회와 비평문학의 모더니티

1960년대 사회와 비평문학의 모더니티

강 소 연

1960

도서출판 역락

언어라는 로고스를 매개로 삶의 뮈토스를 풀어내는 '문학', 이에 동경 어린 호기심을 갖고 지적 탐구 작업을 시작한 지도 벌써 몇 해가 흘렀다. 공부는 하면 할수록 모르고 살아온 나를 자각하게 하고 배움에의 욕망을 가열시키고, 그래서 나는 더한 재미와 어려움에 봉착하기도 했다. 언어가 실제로부터 멀어지면 추상 혹은 관념이 되고 불신을 사게 되므로, 어느 지식인처럼 머리만 부풀고 몸은 여위어 갈까봐 진실의 행위를 위한 긴장도 늦출 수 없었기 때문이다.

온 인류가 들뜬 표정으로 현란한 조명, 힘찬 타종 아래 뉴 밀레니엄을 출발한 지 7년째다. 우리는 새 역사의 도래를 기대하고 새 시대를 이끌어갈 거대담론을 희구해왔다. 그래서인지 아직도 문학영역의 대세는 '모더니티'(modernity) 논의이다. 기층 권력의 장에 종속되어 자율적 주체로 서지 못했던 문학인들은 근대적 삶의 분열을 체험하면서 성찰성과 주체성이 필요한 시대임을 절감한 것이다. 지배적 이네올로기의 진복과 혁신을 추구하는 모더니티로서의 정신주의, 어느 시대나 지리멸렬한 현실을 순화하기 위해서는 그것이 절대적인 지표가 되었을 것이다.

그래서 나는 개별 비평가나 각론 성격의 평문 연구라는 좁은 연구범위를 벗어나, 1960년대 역시 '전환'의 차원에서 차별적인 시대의식을 갖고 대두한 신세대 지식인들을 중심으로 사회적으로나 미학적으로나 모더니티의 양상들이 본격적으로 내면화된 시기라는 점에 주목하고자 했다. 대개 이 시기에 이루어진 모든 비평적 활동은 이전 세대에 이루어진 비평담론의 집적과 당대 사회의 현대화에 따른 그 대응방식으로 나타난다. 1960년대는 4 · 19 민중혁명을 계기로 사회 및 문화의 모든 부문에서 전환을 이루며 비평정신이 혁신을 꾀히게 된디. 또한 비록 외세와 국가 권력에 의존적으로 진행되긴 했지만 산업 현대화 기획은 전후(戰後)의 궁핍함에서 벗어날 수 있는 경제적 기반을 형성한다. 그러나 여기서 잉태된 물질 중심주의와 불평등한 사회구조는 지식인들의 반성적 담론을 제출하게 한다. 이러한 사회적 현상은 모더니티의 모순된 양면적 자질을 그대로 내포하고 있는 것이다.

　1960년대 신진 비평가들은 과거와는 공간적 내용이 다른 특정한 시대로서의 '현대'(modern)라는 개념을 갖고 과거로부터 이어져 온 현재의 시간을 '태초의 어둠'으로 인식하면서 새롭게 부활하고자 한다. 그 문학적 혁명의 시간은 계기적으로 정렬된 시간을 부정하는데, 이는 인식의 원시성에서 벗어나지 못하는 이전 비평계의 현실을 비판하고 단절의 방법을 통해 극복해야 한다는 시대적 소명의식과 통한다. 따라서 이들은 기존 평단의 추상적인 비평이념을 부정하고 문학의 자율성을 모색하면서 비평문학의 모더니티를 획득하게 된다.

또한, 당대 비평논리의 개진과정에 대해서도 성찰적 접근을 놓치지 않는데, 비평집단의 양립체제 및 소모적인 논쟁을 반성하고 비평의식의 교류 및 다원적 성격을 인정하는 평단 분위기를 조성해가고 있었다.

모더니티의 또 다른 한 축을 이루는 자질은 '주체'에 관한 인식의 논리이다. 1960년대 비평가들은 '전통' 문제를 화두로 문학전통의 위기 극복방법을 시대의 주체의식에 입각하여 강조하였다. 이들은 한민족의 특수조건을 고려하여 언어, 문화, 역사의 공통성에 근거하는 새로운 민족문학의 성립을 열망하게 된다. 이와 함께 60년대의 비평논리는 소통을 지향하는 자아확장의 의지로 드러나 문학의 사회참여와 '시민의식' 비평을 추구해간다. 현대사회의 경제나 권력의 논리는 시민의 자율적 공간을 포섭하여 물화시키는 경향을 보이므로, 일상의 속물근성을 자각한 개인들이 모여서 그런 억압을 견제하고 스스로 자아와 일상성을 극복, 조직화하여 성숙한 시민의식의 문학을 정립하자는 데 의견이 수렴된다.

따라서 1960년대 비평적 실천의 모더니티는 현대 자본주의로 인하여 야기된 산물을 거부하고 나온 미학적 주체의식에서 찾아볼 수 있다. 비평이 문학의 전문영역으로 활성화되면서 구조주의 이론을 토대로 분석비평 형식이 정착되었으며, 신진 비평가들은 언어미학에 관심을 갖고 문학작품에 현현된 자의식과 개성적 문체에 주목하였다.

　1960년대 비평문학의 의의를 요약한다면, 개인과 민족, 문학과 현실의 도식적인 이분화를 뛰어넘는 총체적인 인식으로 서구 모방의 현대화를 반성하면서 주체적인 비평문학의 모더니티를 성취하려는 의지의 산물들이라는 점에서 그 특성을 찾을 수 있겠다.

　이 책은 2년 전 박사학위를 받았던 논문을 수정, 보완하여 묶은 것이다. 새로운 변모를 꾀했던 1960년대 한국 사회와 비평문학의 모더니티에 초점을 맞춘 나의 연구가 해당 시기의 문학사상을 보다 객관적 입장에서 풍성히 읽어냈다고 확언할 수 있을지 두렵기도 하나, 한국 비평사에서 60년대 비평문학을 전체적으로 조망하는 데 조금이라도 기여하기를 바라는 마음 지극하다.

　그리고 마지막으로 이 지면을 빌어 감사의 인사를 올리고자 한다.

　먼저 지혜와 지식의 근본자 하나님께 영광을 돌리고, 나를 길러주신 사랑하는 스승께도 진심으로 머리 숙여 감사드린다.

　오랜 학업 과정 가운데 세심한 지도와 배려로 이끌어주신 김현숙 교수님, 모교의 여러 선생님들께 감사드리고 싶다.

　이제껏 자식 뒷바라지에 물심양면으로 헌신하신 부모님께도 말로 다

할 수 없는 깊은 감사의 마음을 전하고, 늘 옆에서 힘이 되며 교열까지 신경써준 동생에게 이 결실이 기쁨이 되었으면 한다.

그간 문학에 대해 진지하게 토론하고 함께 사유했던 국문학과의 여러 선배, 동료, 후배들에게도 고맙다.

아울러 출판을 흔쾌히 허락해준 도서출판 역락에도 감사드린다.

일일이 호명할 수 없는 많은 분들의 관심과 도움이 없었다면 나의 학문의 길은 불가능했을 것이다. 기대에 어긋나지 않도록 겸허한 자세로 정진하며, 뜻있게 살기로 거듭 다짐한다.

2006년 여름
저자 강소연

목 차

1960년대 사회와 비평문학의 모더니티

서 론

1. 연구사 검토 및 문제제기

본 연구는 1960년대 사회가 빚어낸 현상들에 대응하며 존재했던 비평문학의 전개양상과 그 특성에 관해 고찰하는 것을 목적으로 한다. 특히 1960년대에 활동한 비평가들이 그들의 다양한 비평문들을 통해 추구했던 '현대성(modernity)'[1]을 규명하고, 그것이 1960년대 비평문학을 한데 아우를 수 있는 주요 원리임을 밝히고자 한다.

1960년대 비평문학이 문학사의 관심사로 떠오르기 시작한 것은 1990년대에 들어서면서부터이다. 무르익은 연구 성과가 쌓이기에 10여 년이란 그리 긴 시간이 아니거니와, 그간 행해졌던 문학연구도 각론적 성격의 개별 평론이나 비평가에 대한 고찰에 제한되어 있어서 1960년대 비평문학의 일체를 구명하고자 하는 연구논문은 그다지 많지 않다.[2] 소설

---

1 여기서 모더니티(modernity)란, 한 시대를 특정한 시대로서 규정하는 규범적 방향성을 가리킨다. 이는 현실성과 예술성을 포괄하며 또 그것을 넘어서는 의미를 갖는다. 대체로 사회과학이나 외국의 문화이론에서는 '현대성'으로 번역하고, 국문학 영역에서는 '근대성'이라는 용어를 주로 사용해왔다. 하지만 근대적이라고 불릴 수 있는 실제(주체성 담론)와 현대적이라고 불릴 수 있는 실제(근대성에 대한 비판적 형식)는 각각 날리 존재한다. 또힌 모더니티를 여사적이며 통시적인 맥락에서 이해할 때는 '근대성', 그리고 사물이나 문학을 바라보는 일정한 입장이나 가치관의 의미로 이해할 때는 '현대성'을 사용하는 것으로 파악되었다. 따라서 본고는 1960년대 문학에 대한 비평가들의 태도와 가치관을 고찰하는 메타비평 연구의 일종이므로, 모더니티라는 용어를 '현대성'으로 번역하되, 이전의 다른 논자들이 선택한 용어는 그것대로 존중하기로 한다.

2 한강희는 1960년대 문학에 대한 충분한 논의와 성과가 이루어지지 않은 요인을 크게 세 가지로 정리하고 있다. ① 당시 비평의 주류를 형성했던 작가 및 비평가들이

론이나 시론의 경우는 개별 작가, 작품을 대상으로 연구 성과가 속속 이루어지고[3] 있지만, 비평론에 대한 연구는 매우 제한적인 형편이다. 최근 들어 이 시기에 대한 관심이 고조되고는 있으나 본격적인 연구논문이 많이 창출되지 못한 채 입론, 시론적인 성격의 개별 논의만 진행되어 오고 있는 형편이다. 게다가 1960년대 비평문학의 전반에 관한 논의는 세대론적 접근을 통한 구세대 – 신세대 간의 소모적인 논쟁에 초점을 맞춘 비평 연구에만 치우쳐서, 실제작품의 비평을 통해 미학적 가치를 문제 삼았던 비평가들의 새로운 세계관과 가치관은 함께 담아내지 못하고 있다. 특히 '순수 – 참여론'의 대립구도에 초점을 맞춘 연구는 그것이 1960년대 문학 인식방법의 일면이지 그 전모를 보여주는 총체적 개념은 아닐 것이다. 이 시대는 전통론, 세대론, 모더니즘론, 리얼리즘론 등 다양한 비평담론으로 분화되어 그 나름의 체계를 가지고 복잡하게 진행되어 왔으며, 4·19의 문제의식을 이념적, 미학적으로 심화시켜 1970년대 '민족문학론'의 개화를 이루어냈다는 점을 감안할 때, 사회현상과의 상호연관 속에서 이해되어야 할 담론들임을 간과해서는 안 될 것이다. 그래서, 동시대 내에서도 비평인식 체계의 몇 차례 전환을 보여준 1960년대 상황의 특성을 대변하는 비평문학의 전모를 밝히는 가운데, 당시의 다양한 흐름을 정리하고 그 본질을 규명하여 앞으로의 가능성까지 모색하는 총체적인 연구가 필요하겠다. 학술적인 연구의 공정성을 담보하기 위해서는 적어도 연구자와 그 대상 사이에 30년 이상

아직 생존하여 활동하고 있기 때문에 연구의 객관적 시각을 갖기에 아직 이르다는 견해 : 동시대의 비평가를 의욕적으로 재단하기에는 여러 난점이 있을 수 있다는 관점, ② 1960년대 비평문학을 순수 – 참여로 대별되는 논쟁 중심의 획일적인 구도로만 인식해온 잘못된 선입견에서 비롯되었다는 견해, ③ 1960년대 비평론이 실제 텍스트 비평의 모습을 보이기보다는 당대 사회나 정치적 상황에서 비평가 자신의 입장과 소신을 여과 없이 드러내는 등 논쟁적인 성격이 강하다는 점 등을 지적하고 있다. – 한강희(1998), 『한국 현대비평의 인식과 논리』, 태학사.

3 작품론의 경우, 1960년대 산출된 작품을 대상으로 개별 작가의 문학적 특성을 규명하거나 사회현실과의 맥락을 고려해 작품의 미학적 측면을 논구하는 등 연구가 본격화하고 있다.

의 시차가 필요하다는 논지[4]에 의한다면, 이제 1960년대 비평문학에 대해서도 다양한 관점으로 활발한 논의의 성과를 축적해야 할 시기에 충분히 다다랐다고 본다.

여기서 선행연구에 관한 검토는 우선 1960년대 전체에 걸친 비평적 성과를 살펴보고, 그 다음으로 60년대 비평 흐름에 의거한 개별 평론과 '현대성'에 관한 연구 성과를 볼 것이다.

먼저, 우리의 근·현대 문학사를 개괄적으로 기술하면서 그 가운데 1960년대 비평문학의 구도를 순수―참여로 조망하고 있는 업적[5]이 있다.

김윤식은 『한국현대문학사』에서 해방 이후 1970년대까지의 문학사를 개괄적으로 서술해가며 문학적 내용을 내적 질서인 '연속성'으로 파악하고 있다. 특히 1960년대 문학의 특질을 4·19로 집약하여 그 중요성을 강조한다. 한편 그는 『한국현대문학비평사』에서 우리의 근·현대문학을 초창기 비평, 20년대 비평(프롤레타리아 문학론과 민족주의 문학론), 30년대 비평(이데올로기의 내재화), 8·15 이후의 비평 등 네 단계로 나누고 1960년대 비평의 구도를 순수―참여 문학론으로 조망하고 있다.

임헌영의 『한국현대문학사상사』는 해방 이후부터 1980년대까지의 근·현대비평을 민족주의, 민주주의, 민중주의적 관점에서 통시적으로 접근하고 있다. 그는 이러한 관점을 바탕으로 하되, 1960년대 문학을 내적으로는 민중 개념의 확인과 분단문제, 외적으로는 외세문제를 거론

---

4 한강희, 앞의 글, p.24.
5 김윤식(1983), 『한국현대문학사』, 일지사.
_____(1982), 『한국현대문학비평사』, 서울대출판부.
임헌영(1988), 『한국현대문학사상사』, 한길사.
윤병로(1984), 『한국현대비평문학론』, 청록출판사.
홍문표(1980), 『한국 현대문학논쟁의 비평사적 연구』, 양문각.
김혜니(2003), 『한국 근현대비평문학사 연구』, 도서출판 월인.
홍기삼(1981), 「60년대 비평의 궤적」, 『상황문학론』, 동화출판공사.
정규웅(1982―84), 「문단측면사―문단 1960년대」, 『문예중앙』(1982 봄―1984 봄).

하며 '新항일문학'이란 개념을 도출하는 등 시종일관 진보주의적 민족주의 시각을 취하고 있다.

윤병로와 홍문표, 두 논자는 1960년대 비평을 논쟁사적 측면에서 전통론, 참여론, 신세대의 소시민 문학론 등의 범주로 파악하면서 당대 비평의 특징을 중심으로 개관하고 있다. 최근의 성과물인 김혜니의 연구도 개화기부터 1980년대에 이르는 한국 비평문학사를 쓰면서 그 가운데 60년대 비평을 전통론, 리얼리즘론, 순수−참여론 등 세 국면의 논쟁적 측면에 초점을 두고 개략적으로 정리하고 있다. 이들은 대체로 평가의 측면보다는 비평사의 전체적 흐름 가운데서 당대 비평이 놓여있는 위치와 맥락을 제시하는 데 치중한 접근으로 보인다.

그리고, 홍기삼은 「60년대 비평의 궤적」에서 시대정신에 입각하여 1960년대 비평의 전개과정을 기술하고 있고, 정규웅의 논문은 본격적인 문학 연구자의 입장에서 쓰기보다는 문학 저널리스트로서 60년대에 있었던 문학 활동의 실상을 문단과 결부시켜 '문단측면사'라는 이름으로 정리해내고 있다. 이는 문단 각기 비평가의 당시 신랄했던 입장과 처지를 문단 야사로 담아내고 있어서 사료로서의 가치가 인정된다.

한편, 1960년대 비평문단 전체를 별도로 조망하면서 '순수 대 참여'라는 비평쟁점에만 국한시킨 논의[6]가 있다. 순수−참여론은 60년대를

---

6 채상우(1999), 「1960년대의 순수·참여문학논쟁 연구」, 동국대 석사논문.
　박병규(1999), 「1960년대 순수·참여논쟁 연구」, 계명대 석사논문.
　류양선(1996), 「1960년대 순수−참여 논쟁」, 『한국 근현대문학과 시대정신』, 박이정.
　전승주(1996), 「1960년대 순수·참여 논쟁의 전개과정과 그 문학사적 의미」, 김윤식 외저, 『한국 현대비평가 연구』, 강출판사.
　우찬제(1995), 「배제와 논쟁, 포괄적 영향 − 60년대 순수·참여 논쟁의 맥락」, 『한국문학 50년』, 문학사상사.
　송희복(1995), 「집단적 삶의식의 넓이, 개인적 실존의식의 깊이 − 1960년대와 1970년대의 문학비평」, 『한국문학 50년』, 문학사상사.
　김유중(1991), 「순수와 참여 논쟁」, 김은선 외저, 『한국 현대시사의 쟁점』, 시와 시학사.
　조남현(1990), 「순수·참여 논쟁」, 고은 외편, 『한국 근현대문학연구 입문』, 한길사.
　오양호(1989), 「순수·참여의 대립기」, 김태준 외 공저, 『한국 현대문학사』, (주)

상징적으로 대표하는 비평 논쟁으로 이 시기 비평론의 본류를 차지한다. 대다수 연구자들이 60년대 문학비평에 접근하고자 할 경우, 한번쯤은 언급하는 항목이다.

오양호는 1960년대를 참여문학론이 크게 위세를 떨쳤던 시대로 파악하면서 당시 평단을 '순수 – 참여론의 대립기'로 정리한다. 최인훈의 『광장』을 둘러싼 초반 논쟁에서부터 김우종 – 이형기, 서정주 – 홍사중 간의 논쟁, 67년을 전후한 김붕구의 「작가와 사회」를 둘러싼 논쟁까지 거론하고 있다. 그러나 당대 비평의 문학사적 의미에 대해서는 비평이론 부재로 인한 심정적 발언, 소극적인 비평행위가 대부분이었다고 부정적인 평가를 보인다.

그리고 1990년대 들어 본격적인 조망을 통해 성과를 거둔 연구로는 조남현, 유양선, 전승주, 이희중의 소론이 있는데, 이 글들은 비평사의 맥락 속에서 비교적 분명한 논점으로 1960년대 비평의 의의를 짚어내고 있다. 조남현은 60년대 순수 – 참여문학의 논점을 시기, 내용과 성격, 논쟁 담당자 등을 고려해 세 가지로 추출하고 있으며, 유양선은 세대론과 결부시켜 순수론 및 그 대표적인 김동리 비평이 모순된 논리임을 증명해내는 데 주력하고 있다. 이와 더불어 당시의 풍부한 비평적 사례들을 동원해 참여론의 실상을 자세히 파헤치고 있다. 전승주는 참여론의 입장에서 이 논의의 계보를 추적하는 데서 출발해 비평사적 의의까지를 밝혀 순수 – 참여론의 지형도를 통시적으로 그려내고 있으며, 이희중은 북한 문학과의 접점 모색이라는 측면에서 1960–70년대 남한 문학비평의 특징을 논쟁의 형태로 파악하면서 비평적 사실 위주로 기술하고 있다.

현대문학.

______(1991), 「한 시대와 맞선 문학 – 60년대, 순수·참여론의 대립」, 『문학의 논리와 전환사회』, 문예출판사.

홍문표(1980), 「참여문학과 순수문학」, 「문학의 사회성과 순수성」, 「참여와 순수문학과 갈등과 극복」, 『한국 현대문학연구의 비평사적 연구』, 양문각.

이 밖에도, 1945년부터 96년까지 반세기에 달하는 '광복 50년사'를 기념하여 한 문학잡지사가 기획한 특집 성격으로 비평 부문을 점검하는 과정에서 우찬제, 송희복 등이 60년대 비평의 구도와 흐름을 요약한 성과가 있다. 또한 1960년대 문학연구의 지평을 마련하려는 의도에서 당대에 산출된 비평의 자료를 정리, 집대성한 업적[7]이 있고, 60년대 비평의 특성을 문학이념에 관한 논쟁적 성격에 두고 그 사료를 정리·고찰한 장백일의 『1960년대의 논쟁과 문학』이 있다.

그리고, 1960년대 문학 형성에 있어서 사회적 현대성의 기반이라고 할 수 있는 4·19 혁명을 중심 논제로 60년대 비평문학의 구도를 잡아나가는 다양한 연구가 진행되어 왔다.[8] 이러한 논의에서는 전후문학과 60년대 문학의 경계선을 비교적 뚜렷하게 인지하면서, 1960년대 초에 발생한 4·19와 5·16이라는 두 가지의 커다란 역사적 사건을 당대의 문학 질서 전체를 규정하는 원리로 내세운다.

1960년대 말의 리얼리즘 논쟁에 대한 연구들은 30년대 카프 계열에서 내세웠던 리얼리즘과 관련지어서 1970년대 민족문학론의 배경과 前

---

7 임헌영(1976), 『문학논쟁집』, 태극출판사.
  손세일(1976), 『한국논쟁사』 2, 청람문화사.
  홍신선(1985), 『우리 문학의 논쟁사』, 어문각.
  권영민(1985), 『해방 40년의 문학 − 비평』 4, 민음사.
  김영민(1992), 『한국문학비평논쟁사』, 한길사.
  국학자료원 편(1994), 『한국현대소설이론자료집』.
8 김 현(1988), 「60년대 문학의 배경과 성과」, 『분석과 해석』, 문학과지성사.
  김병익(1988), 「4·19와 한글세대의 문화」, 『열림과 일굼』, 문학과지성사.
  구중서(1977), 「4·19와 한국문학」, 『한국문학』 42(1977. 4).
  박태순(1983), 「4·19의 민중과 문학」, 『4월혁명론』, 한길사.
  ______(1983), 「60년대 문학의 두 가지 이념」, 『정경문화』 221(1983. 7).
  임헌영(1989), 「4·19와 60년대 문학의 변혁의지」, 『변혁운동과 문학』, 범우사.
  김윤식(1983), 「4·19와 한국문학」, 『4·19혁명론』 1, 일월서각.
  성민엽(1985), 「4·19의 문학적 의미 − 논의 시각정립을 위하여」, 『문학과 사회』.
  홍정선(1996), 「4·19와 한국문학의 방향」, 〈한국문학 50년 기념 민족문학사연구소 주제토론〉(1996. 5).
  ______(1996), 「4·19의 문학적 의미」, 김병익 외편, 『해방40년 − 민족지성의 회고와 전망』, 문학과지성사.

史의 일환으로서 소략하게 다루어지고 있을 뿐이다.[9] 1960년대 비평문
학의 대미를 장식하는 리얼리즘에 관한 논의는 대체로 '상상력과 리얼
리즘' 논쟁으로 기록되는데 1970년대 민족문학론의 미학 원리를 도출하
는 데 초점이 모아지고 있다. 이 논쟁은 1930년대에 카프 계열에서 보
여주었던 리얼리즘 문학론이 한동안 소강상태였다가 복원되었다는 의미
를 갖는다. 그런데, 1960년대 후반만을 대상으로 한 리얼리즘론의 연구
성과는 보이지 않는다.[10] 이 시기를 전후해 나타난 리얼리즘론의 흐름
을 살핀 논의로 장백일, 백하현, 임헌영 등의 성과가 있다.

　민족문학론도 1960년대 초반에는 한동안 잠잠하더니 후반에 이르러
서야 한국의 특수 조건을 고려한 개념 정립부터 시도하게 된다. 그래서
지금까지 1960년대 비평문학 일체를 다룬 연구 성과일지라도 민족문학
론 자체에 관한 진중한 논의가 본격적으로 진행되기보다는, 미시적인
논의로 1960년대 전체에 걸친 운동사적 관점이나 개별적 작품성과에
크게 기대고 있는 것으로 파악된다.

　한편, 1960년대 비평 연구가 한정된 관점의 논의에 머물러 있음을 감
안할 때 최근의 연구 성과 몇 편은 주목할 만한 의미를 지닌다. 먼저 문
학사와 비평연구회가 엮은 『1960년대 문학연구』[11]가 있는데, 이는 주로
1960년대 작가론을 중심으로 기술하면서 여기에 비평 소론으로 권성우
의 「60년대 비평문학의 세대론적 전략과 새로운 목소리」를 포함하고

---

9 장백일(1971), 「한국적 리얼리즘문학의 생성과정에 대한 비평」, 『시문학』 2(1971.
　2).백하현(1987), 「1970년대 리얼리즘 문학논쟁의 연구」, 『문학과 지성 비판』,
　도서출판 지평.
　임헌영(1988), 「리얼리즘문학의 사적 전개」, 『한국현대문학사상사』, 한길사.
10 리얼리즘 논생의 발단은 1970년 사상계 수죄 「4·19와 한국문학」 좌담회에 참석
　한 구중서, 김현, 김윤식, 임중빈에게서 비롯되었다고 볼 수 있다. 다시 이 좌담회
　의 논의를 보완, 재확인하는 입장에서 71년, 구중서와 김현의 2차 논전으로 확대
　되고, 염무웅, 김병걸, 백낙청 등의 논의가 덧붙여진다. 하지만 1960년대에는 본
　격적인 리얼리즘 논쟁이 진행되기 전이므로 본고도 이 논의를 소상히 언급하지 않
　을 것이다.
11 문학사와 비평연구회 편(1993), 『1960년대 문학연구』, 예하.

있다. 이 글은 4·19세대 비평가들이 어떻게 비평사적 공간을 형성해 나갔는지를 고찰하면서 김현, 백낙청, 김주연의 대표 비평문 3편을 대상으로 그들의 비평적 논리가 세대론적 전략에 기초하고 있음을 검증해 내고 있다. 권성우의 논의는 60년대 비평문 전체를 다루지 않고 단편적인 언급에 그치긴 했지만, 당대 비평에 대한 기존의 이해 방식인 순수 —참여론의 시각에서 벗어나 새로운 인식과 접근방법의 모색이라는 점에서 그 의미를 획득하고 있다. 그러나 이는 미시적인 분석방법을 취하여 60년대 비평을 '세대론'으로 한정짓는 경향을 보인다.

이보다 좀더 포괄적인 논의를 펼치고 있는 연구는 한강희와 임영봉의 논문인데, 이 두 사람은 비평사적 연계성을 고려하여 1950년대 후반-70년대 초반에 걸쳐있는 비평문들을 두루 검토하고 있다. 한강희는 「1960년대 한국문학비평 연구」[12]에서 60년대 비평문단의 특성을 전통론, 세대론, 참여론 등 크게 세 가지 담론으로 분류, 정리하고 있다. 이는 60년대 비평론 일체를 다룬 점과 그 시기의 주요 담론을 체계화했다는 점에서는 드문 연구 성과이지만, 이 역시 각론마다 대립적 분류와 논쟁적 성격을 넘어서지 못하고 60년대 비평문학 전체를 꿰는 틀을 갖추지 못한 아쉬움을 남긴다. 그리고 임영봉의 「1960년대 현대문학비평 연구」[13]는 당시 평단의 구도에 주목하면서 세대론의 관점으로 기술하고 있다. 그는 60년대 비평가들을 구세대, 전후세대, 4·19세대로 분류하여 집단적 의식의 형성과 각 담론 영역간의 권력관계를 바탕으로 60년대 평단 구도를 '힘의 논리'로 해석하고 있다.[14] 1960년대 활동했던 주요 비평가들을 모두 포함시켜 그 분화 양상을 살펴본 광범위한 논의라는 점

---

12 한강희(1997), 「1960년대 한국문학비평 연구」, 성균관대 박사논문.
13 임영봉(1999), 「1960년대 한국 현대문학비평 연구」, 중앙대 박사논문.
14 임영봉은 1960년대 비평의 핵심적 성격에 해당하는 논쟁적 구도가 일차적으로 비평세대의 분화양상 속에서 파악될 수 있다는 점에 주목하고, 그 접근방법에 있어 당대 평단의 구도에 대응되는 각각의 비평 세대를 범주로 삼고 있다. 이들 세대는 각각 식민지, 6·25 전쟁, 4·19 혁명 체험을 자기 인식 형성의 배경으로 하고 있다는 것이다.

에 의의가 있지만, 각 평자들의 시기별 문학론 정리에서 벗어나지 못한 한계를 보인다. 또 두 사람은 60년대 비평가들의 인식 논리에만 주목하여 당시에 발표된 시, 소설 작품론 등 실제 비평문은 연구대상에 거의 포함시키지 않고 있어서 이 면도 남은 과제로 보인다.

기존 논의들의 문제의식에 기반하여 비평의 논쟁사적 연구를 뛰어넘고자, 1960년대 비평에 대한 연구는 대상의 인식 및 접근방법과 관련하여 의미있는 변화를 드러내기 시작한다. 허윤회의 논의[15]는 60년대 비평의 통념화된 이해 방식의 기원을 이루고 있는 순수−참여논쟁 중심의 접근법에 질문을 던지고 있는 경우이다. 그의 논의는 순수−참여논쟁에 대한 접근에 있어서 많은 경우 논자들이 통념적인 이해와 판단에 이끌리기 쉽다는 점, 그리고 그런 태도가 문학적 의미를 미리 한정시키는 결과로 작용한다는 문제의식에 근거하고 있다. "순수−참여논쟁에 대한 접근이 양자택일적, 혹은 동어반복적인 구도에서 재생산된 측면"이 대상의 왜곡, 곧 순수와 참여라는 개념이 가진 함의를 축소시킨 결과를 가져왔다는 인식 아래 허윤회는 상대적으로 더욱 소홀하게 취급되어온 순수문학론의 의미에 천착하고 있다.

다음은 1960년대 문학에 드러나는 '현대성(modernity)'의 국면에 주목하는 연구들인데, 이에 관한 연구 성과도 60년대 특정 작가의 현대적 인식에 관한 논의[16]를 제외한다면 비평문학에 관해서는 권성우와 이상갑의 소론[17]이 전부이다. 권성우는 한국 현대문학 연구의 자기 정체성

---

15 허윤회(1998), 「1960년대 '순수'비평의 의미와 한계」, 『1960년대 문학연구』, 민족문학사연구소 현대문학분과, 깊은샘.
16 김명인(1994), 「김수영의 〈현대성〉 인식에 관한 연구」, 인하대 석사논문.
　조현일(1998), 「김수영의 모더니티관에 관한 연구」, 『작가연구』 5호.
　오형엽(1999), 「김수영 시의 미적 근대성 연구 − 첨단과 정지의 변증법」, 『국어국문학』 125호.
　오문석(2000), 「김수영의 시론 연구」, 연세대 박사논문.
　김윤배(2003), 「김수영 시 연구 : 모더니티와 리얼리티의 회통을 중심으로」, 인하대 박사논문.
17 권성우(1999), 「1960년대 비평에 나타난 '현대성'연구」, 『한국학보』 96호(1999.

을 확립하기 위해서라도 '모더니티'에 대한 문제의식은 근원적으로 탐구되어야 한다고 지적하면서, 60년대 세 비평가―백낙청, 김현, 유종호―를 선택하여 그들의 비평문 세 편에 한정된 논의를 펼치고 있다. 이는 1960년대 비평문학을 새로운 문제틀로 조망하고자 하는 시도는 좋았으나 세 비평가가 60년대 비평문단 전체를 대표한다고 보기는 어려우므로 이 논문은 60년대 비평연구를 위한 시론 정도로 보여진다. 이상갑도 "6·25가 50년대 문학을, 4·19가 60년대 문학을 각각 규정짓는다는 단순 도식은 극복될 필요가 있다" 혹은 "정치적 사건이 문학의 방향을 일시에 바꿀 수 없음을 염두에 둘 필요가 있다"라는 통념에 대한 경계의 시각을 가지도록 유도한다. 이와 같은 모색의 결과로 그는 60년대 비평의 맥락을 '근대성'의 형성과정 속에서 살펴보면서 언어의식, 세대의식, 문화주의와 역사주의의 대응적 전개 등을 두루 언급하고 있다. 60년대 비평의 구도를 모더니티 측면에서 고찰하려 시도한 점이 주목되지만 소략한 논문인지라 60년대 많은 비평문들을 충분히 분석하여 논하지 못함이 아쉬운 점으로 지적된다.

이렇듯, 1960년대 비평문학에 관한 기존의 연구들은 편협된 시각이나 좁은 연구범위의 설정으로 60년대 비평문학이 우리 현대문학사의 비평사적 전개 과정에서 어떻게 자리하고 있는지에 대해서는 여전히 과제로 남아있다고 하겠다. 개화기 이후 한국 문학사의 전개 과정을 염두에 둘 때, 1960년대 문학의 성격은 그것을 둘러싸고 있는 사회역사적, 문학사적 '전환'의 국면 속에서 파악될 필요가 있다. 따라서 본고는 사회적으로나 미학적으로나 1960년대는 '현대성'의 양상들이 한국 지식사회에 본격적으로 내면화된 문제적[18] 시기라는 점에 주목하고자 한다.[19] 특

가을).

이상갑(2003), 「문화주의와 역사주의의 상승작용」, 『근대 민족문학 비평사론』, 소명출판.

18 '문제적(problematic)'이라는 단어는 '잠재적으로 존재하는'의 의미이다. 대상을 구성하는 특이점들에 의해서 문제는 규정되며, 문학을 연구할 때는 그 문학 자체

히 비평문학 분야에서는 '현대성'의 중요한 특성인 계몽적 합리성이 두드러지는데, 즉 구시대의 사유구조에 대한 단절 및 비판행위가 다른 어떤 시기보다도 활발하게 진행되고 비평담론[20] 및 주류 동인지들이 다층적인 인식의 분화를 보인다. 그리고 이에 대한 자기반성 및 성찰의 모습을 드러내면서 비평적 현대성의 규범적 자질을 실현해 나간다. 한편, 60년대 중반 이후의 비평문학에서는 주체의식 및 역사의식을 강조하며 현대성의 또 다른 양상을 보이는데, 이러한 모든 면들이 1960년대 비평문학의 특성을 '현대성'과 관련지어 연구해볼 만한 중요한 요인이 된다.

일반적으로 이 시기에 이루어진 모든 비평적 활동은 이전 세대에 이루어진 모든 비평문학 활동의 집적과 당대 사회의 현대화에 따른 그 대응방식으로 나타나며, 동시에 4·19 혁명의 파장으로 새롭게 수립된 인식 체계를 발견할 수 있다. 여기에 작가·작품의 실제 비평론에 대한 검토가 인식 근거로 덧붙여질 때 보다 온전한 의미의 비평사가 구성될 것이라 본다. 현대성에 대한 논의는 곧 현대문학의 본질을 밝히는 길과

에 존재하는 특이점으로부터 문제를 잡아나가는 것이 유용하다. ― 들뢰즈(1999), 『의미의 논리』, 이정우 역, 한길사.

19 예컨대, 4·19 혁명이 순한글 세대의 작가를 탄생시켰다는 점, 그에 따라 단일 언어에 기반한 민족국가 단위의 사고가 정착되었다는 점, 1960년대부터 이른바 자본주의적 경제개발 정책이 집중적으로 진행되었다는 점, 지식인들은 사회의 현대화에 따른 병리현상에 주목, 반성적 담론을 제출했다는 점, 도시문학의 모더니즘적인 징후, 즉 현대적 일상성이 구체적으로 나타나기 시작했다는 점 등이 근거가 될 것이다. ― 권성우(1999), 「1960년대 비평의 '현대성' 연구」, 『한국학보』 가을호 참조.

20 '담론(Discourse)'이란, 1960년대 후반 프랑스에서 의미(시니피앙)의 생성을 주의깊게 관찰하려는 움직임으로부터 비롯된 상호소통성의 개념이다. 담론은 1차적으로 말하기와 글쓰기를 포함한 모두 언술행위를 가리키며, 확장된 개념으로는 철학, 종교, 법률, 의학 등 의미를 지시하거나 의미를 가지는 모든 것을 범칭한다. 따라서 담론은 관점과 방법적 접근 태도에 입각하여 얼마든지 위상을 달리할 수 있다. 다이안 맥도넬은 담론을 '일체의 비평적 정체성을 찾아주는 일'로 정의한다. 이 글에서는 60년대 비평행위 일체를 포괄하는 개념으로서 사용하고자 한다. 즉 당대 담론적 의미의 대상은 비평, 논쟁, 토론, 담화 등 문자화된 일체의 소통언어를 말한다. ― 다이안 맥도넬(1992), 『담론이란 무엇인가』(임상훈 역), 한울, pp.12-13 참조.

도 통할 것이다.

2. 연구의 범위와 방법

최근에 이루어진 1960년대 비평연구의 업적들은 대개 연구의 접근 시각과 방법론의 중요성을 제기하고 있다. 본고 또한 동일한 문제에 대해 고심했으며, 이로부터 당대 비평문학을 어떤 차원에서 접근하고 분석해 나갈 것인가 하는 연구방법론의 문제가 제기된다. 거시적인 차원에서 볼 때, 비평사 연구를 지탱하고 있는 두 가지 원리를 실증주의와 해석학이라고 할 수 있다.[21] 비평사 연구가 문학사 연구의 일환이고 그것이 자료의 검증을 통한 사실 규명의 차원을 근거로 삼고 있다면, 자료의 검증단계에서 벗어나 대상을 다양한 관점과 방법론에 의하여 접근하고 분석하고자 하는 것이 해석학이 가진 의미이다. 본고는 1960년대 비평자료를 토대로 현대성 문제에 초점을 맞추어 그 특성을 규명해내고자 하는 것이니 실증주의와 해석학의 두 가지 원리를 모두 포용할 것이다.

토니 베네트는 "문학 텍스트가 파악되는 방식은 그 텍스트에 대한 비평의 작용에 의해서 뿐만 아니라, 좀더 근본적으로는 그러한 작용이 행해지게 되는 물질적, 정치적, 이데올로기적인 전체 맥락에 의해서 규정되기도 한다"[22]고 말한 바 있다. 비평은 한 사회에 존재하는 담론의 여러 층위를 형성하고 있는 한 가지 형식이며, 일정한 지식의 체계에 의해 지탱되는 것이다. 여기서 우리는 비평적 담론이란 한 개인의 차원을 넘어서서 당대 사회적 상황과 그 속에서 형성된 지식 체계 일면으로 존

---

21 폴 리쾨르(1998), 『해석이론』(김은성, 조현범 역), 서광사.
22 토니 베네트(1983), 『형식주의와 마르크스주의 : 문예비평적 고찰』(임철우 역),
   현상과 인식, p.174.

재한다는 사실에 주목할 필요가 있다. 다시 말해, 비평문학은 그것이 뿌리를 두고 있는 사회적 삶과 밀접한 관련을 맺으면서 견고한 인식 체계와 심층적인 방식들을 공유하고 있고, 그런 점에서 비평행위는 개인의 것이라기보다는 그 개인이 속해 있는 비평가 집단의 차원으로 확대해서 함께 이해되어야 한다는 점을 지적할 수 있다.

1960년대 비평문학에 나타난 '현대성'을 중심으로 그 시기 비평의 특성을 연구한다고 했을 때, 결국 이 논문이 의의를 가지는 성과를 산출하기 위해서는 연구대상과 내용을 효과적으로 한정하는 것이 필요하다. 또한 한 비평가의 텍스트를 대상으로 한다고 하더라도 그 텍스트를 개별적으로 이해할 것이 아니라, 그러한 비평을 낳게 한 '비평적 해석 공동체', 즉 비평집단을 유념하여 연구하는 작업이 부가되어야 할 것이다. 왜냐하면 특히 1960년대는 동인지를 중심으로 유사한 문학적 입장을 지닌 편집동인과 문학적 해석공동체가 자신들의 주장을 집단적으로 주장하기 시작한 시기이기 때문이다.

그래서 본고는 1960년대에 등단하여 동인지 형성을 기반으로 활발한 비평 활동을 펼친 신진 비평가들을 중심으로, 이들이 60년대(1960년-70년) 신문, 잡지, 단행본을 통해 발표한 주요한 비평 텍스트(원론비평 및 실제비평)를 연구 대상으로 정하고자 한다. 『산문시대』, 『비평작업』, 『창작과비평』, 『68문학』, 『상황』, 『문학과지성』 등을 창간하면서 각 동인으로 활동했던 김현, 염무웅, 김치수, 조동일, 임중빈, 백낙청, 구중서, 임헌영, 김주연, 김병익 등 '신세대' 비평가들의 문학을 핵심적인 분석 대상으로 삼고서 1960년대 비평문학의 특성을 규명해 나갈 것이다. 더불어 1950년대 후반부터 비평 활동을 시작했으나 60년대 풍부한 평론 게재로 전통론 및 참여문학론을 주도했던 이어령, 유종호, 김우종, 이철범, 정명환, 김병걸 등 '전후세대'의 글들도 논의 과정에서 비교대상으로 포괄하게 될 것이다.[23] 1960년대 평단에는 등단 시기에 따라 각각의 차별성을 인식하는 두 세대가 공존하는데, 본고에서는 이 때 평단구도의 이해를 돕기 위해서 1950년대 중반에 등단한 비평가군을 '전후세대', 1960년대에 새롭게 등단한 비평가군을 '신세대'로 구분하기로 한다. 일부 연구자들은 세대의 일반적 기준을 공통적인 문화체험에 두고서 이들을 각각 6·25 전쟁과 4·19 혁명의 체험을 자기 정체성 형성의 공통적 배경으로 하고 있다고 전제하여 60년대 비평가들을 '4·19세대'로 통칭하기도 한다.[24] 하지만, 1960년대에 새롭게 등단하여 비평활동을 펼친 비평가들은 4·19 당시 대부분 학생신분이었고 외국 유학을 떠나 있는 사람들도 많았음을 감안할 때 4·19 혁명의 체험을 깊이 내면화한 세대라고는 보기 어려울 것이다. 그래서 본고는 '1960년대'라는 같은 시대 내에서도 차별적인 문학의식으로 앞선 세대를 비판하며 새로이 평단에 나선 이 비평가들을 '신세대'로 명명할 것이다.[25]

또한 연구범위에 관하여, 고찰 대상을 왜 십 년대 단위로 설정하여 특히 '60년대'에 주목했는가 하는 문제는 두 가지 면에서 타당한 근거를 확보할 수 있겠다. 먼저 본고의 의도는 당대의 사회적 현상에 일정하게 대응하는 비평문학의 특성을 밝히려는 데 있으므로 사회역사적 사건과의 관련 하에서 비평 텍스트를 고찰할 때 그 의미가 더 분명해진다. 따라서 무엇보다도 60년도에 발생한 4·19 혁명과 61년의 5·16에서 비롯된 정부의 경제개발 정책은 이 시기의 핵심적인 사회적 현대화 기획으로서 동시에 문학적 전환을 가져다주는 계기가 된다고 보았기 때

---

23 이 외에도 본 논고를 진행하는 과정에서 김윤식, 이형기, 김양수, 원형갑, 정태용, 장일우, 김순남 등의 60년대에 발표한 비평문들도 참조하게 될 것이다.

24 김윤식(1985), 『한국현대문학사』, 일지사, pp.46-66 참조.

25 '신세대'라는 용어는 1930년대 문단의 세대논쟁에서 도출된 개념이지만, 본고에서는 '기성세대'와 맞대응하는 용어로서 60년대 들어와서 평단에 등장한 '새로운 세대'를 가리킨다. 문학에 있어서 그 당대에 이미 문학적 기득권을 차지한 기성세대와 이들을 비판하며 등장하는 새 세대는 끊임없이 반복되는 움직임을 보여왔다. 오늘의 새로운 세대가 미래에는 기성세대가 되는 것도 자명한 사실이다. 본고의 '기성세대'는 해방공간에 주로 활동했던 문인들, '전후세대'는 6·25 전쟁 이후 이 기성세대에 맞서서 50년대 중반 즈음 등단한 비평가들, '신세대'는 60년대에 새로이 등장한 비평가들을 지칭한다.

문이다. 두 번째, 본고는 개별적 비평의식에 주목하기보다는 세대나 동인지로 묶인 비평집단의 이념들도 함께 논의하게 될 것인데, 통념적으로 전후세대는 55년을 기점으로 등단했다고 보지만 그들이 평단의 주도권을 잡고 본격적으로 실제 비평적 산물을 제출하게 된 것은 60년대에 이르러서이다.[26] 또한 한글세대의 평단 진출의 시기도 65년을 기점으로 삼는 것이 보편적인데 비해 실상 62년의 『산문시대』나 63년의 『비평작업』 창간부터 신세대 비평가들은 새로운 시대의식 및 차별화된 비평논리를 강하게 드러내고 있기 때문이다.

본고에서 연구 대상으로 선정한 이들의 비평적 입장은 각기 다양한 문제의식을 지니고 있지만, 비교적 비평의 현대성을 선명하게 보여주고 1960년대에 새롭게 전개된 문학의 주요한 대변자로 비평혁신의 역할을 했다는 점에서 이 연구의 목적에 부합된다고 판단했다. 이와 관련하여 지금까지 소홀히 여겨왔던 60년대 비평가들의 사회·문화적 배경과 지적 토양에 관한 고찰도 필수 과제로 여겨진다. 상당수의 외국문학 전공자 비평가들이 서구의 최신 문예이론을 바탕으로 실제비평을 시도했는데, 이런 이론들이 우리 문학 풍토에서 어떤 비평형식을 도출해내고 있는지를 살펴보는 것도 중요할 것이다.

이 논문은 먼저 1960년대의 사회·문화적 사건들과 전환에 따른 문학의 변모양상과 그 의미를 살펴본 후, 군부 독재로 진행된 산업 현대화에 대하여 당시 지식인 사회에서 보인 반성적 담론을 고찰할 것이다. 또한 초기 비평문단의 구도와 두드러지는 비평태도를 두 가지로 대별하여 정리해보고자 한다. 이 시기에는 60년대를 특징짓는 정치적 이념이니 역학관계가 비평문학의 방향을 크게 좌우하고 있다는 사실을 감안하여 사회적 기능을 둘러싼 일련의 쟁점에 대해서 검토하게 될 것이다.

---

26 특히 1960년 말, 최인훈의 『광장』을 두고 기성세대 비평가 백철과 당시의 신진 비평가였던 신동한(전후세대)이 구체적인 작품 논의를 벌이게 됨으로써 평단에서의 전후세대 대두가 본격적으로 표면화되었다고 할 수 있다. ― 오양호(1989), 「순수·참여론의 대립기」, 『한국 현대문학사』(김윤식 외 편), 현대문학사, pp.417-418.

그리고 이에 대응하여 앞서 지정한 비평가들이 발표한 주요 비평문들을 면밀히 분석함으로써 그 비평 텍스트들에 현현된 60년대적 특성의 실체에 대해서 탐색하고자 한다.

한편, '미학적 현대성'[27]이라는 개념을 활용하여 60년대 비평문학에 나타나는 모더니티의 미학적 국면에 대한 연구가 전반적으로 이루어질 것이다. 대체로 구체적인 문학작품에 대한 실제비평은 현대성의 미적 형식을 밝히 보여주고, 원론적인 비평문은 대체로 현대성의 다양한 담론 형태를 인식의 내용적인 차원으로 보여준다고 할 수 있다. 물론 이 글이 당시의 비평문학만을 연구대상으로 한정했기에 1960년대 문학의 타장르에서 보여지는 현대성의 다양한 국면과 모더니티의 모든 이론적 측면을 전부 다룰 수는 없을 것이다. 다만 1960년대 비평문학을 대상으로 '현대성'으로 인식할 수 있는 보편적인 특성과 함께, 그 현대성의 문제의식이 60년대 한국의 비평적 현실 속에 적용되면서 굴절된 특수한 양상까지 파악하게 되면 이전 시대 비평문학과의 변별점도, 후대로 이어지는 현대 비평문학과의 연계 지점도 발견할 수 있으리라 추정된다.

이에 따라 본 논문은 현대성에 관한 다양한 원리를 포괄하되, 특히 다음과 같은 테마에 주안점을 두고 1960년대 비평문학을 해석하고자 한다.

첫째, 1960년대 비평가들이 사회·문화적 위기를 자각하고 새로운 시대의식을 갖게 되는 그 배경으로서의 사회적 현대화 기획은 무엇인가?

둘째, 1960년대 비평가들이 사회적 현대화에 대응하여 시도한 새로운 비평방식과 실제 문학작품에서 발견해내는 미학적 현대성은 어떤 양

---

27 이것은 문예사조로서의 모더니즘과는 구분되는 개념이다. 모더니즘이란 주로 20세기 초반, 서구문학을 중심으로 해서 나타난 다양한 현대적 사조들ㅡ상징주의, 초현실주의, 다다이즘 등ㅡ과 같이 내용과 방법론적인 측면에서 미학적 혁신을 이룩한 문예운동을 통칭한다. 그러나 우리가 '미학적 현대성'이라고 할 때는 하버마스의 계몽적 기획으로서의 '사회적 현대성'에 대응하고 있는 어떤 문화적, 문학적 현상으로서의 '미학적 현대성'을 의미하는 것이다. ㅡ 위르겐 하버마스(1994), 『현대성의 철학적 담론』, 이진우 역, 문예출판사, 서문 참조.

상으로 표출되는가?

셋째, 현대성의 중요한 자질이라고 할 수 있는 사회의 분화를 촉진시키는 합리성과 그 분화된 사회에 척도를 제공하는 규범성은 문학적으로 어떻게 구사되는가? 즉, 1960년대 비평문학은 앞선 세대의 전근대적이며 비합리적인 지배담론을 어떤 면에서 부정하고, 또 당대의 비평행위에 대한 자기비판[28] 및 성찰성[29]은 어떠한 방식으로 이루어지는가?

넷째, 현대성의 또 다른 자질인 '주체'에 대한 담론은 1960년대 문학비평에서 어떻게 표출되는가? 더불어, 하버마스가 현대의 특성으로 요구하는 '주체중심적 이성'에서 '의사소통적 이성'으로의 패러다임 변화는 어떤 양상으로 이루어지는가?

다섯째, 문학과 사회와의 관계, 예술성과 현실성 사이에서 갈등하던 1960년대 비평가들이 어떠한 비평적 실천을 통해 사회적, 미학적 현대성을 분화 및 융합시키고 있는가?

이러한 전체 논점에 맞추기 위해 사용할 구체적인 방법으로는 먼저, 문학에 있어서의 현대적 인식은 문학 내적 의미뿐만 아니라 당대 사회의 현대성과 맞물리는 개념이므로 이에 대한 해명 작업을 시도할 것이다. 그러나 그 당대의 모더니티 발달 정도가 반드시 문학적 현대성의 성취와 직결되는 것은 아니므로 당대 사회와 역사에 대한 폭넓은 이해 속에서 작품을 의미화시켜야 한다. 이런 의미에서 이 연구는 비평문학의 현대성을 만들어내는 사회사적 조건, 즉 문화환경을 참조해가는 방

---

28 모더니티에서 자기부정과 자기비판이 지니는 의미에 대한 지적은 「다시 현대성이 문제다」(『현대시』 1997. 3)라는 제목의 좌담에서 효과적으로 이루어지고 있다. 예컨대 남진우는 "현대성 속에는 이미 탈현대성의 씨앗이 잠복해있다고 여겨집니다. 앞에서노 언급했지만, 현대는 부친 살해의 역사이자 자기 살해의 역사이기도 하니까요. 이미 있는 자기에 대한 부정, 끝없는 새로움의 추구, 이것이 바로 현대의 동력입니다"라고 언급하고 있다.

29 "성찰이란 계몽적 작업과 근대적 경험에 대한 지속적인 자기반성적 요소를 의미하는 것으로, 근대성의 가장 대표적인 특징이다. 또한 자문과 성찰이 원래 근대성에 내재해 있다고 보기도 한다." - 조흡(1999), 「21세기 사회학의 비전을 제시한 앤서니 기든스」, 『인물과 사상』 10호, 개마고원, pp.321-342.

법을 취할 것이다.[30] 또한 서구의 현대(Modern)가 함의하는 시대적 구분과 역사철학적 이념을 참조하는 방법을 취하되, 현대성의 개념은 완결된 의미를 지닌 것이 아니므로 특히 1960년대 사회와 비평문학의 관계 속에서 드러내는 그 이중적 특성에 주목하고자 한다. 따라서 본고의 제1장에서는 1960년대의 비평정신의 토대가 되었던 사회적 사건과 그 파장의 양면성, 초기 평단의 안팎 상황과 비평태도의 변모양상에 대한 연구가 진행될 것이다.

다음은, 현대성의 개념을 바탕으로 비평 텍스트에 드러나는 현대적 인식의 국면과 그 표출형식을 분석하는 방법을 취할 것이다. 제2장, 제3장에서는 1960년대 비평인식에 주목하면서 다양한 담론 속에 현현된 현대성의 내용을 위주로 탐색할 것이다. 그리고 제4장에서는 현대 사회에 대응하는 비평적인 실천양상을 살펴보면서 미학적 현대성을 탐구하고자 한다. 이러한 본격적인 고찰을 통해 60년대로의 시대 전환에 따른 새로운 시간의식과 부정(否定)정신, 성찰성, 진보적인 지성을 획득하기 위한 실천의지, 비평방식과 미학적 주체의식 등을 밝히게 될 것이다. 비평 텍스트에 대한 구체적인 분석 작업을 통해, 60년대 비평가들이 드러낸 시대인식의 특징과 당대 비평 흐름을 반성한 점, 그리고 주체성의 확보는 물론 타자[31]와의 소통을 지향하며 시민문학, 민족문학에 대한 관심으로 지배권력의 해체를 시도한 점 등을 규명하려는 것이다.

---

30 이선영(1993), 『한국문학의 사회학』, 태학사.
　이현식(1995), 「한국근대문학형성의 사회사적 조건」, 『민족문학과 근대성』, 민족문학사연구소 엮음, 문학과지성사, pp.66-69 참조.

31 타자란, 지배적 문화에 의해 표상될 수 없는 것에 부여된 속성을 의미한다. 즉, 자신의 경계 안으로 포섭된 동일자(주체)와 반대되는 개념으로, 주체권력에 의해 배제되거나 억압된 것을 말한다. - 강상중(1997), 『오리엔탈리즘을 넘어서』, 이경덕, 임성모 역, 이산, pp.14-16 참조.
　고로 여기서의 주체는 하나의 개별자를 지칭하는 것이 아니라, 모더니티 자체 혹은 인간에게 부여된 독점적 자리를 일컫는 말이다. 동일시와 배제로 인한 다층적인 이항대립의 정황이 바로 '현대성(모더니티)' 안에 이중적으로 내재되어 있는 것이다. - 강영안(1996), 『주체는 죽었는가』, 문예출판사, pp.100-102 참조.

　마지막으로, 현대성을 중심으로 작품을 살핀다는 것은 그 작품을 역사화해 본다는 것이다.[32] 이는 문학작품의 의미를 사회와 역사라는 좀 더 폭넓은 맥락 속에서 파악한다는 것이며, 이를 통해 제5장에서는 사적(史的) 의의를 찾고자 한다. 이 연구 작업은 1960년대 비평문학 속에 분화된 다양한 목소리가 공존하고 있다는 사실, 그리고 각 담론들이 유기적 관계를 맺고 소통하고 있음을 발견할 수 있을 것이다. 또한 이전 시대 비평과의 연관성 및 변별성을 밝히고 60년대 비평문학의 현대적 특성이 70년대 민족문학 운동의 초석이 되었음을 발견했을 때, 1960년대 비평문학은 현대 비평사적인 새로운 의의를 부여받게 될 것이다.

---

32 이선영(1995), 「우리문학연구의 새로운 지평」, 『민족문학과 근대성』, 민족문학사 연구소 엮음, 문학과지성사.

제1장
1960년대 비평의 성립기반과 문단의 동향

1960년대 비평문학을 '현대성'에 주목하여 고찰하기 위해서는 당대의 비평행위를 제약하는 그 공간적 배경에 대한 검토가 요구된다. 문학과 사회는 작가가 의식하든 못하든, 또 사회가 그 연대성을 강조하든 방임하든 양자 간에 항상 영향을 끼쳐왔기 때문이다. 그래서 먼저는 1960년대 당시의 사회상과 비평문단 안팎의 경향에 대한 해명이 선행되어야 한다고 여겨진다. 60년대 사회가 가진 현대성은 당대의 시, 공간의 구체적인 현상을 통해 체험되고 드러나기 때문에 당시의 사회, 문화에 대한 탐구는 당대 현대성의 성격과 수준을 이해하는 데 유용할 것이다.

1960년대의 전반적인 사회, 문화계를 지배한 것은 '현대화'라는 화두였다. 4·19 혁명으로 우리나라는 내부의 역사적 해방, 즉 정치적 자유화를 시도했고, 연이어 정부가 시행한 경제개발 정책은 산업화 시대를 앞당겨왔다. 이는 사회적 변모 뿐 아니라, 문학적으로도 큰 전환점을 마련하는 계기가 된다. 그런데 사회적인 혁신을 향해 전진하는 과정에서 오히려 불합리한 지배구도가 형성되고 군부 독재로 진행된 산업 현대화는 우리 사회에 많은 갈등상태를 야기시키기도 한다. 이러한 이중적인 현실 상황은 당시 지식인들 및 비평가들에게 시대에 대한 새로운 인식을 요구함과 동시에 반성적인 담론을 제출하게 한다. 이 때 비평문학의 현대적 인식은 그 사회의 현대화 과정과 분리시킬 수 없는 것이며, 또한 문단의 경향이나 성숙도가 비평의식의 발전과도 긴밀히 연관되어 있기 때문에 60년대 비평문학의 제도적 정착을 위한 물리적인 현실 기반과 당대의 평단상황이 논의되어야 할 것이다.

따라서 1960년대를 여는 사회의 특정한 사건이 파생시킨 다양한 현상들과 당대 비평정신과의 관련성을 살펴보고, 이와 함께 변모를 꾀하는 평단의 구도와 비평문학의 존재방식을 고찰하는 것이 필요하겠다. 이 논의를 바탕으로 얻어진 개념과 유의미항들은 해석 준거틀로 시용되어 1960년대 비평문학의 구체적인 분석과 평가가 이루어질 것으로 본다.

1. 사회개혁의 파장과 지식인층의 반응

현대 사회에 대한 철학적 담론에서 발견할 수 있는 이념 중의 하나는 자유이다.[1] 그래서 이승만 정권에 저항하여 자유를 부르짖은 1960년대의 4·19 혁명은 사회적 현대성을 확보하는 데 큰 의미를 지닌 사건이라 할 수 있다. 그것이 이념적으로 지향하는 양면성은 정치적 민주화와 경제적 산업화라는 '현대화'의 기획이었다. 60년대 초반부터 시행된 경제개발 정책으로 인해 한국 사회의 자본 형성이 가능해졌고, 戰後의 빈곤에서 벗어날 수 있는 물질적 기반을 마련했다는 점은 자명한 사실이다. 하지만 5·16 군사 쿠데타로 인해 정치적 민주화라는 4·19의 진정한 의미는 훼손될 수밖에 없었으며, 이후로 우리 사회는 민주화보다 경제 부문의 산업화라는 현실적 당면 과제에만 치중하는 모습을 보인다. 따라서 60년대는 민주화와 산업화라는 두 가지 목표가 상호 충돌하면서 자유와 평등을 둘러싼 민족 내부의 구조적 모순과 갈등이 첨예화하는 시기로 규정[2]할 수 있겠다.

---

1 문성훈(2001), 「현대성의 자기 분열」, 『한국 사회와 모더니티』(사회와 철학연구회), 이학사, p.147.
2 임헌영(1989), 「4·19와 60년대 문학의 변혁의지」, 『변혁운동과 문학』, 범우사, pp.87-88. ― 임헌영은 4·19가 민족 내부의 모순의 극복에 그치지 않고 이후 계층간 갈등의 극복을 위한 실천 의지를 담지하고 있다는 점 등을 들어 4·19의 성격

이러한 사회적 사건들을 계기로 한국 사회는 모든 부문에서 현대적 전환의 국면을 맞게 되는데, 그것은 비평문학적 측면에서도 본격적인 내적 성장을 촉진시키는 자극제가 되었으며 현실을 객관적으로 인식하고 저항하는 비평정신의 토대를 마련하게 한다. 그러므로 여기서는 1960년대 사회의 현대화 과정이 낳은 성과 및 갈등의 양면성과 '현대'에 대한 지식인들의 반성적 담론을 살펴보고자 한다. 당대 비평정신을 낳은 배경에 관한 연구가 선행되어야 사회 현실과의 수수관계 속에서 형성된 비평 텍스트와 거기에 나타난 비평인식의 현대성을 제대로 읽을 수 있으며, 결국 60년대 비평문학의 특성을 발견할 수 있으리라 본다.

1) 4·19 혁명과 비평정신의 관계

해방 이후의 혼란과 전쟁의 참담함을 실감했던 50년대를 정리하면서 1960년대부터는 확연히 다른 분위기의 새로운 사회적 국면에 접어들게 된다. 우리는 4·19 혁명과 5·16 쿠데타가 60년대라는 시대의 특성을 이미 어느 정도 결정지어 버렸다는 사실을 익히 알고 있다. 이 두 가지 사건은 다각도의 역사적 평가와는 별도로 60년대의 사회 전반에 구조적으로 영향을 끼쳤으며, 문단 풍토 및 문학의 질을 바꾸는 계기가 되었음은 분명하다. 발생 원인은 서로 다를지라도 그것이 전(前)시대를 부정하고 스스로를 단절시켜 혁신하고자 했던 의지의 표명이라는 점에서는 일치한다. 당대 사회의 모순을 자각하고 갈등을 해결하고자 하는 출발점이었으며, 비록 4·19 혁명이 성공하지 못했을지라도 문화사적인 자극제가 되어서 지식인들의 활발한 논의와 경직된 사상성에서 탈피할 수 있는 계기를 마련해주었다.[3] 이러한 저항의지에 의해 전후(戰後)적 상황

을 민주, 민족, 민중 혁명이라 규정하고 있다.
3 송건호(1985), 「민족지성의 회고와 전망」, 『해방40년 : 민족지성의 회고와 전망』 (김병익, 김주연 편), 문학과지성사, p.17.

은 종결되고, '60년대적'이라는 어휘가 역사의 전면에 대두하기 시작한 것으로 볼 수 있다.

4·19에 관한 성격 및 개념 규정은 60년대 문학뿐 아니라, 그 이후 한국 문학의 주체성을 확인하는 일과도 연관되어 현대문학사 연구에서 줄곧 쟁점이 되어 왔다. 그러나 4·19가 일회적인 역사적 특정 사건이 아니라 60년 이후 오늘에 이르기까지 사회 각 부문의 현실 변혁을 도모하는 운동을 포괄하는 역사적 개념으로 자리잡는 데는 상당한 기간이 필요했다. 광복 50주년이 되는 1995년에 이르러서야 '4·19 혁명'으로 명명되었기 때문이다. 그래서 4·19 혁명의 의미를 규명하기 위한 이제까지의 연구는 대체로 그 사건의 원인과 발생 배경에 관한 연구, 이념과 주도세력, 정치·경제 및 사회·문화적인 의미와 파급효과, 역사적 평가와 한계 등 여러 부문에 걸쳐 다양한 관점과 해석이 있어 왔다.[4] 이러한 관점이 문학과 연결되어서 4·19 혁명 문학, 4·19를 주제로 한 문학, 4·19를 계기로 한 문학적 변화, 혁명의 완성을 향한 4·19의 자기발전 과정에 상응하는 문학 등 크게 4가지 국면에 걸쳐 연구가 진척되어 온 것이다.[5] 이로써 '4·19 혁명'에 대한 일반적인 규정은 그것이 해방 이후 한국 사회에 누적되어 온 모순과 갈등의 복합적인 표출이

---

4 지금까지 4·19와 60년대의 사회역사적 상황에 대한 연구가 가장 잘 집약되어 있는 성과로는 1) 강만길 외(1983), 『4월혁명론』, 한길사, 2) 김성환, 김정원 외(1984), 『1960년대』, 거름, 3) 사월혁명연구소 편(1990), 『한국사회변혁운동과 4월혁명』, 한길사, 4) 동아일보사 편(1990), 『현대사를 어떻게 볼 것인가 - 4·19 혁명의 역사적 의미』5부, 5) 박태순, 김동춘(1991), 『1960년대의 사회운동』, 까치. 등이다.

5 이에 관하여 박태순, 김윤식은 4·19 혁명 문학과 4·19를 주제로 한 문학의 불모성을 언급한 바 있다. 4·19 현장을 묘사한 작품은 수가 적을 뿐 아니라 좋은 작품도 극히 드물며, 또한 혁명의 완성을 위한 4·19의 심화, 확대 과정으로서의 문학은 70년대 이후부터 본격화되기 시작한다고 보았다. 따라서 성민엽은 4·19의 문학적 의미를 탐구하는 작업은 4·19를 계기로 일어난 문학적 변화 양상을 이해하고 설명하는 일을 주된 내용으로 하는 것이 된다고 말한다. - 성민엽(1985), 「4·19의 문학적 의미 - 논의 시각정립을 위하여」, 『해방40년 : 민족 지성의 회고와 전망』, 문학과지성사, p.230.

라는 결론으로 모아진다.

물론 4·19는 혁명주체가 제대로 형성되지 않은 상태에서 학생들에 의해 봉기된 사건인지라 그 내적 한계로 인해 지배 권력을 일시적으로 붕괴시키는 데 그쳤을 뿐, 새로운 이념을 기조로 한 정치 형태를 탄생시키지는 못했다. 하지만 이승만 정부의 부패한 독재 정치에 항거함으로써 한국 사회의 자유 민주화를 기대하는 민중들의 소망을 표현한 것이었고, 그 이후 사회의 모든 부문에서 개혁운동의 모태로 작용하고 있다. 4·19는 당장의 개혁보다는 그 이후의 사회구조 자체의 변화를 꾀하는 이념적 지표로서 내밀히 작용하고 있다는데 의미가 있겠다. 미완의 의미에도 불구하고 4·19 혁명은 최초의 근대적인 시민의식의 발로라는 점에서도 그 의미가 크다 하겠다. 우리 역사상 최초로 민중 봉기에 의해 정권 타도에 성공한 민족적 경험이었으며 이를 계기로 개인 및 집단적 수준에서 괄목할 만한 의식의 변화가 촉발되었고, 진정한 의미에서의 현대적 자각과 성숙한 사회의식의 급속한 민중적 내재화가 진행[6]되었던 것이다. 4·19는 이후로 현대적인 이념과 원리에 대한 성찰의 계기로 작용하면서 민족통일, 자립경제 등 광범위한 문제제기를 이끌어내고 있기 때문이다.

4·19 혁명이 문학에 끼친 영향 또한 매우 컸던 것으로 볼 수 있다.[7] 이는 한국문학의 주체성 확인에 기여하고 있다. 1960년대에 새롭게 등장한 문인들은 어릴 적 한국전쟁을 보고 민주교육을 받으며 자라난 순 한글 세대로서, 이들은 문학을 통해 참혹한 전쟁체험의 절망과 허무주

---

6 성민엽, 앞의 글, p.231,
7 이러한 인식을 전제로 홍정선은 '4·19를 체험한 세대의 인식의 전환과 현실변혁의 의지가 문학의 형태로 어떻게 나타나는가', '자유롭게 한글로 사유하며 글을 쓰기 시작한 첫 세대라고 자부하는 4·19세대의 글쓰기는 이전 세대에 비해 어떻게 차별성이 드러나고 있는가', '글쓰기의 역할과 의미, 그리고 작가의 존재에 대한 인식은 어떻게 바뀌었는가' 등의 문제 제기를 통해 문학연구 작업을 진행하고 있다. — 홍정선(1985), 「4·19의 문학적 의미」, 『해방 40년— 민족지성의 회고와 전망』, 김병익 외 편, 문학과지성사.

의가 아닌 다소 객관적 입장에서의 전쟁 해석작업을 펼치게 된다. 이른 바 '신세대 비평가'들은 모국어를 새롭게 인식하고 휴머니즘 문학의 윤리적 도식성을 섬세한 언어적 감수성으로 극복하고자 했던 것이다.

4·19 혁명의 6주년을 기념하여 잡지『청맥』에서는 각계각층－학생, 교수, 당시 참여한 주역－의 기고를 모아 특집으로 꾸민 바 있다. 여기서 4·19에 대한 역사관은 3가지로 모아진다. ① 사회변화가 정치변화를 앞서가고 리드해갔다. ② 지금까지 정치와 사회에서 객체화되었던 민중이 4·19를 분기점으로 하여 주체화되어 가고 있다. ③ 국가의식이 국민의 심리에 내화(內化)하기 시작했다[8] 등 이러한 의견의 일치점은 4·19 혁명의 사회 개혁적인 파장이 정신적인 면에서 구조적으로 영향을 끼치고 있다는 것을 잘 말해준다. 이러한 파장은 문학을 포함한 예술 부문도 예외가 아니었던 것이다. 4·19의 문학적 기여와 성과는 현실에 대한 새로운 인식과 더불어, 이러한 인식을 바탕으로 시와 소설로 형상화하고 새로운 비평론의 창출을 유도하는 것으로 나타나고 있다.

이후, 임헌영도 4·19가 지닌 의미를 문학사적인 맥락에서 세 가지로 요약하고 있는데[9] ① 매체 종류의 상승과 독자의 증가 현상, ② 사조, 유파의 새로운 형성과 세대교체, ③ 민중적 문학의 대두와 비평문학의 성행 등이 바로 그것이다. 이 세 가지 측면은 4·19 이후에 본격적으로 전개되는 60년대 문학의 윤곽을 제시하고 있다는 점에서 주목할 만하다.

첫째, '매체와 독자의 증가'는 혁명 직후의 모든 사회에서 확인할 수 있는 일반적인 현상일 것이다. 4·19 혁명 이후 무려 1400여 종의 잡지가 발행되었다는 놀라운 사실에서 알 수 있듯이,[10] 60년대는 질과 양의 측면에서 이전 시대와 구분되는 뚜렷한 매체의 확대현상을 보여

---

8 김성희 외(1966),「4·19는 역사를 단축시켰는가」,『청맥』(1966. 4), p.180.

9 임헌영(1986),「4월 혁명의 문학적 전개」,『민족의 상황과 문학사상』, 한길사, pp.68-75.

10 이용성(1996),「한국 지식인 잡지의 이념에 대한 연구」, 한양대 박사논문, p.93.

주고 있다.

둘째, '사조 유파의 형성'과 '문단의 세대교체' 현상은 상호관련성 하에서 이해할 수 있다. 혁명은 무엇보다 옛 것을 부정하고 구습으로부터의 탈피를 요구한다는 점에서 새로운 인식의 형성과 이를 담지한 신세대의 대두는 지극히 당연한 결과일지도 모른다. 4·19 혁명을 계기로 표면화된 60년대 문단의 세대교체 현상은, 먼저 이어령, 유종호, 이철범, 정명환, 윤병로 등 전후세대의 활발한 활동에서부터 시작된다. 그들은 특정 작품의 해석문제를 비롯하여 전통문제, 참여문학론 등을 중심으로 이전 비평가들과는 다른 논지로 문단의 전면에 나선다. 이후 60년대 중반을 넘어서면, 자신들의 독자적인 매체를 중심으로 비평집단의 형태를 띤 또 다른 신진 비평가들 ─ 백낙청, 염무웅, 김현, 김주연, 김치수 등 ─ 이 문단의 새로운 세대로 떠오르면서 한차례 더 교체가 이루어진다. '민중적 문학'[11] 또한 신동엽과 김수영이 보여주었던 시적 전망, 이호철 소설이 보여준 현실에 대한 객관적 태도와 소시민 의식 등을 밝힘으로써 비평계의 흐름을 새로이 잡아나가게 된다.[12]

셋째, '비평문학의 성행' 또한 4·19가 잉태한 중요한 결과 가운데 하나이다. 비평문학이란 혁명정신을 실현하는 데에 있어서 가장 효율적일 수 있는 문학양식이기 때문이다. 새로운 가치와 이념을 논리적 차원

---

11 "허공을 맴돌고 있었던 문학에 있어서 4·19는 민족과 역사와 민중을 찾아내는 착지점이었다. 4·19는 문학을 선각(先覺)시킨 것은 아니라 할지라도 만각(晚覺)시켰다. 문학은 4·19의 착지점을 발견함으로써 이제부터 그 문학이 개간하여야 할 대지를 가지게 되었다." ─ 박태순(1983), 「4·19의 민중과 문학」, 『4월혁명론』, 한길사, p.292.
그런데, 박태순은 4·19 이후 이를 계승하고 있는 양상은 시간의 추이에 따라 직후에는 학생의거로, 60년대 후반에 들어서서는 근대 시민혁명의 일종으로, 그리고 80년 광주민중항쟁을 치르고서는 민중혁명의 차원에서 이해하는 등 대체로 세 가지 형태를 취하고 있는 것으로 분류하고 있다.

12 4·19 혁명이 문학적 형상화로 가장 가치를 발하거나, 이전 세대의 문학적 경향과 뚜렷한 차별성을 보이고 있는 대표적 작가로 시 : 김수영, 신동엽 / 소설 : 최인훈, 김승옥의 작품을 꼽고 있다. ─ 임헌영(1986), 「4월 혁명의 문학적 전개」, 앞의 책, pp.70-73.

에서 추구하고자 할 때 비평보다 적절한 양식은 없을 것이다. 60년대 비평은 과거에 대한 비판적 인식, 즉 부정정신을 통하여 새로운 긍정과 주체적인 전통을 모색하고자 했다. 또한 당대 문학작품에 대한 이해 양상이 논전 형태로 표출됨으로써 어느 시기보다 비평담론의 역동성이 두드러졌던 때임을 감안할 때, 60년대 문학정신의 흐름을 주도한 양식이 비평이었다는 주장은 수긍될 수 있을 것이다.

그렇지만 한편에서는 4·19 혁명의 한계점도 동시에 지적하고 있다. 사실 그 개혁적 파장은 단시간에 파급효과를 나타낸 것이 아니라 한참 시간이 경과하고서야 의미를 갖게 된다는 점이다. 백낙청은 60년 당시, 4·19라는 민중 봉기가 실패한 것으로 파악하고 이 혁명의 과도한 의미 부여에 대해 질문을 던지고 있다. 그는 4·19가 '뚜렷한 한계'를 지닌 것임을 지적하면서 "4·19의 위대성과 빈곤을 동시에 파악하는 일이야말로 1960년대의 한국을 생각함에 있어 무엇보다도 중요한 일이다"라고 주장한다.

> "1960년대 한국사회, 한국문학의 적극적 성과의 대부분이 4·19 시민의식의 소산인 동시에, 60년대의 온갖 좌절이 4·19의 빈곤과 실패에 기인한다는 점은 우리가 3·1 운동과 관련하여 말했던 바와 같은 현상이다. (……) 4·19의 실패는 참여문학 논의에서부터 경제건설에 이르는 모든 적극적인 움직임에, 달리 설명 안 되는 불모성(不毛性)과 독소를 안겨다주기도 한 것이다."[13]

이 글은 1960년대 신세대 비평가의 일원으로서 백낙청이 지니고 있는 객관적인 인식의 태도를 보여주고 있으며, 4·19 정신의 위축과 변질이 시민의식의 퇴조와 새로운 소시민 의식의 팽배라는 현상으로 연결되고 있다[14]는 비판적 인식은 백낙청의 역사의식을 잘 드러내고

---

13 백낙청(1980), 「4·19의 역사적 의의와 현재성」, 『창작과비평』 56호(1980. 6), p.496.
14 백낙청(1969), 「시민문학론」, 『창작과비평』(1969년 여름호).

있는 것으로 보인다. 그러나 근본적으로 4·19 혁명의 복합적 성격을 간과하고 '소시민 의식의 팽배'라는 현상 저쪽에서 민중의식의 성장이 진행되고 있음을 인식하지 못한 데서 그 인식의 한계점도 지적할 수 있겠다.

게다가 4·19를 직접 체험한 60년대 초반의 문학인들은 이념의 과잉 상태로 작품을 발표해서 문제시되었고, 또 당시 대부분의 문학 담당층은 학생 신분으로 습작 단계의 문인들이 주류를 차지하고 있었다는 데서 그 한계점을 찾기도 한다. 따라서 4·19 직후의 문학은 구체적인 작품 성과량이 적고 설령 성과물이 있더라도 이념이나 구호성이 짙게 나타나고 있는데, 김윤식은 그 원인으로 4·19가 내부로부터 형성된 사건이라는 점, 역사의식이 크게 작용하고 있다는 점 등을 지적하고 있다.[15]

또한 우리는 1970년 『사상계』에서 주최한 〈4·19와 한국문학〉이라는 좌담회[16]에 주목할 필요가 있겠다. 여기에는 구중서, 김현, 김윤식, 임중빈 등이 참여하여 사회변혁과 문화혁명의 관계, 작가의 사회적 입장과 태도, 4·19에 관한 의견, 4·19에 따른 문학적 변화상 등 네 가지 논점을 토론형식으로 다루었다. 특히 현실의 문학적 형상화라는 문제에 관해 집중적인 논의를 펼치고 있다. 이 토론에서 구중서가 "정치적인 뒤처리가 혹 불순하게 되었다 하더라도 체제적 중앙권부를 전복시킨 사실 하나만으로도 4·19를 혁명으로 옹호할 수 있다"고 주장하자, 이에 맞서 김현은 "소시민적 영웅주의라든가 혹은 정신의 유연성이 없는 어떤 도식주의는 배격되어야 할 것"이라며 최근 일련의 도식주의가 오히려 추앙되고 있는 것 같은데 그런 면은 지양되어야 한다고 못박아

---

15 "어떤 역사적인 사건이라는 것이 바로 예술 속으로 용해되어 들어오자면 여러 가지 문제가 있습니다. 예술이 가지고 있는 특수성이라든가 하는 것들 때문에 그렇습니다. 4·19는 단지 하나의 계기가 되었을 뿐입니다."─ 김윤식(1992), 「1960년대 한국문학의 특질」, 『한국현대문학사』, 서울대출판부, pp.163-164.

16 유종호, 염무웅 편(1977), 「4·19와 한국문학」(『사상계』 1970. 4), 『문학과 상황 인식』, 전예원, p.177.

말하고 있다. 구중서의 의견에 동의하는 김윤식은 4·19가 리얼리즘의 계기가 되고 있다는 점이 문학에 남긴 의의라고 여기면서 "4·19의 정신은 한국 문단에서 관권과 순수와 복고와 신비의 온갖 낡은 것을 휩쓸어 버리고 문학 본연의 현실참여의 길로 한국문학을 추동"시킨 면을 높이 평가하고 있다.

이러한 양립된 의견에 대해 임헌영은 "역사상 나타난 모든 혁명이 인간성의 궁극적인 해방과 자아의 실현에 있다면, 그래서 문학의 궁극적 목적 역시 이런 인간의 이상을 실현시키려는 데 있다면, 굳이 이념적 구분에 따라 도식적으로 배격하는 일은 도리어 우리 문학의 발전을 위해서 바람직스럽지 않다"는 의견을 표명한다.[17] 그런데 결국 이러한 인식의 차이는 당대의 비평문학에 대한 자기반성의 문제로 귀착됨으로써 일면 비평적 현대성을 띠게 된다.

4·19 혁명이 당시 직접적인 정치적 전환을 실현하지 못했다 할지라도 이 연대 자체가 안고 있는 역사적 함의인 '자유와 평등'의 정신을 표상하고 있음은 분명하다. 1960년대 문학인들은 이 연장선상에서 현실참여문학의 당위성과 시민의식을 촉구하게 되며, 60년대 중·후반에 이르러 풍성한 작품적 결실도 내놓게 되는 것이다.[18]

2) 산업 현대화와 지식인의 비판의식

한국 사회는 1920-30년대의 식민지 근대를 거쳐서, 해방 이후 6·25 전쟁으로 다시 폐허 상태를 경험하고, 60년대부터 본격적인 사회의

---

17 임헌영(1979), 「도식주의 비평」, 『현대문학』(1979. 5), pp.337-339.

18 김윤식은 4·19 혁명의 문학적 의의에 관하여 순수 − 참여론의 배태와 더불어 자유와 평등의 정신에 주목하고 있는데, 그에 의하면 순수의 사상적 모체가 문학적 감수성이고, 참여의 사상적 기반은 시민의식으로 전환되고 있다고 파악한다. 그리고 이와 맞물려 자유의 정신은 근대성(모더니티)으로, 평등의 개념은 민주주의로 환치할 수 있는 것으로 파악하고 있다. − 김윤식(1992), 「1960년대 한국문학의 특질」, 『한국현대문학사』, 서울대출판부, pp.605-606.

현대화가 진행된 것으로 볼 수 있다. 모더니티는 자본주의 현대화와 불가분의 관련을 맺고 있는데, 이 때 '현대화'(modernization)라는 개념은 하버마스에 의하면 자본형성, 자원동원, 생산력의 발전, 노동 생산성의 증대, 중앙권력의 관철, 국가적 정체성의 형성, 도시적 삶의 형식, 가치와 규범의 세속화 등을 목표로 내세우는 자본의 발전 이데올로기를 의미한다. 즉 사회의 분화를 촉진시키는 합리성의 획득을 말하는 것이다. 이런 맥락에서 60년대 한국은 박정희 정권의 경제개발 계획의 추진으로 진정한 현대 사회의 특성들이 전면화되기 시작한다. 70년대 초에 이르기까지 10년에 걸친 산업화의 확산은 자연적 질서를 깨뜨리고 인위적인 시간 개념으로 변화시켰으며, 대도시 형성 및 일터와 가정의 분리는 도시와 농촌의 물질적인 확연한 격차를 가져왔다.[19]

그러나 1960년대의 현대화 기획은 5·16에서 비롯된 반민주적인 독재 정권에 의해 대외 의존적으로 진행되어 일면 왜곡된 형태를 띤다고 할 수 있다. 도구적 개혁으로 풍요로운 물질 기반과 삶의 편리한 형식을 마련해 주었지만, 계몽적 주체가 확고히 형성되지 못한 상황에서 진행된 현대화는 오히려 전근대적으로 작용하여 개인의 자율적 삶을 침해하고, 불합리한 현실 구조를 재생산해 내게 된다.[20] 이처럼 현대화 된다는 것은 우리에게 무지에서의 해방과 자유, 물적 풍요와 쾌락, 우리 자신의 변화 및 세계의 변화를 보장해주는 동시에, 지금 우리 자신을 구성하는 모든 모습을 부정하고 파괴하도록 위협하는 환경 속에 처하는 모험이기도 한 것이다. 따라서 그 변화는 물리적인 차원뿐 아니라 정신적으로도 해체와 갱신, 애매 모호성의 소용돌이 속에 삶을 위치시키게

---

19 최문규(1996), 『탈현대성과 문학의 이해』, 민음사, p.346.
20 마샬 버먼에 의하면, 현대성의 본질적인 특징은 자본주의 현대화라는 격랑 속에서 전통적이고 관습적인 삶의 형식과 역할들이 와해된 결과로 나타난 개인의 해방과 방향감각의 상실, 환희와 고뇌를 동시에 겪는 양면적이고 역설적 경험으로 규정하고 있다. 그가 파악하고 있는 이 현대성의 역설적 경험은 현대화 자체가 안고 있는 양면성에서 비롯되는 것임을 알 수 있다. — 황종연(1994), 「모더니즘의 망령을 찾아서」, 『모더니티란 무엇인가』, 김성기 편, 민음사, pp.198-203 참조.

된다.[21]

　1950년대 후반, 전쟁을 치른 한국 사회는 높은 실업률과 인플레이션 현상에 직면해 있었다. 이러한 현실의 궁핍함 속에서 일반 민중들은 지극한 생활고에 시달릴 수밖에 없었는데, 이는 재벌 위주의 관료독점자본 형성과 그에 따른 사회경제적 불평등 구조의 심화 현상에서 연유했으리라 본다. 게다가 한국의 경제적 현대화는 해방 이후부터 미국의 원조를 지속적으로 받음으로써 우리 사회의 자립능력을 약화시켰고, 대외 종속적인 경제구조의 모순을 심화시키는 결과를 초래했다. 한국 현대사의 진로에 있어서 특히 해방공간부터 미국의 역할은 실로 지대한 것으로 나타나는데, 경제적 자립성의 약화는 동시에 정치적, 문화적 예속 현상을 의미하는 것이었다. 이러한 왜곡된 현대화로 인해 현대성에 대한 환상에 의존하면서도 한편으론 자조적 태도를 동반하게 된다. 하지만 소련에 대항하여 반공전선을 구축하려는 의도에서 미국의 지원을 받아온 이승만 독재 정권은 결국 4·19라는 국민의 저항에 직면한다. 당대인들에게 현대화란 상당부분 '서구화'를 의미했지만, 구체적으로 개인의 의식과 행동에 균등한 자유를 보장하는 정치적 자유화와 기본 생계가 보장되는 경제적 자립화를 요구하는 데서 출발했다. 곧 4·19 혁명은 심화된 대외 의존성을 극복하고 자립경제를 달성하려는 민중적 열망의 표현에 다름 아니었던 것이다.

　그렇다고 4·19를 계기로 전면적인 사회개혁을 이룩했다고 단언할 수는 없다. 앞서 언급했듯이 4·19 혁명은 당대의 현실에 대한 민중의 일정한 자각을 토대로 하고 있다는 점에서 시민의식의 발전을 의미하지만, 혁명의 전반적 전개과정은 불충분한 차원의 것이었기 때문이다. 4·19를 이끈 학생들은 혁명을 '계몽운동'의 차원으로 인식하고 있었다는 점에서 분명한 한계를 드러낸다. 그들이 혁명의 반동으로 일어난 5·16 군사쿠데타에 대해 지지를 보내는 모습이 증명하고 있듯이, 당시

---

21 마샬 버먼(1994), 『현대성의 경험』, 윤호병, 이만식 역, 현대미학사, pp.9-13.

학생 계층이 견지한 의식 형태는 충분히 성숙되지 못한 '소시민적 자유
주의' 차원의 것이었다고 볼 수 있다. 이런 한계점을 김재홍은 다음과
같이 정리하고 있다.

> "4 · 19와 5 · 16을 떠나서 60년대를 논하기는 어렵다. (…) 4 · 19는
> 이 땅에서 해방 이후 실험되고 모색되던 자유 민주주의 체제에 대한 결
> 정적인 반성과 비판의 전환점을 마련해주었다. 한편 5 · 16은 군의 정치
> 개입이라는 불행한 사태를 초래하면서 민주화 문제보다는 산업의 근대
> 화 문제를 우선 과제로 추진하였다. 그 결과 어느 정도 성과를 거둔 것
> 이 사실이지만, 동시에 급격한 산업화에 따른 사회직. 경제적 불평등의
> 문제를 야기시킨 것도 사실이다. 산업 근대화와 경제문제에의 치중은 인
> 간적, 정신적 가치 지향성보다는 물질적, 수단적 가치 편향성을 노골화
> 시킴으로써 인권과 자유문제에 있어서 정상적인 성장을 저해하였다."[22]

이 글은 60년대의 사회적 특성을 4 · 19와 5 · 16이라는 두 사건에서
찾고 있다. 4 · 19가 자유 민주주의적 이념을 실현하고자 하는 사회의
전환점을 모색한 데 반해, 5 · 16은 현대적 산업화에 주력하면서 정치적
인 민주이념과는 배치되는 과정상의 부작용을 야기한 것으로 파악하고
있다. 그것이 경제적으로 빈곤 탈출의 기반을 마련한다는 점에서는 일
정한 성과를 인정하면서도, 물질적 가치 편향성은 오히려 인권과 자유
를 억압한다는 문제점을 낳았기 때문이다. 이런 이중적인 면모 또한 60
년대 사회적 현대성의 특징을 드러내는 것이다.

이 시기 정부는 미국, 일본 등으로부터의 외자 도입과 두 차례에 걸
친 경제개발 5개년 계획(1962-66년 / 1967-71년)의 수립을 일방적으로 추
진하고 나선다.[23] 박정희 정권의 발전 전략은 국가 주도의 수출정책을

---

22 김재홍(1995), 「역사적 비극 전제된 대항논리의 시」, 『한국문학 50년』(권영민
  편), 문학사상사, pp.222-223.
23 실상 5 · 16 군사 쿠데타의 발발은 4 · 19 이후 등장한 민주당 정권의 무기력함을
  반영한 것이며, 냉전 이데올로기 구도 하의 한반도에서 강력한 반공정권 유지를 원

추진하여 세계 시장에 참여하려는 것이었다. 그래서 속심에는 미국을 따라 세계 자본주의에 통합되면서도 국가 주도로 주변의 경제적 압력을 적절히 견제하려는 민족주의적 성향이 감추어져 있었던 것으로 보인다. 하지만 이처럼 외세 및 국가의 권력에 크게 의존한 1960년대 한국의 정치·경제적 조건은 당대 사회·문화 형성의 직접적인 배경으로 작용하여 오히려 많은 부작용을 잉태하게 된다. 우리가 보편적으로 알고 있듯이 60년대는 '자립경제' 혹은 '조국 현대화'라는 구호 아래 오히려 노동자의 빈곤, 토착 중소기업의 몰락현상이 두드러졌으며, 소수 특권층과 고소득의 新중간층이 등장하고 소비문화가 대두된 시기이다.[24] 사회 발전을 향한 움직임으로서의 현대화 과정 속에는 비판과 반성을 자초할 수밖에 없는 이면의 비극성이 내재해 있었던 것이다.

한편, 1960년대의 군부 독재체제는 자유로운 문화 생산을 방해하고 국가 권력의 차원에서 물리적 억압을 가하여 문화의 자율성과 지식인의 자유로운 담론을 통제했다.[25] 물론 이런 상황 가운데서도 진보적 지식인들을 중심으로 민족운동은 꾸준히 전개되었으며,[26] 그 주도 세력은

했던 미국의 묵인을 배경으로 한 사건이었다. 박정희를 중심한 제3공화국은 무역자유화 조치(1964), 한일협정 체결(1965), 월남파병(1966), GATT가입(1967) 등 '외자 도입'을 위한 일련의 경제개방 조치를 취했으며, 종합경제재건 5개년 계획을 1961년 7월에 발표하면서 1차, 2차로 나누어 독재적으로 진행해나간다. — 홍윤기(1997), 「부실권력과 권력의 낭비구조」, 『당대비평』 창간호(1997 가을호), p.154.

24 임영봉(2000), 『한국 현대문학 비평사론』, 역락, p.34.

25 "60년대의 한국 사회는 아직껏 학문과 사상, 예술의 암흑시대를 벗어나지 못하였다. 냉전극복의 논리는 곧 용공논리로 파악되어 단죄하였으며, '민족적 민주주의'라는 명분논리는 정치적으로 내세워졌으나 진보적인 경향을 지니는 어떠한 민족주의와 민주주의 이론도 근원적으로 봉쇄되었다. / 국가안보는 곧 정권안보의 논리체계로 되어 이러한 관급성 문화 이외의 자율성 문화는 전혀 보장되지 않았으며 학문의 자유는 불가능한 상황이었기 때문에 우리는 특히 이 시대에 엄청 늘어난 언론, 출판의 수난과 지식인의 필화사건을 통해서 이를 살필 수 있다." — 박태순, 김동춘(1991), 『1960년대의 사회운동』, 까치, p.244.

26 알랭 투렌은 사회의 내재적 갈등과 창조적 행위자에 의한 역사적 변화를 강조하는데, 그는 특히 탈산업 사회의 지식과 지식인의 역할에 주목한다. 지식인은 사회의 지배 담론을 분석하고 해석해주는 역할을 통해 '사회학적 개입'을 함으로써 사회

4·19의 경우처럼 반외세 민족주의와 반독재 민주주의를 이념으로 내세운 학생계층이 주로 담당했다. 그러한 면에서 60년대 민족운동의 형성과 그 전개과정은 비록 취약한 기반이었지만, 당대 한국 사회의 문화적 역량과 지식계층 담론의 일정한 방향성을 드러내고 있다는 점에서 중요한 의미를 띠고 있다. 이러한 문제와 관련하여 우리는 1960년대 한국 사회의 성격을 규정하는 가장 중요한 문화적 배경 중의 하나가 지식인 계층의 '현대'에 대한 담론 전개임을 주시해야겠다.

남북으로 분단된 현실 상황에서 5·16 군사정권의 등장은 더욱 획일화된 이데올로기를 강화하여 당시 지식인들이 이중의 과제에 대한 부담을 느꼈음은 자명한 일이다.[27] 특히 '산업 현대화'는 지식사회의 공통된 관심사였는데, '성장 경제론'이 가져오는 이점과 병리현상은 당대 지식인들의 사회적 현대성 담론에 있어서 주요 화젯거리가 되었다. 물론 현대화론은 당대 지배 권력의 정당성을 창출하기 위한 수단이었겠지만[28] 중요한 점은 이것이 사회 전체의 담론에 매우 큰 영향을 끼치고 있다는 것이다. 이 사실은 60년대 중반 무렵 사회적 현대화의 성격과 주체 문

운동을 고차원으로 끌어올릴 뿐 아니라, 지배권력의 억압으로부터 자유로운 사회적 관계 및 생산의 조건, 진보적인 문화를 생성하는 데에 기여할 수 있다고 말한다. ─ 알랭 투렌(1994), 『탈산업사회의 사회이론 : 행위자의 복귀』, 조형 역, 이화여대출판부, p.302.

27 이러한 사회문화적 구조와 관련하여 박태순은 60년대 4·19세대가 가진 정신문화적 자각을 민주적 이념과 민족적 이념으로 구분하고 있다. 그에 의하면 국민에 의한 정부와 국민경제의 토대구축 그리고 합리적인 시민사회의 전개와 19세기 서구사회의 산물인 이데올로기의 갈등에 대한 논리적 해명작업을 우선적으로 해결해 주어야 한다는 측면에서 민주적 이념을, 그리고 냉전시대의 극복과 통일시대의 개막이라는 역사적 자각을 일깨워 주어야 한다는 측면에서 민족적 이념을 구현해야 한다고 주장한다. 이러한 두 가지 과제는 이후 지속돼 오고 있다. ─ 박태순(1983), 「60년대 문학의 두 가지 이념」, 『정경문화』(1983. 7), p.282.

28 박정희는 일찍부터 경제재건에 대한 강한 집착을 보인 인물이다. 전후 15년간 서독이 보여준 경제부흥상을 '라인강의 기적'이라는 비유를 들어 설명하면서 '한강의 기적'을 촉구했고, "5·16 혁명의 핵심은 민족의 산업혁명화에 있었다는 것을 재강조하고 싶다"는 말을 남기기도 했다. ─ 박정희(1963), 「국가와 혁명과 나」, 향문사, p.259.

제를 둘러싸고 벌어진 논쟁 과정에서 명확히 드러난다. 가장 핵심적인 문제는 민족문제와 현대화, 그리고 그 주체 세력의 육성문제를 논하는 데 가장 먼저 고려되어야 할 사항이 당대 민족이 처한 구체적인 역사적 조건임에도 불구하고 그 특수성을 배제하고 있다는 사실이다.[29] 실상 우리 사회의 현대화 과정, 즉 자본주의적 기획의 배후에는 서구 중신주의가 숨어 있었다. 서구의 특수한 역사적 경험을 세계사의 보편적 법칙으로 일반화시켜버리는 그 이데올로기적 전략은 현대를 단순화시키는 조악한 논리일 뿐 아니라, 현대에 대한 주체적 인식을 어렵게 만드는 위험한 사고방식[30]인 것이다. 따라서 궁극적인 의미에서 보면, 현대화론에 뿌리를 둔 당시의 지식인 논의들은 냉전 이데올로기라는 굳어진 사고에서 벗어나지 못한 형태임을 확인시켜주고 있다. 이러한 현대화 담론의 구도는 지식인들의 선택을 강요함으로써 60년대 지식인층의 분화 계기로 작용하기도 한다.[31]

당시 지식인 사회의 담론은 대립양상을 보이는데 실용주의 사고에 기반한 일반적인 현대화론자들과, 현대화의 윤리와 가치에 대하여 강한 관심을 표한 또 다른 현대주의자들로 구분된다. 전자가 합리성 및 실리를 추구한다면, 후자는 '비판적 지성'을 강조하는 성찰적 접근의 현대주의자로 파악될 수 있을 것이다. 당대의 사회적 제약 속에서 점진적으로 주체성을 확립해 나가게 되는 1960년대 비판적 지식인 담론은 전후 지식인 담론의 관념적 성격에 대한 반성적 인식에 근거한 것

---

29 박태순, 김동춘(1991). 앞의 책, p.260.
30 하정일(1999), 「민족문학론의 쟁점」, 『20세기 한국문학의 반성과 쟁점』, 소명출판, pp.63-64.
31 "'민족'에 관한 이해를 무시하더라도 가능하고 현실적인(대외 의존적인, 재벌 위주의) 경로를 쫓아 적극적인 자본주의화를 추구하는 대열에 설 것인가, 아니면 반민주적이며 반민중적인 사회 구성체에 대한 비판을 외칠 것인가 하는 선택의 기로에 선 것이다. 60년대 지식인의 분화는 바로 이 논점을 축으로 하여 이루어진 것이라고 봐도 무방하다고 생각한다." - 박태순, 김동춘(1991). 앞의 글, pp.259-260.

으로 볼 수 있다.

1960년대 초반의 '지식인' 논의와 『세계』지(1960년 신년호) 특집으로 기획된 '인텔리겐챠론'의 의미도 이러한 비판적 지성 및 반성적 인식 차원에서 발견할 수 있을 것이다.[32] 여기서 특히 강조된 것은 비판적 지성의 전통을 형성하는 일과 이에 입각하여 지식인들이 맡아야 할 사회 역사적 '역할'에 대한 인식이었다. 이 논의의 진행과정은 신생 국가라는 우리의 특수한 조건과 이론적, 실천적 측면을 동시에 문제 삼음으로써 50년대 지식인 담론의 추상성과는 구별되며, 이 때 1960년대 지식인 담론은 한국적 상황이라는 특수성을 배경으로 한 지식인에 대한 논의로 더 나아가게 된다.[33] 여기서 한국의 지식인 계층에 대한 역사적 고찰과 현실타협의 세속적인 전통에 대한 비판의식[34]이 싹트기 시작하는데, 이와 같은 인식은 "한국에서는 지성의 현실참여가 아직 없다"[35]는 강력한 '자기부정' 의식으로 이어진다. 지식인들은 이렇게 자기부정의 단계를 거침으로써 정신사적으로 소외된 '자기의식'을 회복시키려는 의도를 지닌 것이다. 1960년대의 지식인 담론은 궁핍한 전후(戰後)적 상황을 끝맺고 주체적 정신을 획득한다는 의미를 띠며, 이를 주도한 지식인 계층은

---

32 「특집 인텔리겐챠론」, 『세계』 1960년 신년호, p.37.
  : 여기에 게재된 글의 공통점은 '지식인'에 대한 개념정의에 충실한 서구 이론가의 논문을 번역한 형태라는 것이다. 지식인의 기원과 정의를 통하여 자신의 존재 의미와 주체성을 정립하는 문제를 일차적인 과제로 두고 있다. 소개된 논문으로는 H. 시톤왓슨의 「인텔리겐챠의 계보」(이경석 역), 빅터·프랭크의 「러시아의 인텔리겐챠」(이삼봉 역), 킹즈리·에이미스의 「소샬리즘과 인텔리겐챠」(김진만 역), 블랙크머의 「인텔리겐챠로서의 작가」(전제옥 역), E. 쉬일즈의 「인텔리겐챠의 운명」(김립삼 역) 등이다.
33 예를 들자면, 1950년대는 문학비평과 일반논설 사이의 경계도 매우 흐릿했으며, 60년대 중반 이후에야 비로소 인텔리겐챠가 아닌 엄밀한 서구적 의미의 '지식인'(인텔렉츄얼)이 등장하게 되어 현실의 구체적 기반과 분화된 영역을 따라 논의를 펼치게 된다.
34 "양심을 파는 지식인들의 구각탈피(舊殼脫皮)를 촉구한다." - 김기환(1963), 「현실타협자가 된 「인텔리겐챠」」, 『동아춘추』(1963. 4월호), pp.84-105.
35 송건호(1964), 「지성의 사회참여」, 『청맥』(1964. 11), p.31.

점차 자기의식을 사회적 영역으로 확대시켜 나간다.

그리고 당대 비판적 지식인 논의는 진보적인 이념을 표방하는 매체의 대두와 관련지어 생각해 볼 수도 있다. 『청맥』지는 3년에 걸쳐서 '이것이 매판(買辦)이다'[36]에서 출발하여 '한국의 지식인',[37] '어떻게 되어가나'[38]로 전개되는 일련의 내용을 기획 특집으로 싣고 있는데, 이는 계몽적 관념의 차원에서 구체적인 현실 인식의 차원으로 옮겨가는 당대 지식인 담론의 전개과정을 분명히 보여준다. 그리고 60년대 후반에 이르러 지식인들의 주체성 확인에 관한 문제가 모든 부문에 걸쳐 전면적으로 부각되는데, 이 점은 각종 심포지엄, 좌담회 등으로 나타난다. 1969년 2월 『아세아』지 창간호 기념 좌담회에는 각 분야의 저명인사가 참석하여 사회, 경제적인 면을 비롯한 현재의 비판적인 조건을 짚어보고, 주체성 문제를 광범위하게 논의하고 있다. 한국의 지식인들이 추구할 것과 한국적인 것을 찾아야 할 담당자층에 대하여 설파한다.[39] 미국과 일본 등 외자도입과 경제적 종속으로부터의 자주성 확보, 새로운 시대에 걸맞은 정치형태의 확립, 이러한 문제를 포함한 사회 모든 부문의 현대화에 대한 요구는 필연적으로 주체성에 대한 인식을 수반하는 것이었다.[40]

---

36 「특집·이것이 매판이다」, 『청맥』(1965. 10).
　　: 이 글의 내용은 매판지식인을 비롯하여 매판시민, 매판학자, 매판정치인, 매판경제인, 그리고 매판문학, 매판예술, 매판윤리 등을 비판하고 있다.
37 「특집·한국의 지식인」, 『청맥』(1966. 3).
　　: 이 특집은 네 편의 글을 통해 지식인의 의미를 창조적인 비판성, 현실인식과 역사의식, 대중과의 연대, 현대 사회의 분화 국면이라는 차원에서 각각 논하고 있다. 이같은 지식인에 대한 성찰적 인식은 60년대 지식인 담론이 계몽적 차원을 벗어난 '현대성'을 담지한 논의임을 확인시켜 준다.
38 「특집·어떻게 되어가고 있나」, 『청맥』(1967. 3).
39 고영복 외(1969), 「한국적인 것의 모색 ─ 젊은 지성인들의 고백적 평가서」, 『아세아』 창간호 (1969. 2) 참조.
40 1960년대 현대화론은 한국사회 전반에 관한 민족주체 담론이 승하여 상대적으로 개인주체 담론은 부각되지 못했으며, 특히 대학교육과 해외유학을 거친 여성지식인들이 내면화한 자기의식은 남성지식인층이 주도해가는 사회적 현대화 논리에서 배제되어 여성주체성이 발현될 기회를 얻지 못한 것으로 보인다.

이와 같이 각 분야 지식인들 중심으로 개진된 진보적인 이념과 논리는 당대 문학이 현대성을 담지하는데 중요한 영향을 끼쳤으며, 특히 이전 세대의 권위와 보수주의에 저항하고 그 극복을 시도하는 60년대 비평문학은 그 인식논리를 잘 반영하고 있다. 예를 들자면, 『청맥』지 창간호(1964)를 통해 새로운 시대의 '지성과 양심의 나침반'이기를 자처[41]했던 당시 지식인들의 발언은 문학 동인지 『산문시대』(1962)와 『신춘시』(1963)의 창간 취지와 흡사하기 때문이다. 『산문시대』 창간사에서 김현은 "얼어붙은 권세와 구역질나는 모든 설법"을 거부하고 "투박한 이 대지에서 새로운 거름을 주는 농부"의 길을 출발하겠다고 선언[42]하고 있으며, 시 전문잡지 『신춘시』도 당시 기성문단의 권위에 힘입어 유지되고 있던 문학지에의 반작용으로 창간되어 신진 시인들의 신춘문예 당선작들만 싣겠다고 서두에서 분명히 밝히고 있다. 이러한 잡지 창간의 공통점은 1960년대 개막을 새롭게 인식하고, 문학인들과 여타 분야의 지식인들이 스스로 문화적 선구자, 개척자로서의 소명의식을 선보이고 있다는 것이다.

더불어 지식인 계층의 이러한 담론의 활성화는 비평이론을 강화시켜 활발한 비평론을 전개하는 강단 비평가들의 움직임과 연계되며, 1960년대 한국 사회 아카데미시즘의 성장 기반이 되었다고 하겠다. 전쟁 이후 교육제도를 개편하면서 새로운 학제에 의한 대학교육이 정착되는데, 특히 60년대 들어서 대학은 양적, 질적으로 크게 팽창된다. 인문학, 사회과학, 자연과학 등 부문별로 전문적인 교육이 이루어짐으로써 고급 지식인이 양산되고, 유학생을 비롯한 서구 지식의 유입으로 각 분야의 이론탐구는 너욱 열기를 띤다. 이 때 체계화된 이론은 계열별로 교류 및 활용되기도 했는데, 60년대 지식인들의 이론 연구에서 비롯된 현대화 담론은 문학비평의 원리에 대한 인식을 새롭게 싹틔우

---

41 김진환(1964), 「창간사」, 『청맥』 창간호(1964. 8), p.9.
42 김현(1962), 「〈산문시대〉 창간선언」, 『산문시대』 창간호(1962. 6).

는 기반이 된 것이다. 물론 당시 대학의 정비는 5·16 군사정권의 주도로 이루어진 현대화 정책의 일환이었고 우리 사회의 현대성은 더 완성적 형태로 추구해 나가야 할 미완의 기획이긴 했지만, 1960년대 지식인 계층의 반성적인 현대화론은 당시 비평가들에게 현대사회, 현대문학에 관한 진지한 성찰과 함께 한국 자생적 현대성의 구현을 고심하도록 자극제 역할을 했던 것이 분명하다. 또한 1960년대 평단의 주요 쟁점이 되었던 싸르트르의 실존철학과 앙가주망 문학론, 시민의식의 전통과 리얼리즘론, 민족적 주체성을 근거로 한 민족문학론 등도 이와 같은 지식인층의 진보이념을 비롯한 사회, 문화적 배경의 이해 속에서 해명될 수 있을 것이다.

2. 문단 지형도의 변화와 비평태도의 양면성

사회, 문화적 현상에 민감하게 반응할 수밖에 없는 비평가들은 1960년대 당시, 새로운 비평적 인식과 문학에 대한 열기를 보이며 새 시대적 요구에 부응하는 비평론을 내놓기 시작한다. 따라서 기존에 유지되어 오던 문단의 질서는 위기를 맞게 되고, 혼란을 겪는 가운데 60년대는 비평의식의 측면에서 두 차례 전환을 맞게 된다고 할 수 있다. 이 때 등장한 신진 비평가들은 전후세대, 신세대 각 나름의 방식으로 현실을 새롭게 인식하려는 움직임과 함께 '현대(modern)'에 대한 관심을 표명하기에 이른다. 일반적으로 'Modern'이라는 용어는 시대의식을 규정하는 역사철학적 이념을 함의하고 있어서, 현대성(modernity)이란 곧 그 시기를 총체적으로 관류하는 시대정신으로 이해할 수 있을 것이다. 고로, 비평에 드러나는 현대적 인식을 살피는 작업은 문학의 내적 의미뿐만 아니라 당대 사회의 현대성과 관련되는 개념이므로, 당대 사회 및 문단의 경향에 대한 폭넓은 이해 속에서 의미화시켜야 할 것이다.

1960년대 한국 사회의 실정은 앞에서 이미 살펴보았듯이, 구조적인 개편과 실질적인 산업 개혁이 이루어지기 시작하면서 전쟁과 분단의 침체 상태에서 벗어날 수 있는 희망의 등이 켜진다. 그러나 그 빛 이면에는 국가 권력의 지나친 개입과 외세 의존적인 정책이 있어 안정된 사회적 현대성을 확보했다고는 볼 수 없다.[43] 이승만 정권에 항거하여 학생 계층을 통해 제기되었던 자유 민주적인 정치 현대화 기획은 5·16 이후 군부의 경제개발 독재가 추진하는 산업적 현대화의 구상과 대립하게 되면서 일면 비극적인 기형성을 드러내었기 때문이다. 따라서 60년대 비평가들은 자본주의적 현대화 정책을 시행하면서 파생되는 부조리한 사회구조를 체험하게 된다. 이런 사회적 상황에 항거하는 방법으로서 이들은 현실의 악을 고발하는 실천적인 문학을 촉구하기도 하고, 동시에 문학작품을 대하는 실제 비평에서는 서구이론을 토대로 비평 실천의 방법을 체계화시켜 나가고 있다. 여기서는 이러한 점을 본고 논의의 단초로 삼아 사회적 현상에 대응하는 60년대 문단의 움직임과 비평태도의 변모 양상을 상세히 살펴보게 될 것이다.

1) 세대교체와 동인지의 다양화

1960년대가 앞선 연대와 뚜렷이 구분되도록 여러 조짐을 드러내게 된 데에는 그 나름대로의 필연성이 존재한다. 4·19로 인한 사회의 큰 전환과 더불어 양적 질적으로 성장한 대중문화의 대두, 다시 말해서 초

---

43 1960년대 한국 사회의 현대화 과정을 '다극적 현대성'이라 일컫는 것은 아마도 이런 연유와 통하리라 본다. 서양현대를 각 분야에서 연속적으로 특징지었던 정치에서의 민주화, 경제에서의 자본주의화와 산업화, 사회에서의 계급화와 평등화, 문화에서의 다원화가 우리나라에는 각기 다른 외부 세력들을 배경으로 상이한 역사적인 경로를 통해서 한국 사회로 유입되었기 때문에 안정된 현대성을 확보하지 못하고 상호 충돌하는 갈등전선을 형성하게 된다. ― 홍윤기(2001), 「다극적 현대성 맥락 속의 미완의 파시즘과 미성숙 시민사회」, 『한국사회와 모더니티』(사회와 철학 연구회 엮음), 이학사, pp.57-59.

등 의무교육 실시와 전통적인 교육열이 빚어낸 지식의 대중화 현상, 해방 이후 미국의 실용주의 교육을 받고 성장한 세대들의 새로운 감각과 사고 등이 복합적으로 작용한 결과이다. 이러한 분위기에 편승하여 60년대 비평계는 구도의 변화를 보이기 시작하는데, 새롭게 활동을 개진하는 신진 비평가들은 이전 세대의 체계와는 다른 새로운 질서 속에 스스로를 위치시키길 원했고 그러한 인식의 전환은 더 나아가 신세대 지성의 도출을 가능하게 하였다.

그리고, 1950년대 막강한 영향력을 행사하던 문예지들이 문단통합과 함께 폐간되자 60년대부터는 작품 활동의 터전이 종합지, 동인지 등으로 확산되었다. 이 때 나타나는 동인지의 특징은 인식의 논리나 방법적 측면에서 다양성을 표출하여 젊은 작가 및 비평가들로 새롭게 형성된 동인지들은 다층적인 문학 경향을 보이면서 공존한다. 다수 동인지들의 창간과 맞물려서 기존 문단의 권위는 서서히 해체되고 비평담론도 본격적으로 다원화되었다고 볼 수 있다.

① 문단의 위기의식과 세대교체 현상[44]

비평이란 구체적인 작품을 모태로 전개되는 문학 행위임을 고려할 때, 1960년대 초기 평단에서의 세대교체 현상은 먼저 1960년 『새벽』지 11월호에 발표된 최인훈의 소설 『광장』을 둘러싼 백철과 신동한 간의 논쟁에서 확인할 수 있다. 이 논쟁의 의미는 당시 평단의 '원로'와 '신인'[45]의 대결형식에 놓여있음을 발견하게 된다. 신동한은 백철이 평문

---

44 이 '세대교체'란 단순히 생물학적인 연령의 교체가 아니다. 그 정신적, 이념적인 교체를 말하며, 낡은 정신을 대신하여 새로운 정신을 문학의 지배적인 이념으로 삼자는 것이 세대교체의 주장이다. 물론 세대 정신은 앞선 것이 반드시 보수적이고 새로운 것이 반드시 진보적인 것만은 아닐 것이다. 그것과 상관없이 세대정신은 서로 지배적인 것이 되고자 경쟁하는 면모를 보인다. 그러므로 세대교체는 자연스럽게 이루어지는 것만은 아니며, 때로는 폭력적인 혁명이 일어나기도 한다. 4·19나 5·16이 그러한 예일 것이다. ― 정태용(1963), 「전통과 주체적 정신 ― 세대의식 없이 옳은 전통은 없다」, 『현대문학』(1963. 8), pp.240-243 참조.

을 통해 보여주고 있는 젊은 세대에 대한 이해를 하나의 가장에 지나지 않는 것으로 비판하면서 자신의 주장을 다음과 같은 구절로 맺고 있다.

> "한국의 현대문학은 정치나 사회를 이끌고 나가는 것이 아니라, 거꾸로 이끌려가고 있다. 문학의 지도성의 완전한 상실이 치욕을 불식하기 위해서는 무엇보다도 젊은 세대가 분기하여야 한다. 그러는 데서 우리의 문학에도 희망의 여명은 떠오를 것이다."[46]

실상 1960년대 초기의 평단은 기성문인의 입장에서 본다면 백철 뿐만 아니라 조연현과 김동리에 의해 유지되고 있는 형편이었는데, 김동리는 이미 '실존주의' 문제를 두고 김우종과 이어령의 비판(1959)을 받은 바 있고, 조연현 또한 '전통'이라는 용어의 함의에 대한 이어령의 비판(1958)과 실존주의 이해와 관련한 정명환의 비판(1963)에 차례로 직면하고 있었다. 이렇게 60년대를 열면서 기존 문단에 대한 전후세대의 저항으로 평단 구도는 세대교체의 현상을 드러내게 되었다. 이 때 기성세대 비평가들이 서서히 당대 비평담론의 중앙에서 물러나는 동안 주도적인 위치를 차지한 전후세대 젊은 비평가들은 순수 대 참여의 논쟁적 성격을 띤 비평론을 제출하기에 이른다. 이것은 그 세대 내부에서도 인식의 분화를 가져오는 계기로 작용하게 된다.[47]

여기서, 1960년대 비평문학을 가능하게 한 그 비평정신의 형성 배경으로서 당시 문단의 경향[48]을 보다 상세히 살펴볼 필요가 있을 것이다.

---

45 신동한의 평단 입문은 『자유문학』(1959. 3)에 발표된 「휴머니즘과 작가정신」이다.

46 신동한(1960), 「문학의 지도성 - 백철옹에게 드리는 글」, 『서울신문』(1960. 12. 28).

47 결과적으로 순수 - 참여문학론에 관한 논의는 60년대 초기의 전후세대 비평가들을 이형기, 원형갑, 김양수 등의 순수론 진영과 김우종, 김병걸, 홍사중 등의 참여론 진영으로 나누는 결과를 가져왔으며, 이 평단의 구도는 60년대 중반까지 지속되고 있다. - 임영봉(2000), 앞의 책, p.108.

48 여기서는 해방공간의 문단상황부터 대략적으로 정리하고 있는데, 이는 김철의 「한국 보수우익 문예조직의 형성과 전개(1)」와 임영봉의 『한국 현대문학 비평사론』을 주로 참고했음을 밝혀둔다.

60년 4·19 당시의 문단상황은 '한국문학가협회'와 '자유문학자협회'라는 두 개의 단체로 분열되어 있었는데, 그러한 가운데서도 전체 문인이 소속된 단체로서 일정 역할을 하고 있는 것은 '전국 문화단체 총연합회(약칭 '문총')'였다. 해방 공간에서 좌익계 문화인들에 대항하기 위한 목적으로 우익 세력이 총결집하여 1947년 2월 12일 결성한 단체가 바로 '문총'이었다. 이는 29개 산하단체를 규합한 형태였는데 이 단체를 이끌어가는 주도 세력으로서 김동리, 조연현 중심의 '청문협'(조선 청년문학가 협회)이 전면에 나서게 되었다. 김동리와 조연현에게 있어 해방공간은 우익 이데올로기를 대표하는 자신의 가능성을 입증해 보인 시기였다고 할 수 있으며, 이는 이후 그들이 남한 '보수우익' 문단 조직의 중심을 차지하게 되는 토대로 작용한다.

대한민국 정부가 수립되고 남한에서 좌익문학 운동을 억압하는 시점에 이르러 문단은 다시 변화의 조짐을 보이게 된다. 1949년, 새로운 재편과정을 거치게 되는데 그 결과로 '한국문학가협회'(약칭 문협)가 탄생한다. '문협'은 정부수립 이후 남한에 남아있는 모든 문인들을 재결집한 유일의 문학단체로 대두하는데 그 주도권 또한 '청문협' 출신의 김동리와 조연현에게 주어져 있었다. 이러한 문단의 지형도는 1954년 초대 학술원 및 예술원의 선거과정에서 명확히 드러나고 있다. 이 선거에서 염상섭, 박종화, 김동리, 조연현, 유치환, 서정주, 윤백남 등 7명의 문인이 초대 예술원 회원으로 선출되는 결과를 낳자, 곧 다수의 문총 회원들은 예술원 선거에 반발, 총회를 소집하여 '건의서'를 결의하면서 '문총 파동'을 일으킨다. 이는 당시 문인집단 내부의 자리다툼이 지양되지 않은 상황에 존재하고 있던 대립과 갈등 양상이 표면화된 것이었다. 얼마 후, '문총 파동'을 주도한 문인들이 '문협'과는 별도로 1955년 4월 '자유문학가협회'(약칭 자유문협)를 결성[49]함으로써 50년대 문단은 분열

---

49 '자유문협'의 임원진은 위원장 김광섭, 부위원장 이무영, 주요섭, 백철, 소설분과 위원장 김팔봉, 시분과 위원장 모윤숙, 희곡 시나리오분과 위원장 서항석, 평론분

국면을 맞게 되고, 이 양상은 60년대 초반까지 유지되고 있다.

그런데 여기서 한 가지 짚고 넘어가야 할 문제는, '문총 파동'을 비롯한 당시의 그와 같은 갈등의 소지가 문학이념이나 세계관의 차이에 의한 것이라기보다는 문단 주도권 다툼에서 연원하고 있다는 사실이다. 따라서 개인의 세속적 욕망과 소수 집단의 이해관계에 얽힌 주도권 쟁취 양상으로 나타난 당대 문단의 분열상은 전쟁 이후에 등장하는 신진 비평가들(전후세대)의 적극적인 비판을 부르는 계기로 작용하고 있다. 기성세대에 대해 가졌던 이들의 부정의식과 비판은 나름대로의 타당성을 지니긴 했지만, 한편으로는 대부분의 기성 문인들에게 있어서 문단의 질서에 편입된다는 것은 그들의 '생존' 문제와 직결되어 있었기 때문에 더욱 민감할 수밖에 없었다고 이해된다. 이러한 50년대 문단에 대한 김시철의 회고 속에는 다음과 같은 대목이 자리잡고 있다.

> "붓 한 자루, 그걸 크게 믿고 살아가는 문인들에게는 애당초 기다리는 집도, 마련해 둔 재보도 따로 있었을 리 만무였다. (…) 한낮에는 신문사 문화부나 잡지사 친구들을 두루 찾아다니면서 잡문 따위나 약속받았고 고료 수입이 생기면 그것이 곧 생계수단의 전부가 됐다. 시만 써가지고는 굶기가 십상인 시인들은 익명 따위로 시시한 잡문나부랭이나 야담 같은 글로 수입을 보텔 수밖에 없었고, 화가들 역시 창작을 뒷전으로 하고 신문, 잡지 등의 삽화가로 전락하곤 하였다. / 소설가에겐 신문, 잡지에 연재소설 한번 따내는 일은 하늘의 별 따기요, 그나마도 대가급의 몫이라 젊은 문인들은 엄두도 못 냈다. 사실 연재물을 얻는 것은 생활을 보장받는 가장 확실한 일이었다. 그나마 문인들에게 다행인 것은 부산, 대구 등지로 피난 갔었던 신문사나 출판사, 잡지사들이 다시 속속 서울로 놀아온데다가 종합지, 문예지, 대중인기 잡지가 하나둘씩 늘어나면서 새 일자리가 마련되기 시작한 것이다."[50]

과 위원장 이헌구, 외국분과 위원장 이하윤, 아동분과 위원장 정홍교, 사무국장 송지영 등으로 구성되었다. 이들은 청문협 출신 문인들에 비교한다면 대체로 연령상 선배이며, 이북출신이거나 외국문학 전공자 혹은 좌익문학 경력자들이다.

전후의 시점에서 기성 문인들이 제일 먼저 부딪힌 상황은 글쓰기 행위 혹은 문학의 의미가 '생활고'와 맞물려 있다는 점이었다. 시인이나 작가 혹은 비평가로 살아남기 위해 일차적으로 필요했던 것이 '지면의 확보' 문제였다면, 이는 또한 생계 문제의 해결이라는 원초적 본능에 연결되어 있는 것이기도 하다. 따라서 1960년대에 이르러 산업화 사회의 물질적 풍요를 누리며 비교적 가벼운 몸으로 글을 쓸 수 있게 된 신세대 비평가들과는 뚜렷하게 구별된다. 상업적 문단의 자본화에 몸을 맡길 수밖에 없음을 인식한 작가, 비평가들은 인기나 유행성에 중점을 둔 편집 방침을 고수하는가 하면, 대중잡지 편찬도 활기를 띠게 된 것이다. 1950년대의 문학행위가 소수의 순문예지를 중심으로 이루어지고 있었다는 점[51]과 그런 물질적 빈곤 속에서 그들 순문예지들이 '문학단체'나 '문단의 실력자'들과 직, 간접으로 유대관계를 맺고 있었다는 사실과 관련하여, 50년대 문인 개개인의 문학 활동은 기존 문단과 관련된 상황 하에서만 가능할 수 있었다는 주장[52]은 타당성을 띤다.

그러나 여기서 이들 순수문학지의 신인 배출 기능에 주목할 필요가 있다. 『현대문학』이 창간된 1955년 1월부터 『자유문학』이 폐간되는 1963년 5월 사이에 새로이 등장한 신인의 대부분은 이들 순문예지의 추천을 통해 등장한 문인들로 볼 수 있으며, 이러한 신인 추천 제도는 기성 문인들에게 있어 자신의 문단적 권위와 문학적 권력을 재생산하는 수단의 의미를 띠고 있다.[53] 이는 편집위원으로서 자신의 문예지 및 문

---

50 김시철(1999), 「명동 동방싸롱과 당시의 환경」, 『격랑과 낭만 — 〈자유문학〉과 명동 '동방싸롱' 이야기』, 청아출판사, pp.18–19.

51 당시 발행된 순수문예지는 세 가지 종류였다. 〈문예〉의 뒤를 이어 나온 조연현 주간의 〈현대문학〉, 그리고 박남수 편집주간의 〈문학예술〉, 자유문협의 기관지라 할 수 있는 〈자유문학〉이 바로 그것이다. — 김윤식(1997), 「문예지의 이념과 그 문학사적 의의 — 〈문예〉, 〈현대문학〉, 〈문학예술〉의 경우」, 『발견으로서의 한국 현대문학사』, 서울대출판부.

52 정규웅(1982), 「문단, 1960년대」, 〈문예중앙〉(1982 봄호), p.175.

53 이는 당시 〈자유문학〉의 편집장이었던 김시철의 회고에도 드러나 있다.
　　"당시 우리나라 문단은 두 갈래로 갈라져 있었다. 문총산하 기간단체인 한국자유

단 세력을 키워나가는 계기가 되어줄 뿐, 문단의 대립구도 속에서 추천된 신인들은 여전히 발표 지면이 부족하여 질곡을 겪을 수밖에 없었다.

이처럼 해방공간부터 설정된 기성세대의 권위가 50년대 말까지 쉽사리 꺾이지 않고 유지되어 오다가 4·19 혁명 직후 이기붕을 비롯하여 당시 이승만 정권과 관련을 맺고 있던 '만송족' 문인들이 거센 규탄을 받으며 문단에서 퇴진하기에 이르렀고, 이 즈음부터 지면 확보로 굳건했던 기성 문인들의 질서도 점차 깨지기 시작한다. 4·19가 발생했던 1960년 당시의 혼란한 문단 내부 사정을 이철범은 다음과 같이 보고하고 있다.

> "1960년 한국엔 조그만 기적이 일어났다. 4월 혁명이 바로 그것이다. 그 혁명은 구제도에 대한 개혁은 아니었으나 온갖 분야에 부작용을 초래했다. 60년 문단은 거의 그 파동 속에서 뒤흔들렸다. 이제 어용문인들이 규탄을 받기 시작했고 흡사 해방 직후 친일 문인들의 경우를 방불케 했다. 신문 문화면은 거의 달포를 두고 어용문인 단체에 대한 비난을 퍼부었고, 그로 하여 문단은 문학보다는 그 문화계의 현상 때문에 뒤숭숭했다. 그런 의미에서 본다면 60년의 문단은 그 어느 때보다도 문학 그 자체보다는 문학인의 앙가주망, 그 정의 정당성이 논의된 해라고 하겠다. 왜냐하면 60년처럼 앙가주망의 문제가 관념 밖에서 실제로 논의된 때는 없었다. (……) 혁명은 독재정권을 붕괴시켰고, 그 붕괴와 함께 독재정권에 아부하던 문인들은 국민의 지탄을 받게 되었다. 그 결과 문단엔 어떠한 현상이 생겼는가. 자유문학자협회는 해산했다."[54]

문학자협회와 한국문학가협회가 양립돼 있는 형편이라, 이쪽에서 저쪽컨에 청고를 하면 뭔가 반목되는 입장인지라 잘 응해주지도 않아서 필자 선정도 어렵고 이런저런 성향을 따져가며 눈치껏 부탁하는 게 편집자들 고민이었다. 그래서 그런지, 자유문학은 자유문학대로, 현대문학은 현대문학대로, 그리고 문학예술도 한계는 있었지만 나름대로 고정필진이 형성된 상황이라 더더욱 필진확보가 어려웠고, 또 이 두 잡지는 문단 섹트화에도 한몫을 했었던 것이 사실이었다." - 김시철 (1999), 「〈자유문학〉 초창기 얘기」, 앞의 책, pp.87-88.

54 이철범(1960), 「1960년의 文壇報告 - 어내크로니즘의 미학」, 『새벽』(1960. 12), pp.210-211.

위의 글에서 알 수 있듯이, 1960년도만 해도 문단은 거의 무정부 상태라 할만큼 뚜렷한 방향을 잡지 못하고 있는 실정이었다. 그러나 곧 4·19의 파장으로 60년대 문단에는 문학인의 현실 참여에 대한 각성과 함께 그 필요성이 일기 시작했으며, 이때 등장한 젊은 문인들은 의식적이든 무의식적이든 기성세대의 문단에 대해 극단적인 거부반응을 보이게 된다. 특히 개인에 대한 비난으로 시작되었던 문단의 불협화음은 이듬해 5·16 군사혁명이 일어나기까지 단체에 대한 비방으로 발전한다.[55]

이미 50년대 말 '화전민의식'을 토대로 문단의 위기를 지적했던 전후세대 비평가 이어령은 60년대에 들어서는 문턱에 서서 자신을 포함한 새 세대 문학인의 '항거정신'을 표명하기에 이른다. 이는 이전 세대에 대항하는 새로운 주체의 탄생, 즉 세대교체를 통한 강력한 자립의식을 선언한 것에 다름 아니다. 특히 1960년에 발표된 정창범의 「이념적 문학동인을 위한 제의」는 새로운 세대 비평가의 전면적인 대두를 선언하고 있다는 점에서 눈길을 끄는 평론이다. 그는 현실에 대한 적극적인 대결의 자세와 '이념적 동인'의 필요성을 제기하는데 이는 또한 과거의 한국문학에 대한 적극적 비판의식과 결부되어 있다. 여기서 현재의 상황은 현재의 이념을 지주로 삼는 공동체의 필요성을 요구하는데, 그 이념은 "지금 오고 있는 것, 생성하고 있는 것"에 대한 감각에 바탕을 둔 '한국적 현재의 정신'이라는 의미를 부여받고 있다.[56]

"역시 새로운 공동체의 담당자는 비극적인 정치적, 경제적, 사회상태를 체험함으로써 세계관, 윤리감정, 예술 감각에 있어서 은연중 공통성을 지니게 된 새로운 세대인 것이다. / 그들에 의해서만 새로운 철학이

---

55 정규웅(1982), 「문단 1960년대 – 한국문단측면사」, 『문예중앙』(1982 여름호), pp.176-178 재인용.
56 정창범(1960), 「이념적 문학동인을 위한 제의 – 공동조작에 의한 전환의 촉구」, 『현대문학』(1960. 1), pp.247-252.

확립될 수 있으며 그에 따르는 수법의 혁신, 현실적 창조에 대한 분석과 종합이 가능한 것이다."[57]

이러한 차원에서 1960년대의 평단은 매너리즘으로 점철된 과거의 한국문학을 극복하고 문학적 전환을 이끌어내는 임무를 부여받게 된다. 여기서 전후세대 젊은 비평가들은 앞으로의 문학을 주도할 수 있는 유일한 집단적 주체로 내세워진다.

김양수의 「식민지 기질의 극복」[58]은 정창범이 제기하고 있는 세대교체의 연장선상에 놓인다. 이 글의 특징은 김양수가 자신의 세대에 대하여 적극적인 의미를 부여하는 대목에서 명확히 드러나는데, 그의 세대교체에 관한 시각은 6·25 전쟁 체험을 전유하는 데서 비롯되고 있다. 그에게 있어 전쟁은 "자기가 무엇인가를 알몸둥이 모습으로 바라볼 수 있게 납득시켜 준" "일찍이 없었던 역사적 사건"의 의미를 띠고 나타난다.[59] 전후세대 김양수의 '자기증명을 위한 모험'의 길은 바로 여기에서 시작되며 이 때 주체는 '행동하는 자기'와 '증언하는 인간'의 의미로 제시된다. 행동하는 주체의 자기증명이란 과거의 허위와 인습의 극복을 의미하며 신세대 문학자의 분투는 이로부터 비롯된다고 선언한다. 실존주의의 영향 하에서 전쟁 체험을 내면화하고 있는 김양수의 시각은 우리에게 60년도를 기점으로 평단의 주도권을 잡게 된 새 세대(전후세대)의 전형을 파악할 수 있게 해 준다.

한편, 4·19 혁명이 야기시킨 일련의 상황들은 당시 문인들에게도 자극제 역할을 하여 1960년대 평단에 또 한번의 세대교체를 도출시킨다.

"역사적인 대사건이 그 시대적인 의식을 거쳐 문예사조에도 커다란 영향을 준다는 것을 인정한다면 소위 전후파로 명명되는 50년대와 제3

---

57 정창범(1960). 앞의 글, p.253.
58 김양수(1960), 「식민지기질의 극복 – 후반기세대의 문학」, 『자유문학』(1960. 3).
59 김양수(1960). 위의 글, p.239.

세대로 구별되는 60년대 작가간의 변모는 6·25와 4·19간의 성격적 차이를 고려하는 데서 우선 출발될 수 있을 것이다. (…) 전자는 돌발, 내습적이었고 외부에 의한 자기 파탄을 향하고 있는데 비해, 후자는 예측, 자생적이었고 부채에 항거하는 자기 구제를 위한 것이었다. 10년을 간극한 이 두 개의 사건이 개인에게 도발시키는 감정의 상태와 반작용의 형태는 당연히 다를 수밖에 없었다. 개략적으로 관찰한다면 6·25세대는 당대의 사건을 경악과 비명으로 받아들이며 현실에 대한 저주와 비탄의 신음을 내며 패배주의와 운명의 굴욕감에 젖어 관념으로 피신하거나 안이한 허무주의로 발산한다. 그러나 4·19세대는 의지와 절규로 자신이 만들고 있는 역사의 순간을 고양시키며 현실의 가능성과 미래에 대한 소망의 함성을 울리며 주체적으로 창조할 수 있다는 신념 위에서 사회와 시대의 기초단위가 되고 있는 인문의 탐구에 용기를 갖는다."[60]

위의 김병익 소론은 50년대의 6·25 전쟁과 60년대의 4·19 혁명을 비교하면서 60년대에 등단하는 신세대 비평가들의 출현에 관해 설명하고 있다.[61] 내부적인 요청에 의해 자율적으로 이루어진 4·19라는 사건은 새로운 세대에게 미래에 대한 가능성가 주체적으로 창조할 수 있는 힘을 부여하면서 비평계에도 세대 분화를 야기시켰다는 것이다.

흔히 '4·19세대' 혹은 '65세대'라고 불리는 60년대의 신세대 비평가들은 62년 『산문시대』, 63년 『비평작업』, 66년 『창작과비평』 등 분명한 문학이념의 동인지들을 창간하면서 등장하여 이를 발판으로 본격적인 비평활동을 보여준다. 60년대 비평문학의 일체를 담아내는 주요 특

---

60 김병익(1988), 「4·19와 한글세대의 문화」, 『열림과 일굼』, 문학과지성사, pp.260-261.

61 김병익은 1967년 「문단의 세대교체론」을 발표하면서 이미 언급한 바 있다. 당시 정치학을 전공하고 동아일보 기자로 재직중이던 그는 균형감있는 논리를 펼쳐보인다. 그는 문화적 긴장관계에 의해 인과적으로 전개되는 세대교체 현상이 한국의 경우, 그 논리성을 상실한 혼돈의 차원에 놓여 있음을 지적하고 그것이 문단의 불행이라고 주장한다. 또한 김현의 구분을 그대로 수용하여 이 두 세대가 차별되는 것으로 인정한다. 그러나 여기서 김병익은 "연대감없는 세대교체는 역사와 전통의 끊임없는 단절"임을 강조하면서 당위론의 차원에서 두 세대의 연대를 요구하고 있다. — 김병익(1967), 「문단의 세대교체론」, 『사상계』(1967. 10), p.35.

징은 신세대들이 비평의 주체로 등장하면서 전면화된다고 할 수 있는데, 특히 김현은 자신이 속한 이 세대의 특질을 정신적, 인식적 체계의 변화에서 찾아 전후세대와 차별성을 부각시키고 있다. 그 속성을 '리버럴리즘 – 자유의지'로 규정하면서 한국 비평의 방향을 설정하기를 사회학적 비평의 다양한 층위를 섬세하게 습득함으로써 독단적인 마르크스주의적 비평에서 탈피하고, 언어와 상상력에 대한 깊이있는 분석이 이루어져야 한다고 제시하고 있다.[62]

이와 같이, 1960년대는 4 · 19 혁명을 계기로 사회도, 평단도 큰 전환을 맞이하면서 초, 중반에 걸쳐 비평가들의 뚜렷한 세대 의식이 발현되고 있음을 알 수 있다. 50년대 중후반에 등단하여 기존 비평론에 저항하면서 60년대를 새로운 국면으로 열어나간 전후세대와 60년대에 등단한 신세대는 인식의 차이를 보이며, 이들 스스로도 세대간의 변별성을 강조하고 있다. 60년대 비평의 새로운 가능성을 모색해간 신세대 비평가들은 인식적 측면에서 이전 세대와 분리되면서도, 한 시대에 두 세대가 공존하는 가운데 비평담론을 반성, 심화시키는 계기를 부여받는다. 여기서도 60년대 비평문학의 현대성을 읽어낼 수 있는 근거가 마련된다 하겠다.

② 다양한 동인지 창간과 문단의 권위 해체

1960년대에 들어 5 · 16 군부의 포고령으로 기존의 모든 사회단체들이 해산되고, 문학단체 또한 〈한국문인협회〉로 단일화되면서 이전의 영향력있던 문학단체로서의 의미는 퇴색하기 시작한다. 특히 문학 활동의 주요 무대가 종합지, 동인지 중심으로 바뀌면서 서서히 문단과 문학 활동은 별개항으로 인식된다. 즉, 60년대의 문단은 이전의 관행이었던 조직적 이념보다는 문학 본래의 기능에 충실할 수 있게 된다. 문제는 이

---

62 김현(1972), 「한국문학의 가능성」, 『현대한국문학의 이론』, 민음사, pp.193-195.

러한 문단통합이 정권 차원의 압력에 의해 이루어졌다는 점인데, 그러나 역설적이게도 문단이 단일화되고부터는 문단 파벌이 지양되는 등 60년대 문단의 새로운 구도를 형성하는 계기가 되었다.[63]

1960년대 문단에는 50종 이상의 순문예지 및 동인지들이 존재했다. 언론 기업화가 촉진되고 '대중 저널리즘 시대'가 열리기 시작하면서 특히 60년대 초기는 잡지 창간의 홍수 시기라 할 수 있는데, 50년대부터 출발하여 60년대로 이어져 온 기존의 문예지도 상당수이다. 『시와 시론』(52), 『사상계』(53), 『문학예술』(54), 『새벽』(54), 『현대문학』(54), 『자유문학』(56), 『시와 비평』(56), 『현대시』(57), 『한국평론』(58), 『문학평론』(59) 등이 그것에 해당된다.[64] 그리고 60년대에 들어와서 새로 창간된 동인지만 해도 20여 종인데, 60년의 『국어국문학』, 62년의 『한양』, 63년의 『세대』, 『청맥』, 64년의 『주간한국』, 『문학춘추』, 『신동아』, 65년의 『정경연구』, 66년의 『창작과비평』, 『한국문학』, 『현대시학』, 『문학』, 67년의 『사계』, 68년의 『월간중앙』, 『월간문학』, 69년의 『상황』, 『68문학』, 70년의 『다리』, 『문학과지성』 등 많은 동인지들이 이 시기에 창간되었다.

이 때 새롭게 창간된 잡지들의 공통점은 동인의 연령이 20-30대의 젊은 문인들로서 그들이 추구하는 문학이념이나 방법이 다양화되고 있다는 것이다. 1920-30년대의 동인지에 비해 60년대 초반에는 그저 하나의 '결사'라는 기본틀의 역할을 할 뿐, 뚜렷하게 통일되는 문학적 이념을 내세우지는 않아서 '동인지의 성격을 띤 종합지'라고 할 수 있다. 종합지의 성격을 띤 이유는 문단인구의 증가로 인해 부족한 발표지면을 동인지로 메워보려는 문인들 자체의 전략과 함께, 4 · 19 이후로 다양한

---

63 이는 막강한 영향력을 행사하던 문예지들이 문단통합과 함께 폐간되거나 순수한 문예지로서의 자세를 보여 작품활동이 문단파벌의 도구로 이용되는 현상이 사라졌고, 또한 작품 활동의 터전이 종합지, 동인지 등에 확산됨으로써 문학지에만 연연해 할 필요가 없어졌기 때문이다. — 정규웅(1982), 「문단 1960년대 — 한국문단 측면사」, 〈문예중앙〉(1982 가을호), pp.298-302 참조.
64 김혜니(2003), 『한국 근현대비평문학사 연구』, 월인, p.359.

이념이 혼재 양상을 보이는 사실에서 쉽게 알 수 있다. 신세대의 문인들이 기성세대에 의한 문단 질서에 타협하지 않고 동인활동을 통해 자신들의 문학적 경향을 스스로 개척하려 했다는 점도 특징으로 지적할 수 있다. 이렇게 다수 비평론의 무이념, 무성격의 공전상태는 당분간 계속되다가 60년대 중반에 가서야 대표적인 동인지들의 이념적 지항점이 부각되기에 이른다. 또한, 1960년대 초기에 특정 작품이나 순수 – 참여문학론에 대한 논쟁식의 평론들은 대부분 신문 지면을 통해 발표된 점도 특기할 만하다.

62년 처음 간행된 『산문시대』는 김현과 김승옥을 중심으로 염무웅, 김치수, 곽광수, 강호무, 최하림, 김산초, 김성일, 서정인 등이 시, 소설, 비평 등 모든 장르의 작품을 발표한 최초의 60년대적 동인지였다. 『산문시대』 창간호의 거창한 서문은 60년대 동인활동의 성격을 파악하는 데 중요한 단서를 제공한다. 즉 『산문시대』 동인인 60년대 작가와 비평가가 이전 세대의 암흑과 같은 문학적 풍토에서 탈피하고자 하는 굳은 의지와 도전 의욕을 보이고 있다. 사실 『산문시대』가 발간될 당시에는 문단의 특별한 주목을 받지 못했으나, 이후 김윤식은 이 서문에 나타난 창간 취지에 대해 "자유를 억압하는 것이 어둠임을 긍정함으로써 출발한 한 무리의 정신"이라고 표현하며 "사생아적 세대가 아비가 되어가는 과정"에서 찾게 된 '신선한 감수성'이라고 덧붙이고 있다.[65]

한편, 유일한 비평 동인지로 63년 봄에 발간된 『비평작업』이 있다. 이광훈, 임중빈, 조동일, 주섭일 등이 주동인으로 활동했는데, 발간 취지와 성향은 『신문시대』와 비슷한 편이다. 이 외에도 62년 6월 간행한 시동인지 『현대시』,[66] 기성문단이나 권위주의를 내세운 문학지에의 반

---

[65] 김윤식(1996), 「어떤 4·19세대의 내면풍경」, 『김윤식 선집 3 – 비평사』, 솔출판사(1996. 4), pp.381-382.

[66] 「현대시」에는 전봉건, 김광림, 김종삼을 중심으로 신동집, 박태진, 황운헌, 이중, 주문돈 등이 함께 동인으로 활동했다.

작용으로 각 일간지 신춘문예 당선자들이 동인을 이룬 시 전문잡지 『신춘시』, 그리고 『청미』, 『여류시』, 『돌과 사랑』, 『현대시조』 등을 꼽을 수 있다.[67]

이와 같이 1960년대 문단은 다양한 동인활동으로 인해 더욱 활기차지고, 문학 인구의 비약적 증가를 이루게 된 것이다. 특히 이전의 잡지들이 시나 소설 위주의 작품을 중심으로 실어왔다면, 4·19 이후에 발간된 잡지들은 긴밀히 연관을 맺고 있는 동인을 중심으로 비평분야를 중점적으로 다루고 있다는 점도 눈길을 끈다.

또 한 가지 주목할 사실은 1950년대의 전후 작가들이 주로 문예지를 통해 등단한 데 비하면, 60년대 대부분의 문인들은 일간지의 신춘문예나 종합지의 신인상 제도를 통해 데뷔하고 있다는 것이다.[68] 이는 자기의식이 분명하고 문학적으로도 일정한 교육을 받은 보다 전문적인 문인이 등장하게 되었음을 시사한다. 62년의 평단을 결산하는 김용권의 글에서도 기성세대와 신세대는 등단의 제도가 달랐음을 언급하면서, 60년대 추기 비평계의 변화상을 비교적 소상히 밝히고 있다.

"첫째, 60년대에 이르는 동안 평단의 얼굴이 크게 바뀌었다. 40대를 넘어선 기성 비평가들의 활동이 축소되고 새 비평가들이 등장하기 시작한다. 한편 서구적 문예이론으로 무장된 젊은 비평가들이 역량을 보이기 시작한다. 하지만 서구 실존주의, 신비평의 방법적 편견도 드러나고 있다. 둘째, 내용에서 전폭적이고 긍정적인 것은 아니지만 주제 선택과 비평용어가 달라져가고 있다. 하지만 비평 용어의 정의, 비평이념의 확립, 새로운 방법의 모색에 의한 비평 필진의 과학적, 학문적인 공통된 관심이 시급함에도 만족할 만한 수준에는 이르지 못하고 있다. 셋째, 기성과

---

67 타장르에 비해 시동인지가 활성화되었던 것은 군부 독재의 사상적 통제가 심했던 60년대에, 새롭게 분출되는 이념들을 그나마 함축적으로 자유롭게 표현할 수 있는 장르적 고유 특성 때문인 것으로 보인다.

68 이러한 제도를 통해 등단한 작가·평론가로는 김승옥, 홍성원(한국일보), 김치수(중앙일보), 염무웅(경향신문), 서정인, 이청준, 박태순(사상계) 등이 있다.

신진 사이, 아니 동세대 비평가들 사이에도 '공통의 광장'이 사라져가고 있다. 무간섭과 불간섭의 태도를 들면서 두 문예지의 추천을 통해 등단한 평론가와 기성의 추천 평론가의 관계가 단적인 예다."[69]

이 글은 60년대 초기 평단의 변모상과 함께 아직 일정 수준에 도달하지 못한 당시 비평가들의 문제점을 잘 지적해주고 있다. 세대교체로 새로이 등장한 강단 비평가들의 서구 문예이론에 대한 편견, 과학적인 비평 연구의 부족, 세대간의 불화 등이 바로 그것이다. 김용권은 여기서 보다 객관적인 시각으로 당대의 평단을 비판, 반성하고자 하는 의지를 보인다.

이상에서 살펴보았듯이, 1960년을 기점으로 이전 시대의 대부분 중견 비평가들은 뚜렷한 퇴조를 보이며, 다만 김우종, 원형갑, 홍기삼, 이철범, 김양수, 신동한, 천이두, 윤병로 등은 60년대에도 현대 사회의 분위기에 부합해 전후세대를 대표해서 나름의 비평론을 활발히 발표하고 있다. 이에 관해 윤병로는 당시 문단을 회고하며 "각종 순문예지가 등장하는 등 이전 세대에 비해 시, 소설, 평론 등 모든 문학 분야에서 기술적 역량이 현저히 향상된 것과 함께, 비로소 질적인 향상을 성취했다"고 파악한다. 이는 선배 문인들에 비해 '등단'이라는 엄격한 관문을 거치고 있기 때문이라고 밝히고 있다. 또한 문단 인구가 1천명 이상 팽창한 것은 문학의 경향을 다양화시켰다고 판단하고 있다.[70]

요컨대 1960년대로 전환하면서 형성한 초기의 비평계는 〈한국문인협회〉라는 단일화한 제도권 문단과 4·19의 파장에서 비롯된 새로운 문인의 등장이라는 이중적 구도로 집약할 수 있겠다. 전자는 50년대부터 이어져온 전후세대 비평가들을 중심으로 전쟁과 분단, 참여문학 논의에

---

69 김용권(1962), 「交替하는 비평계」, 『자유문학』(1962. 12), p.150 요약.
70 윤병로(1982), 「오늘의 문학 — 세대적 특징」, 『한국 현대비평문학론』, 청록출판사, pp.325-326.

대한 축으로 활동하고 있다면, 후자는 새로운 시대의식과 감수성을 배경으로 기성세대 문인에 대한 비판의식, 전통의 주체적 수용과 역사의식 면에서 차별성을 획득하여 시야를 확대해 나가고 있다.

2) 아카데미시즘과 현실고발의 방식

세대교체 현상으로 60년대 평단에 자리잡은 신진 비평가들은 비평태도에 있어서도 이전의 기성세대와는 다른 양상을 보이기 시작한다. 무엇보다 1960년대는 대학에서 외국문학을 전공한 비평가들이 대거 등단하여 활동한 시기였다. 전후세대 〈강단비평〉 계열의 비평가는 차치하고서라도, 『창작과비평』, 『68문학』을 중심으로 활동했던 신세대 비평가들이 모국어 세대이긴 하지만 그 교육적 배경과 지적 토양은 별도로 살펴볼 필요가 있다. 미국식 민주화 교육 아래, 대학 정비로 인한 제도적인 문학교육, 유학을 통한 외국이론 섭렵 등 아카데믹한 지적 소양을 발판으로 이들은 평단에서 발언력을 높여가게 된다. 이처럼 60년대 상당수의 비평가들은 외국문학을 전공하여 서구의 최신 문학이론을 중심으로 실제 비평에 깊이 관여하고 있다.[71]

한편, 4·19를 비롯한 60년대 사회의 특정 사건들로 인해 현실에 대한 관심이 더욱 고조되고, 정치, 경제면의 현대화 기획에 대면하여 사회참여의 필요성을 절감하게 된 60년대 비평가들은 당시 작가들에게 도피나 외면이 아닌 사회에 대한 객관적인 인식을 촉구한다. 4·19 혁명에서 기대되었던 성숙한 시민의식의 형성이 좌절되면서 문학은 참여론을 통해 연대적 책임을 더 각성하게 되고, 더불어 정치적, 사회적 부조

---

[71] 상대적으로 극소수의 국문학 전공 비평가(조동일, 구중서, 임중빈 등)들은 우리 문학의 전통문제에 관심을 표하며 실제비평에 임하고 있다. 이에 관하여 김윤식은 60년대 평단의 흐름을 크게 보아 외국문학 전공자에 의한 서구문학 이론의 소개와 국문학 전공자에 의한 근대문학 정리라는 두 가지 양상으로 대별하여 정리하고 있다. ― 김윤식(1985), 『한국현대문학사』, 일지사, pp.67-69.

리에 대한 폭로와 고발의 문학적 역할을 강조한 것이다. 비평 분야 뿐 아니라 문학창작에 있어서도 4·19를 체험한 세대답게 새로운 각오와 현실 변혁의 의지를 문학적 형태로 어떻게 나타낼 것인지에 대해 고민하도록 유도하고, 산업화가 낳은 모순에 대한 고발문학 형태를 강조한다. 개인의 존재와 자유를 획득하려면 작가는 그 억압적인 제도를 인식하고 비판을 가해야 한다는 것이다. 이처럼 60년대 비평은 문학이란 자의식의 표출 공간일 뿐 아니라, 현실의 생생한 체험을 증언하는 장임을 부각시키고 있다.

① 체계적인 이론의 강화

1960년대 사회, 문화적 현대화 기획의 일환으로 학제 개편을 비롯한 교육제도의 정비 작업은 대학 교육을 한국 사회에 정착시켰고, 또한 지식인 계층의 대두, 문단의 아카데미시즘의 성장 등의 원동력이 된 것으로 판단된다. 60년대 들어 대학은 양적, 질적으로 급격한 성장세를 보여주는데, 이런 측면이 문학과 관련해서도 중요한 의미를 띠고 있다. 각종 문학이론의 개발과 수입, 이에 입각한 인문학적 지성의 중요성이 강조됨으로써 문학은 제도적으로 정착하여 그 힘을 발휘하게 된다. 이러한 상황의 변화 속에서 대학 문과 계통의 지식을 바탕으로 아카데믹한 비평이 60년대 평단의 주를 이루게 된 것이다. 문단의 이런 흐름은 전후세대보다 더 체계적인 어문학 교육과 문화적 체험을 통해 성장한 신세대의 평단 진출 과정에 일정하게 대응된다고 할 수 있다. 게다가 1960년대 신세대 비평가들이 관심을 가진 이론들은 문학 분야에만 국한된 것은 아니었다. 유럽의 근대 시민문학과 관련하여 철학, 사회학, 심리학 이론 등 다양한 차원으로 눈을 돌리면서 서구의 이론들을 수용하고, 이를 바탕으로 비평론을 전개해 나간다.

프랑스 문학이론과 작품들을 바탕으로 비평 활동을 개진한 김현은 「나르시스 시론」을 통해 비평가로서의 길을 열어나간다. '시와 악의 문제'

라는 부제 아래 그의 나이 20세에 씌어진 이 글은 앞으로 펼쳐질 김현 비평의 방향을 예고하고 있다고 하겠다. 발레리, 싸르트르, 바타이유 같은 프랑스 지식인에 대한 관심을 드러내고 있으며, 거기서 이런 구절을 발견할 수 있다. "그가 꿈꾸며 본 세계(상상적 세계)와 그것은 아무 것과도 대치할 수 없다는 자작(현실적 세계의 자각) 속에서 시인이 항상 불행하다고 느끼는 것은 당연하다. 그는 인간인 이상 생의 불완전성(까뮈식으로 말하면 부조리성)을 극복할 수 없다는 것을 알고 있다. 즉 두 세계 사이의 구멍 – 그것이 곧 악인데 – 을 느끼고 있다는 사실이다"[72]라는 진술은 문학에 대한 김현의 근본적인 인식을 짐작케 한다. 현실 세계에 대하여 문학은 상상력의 세계를 의미한다는 것, 그리고 이 상상력은 궁극적으로 '언어'에 의해 기능하며 언어적 방법만이 자기의 존재를 확인시켜 준다고 말한다. 그래서 김현은 문학작품을 분석비평의 방법으로 읽어내었다. 그는 문학 텍스트 속에 감추어진 무의식적 흐름과 만나면서 미시적 분석으로 들어간다. 문학 언어의 비실재성에 주목하면서 텍스트의 논리적 외관을 해명하려 하지 않았다. 문학이란 상상력의 소산으로서 그 구조 내의 진실에 충실하여 삶을 밝혀내는 것이 비평의 임무라고 생각했던 것이다.

그는 시 자체를 곧 美로 인식하고 그 아름다움이 眞과 善과 서로 일치했던 전근대적인 예술관에서 탈피하여, 문학적 미의 형태가 윤리적 선함과 일치하지 않을 수도 있다는 논리를 나르시스 신화에 기대어 풀어낸다.

> "상상의 얼굴과 현실의 얼굴이 얼마나 틀리는가를 그들은 알고 그 사이의 커다란 구멍 때문에 수치를 느낀 것이다. 그리고 그 '간극'을 알기 시작했다는 것, 의식의 분열이 시작되었다는 것 – 그것이 악인

---

[72] 김현(1962), 「나르시스 시론 – 시와 악의 문제」, 『존재와 언어 / 현대 프랑스 문학을 찾아서』(김현문학전집 12권), 문학과지성사, p.17.

셈이다. (…) 이 악을 통한 존재와의 응답이 곧 시인 것이다. 보들레르는 미를 희구하였다. 미를 얻기 위해 그는 추의 심연으로 헤엄쳐갔다. 달성할 수 없는 무진장한 '나'와의 교접을 원하는 나르시스는 그것을 승화시키기 위해 자살한다. 그리하여 거기─그의 피가 흘러나오는 곳에 한 떨기의 수선화가 피어나는 것이다. 시는 이렇게 탄생한다. (…) 갈증이 일어났을 때 우물은 기다린다. 와서 너를 보라, 그리하여 시인은 나르시스의 변신을 계속하는 것이다. 나르시스의 변신이 그쳐지는 날─그 내부에서 악의 자각이 무디어지는 날, 진정한 시인의 생애는 종말을 고하는 것이다."[73]

김현은 초현실주의의 출발점으로 파악했던 보들레르를 예로 들면서, 작가는 끊임없이 상상의 세계(미의 세계)를 희구하기 때문에 현실의 고뇌(추의 심연)와 교접하고 이를 존재의 언어로 표현해낼 수밖에 없다고 부연하고 있다. 김현이 이 평문의 앞부분에 "시란 무엇인가? 그 목적하는 바는 무엇인가? 선한 것과 악한 것의 판연한 구별─악 속에서의 미가 아닌가?"[74]라는 보들레르의 표현을 인용하는 대목은 도덕이나 철학과 구별되는 시의 자율성에 대한 인식을 통해 '미학적 현대성'을 구현해 나갔던 보들레르의 문학관과 김현 비평의 유사점을 보여준다. 이렇게 「나르시스의 시론」에서 시작된 그의 초기 비평작업은 초현실주의, 발레리, 말라르메로 이어지고 있으며, 이는 그의 초기 관심사가 프랑스 시인과 시론 탐구에 한정된 것임을 말해주고 있다. 중요한 것은 이와 같은 프랑스 문학을 향한 일련의 탐구 작업들이 김현 문학 인식론의 기반을 이루게 된다는 사실이다. 대학 졸업논문으로도 '초현실주의'에 대한 연구 성과물을 내놓는데 누구보다 비평문학의 현대성을 추구했던 그는 초현실주의자들의 해방된 언어성에, 그리고 인식의 자유로움에 이미 매료되어 있었다.

---

73 김현(1962), 「나르시스 시론 ─ 시와 악의 문제」, 『자유문학』(1962. 3), (김현문학전집 12권 『존재와 언어』, 문학과지성사, p.22).
74 김현(1962). 앞의 글, p.11.

"초현실주의 가보는 멀리는 보들레르부터 사드 – 로트레이몽 – 랭보와 미래파의 일계열에까지 이르른다. 마리네티는 20세기의 찬란한 시사의 막을 '현대적' 시의 막을 열었다. 맥락없는 단어, 통사론의 거부, 시적 유추의 자유 – 이것들은 언어의 낡은 인습에 얽매인 시인의 '운동 폭발'이다. (…) 부조리 속에서, 그 지리멸렬함 속에서, 정신의 무정부 상태에서, 견디어낼 수 없는 혼란 속에서, 그 잔인한 방화 도중에서, 시인들은 이 모든 것을 진화시켜줄 수 있는 절서를, 새로운 신의 도래를, 신은 이미 없었기 때문에 기다리고 있었다. 그리고 그것이 1919년 『문학』지를 중심으로 다다가 그 성명을 날리고 있는 도중, 이 새로운 그 무엇의 이론적 배경을, 에딩톤, 하이젠베르크 등의 물리학자가, 마르크스, 레닌, 트로츠키 등의 혁명가가, 프로이트, 융 같은 심리학자가 제공해주었을 뿐이다. (…) 우리는 초현실주의에서 아주 중요한 두 개의 양태를 유출한다. 도덕적 태도로서의 욕망의 해방과 시적 기술의 태도로서 상상력의 자유를 이끌어낸다. 그러나 이 두 개의 명제는, 바로 자유라는 그 점에서 합일한다. 새로운 생을 얻기 위해서, 세계를 변형해야 한다는 것 – 그것은 말을 바꾸면 자유의 편재성이다. 결국 세계의 개혁이란 현재의 개혁이다. 그리고 이 현재를 수정하기 위해서 혁명은 행해져야만 한다."[75]

이처럼 김현은 자신의 관심사를 따라 '초현실주의 연구'를 진행하는데, 프랑스의 '현대적' 문학을 그는 '도전적 태도로서의 욕망의 해방과 시적 기술의 태도로서 상상력의 자유'에서 찾고 있다. 이 논리를 한국문학에도 그대로 가져오면서 그는 새로운 세대의식, 현재의 개혁을 위한 혁명성, 자유와 상상력을 강조하면서 비평적 모더니티를 추구해간다. 예컨대 "다다의 혼란과 광태 속에서 건설적이기를 원한 초현실주의는, 그리고 우리에게 상상력의 자유와 욕망의 해방이라는 '자유'의 두 속성을 통해 우리가 굴욕적으로 이 생 앞에서 받아들이고 있는 상황, 이 타기할 만한 상황의 변혁을 가르쳐주고 있다"[76]는 사고의 표명은 김현의

---

75 김현(1964), 「초현실주의 연구 – '자유' 개념을 중심으로」, 서울대 불문과 졸업논문(김현문학전집 12권 『존재와 언어』, pp.29–40).
76 김현(1964). 앞의 글, 앞의 책, pp.52–53.

현대적 문학론의 출발점이라고 볼 수 있다.

또한 김현은 「허무주의와 그 극복」(1968)이라는 평문에서 허무주의를 부정적으로 인식하고 있는데, 이는 허무주의 사조 자체를 부정하는 것이 아니라 특정한 시대의 특정한 문화권의 허무주의, 즉 한국 몇몇 작가들의 추상적인 작품 경향을 '비개성적 허무주의'라고 지적한 것임을 알 수 있다.

> "나는 위에서 비개성적 허무주의라는 말을 썼는데, 그것은 이쪽의 허무주의가 서구의 허무주의와는 근본적으로 다르다는 것을 나타내기 위한 것이다. 나로서는 허무주의란 개인과 손잡지 않는 한, 존재에 대한 강한 의식과 거기에 대한 명료한 통찰을 전제로 하지 않는 한, 실의와 체념의 동의어에 지나지 않기 때문이다."[77]

그는 오히려 서구의 허무주의 사조를 대단히 중요한 문화적 현상으로 수용하고 있다. "허무주의가 모더니티 속에 깊숙이 내재하고 있다는 것은 의심할 필요가 없다"[78]는 앙리 르페브르의 지적에 따르자면, 김현의 이같은 허무주의에 대한 깊은 관심은 비평적 현대성의 징후로 해석될 수 있을 것이다.

한편, 문학 자체를 하나의 이데올로기로 상정하고 엄밀한 사회과학적 시각에서 논리를 전개했던 백낙청의 문학 인식은, 횔더린과 매슈 아놀드의 차원 위에서 비롯하여 정치경제학에 걸쳐있는 다방면의 지식체계를 수용함으로 가능한 것이었다. 백낙청이 드러내고 있는 새로운 지식의 도입 양상을 문학적인 측면에 한정할 때 이는 진보적인 문학론의 수용 과정으로 나타난다. 이를 통해 그는 문학의 사회성, 역사성과 분리되어 존재할 수 없다는 근본적 관점을 일관되게 유지한다. 「새로운 창작과 비평

---

77 김현(1991), 「허무주의와 그 극복」, 『현대 한국문학의 이론 / 사회와 윤리』(김현 문학전집 2권), 문학과지성사, p.210.
78 앙리 르페브르(1999), 『모더니티 입문』, 이종민 역, 동문선, p.320.

의 자세」[79]의 경우, 싸르트르의 영향이 큰 비중을 차지하고 있는데 이후 그는 아놀드 하우저와 게오르그 루카치, 레이몬드 윌리암스 등의 진보적인 문학이론에 대한 관심과 이해의 폭을 뚜렷이 보여주고 있다. 「서구문학의 영향과 수용」은 이와 같은 지식체계의 수용 과정이 백낙청 자신의 내적 성찰과 결부된 것이라는 점에서 주목된다. 여기서 백낙청이 강조하고 있는 것은 '서구적'인 것과 '한국적'인 것 사이에 놓인 객관적 거리의 존재이다. 그는 이 거리를 그것들 각자가 속해 있는 사회현실과 역사적 상황의 격차에서 바라보면서 서구 문화의 수용에 있어서 일방적인 긍정과 부정이라는 두 가지 태도를 동시에 문제삼고 있다.

> "金權政治의 세계에서 문학은 '서구적'인 것 '한국적'인 것 가릴 것 없이 파멸하고 말기 쉽다. '서구적'인 것은 소수 득권층의 고도로 발달된 소비성향을 충족시키는 사치품이 될 것이요, '한국적'인 것 중 비교적 저가의 품목이 '대중문화'의 이름으로 나머지 국민들에게 보급되어 우민정책의 도구로 사용될 것이다. / 따라서 문학하는 사람들로서도 자신이 취하는 문학적 태도의 이데올로기적 근거와 역사적 의의를 반성하는 것이 급선무라고 생각된다."[80]

백낙청은 후진국의 정치적 빈곤 상황 속에서 문학인이 직면할 수밖에 없는 고뇌와 위험을 경고하는데, 그에게 있어 서구적인 것의 의미는 그것이 수용 주체의 자각적 인식을 통하여 "진보에의 의지"와 결부되지 않을 때 반작용과 혼란을 초래할 뿐이다. 이러한 백낙청의 의식은 루카치의 역사소설론을 한국문학의 현장에 도입한 「역사소설과 역사의식」에 관철되어 있다. 이 글에서 그는 루카치의 역사소설 이론에 근거하여 이광수와 김동인의 작품에 대한 평가를 시도한다. '역사소설이란 무엇인가?'라는 제1장의 물음을 통하여 황무지 위에 놓인 당대 역사소설 논의

---

79 백낙청(1966), 「새로운 창작과 비평의 자세」, 『창작과비평』 창간호.
80 백낙청(1967), 「서구문학의 영향과 수용」, 『신동아』(1967. 1). p.406.

수준을 지적하는 대목에서 백낙청의 궁극적 질문은 오늘의 상황에서 "우리 문학, 특히 우리의 수많은 역사물 작가들은 어떻게 대응하여 왔는가?"[81]라는 것이다. 한국 문단의 현안을 타개하고 작가의 문학적 실천을 도모하는 맥락 속에서 루카치의 이론적 의미는 크게 부각된다. 그러나 중요한 것은 이와 같은 백낙청의 진보적 문학론 수용과정이 한편으로 한국문학에 대한 보다 견고한 전망의 수립에 연결되고 있다는 점인데, 이 단계에서 백낙청의 계몽적 이상은 리얼리즘이라는 문학적 기획에 의하여 그 자신의 모습을 드러내기 시작한다. 그는 이와 관련된 외국이론서를 번역하거나 외국작품을 분석하는 직업[82]도 병행하고 있다.

염무웅은 일찍이 『산문시대』 동인의 자격으로 「현대성논의(現代性論攷)」를 발표한 바 있으며, 이 시절의 염무웅은 자신의 전공인 독일문학, 그 중에서도 현대문학에 대한 깊은 관심과 체험을 보여주고 있다. 그러나 『산문시대』 시절을 마감한 염무웅은 문학의 본질을 역사적 차원에서 규명하고자 하는 노력을 드러내 보이기 시작하는데, 이는 「풍속소설은 가능한가」라는 평문에서도 확인할 수 있다. 염무웅은 이 글에서 풍속소설의 개념과 관련하여 서구 문학사를 정리하는데, 19세기 자연주의 문학에서 카프카의 내적 리얼리즘에 이르는 리얼리즘의 전통과 현대적 변모 양상을 거론한다. 60년대 중반을 넘어서면서 염무웅은 백낙청과 거의 동일한 인식의 지평을 향해 나아가고 있음을 알 수 있다. 그는 이 과정에서 아놀드 하우저의 『문학과 예술의 사회사』 번역을 통해 자신의 문학에 대한 생각을 정리하는 계기로 삼을 수 있었다고 말하고 있다.[83]

또한 정명환을 비롯하여 외국문학을 전공한 전후세대 비평가들은 서

---

81 백낙청(1967), 「역사소설과 역사의식」, 『창작과비평』(1967. 봄호), p.40.
82 백낙청(1969), 「콘래드문학과 식민지주의」, 『월간문학』(1969. 4).
　 ─ 이 글에서는 조셉 콘래드의 「어둠의 속」을 앙가주망과 현실인식을 중심으로 분석하고 있다.
83 염무웅, 김윤태(대담)(1997), 「1960년대와 한국문학」, 『작가연구』 제3호, pp.220 ─221.

구의 소설이나 희곡 등에 관심을 갖고 직접 작품론을 쓰기도 했다.[84] 이러한 탐색을 토대로 비평가들은 비교문학적 관심을 가지고서 우리 문학을 분석하는 가운데 비교잣대로 합당한 서구 작품의 예를 수시로 활용하는 모습을 발견하게 된다.

그러나 우리 평단은 서구이론의 수용을 통해 문학본질에 대한 사유의 계기를 부여받기도 했지만, 한국문학의 특수성을 망각한 채 무분별한 수용으로 해석상 오류를 많이 남긴 것도 사실이다. 이에 관해서는 신세대 비평가들이 이후 자기반성의 모습을 보여주는데,[85] 특히 50년대부터

---

84 정명환은 1940년대의 전반기, 프랑스가 독일 점령군과의 저항 운동을 전개하고 있던 때 발표된 아누이유의 희곡『안티고네』를 읽고 문학과 삶을 연관지어 다음과 같이 쓰고 있다.
"문학은 대답이 없는 영원한 질문과 같다. 아누이유는 이 두 인물(크레온과 안티고네)을 우리 앞에 내보임으로써 우리의 선택을 강요한다기보다 우리에게 삶의 현실을 두고 근원적으로 고민하기를 종용한다. 이 작품은 크레온처럼 오염과 전락을 필연적인 대가로 받아들이면서 삶을 긍정할 것인가, 혹은 안티고네처럼 순수성을 지키기 위해서 삶을 거부할 것인가라는 어려운 문제를 다같이 생각해보자고 호소하는 것이다. (…) 이 예스와 노 사이에서 문제를 명쾌하게 해결할 수는 없다. 산다는 것은 아마도 그 사이의 긴장관계를 유지해나가는 것인지도 모른다." — 정명환(1963), 「예스와 노의 사이 — 아누이유의『안티고네』를 중심으로」, 『신세계』(1963. 12), pp.167-168.
또한 그는 일본소설을 통해 근대사회의 도래를 자각하고 허무주의를 비판한다.
"가와바타의 경우에는 죽음이 있으니까 생을 더욱 강렬하게 포용한다는 말로의 즉극성 대신에, 생을 죽음의 허무라는 입장에서 관조하는 '극기적인 소극성'을 보여주고 있다. (…) 다만 가와바타의 길을 따를 때, 근대사회 속에서 살아가야 하는 인간의 존재와 그 존재에서 태어나는 고민을 밝힐 수는 없다. 허무의 시점에서의 그 희한한 관조보다도, 허무를 넘어서는 행동의 문제가 전통 사회의 붕괴와 아울러 드러나고 있는 오늘날, 그의 입장은 부럽기는 하지만 절실한 것으로 느껴지지 않는다." — 정명환(1969), 「허무와 미의 문학 — 가와바타 야스나리의『유키구니(雪國)』를 중심으로」, 『아세아』(1969. 2), p.182.
85 김윤식은 1960년대 외국이론의 특징과 한계를 규정하면서 이 시기의 강단비평은 공과를 동시에 갖고 있음을 밝힌다. 그는 공(功)은 다분히 퇴영적이고 도식적인 면이 있긴 하지만 국문과를 중심으로 전개된 근대문학의 정리과정, 즉 새로운 자료의 발견이라든가 많은 작가론, 작품론 등이 씌어졌다는 점이며, 과(過)는 비평론의 진행상 문제점을 야기하고 있다는 점이라 밝히고 있다. 즉, 비평이 새로운 창작의 계기로 연결되지 못하고 있다는 점을 들고 있다. — 김윤식(1973), 「뉴크리티시즘에 대하여」, 『근대한국문학연구』, 일지사, pp.270-271.

소개된 실존주의, 신비평 이론에 대한 무조건적 신뢰와 수용에 대하여 비평인식의 수정을 촉구하는 평문들이 발표된다. 신비평이 모든 비평론의 핵심 영역으로 굳어져 아무런 비판적 성찰 없이 50년대 후반부터 대학교육의 현장에 절대적인 방법론으로 적용된 측면은 60년대 평단의 문제점으로 남아있게 된다. 우리의 문학연구 영역에서 지대한 영향을 미친 바 있는 신비평은 문학을 오직 그 자체로서 의미를 가지는 것으로 규정하는 존재론의 한 형태로서 당대의 입장에서는 문학에 대한 객관적 인식의 유일한 방법론으로 인식되었던 것이다. 하지만 신비평을 비롯하여 이론으로 무장한 강단비평이란 일정한 지적 훈련과 기본적인 개념의 정립에서 발단되어 어떤 원리를 확인하는 논리적 행위의 일종이기 때문에 따분한 관념적 체계에 머무르기 쉬운 한계를 분명히 안고 있다.

또 한 가지 특기할 만한 점은 외국 문학이론을 수입해 비평의 방법론으로 차용하고 있는 비평가들이 예외 없이 우리의 전통론에 대한 부정적 시각을 보이고 있다는 점이다. 이를테면 이어령, 유종호, 정명환이 외국의 문예이론으로 정태용, 조연현, 최일수 등의 전통적인 비평 태도를 비판적으로 바라보고 있다.[86] 따라서 외국문학 전공 비평가들은 이후에 그들이 수용한 이론이 우리 문학의 풍토에서 정합성을 가지는지를 점검하기에 이른다.

김치수는 염상섭 소설을 중심으로 「자연주의 再考」를 쓰면서, 서구 문학이론의 무비판적 수용은 "대개의 경우 이론이 이론으로 끝나게 되

---

[86] 이에 대하여 오히려 민족문학의 주체성을 강조했던 정태용은 외국문학을 전공한 이어령, 유종호와 뉴크리티시즘을 도입, 소개한 백철 등 강단비평가들을 혹독하게 비난하며 외국 문학이론만이 능사가 아님을 경고하고 나선다. ― "솔거의 리얼리티는 예술이 아니고 도스토예프스키는 예술이라고 하는 따위로 소설이나 문체가 무엇인지도 모르는 사대주의 선전원 이어령씨나, 한국에 한국적인 것이 없다는 가짜 한국인 유종호씨나, 희대의 노벨상 기술자 백철씨는 분명히 과학성이 없는 칵테일 지식의 한국적 넌센스다. 이런 넌센스는 진짜 특산품이니까 해외수출에 유망할 것이다"― 정태용(1963), 「'한국적'인 것과 문학 ― 백·유 양씨 소론에 대하여」, 『현대문학』(1963. 2). pp.203-204.

고 작품에 반영되기는 어렵"다고 지적하며, 이 글의 결론에서 외국문학 사조 수용의 주의사항을 다음과 같이 정리하고 있다.

> "넷째, 문학사를 정리하거나, 한 작가나 작품을 평가하는 데 있어서 비평가나 문학사가는 서구식 개념을 그대로 한국문학에 적용하거나 서구식 사조 속에 한국 작가나 작품을 적용시키는 것은 오류에 속한다는 것이다. (…) 다섯째, 외국의 문학사조를 이 땅에 도입하기 위해서는 그 사조의 개념을 정확하게 파악하고 그것의 굴절 가능성에 관한 고찰을 통해야 한다는 것이다."[87]

김치수는 이 글에서 서구식 이론에 의존하지 않고 그 나라 안에서의 필연성을 발견하여 문학사를 구성하려면, 반드시 구체적인 작품을 근거로 문학이론의 관념성을 탈피해야 한다고 강조한다. 그 작품 내의 특성이 새로운 사조로 꿰어졌을 때 작품은 역사성을 획득하게 된다는 것이다. 이같은 김치수의 자각은 60년대 신세대 비평가들이 비평의 이론성을 강조한 이면에서 문학작품의 실제비평을 근거로 그 시대 비평적 논리를 세워나가는 모습과 연결되며, 의식철학에 경도되어 있던 이전 세대의 비평문학과는 명징한 차별성을 드러내 보인 것으로 파악된다.

이상에서 살펴본 바, 1960년대는 감상 차원의 비평 단계에서 탈피하기 위해 이론적 토대를 구축했던 시기이다. 서구의 다양한 이념과 원리의 수용에 의해 활기를 띠게 된 강단비평은 60년대 초기의 문단비평에 맞서는 구도를 이루면서,[88] 두 축이 긴장관계를 띠고 비평문학의 방법적 원리와 인식의 논리를 체계화시켜 나갔다고 볼 수 있다. 물론 이 시기 한국 문학작품에 대한 서구 문학이론의 무분별한 적용이 반드시 바람직한 현상이라고 보기는 어렵지만, 이러한 철저한 이론 중심적인 강

---

[87] 김치수(1965), 「자연주의 재고 − 염상섭」, 『한국소설의 공간』, 열화당, p.124.
[88] 이와 같은 국면의 추이는 70년대 초에 이르러 제기되는 '강단비평과 문단비평의 거리'에 대한 문제의식에서 확인된다. − 송재영(1979), 「비평과 반비평 − 강단비평과 문단비평의 거리」, 『현대문학』.

단비평이 한국 문학의 연구 수준을 한 단계 끌어올렸다는 점도 간과해서는 안 될 것이다.[89]

또한 불란서 계통의 실존주의 철학[90]은 60년대 비평계의 참여문학론 전개에 이론적 바탕을 제공해주는 구실을 한다. 까뮈 중심의 시지프스적 실존 사상과 싸르트르 중심의 프로메테우스적 실존 사상의 충돌은 한국 평단의 순수—참여문학 논의 과정에서도 계속되는 양상을 보인다. 또한 60년대 초기부터 강단 비평가를 중심으로 서구 문예이론 및 문학연구 방법론을 점차 체계화시켜 나갔고, 문단 전반에서 비평장르의 입지도 굳건히 하게 된다. 1950년대 후반부터 소개된 신비평[91]이 60년대에는 프랑스의 구조주의 비평론과 함께 보편화되면서, 시, 소설, 희곡 등 작품 해석 작업에 원용되는 등 분석비평의 형식이 정착하기에 이른다. 이로써 이전 시대의 정실비평, 인상비평의 원시성에서 벗어날 수 있었던 것이다.

---

89 1960년대는 교육 부문에 있어서 미국 위주의 각종 교육 사절단과 연구소의 설립, 유학생의 증가가 그 특징으로 두드러지는데, 이는 정치적인 측면에 있어서 친미반공 이데올로기의 일상화 국면에 대응되는 것이었다. — 한국교육연구소 편(1993), 『한국교육사』(근현대편), 풀빛, pp.400-411.

90 실존주의는 50년대 후반부터 전후의 상황과 맞물리면서 한국의 평단에 커다란 영향을 미치게 된다. 전쟁이라는 절체절명의 극한 상황을 체험함으로써 무의미하고 부조리한 사회로부터 소외된 인간 실존에 눈뜨게 되는 것이다. 실존주의는 현대인이 처해 있는 인간 조건에 관심을 가지므로 현실에 대한 강한 인식에서 출발하게 된다. 그래서 전후세대는 현실참여의 방법을 모색하게 되는데, 그들의 저항의 논리는 현실에 대한 냉철한 반성이나 성찰보다는 추상성에 머물고 만다. 특히 프랑스의 전후와 공감하면서 싸르트르와 까뮈의 문학사상을 집중적으로 소개했고, 현실상황에 대한 저항인 실존주의적 휴머니즘을 주장하기에 이르렀으나, 전후세대는 이를 추상적이고 보편적인 감정으로 인식하면서 창작의 구체적인 방법론으로 제시하지는 못했던 것이다. — 임헌영(1987), 「실존주의와 1950년대 문학사상」, 『현대문학』, pp.11-12 참조.

91 1950년대 비평의 원텍스트라 할 수 있는 신비평 등 외국 문예이론에 주안을 두고 있는 성과로는 백철(뉴크리티시즘의 제문제」, 『사상계』 1958. 11)과 김동환(「1950년대 문학의 방법적 대상으로서의 외국문학 이론」, 『문학과 논리』 3호, 1993) 등의 논고가 있다. 김동환은 신비평의 존재론적 근거와 방법으로서의 의미를 살피면서 그 개념과 방법론으로서의 특성, 한국적 수용과정과 강단비평에서 인기를 끌었던 배경 등을 비교적 소상히 밝히고 있다.

② 현실 폭로의 방식

1960년대 비평가들의 주체의식은 사회, 문화적 변화 속에서 현대 사회가 잉태하는 모순들을 정확히 인식하고, 문학창작 및 비평의 방향을 제시하는 것으로 나타난다. 이들은 한국의 시인 및 소설가가 단순히 문학작품을 창조하는 주체로서의 능력이나 기법에만 몰두할 것이 아니라, 미적 자의식은 사회와의 관련 속에서 파악되어야 함[92]을 강조한다. 60년대에 발표된 시나 소설들은 자의식의 표출에 치중해 있는데, 비평가들은 그러한 개인을 낳은 배경으로서의 현실을 파악하는 가운데 작가들이 사회 문제를 직시하고 그것을 미적으로 고양시켜 드러내주기를 요구하고 있다.

60년대 신세대 비평가의 대표주자 김현은 언어를 통한 작가의 역할을 다음과 같이 표현하고 있다.

> "작가=이발사를 강렬히 누르고 있는 현실이라는 압력을 그는 대나무밭에서 해결한다. 작가에게 있어서 대나무밭이란 적어도 언어의 밭이다. 그는 거기에 현실이 그에게 가한 만큼 털어놓는다. 그는 다만 그럼으로써 작가인 것이다. 작가가 언어의 밭에 현실을 내뱉지 않는 한, 그는 작가일 수 없다. (…) 그것이 언어 밖에서 흔들릴 때 아무도 그것을 말한 사람을 작가라고 부르지는 않는다. 그는 언어로써, 언어의 틀로써 그에게 가해한 현실에 복수하고, 그래서 카타르시스를 느낀다. 적어도 졸라의 『나는 고발한다』는 문학작품은 아니다."[93]

이 글은 분명히 '미학적 언어를 전제로 하지 않은 현실 고발은 문학일 수 없다'는 김현의 문학적 인식논리를 선포한 글이다. 하지만, 그의 의도를 '언어 미학'에만 초점을 두고 이해한다면 그것은 기존의 편협된 시각의 반복에 다름 아닐 것이다. 그는 분명히 현실의 압력을 인지하고 작가들이 글쓰는 행위를 통하여 현실을 폭로하고 그 현실에 복수하기를

---

[92] 문병호(1995), 『서정시와 문명비판』, 문학과지성사, pp.108-109.
[93] 김 현(1965), 「참가문학 시비」, 『선데이포스트』(1965. 5. 3).

기대하고 있다. 김현은 '사회학적 방향'의 극과 '미학적 방향'의 극이라는 비평의 두 가지 극단화를 지양하고 그 극복의 방법으로 〈언어적 고발〉을 제시했던 것이다. '작가가 언어의 밭에 현실을 내뱉지 않는 한, 그는 작가일 수 없다'라는 대목을 '언어'와 '현실' 어느 한쪽에만 액센트를 두고 읽을 수는 없기 때문이다. 그는 60년대 후반에 이르러 순수 아니면 참여라는 도식적 이분법을 탈피해야 할 필요성을 누구보다 절감하고 있었던 것으로 보인다.

　김현과 같은 비평집단에서 활동한 김병익은 60년대 문학의 자의식의 탐구를 중시여기는 가운데, 그 자의식을 탄생시킨 사회적 현실을 직시하기를 요구하고 있다. 그는 「앙팡 모랄리스트」[94]에서 60년대라는 시대정신에 철저한 대표적 작가로서 김승옥, 이청준, 박태순을 특별히 지목하고, 이들의 문학은 선배들이 절규만 내질렀을 뿐 건설할 수 없었던 전후의 정신적 공백에 제 나름의 가치의식을 발굴하려는 적극적인 탐구가 들어있다고 본다. 김병익은 전쟁 현장을 직접 표출하지는 않지만, 전쟁으로 더욱 촉진된 인간의 내부 파탄과 가치상실의 '현실'을 正視하여 형상화시킨 60년대 작가들의 용기와 도덕률을 높이 평가했던 것이다. 여기서 김병익이 현상 그대로의 서술을 요구하는 것이 아니라, 그 현상의 이면, 혹은 그 현상이 낳은 현실을 직시하고 문학에 반영하기를 촉구한 것임을 알 수 있다.

　『68문학』, 그리고 이후의 『문학과지성』에서 동인으로 함께 활동한 김치수는 실제 비평을 통해 현실 고발의 정신을 강조하고 있다. 그는 박경리의 단편소설 몇 편에 관한 작품론을 쓰면서 그 작품의 현실 비판적 측면을 부각시켜 서술하고 있나.

　　"박경리의 작품에서 보다 더 주목해야 할 것은 이처럼 피해의식에 사로잡힌 인간을 통해서 그때 그때의 사회의 풍속을 볼 수 있다는 것이다.

---

94 김병익(1968), 「앙팡 모랄리스트」, 『사상계』(1968. 6).

> (…) 종교의 허울을 쓰고 곗돈을 떼어먹고 돈놀이하는 여자, 시주받은
> 쌀을 팔아서 돈으로 들고 가는 중, 돈의 액수에 따라 불공을 드려주는
> 절, 정확한 진단도 없이 돈만 보고 덤비는 가짜 주사약을 사용하는 의사
> 등 사회악의 표본에 대한 고발을 만나게 된다."[95]

　사소설에 가까운 「불신시대」, 「영주와 고양이」, 「하루」 등 세 편의 박경리 작품분석을 통해 김치수는 이 글에서 전쟁 후의 암담한 현실을 살아가는 불행한 여인상에 주목하고 있다. 등장하는 여인들을 살펴보면, 이들은 "큰 피해만 없으면 간섭하지도 않고 간섭받지도 않으려는 소시민"적 기질을 가지고 있으나, 그렇다고 내면적으로 "현실에 대한 불신이 사라진 것은 아니"라는 것이다. 때문에 "개인의 힘으로 시정할 수 없다는 체념을 갖지"않는 한, 그 인물들은 "사회고발의 모습"을 보여준다고 김치수는 이해하고 있다. 그리고 그는 이 작품들이 "전쟁을 겪은 여자의 신변 이야기에 가깝"지만 "하나의 비극적 여인상을 창조하는데 문학적 형상화를 상당한 수준에서 이룩하고 있다"며, 박경리의 언어를 통한 고발의 형식을 높이 평가한다. 더 나아가 「김약국의 딸늘」이나 「시장과 전장」에 이르러 작가가 사회적 불행의 세계로 관심의 폭을 넓히고 있다는 점에 김치수는 주목한다.

　대개 김현 주축으로 형성된 동인지 『68문학』 계열 비평가들의 특성을 '개인의식과 언어성에 대한 탐구'로 한정짓지만, 문학의 본질론에 근접한 신세대들의 비평의식은 특정 동인지의 알려진 성격과 별도로 다양하게 표출되고 있음을 알 수 있다. 즉 이들은 개인의식과 사회상은 불가분의 관계임을 인식하고 있었던 것이다. 이 글의 마지막 부분에서 '개인 존재의 비극성은 사회적 비극이 폭로되었을 때 더 심화된 고뇌의 미학을 낳을 수 있다'고 말하는 김치수도, 작가들에게 개인과 사회의 관계

---

95 김치수(1969), 「불행한 여인상 − 박경리의 단편」, 『한국소설의 공간』, 열화당, pp.187−188.

구조를 문학의 자율적인 방식으로 형상화할 것을 요구하고 있다는 사실을 발견하게 된다.

또한 김치수는 「풍속의 변천」이라는 평문에서 신문학 초기부터 60년대에 이르기까지 우리 문학의 정신적 풍속도를 그리고 있는데, 특히 60년대의 소설 작품 김문수의 「迷路학습」, 홍성원의 「즐거운 지옥」, 이문구의 「덤으로 주고받기」 등을 중심으로 소설 속에 형상화된 현실상황을 살핀다.

> "50년대 작가들이 전쟁으로 인한 형이상학적 패배주의를 그리고 있다면, 이들 직장인의 고민은 어디에서 연유하고 있는 것일까? 그 원인은 가치관의 변천에 있는 것 같다. 1960년대 후반 이후 이 땅에는 경제 발전의 움직임이 눈에 띄게 이룩되었다. 공장이 건설되고 국민소득이 올라가고 소비가 미덕인 풍조가 드러나는 등 근대화의 경제 풍조가 조성된 사회에서 볼 수 있는 여러 가지 현상이 노출되었다. 그러나 이러한 경제적 성장에 반하여 인간의 정신적 작업은 크게 후퇴하고 도덕적인 타락은 현저하게 증가하고 있는 것이다."[96]

이 작품의 주인공들은 모두 잡지사에서 일하는 직장인으로, 60년대의 산업화를 겪으면서 상업적이고 감각적으로 변모해가는 현실 사회에 매몰되어 가는 일상인의 삶을 그대로 보여준다. 여기에서 김치수는 이 소설들이 폭로하고 있는 60년대적 현실에 대하여 '물적 자본의 풍족함과 정신적 자본의 고갈'이라는 부조리성에 주목한 것이다. 동시에 그는 작가들이 "이러한 현실을 내보임으로써 그것을 극복하는 방법을 모색하"기를 기대한다. 작가들이 작품을 통해 어떠한 삶과 사회를 보여주느냐 하는 문제는 "오늘날 한국문학이 어떤 방향으로 발전할 수 있을까 하는 문제에 연결"되며, 곧 자신의 문제이기도 했던 것이다.

---

96 김치수(1970), 「풍속의 변천 – 김문수, 홍성원」, 『한국소설의 공간』, 열화당, pp.202-203.

한때 김현 중심의 비평집단에서 활동하던 염무웅은 60년대 후반부터는 『창작과비평』에 합류하여 글을 발표하기 시작한다. 그는 이 무렵부터 문학의 본질을 역사적, 사회적 차원에서 규명하고자 하는 노력을 확연히 드러내 보이기 시작하는데, 「현실과 허위의식」에서 그는 유현종의 단편 〈거인〉에 대하여 다음과 같이 밝히고 있다.

> "물론 서문돌 같은 긍정적 인간상을 보여 준다는 것은 오늘날의 한국문학에서 특별히 중요한 일임에 틀림없다. 인생의 암흑면에만 집착하는 것은 한국문학의 식민지적 유산이며 패배주의적 현실도피의 한 방편이기도 하기 때문이다. 그러나 역사의 진보에 대한 신뢰와 인간의 긍정은 그 자체로서 가치가 있는 것은 아니다. 그것은 당면한 부정적 현실을 고발하고 개혁하려는 실천적 의지에 보장됨으로써 비로소 의미를 얻는다. 역사적, 사회적 관련에서 떠난 막연한 낙관론은 현실의 망각과 다르지 않다. 개인적 윤리감정의 강조는 상황의 진상을 내면화시키는 데 그친다."[97]

이 대목에서 염무웅은 60년대 소설의 개인주의 표방의 한계를 지적하면서 '당면한 부정적 현실을 고발하고 개혁'하려는 의지가 있어야 문학적 의미를 획득할 수 있다고 주장한다. 그의 논리에 의하면 기성문단의 비평이 내세웠던 인간에 대한 '막연한 낙관론'도, 또 당대의 개인적 윤리에 치중하는 모습도 '현실망각'과 연결되어 모두 무가치한 것으로 판단된다.

염무웅의 이러한 인식적 측면은 〈선우휘론〉[98]에서도 발견된다. 그는 선우휘의 문학을 검토하면서 '현실도피적 순응주의와 소극적 개인주의'로 나타나는 한계를 비판하고 있다. 이 글의 결론 부분에서 염무웅은 예술가에게 있어서 중요한 것은 "그가 개인적으로 무엇을 확신하고 어디에 동조하느냐"하는 것보다 오히려 "그가 사회적 현실의 문제와 모순을 얼마나 힘차게 제시하느냐"에 달려 있다는 하우저의 말을 끌어오고

---

97 염무웅(1966), 「현실과 허위의식」, 『청맥』(1966. 9), p.76.
98 염무웅(1967), 「선우휘론」, 『창작과 비평』(1967. 겨울호).

있다.[99] 이 대목은 염무웅 자신이 도달한 문학 인식의 내면화 수준을 그대로 보인 것으로서, 문학의 정치성이나 이념성은 지양되어야 하되 작가들이 현실적 모순현상을 직시하고 그것을 문학을 통해 형상화하며 문제 제기하는 행위는 중요한 임무라고 강조하고 있다.

한편, 전후세대 비평가들은 대개 기성문단의 순수문학 이데올로기의 관념성을 인식하게 되면서 순수－참여 논의를 통해 사회참여를 강조하는 입장에 서게 된다. 그래서 이들도 역시 현실 폭로의 비평방식을 선호하는 면모를 보인다. 그러나 신세대 비평가들과 변별되는 점은 문학성 혹은 언어성에 대한 구체적인 인식이 전제되지 않은 사회 고발의 주장이 대부분이라는 것이다. 전후세대는 현실 상황에 관심을 가지고 그것을 문학에 반영해야 하는 필요성을 각성한 수준에 불과하다.

이철범은 역사적 현실, 특히 '정치현실'에 두드러진 관심을 드러내면서 자신의 비평인식을 표명한다. "오늘날 예술가들의 앙가쥬망이란 작품을 쓰는 일에 못지않게 인간의 이성에 어긋나는 정치악에 대해서 발언하는 일이었다"[100]고 주장하는 대목에서도 잘 알 수 있듯이, 이철범의 문제의식은 문학의 자율성보다는 현실 그 자체에 대한 엄밀한 파악을 논리의 배경으로 삼고 있다는 사실이다. 물론 작가가 현실의 정치악에 관하여 고발해 줄 것을 요청하고 있지만, 여기서 작가가 작품을 쓰는 행위와 작가의 앙가주망을 별개항으로 인식한 것을 보면 이철범은

---

99 아놀드 하우저의 『문학과 예술의 사회사』를 직접 번역한 염무웅은 이를 통해 자신의 문학에 대한 인식을 정리하는 계기로 삼는다. 그 자신의 회고에 의하면 하우저와의 만남은 자신이 지금까지 모색해 온 관점에 일치되는 개념의 발견을 의미하는 것이었다 － 염무웅, 김윤태(대담)(1997), 「1960년대와 한국문학」, 『작가연구』 제3호(1997. 3), pp.220–221.

100 이철범(1986), 「조작된 아류의 문학사」, 『고난의 시대 문학이란 무엇인가』, 종로서적, p.125.
    : 이 단행본은 1986년도에 발간되었으나 이철범이 직접 서문에서 밝히기를 여기에 실린 평론들은 모두 1960년대에 쓰거나 발표한 글들이라고 했다. 그러나 각 평론의 정확한 연도나 출처를 찾기 어려워 본고에서는 대표격으로 단행본의 연도를 기재함에 대해 양해를 구하는 바이다.

아직 문학성과 현실참여성을 대립의 요소로 여기는 도식적인 이분법의 문학인식에서 벗어나지 못하고 있음을 알 수 있다. 이철범은 이러한 현실에 대한 자각을 문학인 뿐 아니라 지성인 전체에게 요구하면서, 한국 역사에 대한 고심으로 이어가고 있다.

> "참된 지성인은 민족의 분열과 고통의 역사를 근심해야 마땅하다. (…) 아부의 역사 속에서 "아니다"를 끝끝내 외친 그 부정정신만이 민족의 의지를 한 민족의 역사 속에 구현시킬 수 있다. 무조건 "네"의 철학이 아니라 "아니다"의 철학, 그것이 지성인이 일차적으로 가져야 할 정신이다."[101]

여기서 이철범은 현실 상황의 모순을 깨트리고자 하는 부정정신의 소유자를 참된 지성인으로 보고 있다. 그가 언급하고 있는 현실 참여문학의 비판정신은 60년대의 새로운 시대의식과 연계되지만, 궁극적인 의미에서는 정치적 정세를 포함한 현실의 구조와 변화에 대한 역사적 전망과 관련될 터이다.

> "국제 권력의 음모와 그 권력이 토착화를 강요하는 과정에서 모든 것이 조작되고, 진실이 은폐되어도, 문학만은 언제나 자유와 진실을 밝혀야 하고, 한국인의 자유 그 권리를 역사 속에서 주장해야 한다. 나는 그런 의미에서 신문학 60년사를 적어도 "정치 문화"의 각도에서 살펴보려고 하며, 권력의 역사가 아닌 그 밑에 깔려있는 민중의 역사에 관심을 둔다."[102]

이 대목은 이철범의 문학을 바라보는 시각을 명확히 드러내 보이는데, 그에게 있어 문학이란 조작되고 은폐된 사회현실의 자유와 진실을 밝혀내는 것, 권력 아래 억압받는 '민중의 역사'를 살펴보는 것에 다름

---

101 이철범(1986), 「한국 지성의 방향」, 앞의 책, pp.12-17 참조.
102 이철범(1986), 「역사의식과 실존」, 앞의 책. p.8.

아니다. 이런 점에서 이철범의 문학에 대한 인식은 미적 자율성을 배제
한 계몽적, 합리적 의식의 연장으로 볼 수 있다. 그가 주장하는 역사의
식은 곧 50년대의 관념적인 순수문학에 대한 비판의식과 연결되는 것이
었다.

> "한국의 작가와 우리 문학은 "역사 의식을 지녀야 한다"는 참뜻을
> 모르게 되었다. 특히 분단의 역사를 통틀어 안고, 역사의식으로 현존
> 재를 고발하는 불붙는 정신이 결여되어 있었기 때문에 문학은 작가와
> 실제 살고 있는 역사적 현실과는 무관한 곳에서 순수의 이슬만을 먹고
> 있었다."[103]

이철범은 여기서 '작가는 역사의식을 지녀야' 하고, 그 '역사의식은
곧 현존재를 고발하는 불붙는 정신'이라고 우리 문학의 방향성을 제시
하고 있다. 그러나 역사적 현황을 고발하는 정신을 작가의 임무로 부여
하고 있는 이철범의 논리가 작가들에게 현실고발의 태도를 요구한 신세
대 비평가들과 다른 점은, 언어적 형상화, 즉 문학적 방식을 고려하고
있지 않다는 점일 것이다. 신세대의 논리가 언어적 고발의 형식으로 모
아진다면, 이철범은 역사 속에서의 비극적인 현재를 각인시키는 고발의
내용 자체에 중점을 둔 것이다.

전후세대 비평가 김우종 또한 4·19를 경험한 후 자신의 현실에의 참
여의식을 한층 더 견고하게 만든다. 그는 지금까지 정치 현실에 대하여
방관자로 머물렀던 당대의 문화인 계층을 비판하면서 "정치면을 응시하
고 발언할 태세를 갖춰야 한다"[104]고 요구한다. 보다 중요한 사실은 현
실 고발을 족구하는 이러한 당위의 논리가 그대로 문학 인식의 차원에
서 반복되고 있다는 점이다.

---

103 이철범(1986), 「조작된 아류의 문학사」, 앞의 책. p.124.
104 김우종(1960), 「바른 여론을 환기시키자 — 문화인과 정치참여의 필요성」, 『조선
일보』(1960. 5. 9).

> "문학은 언제나 현실을 반영한다. 그리고 현실을 비판한다. 그러므로 한국같은 비극적인 현실을 배경으로 한 문학이 무엇보다도 정의감을 가장 큰 테마로 삼아야 함은 두말할 필요가 없다. 이제부터 작가들은 눈을 더욱 열고 깊은 곳으로 돌려야 한다. 두 개의 거대한 노력이 맷돌질을 하고 죄없는 생명들을 갈아버린 땅이요, 당쟁과 식민지와 독재의 무대가 되어온 땅이요, 또 앞으로 무슨 비극이 연출될지 모르는 땅이다."[105]

위의 구절들의 어조는 김우종의 문학 인식이 이미 현실반영을 촉구하는 결론에 도달한 것임을 알 수 있게 해준다. 그러나 그의 논리는 문학적 작품성을 고려하지 않은 이철범의 경우와 동일한 맥락에서 성립된 것이다. 문학인은 정치면을 응시하고 발언하며, 정의감을 테마로 삼고 현실을 비판해야 한다는 그의 인식은 당시 4·19 직후의 사회 현실에 대한 응당한 반응 차원에 머물러 문학적 형상화 방식에 대한 고심으로 이어지지는 않고 있다.

그러나 여기서 이어령의 주장은 앞의 전후세대 비평가의 입장과 구별힐 필요가 있겠다. 그는 정치적 수단이 되는 신진문학을 비판하면서 대신 '참가문학'을 주장하고 나서는데, 그가 말하는 참여문학은 '개성과 주체'로 표명되는 개인의 자율성에 바탕을 두고 있는 것이다. 작가는 '어떻게 참가하는가?'라는 결론 부분에서 이어령은, 싸르트르의 문학론에 기대어 작가라는 존재와 글쓰기 행위의 궁극적 의미를 제시한다. 작가는 글을 쓴다는 행위 자체에 의해 사회참여를 하고 있다는 것이다. '사물을 현시'하는 언어라는 매체를 통하여 '상황에 이름을 짓는' 일종의 명명행위와도 같으며, 여기서 작가의 행위는 '개인의 존재와 인간의 자유를 박탈하려는 그 억압'에 대한 폭로와 비판의 의미를 가진다는 것이다. 이어령은 "참여는 문학이 정치로 화하는 것이 아니라 문학이 문학의 입장에서 정치, 사회제도를 발언하는 것"[106]이라고 말하면서, 문

---

105 김우종(1960), 「정의감과 예술성— 今後의 소설문학의 과제」, 『동아일보』(1960. 6. 1).

학의 자율성을 옹호함과 동시에 개인을 억압하는 그 실체를 폭로하는 것이 작가의 본원적 행위임을 밝히고 있다. 글쓰기 행위와 언어라는 매체를 언급했다는 측면에서 보면, 이어령은 신세대 비평가들의 인식 바탕이 되는 논의를 일찍부터 선보이고 있었음을 알 수 있다.

제1장에서의 고찰을 통해 비평정신은 그 시대의 사회, 문화적 현상과 맞물려서 형성된다는 것을 다시 확인하게 되었다. 특히 1960년대 신진 비평가들은 서구의 비평이론을 수용하면서 이를 토대로 활발한 실천적 비평행위를 보이는가 하면, 동시에 현대적 전환을 맞은 현실에 대한 지대한 관심을 드러내면서 문학을 통해 사회의 악을 비판해야 함을 강조하고 있었다. 따라서 이들은 기존에 유지되어 오던 문단 질서를 재편성하고 새로운 시대적 요구에 부응하는 비평론을 내놓을 수 있었던 것이다.

이처럼 '새로운 것'에 대한 비평가들의 열망은 앞선 세대의 문학 인식 수준을 뛰어넘고자 하는 의지와 함께 자신들의 비평논리를 체계화, 차별화시켜 나가게 한다. 당면한 현실과 기존의 비평담론을 혁신하려는 이들의 움직임은 곧 1960년대 비평문학이 성취한 '현대성'과 연관된다 하겠다.

---

106 이어령(1968), 「서랍속에 든 〈불온시〉를 분석한다 ― 「지식인의 사회참여」를 읽고」, 『사상계』(1968. 3).

제2장
새로운 비평의식과 자기성찰의 언술

1960년대 사회·문화적 현상의 대응형태로 드러난 비평문학은 그 형식이나 내용이 사회와 불가분의 관계 속에 있음은 자명한 일이다. 따라서 당대의 사회적 변모양상은 미적 반응으로서의 비평태도를 분화시켰으며, 비평가들의 인식적 측면에도 지대한 영향을 미친다. 60년대를 개막하면서 발생한 4·19만 해도 그 사건은 사회 전반에 걸쳐 혁명의 계기를 부여했다. 국민에 의한 정부, 빈궁 탈출의 경제적 토대, 합리적인 시민사회 등을 목표로 '현대사회'를 향해 한 걸음 더 내디딜 수 있는 단초 역할을 한 것이다.

이는 평단에도 큰 영향을 끼쳤는데, 1960년대 들어서서 새롭게 등단한 비평가들은 기존의 추상적인 비평이념이나 선동 차원에 머문 구호비평을 부정하면서 문학정신을 혁신하고자 하는 의지를 보인다. 이 때 60년대 비평가들은 자기가 경험하고 있는 시대를 새롭게 인식하면서 과거와는 단절된 시간의식을 소유하는데, 이러한 차별적인 시대의식에서 우리는 현대성의 자질[1]을 발견하게 된다. '새 것'이라는 말이 지닌 '부정의 힘'은 곧 죽음과 부활을 동시에 경험하게 하는 것이다. 헤겔에 의하면, 과거를 더 이상 본받을 만한 표본으로 삼지 않는 현대는 "방향을 설정하는 자신의 척

---

1 현대성(모더니티)은 전통에 대한 결별, 새 것에 대한 감수성, 스쳐 지나가는 순간들에 대한 현기증과 같은 시간의 불연속성에 대한 의식을 특징으로 한다. 보들레르가 현대성을 〈덧없는 것, 순간적인 것, 우연한 것〉이라고 정의했을 때, 그는 이러한 시간 불연속성에 대한 의식을 염두에 두고 있었던 것처럼 보인다. ― 미셸 푸코(1994), 「계몽이란 무엇인가」(장은수 역), 『모더니티란 무엇인가』, 김성기 편, 민음사, p.351.

도를 더 이상 다른 시대의 모범들로부터 차용할 수 없으며, 또 그렇게 하려고 하지 않는다. 현대는 자신의 규범성을 자신으로부터 스스로 창조"[2] 하게 되는 것이다. 그래서 비평가들이 사회적 전환에 부응하여 소유하게 된 부정정신은 '창조정신'의 또 다른 이름이라고도 할 수 있다.

1960년대 비평문학에는 이러한 현대적 특성이 뚜렷하게 발견되는데, 신세대 비평가들은 성찰적 접근을 통해 비평논리의 개진과정을 재고(再考), 반성하는가 하면, 한국적 상황의 특수성과 서구 이론에 대한 탐구를 동반하여 보다 진보적인 문학적 인식의 국면에 도달하게 된다. '현대성에 대한 성찰'은 현대성 자체에 내재되어 있는 또 하나의 특징이라 할 수 있다. 이 성찰성이란 주체가 사회와 스스로에 대해 성찰하는 것을 의미하며, 그러한 성찰에 부합하는 실천적 산물을 내놓게 된다. 이 때의 비평가들은 새로운 문학에 대한 열망과 함께 당대에 드러났던 비평적 흐름까지도 반성하면서, 개인의식 및 비평담론에 대한 세밀한 성찰을 보여준다. 또한 1960년대 비평문학의 방향성은 비평이념의 대립적인 양분구도를 탈피하려는 것이다. 이 때는 한두 가지의 비평이념이 거대 담론으로 굳어져 있는 시기가 아니라 개인 및 비평집단 간에 상호보완의 담론을 생산해내는 시기이다. 다원적으로 발표된 비평론들이 분화되고 교류하면서 진보적인 역사의식과 문학적 실천의지를 강화시켜 나간다.

3장에서는 이러한 면모들이 1960년대의 구체적인 비평문에 어떤 방식으로 표출되었는지 살펴보고, 이것이 바로 비평의 현대성을 확보하게 하는 동력이었음을 밝히고자 한다.

1. 부정정신과 결별의 시대인식

현대 비평문학의 특성은 단순히 문학사적인 비평의 연대기에서 찾기

---

2 헤겔(1996), 『헤겔 미학 1』, 두행숙 역, 나남출판사, p.37.

보다는 이전의 비평에 대한 부정과 이탈의 능동적인 작업에서 설명이 가능하다. 자신이 서 있는 시대를 새롭게 인식하면서 과거의 문학적 가치관과 단절[3]하고 시대를 스스로 새로운 궤를 창조할 때 현대비평의 거점을 잡을 수 있는 것이다.

앞서 지적했듯이, 1960년대 평단은 전후세대 비평가들이 본격적인 활동을 시작하면서 초기의 세대교체를 한번 겪고, 65년을 전후하여 신세대 비평가들이 대거 등단하면서 또 한번 전환의 국면을 맞는다. 서구 문예에 대한 지식체계를 발판으로 활동하기 시작한 젊은 비평가들은 과거와는 단절된 시대의식과 함께 평단의 새로운 분위기를 형성하며, 기성문단의 권위를 유지시켜 주었던 비평이념의 원시성[4]을 탈피하고자 한다. 이전 시대의 구세대 비평가들은 막연한 휴머니즘 속에 매몰되어 문학을 기형적으로 인식하고 있었다는 점에서 비판받기 시작하며, 그 비판정신의 주체가 되었던 전후세대마저도 구호 차원의 비평론에 그치는 한계점을 드러내어 신세대 비평가들의 지적을 면치 못한다.

특히 60년대의 신세대 비평가들은 이전의 비평계가 관념적인 사고와 선동적인 윤리비평 속에 정체되어 있었음을 파악하고, 구체적인 비평논리와 탐구정신을 더하여 이를 논리적으로 부정하면서 앞선 시대와는 구별되는 비평의식의 개혁을 추진해 나가고자 한다. 이들은 공통적으로 자신의 시대를 이전의 시대와는 다른 새로운 시대로 규정하고 있는데, 그러한 자기의식이야말로 현대 정신의 맥락과 닿아 있는 것이다.

---

3 모더니티의 중요한 속성으로 지목되고 있는 '전통과의 단절'은 단순히 기존의 문학적, 예술적 관습의 파괴를 의미하지는 않는다. '단절'이라는 의미는 역사적인 것을 경험하는 현대 특유의 사유방식이라는 차원에서, 즉 유동적인 현재에 대한 의식에 압도된 망각의 전략이라는 차원에서 이해되어야 할 것이다. 니체적 의미에서의 망각, 즉 자신이 처한 역사적 순간에 극도로 고조된 '현재의식' 속에서 행하여진 모든 역사적 선례에 대한 끊임없는 '부정'이라고 해도 무리가 아닐 것이다. ─ 황종연 (1994), 「모더니즘의 망령을 찾아서」, 『모더니티란 무엇인가』, 민음사, p.196.

4 여기서 '원시성'이라 함은, 시대적 문명을 거스르는 행위, 고루한 인식체계, 직관 및 감정에 치우친 발언, 관념의 미분화 상태 등 이 외에도 허위로 가득찬 모든 것을 일컫는 말이다.

1) 계기적 시간성의 부정

문학에 나타난 시간성이란 다양한 양상을 띠고 있는 작가의 의식 내용, 즉 체험적 시간을 의미 관련지어 조직화, 예술화한 것이다.[5] 1960년대 비평문학에 내재한 인식의 저변에는 당시 비평가들의 체험이 시간과 관련 맺으며 나타난다. 이 때 시간의 양상을 살피는 일은 그들의 비평적 지향성이 무엇인가를 살피는 일이며, 문학 속에 내재된 비평정신과 의도를 파악하는 한 방법이라 할 수 있다. 신세대 비평가들이 체험하고 내면화시킨 시간의식은 60년대적 현대를 살아가는 그들의 실존의식과 역사의식의 일단을 드러내 줄 수 있을 것이다.

여기서 '현대'라는 개념은 단순히 시간적인 현재(contemporary)가 아니라, 과거와는 공간적 내용이 완전히 다른 새로운 시대(modern)로서의 의미를 갖는다. '현대'라는 어휘가 기독교적 전통에서는 본래 최후의 심판과 더불어 도래할 새로운 시대를 의미하였다는 점을 상기할 때, 현대는 항상 새로운 것을 탄생시키는 현재와 더불어 매순간 반복되고 새롭게 시작한다는 것이다. 이러한 맥락에서 보면 현대성은 전체 역사의 지평으로부터 자신이 처해있는 지점을 확인하고자 하는 역사철학적 시각을 가리킨다. 그렇기 때문에 현대는 발전과 개혁을 위해서 기존의 인습이나 보수적인 전통을 거부하게 되고, '혁명하는 주체'로서 자각을 가능하게 한다.[6] 따라서 일종의 허구적 시간일 수도 있는 새로운 시간의식은 미래에서 기대되는 현실의 또 다른 이미지를 구현하며, 혁명의 시간을 가능케 하는 중요한 인식 방법적 원리로 사

---

5 오세영(1976), 「문학에 있어서 시간의 문제」, 『한국문학』(1976. 1).
6 여기서 이글턴의 지적은 음미할 가치가 있다. "종전의 모든 발전을 '전통'이라는 쓰레기통에 호기있게 버리기에 유리한 위치인 당면한 현재, 그것의 충격 속에서 역사를 중지시키고 거부하는 행동을 암시하면서, 동시에 절박할 만큼 현실적이지만 안타깝게도 불분명한 자신의 현재적 경험 속에서 역사가 유달리 세차고 다급하게 움직인다는 느낌을 암시한다."- 테리 이글턴(1986), 『캐피탈리즘, 모더니즘, 포스트모더니즘』, p.139.

용되는 것이다.

이 혁명의 시간은 직선과 원환이 결합된 나선형의 시간이라 할 수 있다. 정치적 혁명은 직선적 시간에 강조점을 두지만, 문학적 혁명은 계기적으로 정렬된 시간을 부정한다. 이전의 원시성과 의도적으로 단절시킴으로써 순차적으로 이어진 과거 – 현재 – 미래로의 구도를 거부하고, 그것을 다시 재생시켜 되돌리려는 순환적 시간의식에 근거하기 때문이다. 이 순환은 과거 수준의 단순한 반복이 아니라, 인식의 차원을 달리하는 나선형의 시간구조를 가리키는 것이다. 따라서 현대성의 자각은 '있는 그대로의 현실(자연)'을 부정하고[7] 매순간 변화 가능한 현실을 드러내준다고 할 수 있다.

비평문학의 현대성을 반영하는 시간의식은 문화적으로 경험되고 평가된 인간적 시간이고 역사에 대한 의식으로서, 이 때의 시간은 계기적, 물리적 시간과 일치하지 않는다. 1960년대라는 특수한 시간을 살아가는 비평가들이 경험하는 개인적이고 주관적이며 심리적인 의식에 투영된 시간인 것이다. 이는 정신의 샤머니즘에서 벗어나지 못하는 기존 비평계의 현실을 인지하고, 단절의 시각을 통해 극복해야 한다는 1960년대 비평가들의 시대적 소명의식과도 통한다 하겠다. 특히 1960년대 문학의

---

7 루카치의 "예술은 더 이상 모사가 아니다. 왜냐하면 전범적 모델은 모두 사라져 버리고 말았기 때문이다"라는 진술에서 알 수 있듯이, 현대성의 관점에서 '자연'이란 더 이상 완전성의 전범이 아니라 결함을 지닌 존재로 전락하고 만 것이다. 과거의 사람들이 자연에서 보았던 신적인 상징과 마법적 요소가 자연에서 제거되고, 자연은 단순한 물체로 추상화된 것이다. 이로써 자연과 예술의 모방적 서열 관계는 현대성의 등장으로 역전되었다. 자연의 모방을 대신해서 자연을 가공함으로 자유를 실현하는 것이 예술의 중요한 과제로 부상하게 된 것이다. 이처럼 자연이 단순한 물체로 전락한 배경에는 자연을 바라보는 사람들의 시선의 타락이 전제되어 있다. 보들레르는 그에 대해 "보는 능력을 가진 사람은 그리 많지 않다"라고 적고 있다. 새로운 시대의 도래와 더불어 자연은 보여주는 능력을 상실했고, 현대인은 보는 능력을 상실했다. 더 나아가 "자연적인 것 자체는 이미 부패하고 사악한 것이어서 오직 인위적인 것에 의해서만 극복될 수 있다"는 판단으로 발전하게 된다. – 루카치(1985), 『소설의 이론』, 반성완 역, 심설당, p.42. 오문석(2002), 「김수영 시론 연구」, 연세대 박사논문, pp.8-11 참조.

성격을 '현대성' 즉 단절의 부정정신에 입각하여 규명하고 있는 김치수의 글은 눈길을 끈다.

> "어떤 문학이든지 새로운 문학은 그 앞의 것을 부정하고 나오는 것이 원칙이고, 그 부정을 통해서 그 앞의 문학을 긍정하며 동시에 전통을 형성하게 되는 것이니까 말이다. 문학에 있어서 전통이란, 아버지가 자식을 낳아서 대를 잇는 것과 같은 생리적인 것이 아니고, 하나의 작가 혹은 한 시대의 작가들이 이룩한 업적이 하나의 봉우리를 이루고 그 단절된 봉우리를 엮는 것이며, 따라서 그 업적은 전혀 이질적인 것이라 해도 전통의 형성에 지장을 주는 것이 아니다."[8]

이처럼 새로운 문학의 특성을 '부정을 통한 긍정', '단절을 통한 연속성'으로 인지한 김치수의 시간관은 순환적인 것이었다. 그는 전통이란 "부정함으로써 재창조되는 것"이라며 '維新(유신)'이라는 어휘와 연결짓고 있는데, "항상 새로운 것은 앞의 것, 혹은 기존의 질서를 부정하는 것이며, 그 부정을 통해서 기존의 업적을 인정하는 것"이라 했다. 김치수에게 있어서 60년대 문학은 계기적인 시간의 연속선상에서 과거의 문학을 계승하는 것이 아니라 기존의 질서를 부정함으로써 탄생된 새로운 문학이었으며, 앞 시대와는 이질적인 '단절된 봉우리'로 인식되었던 것이다. 그는 이러한 새로운 시대의식과 함께 문학의 현대성 개념을 정확히 짚어주고 있다.

또한 60년대의 진보적인 문학론 형성의 노정을 밟아갔던 임헌영은 〈니힐〉에서 부정의 적극적인 의지를 발견해내고 있다. 그의 표현을 빌리자면 문학이란 '현실의 출구'를 향해 나아가는 것인데, 그 '현실을 타개해나가는 새로운 문학 정신이란 과연 무엇인가'라는 임헌영의 문제의식은 「니힐과 반항」이라는 평문에서 잘 드러나고 있다. 임헌영에 의하

---

8 김치수(1976), 「반속주의 문학과 그 전통 － 60년대 문학의 성격, 역사적 위치 규명」, 『한국소설의 공간』, 열화당, pp.59-60.

면 허무주의, 곧 니힐은 현대 문학과 사상을 규정하는 본질적인 요소이다. 절망과 부정이라는 양면적 의식으로 특징지워지는 니힐은 기성적인 가치에 저항하는 적극적인 의지로 볼 수 있다는 점에서 새로운 가치창조의 정신으로 파악되고 있다. 니힐의 정신은 부정의 미학을 만들어내며 그 저변을 이루고 있는 것은 곧 '반항'이라는 것이다. 이 부정의 미학을 대변하는 것은 도스또예프스키와 이상의 문학인데, 여기서 도스또예프스키가 서구 역사에 있어 "형이상학적 반항의 시발이며 진정한 현대의 입구"를 이루고 있는 경우라면, 이상은 "한국적 절망의 니힐에서 처음으로 부정의 니힐을 시도한 순교자"라는 의미를 부여받고 있다.[9]

이와 같이 진정한 현대문학을 성취하려면 기성의 가치를 직선적으로 계승하는 것이 아니라 부딪힌 현재의 상황에 절망하고 이를 부정, 저항함으로써 새로운 가치창조로 나아갈 수 있다는 것이다. 임헌영은 이러한 나선형의 시간의식을 통해 60년대 비평문학의 '현대성'을 확보해가고 있다.

그런데 여기서 우리는 역설적인 사태에 직면하게 된다. 새 것과 새로운 시대의식의 등장으로 인해서 발생한 혼란과 위기, 그것을 구제할 수 있는 것은 다시 새 것과 새로움밖에 없다는 것이다. 헤겔의 말처럼 '현대성'이란 상처를 낸 바로 그 손이면서, 또한 자신이 낸 상처를 치유할 수 있는 유일한 손이기도 하다.[10] 현대성은 타락한 자연 및 부르주아 사회의 모방과 재현을 부정하고 단절을 표방한다. 그러나 이를 현실 도피의 기회로 삼는 것이 아니라 극복하고 새로운 재현의 방식으로 다시 되돌아오기 위해 떠나는 험난한 모색의 여정인 것이다. 이는 곧 현존재 속에서 오염된 것을 버리고 정화를 통해 새로운 이상(Ideal)을 실현하려는 것이다.[11]

---

9 임헌영(1966), 「니힐과 반항」, 『현대문학』(1966. 8), p.296~297.
10 헤겔이 『논리학』에 인용한 비극의 대사, 여기서는 로버트 터커(1982), 『칼 마르크스의 철학과 신화』, 김학준 · 한명화 역, 한길사, p.72에서 재인용.
11 G. W. F. 헤겔(1996), 『헤겔 미학 1』, 두행숙 역, 나남출판, p.222.

김현을 비롯한 김승옥, 최하림, 김용성, 강호무, 김산초 등이 동인으로 참가한 「산문시대」 창간호(1962. 여름)에 실린 서문을 보면, 60년대 작가 및 비평가가 이전 시대의 문학적 풍토를 다시 갈아엎고 그 곳에 새로운 씨앗을 뿌리려는 결연한 의지를 표명하고 있음을 잘 알 수 있다.

> "태초와 같은 어둠 속에 우리는 서 있다. (⋯) 이 어두움이 신의 인간 창조와 동시에 제거된 것처럼 우리들 주변에서도 새로운 언어의 창조로 제거되어야 함을 이제 우리는 안다. (⋯) 우리는 투박한 이 대지에서 새로운 거름을 주는 농부이며 탕자이다. 비록 투박한 이 대지를 가는 일이 우리를 완전히 죽이는 절망적인 작업이라 할지라도 우리는 우리 손에 든 횃불을 던져 버릴 수 없음을 안다. 우리 앞에 끝없이 펼쳐진 길을 우리는 이제 아무런 장비도 없이 출발한다. 우리는 그 길 위에서 죽음의 팻말을 새기며 쉬임 없이 떠난다."[12]

이 창간사에서 김현은 60년대 신세대 비평가군의 대변자로 나서고 있으며, 여기서 '어둠'으로 상징되는 전후세대 문학은 이들에 의해 단호히 거부되고 있다. 중요한 것은 그러한 모든 형태의 '권위'에 대한 부정의식이 단순한 거부의 차원이 아니라 '새로운 언어의 창조'라는 갱신에 대한 인식을 동반하고 있다는 사실이다. 적극적인 자율성이란 이성 비판의 운반체로서 미적 언어와 경험을 실행하는 것으로 갱생의 시간을 갖는 것이다. 이 차원에서 김현은 '죽어버린 언어를 박차는 탕자'인 동시에 '투박한 대지에 새로운 거름을 주는 농부'이기를 자처한다.

이와 같이 1960년대 신세대 비평가들은 과거로부터 이어져 온 현재의 시간을 '태초의 어둠'으로 인식하면서 한 번 죽고, 또 한 번 살고자 하는 부활의 현대적 시간의식을 보여준다. 즉 갱신의 시간을 갖고서 결국은 새로운 차원으로 귀향하기 위한 모험의 길을 떠나는 것이다. 그런 의미에서 정치적 혁명기에 아방가르드 예술가들이 대거 등장했다

---

[12] 김현(1962), 「〈산문시대〉 창간선언」, 『산문시대』 창간호(1962. 6).

는 사실은, 정치적 혁명과 예술적 혁명이 동시에 결합할 수 있었던 그 혁명의 시간에 내재하는 양면성에서 기인한다.[13] 정치적 혁명가의 관심은 역사의 단절과 더불어 그 뒤에 이어질 쇄신된 직선적 시간에 놓여 있었다면, 그 혼란의 시기에 예술가들이 주목한 것은 직선적 시간보다는 오히려 순환적 시간이 열어놓은 문학적 상상력의 무한한 개방성과 그 잠재력이었다. 예술가들이 주목하는 순환적 시간은 객관적인 시간을 극복하고 재생의 순간을 기대하며, 이는 외부에서 주어지는 시간이 아니라 내부로부터 스스로를 혁신하고 새로이 모색하는 시간을 의미하는 것이다.

김현은 「한국 비평의 가능성」이라는 평문에서도 '사일구 세대의 독특한 정황'[14]과 자신이 속한 세대의 문학적 정체성을 부각시키면서, 새로운 시대의식을 정립해 나가는 모습을 보여주고 있다.

> "어느 시대에나, 명석한 사람들은 자기의 시대를 위기의 시대라고 주장하고, 그 위기의 양태와 치유책을 강구한다. (…) 좀더 미학적인 표현을 빌면 한 시대의 상상체계가 이미 자기 세대의 상상체계를 파악하는데 낡아버린 것이라는 자각이 바로 위기를 느끼는 정신이다. 그렇다면 오늘날의 비평가들은 과연 그런 위기를 느끼고 있는가, 아니 그런 위기를 극복하려는 힘들고 고통스러운 과정을 감내하고 있는가, 아니 보다 더 정직한 말로 그런 평론가들이 있느냐라는 것을 밝히려는 것이 이 소고의 목적이다."[15]

그는 자신이 속한 시대를 위기의 시대로 파악하면서, 과거의 낡아버린 상상체계를 자각하고 이를 재건하기 위한 내부로부터의 혁신과 극복 의지를 촉구하고 있다. 과거에서 이어져 온 산물로는 현재를 파악할 수

---

13 오세영(1996), 「모더니즘, 포스트모더니즘, 아방가르드」, 『한국근대문학론과 근대시』, 민음사, p.6.
14 김현(1992), 「60년대 문학의 배경과 성과」, 『김현 문학전집』 제7권, 문학과지성사, p.243.
15 김현(1991), 「한국 비평의 가능성」, 『김현 문학전집』 제2권, 문학과지성사, p.95.

없다는 그의 의식은 벌써 계기적 시간을 깨뜨리고 있다. 부정적인 과거의 시간과 단절을 선언하면서 시간의 순차적인 흐름에 반기를 든 신세대 비평가들은 주어진 현실의 시간 속에서 한동안 갈등하고 고통을 감수할 수밖에 없다고 말한다. 이렇게 김현은 이전 시대의 낡은 문학에 대한 부정과 단절의 과정을 통해서 오늘날의 위기를 응시하고 극복하고자 하는 신세대 비평가들의 출현을 자연스럽게 정당화시킨 것이다. 자신과 그 시대에 대한 반성과 성찰을 시도하는 그의 이런 태도야말로 비평적 현대성의 전형적인 표현인 것이다.

이처럼 문학인들의 순환적 시간은 암담하게 폐쇄되어 있는 현실 공간에 통로를 낼 수 있는 동력이기도 하다. 현실의 시간은 죽음과 맞닿아 있으면서 동시에 소생을 함의하고 있는 것이기 때문이다. 순환적인 시간의식은 과거의 전통과 단절함으로써 새로운 전통을 모색할 뿐 아니라, 현실의 위기를 해결할 수 있는 순수한 정신적 자유를 부여한다. 인간이 폐쇄성을 벗어나 순수하게 정신적인 존재로 상승할 수 있는 상상력의 자유를 부여한다. 결국 자연이나 사회를 응시한 때 있는 그대로의 현재 상태를 완전한 것으로 보지 않고 결함이 있는 대상으로 보며, 그 결함을 예술이 보완해주어야 한다는 현대성의 정신[16]은, 곧 자신의 시대에서 발견한 부조리와 결핍을 진보적인 문학을 통해서 해결하려 했던 60년대 비평가들의 입장과 일치한다고 하겠다. 따라서 이들에게 있어 현대 사회는 비평문학의 혁신을 통해 보충되어야 할 대상으로 파악된다. 그들은 옛 것에 대한 비판과 단절, 그리고 새 것의 탄생이 무한히 반복되는 '현대적' 상황, 즉 갱생의 시간을 맞이한 것이다.

헤겔의 논리에 의하면, '욕구'가 없으면 시간의 순환도 발생하지 않는다고 했다.[17] 이 순환의 시간이란 무한하게 직선으로 뻗어서 자신과 무

---

16 야우스(1983), 『도전으로서의 문학사』, 장영태 역, 문학과지성사, pp.68–109 참조.
17 헤겔이 언급하고 있는 시간에서의 운동은 미래에서 발생해서 과거를 거쳐 현재로 나아간다. 미래에 의해서 야기된 운동은 욕구로부터 발생한다. 물론 이런 운동은 인간의 창조적인 욕구, 즉 자연적인 현실 세계에서는 실존하지 않는, 그리고 여기

관하게 흘러가는 객관적 시간이 아니라, 객관적 실제에 반응하면서 표출되는 각자의 욕구를 따라 자아와 현실을 변화시키고 새롭게 창조해내는 미학적 모더니티와 관련된다.[18] 내재적 변혁의 의지에서 비롯되는 이러한 시간의식에서 보면, 미학적 현대성은 당대의 사회, 역사적 현대화에 대립 양상 혹은 보완의 형태로 나타나는 것이 일반적이라 할 수 있다.

동인지 『68문학』은 60년대 문학작품의 미학적 모더니티를 중시했던 비평집단이라 할 수 있다. 여기서 같이 활동했던 김주연 또한 「새 시대 문학의 성립」[19]이라는 글의 서두에서, '60년대'가 갖는 특별한 시간적 의미를 다음과 같이 쓰고 있다.

> "우리 문학에 있어 60년대가 갖는 문학사적인 중요성을 강조하고 싶은 나로서의 한낱 희망 때문임을 밝힌다. 그것은 가령 20년대와 30년대, 혹은 40년대와 50년대가 다만 글자 그대로의 연대기적 변모조차 보여주고 있지 않는 것에 비해 너무도 중요한 새로운 전환이기 때문이다.

에서는 결코 실존해 본 적이 없는 그러한 본질적 세계를 지향하고 있는 욕구로부터 발생한다. ─ 알렉상드르 꼬제브(1981), 『역사와 현실 변증법』, 설헌영 역, 한벗, p.159(오문석(2000), 「김수영의 시론 연구」, 연세대 박사논문, p.12 재인용).

18 여기서 백낙청의 「새로운 창작과 비평의 자세」(1966년 『창작과비평』 창간호)의 일부분을 주목해보자.
"따라서 역사주의적 문학비평이 흔히 범하는 잘못, 즉 작품의 예술적 가치를 그 사회적, 사상적 배경에 의해서 정해버리는 잘못을 정작 역사의식이 투철한 비평에서는 찾아보기 힘들다. (…) 문학의 역사적 성격을 말할 때, 미국의 소설가 훼럴이 문학의 이월가치(carry over value)라고 일컫는 요소를 충분히 감안해야 했다. 즉, 한 시대가 전혀 다른 경제구조와 이념을 가진 다음 시대에 의해 초극되었을 때 낡은 질서가 낳은 문학은 그대로 다음 시대까지 '이월'될 가치를 지니는가? 인류역사의 경험에 비추어 위대한 문학의 이월가치는 의심할 여지가 없는 것 같다" : 이 대목은 백낙청이 한 사람의 지식인으로서 추구하는 사회적 현대성이 문학 내에서는 기계적으로 추구되지 않고 있음을 지적한 것이다. 백낙청은 사회적 현대성의 문제의식을 비평문학에 그대로 대입하는 것을 거부한다. 그는 문학성, 즉 미적 자율성을 감안하면서 1960년대의 진보적 비평방법을 모색하고 있는 것이다. 역사의식이 투철한 비평일수록 작품의 예술성은 별도의 가치로 부각된다는 점을 백낙청은 인지하고 있었던 것이다.
19 김주연(1969), 「새 시대 문학의 성립 ─ 인식의 출발로서 60년대」, 『아세아』 창간호(1969. 2).

> 나는 그것을 한마디로 '문학에 대한 인식의 비로소 싹틈'이라고 부르고
> 싶은데… 물론 60년대라는 시간은 그전 세대와의 부단한 변증법적 발전
> 으로 일어난 지양의 공간이며, 그러므로 전세대의 작가들은 정과 반으로
> 서의 그 나름의 의의를 가질 수 있다."

김주연의 이 글은 원론적인 차원에 놓인 것이 아니라 실제적인 작가와
작품 분석을 동반하고 있다는 점에서 특징적이다. 그는 이러한 서문을
전제한 뒤, 비평 본론에서는 1910년대 이후 한국 문학사의 전통을 차례
로 비판해 나간다. 이 가운데서도 김주연은 특히 해방 공간에서 50년대
에 이르는 김동리 세대의 샤머니즘과 전후세대 비평론의 관념성을 문제
삼고 있다. 김주연은 자신을 포함한 신세대의 정신을 자신의 세대가 놓
여있는 동시대적 체험의 지평 속에서 이끌어낸다. 김주연에게 있어서
'60년대'는 한갓 계기적 시간의 단위가 아니라 자신의 존재가 뿌리내릴
수 있는 회복된 원질의 토양이다. 그래서 그는 60년대가 갖는 문학사적
인 중요성에 관심을 표하며 60년대 문학에 대한 특별한 의미를 부여한
다. 이와 같은 김주연의 새로운 시대의식은 '비평' 또한 개인의 실존의식
을 표현한 문학 장르라는 현대적 인식을 더불어 표출하고 있는 것이다.
　이처럼 60년대를 출발하는 시점에서 비평가들은 새로운 시간의식을
표명하고 있음을 알 수 있다. 이는 50년대의 인식적인 아둔함을 연속
이어받는 것이 아니라, 오히려 기성문단의 원시성을 제거하고 항거함으
로써 계기적인 시간성을 탈피하여 새 세대로서 다시 출발하려는 주체의
식을 보여준 것이다.

2) 기성 비평론의 허상 비판

1960년대에 등장한 비평가들은 의식적이든 무의식적이든 기성세대의
문단에 대해 상당한 거부반응을 표시하고 있다. 특히 1960년대 중반 무

렵까지 지속된 전후세대 중심의 평단 구도는 〈작가와 사회〉 논쟁이 제기되는 시점에 이르러 신세대 비평가들이 비평적 주체로 대두함으로 뚜렷한 변화를 보이게 된다. 이들은 대체로 20대 초반의 나이에 4·19라는 역사적 격변을 직접 몸으로 체험하고 이로부터 '자유'와 '평등'의 정신을 내면화한 세대라 할 수 있다. 신진 비평가들은 60년대 한국 사회의 한층 풍요로워진 물질적 토대를 배경으로 자신의 다양한 의식 체험을 내면화했던 경우이다. 이어령은 이들에 대하여 '제3세대' 혹은 '모국어세대'라는 지칭을 붙여주었다. 그에 의하면 이들은 "대학에서 4·19의 '데모'로 역사를 바꾼 경력의 소유자들이고, 남루하나마 제 나라, 제 민족의 운명이 바로 자기들 행동과 밀접하게 얽혀 있다는 자신 속에서 살아"온 세대인 것이다. 그들은 전후세대가 가진 역사에 대한 '분열적 의식'과 구세대가 가진 역사에 대한 '범죄 행위'로부터 비교적 자유로울 수 있었다는 점에서 비교적 "역사에의 편견을 갖지 않고 현실을 내다보았던 세대"이며, "좀더 싸늘한 합리주의적인 '이성'으로 사물을 사고하기 시작한" 세대로 규정된다.[20]

> "다만 자기가 자리한 뿌리를 강렬하게 의식하고 있다는 점이며, 전쟁이 아니라 4·19의 체험을 몸소 주인으로서 겪었던 주체성을 지닌 시민들이라는 점이다. (…) 제3세대의 '턴'은 여러 가지 면에서 우리에게는 '새로운 차원'의 음악을 들려줄 가능을 지니고 있는 것이다."[21]

---

20 신세대 고유의 자기 의식에 대한 해명은 그들 세대를 에워싸고 있던 문화적 배경에 대한 이해를 요구한다. 이 점과 관련하여, 그 자신이 신세대의 한 사람이었던 김병익의 언급을 참고할 수 있다.
　"이른바 4·19세대가 성장할 수 있었던 것은 "동아일보를 비롯한 일간지의 비판정신, 잡지 「사상계」와 「陽文」, 「新楊」, 「乙酉」 등의 문고본이 제공하는 인문학, 「현대문학」지와 민중서관의 「한국문학전집」 및 정음사, 을유문화사의 「세계문학전집」의 문학, 교육 등 비옥한 토양 때문이었다. 여기서 한국문단은 오늘날의 '열린 문학'으로 심화 발전된 것이다."― 김병익(1973), 『한국 문단사』, 일지사, p.213.
21 이어령(1966), 「제삼세대」, 『중앙일보』(1966. 1. 5).

전후세대 이어령이 강조하고 있는 바, 신세대 문인의 '가능성'은 그들이 이전 세대와는 확실히 구별되는 자기 정체성을 확보하고 있다는 점에서 비롯된다. '턴'을 시도한 신세대 비평가들은 이전 세대 비평가들의 권위에 저항하여 스스로를 차별화하는 세대의식을 적극적으로 개진해 나간다.

구세대 뿐 아니라 60년대의 전후세대까지 비판하고 나선 김현의 단절정신은 동인지 『68문학』에 실려있는 「한국 비평의 가능성」에 잘 드러나 있다. 이 글에서 김현은 이어령, 유종호, 이철범 등의 전후세대 비평가들을 예리하게 비판하는 동시에, 염무웅, 백낙청 김치수, 김주연 등 신세대 비평가들의 등장과 문학적 전환의 필연성을 설파한다. 김현이 설정한 리버럴리즘이란 이어령, 이철범, 유종호 등에 대한 60년대 비평가의 비평적 인식의 편차를 뜻한다. 즉 "이어령의 앙가주망은 본질적으로 '인간성 옹호'에 있었는데 그 인간성이 어떤 편차를 가지고 나타나는가에 대한 탐구의 흔적을 보여 주지 못하며, 이철범은 역사적 실존이리는 거창한 문제를 지고 있었으면서도 작품을 통해 그 문제를 검증하고 비판하고 확대시켜 나가려 하지 않았으며, 유종호는 언어미학의 구극(究極)으로 가는 것을 포기하고 '조심스러운 급진주의자'가 되었다"고 평가하면서, 구체적인 성과물이 없이 막연히 비평논리만 펼쳤던 전후세대의 구호성을 부정하고 나선 것이다. 김현은 전후세대의 대표주자라 할 수 있는 이어령에 대해서 다음과 같이 비판하고 있다.

> "그는 도처에서 우리 세대의 현실을 말하고 있지만 그 현실은 지극히 개괄적이고 아무런 내포도 가지고 있지 못하다는 점에서 상당히 추상적이다. 그의 참여가 추상적인 결론으로 끝나버린 것은 이런 상황 때문이다. 인간을 위해서, 현실을 위해서 ― 좋은 말이다. 그러나 그는 그 인간이 우리에게는 한국인을 의미하며, 그 현실이 우리에게는 한국의 현실을 의미한다는 것을 잊고 있다. 그는 서구의 불안과 한국의 불안을 동일시한다. 그의 참여는 사실상 현실에 대한 신경질적인 포즈 외에 아무 것도

아니다. 그의 「저항의 문학」이 몇 개의 선동적인 어휘로 점철되어 있을 뿐, 아무런 사고의 진전도 보여주지 않는 것도 바로 이것 때문이다.”

김현은 이어령의 평문 「저항의 문학」에 내재되어 있는 추상성, 선동성, 사고의 정체성 등을 거론하면서 그의 비평론은 하나의 ‘신경질적인 포즈’에 불과한 구호비평으로 단언하고 있다. 특히 이어령이 제시했던 참여론은 구체적인 한국인의 현실의 특수성을 고려하지 않고 서구적 인식을 그대로 대입한 것이라고 지적한 부분은, 당시 서구 이론으로 무장한 전후세대의 강단비평가 전체를 향해 비판의 발언을 행한 것으로 보인다. 그들은 관념적인 이론성에서 벗어나지 못하여 현실의 피상적인 인식에서 그치고 있다는 내용이다.

이와 함께, 김현은 자신의 세대를 “우리가 아는 한 역사상 가장 진보적인 세대”로 차별화시키면서 스스로가 감당해야 할 비평적 책무를 제기한다.

> “그것은 이상주의에의 고취를 캣취 프레이즈로 내걸고, 〈증언〉 〈행동〉 등의 어휘들로 자신들의 평문을 장식했던 55년대 비평가들이 자신의 문제해결의 과정에서 제기된 숱한 난관들을 파헤치고 극복하려는 노력을 방기한 데 대한 비난이다. 바로 그러하기 때문에 65년대 비평가들이 짊어지지 않을 수 없었던 과제란 문제해결의 과정에서 만나게 되는 숱한 난관들을 포기해버리는 〈그 악순환을 저지하려는 진지한 노력〉이다.”[22]

김현은 이 글에서 어떤 사고나 행동의 진전도 없이 외침만 표면화시켰던 55년대(전후세대) 비평가들의 평문의 허상을 비판하면서, 자신을 포함한 65년대(신세대) 비평가들은 그 악순환에서 탈피하려는 노력이 필요함을 피력한다.

그는 60년대 참여론의 전개를 의식하고 자기 세대의 비평적 입지를

---

[22] 김현(1969), 「한국비평의 가능성」, 『68문학』 창간호(1969. 1), pp.152-153.

더 부각시키기 위해서, 다음과 같이 구호비평의 부당성을 재차 강조한다.

> "이 근본적인 문제의 천착을 가장 방해받고 있는 것이 구호비평이다. 그것은 작가에게 이래라, 저래라 하고 강요된 길을 지시한다. (…) 그 비평은 그 도식화된 발상과 고집 때문에 문제의 정당한 파악을 방해하고 작가를 비평가의 충실한 종복으로 타락시킨다. 이 비평은 그 두 가지 비평의 극단화에서 야기된다. 사회학적 방향의 극으로 움직이면 그곳에서 우리는 마르크스주의로 무장된 프롤레타리아 봉기 고취의 문학비평과 부딪치며, 미학적 방향의 극으로 움직이며 이해할 수 없을 만큼 난해한 모더니즘의 와중에 빠져 버린다. (…) '참여'라는 말이 이 구호비평에 걸려들면 그 피해란 말할 수 없게 된다. 피압박민의 애환과 반항이 아닌 것은 모조리 순수로 몰리며, 현실도피자로 규정된다. '순수' 역시 이 구호비평에 걸려들면, 그 외의 딴 모든 것을 '적색시'하게 된다."[23]

이 대목을 보면, 김현은 표면적으로 사회학적 혹은 미학적 극단의 입장 ― 마르크스주의나 모더니즘 ― 을 반대하고 있는 듯하지만, 내재적 의도는 60년대 전후세대 참여론의 한 특성을 구호비평으로 여기고 이를 경계시키고 있는 것이다. 그는 전후세대의 비평담론에서 두드러졌던 순수 아니면 참여라는 식의 도식적 이분법을 지적하면서, 이는 문학의 사상성만 부각시키고 극단적인 비평 아래 작가를 종속시키는 구호비평에 불과하다는 것이다. 고로 김현은 문학의 상상력에 대한 깊이있는 천착과 함께 언어학적 분석이 더해졌을 때, 비로소 선동성이 짙은 이 구호비평을 넘어설 수 있다며 당대 비평가들이 나아갈 방향으로 제시하고 있다. 그러면서 우리 비평의 가능성은 '65년대 비평가'의 "구호비평의 배제와 동시에 그 두 가지 비평의 정당한 대립, 발전을 통해서" "힘든 노력이 곧 결실을 보게 될 것"이라며, 이전 세대 비평의 변증법적 발전을 유도해갈 자기 세대에 희망을 걸고 있다.

---

23 김현(1972), 「한국문학의 가능성」, 『현대한국문학의 이론』, 민음사, p.199.

그 후 김현은 1970년도에 한국문학의 변모에 관한 보고서를 작성하는데, 여기서는 50년대 문학이 보여준 한국 사회의 폐쇄성과 토속성, 정신의 원시성, 이데올로기의 경직화 등을 지적하면서 60년대는 최인훈을 출발점으로 문학의 경향이 달라지고 있다고 정리한다.

> "한국 소설의 변모의 가능성은 김동리류의 토속미학과 황순원류의 세태 감각, 오영수류의 인정 가담을 극복하겠다는 대담한 의도를 내보여준 최인훈의 『광장』, 「구운몽」 등에서 확인되기 시작한다. 최인훈의 고독한 실험을 통해서 한국소설은 관념의 드라마를 제재로 수용할 수 있게 된다. 최인훈의 실험은 김승옥, 이청준, 박태순, 박상륭, 홍성원 등의 작가를 통해 더욱더 보편성 있는 정리로서 확인된다. 이들은 한국 사회의 폐쇄성에 대한 자각을 하고 있다. 이데올로기의 심각한 대치 때문에 형성된 사고의 경직화 또한 그것을 포함하고 있다. (…) 나로서는 한국 소설의 전망이란, 이 일련의 문학가들이 행한 폐쇄된 사회 속에서의 현대인의 고뇌라는 명제를 더욱 철저히 밀고 나감으로써, 어느 정도 트이지 않을까 하는 생각이다."[24]

김현은 최인훈의 실험적 글쓰기에서 비롯된 60년대 작가들의 '한국 사회의 폐쇄성에 대한 자각'에 주목하면서, 새로운 시대의 문학은 경직된 사고에서 벗어나 현대인의 열린 고뇌를 통해 미래를 전망할 수 있다며, 자기 세대의 문학인들의 막중한 임무를 강조한다.

김현과 유사한 문학노선을 표방한 비평가 김주연도 기성 작품들의 원시성과 관념성을 부정하고 있다. 과거의 한국문학을 점검하면서 "김소월이나 신석정의 30년대, 김동리의 40년대가 가장 '한국적'이라고 보여 준 것은 문학이 지양해야 할 샤머니즘, 순수주의의 명백한 노출이라는 것이, 이제 거의 공인된 문학사적 평가"라고 단정짓는다. 또한 전쟁을 겪은 1950년대도 이어령의 말처럼 "'무중력의 상황'에 놓인 작가들이 눈앞의 현실을 지나치게 위기로 받아들이는 우를 저지른다"고 지적하고 있다. 지

---

24 김현(1970), 「6. 70년대의 한국 문학의 전망」, 『대학신문』(1970. 4. 13).

나온 한국 문학들은 사고의 샤머니즘에서 벗어나지 못하여 '문학이 언어로 된 하나의 질서라는 사실보다 그들 생애의 충격을 담는 그릇으로' 인식했음을 비판하고 있다. 이는 곧 문학 속의 언어를 분화시켜 인지함으로써 기성문단의 그 정신적 원시성에서 벗어날 수 있다고 판단한 신세대 비평가들의 보편적 인식을 김주연도 공유하고 있었음을 드러낸 것이다.

한때 『68문학』에서 함께 활동했던 염무웅도 구세대 작가 김동리의 소설작품을 중심으로 그의 문학세계를 살피면서, 김동리가 창작활동 후반으로 접어들면서 문학적 후퇴의 모습을 보이는 원인은 '순수문학'이라는 모순에 찬 추상개념의 등장으로 인해 일정한 자기 확신에 차 있기 때문이라고 지적한다.

> "민족적 현실이 담겨지던 터전으로서의 농촌은 이제 시대성을 외면한 신비감정의 희롱무대로 변모하고, 전통적인 것의 몰락을 기능적으로 표현하던 소설적 도구로서의 종교적 관심은 「사반의 십자가」에서와 같은 관념적 일반화로써 애매하게 해소된다. 지식인의 도피와 무력을 어쨌든 제시할 수 있었던 개인적 생활주변의 묘사는 「징유기」의 이유없이 왕성한 트리비얼리즘으로 떨어지며, 생명의 직관력과 신비성에 대한 관심이라고 주장되던 경향은 이제 합리적 모색과 해결을 포기하는 반지성주의로 변신한다. 식민지적 상황에서 하나의 저항일 수 있었던 〈순수문학〉은 정치적 정적주의의 깃발로 되며 기성체제를 온존시키려는 보호색으로 되는 것이다."[25]

염무웅은 현실과 동떨어진 김동리의 관념적인 소설작품에 대해 비판하면서, 동시에 그가 제시했던 '순수문학론'이라는 비평이념에 반기를 든 것이다. 기성체제를 보존해온 순수문학론은 '정치적 정적주의'에 불과하다면서, 구체적인 민족적 현실을 담아내지 못하는 그 비평론의 관념성, 애매성, 트리비얼리즘, 신비성 등을 신랄하게 비판한다. 시대성과

25　염무웅(1967), 「집착과 변모 — 김동리 문학의 현실감각」, 『한국단편문학대계』 4 — 해설, pp.27-28.

합리성을 몰각한 김동리의 비평이념은 반(反)지성적이며 곧 정신의 샤머니즘을 벗어나지 못한 것으로서, 비평적 현대성을 획득하지 못하는 그의 의식은 이제 본인의 말대로 '완고한 벙어리처럼' 문단에 남아 기성의 권위를 유지하려는 정책의 일환일 뿐이라고 못박아 말하고 있다.

또한 1967년 겨울에 발표된 「선우휘론」을 보면, 60년대 초기와는 달라진 염무웅의 인식적 방향 전환을 잘 파악할 수 있다. 그의 문제의식은 전후세대 문학의 한계를 지적하는 글의 서두 부분에서부터 명확히 제시된다. 그는 전후세대의 비평, 특히 이어령의 비평에 대한 강력한 비판을 가하고 있다. 그에 의하면 전후세대의 대변자격인 이어령의 비평론은 구세대와 다를 바 없이 관념적이고, 추상적인 구호 차원의 문학론을 여전히 반복하고 있는 경우에 해당한다.

> "이 악순환(惡循環)을 허용하고 어느 의미에서 조장하는 사회적 기반이 계속되는 한, 그리고 그 악순환을 저지하려는 각 방면의 진지한 노력이 효과적으로 집결되지 않는 한, 참다운 창조행위는 이루어지기도 어렵고 발붙이기도 어려울 것이다. 〈증언〉〈행동〉〈휴머니즘〉 등의 남발된 구호들은 그 구호를 통용하도록 만든 전쟁과 전후의 혼란을 형상화하는데 있어서도 무력함을 드러내었다. 전투현장의 묘사는 이 구호와 관련됨으로써 오히려 생생한 실감을 잃고 관념희롱의 체조장(體操場)으로 변모하기 일쑤였으며, 전후 현실의 묘사는 이 구호와 관련됨으로써 흔히 안이한 상토형의 조작으로 떨어지고 말았다. 이렇게 생각한다면 전후세대는 여러 구호적 유행어휘를 방패로 삼고 사실상 우리의 역사적 현실을 깊이있게 투시하는 어려움에서 도피한 것이 아닌가 하는 혐의를 벗어날 수 없다."[26]

이와 같은 염무웅의 전후문학 비판은 신세대 비평가들에게서 동일하게 보여지는데, 특히 이 대목은 2년 후 김현의 평문 「한국비평의 가능성」에서 그대로 반복됨을 확인할 수 있다.[27] 염무웅은 관념적인 큰 어

---

26 염무웅(1967), 「선우휘론」, 『창작과비평』(1967. 겨울호), p.648.

휘들만 남발하는 구호문학을 지양하는 입장에서 선우휘 작품들을 검토해 나가며, 전후세대 문학의 한계를 '현실도피적 순응주의와 소극적 개인주의'로 비판하고 있다. 이러한 부정적 요소 때문에 신진 비평가들에게 요구되는 과제는 바로 구호론의 허상에서 탈피하여 '그 악순환을 저지하려는 진지한 노력'이었던 것이다.

이후, 염무웅은 『창작과비평』 동인으로 옮겨서 활동하는데, 이 때 비평논리를 공유했던 백낙청도 '우리 문단의 낙후성'을 지적하면서 기성세대 순수문학론의 비합리성과 추상적 성격을 비판하고 있다. 그의 논리는 『창작과비평』 창간호에 발표된 백낙청의 「새로운 창작과 비평의 자세」에 여실하게 표현되어 있다. 이 글의 성격은 제목에서 알 수 있듯이, 기성 문단의 원시성을 벗어난 '새로운 문학론'의 제기이며, 동시에 『창작과비평』지의 대표이념에 해당한다는 점에서 중요한 의미를 띠고 있다. 그는 서구 예술가의 상황과 비교하면서 우리의 후진적인 사회구조와 기성 문단의 전근대적인 사고를 부정한다.

> "오늘날 한국에서 순수주의를 고집하는 입장은 서구 예술가늘의 성우와도 또 다르다. 건실한 중산계급의 발전을 본 일 없는 한국사회에 유럽 부르조아지 시대의 예술신조가 뿌리박았을 리 없다. 그런데도 불구하고 문학의 순수성을 금과옥조인 양 내세우는 것은, 제대로 정리 안 된 전근대적 자세를 제대로 소화 못한 근대 서구예술의 이론을 빌려 옹호하려는 노력으로 보인다. 이것은 정치, 경제면에서, 유럽 중산층의 정치, 경제 이념을 핑계로 한국의 후진적 사회구조를 견지하려는 것과 정확히 대응되는 현상이다."

---

27 "〈증언〉〈행동〉 등의 어휘들로 자신들의 평문을 장식했던 55년대 비평가들이 자신의 문제해결의 과정에서 제기된 숱한 난관들을 파헤치고 극복하려는 노력을 방기한 데 대한 비난이다. 바로 그러하기 때문에 65년대 비평가들이 짊어지지 않을 수 없었던 과제란 문제해결의 과정에서 만나게 되는 숱한 난관들을 포기해버리는 〈그 악순환을 저지하려는 진지한 노력〉이다." - 김현(1969), 「한국비평의 가능성」, 『68문학』(1969. 1).

이와 같은 백낙청의 비판은 더 나아가서 전후세대 중심의 관념적이고 추상적인 참여문학론을 동시에 문제삼으며, 순수 - 참여문학 논의의 도식적 구도를 무너뜨리는 작용을 하게 된다. 그가 제기하고 있는 새로운 문학관의 요청이 대립적인 순수 - 참여 문학론의 한계를 명확하게 인식한 결과임은 문학의 이월적 가치와 예술의 자율성을 언급하고 있는 대목에서 뚜렷해진다.

> "가장 순수한 기법상의 문제, 예컨대 시에 쓰이는 리듬의 변화나 소설 서술의 시제조차도 그 역사적 상황과 작가의 현실감각에 뿌리를 둔 것임은 물론이다. 그러나 실제로 한 작가가 창작하는 데는 그 자신의 사상이나 체험에 못지않게 그가 읽고 배울 수 있는 기성작품들의 영향이 중요하다. 아니, 자신의 생활과 남의 영향을 구분하는 것부터가 무의미하며, 이러한 창작 과정에서 각가지 다른 영향과 자극 가운데서 자기 나름의 스타일을 창조해내는 작가가 값있는 작품을 쓰게 마련이다. 따라서 고정된 정책이나 사회적 행동강령으로 문학을 규제하려는 노력은 문학을 죽이는 결과를 가져올 뿐이다."[28]

백낙청은 고정화된 스타일을 강요해오던 기성 문단의 억압적 분위기를 거부함과 동시에 결론적으로 문학의 자율성 확보를 강조하기에 이른다. 이처럼 60년대에는 『창작과비평』과 『68문학』 사이에 뚜렷한 이념적 분화를 보이며 대립하기보다는, 오히려 상호보충적인 견해를 개진하면서 전후세대의 구호적인 윤리비평, 문학론의 도식적인 이해 등을 함께 고민, 부정하는 모습을 드러낸다. 구체적인 사회현실 조건을 담아내되 문학의 독자성을 확보해야 한다는 인식은 신세대 모두가 공유하고 있었던 것이다.

「앙팡 모랄리스뜨」에서 김병익도 전후세대의 문학을 비판함으로써, 자기 세대의 문학을 적극적으로 긍정, 옹호하고 있다. 그는 당대 문학

---

28 백낙청(1966), 「새로운 창작과 비평의 자세」, 『창작과비평』 창간호(1966. 1), p.11.

에 대하여 전쟁이 남긴 내적 혼란의 극복이라는 문제를 제기한 뒤, 여기서 "진정한 사회에 필연적으로 지양돼야 할 내적 무질서를 극복하는데 실패"한 전후세대에 대비되는 존재로서 20대 신세대 작가를 거론한다.

> "오히려 20대의 작가들은 더욱 생생한 모랄리스뜨로 보인다. 이것은 모든 작품에 도덕적인 측면을 추출해 낼 수 있다는 일반론적인 수동성에서가 아니라 그들의 선배가 절규만 내질렀을 뿐, 건설할 수 없었던 전후의 정신적 공백에 제나름의 가치의식을 발굴하려는 深究的 적극성이 있기 때문이다."[29]

김병익 역시 전후세대 선배들의 작품은 단순히 구호적인 '절규'로만 남아서 해방공간 이후의 정신적인 공백을 메울 수 없었던 데 반해, 자신을 포함한 신세대 젊은 문학인들은 정신의 원시성을 탈피하여 새로운 가치규명을 하고자하는 탐구정신을 소유하고 있다고 스스로 차별화시켜 인시했음을 알 수 있다

이런 시각은 김치수의 평론 「반속주의 문학과 그 전통」에서도 보이는데, 그는 50년대 문인들이 경직된 의식을 소유한 채 다른 작가의 문학을 도외시하려는 획일적인 태도를 지적하고 있다. 김치수가 생각하는 60년대의 새로운 시대의식은 바로 작가 경향의 다원화, 문학의 다양성을 인정하는 것이다. 그러나 "한 시대에 손창섭, 이호철, 장용학, 서기원, 최인훈이 서로 다른 면을 소유한 채 동시적으로 존재한다는 것을 인정"하지 않는 이전 세대의 인식관은 분화되지 않은 원시성을 담지하고 있으며, 그것은 시대에 따른 상황의 변화와 관심의 변모를 문학 속에 용해시키지 못한 결과라고 판단한다. 전후세대가 보이는 이런 면모는 "개인의 능력의 한계에 대한 투철한 인식이 없이 일제 초기에 있었

---

29 김병익(1968), 「앙팡 모랄리스뜨 — 우리 세대의 문학」, 『사상계』(1968. 6). p.271.

던 춘원의 태도를 답습하는" 전근대적인 것이며, 게다가 "문학의 다양화를, 그리고 삶의 복잡성을 이해하는 데 획일적 태도를 취하"여 문학의 현대성을 발현하지 못하고 있다는 것이다. 김치수는 이 글을 통해 50년대 작가 및 비평가들의 인식적 한계를 분명히 드러내어 비판하고 있다.[30]

김치수의 이러한 시각은 60년대 문학의 성격이 암시하는 현대성과는 달리, 이전 시대만 해도 문학의 다양화를 이해하지 못하는 정신의 원시성이 평단의 인식을 지배하고 있었음을 다시 한번 확인시켜 준 것이다. 또한 이전 시대는 비평영역의 분화가 이루어지지 않은 상대인지라 "한 비평가가 그 시대의 문학, 내지는 우리 문학 전체를 말하고자 했던 것"에서 추상적인 비평론이 나올 수밖에 없었고, 그래서 "자기 분야에서 분석, 평가의 대상을 선택할 수밖에 없는 것이 오늘의 비평"이라며 60년대 비평과의 변별점을 밝히고 있다.

이렇듯 기성문단의 비평이념을 비판하고 부정하면서 자리를 굳혀간 신세대 비평가들의 모습은 비평동인지 『비평작업』의 창간에서도 확인된다. 이광훈, 임중빈, 조동일, 주섭일, 최홍규 등에 의해 1963년 1월 창간된 『비평작업』은 무엇보다 당시의 열악한 문학적 상황 속에서 '비평전문지'의 형태를 지향했다는 점과 그 구성원들의 신분이 '학생'이었다는 점에서 주목된다. 이들은 「새 시대의 가치창조를 위하여」라는 권두언을 다음과 같이 쓰고 있다.

> "역사와 싸워야 할 필연성 앞에서 우리는 기성의 질서와 관념에 대한 일대 수술을 시행한다. '새로운 무엇'이 그립고 아쉽다면 그것은 인간 自에 대한 문제의 제기와 창조를 다짐하는 혈전이라 믿고 있다. (…) 새로운 가치창조가 우리의 지상과업이다. 이 값진 문화건설은 새 인간의 탄생에서라고 신앙하면서 우리는 그 산파의 직책에 있음을 밝

---

30 김치수(1976), 「반속주의 문학과 그 전통 – 60년대 문학의 성격」, 『한국소설의 공간』, 열화당, pp.49-50.

힌다. (…) 문학의 창조와 비평을 위하여, 오늘 비평공화국을 사수하는
파수꾼으로 새로운 현실을 모색하기 위하여 우리는 이렇게 형제로서
함께 손잡고 있다.”[31]

'우상'의 거부와 '새로운 가치창조'라는 언명에 강조되어 있는 바, 위
의 선언은 기성의 문학 질서와 가치관에 대한 부정과 아울러 새로운 문
학적 풍토를 건설하고자 하는 이들 동인의 강한 의지를 드러내고 있다.
신세대 비평가들의 자기선언은 기성적인 것에 대한 단순한 부정의 수준
이 아니라, 기성의 문학 질서와 구세대의 권위에 대한 '해체'를 지향하
고 있다는 점이다. 이어령, 유종호와 같은 전후세대의 경우 구세대의
권위에 대한 저항은 감정적이고 윤리적인 구호 차원의 당위론을 크게
벗어날 수 없었다면, 반면에『비평작업』의 동인들은 한 발 더 나아가서
'권위'에 대한 논리적인 차원의 극복을 지향한다. 이들은 기성 평단의
질서와 권위를 대변하는 존재인 기성세대 백철, 조연현을 비롯하여 전
후세대인 이어령에 대한 비판을 시도한다. 뿐만 아니라 한국문학 전반
의 현실에 대한 실문을 던지고 이를 통해 일정한 전망을 제시하고자 하
는 작업을 전개하고 있다.

이같은 기성 비평론에 대한 부정 및 해체작업은 그것을 유지시켜온
인식의 샤머니즘을 밝히고, 60년대만의 비평적 모더니티를 확보하는데
일조하는 역할을 한다. 66년『창작과비평』창간호에 실린 백낙청의「새
로운 창작과 비평의 자세」를 보면, 이 글에서 백낙청은 '소박한 순수주
의', '소박한 현실참여론', '애매한 절충론'이라는 개념 하에 앞세대의
문학에 대한 비판적 검토를 전개하면서 사회적 기능을 중심에 둔 새로
운 문학론과 함께 한국문학의 새로운 전망을 제시한다. 앞에서도 살펴
보았듯이, 새로운 문학 질서에 대한 전망은 염무웅의「선우휘론」과 김
현의「한국 비평의 가능성」을 거쳐『상황』지의 창간으로 이어진다,『상

---

31 「새 시대의 가치창조를 위하여」,『비평작업』창간호(1963. 1), (장백일의「동인지
   와 그 비평 − 新人文學運動의 문제점」,『한양』(1963. 12), p.162에서 재인용).

황』지의 창간은 임헌영, 구중서, 백승철, 신상웅 등에 의해 주도되었는데, 그 '창간사'에 해당하는 「문학조건」의 한 대목은 이렇게 되어 있다.

> "시대에 뒤떨어진 낡은 세계관의 옹고집, 수사와 미사여구로써 양식과 지성을 마비시키는 정체불명의 카리스마, 그리고 세속적 이권과 타협을 위해 보호색을 띤 언어 테러리스트들의 난폭, 혹은 서툰 국제주의에 눈멀어 차용문화에 앞장서는 매판작가들의 발호 따위는 바로 우리의 영혼을 좀먹는 이 땅의 문단 기생충임이 분명하다. (…) 그러므로 한국문학을 빙자한 어떠한 범죄도 이를 끝맺기 위하여서 우리는 무엇보다도 이 현실 상황에 대한 이성적 파악과 창조성의 절대화, 그리고 합리적인 사고의 바탕 위에서 괄호 안에 감금당한 언어들을 직선적으로, 구체적으로, 사실적으로 해방시켜야 한다고 믿는다."[32]

1969년 『상황』지 창간에 주도적으로 참여하여 60년대 진보적 문학 논의의 한 축을 담당했던 구중서는 평단 데뷔작인 「한국 문화인 기질의 비판」에서 자신의 비평적 문제의식을 잘 드러내고 있다. 이 글의 서두에서 구중서는 "지금까지 우리의 문학예술을 평가한 고매한 이론은 무수히 많았다. 그러나 아직도 문학예술이 이 땅 민중의 역사창조에 얼마만한 공헌을 하였는지는 분명히 알 수가 없다"[33]는 물음을 던지면서, 최남선과 이광수의 사례를 거론하고 있다. 이 두 문인의 삶은 '변절자'로 낙인찍힌 실패의 경우로서 강도 높게 비판된다. 중요한 것은 구중서가 그 실패의 원인에 대하여 "그것은 그들이 참 시민적 진실을 사리로서 지니지 못하고 전근대적 봉건주의 계층 위에 자신의 사상을 얹어놓고 있었기 때문"이라고 지적하는 대목이다. 이들 문인은 생리적 차원에서 '전근대적 원시성'을 지니고 있다는 점에서 근대사의 격랑을 헤쳐나가는 데 실패할 수밖에 없었다는 것이다. 이와 동일한 관점에서 구중서

---

32 『상황』지 창간사(1969), 「문학조건」, 『상황』(1969. 8).
33 구중서(1963), 「한국 문화인 기질의 비판 ─ 문화혁명의 정지작업을 위하여」, 『신사조』(1963. 2), p.238.

는 해방 이후의 '순수파' 세대를 대표하는 김동리, 조지훈에 대하여 '행동적, 실천적 역할'을 수행하지 못한 자들이라고 기성문학의 관념성을 비판하고 있다.

또한 「서정주와 현실도피」에 이르러서는, 문학의 역사의식을 강조한다. 여기서 구중서가 제기하고 있는 역사의식의 성격은 그가 서정주의 '신라시'를 두고 "서정주씨의 신라관에는 역사의식이나 전통의식 같은 것은 없고, 다만 단층적인 신라의 하늘에로 향하는 복고주의가 있을 뿐이다. 이것은 적어도 역사를 취재하는 문학인의 태도로서는 근본적으로 불가한 것이다"[34]라고 비판을 가하고 있는 대목에서 엿볼 수 있다. 서정주에 의해 설화와 신화의 형태로 파악된 신라정신이란, 사실이 아닌 허구이며 결국 역사의 왜곡에 지나지 않는다는 것이다. 이 글 역시 서정주의 역사관의 '전근대적 원시성'에 대한 비판에 다름 아니다.

이러한 관점에서 구중서는 평문 「작가와 역사의식」[35]을 통해 당대 평단에 대한 평가와 관련하여, 여느 신세대 비평가와 마찬가지로 이어령의 비평을 문제삼고 있다. 구중서의 비판은 이어령의 일관성 없는 논리를 지적하는 데서 비롯되고 있는데 그에 의하면 이어령의 논리에는 어떤 "일관된 주관도 절조(節操)도 없다"는 것이다. 이어령의 경우, 문학의 사회참여를 주장하던 애초의 입장을 버리고, 이후 "문학은 정신이 아니라 방법이며, 주제가 아니라 기술"이라는 차원으로 나아감으로써 "그는 이제 「참여」와 「책임」의 문제에서 탈락해버렸"음을 제시한다. 이어령 비평의 굴절 양상에 대하여 구중서는 최종적으로 현실 도피적인 '망명자의 미학'이라는 판정을 내리고 있다.[36] 그의 비판은 특히 이어령의 「지성의 등화관계」에 피력되어 있는 지성론의 모순성을 드러내는 데 집중

---

34 구중서(1965), 「서정주와 현실도피 — 역사시의 본령과 서씨의 경우」, 『청맥』(1965. 6), p.117.
35 구중서(1966), 「작가와 역사의식 — 六六年 상반기의 한국문학」, 『한양』(1966. 7), 김인재 편(1972), 『시대정신과 한국문학』, 한양사(일본 동경), p.424.
36 구중서(1966), 앞의 글, pp.426-427.

하고 있는데, 구중서는 '지성은 획일적인 것이 아니라 다양한 것이다'[37]라는 상대주의적 관점과 그것이 가진 허구적 성격을 꼬집어 정면에서 비판하고 있다. 이 장면은 신세대의 일원인 구중서 비평문학이 구세대를 거쳐 전후세대에 이르는 논리적 극복의 과정을 드러내고 있다는 점에서 중요하다.

한편, 신세대 비평가들에게 '메아리만 남은 허구의 비평'으로 비판받은 전후세대도 60년대를 시작할 때의 本의도는 샤머니즘적 요소를 다분히 지니고 있었던 그 이전 세대에 저항하기 위한 '하나의 메아리'와 강력한 '주언(呪言)'을 요구했던 것이다. 60년대 초반, 이어령과 유종호는 여러 평문을 통해 해방공간 이후 한국 문단을 점령하고 온 조연현, 김동리 세대의 추상적인 비평론[38]을 비판한다.

> "하나의 메아리를 요구하는 우리들의 노래는 옛날 바람을 부르고 산을 움직인 신비한 무녀의 주언(呪言)과도 같이 대상을 움직이게 하는 능동적인 투쟁이다. 모든 것은 언어에 의하여 표현되어야 하고 그 표현은 하나의 에코를 가져야 한다. 그러므로 우리는 우리의 현실을 고려, 그 현실을 변환시키려 하고 우리의 비극을 노래하여 그 비극에서 탈피하려 한다.(⋯) 그리하여 우리들의 노래는 '메아리'를 위한 노래이다."[39]

이어령은 스스로 화전민임을 자처하고, 기성세대가 남긴 과거의 전통과 단절하여 새로운 경작지에 씨를 뿌리려는 의욕을 보였으나 의욕만큼 성숙하지는 못한 하나의 포즈에 불과했던 것으로 평가된다. 하지만 김

---

37 이어령(1963), 「지성의 등화관제」, 『오늘을 사는 세대』, 신태양사, p.283.
38 '구경적인 생의 형식'이란 말로 집약되는 김동리의 문학관은 50년대 순수문학의 기초가 된 기룽논리의 하나였으며, 그 시대를 주도한 평론가 조연현의 경우도 「비평의 논리와 생리」(1951), 「현실성과 시대성」(1954) 등의 글에서 순수문학을 통해서만 인간과 세계를 보려했다. 그러나 이들의 순수문학론은 시대상황을 따라가지 못하고 관념적인 비평이념으로 머무르자, 60년대 비평가들의 비판의 대상이 된 것이다. — 오양호(1989), 「순수·참여론의 대립기」, 『한국현대문학사』(김윤식 외 편), 현대문학사, p.417.
39 이어령(1965), 「화전민지역」, 『저항의 문학』, 예문관, pp.17-18.

동리와 서정주를 공격의 표적으로 삼고서 그들의 문학은 불모의 문학이
므로 이 땅에서 사라져야 마땅하다며, 이러한 기성의 토양 위에 불을
놓아 태우고 새로운 씨를 뿌리고자 하는 의지를 드러낸 것이었다. 그는
이전 세대의 극복을 최우선 과제로 설정했다. 자신들만이 이론과 과학
주의로 무장하고 있다며 기성세대와 의도적으로 차별성을 부각시키려
했다. 그런데 이것이 설득력있는 비평론으로 연결되지는 못한 것으로
보인다.[40] 또한 그는 「제삼세대」[41]라는 평문을 통해 60년대 중반에 등
장한 제3세대 비평가군(모국어세대)의 차별성을 강조하면서, 제1세대에
관해서는 구체적인 실천의지가 결여된 채 역사에 대한 '범죄 행위'를 저
지른 세대라고 못박는다. 식민지 교육을 받은 구세대에게서 '곰팡내 나
는 구역'을 느끼게 된다고 언급하고 있다. 이는 문단의 기성권위에 대해
서 감정적 차원의 저항 일면을 보이지만, 결론은 기성세대의 비평론의
낙후성을 꼬집어 비판한 것이었다.

유종호도 휴머니즘 문학을 고찰하면서 특히 기성 비평론의 주류를 담
당했던 김동리의 '제3의 휴머니즘론'에 대하여 현대성의 결여를 다음과
같이 제시하고 있다.

> "지금까지 휴머니티의 발현 내지는 인간 신뢰의 문학이라는 칭호를
> 선사받은 이 땅의 소위 휴머니즘 문학은 대충 세 가지의 의장을 지니고
> 있다. 1) 인간에 대한 애정을 환기시킨다는 동정의 미학 2) 부정적 인간
> 의 고발 3) 회귀형 내지는 갱신형이 있다. (…) 한국소설의 휴머니즘은
> 인간의 탐구, 인간성의 추구보다는 오히려 인간정황의 한 국면이 주는
> 정적 효과만을 노리어 마침내 소설에서 사회적 인간이 거세되어 있다는

---

40 이어령은 자신이 주장했던 전통단절론에 관하여, 전통 개념 및 스스로의 입장이 정
   확히 정립되지 않았음을 「신문학 50년 심포지엄」에서 다음과 같이 드러내고 있다.
   "결국 전통의 단절은 혼돈을 의미하는 것이니까요. 한국 현대시의 50년도 우리들
   의 토론처럼 산만, 공전, 혼돈의 연속이었다고 저는 봅니다. 내용면에선 전통의
   연속이 있고 형식면에선 전통이 단절되었다고 기형적이나마 이렇게 결론을 맺읍
   시다." - 조지훈 외(1962), 「신문학 50년 심포지엄」, 『사상계』(1962. 5). p.318.
41 이어령(1966), 「제삼세대」, 『중앙일보』(1966. 1. 5).

얘기다. (…) 작가측의 인간통찰의 부재와 이에 따른 소설에서의 인간부
재는 한편으로 선악이원론이란 설익은 열매를 맺게 하였다. 현대사회에
서 인간악은 결국 사회악이나 정치악의 형태를 띠고 나타난다. 참다운
휴머니즘이란 악의 필연성까지도, 그 극한까지 추구하여 오열하는 정신
일 터이다. 무작정 악에 대한 적의의 감상적 표출이나 일삼는 것은 안이
한 편승이다.”

여기서 유종호는 진정한 휴머니티가 소설을 통해 구체화되지 못하고
우리의 전시대 휴머니즘 문학은 인간과 사회악에 대한 통찰의 부재로
추상적인 이념 상태로만 머물러 있음을 비판한다. 사회적 인간의 형상
은 제거된 상태에서 인간의 정감만 표출하는 애매한 문학은 휴머니즘의
정신과 거리가 멀다는 것이다. 유종호는 이 글의 마지막 부분에서 자신
의 견해는 “휴머니즘 그 본래의 정신에 대한 비방이 아니”라, “어디까
지나 설득력을 잃은” 기성의 특정한 휴머니즘론에 대한 반박임을 분명
히 하고 있다.[42]

이 외에도 유종호는 몇 편의 평문을 통해 한국 문학에 드러난 휴머니
즘의 도식적인 양상을 정리하면서,[43] 인간과 현실에 대한 철저한 탐구
도 없이 감상적인 의식만 표출시킨 기성 작가들의 정신적 샤머니즘 상
태를 고발하고 있다.

이상에서 살펴본 바, 1960년대 비평가들은 새로운 시대의식과 함께
앞선 세대의 비평론을 부정하면서 등장한 점이 특성이다. 이는 단절과
비판의식을 내포하는 모더니티의 속성과 연결되는 것이다. 전후세대와

---

[42] 유종호(1962), 「인간 부재 ― 한국 문학에서의 휴머니즘」, 『사상계』(1962. 9).

[43] “이 땅의 작가들에 의해서 성행하고 있는 소위 휴머니즘에 대한 애정의 헌사는 대
충 몇 가지의 공식적 조작에 의거하고 있습니다. 첫째, 주인공을 ‘인정에 살고 인
정에 죽는’ 순진무구한 선의의 인간으로 설정하는 것. 둘째, 이 선의의 인간의 배
율(背律)인 악의 설정. 셋째, 소위 ‘인간적인 것’에 대한 미신. 여타 동물에 대한
인간의 우위성을 일면 암시하는 것. 그러나, 인간악의 발생 사정에 대한 탐구도
없이, 악인에 대한 감상적 적의만을 매출하면 안 된다는 것입니다.” ― 유종호
(1961), 「오열하는 휴머니즘 ― 한 상투 문구에의 의혹」, 『한국일보』(1961. 1).

신세대의 공통점은, 해방공간 이후로 문단을 주도해왔던 조연현, 김동리, 백철 등의 기성세대 비평이념을 평가한 그 시각에서 찾을 수 있다. 60년대 비평가들은 모두 입을 모아 허무주의, 휴머니즘론 등 50년대 비평의 관념성, 원시성, 탐구정신의 결여 등을 비판하고 있다는 사실이다.

그러나 기성 비평에 대한 이어령, 유종호 등 전후세대의 비판론은 또 한번 신세대 비평가들에게 거부당하는데, 이는 구체적인 논리성을 확보하지 못하고 마치 선동적인 구호처럼 윤리 차원에 입각한 비평에 그쳤다는 지적이 쏟아진다. 그래서 신세대들은 전후세대와 인식의 차별성을 강조하며, 이전 시대의 비평론을 부정하고 극복하는 데에 언어성과 역사의식을 기반한 논리적 계몽성을 동원하고 있음이 그 특성이라 하겠다. 1960년대에 등단한 신세대 비평가들은 이를 통해 구체적인 현대성을 획득하기 시작한 것이다.

3) 문학의 이데올로기 거부

1960년대 초반부터 10여년에 걸쳐 다양하게 전개되어온 순수−참여 문학론은 우리 문학사에서 문학적 이념을 분화시키는 치열한 쟁점[44]을 제공했다고 할 수 있다. 이 논의는 60년대 중후반에 이르러 순수문학의 숨겨진 이데올로기성[45]과 그 비합리성을 지적하고, 문학의 사회참여성과 현실에서의 실제적인 동력을 요구하기에 이른다. 즉 보수적인 지배 담론을 비판하고 문학에 대한 새로운 자세를 모색함으로써 60년대 비평

---

44 김윤식의 말을 빌리자면, "문학은 꿈이다. 문학은 억압하지 않는다는 그것으로 유용하다"와 "문학은 현실이다. 문학은 억압에 저항하는 것으로 유용하다."의 충돌이라고 볼 수 있을 것이다.

45 이데올로기란 말은 일종의 은폐된 가치구조를 의미한다. 그것은 무의식적인 신념을 포함하는 모든 차원의 믿음의 형식들, 예컨대 '사회 권력의 유지와 재생산의 어떤 종류와 관계를 가지는, 느끼고 평가하고 인식하고 믿는 방식들'을 뜻하는 것이다. 문학에 대한 가치판단 행위는 기존의 인식과 심층적인 신념의 구조 속에 그 뿌리를 두고 있는 것으로 볼 수 있다. − 토니 베네트(1983), 앞의 글, p.175.

문학의 현대성을 획득하게 되는 것이다. 이 과정을 통해 문학과 사회의 관계에 대한 근원적 성찰이 이루어졌으며, 구체적으로 언어와 현실, 상상력과 이념, 개인과 집단, 작가와 사회, 형식과 내용이라는 자칫 대립적 항목으로 보이는 것들의 종합적인 지향점을 모색하도록 이끌었다. 결과적으로 문학의 사상성을 지양하고 '자율성'을 추구하는 가운데 문학 본원의 영역을 확보하는 계기가 된 것이다.

신세대 비평가들은 60년대 초기 평단의 주요 쟁점이 되었던 순수 － 참여식의 대립적인 문학 인식에 대하여 긍정적인 시선을 보내지 않는다. 이것은 전후세대 문인들 중심으로 진행되었는데, 참여론에 대한 심도있는 논의가 개진되기보다는 인신공격을 포함한 논전 형태를 띠면서 기성문단의 휴머니즘론에 저항하기 위한 전략적 수단의 단계에 머물렀기 때문이다. 따라서 신세대 비평가군은 이분법적인 이해를 거부하고 '문학적 참여'의 필연성을 강조하면서, 공리적인 가치에의 편향이 아니라 먼저는 문학의 본질에 충실해야 함을 제시한다.

김치수는 「작가와 반항의 한계」라는 평문에서 참여문학도 "문학의 범주 속에 있기 위해서는 그것이 언어 예술로도 성공해야" 한다고 주장한다. 그는 "참여문학의 존재를 부정하는 것은 아니"지만, "작가가 하는 반항 자체가 참여문학이 될 수 있는 것은 아니"기에, 사회 정의의 실현을 위한 가치가 언어적, 예술적 형상화를 거치지 않고서는 하나의 문학 작품으로 창출될 수 없음을 말한 것이다.

> "사회정의의 실현을 위한 문학의 한계라는 것을 염두에 둔다면 사회 정의의 유동성 때문에 문학작품의 가치의 유동성을 인정해야 하는 모순은 참여문학의 한계로서 받아들여져야 할 것이다."[46]

즉, 김치수의 발언에 의하면, 문학의 사회 참여성이란 어차피 간접적일 수밖에 없으니, 사회정의의 유동성에 따라 문학의 가치를 판단해서

---

46 김치수(1968), 「작가와 반항의 한계」, 『사상계』 187(1968. 11).

는 안 된다는 것이다. 그는 작품의 주제가 무엇이건 간에 '문학'으로 인정받는 데에는 사회와 그 작품을 매개할 수 있는 언어미학의 성공도가 중요시된다고 주장한다. 이는 전후세대가 주장한 참여문학, 즉 사회정의의 문제를 작품 테마로 삼아야 한다는 견해와는 차이를 보인다.

> "아름다움이라든가 모랄의 추구, 그리고 현상학적 기술을 추구하는 현대의 미학 등 많은 측면을 갖고 있는 문학은 그 일면에 반항적인 참여문학을 포용하고 있다. 그리고 이때의 참여문학은 앞에서 말한 여러 가지 조건을 구비하고 있는 것이어야 한다. 이러한 문학의 다양성은 한국처럼 문학의 유산이 적은 나라일수록 더욱 인정되어야 한다."[47]

여기서 김치수는 문학의 미적 근거가 되는 그 독자적 원리에 관하여 중요한 지적을 해주고 있다. 미학적 모더니티란 사회적 현대화의 현상에 대응하여 저항(반항)적 기획으로 나타나는 것인데, 그는 이 점을 정확히 인지하고서 美와 모랄과 기법 등 다양성을 갖춘 현대의 문학은 그 지체로 현실에 대한 '반항'이 일면을 담지하고 있음을 언급한 것이다.[48] 그래서 진정한 참여문학이란 이러한 미학성을 갖춘 문학이어야 하며, 특히 한국에는 문학의 자율성이 인정되어야 한다고 주장한다.

이와 같은 '문학의 자율성'을 강조하는 그의 인식은 사회의 각 분야가 고유의 법칙과 가치에 의하여 '서로 침범할 수 없는 질서'를 이루고 있다는 사고에 바탕을 두고 있다. 김치수의 문학에 대한 근본적인 인식은 「문학의 기능과 비평의 자세」에서 보다 분명한 문학관의 형태로 제시되고 있다. 여기서 주목되는 것은 김치수의 문학적 자율성 옹호가 구세대

---

47 김치수(1968), 앞의 글, 앞의 책.

48 하버마스나 막스 베버, 아도르노 등은 미적 영역과 다른 문화적 실천간의 분리성을 강조한다. 이들은 미적 현대성이 모더니티 체계에서 분립된 하위 영역이지만, 예술형식 자체가 갖는 否定性에 힘입어 도구적 이성의 심화로 특징지워지는 사회적 모더니티의 현상을 비판할 수 있다고 한다. 이처럼, 미적 현대성은 객관성과 합리성을 강조하는 사회적인 모더티니에 대한 반항 및 부정에서 출발한다. ― 나병철(1996), 「한국문학의 근대성과 탈근대성」, 앞의 책 참조.

의 순수문학론과 구별될 뿐만 아니라 전후세대 비평가들의 단순한 이데 올로기 거부와도 변별된다는 점이다. 그의 욕망은 '언어'와 '현실'에 대 한 인식의 내면화 과정에 연결되어 있다. 그는 싸르트르의 '말한다는 것 은 행동하는 것이다'라는 인식을 그대로 수용하여 '작가가 글을 쓴다는 것은 이미 현실에 참여하고 있는 것이다'라고 말함으로써, 언어를 통한 참여론을 주장한다. 따라서 순수론과 함께 당위적 차원의 참여론을 동 시에 비판하고 있는 것이다.

김현도 이와 다르지 않은 맥락에서 문학에 관한 극단적인 대립이념을 배제하고 문학 영역의 확장을 촉구한다. 그는 한국 시단의 참여시─순 수시의 팽팽한 대결 구도를 밝히면서, 문학이란 진보적인 역사관의 소 산이자 예술적 측면의 정당한 이해를 통해서만 가치를 획득할 수 있다 고 절충론의 입장에 선다. 그러나 "문학과 사회 현실의 밀접한 관계는 인정하지만, 고정된 이데올로기의 도구가 될 수는 없는 것"이라고 결론 맺고 있다.[49] 이런 의미에서 김현은 미학적 현대성의 흐름을 대표하는 비평가로, 비평문학의 자율성과 독자성을 강조하는 입장에서 현대비평 의 뼈대를 구축해 나갔다고 평가할 수 있다.

특히 김현은 데뷔작인 「나르시스 시론─시와 악의 문제」에서 아름 다움과 선함이 일치하지 않을 수도 있다는 논리를 '나르시스 신화'에 기 대어 개진하면서, 문학이란 도덕이나 철학과는 구분되는 '세계 속에서 자기의 발견을 촉구하는 〈악〉의 욕구'의 표출이라고 이해하고 있다. 이 는 문학 내용의 사상성이나 윤리성을 거부하는 그의 면모를 확연히 드 러낸 부분이다.

이러한 인식 논리를 바탕으로 김현은 앞선 전후세대 비평가들에 대한 비판과 동시에, 문학의 자율성 확보를 자신의 세대가 감당해야 할 비평 적 책무로서 제기[50]하고 있다. 그 첫째는 순수 아니면 참여라는 식의

---

49 김현(1970), 「6, 70년대의 한국 문학의 전망」, 『대학신문』(1970. 4. 13).
50 김현(1969), 「한국비평의 가능성」, 『68문학』 창간호(1969. 1), p.156.

도식적 이분법을 탈피해야 할 필요성이다. 롤랑 바르트나 골드만, 테느 등의 방법론에 대한 이해를 통해 마르크스주의적인 도그마 비평을 견제해야 한다고 주장한다. 둘째는 문학적 상상력에 대한 깊이 있는 천착을 통하여 문학적 창조과정을 구체적으로 해명해야 한다는 것이다. 셋째는 치밀한 언어학적 분석의 필요성이다. 한국 비평의 가능성은 구호비평을 넘어서서 문학의 자율성을 확보할 때 찾을 수 있다고 말한다.

그런가 하면, 김현을 중심한 비평집단의 문학성 추구와는 다른 방향의 노선을 걸었다고 알려져 있는 백낙청도 그 인식의 바탕이 문학의 현실 반영성과 사회적 관련성에서 출발하고 있음은 차별화되지만, 순수문학의 이데올로기성을 거부하는 측면에서는 동일한 목소리를 내고 있다.

백낙청은 「새로운 창작과 비평의 자세」에서 순수 – 참여문학론에 대한 비판적 인식을 드러내며, 제1장 〈문학의 순수성을 어떻게 볼 것인가〉라는 물음 아래 문학 본질론의 문제를 제기하고 있다. 그가 보여주고 있는 문제의식의 새로움이란 사회과학적 시각에서 자신의 논리를 밀고 나갔다는 데에 있을 것이다. 이는 순수문학론을 거부하는 진술에서 뚜렷이 드러난다. 서구의 경우 "역사적으로 보아 순수정신 및 순수예술의 이념은 프랑스 대혁명 이래 득세한 유럽 중산층 이데올로기의 일환이며, 플로베르식의 염세적 순수주의는 그 퇴폐적 단계를 대표한다는 사실"을 환기시키고, 예술가의 현실 부정의 태도는 결국 지배계급의 오락과 실리에 이바지하는 태도라고 단언한다. 반면에 서구와는 다른 사회경제적 조건을 기반으로 하는 우리의 경우 "권위주의와 비생산성, 그리고 매사에 아마추어 정신을 생명으로 하는" 이조 양반층의 생활태도가 순수주의 근저에 깔려 있다면서 순수론을 비판한다. 이는 한국의 사회적 조건 및 현실을 아예 외면하려는 전시대 순수문학에 반기를 든 것이다.

> "문학이 역사적 현실과 이데오로기를 초월한 그 자신만의 영역을 지켜야한다는 주장은 문학인 질적으로 우수해야 하고 그런 의미에서 순수

해야겠다는 말과는 매우 다르다. 후자가 이데오로기와 상관없이 통용될 수 있는 상식인데 반해 앞의 것이야말로 어떤 특정한 시대, 특정한 이데오로기의 산물이며 삶에 대한 특정한 태도를 나타낸 것이다. (…) 예술가의 초연성 내지 현실부정의 태도가 얼마나 철저히 그 시대 지배계급에 물들어 있으며 결국 지배계급의 오락과 실리에 이바지한 태도인가를 이제 와서 누누이 말할 필요도 없을 것이다.”[51]

이 대목에서 백낙청은 순수문학의 개념이 누구나 동의할 수 있는 말 그대로의 ‘순수한’ 보편타당한 개념이 아니라, 문학에 대한 특정한 태도 —하나의 이데올로기—에 불과하다는 것을 강조하고 있다. 이는 순수문학의 논리를 이데올로기라는 부정적인 허위의식의 차원에서 합리적으로 비판함으로써 기성 비평론이 누렸던 권위와 이념성의 해체를 가져오게 된다. 백낙청의 이러한 비판은 당시 별다른 문제의식 없이 문단의 주류, 권력으로 작용하던 순수문학론에 대한 예리한 문제제기인 것이다. 동시에 지난 연대의 담론을 ‘과거’의 묵은 산물로 치부해 버림으로써 다시 새로움을 창조하려는 백낙청의 자세 또한 비평적 현대성이 드러난 것으로 볼 수 있다. 그는 기성세대의 순수문학에 내재되어 있는 이데올로기성을 부정할 뿐 아니라, 더 나아가 문학의 자율성을 옹호하는 단계에 이른다.

“순수주의를 본격적으로 비판하는 작가, 사상가일수록 문학 본연의 가치와 자율성을 강조하는 것은, 이들이 개인적으로 대가다운 금도를 보여 주어서가 아니다. 인간의 자유와 문학적 가치의 불가분성은 이들의 사상 체계에서 수미일관한 관계에 있으며 독단적 순수주의에 대한 반대는 그 일부를 나타낸 것뿐이다.”

이와 같이 백낙청은 기성문단에 뿌리박힌 ‘순수’라는 이데올로기를 청산하는 것이 궁극적으로 문학 본연의 가치와 자율성을 확보할 수 있는 필수 노정이라고 본 것이다.

---

51 백낙청(1966), 「새로운 창작과 비평의 자세」, 『창작과비평』 창간호(1966. 1). p.6.

한편, 비평가 김병걸은 신세대 비평가군에 속하지 않지만, 문학작품의 본원적 가치에 대하여 언급하면서 문학의 이데올로기를 거부한다.

> "참여문학에 대한 고발문이 지금 평단에서 크게 파동을 치고 있다. 문제의 요점은 작가가 현실적인 상황 속에 들어가 있든, 혹은 자연의 秘境(비경)에 몰입되어 있든 간에, 그의 작품에서 형상화된 세계가 어느만큼 인간의 본질적인 페이소스를 보편적 가치의 차원으로 승화시키고 있느냐에 달려있는 것이다. 따라서 현실적이다, 상상적이다 하는 따위의 논지 자체에 대한 어떤 문학적 가치 기준이 있을 수가 없다."[52]

김병걸은 당시 평단의 주류 쟁점이었던 참여문학론에 관심을 보이면서, 그 문제의 핵심은 문학의 가치 기준을 '인간의 본질을 보편적 가치의 차원으로 승화'시킨 여부에서 찾고 있다. 그러나 김병걸의 비평적 인식이 순수냐, 참여냐 식의 이분법적인 사고를 거부하고 문학의 본질론에 접근하면서도, 그 문학의 보편성을 획득하기 위해 "현실과 상상의 세계를 어떻게 매개시켜 형상화해 낼 것인가"라는 심화된 논의에는 이르지 못하고 있다. 이것이 바로 신세대 비평가군의 담론과 구별되는 점이라 하겠다. 게다가 김병걸은 우리 문학의 후진성을 문학 내적 탐구의 결여에서 원인을 찾기보다는, 오히려 '셰익스피어를 길러낸 엘리자벳朝 시대와 같은 사회적, 정치적 그리고 더욱은 국위적인 여건이 결여'했던 탓으로 돌리고 있다. 이런 점을 볼 때, 그는 비평의 문학성을 고려하기보다는 인간과 현실 자체에 대한 관심이 지대했음을 알 수 있다.

이상에서 고찰했듯이, 1960년대의 신진 비평가들은 문학의 본질에 관한 접근을 통해 그 자율성을 주장하고 있다. 이에 반하여 대부분의 전후세대 비평가들은 본질적인 논의로 심화시키지 못하고, 기성 비평론의 굳어진 이데올로기성을 해체하는 차원에 머물러 순수문학과 목적문학을 거부하는 형태를 보여준다.

---

52 김병걸(1969), 「고발문의 연발」, 『현대문학』(1969. 7).

먼저 김우종은 순수문학의 전통이 한국 문학의 빈궁을 초래한 근본 요인으로 파악하고 순수문학에 대하여 전면적인 차원에서 반기를 들고 나선다.

> "한국문학은 이제 새로운 전신을 요구한다. 순수의 기치 아래 수십 년간 걸어온 우리 문학은 이제 솔직히 그 맹점을 자인해야 할 단계에 도달할 것이다. 대중과 대화가 끊어진 문학, 그렇다고 해서 지식층의 총애를 받는 처지도 못되는 문학, 그 어느 편에도 들지 못하고 다만 자신의 고독성만을 자부하고 자위하게 된 문학, 지금은 이같은 '고도'에 이상 더 집착할 아무런 이유도 서지 않게 된 것이다."[53]

'새로운 문학을 위한 문단에 보내는 白書'라는 부제 하에 씌어진 이 글은 순수문학을 향한 김우종의 파산 선고이자 도전장이었다. 당시 같은 전후세대이자, 순수문학 옹호론자인 이형기가 문학의 현실적 효용성 문제를 이데올로기적인 차원으로 끌고 나가면서 김우종의 참여문학론을 공격하자, 김우종은 이에 대해 자신의 입장을 방어하는 논리를 펼칠 수밖에 없었다. 그는 「저 땅위에 도표를 세우라」로 맞서면서, 도구화된 문학과 참여문학의 구분에 의해 자신의 결백을 주장한다. "'순수'라는 애매한 이름 아래 고수되어 온 그러한 문학" 즉 "이삼십년 전통의 문학방법론"에 대해서는 이제 "아낌없이 수정을 가하고 결별을 고해야 한다"고 강력히 호소한다. 과거의 문학은 청산하고 "새로운 방법론 위에서 우리의 문학을 새롭게 수립해나가야 한다"는 것이다.[54]

그러나 이렇듯 새로운 문학적 방법론을 거듭 강조함에도 불구하고, 김우종은 실상 방법론의 차원에서 구체성을 띤 논리를 전연 제시하지 못하고 있음이 한계이다. 그가 순수 이데올로기를 거부하면서 내놓은 참여문학론은 그저 현실적 상황을 강조한 단순 논리에 근거한 것이기

---

53 김우종(1963), 「파산의 순수문학 – 새로운 문학을 위한 문단에 보내는 백서」, 『동아일보』(1963. 8. 7).
54 김우종(1963), 「유적지의 인간과 그 문학」, 『현대문학』(1963. 11).

때문이다. 그도 분명히 문학의 고유성이란 절망적인 현실의 단순한 제기가 아니라 그 극복의 단계에까지 나아가는 데 있다고 강하게 주장하지만, 그의 논리에는 현실과 문학 사이를 연결시키는 매개항이 없는 것이다. 따라서 그의 비평은 기성문단의 이념성으로 굳어진 순수문학론은 탈피해야 할 대상으로 자각한 지점에서 그친 상태라 볼 수 있다.

이와 관련하여 이철범은 한국인의 역사의식을 변조시켜 온 이데올로기성 자체를 거부하는 면모를 보인다. 해방 직후의 우리 문학계를 '조작된 아류의 문학사'로 단언하면서 문학의 이념 싸움으로 오히려 가치판단의 기준이 혼돈되었음을 지적하고 있다.

> "해방 직후에 특수한 정치적 혼동기 속에서 좌익의 계급투쟁의 문학에 대해서 비정치적인 문학인 순수문학을 주장하는 것으로써 민족문학이 생겼다. 따라서 순수문학이란 타부가 생겼으나 실상 순수문학이 무엇인지 모르며, 문학의 가치는 정체불명의 순수문학 곧 민족문학이란 다분히 정치적 문학 용어 속에서 정당하게 평가될 여지가 없었다. (…) 좌익의 문학 공세를 막기 위해 조직된 우익문학 단체는 그 조직의 메카니즘에 얽매인 채 작가의 앙가쥬망은 그때부터 그릇되게 비뚤어졌고, 작가보다는 행정가의 권세를 지니게 되었다. (…) 간단히 얘기하면 작가들은 작품을 쓰고 비평의 자유 속에서 마음껏 가치를 누렸어야 되었을 터인데, 비평의 자유는 처음부터 몇 가지 타부와 공식, 즉 "민족문학"이다, "순수문학"이다, 또한 좌익에서 말한 "계급문학"이란 용어 속에 구속되었고, 작품을 쓰는 일보다는 현실의 문제가 더 급했다."[55]

이철범은 이 글을 통해 흑백 논리의 공식적인 문학 인식과 문학의 사상성에서 벗어나야지만 비평의 '자유'를 획득할 수 있다며, 기존의 틀에 매인 문학 분류를 거부하고 있다. 해방공간부터 확고한 정체성도 없이 순수문학은 곧 민족문학으로 인식되어 왔고, 그 굳어진 메커니즘으로 인해 60년대 초반의 참여문학 논의도 좌익의 '계급문학'이라는 용어 속

---

55 이철범(1986), 「조작된 아류의 문학사」, 앞의 책, p.125.

에 편재되어 있음을 지적한 것이다. 이철범은 순수문학, 민족문학, 앙가주망, 계급문학 등 그간 모호하게 뒤섞여 이해되어 왔던 이 개념들에 대하여 명확한 범주를 직접 언급하지는 않았지만 분별적 인식을 요구하면서, 결론은 문학이 사상성에 경도되어서는 안 된다는 점을 강조하고 있다.

이어령도 기성의 순수문학론에 저항하는 '참가문학'을 주장하는데, 여기서 주시할 것은 그 내면에 자리잡고 있는 강한 '자립의식'이다. 50년대 말부터 구세대에 저항하여 새로운 현실을 전유하는 새로운 주체의 탄생을 예고한다.[56] 기성의 권위에 정면으로 도전하기 시작한 이어령의 선언에서 비롯하여 전후세대 비평가들은 1960년을 기점으로 뚜렷한 자기 인식의 성립을 보여준다. 이어령은 기성 비평론의 순수문학 이데올로기를 거부하면서 '사회참가의 문학'을 내세우고 있는데, 실상 참여문학의 의미에 관한 본격적인 탐구라기보다는 문학의 사상성을 경계하는 단계이다. 그는 '참가문학'과 혼돈하기 쉬운 '선전문학'과의 차이점을 그 행동성과 윤리성의 측면에서 설명하였고,[57] 궁극적으로 문학이 공리적인 목적을 위해 선전도구로 사용되는 것을 철저히 반대한다. 그의 논리에 의하면, 정치적 목적의 수단이 되는 선전문학이란 주체성을 상실한 문학이기 때문이다.

같은 맥락에서 이어령은 "문화를 정치수단의 일부로 생각하고 문학적 가치를 곧 정치사회적인 이데올로기로 평가하는 오늘의 誤導된 사회 참여론자들이야말로 스스로 예술 본래의 창조적 생명에 조종을 울리는 사람들"[58]이라고 지적한 바 있다. 김수영과의 '불온시'논쟁에서 발견되는

---

56 "우리들의 어린 곡물의 싹을 위하여 잡초와 불순물을 제거하는 그러한 불의 작업으로써 출발하는 화전민이다. 새 세대 문학인이 항거해야 할 정신이 바로 여기에 있다." — 이어령(1957), 「화전민지역」, 『경향신문』(1957. 1. 11).

57 "「선전문학」이라고 하는 것은(더 쉽게 말하자면) 「당의 문학」이라든가 「민족주의 문학」이라든가 또는 일정한 목적을 위해서 문학을 한 선전도구로 사용하는 그 일환의 공리적 문학을 뜻하는 말이다. 선전문학은 주체성 또는 개인을 상실한 문학이며 철저한 타인지향의 문학이다."

이런 발언을 고려할 때, 이어령의 비평인식에는 문학의 사회참여적 의의가 내재되어 있었다기보다는 기성의 순수문학론에 대항하는 차원에서의 참가문학이며, 오히려 문학과 정치의 관련성을 적극 부인하는 입장에 서 있었던 것으로 판단된다.

한편, 정명환도 이어령의 초기 논의에 동의하면서 목적문학과 참여적 문학은 분명히 변별된다고 못박아 말한다. 그는 「작가의 정치참여」라는 글을 통해 작가의 정치참여 유형을 세 가지로 분류하면서, 목적문학의 유형—문학을 정치에 예속시키려는 움직임—을 비판하고 있다. 동시에 문학의 정치참여란 정치적 목적을 위해 문학의 뜻을 구하는 것과는 다르다면서 싸르트르에 관한 고찰로 그 근거를 내세우고 있다.

> "문학적으로 볼 때 사르트르가 우리에게 베풀어준 귀중한 것은, 정치참여를 본격적으로 내걸기 전에 인간의 존재 양태를 냉철하게 해부하고 삶의 새로운 가능성을 찾아 고민하는 현대인의 모습을 보여준 작품—『구토』,『벽』,『자유의 길』제1부,『갇힌 방』등이며, 공산당과의 야합 때문에 터무니없이 왜곡된 『네크라소프』와 같은 타작(駄作)이 아니다."[60]

싸르트르에 관한 정명환의 고찰은 작가의 본령이 어디에 있느냐는 문제를 다시금 생각하게 하는데, 작가가 시대의 문제에 대해서 강렬한 역사적 의식을 가져야 한다는 것은 정치 무대에 직접적으로 뛰어들어야 한다는 의미는 아님을 반증해준다. 어차피 문학은 국민의 실질적 생활의 개선에 간접적인 역할밖에 못하므로, 정치의 시녀가 되는 대신에 정치와 대중을 가치의 세계로 끌어당기기를 시도할 때 문학은 그 본래의 기능을 수행하게 되어 자율적 영역으로 인류에 봉사할 수 있다[60]고 본

---

58 이어령(1968), 「누가 그 조종을 울리는가?—오늘의 한국문화를 위협하는 것」,『조선일보』(1968. 2. 20).
59 정명환(1962), 「작가의 정치참여」,『현대인 강좌 3 : 학문과 예술』, 박우사.
60 정명환(1965), 「서구 작가와 사회의식—정치적 태도를 중심으로」,『사상계』(1965. 8).

것이다. 정명환은 현대 작가가 지니게 된 강렬한 사회의식은 개인 체험의 제한으로 인하여 그들을 궁지로 몰아넣고 있으며, 도리어 작품의 생명을 한정시킨다면서 문학의 정치적 목적성 및 사상성을 다시 한번 경계하고 있다.

이상에서 살펴본 바, 전후세대 비평가들도 60년대를 맞으면서 문학이 외부로부터의 사회적 조건에 어떻게 맞설 것인가라는 물음으로 줄곧 고심한 흔적들을 보이고 있다. 기성의 비평이념에 반발하여 목적문학뿐 아니라, 순수문학의 이데올로기성도 거부하면서 사회 참여의 필요성을 제기하고 나선다. 하지만 이들의 비평적 인식은 문학이 자율적 영역으로서 확보해야 할 미학적 주체의식에 이르지 못하였으며, 또한 전후세대가 전개한 참여문학론은 60년대 후반에 접어들어 제기되는 민족문학론, 리얼리즘론 등의 전망으로 확대, 연결되지 못한 점이 한계로 남는다.

전후세대 비평담론의 주체의식 양상은 50년대 말부터 신비평이라는 과학적인 방법에 자신을 의탁함으로써 기성세대로부터 단절하려는 새로운 인식의 지평에서 찾을 수 있지만, 마침내 이들의 자기 충족적인 논리는 4·19 혁명에서 시작되는 당대의 역사적 실체와 마주쳐야만 했고, 그 지점에서 그들의 윤리적 차원의 저항은 허상성을 드러내고 말았다고 볼 수 있다. 따라서 현실감각과 논리적인 언어성을 갖추어 비평집단을 형성해가던 신세대 비평가군에게 평단의 자리를 내어줄 수밖에 없었고, 전후세대가 습득했던 신비평의 이론은 '한국역사'라는 거대한 뿌리와 대결하게 되면서, 구체적인 근거가 되는 실제 비평문을 많이 남기지 못한 채 마치 허구의 메아리가 흩어지듯 그들도 제각기 활동하게 된다.

이런 면들을 감안할 때, 1960년대 초반 전후세대 비평가들의 의식적 수준은 자신의 주관성을 지양한 단계에 도달하지 못함으로써 궁극적으로 세계를 '관념화'라는 차원을 벗어날 수 없었던 것으로 보인다. 또한 참여문학론에 집약되어 있는 전후세대의 문학 인식은 현실과 역사에 대한 엄밀한 전망을 기초로 한 것이 아니었다는 사실을 지적할 수 있다.

2. 당대 비평에 대한 自省의 목소리

　현대사회로의 전환과 그 변동 과정의 새로움에 대한 지적 성찰을 계기로 하여, 1960년대 평단에서는 자기반성 및 성찰의 모습을 전면적으로 드러낸다. 오늘날 철학 분야에서 현대성 논의의 초점이 되고 있는 것도 현대사회에 대한 반성적 성찰의 의미이다.[61] '현대성'의 성격은 일차적으로 이성적 계몽성과 합리성으로 규명되지만, 이미 그 속에 도구적 합리화로 인한 문제가 내재되어 있음을 자각하고 반성할 수밖에 없는 모순적 양면성을 함의[62]하고 있는 것이다. 그럼에도 불구하고 끊임없이 문학에서 '현대성'이 거론되는 것은, 역설적이게도 그의 양면성이 발전의 추동력이 되기 때문이다. 대표적으로 하버마스, 푸코, 앤서니 기든스, 마샬 버먼 등의 현대성 담론이 그러한 성찰적 면모를 보여주었는데, '자기성찰'적 접근은 현대가 낳은 모순의 산물들을 확인하고 그것

61　'반성'을 철학적으로 체계화시킨 자는 헤겔인데, 그가 말하는 반성이란 단순히 뒤돌아보는 행위가 아니라 낯선 타자를 자기화하여 그 속에서 자신의 본질을 인식하고, 결국 자기와 타자와의 차이를 소멸함으로써 자기동일성을 획득하려는 의지이다. 그러나 본고에서 사용하는 '자기반성'은 이 헤겔의 반성 개념을 넘어서는 '성찰적 반성'으로서, 자기인식과 더불어 현대적 경험에 대한 지속적인 자기비판적 요소를 내포하고 있다. - 앤서니 기든스, 울리히 벡, 스콧 래쉬(1998), 『성찰적 근대화』, 임현진, 정일준 역, 한울, 참조.
62　모더니티란 근대 이후 지속되어 온 몇 가지 문제의식을 해결하려는 탈근대적 기획과도 상충되지 않는 입장을 취한다. 근대 및 탈근대에 관한 여러 담론들은 결국 동종의 아포리아(논리적 난궁)를 해소하려는 경쟁적인 기획이며, 이를 광범위한 모더니티 범위에 모두 포함시키기도 한다. 그래서 주체의식, 현실성, 자기비판성, 미래적 전망 뿐만 아니라, 불확정성, 전복성, 지성화의 논리, 이성주체의 해체, 텍스트성, 형식적인 자율성 등도 모더니티의 조건에 포괄되는 것이다. 특히 단선적인 발전보다는 복합적 노선과 그들의 병존현상을 지닌 우리 문학에서는 모더니티의 여러 담론과 관련된 다양한 문학들이 나타난다. - 나병철(1996), 「근대성과 탈근대성의 담론」, 『한국문학의 근대성과 탈근대성』, 문예출판사, pp.15-18 참조.

을 반성하여 현대성 내에서 극복의 규범성을 재창출하려는 의도를 지닌
다. 60년대 비평문학도 과거에 대한 단절의식으로 새 시대를 시작했으
나 현대성을 확보해가는 진행 과정에서 모순성을 잉태하게 되고, 곧 사
회 및 문화적 측면의 반성을 요구하기에 이른 것이다.

그런데 현대 철학적 담론에서 언급하는 현대성의 성찰적 규범성은
'미래에 대한 예견적 성찰'에 주안점을 두고 있는 데 비하여, 우리 사회
의 경우에는 대개 서구 근대의 모습을 추종하여 현대화를 추구해온 탓
으로 지난 시대의 서구식 근대화 행로를 점검하는 가운데 자기반성을
보이게 된다. 하지만, 1960년대 당대 비평문학에 관한 성찰성은 앞선
세대의 비평양상을 반성하면서 동시에 미래의 비평 향방을 새로이 모색
하는 측면에서도 두드러진다 하겠다. 특히 60년대의 신세대 비평가들은
자신의 비평논리와 당대 평단에서 제기되었던 비평담론에 대한 철저한
각성을 통해, 그들만의 차별화된 비평이념을 뚜렷이 하는 주류 비평집
단을 형성하기에 이른다. 앞선 세대의 소모적인 논쟁비평을 반성하면서
나타난 신세대 비평가군은 평단의 첨예화된 대립구도를 지양하고, 오히
려 비평의식을 개진하는 과정에서 서로 교류하며 집단적 비평논리를 보
완해가게 된다. 따라서 이들은 미래의 한국 비평문학이 나아갈 방향을
모색하는 성찰적 계기를 마련하고 있다.

1) 서구모방의 한계 인식

4·19의 계몽, 개혁적 파장이 비평문학에 끼친 공적은 50년대 문학
의 원시성을 반성할 주체적 역량, 즉 자신감을 획득하도록 했고, 한국
의 특수성을 고려하지 않은 무분별한 서구 근대 모방을 극복할 계기를
부여하였다는 데서 찾을 수 있다.[63] 신세대 비평가들에게 가장 절박했

---

[63] 작가 최인훈의 '4월 혁명과 자기 확인'에 대한 언급은 이런 정황을 잘 설명해주고
있다.

던 과제는 한국 문학의 관념성과 종속성을 극복하고 보다 주체적이고 진보적인 문학을 확립하는 것이었다.

서구 문예이론의 수입과 더불어 더욱 자생의 현대 문학을 향한 열망을 소유하게 된 당시 비평가들에게 필요한 것은, 자기비판 및 성찰이 동반되는 '성찰적 현대성(reflexive modernity)'이었던 것이다. 문학의 '주체성'과 '현대성'은 그들의 문학적 지향점으로 비평론의 핵심적인 내용이 되고 있다. 그래서 평단에서는 '근대' 혹은 '현대'에 대한 관심이 고조되는 가운데 이전 시대까지 수용, 추종해오던 서구식 근대주의를 반성하고 새롭게 문학적 현대성을 추구하는 면모를 보이고 있다.

이와 관련하여 김현이 자기성찰을 시도한 중요한 글로는 「한 외국문학도의 고백」(1967)을 주목할 수 있다. 연속 자기반성과 성찰을 비평문학의 고유한 덕목으로 강조해 온 김현이지만,[64] 적어도 1960년대에 발표된 김현 비평에는 자기반성의 면모가 풍부히 발견되는 편은 아니다. 다만, 「한 외국문학도의 고백」이라는 평문은 외국문학을 선험적인 진실로 수용하고 있는 자신에 대한 근원적인 통찰이 드러난 글이다. 여기서 김현은 "가령 '절망'이라는 말을 생각해보자. 나는 그 말에 거의 맹목적인 감동을 느꼈던 것인데, 그 말의 정확한 의미를 나는 그때 전혀 모르고 있었다. 막연히 어떤 위대한 것이 몰락해 가는 그런 것을 생각하고 거의 아름다움마저 느끼곤 했었다"[65]며 자신이 외국문학 속의 '절망'이

"4월의 아이들은 인생을 살기를 원한 최초의 한국인이었다. 그들과 더불어 새 시대가 시작되었다. '자기'가 되고자 결심한 인간, 정치로부터의 소외를 행동으로 극복한 인간만이 살 자격이 있으며 저 위대한 서양인들과 어깨를 겨누고 '세계인'이 될 힘을 가졌다"— 최인훈(1980), 「세계인」, 『유토피아의 꿈』, 문학과지성사, p.90.

64 김현은 타계하기 한 달 전인 1990년 5월 27일, 제1회 팔봉비평상을 수상하면서 "문학이 인간의 모든 문제를 다 해결해 줄 수 있는 것은 아닙니다만, 문학은 그 어떤 예술보다도 더 뜨겁게 인간의 모든 문제를 되돌아보게 합니다. 그 되돌아봄을 다시 되돌아보는 것이 제가 생각하는 비평입니다. 비평은 그런 의미에서 하나의 반성적 행위입니다"라는 요지의 수상소감을 발표한 바 있다. 김현은 한국현대비평사에서 반성적 사유의 치열함을 성실하게 보여 준 비평가 중의 한 사람일 것이다.

라는 어휘의 낭만성에 어떻게 도취되어 있었는가를 고백하고 있다. 이러한 정신 상태에 관하여 "유럽문학, 특히 내가 도취되어 있었던 프랑스 문학을 나는 나의 정신의 선험적 상태로 받아들였고, 그 상태 속에서 모든 것은 피어나야 한다고 믿고 있었던 심리에 기인하는 것이었다"고 김현은 시인한다. 이 대목에서 그는 자신의 문학이 생성되었던 근원적 상황에 대한 진지한 성찰을 보여준다. 김현은 60년대 중반을 넘어서야 자신의 문학적 편향을 인식하고서, 자신의 논리를 객관화시켜 반성하는 단계에 이른 것이다.

> "여하튼 20세기의 초기에 얻어진 유럽 대륙의 불온한 공기를 나는 내 자신의 내부 속에 선험적으로 존재하는 것으로 받아들이지 않을 수 없었고, 거기에 추호의 의심도 품지 않았다. (…) 그런 의미에서, 나는 프랑스 문학을 공부하는 학생이 아니라, 프랑스 문학을 피부로 느낀다고 믿는 정신의 불구자였다. 정신의 불구자라고 나는 감히 말할 수 있다."[66]

그는 자신이 그간 지녀온 문학성을 돌아보면서 단순히 불문학 전공 학생으로 객관적 연구에 매진하기보다는, 프랑스 문학에 극도로 경도된 스스로를 '정신의 불구자'로 자처한다.

이어서 김현은 "이 착란된 문학 풍토 속에서 나의 정신이 불구화되리라는 것은 쉽게 이해할 수 있으리라. 나는 새로운 것, 외국의 것을 우리 문학의 속성인 것처럼 파악하고 있었던 것이다. 이것은 몇 번 강조하여도 지나치지 않다"면서, 한국문학의 특수성을 고려하지 않고 무조건 외국의 문예이론을 추종했던 자신의 문학연구 방식에 회의를 품게 된다. 이러한 모습은 김현 비평이 자기반성이라는 현대성의 특질을 내포하고 있었다는 사실을 보여준다. 그는 다음과 같이 '자기각성'을 현대 비평가들의 필수 요건으로 제시하고 있다.

---

65 김현(1967), 「한 외국문학도의 고백」, 『상상력과 인간 / 시인을 찾아서』(김현문학 전집 제3권), 문학과지성사, 1991, p.15.
66 김현(1967), 앞의 글, 앞의 책, pp.15-16.

"자기가 속한 사회가 폐쇄된 사회임을 자각한다는 것은 개인의식의 투철한 확인을 전제로 한다. 자기 자신이 속한 계층을 확인하고, 그 계층이 한국 문학의 주류를 형성할 만한 내적인 충실성을 보유하고 있는가 없는가를 판단하여, 세계 앞에 개방되어 있는 한국 사회의 기이성을 극복하기 위해서는, 날카로운 자기 각성이 필요하다."

김현은 투철한 '개인의식'을 통해 우리 사회의 폐쇄성과 원시성을 자각할 수 있다고 주체의지를 강조하면서, 더불어 속수무책으로 세계를 향해 개방되어 있는 한국의 기이한 상황도 '자기각성'으로 바로잡을 수 있다고 인식한 것이다.

우리의 문학이 서구문학에 의존하게 된 이유는 당시 미국의 도움으로 진행된 산업 현대화나 사회구조의 모순성에서도 찾을 수 있을 것이다. 또한 김현은 한국 문단에서 민중의 힘을 역동적으로 그린다는 소설의 상당수가 영웅주의에 빠져 있거나, 소박한 인정주의에 사로잡혀 있는 원인도 여기서 찾고 있다. "한국 현대사회에서 문학이 할 수 있는 일은 명제들(사회계층, 사회구조이 모순 극복태두의 시비를 가려내는 일)을 현실 속에서 점검하는 일"[67]이라며, 작가 및 비평가는 자신과 사회에 대한 철저한 각성, 정확한 관찰과 판단력 등을 갖추어야지만, 이 일을 수행할 수 있을 것이라고 강조한다.

오랜 기간의 외국 유학생활에서 갓 돌아온 젊은 비평가 백낙청은 한국의 문학전통에 대한 이해의 부족을 드러내다가 이후 자신의 평문을 통해 이를 다시 각성하는 모습을 보인다. 그는 1966년 『창작과비평』의 창간호에 비평의 역량과 패기를 실어 「새로운 창작과 비평의 자세」를 발표한다. 여기서 "우리의 동양적, 한국적 전통은 그 명맥이 끊어졌고 이를 뜻있게 되살릴 길은 아예 열리지 않았"다고 말하며 전통부정론을 피력한 바 있으나, 3년 후 그는 「시민문학론」 쓰면서 지난 날 자신의 전통에 대한 무지를 반성하고 시민의식의 발전 과정이 한국 사상사의

---

67 김현(1970), 「6, 70년대의 한국 문학의 전망」, 『대학신문』(1970. 4. 13).

전통을 형성하고 있다고 부연 설명한다. 중세의 민족문학에 대한 무지, 전통과 주체성에 대한 피상적인 이해[68]를 보였던 백낙청은 다음과 같이 자신의 무지함을 고백하며 자기성찰적 의지를 피력한다.

"도대체 문학전통을 '부모의 피와 살을 이어받았듯이' 이어받았다는 것은 무슨 말이며 아무리 쇠잔한 전통이라도 그 존재 자체를 부인하는 것이 아니라면 '명맥이 끊어졌다'고 말하는 것은 위험한 레토릭이 아닌가? 그리고 설혹 그것이 과거의 훌륭한 업적은 업적대로 평가하면서 그 업적의 순조로운 계승을 불가능케 한 외세의 작용을 개탄한 말이라 할지라도 그 경우 지식인은 그러한 업적이 왜곡되고 변모된 과정을 구체적으로 밝힐 일이요, 외세로 인해 萬事休矣라는 듯한 탄식은 삼가야 할 것이 아닌가? 이렇듯 많은 과오를 범하고 있는 위의 글이 그래도 선량한 의도에서 나온 것이라고 굳이 말하는 것은 그것이 몇 해 전 필자 자신이 쓴 것이기 때문이며(창비 창간호 16면), 별로 자랑스럽지도 못한 이 발언을 구태여 들추는 것은 우리 주위에서 흔히 논의되는 전통의 '단절'이라는 것이 사실이라기보다는 논자 자신의 무지와 무심함에서 유래한 하나의 환각일 수 있음을 강조하기 위해서이다."[69]

이 대목에서 우리는 백낙청이 스스로 전통에 대한 몰이해 측면을 반성할 뿐 아니라, 한국 문학에 대한 외세의 부작용을 은근히 비판하고 있음을 알 수 있다. 서구 문화의 무조건적인 수입으로 인해 과거의 훌

---

68 "무엇보다 앞서야 할 인식은 우리가 부모의 피와 살을 받았듯이 이어받은 문학전통이 태무하다는 것이다. 우리의 동양적, 한국적 전통은 그 명맥이 끊어졌고 이를 뜻있게 되살릴 길은 아직 열리지 않았으며 고대 그리스나 근대 서구의 고전문학을 모체로 삼기에도 우리의 언어와 풍습과 제반사정이 너무나 동떨어진 것이다. 1960년대의 한국에서, 문학의 기능은 건전한 오락을 제공하는 것이다라고 담담히 말해 넘길 수 있는 이유가 여기에 있다."— 백낙청(1966), 「새로운 창작과 비평의 자세」, 『창작과비평』 창간호 (『민족문학과 세계문학 I』, 1978. 창작과비평사, p.332.
: 장기간의 외국유학에서 돌아온 청년 백낙청이 전통에 대해서 무지하다는 사실은 일면 자연스럽기도 하지만, 무엇보다 그의 새로움에 대한 조급한 열망이 문학적 전통에 대한 부정확한 인식을 돌출시킨 것으로 보인다.
69 백낙청(1969), 「시민문학론」, 『민족문학과 세계문학』, 창작과비평사, p.37.

륭한 업적들이 제대로 평가받지 못하고 있음을 각성하면서, 동시에 자신을 포함한 지식인들이 외국 문명의 절대적인 영향으로 우리 문학의 왜곡되고 변모된 과정을 소상히 고찰하여 이제는 바로잡아야 할 책임이 있음을 강조한다. 자기비판 및 성찰이 모더니티의 중요한 자질임을 감안한다면, 백낙청의 이러한 자기반성의 장면은 60년대 비평적 모더니티의 인상적인 모습 중의 하나일 것이다.

비평가 염무웅은 「세계문학과 약소민족」에서 역대 노벨문학상 수상자들을 차례로 분석해가는 가운데 우리 선배 문인들의 의식과 비교하고 있다. 그는 1967년 노벨문학상 수상작가인 '미구엘 안헬 아스투리아스'가 자신의 조국 과테말라의 역사적 비애를 세계적인 문학적 승리로 전환시킨 비밀은, 작가가 '민중의 편에 서서 그들의 눈으로 현실을 보려고 한 데' 있다면서 민중적 시각의 현실 파악은 참다운 지식인의 임무라고 역설한다. 그러나 이에 반하여 한국 문학사의 선배 작가들(이인직, 이광수, 김동인 등)은 "몇 푼어치 안 되는 서양문물의 지식으로 선구자가 되어 민중을 설교하러 들거나, 그것이 여의치 않으면 혼자만 아는 이상한 짓을 하면서 대중과 되도록 멀어지려 하기 일쑤"였다면서 비판을 가하고 있다.

염무웅은 60년대를 포함한 우리나라 대부분의 작가들이 이제껏 '서구=선진화(세계화)'로 인식하고 무조건 추종하려는 경향을 보인 점에 회의감을 표시한다.

> "이인직, 이광수, 김동인으로 이어지는 작가들은 대부분 서구문명과의 접촉을 통해서 결국 외래문물에의 깊은 열등감과 민족적인 것에 대한 강한 혐오와 반발에 빠지는 일이 많았다. 그리하여 혹은 모든 서구적인 것과 모든 새로운 것을 무조건 추종함으로써 세계문학의 대열에 한몫 끼인 것으로 착각하기도 하였고, 혹은 〈한국적〉이라는 이름 아래 일체의 근대적인 것을 배척하고 좁은 울타리 안에 집착하기도 하였다. (…) 한국문학이 세계문학에 올바르게 참가하는 일은 우리 자신의 특수성을 깊

이있게 고려함으로써 가능한 일이다. (…) 문학자가 아무리 현대적으로 세련된 수법을 구사하더라도, 정치권력의 시녀로서 대중의 의식마비에 간접적으로 기여하거나 선진문화에의 열등감만을 조장하는 문학, 이름만 그럴 듯이 나열하는 것으로 진정한 창조의 행세를 하는 문학 — 그것은 민족적 현실로부터 떠난 사상누각의 문학이다."[70]

이 글은 세계문학 속에서 우리 민족적 현실을 고려하여 한국문학의 본질 및 위상을 진지하게 모색한 염무웅의 고심을 잘 드러내는데, 그는 무분별한 서구 숭배의 문학, 국수주의 문학, 정치주의 문학 등을 경계하고 있다. '서구적인 것을 추종하면 바로 세계문학이 될 수 있다'는 당시의 고정관념을 반성, 지양하면서 각 나라의 특수성을 고려한 문학적 산물만이 오히려 세계적인 문학의 대열에 들어설 수 있다고 말한다.

진보적인 문학 노선을 따랐던 비평가 임헌영은 염무웅과 유사한 맥락에서 서구 숭배에 대한 문제를 제기한다. 그의 진보주의적 의식의 일단은 합리성과 과학성을 적극 주장하는 태도에서도 확인할 수 있다. 「논리의 사보타지(sabotage)」라는 글은 제목에서도 짐작할 수 있듯이, 그간 시에 있어서 사용되어 왔던 '비합리적이고 비과학적인 표현법'을 폐기할 것을 요구하며 임헌영은 "시적 진실은 과학적 진실을 동반해야 한다"[71]는 주장을 내놓는다. 이러한 인식 양상은 「현대에의 도전」에서도 엿볼 수 있는데, 여기서는 한국 문학의 '전통'과 현대성에 대한 뚜렷한 문제의식으로 나타나고 있다.

"가짜 전통주의에 대한 전통부정론의 승리가 곧 50년대였다. 그러나 4·19가 터지자 바른 한국이 전통을 찾고자 히는 작업이 시작되있다. 창조적 전통론자가 이것이다. 이들은 4·19를 예찬했다. 이를 한국적 정의감의 최고 절정으로 보았다. 그리고 서구적 탄압자를 규탄했다. 김수영, 신동엽이 그랬다. 구중서가 그랬다. (…) 그러나 문제는 이런 시를 가리

70 염무웅(1968), 「세계문학과 약소민족」, 『사상계』(『한국문학의 반성』, pp.154-155).
71 임헌영(1967), 「논리의 사보타지 — 오늘의 한국시」, 『세대』(1967. 9), p.262.

켜 시가 아니라고 우기는 비평이 60년대를 휩쓸었다는 사실이다. 친서구파의 한 평자는 신동엽의 「금강」에서 동학과 4·19의 전통적 연관성을 모순된 것이라고 지적했다. 물론 이것은 충분히 친서구파적인 안목이다. 참으로 한국적 정의의 사관에서 본다면 이를 부정할 아무런 근거도 없다. 다만 서구의 이론을 따른다면(그나마도 가짜) 이는 옳을 수도 있다. 이와 같은 서구적 비평안을 가진 평자들이 공통적으로 갖고 있는 기반은 언어와 의사과학에의 의존이다. 서기원과 설전할 때 김현은 언어의 파악을 위해서 장황하고 부산스럽게 언어학을 동원했다. 그런데 가장 핵심이 되는 부분 즉 언어는 사회의 산물이라는 것을 무시하고 있다."[72]

임헌영이 가진 문제의식은 가치개념으로서의 모더니티 문제를 생각할 때 '우리들에게는 근대가 없다'는 결론에 이르게 된다는 것이다. 그에게 있어 '한국의 근대'는 역사적 단계로서의 근대, 혹은 근대적인 정신의 부재에 의해 일방적인 '서구화'를 의미하는 것으로 파악된다.[73] 이러한 사실에 회의를 품고, 그는 서구 이론에 크게 기대어 있다고 판단되는 김현을 비롯한 그 비평집단을 비판하고 나선 것이다. 임헌영에 의하면, 김현 계열이 서구의 언어학은 숭상하면서 그 언어가 사회적 산물이라는 것은 간과했다는 것이다. 임헌영은 60년대 평단의 전통 논의에서도 서구의 언어학과 의사과학에 기대어 비평론을 펼친 비평가들 때문에 제대로 한국문학의 전통을 모색할 수 없었음을 지적하면서, 친서구파적 안목으로는 한국 문학사적 현대성을 담지할 수 없다고 당대의 비평 흐름을 반성하고 있다.

한편, 신비평 등 서양의 문예이론을 습득함으로써 그 이전의 기성 문인들과 구별되었던 전후세대 비평가 일부도 60년대에 들어서서 현대 문학의 정립을 궁구하는 가운데 서구 사상의 절대적인 숭배에 대한 한계를 자각, 반성하기에 이른다.

먼저 「로고스의 궁지」를 통해 인간과 이성에 관련된 철학적 원론을

---

72 임헌영(1969), 「도전의 문학」, 『사상계』(1969. 12), pp.245-249.
73 임헌영(1968), 「현대에의 도전」, 『현대문학』(1968. 7), pp.44~45.

언급한 김병걸은, 지난 2천년의 서구의 사상을 집대성한 '헤게리아니즘' 안에서는 보편적 본질과 통일적 힘인 '이성'만이 만능이라고 인식되어 왔음을 지적한다. 그래서 '모든 이성적인 것은 현실적이며, 모든 현실적인 것은 이성적이다'라는 논법이 여과없이 수용되어 일반화 되었다는 것이다. 그러나 실상 현실에 있어서 인간이란 순수하고도 무성격의 존재로 비약할 수 없고, 또 인간적인 고뇌가 소용돌이치기 때문에 결국 육신과 분리될 수 없는 인간의 존재는 이성의 갈구에 反立할 수밖에 없다는 견해를 내놓는다.[74] 김병걸의 이 평문은 근원적인 추론이지만, 서구의 현대정신에 대한 비판을 내포하고 있다. 이성 및 합리성을 추구하던 서구 현대의 방향이 인간성과는 일면 대립하게 되고 많은 부작용을 초래할 수 있다는 문제를 제기한다. 동시에 '현대성'이란 자질은 카오스와 로고스가 "동시성 속에서 한쪽이 다른 쪽을 억누른 채로 자기의 성립을 지탱하는 것"임을 밝히고 있다.

유종호는 우리나라가 후진국에서 탈피하고자 새로움에 대한 열망만 품고 무조건 서구식 근대화를 좇아 왔듯이, 한국 문학도 역사적 지반에서 단절된 채 서구 문학의 모방에만 급급한 불안감을 표출하고 있다고 당대의 평단을 반성한다.

"서구=근대에의 동화과정을 추구하는 근대주의자들을 사로잡는 것은 자기들이 지각하고 있다는 일종의 추적 망상이다. 이 추적망상이 야기하는 초조감이 '새로움'에 대한 우상숭배를 낳고 그 징후에서 가치관의 한 필요조건을 찾으려는 경향을 낳게 한다. 마음이 놓이지 않는다는 불안감이 근대주의에 내재하는 심리적 기조가 되고 이 불안감은 그들의 문체에도 그대로 반영되어 있다. 이떤 사싱이나 문학상의 흐름이 그 발생과 생성의 모태가 되었던 역사적 사회적 지반에서 단절된 채 이식되고, 어떤 세계관이나 사상의 필연적 전개로서의 형식이 그 본래의 정신과는 무연한 채 '기법'으로만 추종되어 그것이 표면적 유사성이라는 외곽 부분에

---

74 김병걸(1963), 「로고스의 궁지」, 『현대문학』(1963. 2), pp.223-230.

서 공전한다. (…) 오늘이 낳은 것은 필연적으로 어제가 낳은 것보다 우월하다는 직선적 진화론의 가치관이 자명한 것으로 되어버린다."[75]

이 글은 유종호의 문학적 현대성에 대한 정확한 인식태도를 발견할 수 있는데, 그는 이제껏 우리 문단을 주도해왔던 서구 모방적 경향, 새로움에 대한 무조건적 숭배, 지식인들의 몰지각성, 기법만 모방하는 표면적 유사성, 직선적 진화론 등에 회의를 표한다. 그는 기존의 근대주의자들을 비판하면서 이와 함께 "서구에의 선망의 눈짓을 이내 포기하고 돌아"서서 "거수에 대한 맹목적인 적의나 콤플렉스를 보여"주는 국수주의 경향의 지식인들에 대해서도 지적하고 있다. 이러한 문학적 인식관은 현대의 정신과 거리가 멀기 때문이다. 유종호는 이같이 60년대 평단의 상황을 직시하면서 "지식인(문학인)의 입각점에 대한 반성의 필요성"을 절실히 촉구하고 있다.

또한 그는 60년대 비평이 구호 차원의 민족문학을 제기하는 데서 더 전진하려면, "과거의 '지식인'적 자세", 즉 서구 추종의 경향을 수정하고 한국의 구체적인 현실과 민중을 토대로 한 리얼리즘 추구가 동반되어야 함을 강조한다. 진정한 민족문학은 "일반 독자의 관심이 총체적으로 반영되어 있는 국민문학적 성격"을 띠는 것으로서, "오늘의 우리 현실에 굳건히 발을 디딘 채" 가능하기 때문이다. 여기서 유종호가 내세우는 '국민문학'이란 다소 모호한 개념이긴 하지만, 그의 비평적 모더니티는 '주체성' 추구를 함의하고 있음을 알 수 있다.

그는 같은 맥락에서 「누구를 위해서 쓸 것인가」라는 평문을 발표하는데, 이 글에서도 한국에 어설프게 자리잡은 서구 '근대주의의 생리'를 신랄하게 비판하며 한국문학의 현대성을 모색하고 있다.

"책과 관념 속에서 배운 서양은 지식인에게 자기가 서 있는 현실에 대한 무한한 욕구불만을 일으키고, 이 욕구불만은 행동과의 무연성을 특

---

[75] 유종호(1965), 「지식인과 문학」, 앞의 책.

징으로 하는 지식인에게서 더욱 내면화된다. 머릿속의 서양과 현실의 낙
차 감각은 내공적인 욕구불만과 합하여 현실에 대한 냉소적인 태도를 형
성한다. 일종의 추적망상이 빚어내는 초조감이 역사적 현상으로서의 '새
로운 것'을 역사적, 사회적 문맥에서 절단하여 이식하는데 바쁘게 한다.
문학상의 근대주의가 부평초처럼 극소수의 향수자에게만 수용되고 있는
이유가 여기에 있다."[76]

이 대목은 서구적 근대주의가 관념적으로만 이식된 한국의 문학상을
반성하고 있다. 그 한계점이란 지식 체계로만 수입된 근대는 실천 비평
의 부재를 낳고, 또한 한국의 역사적, 사회적 문맥 속에서 뿌리내릴 수
없으며, 따라서 민족 일반이 아닌 한정된 극소수만 수용할 수 있다는
것이다. 유종호가 외국문학에 대한 추종을 반대하는 또 다른 이유는 주
체의식의 상실, 곧 "자기부재라는 비합리성은 우리에게 호소력을 발휘
하지 못하기 때문이"라고 밝힌다. "현대인이 현대의 문학을 요구하는
것처럼 한국인은 한국인의 문학을 요망하기" 마련이고, "그것은 민족
감정이라는 차원이 아니라 자기를 알고 싶고, 보고 싶고, 표현하고 싶
어하는 인간의 기본적인 국면이 요구하는 것"이기 때문이다.

하지만, 유종호는 당대 한국문학의 상황을 비관하지는 않는다. 오히
려 서구 근대주의에 대한 자신의 부정정신 자체가 현대성의 자질임을
인지하고서, "소위 근대화란 것이 의식의 면에서도 이루어지려고 하는
현단계를 크게 보아 계몽기"라고 부르고 있다. 당시 현대화를 추진해가
던 사회상을 의식하고서 60년대를 "발전단계의 사회가 보여주는 왕성
한 잠재력과 함께 지식인과 비의식 대중의 낙차가 급격하게 축소될 수
있는 시기"로 보고 있기 때문이다. 이는 60년대 현대화 기획의 일환으
로서 '대중문화의 성장'을 염두에 두고 한 말임을 짐작할 수 있다. 서구
식 근대사회 추종에 대한 유종호의 각성은 자신을 포함하여 전후세대의

---

76 유종호(1966), 「누구를 위해서 쓸 것인가」, 『창작과비평』(유종호 전집 『비순수의
   선언』, 1995, 민음사, pp.386-398).

구호비평에 대한 자기비판으로까지 이어지면서, 서구문학의 단순한 이식이 아니라 작가의 자유와 내면적 필연성에 의한, 민중을 위한 '민족문학'의 탄생을 열망하는 데 이르고 있다.[77] 여기서도 알 수 있듯이 유종호의 비평논리는 차별적인 세대의식과 무관하게, 그 인식적 측면에서 신세대 비평가들과 동궤를 이루는 부분을 상당히 내포하고 있다.

2) 논쟁적 비평담화에 대한 재평가

1960년대 신세대 비평문학의 특징은 지난 시대의 비평론에 대하여 비판 및 단절정신을 보일 뿐만 아니라, 자신들이 새로운 시대개념으로 인식한 '60년대', 그 당대의 비평담론에 관해서도 수시로 점검하며 성찰의 대상으로 삼고 있다는 점이다. 자신이 쓴 평문의 오류를 시인하고 자기반성을 보일 뿐만 아니라, 특히 이들보다 앞서 60년대 평단을 열어 나갔던 전후세대 비평가들의 비평론과 이 때 이루어진 순수 – 참여문학 논의과정은 추상적이거나 인신공격을 내포한 소모적인 논쟁의 성격이 농후한 점에 착안하여 신세대들의 반성적 목소리는 높아지게 된다.

김현은 앞서 살펴보았듯이 서구이론에 심취한 자신의 연구 자세를 스스로 반성하는가 하면, 당시 60년대 평단의 많은 지면을 차지했던 순수 – 참여문학 논의에 관해서도 성찰적 접근을 시도하고 있다. 그는 순수 – 참여론의 마지막 단계였던 김붕구의 「작가와 사회」 발표문에 대하여 세 가지 문제의식을 제기한다.

"첫째, 작가의 형성이라는 것이 선험적으로 존재하는 성격에 의해서 강력한 지배를 받는다는 것은 사실인가, 라는 것이다. 둘째는 창조적

---

[77] "작가의 자유와 내면적 필연성에서 우러나온 작품만이 심금을 울릴 수 있다. 구호비평이 무력한 이유가 여기에 있다. 그러나 우리의 현단계에서 민족문학이라는 이름에 값하는 국민적인 문학이 최소한 상기한 바와 같은 전제를 거부하고 탄생될 수는 없을 것이다." – 유종호(1966), 앞의 글.

자아와 사회적 자아의 구분을 가능케 해준 서구 시민사회가 과연 우리
의 경우에도 적용될 수 있는가. 마지막으로 제기될 수 있는 문제는 문
학적 언어의 문제다. 말하자면 언어와 표징과의 거리가 있는 언어가,
언어와 표징이라는 이원론적 구조를 갖지 못하고 거의 주술적인 의미
만을 띤 언어 속에 직수입될 때는 어떻게 되는가, 하는 문제다. 이런 문
제의 해결 없이는, 나로서는 모든 참여론은 탁상공론에 지나지 않는 것
처럼 생각된다."[78]

김현에 의하면 김붕구의 주장은 우파건 좌파건 서로 감정적인 면만을
자극할 뿐이었고, 서구적 잣대가 우리 문학에 적합하지 않다는 점, 또
구체적인 작품을 근거로 설명해줄 수 없다는 점에서 그의 논리는 지극
히 애매모호한 것으로 여겨진다. 이 때 김현은 김붕구 글에 대한 나름
의 성찰적 결과물을 제시하는데, 그것은 바로 '참여'의 의미가 "우리 시
대의 이 혼란된 양상의 근본적 구조를 밝히는 고고학적 노력으로 바꾸
어"져야 한다고 주장한다. 즉, "우리 문화의 발상법은 무엇이며, 그것은
서구의 발상법과 어떤 연관 아래 묶이어져 있는가를 탐색하는 길"만이
김붕구의 견해에 대한 올바른 반박과 이해를 가져올 수 있다는 것이다.
만일 작가들이 "수탈당하는 농민, 전체주의에 대한 반항 등등의" 도식
적인 어휘에 대한 관심이 곧 '현실 참여사상'이라고 잘못 인식할 경우에
는, "19세기의 서구에서 횡행한 사물 없는 언어의 떼들을 다시 만나게"
되는 것과 같으며, 이 참여는 "발자크가 그토록 증오한 도식주의적인
선동주의, 출세주의"에 다름 아니라는 것이다. 이 글에서 알 수 있듯이,
김현은 전후세대 중심의 참여론에 대한 반성적 결론을 두 가지로 요약
하고 있다. 서구 이론의 무분별한 수용을 자제하고 우리 문학의 의의를
탐색해야 한다는 것, 그리고 진정한 '참여문학'은 도식적인 사상의 나열
이 아니라 구체적인 언어성을 획득해야 한다는 것이다.

김현 특유의 문학적 인식관은 「오히려 그의 문학 작품을」에서도 반영

---

[78] 김현(1967), 「참여와 문학의 고고학」, 『동아일보』(1967. 11. 9).

되는데, 이 글은 『서울신문』(69. 5. 17)에 실린 서기원의 한 평문이 두 가지 측면에서 실망을 안겨주었다며, 그에게 인식적 반성을 촉구하고 있다. 신문에 실린 평문은 60년대 후반, 김주연─서기원 사이의 '소시민 문학'에 대한 논전 과정에서 발표된 글이었는데, 김현은 서기원의 '어휘의 고의적인 날조'와 '논리의 관념성'을 지적하면서, 비평가는 더 신중한 자세로 사고와 개념의 정확성을 동반한 논리를 펴야 한다고 말하고 있다.[79]

한편, 김치수는 60년대 전반에 걸쳐 논쟁적으로 진행되던 순수─참여문학론을 정리하고 성찰하면서, 자신이 포함되어 있는 당대 비평계를 반성하는 모습을 보여준다.

> "'작가와 현실참여'의 문제는 오랫동안 우리 문학논쟁의 이슈가 되어 왔으며, 작년 말부터 금년 초에 재론되어 많은 문학인들의 주목의 대상이 되었었다. 그러나 그것은 어떤 합의점도 없이 갑론을박 하다가 끝나고 말았다. 이것은 지금까지의 참여논쟁이 여러 번 일어났지만 논리의 발전이 없었다는 것은 의미하며 동시에 그것이 한국문학 발전에 별로 기여하지 못했다는 것을 입증하는 것이다. 문학 이론의 전개에 있어서 중요한 것은 그 논리의 든든한 뒷받침이 될 수 있는 작품의 존재다."[80]

이 글에서 김치수는 비평담론이란 탄탄한 이론과 실제 작품의 근거가 바탕이 되어야 문단에 효력을 미칠 수 있다고 말하면서, 60년대 내내

---

79 김현은 같은 비평집단 소속 김주연의 논리를 옹호하면서, 서기원 인식의 모순성을 두 가지로 지적한다.
"어휘의 고의적인 날조란, 그가 빌어쓰고 있는 '소시민의 문학' '문학적 자아'에 그가 어처구니 없는 내포를 부여해 사용하고 있다는 말이다. 왜냐하면 김주연씨가 사용하고 있는 어휘는 소시민 의식이며, 그 소시민 의식 역시 "상황 의식에 대한 새로운 준비"로서 파악되고 있기 때문이다. 나를 더욱 실망시킨 것은 그의 사고의 부정확함이다. "우리를 지배하고 있는 압도적인 정치적 현실"을 그는 누차 강조하고 있는데, 그렇다면 그 정치적 현실에 반항하는 것이 문학의 임무인가, 그것에 적극적으로 참여하는 것이 임무인가라는 것까지는 말하지 않고 있다."─ 김현(1969), 「오히려 그의 문학 작품을」, 『서울신문』(1969. 5. 29).
80 김치수(1968), 「작가와 반항의 한계」, 『사상계』 187(1968. 11).

주목되어 오던 작가의 참여문제 논의가 안타깝게도 '갑론을박'에 그친 것은 논리적 근거의 결여임을 自省적 목소리로 밝히고 있다. 같은 맥락으로 「비평 단상」에서는 이 논쟁의 '메시아적 정신'을 비판한다. 건전하고 문학 발전에 기여하는 논쟁이 되려면 그 승부에 지나치게 집착해서는 안 된다며, 독선적인 의견 게재를 경계하고 있다. 김치수는 "논쟁하는 작가나 평론가는 감정의 개입을 적극적으로 통제해야 하며 서로 상대편을 어느 정도 인정할 수 있어야 된다"고 강조한다. 그에 의하면, 60년대 문학논쟁에서 큰 진전이 없었던 이유는 "말하자면 '나' 혼자 옳고 상대편은 전혀 그르다는 메시아적 정신, 그리하여 모든 사람은 나를 따르라는 메시아 의식이 이번 논쟁에서 너무 뚜렷이 드러나고" 있기 때문이라는 것이다. 그러나 감정에 치우친 발언이 오고간 논쟁비평의 소모성을 지적하면서, '희생', '사랑', '구원'의 상징성을 담고 있는 '메시아(Messiah)'의 개념을 비평가들의 언쟁 및 독선적인 주장과 연결시킨 것은 김치수식의 문학적 표현임을 감안한다 하더라도 다소 무리가 따르는 견해라고 판단된다.

또한 김치수는 60년대 비평계가 개별적인 문학 및 비평의식이 다원화되어 공존하는 시기임에도 불구하고, 이를 사조 혹은 동인지 중심으로 구분하여 획일화하려는 경향에 대해서 반성적 시선을 보낸다. 여기서는 당대 비평흐름의 주요 맥락을 차지했던 전통론, 세대론 등도 거론된다.

> "어떤 개인의 문학이나 어떤 경향의 작품들에 대해서 무슨 주의니 무슨 이즘이니 하는 이름을 붙여 버림으로써 지나치게 조급한 개념화를 서두르게 되고, 그럼으로써 '주의'를 깊고 폭넓게 하지 못하게 만들어 버렸다. (…) 최근의 세대론에서 본 바와 같이 앞세대에 대한 부정적 태도는 전통의 계승 문제와는 크게 관계되지 않는 것이다. (…) 이러한 부정의 태도는 모든 기존 업적에 관한 새로운 연구와 평가를 수반해야 한다. 문학작품의 가치는 어느 시대에나 공감을 얻을 수 있는 다면성에 있는

만큼 시대의 변화에 의한 가치 기준의 변화에 맞도록 끊임없이 새로운 해석을 필요로 한다. (…) 우리 문학에서는 너무 많은 '主義'와 '派'에 의해서 작가와 작품을 구분해 놓았다. 작가의 동인 활동이나 인간관계는 문단적인 의미를 넘어서 문학 내용에 집약되어야 한다."[81]

이 평문은 60년대 비평 현황에 대한 보기드문 예리한 지적이라 할 수 있는데, 당시 비평문학이 이후로 나아갈 방향의 제시에 다름 아니다. 김치수가 제시한 비평 향방의 핵심은 과거 비평론에 대한 치밀한 연구 작업의 기반 위에서만 새로운 문학전통 수립이 가능하다는 것, 작품 분석은 비평집단의 속성이나 문학사조와 관계없이 내용 자체에 충실해야 한다는 것 등으로 정리할 수 있겠다. 또 60년대 평단의 주류 비평담화였던 '순수－참여론'에 대해서도 "문학적 참여가 무엇이며 일정한 사회적, 역사적 조건 아래서 문학이 참여할 수 있는 한계 등 근본적인 개념 규정에 노력을 제공하지 않고, 추상적으로 이해하고 있는 값싼 참여관이나 순수관을 가지고 마치 만능의 지팡이나 되는 것처럼 모든 작가, 모든 작품을 평가하려 드는 태도야말로 전통의 올바른 계승에서 가장 멀리 떨어진 태도인 것이다"라며 따끔하게 지적한다. 김치수는 60년대를 반성하면서 이론의 틀을 갖춘 설득력 있는 비평문학을 요구하게 된 것이다. 이것은 문학적 참여의 개념, 전통의 개념, 분석비평 방법론 등 끊임없이 문제를 제기하며 탐구정신을 바탕으로 한 새로운 문학을 추구하는 김치수의 비평적 현대성을 확연히 드러내고 있는 글이라 할 수 있다.

김병익도 60년대 후반의 평단에 두드러진 두 문학적 논쟁에 관하여 「60년대 문학의 가능성」이라는 평문에서 그 의의와 한계를 논하고 있다. 신세대 비평가들이 평단의 주류를 차지하면서 불가피하게 제기된 두 논쟁이란 곧 "종적인 연대감을 파괴하는 듯한" 세대론과 "횡적 균열을 심화시키는 듯한" 참여론을 일컫는다. 김병익의 평가에 의하면, 이

---

81 김치수(1970), 「문학사에서 전통문제」, 『한국소설의 공간』(1976), 열화당, pp.92－96.

충돌은 우리 문학의 "새로운 교훈과 많은 가능성을 발견할 수" 있게 한 긍정적인 접근이었지만, "때로는 지나치게 격렬하고 사람에 따라서는 야비할 정도의 발언이 교차"되기도 한 논전의 한계를 안고 있다는 것이다. 그는 이 논의 과정에 인신공격이 첨가되어 질적 수준에 미치지 못한 비평문도 많았음을 반성하면서, 이 모든 논쟁의 산물들을 어떻게 이해하느냐에 따라서 "60년대의 우리 문학을 그리고 신문학 60년 사상(史上)에서 그것이 차지할 위치를 제대로 발견하며 한국 문학의 새로운 방향을 점검"할 수 있을 것이라고 말한다.[82] 실상, 세대론과 참여론은 결과적으로 60년대 말에 이르러 시민문학론, 리얼리즘론으로 심화, 확대되면서 민족문학의 원리로서의 가능성을 부여받게 된다.

그런가 하면, 김현 계열의 비평가와는 다른 시각에서 역량과 패기로 60년대 문학의 현대성을 구축해나간 백낙청은 60년대 말에 발표한 「시민문학론」(1969)을 통해 자기성찰 및 반성의 면모를 뚜렷하게 보여준다.

그의 첫 번째 성찰은 당대 평단의 세대논의에 관한 것인데, 전후문학 옹호자와 60년대 대변자격인 신세대 문인간의 논쟁을 반성하면서 이것은 "우리 문학을 위해 별로 보탬이 된 바 없다"는 부정적인 평가를 내린다. 그 이유는 "진정한 문학적 쟁점이 없는 곳에 무엇이 있는 듯한 인상을 주어 문단의 빈곤을 감추는 결과가 되었고, 10년도 채 안되는 시기적 차이에 집착하여 동시대 작가간의 보다 중대한 질적 차이를 소홀히 했다"는 점 때문이다. 또한 그는 이 세대논쟁에서 김수영, 손창섭,

---

[82] 김병익은 1960년대 문학을 크게 일곱 줄기의 흐름으로 정리하면서, 평단에 관해서는 구세대, 신세대 비평가들에 관해 두루 언급하는 가운데 60년대 말부터 신세대의 분화의 단초가 드러나기 시작했음을 지적한다.

"이어령, 이철범 등 50년대 비평가는 저널리스트로서 보다 큰 활약을 함으로써 문학권으로부터 소외되었고 유종호 역시 비평 일선에서 후퇴한 인상을 준다. 한편, 언어미학에 역점을 두는 60년대 작가들이 대거 진출하여 커다란 주류를 이루는 가운데, 이들 문학의식을 옹호하며 비평의 입장에서 뒷받침해 준 김현, 김주연, 김치수 등과 문학의 내용을 중시하며 김수영, 신동엽을 내세우고 참여의식을 고조하는 백낙청, 염무웅, 조동일, 임중빈 등 같은 60년대 평론가들 사이에 예리한 대립이 나타난다." ― 김병익(1969), 「60년대 문학의 가능성」, 『사상계』(1969. 12), pp.212-213.

하근찬, 최인훈 같은 역량있는 신인들이 상대적으로 과소평가된 반면 "적어도 지금까지의 업적으로는 도저히 사줄 수 없는 시인, 소설가, 평론가들이 그래도 업적이 있는 문인들과 나란히 자기 세대 대표단의 명단에 올라 있다"고 지적한다. 백낙청의 재평가에 의하면, 손창섭의 문학은 옹호할 만하고 김수영의 업적은 극찬받을 만하지만, 60년대 대표 소설가인 김승옥은 오히려 리얼리즘 문학의 달성에 실패했다고 비판한다. 실상 그의 이 평가는 또 다른 대결상을 암시하는데, 세대 갈등을 지양하는 반면에 세대 내부적 분화를 가져오는 계기가 된다. 즉, 이러한 지적의 의도가 김현 중심의 비평집단을 염두에 두고 발언한 것임이 분명하기 때문이다.[83]

두 번째, 백낙청은 1960년대 비평의 흐름을 회고하면서 '60년대 문학의 의미'를 4 · 19의 실패와 그것이 가진 정신의 미진함, 그리고 시민문학의 전통을 어떻게 계승, 발전시켜 나갈 것인가 하는 물음에서 파악하고자 한다.

"예컨대 60년대 문단이 보여준 〈참여문학〉에의 열의나 전통의 문제, 리얼리즘의 문제에 대한 새로운 관심, 또는 낡은 권위주의에 대한 도전은 모두 4 · 19와 4 · 19를 이룩한 젊은 지식층의 각성에서 나온 것이며, 제3공화국의 중요한 업적으로 내세워지는 경제성장과 건설조차도 실은 자유당 정권의 무능과 무기력에 대한 4 · 19의 선고에서 그 적극적 측면의 시원을 찾을 수 있다. 동시에 4 · 19의 실패는 참여문학 논의에서부터 경제건설에 이르는 모든 적극적인 움직임에, 달리 설명 안 되는 불모성과 독소를 안겨다주기도 한 것이다. 4 · 19 정신의 위축과 변질의 시

---

83 백낙청이 리얼리즘의 실현 정도로 작품을 평가한 것에 반해, 『68문학』의 동인 김치수는 작품이 내포하는 주제별로 구분하고 있다. 김치수는 손창섭, 하근찬, 최인훈에 관하여 "전쟁의 뒷이야기"를 객관적으로 쓰는 작가군으로 묶어 설명하면서, 이와는 차별적으로 김승옥을 다루고 있다. 백낙청이 김승옥의 소설을 폄하한 것과는 달리, 김치수는 '60년대의 문학'을 전개해나가는, "지금까지 도외시되었던 부분의 개척자"로 김승옥을 부각시킨다. ― 김치수(1969), 「반속주의와 그 전통」, 『한국 소설의 공간』, 열화당, pp.49-50.

기로서의 60년대는 우리가 이제까지 추구해온 시민의식의 퇴조와 새로
운 소시민 의식의 팽배라는 현상으로 특징지어진다. / 서구사회의 분석
에서 도출된 〈소시민〉의 개념을 함부로 우리 사회에 적용하는 행위는
폭력적이요 도식주의적이라는 비난을 받아서 마땅하며, 반면에 서구적
소시민의 의식을 답습하는 것만으로도 한국의 전근대적 봉건신민적 요
소에 비해 뚜렷한 진보라고 주장할 수 있는 소지도 생기는 것이다.”

이 대목은 그가 소위 4·19세대의 일원이었음에도 불구하고 자기 세
대의 비평론에 대한 냉정하고 객관적인 인식과 반성적 태도를 보여주었
으며, 1960년대의 문단의 방향을 좌우했다고 할 수 있는 4·19정신의
위축과 변질이 시민의식의 퇴조를 가져오고 새로운 소시민 의식의 팽배
와 연결되었다고 보는 시각은 백낙청의 역사감각을 잘 드러내준다. 그
는 앞으로의 비평 향방을 '원숙한 시민의식의 경지'와 관련하여 제시하
는 가운데, 소시민적 현실은 궁극적으로 지양되어야 할 어떤 것이라고
단언하고 있다.

마지막으로 백낙청은 60년대 문학론의 귀결점으로 자리잡은 문학적
'사회참여'가 비평적 잣대로 사용되는 경우, “순수주의에 숨겨진 사회적
배경과 정치적 향배를 들춰내는 데 날카로운 대신, 작품의 실지비평에 이
르러 소재본위 혹은 피상적 경향성 본위의 도식화에 그치는 경우”가 허다
함을 지적하고 있다. '참여'는 긍정하지만, 그 의미의 오용으로 인해 미학
적 모더니티를 손상시키는 당대의 평문들을 반성한 것이다. 그는 오히려
역사의식이 투철한 비평일수록 “작품의 예술적 가치를 그 사회적, 사상적
배경에 의해 정해버리는 잘못”은 범하지 않는다고 덧붙이면서, 현실감각
도 작품의 성과물과 그에 대한 실제 비평으로 산출되어야 의미가 있음을
강조한다. 이는 신세대 비평가들의 특징적인 공통의 인식이다.

동인지『상황』을 주도했던 임헌영은 진보적인 역사관과 함께 그 관점
속에서 현대적인 문학 전통을 찾아내고자 한다. 그가 제시하고 있는 전
통의 개념은 '보수'와는 다른 것으로서, '인간 내부의 자유스럽고 연속

적인 정신적 관련 작용의 결과로써 재인식된 가치의 형태를 의미'한다. 이러한 인식의 연장선상에서 그는 당대 평단의 전통 논의에 대하여 '형식적이고 구호에만 그친 전통론'이었음을 반성한다. 또한 「도전의 문학」은 현대성과 전통의 문제에 관한 그의 고민이 자신의 문학인식 변화와 결부된 것임을 보여주고 있다. 당대(60년대)의 문학을 결산하는 이 글에서 그는 '서구문학에 대한 보답이 없는 짝사랑'으로 일관된 50년대의 문학적 흐름이 4·19를 계기로 '전통 존중파'와 '서구 의존파'로 나뉘어졌음을 지적하고, '가짜 전통 옹호론자'들과 '전통 부정론자'들에 대한 비판을 전개하고 있다. 특히 눈에 띄는 것은 그의 비판이 기성세대 순수 문학론자로부터 김현 중심의 신세대 비평집단에까지 걸쳐 있다는 점이다. 앞의 장에서도 언급했듯이, 임헌영은 4·19 이후의 창조적인 전통론자로 김수영, 신동엽, 구중서 등을 거론하는데, 문제는 김수영이나 신동엽의 작품성을 인정하지 않고 이를 가리켜 "시가 아니라고 우기는 비평이 60년대를 휩쓸었다"는 사실이다. 임헌영은 1960년대 평단의 주류를 차지했던 서구적 비평안을 가진 평자들, 특히 장황한 언어학을 동원했던 김현 계열의 비평가군에게서 그 원인을 찾으며 비판하고 있다.

한편, 전후세대 비평가 이어령, 이철범, 정명환 등도 당대의 비평담화에 관한 재검토 논의를 보이는데, 이는 자신의 세대가 주축이 되어 이끌어온 순수－참여론에 대한 자기반성과 60년대 초반의 평단에 관한 비판적 시각에 국한되어 있다.

이어령은 60년대 중반에 이르러, 아웃사이더였던 전후세대가 이제는 인사이더로서 기성적 문화를 형성하게 되었다고 고백하게 된다.

> "제2세대(전쟁직후의 20대)들은 일어도 서툴렀고 제나라 말도 서툴렀고, 또 한자에 대해서도 아는 것이 없었다. 어중간한 허공에 매달린 역사의 기아같은 존재였다. 그들은 소속되어 있지 않았다. 뿌리가 없었다. 1차대전 후의 미국 「로스트·제네레이션」과 같은 의미에 있어서의 「아

웃사이더」였던 것이다. (…) 이러한 履歷을 가진 세대의 문화는 역사의
「아웃사이더」가 지니고 있는 否定, 自嘲, 忌避, 不信의 언어를 만들어냈
던 것이다."[84]

구세대, 전후세대, 신세대의 의미를 차례로 거론하고 있는 이어령의
「第三世代」에서 우리의 눈길을 끄는 것은 자신이 살아온 시대와 역사에
대한 '객관화'이다. 그가 보여주고 있는 이와 같은 객관적 의식은 또한
관념적 급진성에 기울어졌던 자신에 대한 반성을 의미하는 것으로 볼
수 있다. 더불어 새로움을 추구했던 그의 저항의식이 전쟁 직후의 상황
속에서는 부정적인 외침으로 발산될 수밖에 없었던 점을 스스로 변호하
고 있다. 여기에는 또한 4·19 혁명 이후의 문학적 상황에 대한 비판적
인식이 연결된다. 이어령은 4·19 이후의 문단 상황에 대한 회고 과정
에서 혁명 이후의 그 자신의 의식 변화 과정을 토로한 바 있다. 혁명 발
생 당시 그는 "싸르트르의 말대로 언어를 총탄과 같은 것이라고 생각했
고 글을 쓰는 발화 행위 자체가 바로 표적을 향해 방아쇠를 당기는 것
과 같은 것"이라는 믿음을 소유하고 있었지만, 이후 그는 '새로운 회의'
를 품게 되는 단계에 직면하게 되었다는 것이다. 그것은 혁명 직후부터
제기되기 시작한 참여문학론의 목소리 속에서 그 자신이 여지껏 견지해
왔던 '저항의 언어'가 '폭력'의 언어로 타락하고 있다는 나름의 위기의
식을 감지했기 때문이다.[85] 이러한 의식의 전환과정을 거치면서 그에게
펼쳐진 인식의 지평은 '문학은 언어다'라는 그가 애초에 출발점으로 삼
았던 또 하나의 지점으로 되돌아가게 된다.

그런가 하면, 이철범은 기성 문단에서부터 60년대 신세대 젊은 비
평가들에 이르기까지 한국의 철저한 역사의식을 소유하지 못한 면을
비판, 반성하고 있다. 순수문학론을 주장하던 백철, 서정주 등이 친일

---

84 이어령(1966), 「제삼세대」, 『중앙일보』(1966. 1. 5).
85 이어령·이상갑(대담)(1997), 「1950년대와 전후문학」, 『작가연구』 제4호(1997.
  10). p.187.

문학에 동조했음을 탄식하며, 60년대 군부에 대한 비판과 더불어 우리 민족의 비극적인 상황을 각성시킨다. 이철범은 친일문학을 했던 작가들에게 분노를 표하면서 그들은 "어째서 일제와 더불어 망하지 않고, 분단의 역사 속에 당당세력으로 등장하고 더욱 민족분열을 조장하고 있"느냐는 것이다. 그 연고로 "민족 통일에의 꿈, 민족적 양심은 말살"된 채 "그때부터 민중의 바다를 외면한 외세와 결탁한 권력은 각각 군정 하에서 서로 결핵성 조직을 형성해갔다"고 말한다. 또한 그는 국토 분단의 책임을 일제와 미-소 권력과 "그 분단의 현실을 묵인한 식민지적인 사고방식과 이런들 어떠리 저런들 어떠리, 나만 잘 살면 그만이라는 반민족적인 타락되고 퇴폐한 허상의 소유자"들에게 묻고 있다.[86] 이것은 바로 60년대라는 새로운 역사적 무대에 민족 개념이 없는 자들이 오히려 엘리트 지식인으로 등장하여 활동하는 당시 현황에 대한 안타까운 자성의 목소리였다. 그는 이어서 전후세대와 신세대가 꾸려가는 60년대의 '현평'에 관하여 세대별로 반성하는 모습을 드러낸다.

> "말하자면 '현평(現評)'의 앙가쥬망은 한국 역사에 대한 것이 아니라 문단의 악의 조직을 분쇄하는 일에 치우친 셈이 되고, 그 일을 하는 동안 제각기 발판을 잡은 것뿐이다. 그러니까 냉정히 비판해 보면 '현평'은 그들 중 대부분이 역사의식보다는 비평의 기능, 해석학적 및 분석학적인 방법론을 모색한 셈이 된다. 결국 그들 몇몇은 젊은 세대의 기수들이란 대명사로 불리우기도 했지만 실상은 그 이름에 비해서 젊은 세대를 대변한 것이 하나도 없었다. 적어도 "한 역사 속에서 변하는 가치라든가 태동하고 있는 젊은 세대의 꿈을, 사상의 싹"을 대변하지 못했다. 그 중 이씨는 오히려 대중 문학에 편승하기 시작했고, 센티멘털리즘을 앞세우기 시작했다."[87]

---

86 이철범(1986), 「치욕의 문학, 친일문학」, 앞의 책, pp.68-71.
87 이철범(1986), 「조작된 아류의 문학사」, 앞의 책, pp.130-131.

이 대목에서는 60년대 초반의 젊은 비평가들, 즉 자신을 포함한 전후 세대가 진행시켜온 참여문학론의 방향에 대해 자기반성하는 모습을 보인다. 당대 평단에서 '앙가주망'의 참의미가 발현되지 못하고 단순히 기성문단에 반항하는 수단으로 흘러간 점, 특히 외국 이론의 수용을 통해 분석학적 방법론을 모색했던 이어령을 거론하면서 그의 대중 문학에의 편승을 비판하고 있다. 이철범은 당시 젊은 전후세대 비평가들의 단점을 몇 가지 지적하고 있는데, "6·25, 4·19를 거치는 거센 역사적 변동에 대한 체험이 부족했다"는 점과 "역사의식을 내세우면서 그 이론의 전개에 있어서는 아주 허약했다"는 점, 그리고 "세계와 이데올로기에 갇힌 한국의 현실"의 고뇌를 잘 모르고 있다는 점으로 요약할 수 있다. 이철범이 보여준 이러한 고심의 자취는 앞선 세대를 무조건 거부하고 나섰던 세대간의 단절의식을 뛰어넘어, 60년대 초반까지 이루어진 비평 논의를 대상으로 나름의 해석을 시도했던 행위라고 하겠다. 더불어 그는 서구의 전통에서 소외되는 한국의 역사적 현실에 무지한 전후세대 비평가들에게 새로운 지향점과 임무를 부과한다.

> "20대의 비평가가 성공하려면 해방 20년간을 지배했던 아류의 문학사를 강력히 부정하는 일부터 해야 한다. (…) 20대의 비평가들은 바로 세 가지 문화, 즉 사이비 부르즈와 문화와 식민지적 코뮤니즘 문화와 한국 전통문화가 치열한 싸움을 벌이고 있는 그 역사적 현장에 뿌리박은 채 이데올로기가 역사를 움켜쥐고 경화증을 일으키고 있고 그 경화증을 일으킨 역사 속에 민족적 삶이 갇혀서 세계로 뻗어갈 수도 없고, 그렇다고 모국어의 고향으로 돌아갈 수도 없었다는 점에서 비극과 고민의 역사의식을 지녀야 한다. 가장 중요한 작업은 거기서부터 시작하는 것이다."[88]

여기서 이철범은 서구의 문화를 모방하려 했던 한국 문단을 반성하면서, 60년대 초반의 신진 비평가들에게 '아류의 문학사'에 대한 강력한

---

[88] 이철범(1986), 앞의 글, 앞의 책, p.133.

부정정신을 호소한다. 그러나 60년대 '현평'에 대한 이러한 반성의 맥락은 객관적인 입장이라기보다 같은 전후세대 내에서도 민족적 역사의식을 강조했던 이철범과 서구문학에 눈을 뜨고 비평형식에 관심을 두었던 이어령, 유종호 등과의 차별적인 노선, 즉 비평인식의 분화의 측면을 부각시킨다.

또 다른 전후세대 비평가 정명환은 60년대 초반 '우리나라 문예비평의 입장'에 관하여 말하면서, 우리의 비평계에 "구체성 없는 개념의 유령"만이 출몰하고 있는 이유는 소설 소재의 빈약성과 비평적 철학이 부재하기 때문이라고 지적한다. "비평이란 암호를 해독하는 행위이고, 한 작품이 던지는 수수께끼를 풀어내고 그것이 지닌 비밀을 훔쳐내는 행위"인데, 당대 "한번 읽고 금세 싱거워지는 작품이 남발"되는 현황에서는 "비평활동도 시들" 수밖에 없다고 주장한다.[89] 이 구절은 소설가 서기원이 1961년 「한국 평단에 한 마디」(『사상계』)라는 글에서 "한국의 문학비평은 폭력적인 것이거나 정실에 빠져있다"고 몰아치자 그것에 대응한 발어이데, 정명환은 당시 비평문학이 기능발휘를 못하는 이유는 먼저 구체적인 문학작품이 부족한 탓으로 소설가의 책임이 크다고 말한다. 또한 비평가들의 부정확한 개념, 정실적인 언사, 성의없는 속단을 남용케 되면 "그 평론은 합성주가 될 수밖에 없다"면서 평단의 자기반성을 보인다.

이와 더불어 정명환은 서구 문예사조에 대한 부정확한 이해로 얼마나 많은 비평적 오류를 범하고 있는지를 지적한다.[90] 그는 여기서 불문학을 전공한 자신 또한 비평을 위한 외국이론 연구의 토대를 마련하지 못

---

89 정명환(1962), 「평론가는 이방인인가 ─ 우리나라 문예 비평의 입장에 관하여」, 『사상계』 문예증간호, p.15.

90 "우리나라에서 '실존주의'라는 말이 얼마나 터무니없이 사용되고 있는지, 프랑스 문학을 공부한 나와 나의 동료들의 책임이 크다. 실존주의는 절망, 비극적 속성에서 정지된 것이 아니라 그 절망적이며 비극적인 여건을 극복하려는 노력이다. 그런 인식의 토대 위에서 삶의 뜻을 찾아보려는 현대의 극기주의이다."─ 정명환(1962), 앞의 글, 앞의 책, p.18-21 참조.

했음을 시인하는 등 자기반성의 면모를 보인다. 동시에 기성세대 조연현과 실존주의에 관한 논전을 펼치면서 당대 비평가들의 수준을 가늠하게 된다. 우리의 비평가들은 철저한 탐구정신과 비평에 대한 내적 요구의 결여로 인해 서구이론의 무분별한 적용이 빈번히 발생한다며, 60년대 초반 전후세대 비평가들에게 다음과 같이 당부하고 있다.

"먼저 비평가 자신 속에서 발휘되는 비교와 분석이 선행되어야 할 것입니다. 실존주의라는 말이 처음 나왔을 때. 이모저모로 분석해 보았다면 그런 터무니없는 과오를 저지르지는 않았을 것입니다. 더욱 큰 문제는 1960년대의 한국인이라는 우리의 특수한 상황을 고려하지 않고, 외국의 문학 이론을 기계적으로 도입하는 데에서 야기되는 모순과 혼란에 있습니다. 요새 우리나라에서는 엘리엇(T. S. Eliot)이 전개한 전통론이 새삼스럽게 매력을 느끼고 있어, 우리도 우리의 전통을 찾자는 말들을 하고 있습니다. 그러나 남들에게 그들의 전통이 있으니까 우리도 우리의 것을 찾자는 감정적 태도와 더불어 우리의 역사를 하나의 흐름으로서 어떻게 보느냐는 문제에 대한 고찰이 동반되어야 합니다."

비평의 비교와 분석의 필요성을 강조한 정명환은 작품해석을 바로 하기 위해서는 텍스트를 정독해야 하고, 그 텍스트가 내포한 의미를 객관화, 논리화해야 한다는 소쉬르식 원론을 인식의 저변에 두고 있었던 것이다. 또한 앞으로의 비평은 60년대 한국의 특수한 상황을 고려해 주기를 촉구하면서, 그는 이 글의 마지막 부분에 이르러 한국 '신문학사 50년'을 회고하며 반성의 자세를 드러낸다.

"우리가 리얼리즘이라고 부르는 것은 극히 표면적인 사실의 묘사에 불과했고, 자아의식은 신변잡기로 전락했으며 낭만주의는 식물적 인간의 감상주의로 변하고 말았습니다. 우리는 이러한 과정을 우리가 겪은 시대적 환경으로 설명할 수도 있습니다. 그러나 강조되어야 할 것은 정황이 아니라 생산된 문학 그 자체입니다. 그리고 그 문학과 우리와의 관

계입니다. 그런데 이러한 관계를 살펴볼 때, 실패를 하긴 했지만 근대성
을 획득하려던 '가난한 대로의 우리의 유산'이 있었으니까 그나마 오늘
날과 같은 작품이 나올 수 있다고 생각하는 것보다는, 그 오죽지 못한
유산 때문에 이런 꼴이 되고 말았다고 분통을 터뜨리는 것이 옳지 않을
까 여겨집니다."

이 대목에서 정명환은 우리의 문학사를 대표적인 사조 중심으로 정
리하면서, 그 과정은 불필요한 유산을 버리고 새로운 문학으로 거듭
나려는 노력의 연속이었으나 오히려 '극복해야 할 사상적 타성에' 젖
어 버리게 되었다고 자기비판의 면모를 보인다. 그리고 자신을 비롯
한 모든 비평가들은 이 수준에서 안주할 것이 아니라, 문학적 실패를
인식하고 각성하는 것이 현 시점에서 취해야 할 태도라고 언급하고
있다.

그는 "과거의 유산을 살핀다는 행위는 우선 자체로서 재미있기도 하
지만, 또 한편으로는 현재 우리가 하고 있는 일에 대해서 스스로 반성
할 기회를 베풀어준다는 점에서도 유익하다"며서, 「비평의 저변」이라는
평문에서도 우리 평단의 흐름을 반성하는 모습을 보여준다. 이 글은 '문
학'이라는 영역의 존재적 특질과 당대 평단을 주도했던 신비평의 의의
를 언급하고 있다[91]는 점에서 주목할 만하다. 먼저 정명환은 문학작품
을 제대로 읽어내기 위해서 여러 분야의 지식이 필요함을 역설한다. 문
학이라는 영역은 여러 분야를 포괄하고 있기 때문에, 제대로 탐구하려
면 언어학, 사회학, 심리학, 정치학, 철학, 종교학 등 여러 갈래의 지식
의 축적되어야 한다는 것이다. 즉 비평가는 "다른 분야에 대한 관심을
통해서 획득한 독특한 시각의 소산"으로 한 작품의 독특한 의미를 산출

---

[91] "문학이라는 분야는 그것 자체로서 자족적으로 존재하지 않고 형식적으로는 언어
의 틀에 따라서 내용적으로는 인간의 무릇 생각과 행위의 표상으로 이루어지는 것
이기 때문이다. 요새 프랑스에서 크게 논의되고 있는 여러 경향의 신비평은 이 사
실을 역력히 증명해준다."— 정명환(1967), 「비평의 저변」, 『동서춘추』(1967. 7),
pp.69-71 요약.

해 낼 수 있기 때문이다. 그러나 우리나라 비평가들의 경우, "외국 사람들이 작품 비평에 있어서 정신분석학적 방법이나 사회학적 방법을 원용했다는 소개의 말을 뻔질나게 하면서도 스스로 그런 저변을 획득하기 위한 노력을 기울이지 않"음으로 인해 근본적인 약점을 안고 있다고 지적한다. 즉, 60년대 비평계는 외국 비평의 장점을 소개만 할 뿐, 우리의 비평 현실을 개선하려는 노력은 게을리하고 있다는 것이다. 다양한 지식의 부족은 비평 장르를 더욱 빈약하게 만들며, "지금껏 훌륭하게 서술된 한국 근대 문학사를 갖지 못"한 것도 여기서 연유한다면서, 정명환은 당대 평단의 실태를 반성하고 있다.[92] 이처럼 비평의 저변을 탄탄히 하기 위해서 실제 다양한 분야의 지식 탐구에 힘쓰라는 정명환의 요구는, 비평의 안일한 자세에 대한 자신과 당대 비평가들을 향한 自省의 목소리였다.

이상에서 고찰한 비평가들 외에도 1960년대 논쟁식의 비평의 한계와 실제 비평의 취약점인 인상비평의 폐단은 당대 발표되는 평문들에서 수시로 반성되고 있다.

> "작금의 우리 문단을 살펴보면 본격적인 문학론이나 문학비평은 좀체 찾아보기 힘든 것 같다. (…) 물론 우리나라와 같이 문학적 유산과 전통이 미약한 풍토에서는 원론을 따르는 문학론이나 작품을 곁들인 문학비평 역시 문제를 일으킬 만한 것이 나오기는 어렵겠지만 이 즈음의 욕지거리에서 끝나는 논쟁을 볼 때 좀더 이론을 바탕으로 하는 고도한 문학비평이 아쉽다."[93]

이처럼 오학섭은 인정투쟁적 면모를 보인 60년대의 순수 - 참여문학 논의를 비판하면서, 우리 평단의 확고한 비평정신의 부재를 반성하고 있다.

---

92 정명환(1967), 앞의 글, 앞의 책, p.72.
93 오화섭(1964), 「논쟁과 장유유서의 논리 - 비평정신의 결여」, 『현대문학』(1964. 9), p.90.

윤병로는 당시의 이러한 비평풍토를 '황무지 상태'로 파악한다. 우리 평단의 역사가 미천하여 고작 월평·시평이 지배적인 상태이고, 그 내용도 '민족문학', '전통', '한국적'이니 하는 추상론에 머물러 있다고 본다. 그러면서 그는 비평이란 "원칙에서 벗어날 수 없는 것으로 사상과 논리로 인간에 대한 사랑을 고백하는 행위"이며, "문학사를 발굴하는 길에서 앞날의 문학적 성격을 예상하고 또 한편 사회의 동태를 연구해서 문학세계에 새로운 방향을 제시해야 하는 의무를 지는 것"이라 부연한다. 결국 "이러한 온갖 유형의 비평도 결국은 방법론의 차질을 뜻할 뿐 궁극에는 비평가의 양심에 의해서 비평의 정당과 부당이 가려지는 것"이라며, 비평가 스스로 다짐할 각서는 "얼마만큼 문학적 양심을 지니고 문학 행동을 수행하고 있는가 하는 것"임을 밝히면서 글을 마무리 짓고 있다.[94]

또한, 비평가의 비평행위가 고독의 산물임을 전제하고 이전 연대의 인상비평과 정실비평 등 잘못된 비평풍토를 개선할 필요성도 제기된다. 김순남은 비평의 선도적 역할에 대한 투철한 인식과 주체자로서의 성의 있는 탐구와 진지한 자세가 필요함을 역설하고 있다.[95]

이상으로 살펴본 바, 1960년대 전반에 걸쳐서 전후세대가 벌였던 순수－참여문학 논전은 감정 차원으로 기울어져 주목할 만한 논의의 성과물을 내지 못한 데 대하여 신세대 비평가들의 반성의 대상이 되었고, 이 성찰적 접근은 비평문학의 지향점을 새로이 모색하는 계기로 작용한다. 반면에 전후세대들은 60년대 초기 평단의 탐구정신의 결여, 역사의식의 부족 등을 지적하면서 스스로의 비평적 자세에 관하여 반성하는 모습을 보인다. 60년대 평단의 이러한 면모는 비평적 모더니티를 함의하는 것으로서, '현대성'이란 곧 현대의 문학적 산물을 비판하고 반성하는 씨앗을 이미 품고 있기 때문이다.

---

94 윤병로(1964), 「비평가의 내일을 위한 각서」, 『신사조』(1964. 1), p.210.
95 김순남(1964), 「한국 평단의 반성」, 『한양』(1964. 6).

3) 비평집단의 양립체제 탈피

앞서 고찰했듯이, 1960년대 비평가들은 이전 시대의 관념적인 비평론을 부정할 뿐 아니라, 당대의 비평논의 진행과정에 대해서도 성찰하고 반성하는 가운데 더 나은 비평문학의 길을 모색하면서 일정한 향방을 정하게 된다. 이 과정에서 60년대 평단의 특징으로 주목되는 현상은 이념을 공유한 비평가끼리 동인지를 형성하여 집단적으로 비평의식을 표명하게 되었다는 점과, 동시에 개별 비평가들의 개성적인 비평의식이 다원적으로 분화되어 드러났다는 점이다. 사회의 분화를 촉진시키는 합리성이 현대성의 기본적인 자질임을 감안할 때, 60년대 비평의식의 다원화 현상은 곧 현대성을 담지한 모습으로 이해할 수 있겠다.[96]

1960년대 초의 비평은 50년대에 비해 새롭고 다양한 방향을 취하게 되지만, 본격적인 현대 비평으로 나가기 위한 준비의 과정에 불과했다고 볼 수 있다. 진정한 의미에서의 문학성 자체에 대한 엄밀한 규명을 위한 논의가 되지 못하고, 주로 세대간의 논전 형태로 드러나던 초반의 비평담론은 60년대 후반으로 넘어가면서 명백한 비평론의 입지가 다져지고 실제 비평의 성과도 함께 나타나게 된다.

---

96 이와 관련하여 김치수는 '60년대 문학의 성격'을 다음과 같이 규명하고 있다. "문학의 역할은 삶이 복잡해지고 있고, 시대적 상황이 복잡화된 오늘날 훨씬 복잡해졌고, 따라서 문학의 성격은 보다 다양해질 수밖에 없는 것이다. 말하자면 이 문학의 다양성에 의해 '현대의 문학'은 그 내용면에 있어서나 그 방법면에 있어서 분화되고 전문화되고 있는 것이다. / 젊은 평론가들이 '60년대 문학'에 관해서 말할 때 이러한 문학의 분화와 다양성을 전제로 한 것임은 두말할 필요가 없다. 그리고 이러한 전제는 '60년대 문학'의 한계점을 인식한 것이고 그 한계를 인식하고 있다는 점에서 그 이전의 문학과 구분되며, 보다 진보적인 요소를 갖고 있다는 것이다. 왜냐하면 하나의 과성이 한계점을 전제로 했을 때에야만 그 다음에 그 한계점의 극복이라는 문제와 만날 수 있으니까 말이다."
이 대목은 신세대 비평가군의 입장을 대변하려는 의도를 지니는데, 분화성으로 그 시대 문학의 전체를 말할 수는 없지만, 전문성으로 선택한 대상에 있어서만큼은 정확한 분석비평을 가하겠다는 그들의 비평방향과 특성을 잘 말해준다. ─ 김치수 (1969), 「반속주의 문학과 그 전통─60년대 문학의 성격, 역사적 위치 규명」, 『한국소설의 공간』, 열화당, pp.42─43.

60년대 초반 비평계의 주도적 역할을 했던 전후세대 이어령, 유종호, 정명환 등은 새로운 서구식 문학교육을 배경으로 한 지적 토양 위에서 자신들의 문학적 인식이나 방법적 틀을 가지고 이전 기성세대의 비평적 입장과 변별성을 찾아가기에 급급한 면모를 보인다. 특히 50년대 말, 이어령은 『저항의 문학』(59)을, 유종호는 「비평의 반성」(58)을, 정명환은 「작가와 시대」(59)를 발표하면서 '60년대'를 기성 비평론과의 차별화를 부각시키는 전환의 기점으로 삼는다. "당신들의 문학은 현실에 대한 사회에 대한 그 역사적 체험에 대한 하나의 근거를 갖지 못했다"면서 김동리, 조연현으로 대표되는 소극적인 휴머니즘론을 비판한 것이다. 전후세대가 경험한 전쟁의 참상, 그리고 이로 인한 전후의 암담한 현실 상황은 삶과 경험의 총체로서 이들의 비평인식의 기저로 작용하여 현실에 대한 강한 부정정신으로 나타난다. 즉 새 시대의 역할과 사명감에 대한 현실 인식은 기성세대 문학인들의 원시적인 사고와 글쓰기 방식을 폐기하려는 의도로 나타난 것이다.

이러한 신구 세대간의 대립 면모를 포함하여 개별 비평가들의 다양한 비평의식은 1960년대 초기 평단에 반영되어, 문학작품을 중심으로 작가와 비평가, 비평가와 비평가가 벌이는 논쟁의 양상으로 드러난다. 이는 50년대 말부터 이미 진행되기 시작하여 작가 정비석과 황산덕 교수 사이에 소설 「자유부인」을 둘러싼 논쟁, 59년엔 김동리와 이어령 사이에 실존주의라는 개념과 사조에 대한 이해를 둘러싼 논쟁의 경험이 있었다. 하지만 이 비평문들은 대부분 에세이 비평, 인상비평의 차원에 머물러 있는 것으로서, 그 논의과정도 인정론적 소모전으로 흐르는 경향이 강했다. 그러다가 개별 비평론으로서의 품격을 지니게 되는 것은 60년대에 들어서면서부터인데, 초반의 논쟁 양태를 간단히 정리해보면 다음과 같다.

먼저 1960년 10월 『새벽』에 발표된 최인훈의 「광장」이 당시 독자나 지식인들에게 엄청난 반향을 불러일으키게 되면서 그 해 말, 이 작품의 해석을 둘러싸고 벌인 신동한과 백철간의 논의[97]는 문단의 참여의식에 불붙이는 역할을 하게 된다. 그러나 논전이 2-3회로 가면서 작품 자체론에서 벗어나는 형국이 되어 인간성 및 선후배 운운하는 대목 등 감정적인 언쟁으로 끝을 맺는 아쉬움을 남긴다.

비평논쟁의 제2라운드는 1961년, 황순원의 장편소설에 대하여 백철이 제출한 불만스런 평론에서 비롯하여, 「나무들 비탈에 서다」라는 작품을 평가하는 가운데 비평가의 신중성과 치밀성을 되묻게 된 논의 과정이다.

세 번째 논전은 소설가 서기원의 「한국평단에 한 마디」로부터 발단되었는데, 그가 한국의 문학비평은 폭력적인 것이거나 정실에 빠져있다고 비판하자 이에 맞서 불문학자 정명환은 작품과 비평문의 상관성을 강조하며 나서게 되고(62년), 여기서 조연현의 「현대와 실존주의」를 부정확한 개념과 정실적 언사, 속단을 남용한 평론으로 지목하자 이듬해 조연현과 정명환의 실존주의 문학논쟁이 이어지게 된다.[98] "문학은 언어기

---

97 백철(1960), 「하나의 돌이 던져지다 - 최인훈作 광장의 파문」, 『서울신문』(1960. 11. 27).
신동한(1960), 「확대해석(解釋)에의 이의(異議) - 백철씨의 광장평을 박(駁)함」, 『서울신문』(1960. 12. 14).
백철(1960), 「작품 의미의 컴플렉스 - 신동한군이 제기한 이의에 답함」, 『서울신문』(1960. 12. 18).
신동한(1960), 「문학의 지도성 - 백철옹(翁)에게 드리는 글」, 『서울신문』(1960. 12. 28).
: 이 논쟁은 소설 〈광장〉에 나타난 여러 인물 유형들의 성격 해석문제와 관련된 시각 차이에서 비롯된 것인 바, 이로부터 문학의 참여적 성향에 대한 관심이 현저히 증가한 것은 사실이지만, 엄밀히 말하면 이것은 순수-참여 두 노선 사이의 직접적인 충돌이라고 보기는 어렵다. 김우종은 이 논쟁에 관하여 「광장」 비평이 논생의 보랄과 선후배 관계의 모랄을 보여준 사례로 파악하고 있다. 즉 이 논쟁은 작품의 리얼리티나 현안인 통일문제 등을 작품의 미학적 측면을 통해 분석하고 있다기보다는, 애초 기대했던 것과는 전혀 다른 방향으로 급선회하여 신세대와 구세대간의 비평인식의 간극이 도덕적으로 어느 정도에 이르렀는가를 보여주는 사례로 기록되고 있다는 것이다. - 김우종(1976), 「작품론과 논쟁의 모랄」, 임헌영 편, 『문학논쟁집』, 태극출판사, p.458.
98 서기원의 비평적 인식에 대한 반론적 성격으로 씌어진 정명환의 비평 「평론가는

호를 매체로 하여 구축되는 예술의 한 특정 양식"이라는 소쉬르식 원론
에 인식 바탕을 둔 정명환과 아직 신비평 이론의 발상을 염두에 두지
않은 조연현은 결국 실제비평과 이론비평과의 조화를 꾀하지 못한 채
감정적인 발언으로 서로를 공격하는 모습을 보인다. 여기에 이어령까지
가세하여 「오해와 모순의 여울목」(『사상계』 1963. 3)을 발표하는데 그는
"공소한 이론의 유령성만을 쌓고 실천적 비평은 거의 없었던 것이 한국
비평의 특수성이라면 특수성이다"라고 이전 세대의 비평자세를 지적하
고, "조연현은 메타피직과 피직의 용어도 모르고 있어서 사상을 양분하
는 데 자기 나름으로 땀을 흘리고 있다"고 비난한다.

　이 외에도 초기 문단에서 대결 형태로 진행된 논의들은 박경리 소설
「시장과 전장」에 대한 백낙청과 유종호의 비판적 견해, 신라정신에 바
탕을 둔 서정주의 신비주의적인 詩세계에 대한 김종길 교수의 문제제기
로 인한 다섯 차례의 공방전, 장용학 소설 「상립신화」를 두고 유종호가
신비평 등 외국 문예이론 및 작품과의 비교를 통해 '시니시즘'의 아류라
고 평가절하한 데서 비롯된 논의 등이 있다. 이러한 비평 담화들은 대
개 실제 작품을 위주로 토론하고 있다는 점에서 주목을 요하는 것이었

이방인인가」(『사상계』 1962. 11)는 서구 문예이론의 교육적 배경을 가진 비평가
가 비평의 본질적인 문제를 처음으로 거론하고 있다는 점에서 주목된다. 정명환은
서기원이 이미 밝힌 '작가가 비평가를 대하는 세 가지 태도'에 대하여 작가 ― 시인
― 비평가 간의 소원한 관계가 적지 않게 노출되었다고 보고, "비평은 암호를 해독
하는 행위"라 전제한 뒤 "작가들은 우리의 비평이 정실적이고 운동심판적이고 심
지어는 테러리스트적이라고 지적함으로써 평론가에 대한 극도의 불신감을 표명하
고 있다"고 반박한다. "문학비평은 무한한 가능성과 무한한 고민을 동시에 안고
있는 만큼 깊이 생각할 줄 아는 작품과 평론이 필요"하며, 비평이란 암호를 해독
하는 행위로 비평가의 첫 번째 요건을 비평정신이며, 비평가는 마땅히 상황의식
과 집념을 가져야 함을 역설하고 있다. 그러나 이 논의가 조연현과의 실존주의
논쟁으로 이어지면서, 결국엔 "합리와 논리를 등지고 영감만을 따르려드는 사람
이 이 나라의 대표적 비평가로 군림하고 있다는 사실이 한심스럽다"면서 "조씨와
같은 저질의 문학자에 끌려다니다가는 나 역시 저질의 작문가가 되고 말겠다. 한
마디 충고는 서구어 한두 가지쯤은 공부해 두었으면 좋겠다"는 인신공격적인 반박
으로 끝맺고 있다. ― 정명환(1963), 「비평 이전의 이야기 ― 조연현씨의 평문을
반박한다」, 『사상계』(1963. 2).

고, 실제비평이 강단비평의 영향을 받아 다져졌다는 점에서 성과를 찾
을 수 있을 것이다. 하지만 그 논의의 실상을 살펴보면 내용에 충실하
거나 본격적으로 문학의 미학성을 문제삼기보다는 이해 당사자의 변호
나 옹호, 반대측에 대한 인신공격으로 끝나는 경우가 허다하여 궁극의
비평론적 의미를 추출해내지 못한 채, 대체로 소모성이 짙은 논의에 그
친 것으로 판단된다.

그런데, 여기서 한 가지 눈길을 끄는 사실은 많은 강단 비평가들이
신비평, 실존주의 등을 위시한 외국 문학이론을 토대로 국내의 기성 비
평가를 비난하고 있다는 점이다. 이러한 풍토는 50년대 말부터 전후세
대 비평가인 이어령, 유종호, 정명환 등을 통해 단초를 보이기 시작한
것이 60년대까지 이어진다고 할 수 있다. 대학에서 국문학을 전공했지
만 일찍이 대학 강단과 인연을 맺음으로써 이론 훈련을 쌓았다고 할 수
있는 이어령은 "조연현과 그 일단이 말하는 전통론은 추상이다. 우리의
비평은 기분나는 대로 멋대로 하는 인상비평"이라며 정명환의 의견과
궤를 같이한다. 게다가 전통론에 대한 편협된 시각은 외국 문예이론을
공부한 대다수 비평가의 담론에서 쉽게 찾아볼 수 있다.[99] 흔히 강단
비평가로 불리는 이들은 오랫동안 외국문학을 공부하고 대학에서 발판
을 굳힌 뒤 평단에 진출하는 과정을 밟고 있다. 특히 이들 비평가들이
기성문단을 향해 작품 해석과 비평태도를 가혹하게 비판한 것은 향후
비평의 지형도를 바꿀 만큼 위협적인 기세로 행해졌다고 할 수 있다.
이미 최재서, 김기림, 김환태 등 해방 전부터 활약한 문인들 중에서도
외국의 문학이론을 한국문학의 분석에 도입하려고 시도했던 비평가들이
존재하기는 했지만, 이들은 영미문학의 본질을 자신의 비평 방법론으로
수용하는 데까지 미치지 못한 상태였다. 그러나 50년대 말, 외국 문학

---

[99] 이 시기 평단의 한 특징은 영문학, 불문학, 독문학 등 외국문학 전공 학자들이 대
거 비평활동을 시작하고 있다는 점이다. 영문학의 김종길, 유종호, 김진만, 김용
권, 백낙청, 불문학의 김현, 김붕구, 김치수, 정명환, 독문학의 김주연, 염무웅 등
이 그들이다.

이론의 잣대를 가지고 우리 문학을 비교문학적 관심의 대상으로 취급하는 새로운 비평가군[100]이 등장하게 되면서 60년대 평단을 개막하는데, 바로 이 전후세대들은 신비평 방법론을 원용하는 등 작품해석의 관점에 있어 기존의 비평가와 심각한 간극을 보이게 된 것이다.

순수―참여로 나뉘는 비평논쟁은 제외하고서라도 이처럼 실제 작품을 두고 작가, 비평가 사이에 많은 논전들이 펼쳐졌고, 비록 당시엔 이런 현상이 부정적으로 인식되고 문단의 불협화음으로 작용했다 할지라도, 실상은 신세대 비평가군의 탄생과 현대적인 비평의식을 예비[101]하는 것이기도 했다. 문학사에서 새 세대와 이전 세대의 갈등관계를 드러내는 논쟁비평의 진행과정은 거의 예외없이 당대의 신세대론으로 집약되기 마련이다.

일정한 비평의식을 공유하며 새로운 세대로 자처하는 비평가들의 존재는 1960년대 중후반의 시점에 이르러 평단 내에서 분명한 자기 위상을 획득하게 되는데, 또한 그 과정에서 신세대 비평가군은 내부적으로 분화의 싹을 키워나간다. 이들은 당대 비평의 흐름을 성찰해 가면서 유사한 문학의식의 소유자들끼리 담합하여 비평집단을 형성, 각각 새로운 동인지들을 창간하는데 1962년 『산문시대』, 63년 『비평작업』에 이어서 66년 『창작과비평』, 69년 1월 『68문학』과 그 해 8월 『상황』지가 차례로 발간되고 70년에 『문학과지성』지가 탄생됨으로써 신세대 비평가 집단 내부의 분화는 거의 마무리된다고 볼 수 있다. 이로부터 그들 각자는 비평집단의 형태를 띠고 평단의 전면에 나서게 된다.

---

100 이는 주로 강단비평의 성장으로 등장하게 된 비평가로 50년대의 이어령, 유종호, 싸르트르 수용과 관련된 김붕구, 정명환, 엘리엇과 관련된 영미 계통의 송욱, 김종길, 김우창 등을 일컫는다.

101 이러한 점은 문단이나 동인지, 문예지의 동향에서도 확인되는데, 65년이 신세대 문인의 본격적인 출발을 시작한 연대로 기록된다면, 64년은 그러한 역량이 분출되도록 예비하는 해였다고 할 수 있다. 64년에는 문학지인 『문예춘추』와 종합 월간잡지인 『신동아』가 창간되었으며, 기존의 『사상계』, 『세대』지 등이 문예작품의 발표량을 늘려 많은 장편이 등장했고, 논쟁적인 성격의 비평담론이 급격히 증가했다. ― 이선영(1993), 『한국문학의 사회학』, 태학사, pp.100-101.

물론 신세대 비평가들의 집단화 현상은 문학적 이념의 공유에 의한 것인데, 이것은 전후세대 비평가들과 구별되는 정밀한 지식체계의 획득과 구체적인 작품론의 산출에서 가능할 수 있었다는 점에 주목할 필요가 있다. 또한 이들의 비평담론은 전후세대의 영문학을 포함하여 독문학과 불문학, 그리고 사회학, 철학, 심리학 등 문학 외 다방면의 이론을 자신의 지적 배경으로 삼고 있다. 신세대 비평가들의 집단화는 세대 내부에서의 새로운 권위 창출의 시작을 상징하는 것이기도 한데, 여기서 각개 비평집단의 차별적인 문학적 경향체계가 그들의 지적 체험에 뿌리를 둔 것이라는 사실은 강조될 필요가 있겠다.

전후세대의 이분법적인 문학인식과 논전이 주류를 형성하던 60년대 평단에, 66년『창작과비평』[102]의 창간은 분단 이후 전개되어 온 비평사에 하나의 획을 긋는 상징적 의미를 띤다. 이로부터 60년대 비평가들이 집단적으로 분화되는 경향을 보이면서 주류의 비평계열을 형성하게 된다.[103] 『창작과비평』이 이루어낸 성과는 작게는 작가의 사회적, 역사적 책임을 강조하는 것에서부터, 크게는 '시민문학론'의 제기와 민중의 개념을 문학의 중심부로 이끌어내는 계기가 되는 등 진보적인 문학의 중추역할을 맡았던 것으로 평가된다.[104] 이 계간지의 비평이념 및 편집

---

102 『창작과비평』은 66년 1월 1일 창간되어 80년 6월 5일 통권 56호로 강제로 폐간당하고 88년 복각된다. 발행인은 오영근, 편집인은 백낙청으로 처음에는 문우(文友)출판사에서 책을 펴냈으나 후에 창작과비평사로 등록 변경을 하게 된다. 그런데 창간호를 66년 겨울호로 착오하기 쉬운데, 이는 66년 1월에 창간되었으므로 잡지의 관례로 하면 사실은 65년 겨울호에 해당한다.

103 오양호는 60년대 평단에서『창작과비평』의 출현은 당시로서는 드문 비평 중심의 잡지로서 우리 비평문학에 새 지평을 여는 계기가 되었다는 의미를 부여한다. 그간의 문예지와는 달리 타 예술에 대한 관심보다는 현실문제, 주로 정치사회를 간섭하면서 민주화를 외친 시사 평론지 역할을 수행해 왔으며, 게다가 편집자는 자기 잡지와 주장의 동일성 여부만 따져 글을 실어서 본의 아니게 문단을 섹트화하는 단초가 되고 말았다고 지적한다. 그럼에도 불구하고 이 계간지는 예각화된 대사회적 문학논리로 참여문학을 선도했고, 서구의 주요 문학이론을 소개함으로써 한국의 문학비평이 보편성을 획득하고 진보하는 데 커다란 역할을 했다는 점에서 그 의의를 강조하고 있다. ─ 오양호(2002),「욕망의 사회와 소설」,『한국 현대소설의 서사담론』, 문예출판사, pp.211-214.

방향은 백낙청이 창간호에 발표한 「새로운 창작과 비평의 자세」에서 확연히 드러난다. 그는 이전의 순수－참여논쟁은 "조악한 관념과 소재주의의 결과"라고 비판하면서, 당대 문학인들에게 예술 활동의 자율성과 문학의 역사적, 사회적 기능의 본원성을 기초로 한 새로운 문학적 실천의 길로 나아갈 것을 주장하고 있다.[105]

한편, 60년대를 매듭지으면서 창간된 동인지 『문학과지성』(70)의 비평의식은 이미 그 전부터 『산문시대』(62)－『사계』(67)－『68문학』(69) 등을 거치는 동안 다져진 것으로 보인다. 『68문학』[106]의 창간사에 해당하는 '편집자의 말'(김현)을 읽어보면 62년의 잡지 『산문시대』 창간 때 보여 준 편집자적 방향을 거의 그대로 이어가고 있기 때문이다.

> "'우리는 태초와 같은 어둠 속에 서 있다.' 젊음의 이상과 환희가 충만되었던 시절, 우리는 이렇게 적었다. 그 '태초와 같은 어둠'이 정당한 의식의 조작을 거친 후에 지적인 표현을 얻을 수 있을 것인가? 그것은 우리들이 글을 쓰기 시작하고 생각을 의무적으로 표현하기 시작한 때부터 항상 염두에 두어 왔던 것이다. (…) 우리는 우리 시대의 위기를 샤머니즘적인 것과 관념적인 유희와 비슷한 것이 되는대로 결합하여 빚어내는 정신의 혼란상태라고 생각한다. 그것을 건전한 논리의 도움을 얻어 극복하는 길만이 우리에게 주어진 사명이라는 것을, 그래서 우리는 깨달

---

104 『창작과비평』은 50년대 이후부터 계속 논의되어 온 민족문학론을 총체적으로 수용하는 데는 역부족이었지만, 순수－참여논의의 발전적 계승을 통해 리얼리즘론 － 시민문학론 － 민족문학론 － 민중문학론 － 제3세계문학론을 주도하는 모태가 되었다고 할 수 있다.

105 앞서 언급했듯이, 이 글에서 그는 우선 60년대 중후기 비평의 쟁점인 순수－참여론에 대해 기본적으로 비판적인 시각을 보인다. 동시에 문학의 순수성에 대해서도 의문을 표시하고 있다. 순수문학의 이념을 프랑스 혁명 이래 득세한 유럽 중산층의 이데올로기로, 또 플로베르식의 염세적 순수주의를 그 퇴폐적 단계로 보면서 중산계급의 발전을 이룩해 본 일이 없는 한국 사회에서 문학의 순수성을 주장하는 것은 문학의 사회기능을 부정하는 부정적 기능의 하나로 간주한다. － 백낙청(1966), 「새로운 創作과 批評의 姿勢」, 『창작과비평』 창간호(『세계문학과 민족문학』 1, 창작과비평사, p.321).

106 『68문학』은 김승옥·김주연·김치수·김현·박태순·염무웅·이청준이 편집동인이 되어 69년 1월 15일에 창간된 문예잡지다.

고 있다. (…) 이러한 일이 자유롭게 행해지기 위해서는 우리는 정신의
리베랄리즘이 더욱 팽창하기를 희망한다."[107]

이 글은 문구뿐만 아니라 내용 및 취지가 『산문시대』의 서문과 아주
흡사하다. 세대에 대한 인식의 차이를 표명하고, 『산문시대』 시절에 외
쳤던 '태초와 같은 어둠'의 시대 위기를 극복하는 것이 자신들의 사명임
을 동어 반복하고 있다. 비록 60년대 말에 박태순이 『68문학』과 취지
를 달리하고 염무웅이 『창작과비평』으로 옮겨가지만, 이 외에는 특별한
변동없이 『68문학』 동인의 문학적 이념과 비평정신은 『문학과지성』으
로 전이되는 것으로 판단된다. 여기서 『문학과지성』의 창간사를 살펴보
면, 글의 앞부분은 크게 두 부분으로 요약된다.[108]

첫째는, 한국인의 의식을 참담하게 만들고 있는 병폐는 패배주의와
샤머니즘에서 연유하는 정신적 복합체라 할 수 있다. 심리적 패배주의
는 우리 현실의 후진성과 분단에서 얻어진 허무주의의 한 측면으로 한
국인을 억누르고 있는 억압체이며, 정신의 샤머니즘은 현실을 객관적으
로 정확히 파악하여 그것의 분석을 토대로 어떠한 결론을 도출해 내는
것을 방해하는 모든 것이다.

둘째는, 진정한 문화란 정직한 태도의 소산인 바, 우리는 정신을 안
일하게 하는 모든 힘에 대하여 성실하게 저항해 나가야 한다. 그 방법
의 하나는 폐쇄된 국수주의를 지양하기 위하여 한국 외의 여러 나라에
서 탐구되고 있는 인간정신의 확대의 여러 징후들을 정확하게 소개, 제
시해야 하는 것이고, 또 다른 하나는 한국의 문화풍토에 어떠한 자극을
줄 것인가를 탐구하는 것으로 요약된다.

이처럼 『문학과지성』은 이 두 가지를 해결해야 할 과제로 설정하고,
문화적, 지성적 차원에서 극복하고 탐구하겠다는 의지를 표명하고 있
다. 이러한 의도를 감안한다면 『문학과지성』은 『창작과비평』보다 4년

---

107 김현(1969), 「편집자의 글」, 『68문학』, p.15.
108 『문학과지성』 창간호(1970. 9). 요약.

뒤진 창간연도만 70년도일 뿐이지, 이미 그 계보는 『산문시대』(62), 『사계』(67), 『68문학』(69) 등의 연계 하에 있기 때문에 실질적인 활동 연도나 작품의 발굴 및 게재량은 『창작과비평』 못지않은 것으로 파악할 수 있을 것이다.[109]

그런데 1960년대 후반의 대표적인 이 두 잡지에 대한 일반적인 평가는 편향되어 있는 편이다. 굳어진 인식의 경우, 『창작과비평』은 참여론, 사실주의, 민족문학론을 제창하면서 작품의 성격도 하층민의 삶이나 농촌과 도시 노동자의 생활을 그리는데 주력하고, 그 담론의 범위도 문학 뿐 아니라 역사, 사회과학, 국제문제와 제3세계 문제까지 걸쳐 있다는 것이다. 이에 비해 『문학과지성』은 이데올로기 쪽보다는 문학 자체의 이론과 예술 일반에 많은 관심을 보이면서 '60년대 문인'의 대다수를 필진으로 하고 있다[110]고 평가한다. 따라서 이 두 비평집단의 글쓰기의 차이는 '현실주의, 민중주의 노선'과 '자유주의, 지성주의 노선'으로 나뉜다고 파악[111]하면서 그 대립성에 초점을 두고

---

109 김윤식은 『문학과지성』의 탄생을 두고 '사생아적 세대가 스스로 아비가 되는 과정'이라 표현하고 있다. 그리고 "이들이 연기를 하기 시작하여 연기를 버리는 순간, 이청준과 김주연이 이에 가담하여 『68문학』을 간행, 여기에 김병익이 가담하고서 『문학과지성』이 탄생, 이때가 70년대의 문턱으로, 결국 60년대는 『문학과지성』을 낳기 위한 준비기간이 되었던 셈"이라며 60년대 평단의 무게를 이 잡지의 탄생에 실어 주고 있다. ─ 김윤식(1992), 「1960년대의 특질」, 『한국현대문학사』, 서울대출판부, p.611.
한편, 『문학과지성』의 편집 방향과 비평적 태도에 대해 비판적인 견해를 보인 성과로는 황국명·민병욱의 『비평과 형식의 사회학』(지평, 1988), 『문학과 지성 비판』(지평, 1995) 등이 있다. 이 논문은 『문학과지성』의 비평적 기술태도가 방법론적 회의와 무지향의 윤리성을 드러내며 '닫힌 시니피앙으로서의 비극적 범주'에 해당한다는 분석을 내놓고 있다.

110 이는 중앙일보 「문화지도」를 참고로 한 것이다.(「창작과 비평 문인들」, 1996. 3. 16일자, 「문학과 지성 무인들」 1996. 3. 23일자).

111 이제껏 『창작과비평』과 『문학과지성』은 보편적 개념으로는 참여 대 순수로, 김현은 실천적 이론 대 이론적 실천으로, 정과리는 현실에의 몸담음 대 현실에의 반성적 질문으로, 홍정선은 현실개혁의 의지를 문학을 통해 실천하고자 함에 대해 문학의 끊임없는 자유로움으로 현실을 직시하고자 함으로, 성민엽은 민중적 전망 대 시민적 전망으로 대별화시켜 왔다. ─ 한강희(1998), 『한국 현대비평의

다루어왔다.

그러나, 이러한 기존의 평가는 두 동인지의 70년대 이후의 활동양상
까지 포함한 것일 수 있으며, 실상 60년대에 드러난 『창작과비평』과 『68
문학』 계열은 서로 변별되면서도 상호보완의 관계 속에서 존재하여, 결
과적으로 60년대 비평문학의 진보성을 담지하는 데는 한 목소리를 낸
것으로 이해된다. 김현 중심의 비평집단은 미학성에, 백낙청 계열은 사
회성에 국한된 대립의 인식만을 고집한 것이 아니다. 앞서 언급했듯이
『창작과비평』의 창간호에 실린 백낙청의 평문을 보면, 문학의 순수성을
거부하고 현실에 대한 작가의 정신적 반응을 중시하지만 이와 함께 예
술활동의 자율성을 인정하고 사회의 지나친 도의적 간섭을 배제하는 등
현대문학의 보편성에 접근하려는 다층적 인식을 발견할 수 있다. 그리
고 『68문학』이 문학의 자율성을 강조한 것은 기성 문단에서 『현대문학』
이 순수문학론을 표방했던 것과는 엄연히 다르다. 『현대문학』이 '문학
주의'를 주장했다면, 김치수는 「문학의 기능과 비평의 자세」에서 사회
각 분야가 고유의 법칙과 가치에 의하여 서로 침범할 수 없는 질서를
이루고 있다는 사고를 전제로 문학의 '제도적' 자율성의 장이 형성되어
야 함을 강조한 것이다.

한편, 『68문학』의 동인이라 해도 김주연의 비평론이 '일상적 개인'
에 경도되어 역사의식의 부재성을 드러낸 것과는 달리, 김현과 김병익
은 문학의 변모 양상을 언어성에 입각하여 살펴보면서 우리 사회의 특
수 여건을 반영한 고유어의 가치를 역설[112]하는 등 언어의 정치성 및
공리적인 측면에도 강조점을 둔다. 특히 김병익은 일상적인 개별언어
와 사회를 조직화하는 징치언어를 구분하면서도 공존하는 언어의 이중
성으로 인해 문학과 사회는 근본적으로 만나게 된다는 필연성을 제기
한다.[113]

인식과 논리』, 태학사, p.258.
112 김현(1970), 「6, 70년대의 한국문학의 전망」, 『대학신문』(1970. 4. 13).

"기존의 문단과 구별되는 『창작과비평』과 『문학과지성』의 진보성은 각각 현실에 대한 민중적 실천과 방법적 접근으로 나타났다. 현실개혁의 의지를 문학을 통해 실천하고자 하는 『창작과비평』과 문학의 끊임없는 자유로움으로 경직화된 현실과 맞서고자 한 『문학과지성』은 유신체제라는 폭압적인 상황 속에서도 충실하게 자신들의 입장을 지켜 나갔다. 민족·민중문학을 내세운 전자는 문학은 분단모순과 계급모순의 해결을 위한 부단한 실천이라는 태도를, 정신의 리버럴리즘을 내세운 후자는 문학은 그 속성에서 영원히 비체제적이라는 태도를 보여 주었으며, 이로 말미암아 문학과 현실의 관계에 대한 새로운 문학적 흐름을 형성했다."[114]

이 글에서도 알 수 있듯이, 두 잡지를 근간으로 움직인 두 비평집단은 문학과 사회에 대해 서로 대립적인 견해를 내놓는 가운데 비평의식을 교류하며 상호보완적인 길을 걸어온 것이다. 이점에 주목하여 단순한 분리의 개념이 아니라 '탁월한 의미에서의 통일'을 이루고 있다고 지적한 성민엽의 견해[115]는 설득력이 있다고 본다. 1960년대 중반 이후 문학사의 주류가 '근대화' 비판으로 흐르게 되면서 『창작과비평』과 『문학과지성』은 담론의 표면적 차이에도 불구하고 오히려 동일한 지반 위에 서 있게 된 것이다. 이 두 계열의 변증법적 통합의 가능성은 이미 69년 김윤식의 「비평의 변모 – 의식의 문제를 중심으로」에서도 확인되는데, 그는 우선 김현 계열과 백낙청 계열의 정신적 출발점을 4·19와 5·16으로 소급시키고 있음이 주목된다. 60년대 문학을 4·19 민주화 운동에서의 평등과 5·16 근대화 운동에서의 자유라는 개념으로 추출하고서 이를 비평사적 두 흐름으로 파악하고 있다. 즉 김윤식은 '아비의 부재'와 '아비의 건재'라는 두 가지 비평적 이념축을 설정하고 있는데,

---

113 김병익(1970), 「문학과 정치」, 서울대 문리대 『정치학보』.
114 김병익(1988), 「김현과 문지」, 『열림과 일굼』, 문학과지성사, p.341.
   : 김병익에 의하면 이 두 잡지는 모두 '정치적인 민주주의'를 추구하고 있다. 앞의 것은 평등에 중점을 두고 문학의 사회 기여를 강조한다면, 뒤의 것은 자유에 중점을 두고 독립된 문학의 사회적 권력 견제를 강조하고 있다고 규정한다.
115 성민엽(1988), 「4·19의 문학적 의미」, 『문학의 빈곤』, 문학과지성사, p.43.

김승옥으로 대표되는 60년대 새로운 문학적 감수성의 흐름이 사생아의 운명을 감수하면서 스스로 아비가 되어가는 과정이라면, 백낙청의『창작과비평』흐름은 정치우위의 父사상에 근거해 지식인의 역할에 비중을 두면서 어엿하게 성장하고 있다는 것이다.[116]

이와 같이 60년대 신세대 평단의 양축으로 자리잡았던 이 두 집단의 비평의식은 문학적 현대성의 추구를 공통분모로 지닌 흐름이었다고 할 수 있다. 당시의 사회적 현대성인 자유와 평등에 대한 갈망이 비평문학에 투영되면서, 곧 그의 대응으로 문학적 상상력(김현 계열)과 문학인의 사회적 책무(백낙청 계열)에 대한 인식이 동시에 잉태된 것이다. 또한 아무리 비평이념이 유사한 동인으로만 구성되었다 할지라도 개별적인 비평의식을 소유한 비평가들의 다양성은 그 비평집단에 내재되어 있기 마련이고, 그 다원적인 비평의식들은 마침내 문학의 본질을 궁구하는 한 지점에서 만나지기도 하는 것이다. 이렇듯 다원화 상태로 공존을 지속하고 있는 60년대의 평단 분위기는 충분히 현대성을 함의하고 있는 것으로 보인다. 두 주류의 비평집단은 그 이념의 상이성에도 불구하고, 비평사적 맥락에서 초기의 인상비평의 폐단을 시정하거나 신비평 이론을 중심한 강단비평에 대해 실제비평의 활성화를 촉구함으로써 비평의 수준을 격상시키는 진보의 방향으로 같이 나아가고 있었던 것이다.

한편, 1960년대 평단에는 두 계열의 집단만 양분화된 구도로 존재했던 것이 아님을 기억해야 한다.『비평작업』의 동인들과 69년『상황』지를 주도했던 일군의 비평가 집단이 앞의 두 계열과는 또 다른 비평의식으로 활동을 개진하고 있었던 것이다. 백낙청이 서구적 '시민'론에 기대어 문학의 사회성을 강조한 깃에 비하면,『상황』의 동인들이 60년대 한국 평단에서 차지하고 있는 위상은 해방 이후 거의 단절되어온 진보적 문학론의 맥락을 서구적 논리가 아닌 한국 문학의 전통 속에서 이끌어

---

116 김윤식(1969),「批評의 변모(變貌) — 意識의 문제를 중심으로」,『월간문학』(1969. 12), pp.166–169.

내고자 했던 데에 놓여 있다. 동일하게 역사의식을 거론했을지라도 그 인식적 기반에서 변별되는 것이다. 그러나 당대의 문화적 수준을 고려할 때 그것은 다소 지난한 일이었음을 알 수 있는데, 왜냐하면 60년대 중반 이후 본격화하는 진보적 문학인식의 개진 과정은 국문학의 범위를 초월하여 정치 부문에 있어서의 반독재 민주화 운동, 역사학 방면의 자생적 현대화론과 주체적 사관의 대두 등 당대 지식인 사회의 담론 전개 과정에 일정하게 대응되기 때문이다.

이상에서 살펴본 바, 1960년대 우리 한국의 평단에는『창작과비평』과『68문학』계열이 다원적인 성격을 내포한 동인지로서『상황』계열과 함께 공존하다가, 오히려 70년대로 넘어가서야 일명 '창비파', '문지파'로 불리는 그 이념적 노선의 이분화가 선명해진다고 할 수 있다.[117] 즉 60년대의 비평 실상은 두 동인지로 특성화되는 문학적 입장이나 비평적 이념과는 크게 상관없이, 여러 비평집단과 다수의 동인들이 비평의식을 교류함으로써 문학적 인식의 심화 국면에 이르고 있다. 견해를 주고받는 논의 과정에서 '언어미학을 기반으로 한 현실의 고발방식', '문학의 사회성을 드러내기 위한 미학적 자율성'으로 초점이 모아지게 되자, 비평이념의 대립으로 인한 극단적인 분화는 보이지 않는다.[118]

또한 각 동인들의 비평행위 양상을 보면 박태순·염무웅이『68문학』

---

117 홍정선도 이 두 잡지가 별다른 이념적 분화없이 4·19라는 공통의 체험 속에 있다가 현실주의 혹은 민중주의 노선이라고 부를 수 있는 방향과 자유주의 혹은 지성주의라고 부를 수 있는 방향으로 크게 나뉘는 것은 '자본주의의 모순이 광범위하게 노정되는' 70년대 중반 이후에 들어서면서부터로 파악하고 있다. ─ 홍정선(1995),「4·19와 한국문학의 방향」,『민족문학사연구』8호, pp.59-61.

118 성민엽은 고정된 비평집단 없이 동인들끼리 교류하고 있다는 사실을 근거로 1960년대 문학이 하나로 파악될 수 있는 동질성을 지녔다고 파악한다. 다만 그 동질성이 파괴되고 분화 현상이 일어나기 시작하면서 이른바 70년대의 '창비' 대 '문지'의 대립을 낳게 된다. 현실의 정직한 문학적 인식 및 표출과 현실 변혁의 실천적 의지는 대립 혹은 분리되는 것이 아니기 때문이다. ─ 성민엽(1988), 앞의 책, pp.37-41.

에 편집진으로 참여하고 있다가『창작과비평』의 단골 필진으로 활동하는가 하면, 대부분의 신세대 비평가들은 소속된 고정 잡지에만 글을 발표하는 것이 아니라,『사상계』,『현대문학』,『월간문학』,『문학춘추』,『세대』 등 기존의 다양한 지면에도 수시로 평론을 게재하고 있는 모습을 보인다. 이들은 집단적 비평행위와 함께, 각 개인 나름의 비평적 입지도 다지고 문학적 기반 마련에 주력하는 특징을 갖는다.[119] 이 시기에 발표된 비평문학은 기성세대 비판론, 참여문학론, 전통론, 시민문학론 등과 연관된 다양한 비평문들이 마치 비평의 실험장을 방불케 하듯이 무성하게 제기되고 있기 때문이다.

따라서 60년대의『창작과비평』과『68문학』계열은 대립적 성격의 비평집단으로 규정지을 것이 아니라, 대척점을 포함한 상호교류가 활발했던 무이념성의 관계로 이해하는 것이 옳을 것이다. 물론 신세대 비평가들 내부의 분화가 집단적 동인지 창출로 드러나긴 했지만, 이 시기에는 그들의 이질성보다는 오히려 비평적 현대성을 지향하는 동질적 요소가 많이 내포된 상태에서 비평의식의 다원화 현상을 드러내고 있기 때문이다. 이념상의 뚜렷한 양분화 모습을 보이지 않던 소위 '창비파'와 '문지파' 두 계열의 문학적 태도는 신세대 비평가들의 성과가 가늠되기 시작한 60년대 말에 이르러서야 서서히 간극이 생기면서, 70년대부터 비평론의 본격적인 양립 체제에 들어갔다고 볼 수 있겠다.

---

[119] 문단 전체를 조망해 보아도 김승옥, 김현, 이청준 등은『68문학』의 동인으로 있으면서 동시에『창작과비평』에의 참여도 두드러진다.

제3장
문학의 주체성과 자기확장을 위한 비평

모든 문화는 인간에 대한 이해를 뿌리로 하기에 인간 주체에 대한 근본적인 인식의 변화가 한 시대를 새롭게 이끌어갈 수 있다[1]는 '주체철학'[2]의 논리는, 모던(modern, 현대) – 중세적 이념이었던 종교를 무너뜨리고 자율적 인간의 탄생을 가져온 역사의 흐름[3] – 의 출발점과 일치한다. 주체는 미성숙에서 벗어나 이성을 자각함으로써 '계몽'에 이르게 되는데, 여지껏 계몽적 주체는 과거와의 단절을 통해 새로운 사회질서를 일구어왔다. 이성을 가진 인간이 현재를 역사적으로 체험하고 자신을 대상화하여 의식하는 것, 외부세계를 합리적으로 파악하여 역사를 진보, 발전시킨다는 논리가 바로 현대성인 것이다. 이러한 현대적 인식에는 현존하는 것에 안주하지 않으려는 혁신의 의지가 숨어 있다. 바로 그 추동력은 변화의 의지이며, 현실성을 기반으로 하는 자신의 시대에 대한 이해인 것이다.

그런데, 주체성과 역사의식은 선험적으로 주어지는 것이 아니라 생산

---

1 이정우(1999), 「도덕적 주체의 탄생 – 다산의 인간존재론」, 『전통, 근대, 탈근대의 철학적 조명』, 철학과 현실사, p.11.

2 주체철학이란 데카르트와 칸트로 대표되는 자기중심적 이성을 상정하는 사상을 말한다. 데카르트와 칸트의 철학은 의식적 현존의 주체나 형식적 이성의 주체를 가정함으로써 타자성을 배제한 자기중심적 주체성을 성립했다. "나는 생각한다. 고로 나는 존재한다"라는 데카르트의 명제는 충만한 자의식을 존재의 중심에 놓고 있기 때문에 그 내부에 타자가 틈입할 공간이 주어지지 않는 것이다. – 나병철(1996), 『한국문학의 근대성과 탈근대성』, 문예출판사, pp.20-21.

3 원래 주체철학과 계몽사상은 중세의 종교적 속박에서 벗어나 인간 주체를 해방시키려는 목적에서 배태된 것이었다. 이를 실현하기 위해 '종교'적 통합의 힘을 대신할 원리를 인간주체의 내부(이성)에서 찾고자 했던 것이다. – 나병철(1996). 앞의 책, p.22.

되는 것이다. 따라서 1960년대 비평가들은 '전통' 문제를 화두로 한국 문학의 주체성을 스스로 궁구해가는 동안에 문학적 현대성 또한 확보하게 된다. 기성 비평가들과 전통주의자들이 득세하던 당시의 지배적인 문단 조류에 저항하는 방법으로, 60년대 초반에는 문학전통 단절론을 내세우면서 비평적 현대성을 도입한다. 이들이 내세운 단절의 부정정신은 과거와 전통의 권위를 실추시키고 새로운 계몽주체를 정립하도록 유도한다. 또한 60년대 중후반에 접어들면, 초반에 제출된 전통 부정론을 극복하고자 사회, 역사적 맥락에서 문학의 주체성을 찾아야 한다는 발언이 두드러진다. 진보적인 역사의식과 현대성 논의와 맞물리게 되면서, 한국 비평문학은 서구문학 모방에 그치지 않고 우리의 주체적 기획이 나와야 한다는 하나의 방향성을 가지게 된다. 이 때 60년대 평단은 한국의 특수한 조건 속에서 주체적으로 사고하고, 우리 민족의 언어, 문화, 역사의 공통성에 근거하는 '민족문학' 개념을 도출하기에 이른 것이다.

그러나 주체성의 확립이란 각각의 개인이 스스로를 주체로 구성하려는 노력에만 달려있는 것은 아니다. 이는 '타자'[4]를 주체로 승인하는 것을 전제로 한다.[5] 즉 개인적 자유와 평등의 제도적 조건들이 마련될 것을 요구하게 되는 것이다. 이것은 사회적 현대성의 일면으로 정치적 민

---

4 '타자'란 지배적 문화에 의해 표상될 수 없는 것에 부여된 속성을 의미한다. 타자는 대상들의 차이를 부정함으로써 자신의 경계 안으로 포섭하고 동일화하는 동일자(주체)와 반대되는 개념으로, 동일자에 의해 배제되거나 억압된 것, 즉 이성이 배제한 광기, 성(性) 등을 타자로 규정한다. 이렇게 문화의 '타자'에게 열등하고 주변적인 위치밖에 부여하지 않는 다층적인 이항대립의 강제(이성 / 비합리성, 합리성 / 욕망, 문화 / 자연, 남성 / 여성, 식민지 / 피식민지, 백인 / 흑인 등)가 모더니티 안에 내재되어 있다. - 강상중(1997), 『오리엔탈리즘을 넘어서』, 이경덕, 임성모 역, 이산출판사, pp.14-16.

5 프로이트와 니체는 이를 갈등관계로 파악했는데, 프로이트는 사회의 필요와 개인의 욕구가 더 이상 조화를 이루지 않고 때로는 투쟁한다고 보며, 쾌락의 원칙과 현실의 원칙이 서로 갈등관계에 있다고 보았다. 니체 또한 이것은 권력에의 의지와 도덕화 사이의 갈등을 야기시킨다고 말했다. 그러나 이런 전제가 낙관주의적인 방향으로 나가면 상호작용론적 사회학으로 이어질 수 있다. - 알랭 투렌(1995). 앞의 책, p.9.

주화와도 통하는 의미일 텐데, 이 때 개인적 행위자의 수준, 대인관계의 수준, 사회조직 형태의 수준들은 상호의존적이다. 따라서 현대성의 모순을 딛고[6] 새로운 희망의 원리를 창출해내기 위해서는 자기 한계를 아는 성찰적 이성, 자기 확장을 위한 역사적 이성으로의 전환이 필요하다.[7] 이러한 인식을 바탕으로 1960년대 비평가들은 안온한 인식체계, 보수적이고 허위로 가득찬 모든 것들을 회의하고 부정하면서 진보적인 인식의 국면에 도달하고 있으며, 평단이 무르익을수록 문학의 사회적 기능, 개인을 넘어선 공동체의식, 소통 지향적인 공적 윤리감, 역사의식과 실천적 지성을 추구해나가고 있다. 특히 이전 시대의 사상성 본위의 문학적 경향과는 달리, '사회참여'를 존재적 의미의 당연한 귀결로 받아들이면서 현실에 대한 적극적인 관심과 반영을 강조한다. 특히 소통을 지향하는 문학적 현대성의 문제는 자의식과 시민의식의 대결로 이어지는데, 60년대 비평가들은 이런 논의들을 통해서 문학적 사회참여의 의미를 확장시켜 시민문학을 촉구하기에 이른다.

현대 비평문학의 특성은 부정 및 비판의식과 함께, 문학의 주체성 확

---

6 폐쇄적인 이성 중심주의는 서구 중심적 현대가 낳은 폐해의 근원으로 비판되어 왔다. 소외, 분열, 사물화 현상 등 모든 서구적 현대화의 부작용들은 주체철학의 잘못된 기획에서 비롯되었다고 여겨져 온 것이다. 이에 관한 철학적 담론을 살펴보자면, 자기시대의 모순을 처음으로 비판하기 시작한 사람은 헤겔과 마르크스였다. 헤겔은 주체중심적 이성에 의해 야기된 분열과 소외에 대항하여 인륜적 총체성을 내세운다. 그러나 이 논리는 통합을 꾀하는 절대정신의 이성, 즉 국가라는 대주체를 전제함으로써 또 다른 주체철학으로 복귀했다는 하버마스의 비판을 받게 된다. 한편, 마르크스는 자본주의 사회 자체를 특수한 소외, 분열된 인륜성으로 간주하고, 노동의 과정(생산 패러다임)을 통해 공동체적 사회를 회복하자는 이론을 펼친다. 그런데 하버마스는 이에 대해서도 공격하기를, 복잡해진 오늘날의 사회에서 노동의 범주는 더 이상 중심에 놓일 수 없으며, 문화나 생활세계의 영역에서는 어떻게 실천될 것인가가 문제로 남는다는 것이다. 이러한 문제의식 속에서 하버마스는 의사소통 행위의 패러다임을 내놓게 된다. — 하버마스(1994), 『현대성의 철학적 담론』, 이진우 역, 문예출판사, pp.45-103 참조.
7 현대성은 본질적으로 계몽의 기획을 포괄하는데, 칸트의 설명에 의하면 계몽이란 주체성의 자각과 확장을 의미한다. 즉 현대 계몽의 기획은 주체성의 확장으로서의 '역사'의 진보를 가능하게 해 준다는 것이다. — 하정일(1999), 앞의 글, 앞의 책, pp.66-67.

립의 문제가 어떤 방식으로 실현되고 있는지를 밝힘으로써 더욱 자명해
질 것이다. 그래서 제4장에서는 1960년대에 발표된 비평 텍스트들의
분석을 통해 전통의 주체적 수용문제, 민족문학의 개념, 문학적 사회참
여론, 시민문학론 등과 연관된 비평의 개진과정을 구체적으로 고찰하여
그 현대적인 특성을 드러내보고자 한다.

1. 현대문학의 주체 회복을 위한 도정

주체에 대한 인식의 논리는 현대성의 핵심적인 자질이다. 그것은 외
부의 모든 구속으로부터 해방되려는 의지에 의해 영위되는 개인적 삶
사이에 보다 밀접한 대응이 있어야 한다는 자기관계의 확인이기도 하
다.[8] 주체의 구성은 개인적 차별화를 구성하려는 의지로서, 1960년대
신세대 비평가들은 문학비평의 주체성 확립의 의지를 특징적인 면모로
보인다. 이전 시대의 비평담론에 대한 부정, 특히 '전통'과의 단절을 감
행하고 새로운 문학전통을 모색한다. 동시에 60년대라는 특정 시기의
새로운 비평을 시도하는데, 그것은 한국의 역사 속에서 문학이 처해있
는 현상황을 인식하고 서구문학의 이식이 아닌 자생적인 현대문학[9]의
주체성을 회복하는 일과 맥이 닿아있는 것이다.

이 때 비평적 이념의 혁신을 위해서는 자신과 자신이 처해있는 시대
의 주소를 새롭게 이해하여 역사의식을 획득하는 것이 주요 과제로 대
두한다. 1960년대 비평문학에 있어서의 역사의식은 현대성 추구에 내재
된 계몽적 성격과 맞물리는데, 즉 우리 문학에 대한 주인됨을 깨닫는
자각적 의식과 진보적 역사관의 정립에 바탕을 둔 비평적 인식에 주목

---

8 알랭 투렌(1995), 『현대성 비판』, 정수복, 이기현 역, 문예출판사, p.17.
9 여기서의 '현대문학'은 당대의 특성을 담지한 넓은 의미의 modern한 문학이자, 구
  체적으로는 고전문학과 대별되는 문학을 말하고자 한다.

하고 있다. 그래서 이 시기 비평문학의 방향은 결국 한국 역사 및 사회의 특수조건을 고려한 민족문학의 정립을 향하게 되는 것이다.

1) 전통 단절론의 반성과 주체적 계승

1950년대 말부터 새삼스레 전통문제가 비평론의 중심 화두로 제기되고 있는 것은 戰後의 암울한 사회적인 상황에서 문학 스스로의 연속적이고 동질적인 자기 정체성 내지 자기 확인에 대한 강렬한 욕구를 그 배경으로 하고 있다.[10] 60년대를 출발하면서 전통과 결별해야 한다는 시대적 요청 속에 자기 확인의 욕구는 이미 내재하고 있었던 것이다. 자연의 법적 질서의 붕괴에 직면하여 모든 것의 확고부동한 토대를 '생각하는 나'로부터 근거 짓고자 했던 데카르트의 시도 역시 시대적 계몽주체의 요청에 의한 것이라 할 수 있다.

그런데, 1960년대 전통논의[11]에서는 전후세대-신세대간의 시각적 차별성이 크게 부각되지 않는다는 것도 하나의 특징이라 하겠다. 세대

---

10 푸코는 『지식의 고고학』에서 전통이 발생하게 되는 지점을 다음과 같이 밝히고 있다. "전통은 연속적이고 동질적인(적어도 유사한) 어떤 일군의 현상에 대하여 일시적인 특별한 지위를 부여하는 것을 목적으로 한다. (…) 따라서 전통은 그 배경이 되는 영원한 것에 대립되는 새로운 것을 고립시키고, 전통 그 자체가 지니고 있는 가치를 최초의 독창성, 천재성 및 모든 개인에게 타당한 결정력으로 전환시키고자 한다"- 윤호병(1994), 『비교문학』, 민음사, pp.355-357 재인용.

11 "'전통'이란 계승하고 받아들이는 쪽에서 발견하는 '계승할 만한 가치'를 말하는 것인데, 이는 '근대'와의 상관관계 속에 형성된 개념으로서 곧, 시간성을 내적 계기로 삼고 있다. (…) 전후에 공전을 거듭하던 전통 논의가 한 차원 도약하게 되는 것은 1960년대 후바에 들어서서 일려의 전통 누의 가운데에서 민족의 당면한 현실과 전통적 자양을 연결지어 이해하려는 노력들이 뚜렷한 모습을 드러내기 시작하면서부터였다."- 한수영(1999), 「근대문학에서의 '전통'인식」, 『20세기 한국문학의 반성과 쟁점』, 소명출판, p.177.
1960년대의 전통론은 당시의 실상과 흐름에 비춰 ①전통단절 및 부정론, ②전통론의 반성과 극복, ③전통의 주체적 수용 등 크게 세 가지 국면으로 나타난다고 볼 수 있다. - 김창원(1991), 「전통논의의 전개와 의의」, 김은전 외, 『한국현대시사의 쟁점』 참조.

와 상관없이 다수의 비평가들은 이미 평단에 제출되었던 전통부정론을 극복하고자 전반적으로 한국문학의 주체성을 회복하려는 면모를 보이고 있기 때문이다. 현대성이 합리화에 의해 분화된 사회의 규범적 척도를 스스로 창조해야 하는 시대의 자기이해[12]라고 할 때, 60년대 전통논의는 이러한 현대성을 함의하고 있는 것이다.

① 전통 단절론과 현대성

1960년대 초반, 유종호, 정명환 등 강단비평의 기반을 굳건히 한 전후세대 비평가들은 전통의 계승에 부정적 입장을 취하고 있다. 이들은 진정한 전통을 찾으려면 외국문학과의 연관 속에서 현재적 관점의 사조 흐름을 중요시해야 한다고 판단했기 때문이다. 그래서 우리 문학전통의 단절론을 제시함으로써 기성세대에 저항하고 나선다.

먼저 유종호는 60년대를 열면서 당시의 전통 개념에 대한 좁은 식견을 비판하고 있다.

> "우리는 토속적인 것, 민속적인 것만을 한국적이라고 우길 필요는 없다. 우리들은 명확한 개념규정 없이 전통이란 말을 남용해 왔으며, 또 여기에서 많은 혼란이 빚어진 것도 사실이다. (…) 단도직입적으로 얘기해서 필자는 신라향가나 고려시대의 별곡을 읽고서 영감을 받고 시를 쓴다는 사람을 들은 일이 없다. 또 「춘향전」이나 「심청전」을 소설습작생이 모범으로 사용한다는 얘기도 과문한 탓인지 들어본 적이 없다. (…) 전통이란 이를테면 문예비평상의 비교의 대상이 되고 가치판단의 기준이 되는 것이다."[13]

유종호는 전통의 새로운 개념 규정을 통해 토속성, 민속성에 국한된 과거의 이해를 탈피하고자 한다. 그래서 1960년대 비평의 과제로 "소박한 전통개념의 수정과 이에 따른 시야의 확장"을 부여하고 있다. 특히

---

12 하버마스(1994), 『현대성의 철학적 담론』, 이진우 역, 문예출판사, p.49.
13 유종호(1960), 「전통의 확립을 위하여」, 『세계』(1960. 4).

실제 작품을 창출함으로써 新전통의 근거를 마련하기를 촉구한다. 이러한 내용은 실상 50년대 문학을 결산하며 비판하는 차원에서 나온 결론인데, 그는 이 평문에서 우리 문학의 특징을 '패배의 미학'으로 제시한다. 이는 "사회현실에서 도망하여 역사의 방관자로 시종한 문학인들이 즐겨 취재한 것으로 저들 자신의 자화상의 일면인 현실의 패배자의 애가"였다고 본다. 이러한 패배자와 같은 자세는 결국 작가들에게 "자아의식의 근본적 결여를 특징으로 하는 촌뜨기의 형상화에만 골몰하고 언필칭 그것을 '한국적'이라는 미명으로 수식하는 것에 자족하게 만들었다"는 것이다. 그래서 유종호는 이전까지의 우리 문학이 "사회적 인간하나 제대로 형상화하지 못하고 소설에서의 인간탐구 하나 전개시키지 못하면서, 소설에서 소박한 인정행위를 두고 휴머니즘 운운해왔다"며 비난하고 나선다.

> "우리는 전통의 발견이나 발굴에 동분서주할 필요는 없다. 또 전통의 알리바이를 역설할 필요도 없다. 문제는 몇 세대 후의 사람들에게 우리가 겪은 바와 같은 빈곤의 탄성을 다시는 발하지 않도록 하는 데 있을 것이다. (…) 사실 크게 보아 현금의 우리의 작업은 처녀지 개간의 기초 작업일지도 모른다."[14]

그의 이러한 각성은 화석화된 문학전통을 부정함으로써 새로운 문학의 탄생을 기대하는 유종호의 태도를 선명하게 보여주고 있다. 특히 "신선하고 발랄한 개척자 정신"으로 60년대를 전망하는 데서 비평적 현대성을 발견하게 된다.

그는 「현대시의 50년」이라는 글에서도 유사한 문제의식을 나타내는데, 우리의 고전문학과 현대문학 사이에는 극복할 수 없는 "하나의 단절, 단층이 존재한다"고 전제하고서 당시 "많은 전통론이 추상론으로 떨어져서 무의미한 공전을 되풀이하고" 있다고 지적한다.

---

14 유종호(1960). 앞의 글, 『비순수의 선언』(민음사, 1995), p.248.

"누구보다도 현대적이라고 자타가 공인하고 있는 20세기의 엘리엇은 17세기의 형이상학파 시인들에게서 시작상의 많은 것을 배웠다. 이것이 살아있는 전통의 위력이다. 적어도 과거의 한국문학에 관한 한, 한국의 현대시인, 작가들이 과거의 유산에 대해서 엘리엇이 말한 '역사의식'을 전혀 갖지 않고 창작을 해올 수 있었다는 평범한 사실에 한국 현대문학의 한 특수성이 있다. 좀더 구체적으로 얘기하면 현대시인의 시작의 실제에 있어 향가나 조선가사가 그 시인의 '역사의식'의 구체적인 대상은 되지 않고 있다는 말이다."[15]

유종호는 전통 개념의 발원지가 엘리엇의 '역사적 의식'에 연원하고 있음을 밝히고, 우리 문학의 경우 이러한 역사의식을 바탕으로 한 문학풍토가 이루어지지 못하여 전통이 단절된 상태라며 부정적인 입장을 취한다. 그러면서 이는 피할 수 없는 상황으로 당장 개선한다고 해서 해결될 문제가 아니라는 것이다.[16]

2년 후, 정명환도 유종호와 동일한 인식관에서 엘리엇의 역사의식을 거론하며 한국문학의 전통을 부정하고 나서다 그는 「평론가는 이방인인가」라는 평문에서 남들도 모두 전통이 있으니 우리도 우리의 것을 찾자는 식의 감정적 태도보다는 "우리의 역사를 하나의 흐름으로서 어떻게 보느냐"하는 문제에 대한 고찰이 동반되어야 한다고 제시하고 있다.

"엘리엇의 말마따나 "과거의 과거성만이 아니라 과거의 현존성"이 있어야 합니다. 엘리엇은 또한 그 유명한 「전통과 개인의 재능」에서 이렇게 말하고 있습니다. ─ "역사적 의식은 우리로 하여금 다만 자기의 세대만을 절실히 느끼고 쓰게 할 뿐 아니라, 또한 호메로스 이래의 유럽 문학 전체와 또 그 속에 있어서의 자국의 문학 전체가 동시적 존재성과 동시적 질서를 가지고 있다는 느낌을 지니고 쓰게 하는 것이다." ─ 우리는 지녀 나가야 할 전통보다는 버려야 할 유산을 가지고 있는 것입니다."[17]

---

15 유종호(1962), 「현대시의 50년」, 『비순수의 선언』, 민음사, 1995, pp.20-21.
16 유종호(1960), 「전통의 확립을 위하여」, 『비순수의 선언』, 신구문화사, 1973. p. 239.

이처럼 정명환도 엘리엇이 말한 전통 개념에 비추어 우리 문학전통의 '현존성 부재'를 지적하면서, "우리의 과거는 살펴볼수록 엘리엇의 이론과의 거리를 더욱 뼈저리게 느끼"게 하는 '버려야 할 유산'이 더 많다고 단언한다. 이처럼 그는 서구 개념을 잣대로 우리 문학에서 전통의 상당물은 찾기 어렵다며 단절론을 분명히 하고 있다.

한편, 조동일이 전통을 반성적으로 계승하자는 논리를 펼치자, 유종호는 이에 대응하기를 "하나의 가치관이 새로운 가치관에 의해서 부정됨으로써 보다 높은 차원에서 지양되는 그런 역사의 리듬은 어느 시대나 끊임없이 요청되는 것으로 역사적 퍼스펙티브가 중요하다"고 힘주어 말한다. 즉, 60년대는 문학적인 측면에서 새로운 가치관을 형성하려는 변혁기인만큼 전면적인 거부보다는 포용을 토대로 한 부정의 정신이 필요하다는 것이다. 또한 그는 역사와 관련하여 현재적 관점이 중요함을 새삼 강조하면서 근대 작가들의 경우, 서구 작가와의 심리적 거리가 단축되었으니만큼 서구문화를 수용해서 우리 것으로 재창조하려는 노력도 마땅히 인정되어야 한다고 덧붙이고 있다. 유종호의 이러한 생각은 자신의 지적 배경인 "열린 창문을 통해서 들어오는 서구문학"에 대한 절대적인 선호와 예의 전통론에 대한 각성에서 비롯된 것인데, 그는 "생득적인 자애 본능으로 하여 거의 무조건 공감을 받게 되는 새로운 내셔널리즘의 발상에 의한 전통의 강조"라고 표현함으로써 전통부정의 입장을 강하게 드러내고 있다.[18]

이후, 신세대 비평가 김현도 이어령, 유종호의 전통부정론을 긍정적으로 수용하는 모습을 보인다.[19] 구세대 비평가들이 새로운 언어 탐구

---

17 정명환(1962), 「평론가는 이방인인가」, 『사상계』 문예증간호, p.23.
18 유종호(1965), 「성장과 심화의 궤적 – 한국문학 20년」, 『사상계』(1965. 8), p.330.
19 김현의 전통 부정론은 다음 글을 참조해볼 수 있다.
　"찬송가에 의해 근대화, 서구화 경향, 혹은 애국 애족을 주제로 하는 창가의 급속한 발달을 보았고, 1919년 주요한의 「불놀이」 발표 이후, 서구시와 서구소설이라는 새로운 장르는 완전히 판소리의 재래 장르를 제압하고 문학사의 전면에 나타난다. 바로 이 점에서 나는 전통은 단절되었다고 확신한다. 전통이 단절되지 않았다

의 중요성은 자각했지만 현실 언어의 부족을 느끼고 이를 '전통 단절'로 의미화 했음을 지적한다. 그는 우선 전통단절론의 발생 배경이나 의미보다는 두 사람이 전후세대 비평가로서 거둔 성과에 주목하고 있다. 먼저 이어령은 전통과 토속성을 엄밀히 구분하여 전통을 단순히 '향토색과 지방감정'으로 해석하고 있던 종래의 많은 전통론자들에게 '뼈아픈 독침'을 들이대면서 '프로빈시얼리즘을 지양하는 운동'을 펼친 것이라고 평가하면서 김현은 그의 추상적인 '세계성' 강조의 비평논리에 공감을 표한다. 그리고 유종호가 말한 역사의식은 "조동일의 전통론에 이르기까지 논쟁의 흔적을 남기고 있으며, 그 이후 신세대 비평가들의 의식의 상당 부분을 점유한 이 역사의식의 유무는 한국 비평을 두 갈래로 가르는 데 큰 공헌을 한다"고 규정한다.[20] 이 점은 60년대 중기 이후 비평 인식이 점차 분화되는 지점을 전통론의 긍정과 부정에서 파악하고 있다는 점에서 시사하는 바가 크다.

그런가 하면, 한국 현대시가 전통과 단절되어 있다는 것을 강조했던 유종호는, 위의 예문에 이어지는 언급을 통해 한국 현대시의 기원을 정지용에 놓음으로써 정지용 시문학의 현대성을 상징적으로 내세운다. 그에 의하면, "시가 언어의 예술이라는 것을 실증한 이 시인(정지용을 의미함 : 인용자)이 등장함으로써 현대시는 획기적인 전기를 만날 수 있었던 것이다." 언어에 대한 미시적인 관심을 기울인 시인 정지용에게, 시적 현대성의 기원을 부여한 유종호는 최근의 한 대담에서 "이러한 모더니스트적인 입장은 제가 선택한 입장이라기보다는 당시의 지배적인 비평담론에 대한 일종의 거리감을 유지하다 보니 그렇게 된 셈이죠"[21]라고 고백하고

면 판소리의 계속적인 발달이 이루어졌어야 할 텐데 오늘날 판소리를 제작하는 사람은 없기 때문이다"(김현(1967), 「한국 문학의 양식화에 대한 고찰 — 종교와의 관련 아래」, 『창작과비평』 6월호).

그러나 이 같은 김현의 전통에 대한 인식은 구세대 지식인들이 언어와 당대의 역사성에 대한 인식이 소홀했음을 비난하면서 표출한 역설적 견해로 보인다.

20 김현(1988), 「60년대 문학의 배경과 성과」, 『분석과 해석』, 문학과지성사, p.251.
21 유종호(1996), 「1950년대와 한국문학 — 대담」, 『작가연구』 창간호, 새미, pp.

있다. 이러한 표현은 유종호가 당시 모더니티를 내세웠던 것이 당대의 지배적인 조류에 대한 비판적인 대응을 의미했다는 사실을 보여준다.[22] 이는 전통 논의가 지닌 본질적인 국면과 무관하지 않다. 즉 50년대 후반 -60년대 초반에 걸친 전통론의 초점은 전후세대 비평가가 우리 문학 속의 전통과 현대화를 어떤 방식으로 모색하고 있느냐에 두어져 있기 때문이다. 즉 전통론은 휴머니즘의 대안으로 제시되기도 하고, 한국문학의 현대화 혹은 한국문학 자체의 철학을 발견하기 위해 제시되기도 한다. 그러나 이러한 논의는 대체로 한국문학의 후진성에 대한 자기반성을 전제로 하기 때문에 전통을 부정하는 그 수준을 넘지 못하고 신세대의 논의로 넘기게 된 것이다. 이에 관하여 임헌영은 당대 평단의 전통 논의가 '형식적이고 구호에만 그친 전통론'이었다며 비판을 던지기도 한다.[23]

② 전통의 반성적 극복과 주체성 찾기

1960년대 평단에는 초기에 제출되었던 전통 단절론에 대하여 극복의

236-238.

[22] 이후, 유종호는 이 대담에서 자신이 그 당시 젊은 비평가로서 비평적 경험이 일천했음을 인정하고 있다. - "그 당시의 문맥에서의 전통이란 김동리, 서정주, 조연현 등이 말하는 바에 따르면 한국적이 것이 전통적인 것이고, 여기서 한국적인 것은 무엇인가 하면 김동리적인 것이나 서정주 적인 것이라는 식으로 이야기되고 있을 때입니다. 그러니 그때 우리가 한국적인 것은 그것만이 아니다, 전통이란 것은 그것만 가지고서는 논의할 수 없다라고 한 것은 바로 그러한 그 당시 문단의 헤게모니를 가지고 있던 사람들의 비평담론에 대한 암묵적인 하나의 저항이란 측면도 있었다는 상황을 고려해야 할 것입니다." - 유종호(1996), 「1950년대와 한국문학 - 대담」, 『작가연구』 창간호(1996. 2), 새미, pp.236-238.

[23] 임헌영은 「보수와 전통」에서 소월의 「진달래꽃」에 담겨 있는 체념적 정서가 한국문학의 한 가지 맥락을 형성하고 있다는 점을 지적하고, 결론적으로 소월은 "벨자예프가 주장하는 것처럼 당위의 세계를 향하여 달리는 역사에 방향감각을 깨우쳐주는 전통을 불러일으키기에 실패"했을 뿐만 아니라 "문학사적인 면에서 볼 때에도 보수주의자는 될 수 있지만 전통론에서는 취급을 불허하는 존재"라는 평가를 내리고 있다. 임헌영이 제시하고 있는 전통의 개념은 있는 것을 그대로 지키는 '보수'와는 다른 어떤 것으로서, 인간 내부의 자유스럽고 연속적인 정신적 관련작용의 결과로써 재인식된 가치의 형태를 의미한다. - 임헌영(1967), 「보수와 전통 - 소월의 〈진달래꽃〉을 중심으로」, 『현대문학』(1967. 5).

노력들이 보인다. '한국문학의 전통을 어떻게 이해할 것인가'를 둘러싼 방법적 모색이 다양하게 진행되는 가운데, 전통의 반성과 극복, 주체적 수용 등을 주장하는 논의가 전면에 대두한다.

특히 김우종과 조동일은 전통부정론을 회의하면서 고전문학의 유산 속에서 그 가치를 발견하고자 한다. 먼저 김우종의 다음 글을 보자.

> "우리의 현대문학이 고대문학을 부정하고 나선 충분한 이유를 알고 있다. (…) 그러나 고대문학 속에 간직되어 있다가 그처럼 부정되어 버린 여러 가지 요소 속에는 우리가 결코 부정해서는 안 될 중요한 요소도 잠재되어 있었다."[24]

결국 고전에 대한 김우종의 재해석 작업은 '고전문학이 오늘 우리에게 어떤 의미를 주고, 우리가 되새겨야 할 의미는 무엇인가'라는 문제의식으로 정리할 수 있을 것이다. 즉 현재의 관점에서 새롭게 조명해 보는 것, 그것도 서구 문학과의 단순한 비교가 아니라 구체적인 작품분석을 동반하면서 현대문학을 반성적 의식으로 이끌어내기 위한 신지한 작업이었음을 부인할 수 없다. 김우종도 유종호처럼 고전문학과 현대문학의 이질성을 분명히 각인하고 있었지만, 전통 단절론에서 머물지 않고 우리의 작품들이 한국어로 되어 있다는 공통점을 지적하면서 '언어'에 의한 국문학의 전통 계승을 강조한다.[25]

---

24 김우종(1960), 「고대문학사상재고 – 한국현대문학의 사적생성과정과 그 맹점」, 『현대문학』(1960. 4), pp.237-238.

25 김우종은 문학의 전통을 내용 및 형식의 두 가지 형태로 설명하면서, 한국의 신문학은 고전문학에 대해서 매우 이질적이며, 하나의 혁명을 의미한다고 말한다. 신문학은 새로운 차원으로 근대적 진보를 한 것으로 인정하면서 그 특징을 세 가지로 들고 있다. 먼저는 근대적인 정신 즉, 자아발견, 개성의 자유 추구, 비합리적 사회제도로부터의 해방 등을 지적했고, 시 장르에 있어서 과거의 율문형태를 탈피하고 새로운 이미지 중심의 시형식을 끌어온 점, 소설 장르에 있어서 현실반영과 인생에 대한 자각과 반성의 기회를 준 점 등으로 정리하고 있다. – 김우종(1967), 「고대문학과 현대문학의 전통계승 문제에 대하여」, 『국어국문학』 34-35권(1967. 1), pp.222-225.

조동일 또한 전통 단절론을 내세운 유종호와의 논전을 통해서 전통을 반성적으로 받아들이려는 태도를 분명히 하고 있다. 전통을 단순히 토속적인 감정으로 이해하고 있던 기존의 사이비 전통론자들에게 '뚜렷한 구체적 고전대상 작품'만이 전통의 중요한 근거가 될 수 있음을 주지시켰다. 이에 따라 조동일은 단절을 극복하기 위한 그 구체적 대안으로 우리의 고전 속에서 한국적인 전통을 찾기에 이른다.[26] 근대문학 이후, 한국 자체가 위기 내지는 몰락에 처했기 때문에 '한국의 눈'을 잃은 것은 당연한 결과라는 논법은 사태의 일면을 잘 지적하고 있지만 깊이 따질 때는 타당성이 약한 편협한 논리라며, 조동일은 어떤 시대든 침략자의 도전에 대해 우리 민족은 반드시 응전력을 면면이 이어오는 '자기의 눈'을 확보해 왔다고 부연한다.[27] 그리고 그는 대안을 민요에서 찾고 있다. "민요는 패배자의 노래지만 처절하면서도 풍자적으로 불리며 분명히 '한국의 눈'으로 전통적인 눈을 잘 계승하며 건실하고 끈덕지게 침략에 항거하고 있는 데 반해 자기 상실에 빠진 이인직, 이광수 등은 그렇지 못했다"고 파악한다. 또한, 전후 비평가들의 맹점은 한국적이라는 것을 서구문학의 이름으로 비판했다는 데 있으며, 문제는 한국적인 것의 모색에 대한 결핍이라는 것이다. 그는 "새로운 무엇을 얘기한다는 것은 과거에 있었던 것을 새롭게 해석하는 데서 출발하는 것"이라고 못박으며, 우리의 고전문학 유산 속에서 전통 계승의 면모를 찾고자 한다.[28]

---

26 조동일(1966), 「전통의 퇴화와 계승의 방향」, 『창작과비평』(1966. 3).

27 유종호, 조동일(1966), 「고전과 전통계승과 현대」, 『문학』(1966. 9), (『한국문학의 쟁점』, 유종호, 염무웅 편, 전예원, 1977), p.33.

28 조동일은 송강의 문학적 위상을 "서구에서 그리스, 로마 문화의 위치라 할 수 있는 동양의 보편적인 유산인 당시의 중국문화를 수용해 재창조한 흔적이 아름다운 시어를 개척하는 등 주체성을 확보하고 있다"고 평가한다. 아울러 중국문화를 주체적, 성공적으로 수용해 재창조하는 경우로 연암 박지원을 꼽는다. 연암은 유교에 근거를 두고 사고하고 작품창작을 했으나 한국의 보편적 현실로부터 제기된 문제를 정확하게 인식하고 봉건사회의 모순을 총체적으로 극복할 수 있는 새로운 가치관의 맹아를 끈덕지게 추구하고 있다는 점에서 한국적인 것으로 바라볼 수 있으

　　같은 해 연속적으로, 조동일은 논문 「전통의 퇴화와 계승의 방향」을 발표하여 작금의 전통론을 총체적으로 접근, 분석 및 비판하는 가운데 전통의 개념과 현대문학과의 연관성 등을 제시한다. 그는 전통에 관하여 '단절'이라는 용어는 마땅치 않으며, 단지 현재적 관점에서 제대로 조명 받지 못하고 있다는 점에 비춰 '퇴화'라는 개념으로 이를 대신하여 '단절적 연속' 혹은 '연속적 단절'을 주장한다. 이 글은 중세 평민문학의 전통을 긍정적으로 계승[29]하고, 식민지적 근대문학이라는 또 하나의 전통을 부정적으로 계승하고 있다는 데 초점을 두고 있다. 그는 이러한 문학적 전통이 60년대 작가인 하근찬, 이호철에까지 이어지고 있다[30]는 것이다. 조동일의 전통론이 돋보이는 것은, 한국문학이 다소 뒤떨어졌음을 시인하고 다른 나라의 문학과 동질적인 상태로 닮아가려는 것이 아니라, 우리의 전통이 상실되고 퇴화되었으니 현재적 입장에서 반성과 극복을 통해 대안을 찾자는 데 핵심이 있다. 그의 이러한 갱신적 비평론은 여타 비평가로 하여금 반성적 계승론을 제출[31]하게 만든 동기가 되었다

　　나 이인직의 경우는 그렇지 못하다는 것이다. ― 유종호, 조동일(1966). 앞의 글, 앞의 책, pp.36-37.

29 특히 조동일은 평민문학, 가사, 조선후기 소설 등에서 그 근거를 구체적으로 모색하려 하고 있다. 그는 평민문학 속에서 미의식을 발견하고 이를 추적하면서 노동요, 설화, 무가, 탈춤에 흐르는 비판정신을 전통적 창조의식으로 천명하고 조선시대 이야기 문학 역시 사회의 모순을 골계미로 드러낸다는 점에서 창조적 전통이라고 해명한다. ― 조동일(1966), 「전통의 퇴화와 계승의 방향」, 『창작과비평』(1966. 3), pp.378-379.

30 "하근찬이 보여주는 강점은 전통계승을 정확하게 한 결과다. 해학적으로 침잠되어 있는 현실의 거대한 역설, 그리고 그것을 점차 폭발로 이끌어 나가는 과정에 작용하는 논리와 감수성이 이조 후기 평민문학이 거둔 전통적 성과를 현재의 상황에 재투입시키고 발전시킨 결과다."― 유종호, 조동일(1966), 「고전과 전통계승과 현대」, 『문학』(1966. 9)(『한국문학의 쟁점』, 유종호, 염무웅 편, 전예원, 1977).

31 홍사중은 「한국문학의 오늘의 과제」(1963)라는 글을 통해 구세대 문학의 각성 하에서 신세대 문학의 존재기반이 성립할 수 있다고 말했으며, 문덕수는 「전통론을 위한 각서」(1963)에서 우리의 고전문학이 어떻게 전통화, 체계화되는가에 대한 구체적인 관심을 보여주었다.

　한때 한국문학에 대한 비하의 발언[32]도 서슴지 않으며 "우리의 동양적, 한국적 전통은 그 명맥이 다 끊어졌"다고 단언했던 백낙청도, 이후 자신의 평문에 대한 철저한 자기반성을 보이면서 3·1 운동과 거기에 내재된 시민의식을 문학정신으로 승화시킨 한용운과 염상섭의 문학적 의미를 특별히 강조하고 있다.

　　"역사를 통해 긍정될 것은 긍정되고 부정될 것은 부정됨으로써 진보의 계기를 이루는 터전으로서의 전통에 대한 애착과, 그것을 터전삼아 이룩되는 진보에 대한 뚜렷한 신념이 필요한 것이다. (…) 우리 주위에서 흔히 논의되는 전통의 〈단절〉이라는 것이 사실이라기보다 논자 자신의 무지와 무심함에서 유래한 하나의 환각일 수 있음을 강조하기 위해서이다. (…) 엄격한 의미에서 한 문명사회에서의 전통의 단절이란 그 사회구성원들의 동물적 생명이 연속되는 한 있을 수 없는 일이다. (…) 3·1 운동은 우리 민족이 처음으로 근대적 시민의식다운 시민의식을 갖게 된 계기인 동시에 그 시민의식의 빈곤을 결정적으로 드러낸 운동이기도 하였다. 우선 신문학의 업적 중 굉장히 큰 부분이 그 발표연대야 어찌 됐든 3·1 운동 때 이미 성년기에 달했던 문인들에 의해 씌어졌다는 점이 눈을 끈다."[33]

　이 대목에서 백낙청은 과거 혹은 전통에 대한 과소평가나 과대평가의 태도를 모두 다 바람직한 것이 아니라고 말하면서, 특히 전통단절론에 대하여 그것이 사이비 지식인의 '환각'에 의한 것이라고 강력히 비판한다. 그는 한국에서의 시민의식의 연원을 실학, 동학, 3·1 운동에서부

---

32 "이조말기까지의 반만년 문화가 어떠했건 간에, 20세기 한국문학은 19세기까지의 한문학의 후예도, 국문학의 자손도 아니라는 점에서 로마노스프와 뿌슈킨의 후계자들과 우리는 처지가 다르며 18세기 프랑스 문인들과는 더욱 비교가 안 되는 것이다. 더욱이 오늘의 한국문학은 세계문학의 일원도 아니다. (…) 자신의 과거 문학의 후신도 아니요 현재 세계문학의 일부도 아니며 그렇다고 20세기 한국이라는 소우주가 따로 있어 그 속에서 자기 나름의 완벽한 기능을 가진 것도 아닌 문학 — 이것을 한 나라 한 사회의 문학이라고 부르는 것부터가 억지인 듯하다."— 백낙청(1966), 「새로운 창작과 비평의 자세」(『민족문학과 세계문학 Ⅰ』, 1978, p.339).

33 백낙청(1969), 「시민문학론」, 『창작과비평』(1969. 6), (『민족문학과 세계문학 Ⅰ』, pp.43-44).

터 찾고 있으며, 비록 어설프게 형성된 시민의식일지라도 왜곡과 변모를 통해 부분적인 심화를 수반하면서 근세사에 이르러 하나의 흐름을 형성하고 있다는 사실에 주목한다. 이러한 전통은 "새로운, 때로는 복병 같은 재생의 가능성을 감추고 있"다는 것이다. 백낙청은 이 논의의 결과로서 한용운과 염상섭, 이상, 김수영 등을 문학전통의 중요한 존재로 자리매김시키고 있다.

이 외에도 재일동포 비평가인 김순남 역시 주체적 입장의 전통계승에 찬성하는 평문을 내놓는다. 전통의 계승은 "지나간 낡은 것을 위해서가 아니라, 새 것의 창조를 위해서 필요한 것"이라며, 극복할 대안으로 18세기 실학자인 박지원의 법고창신(法古創新) 정신을 들고 있다. 그 핵심은 오늘 우리 시대의 요구에 부흥하는 새로운 문학의 창조를 위하여, 고전문학에서 배우고 그 전통을 계승하며, 오늘의 주체적 입장에서 창조적으로 발전시켜야 한다는 것이다.[34]

한편, 1960년대 전통 논의는 반성적 극복의 차원을 넘어 다음 단계로 진입한다. 반성적 인식을 통해 부정적 요소를 극복하고, 긍정적 요소로서의 '한국적인 것'을 찾아내기에 골몰했던 비평가들은 이제 전통의 주체성 확립이라는 명제를 설정하기에 이른다. 구체적인 전통 유산을 우리의 고전 속에서 찾아보려는 노력을 넘어서서, 전통의 정신적 원형을 구축하고 전통론의 자생적인 기본 축을 새로이 설정하고자 하는 것이 '주체성 확립'에 해당한다. 이런 시도는 60년대 비평의 현대성을 반영해주는 면모이고, 또한 민족문학론과의 접점을 다시금 모색하는 계기가 된다.

먼저, 전후세대 비평가 이철범은 한국의 전통적 가치를 주체의식으로 삼고 모든 역사를 진행시켜 나가야 한다고 강조한다. 이질적인 서구 부르주와 가치관을 그대로 이식한다면, 그것은 "한국인의 사고나 가치관,

---

34 김순남(1964), 「주체적 입장에서 본 전통문제 – 본국 문단에 붙이는 말」, 『현대문학』(1964. 1), pp.197-198.

윤리관을 파괴"할 뿐 아니라, 다시 "식민지적 풍토를 만들 염려가 있"다고 경계한다.[35]

비교적 진보적인 내용의 비평활동을 활발히 했던 임중빈 역시 비평문학의 위기를 주체성에 대한 인식의 결핍에서 찾고 있다. 그는 "한국문학에서 주체성을 살리는 길은 철저한 역사의식에 입각하여 시대정신을 반영시키며 아울러 창조적 지성이 융화된 고도의 예술정신을 발휘하는 일"이라 파악하고 이를 확립하기 위하여 "혼미한 공동체의 진로를 개척하고 실의에 빠진 인간 대열에게 신념의 의미를 심어줄 때" 문학 위기를 타개할 수 있을 것이라 판단하고 있다.[36] 또한, 그는 시대정신과 '주체의 넋'이 어떻게 다르게 나타날 수 있는가의 이해를 돕기 위해 서정주의 「신라의 상품」과 신동문의 詩 「아아 내 조국」을 대비해 서정주 시를 '영원성'으로, 신동문 시를 '현실성'으로 읽어낸다. 같은 현실일지라도 전자는 일상성으로서의 현실을, 후자는 역사성으로서의 현실을 담보하고 있는 것으로 파악한다. 요컨대 그는 예술－문화－문학활동을 현실인식의 반영으로 보면서, 미학적 방법까지도 시대정신을 담아내는 데 기여해야 한다는 역사적 입장에 서 있다. 임중빈은 과거의 문학적 내용을 계승한다는 차원에서 전통적 요소를 찾는 방법의 일환으로 주체성에 주목하기보다는, 시대정신에 입각한 역사적 맥락에서의 '주체성 찾기', 즉 문학의 위기 극복의 방법론으로 제기하고 있는 것이다. 그의 주체적 수용론은 다분히 이념 지향적이라는 한계를 안고 있긴 하지만, 60년대 비평이념을 주체성으로 환치하여 이후 참여론자들의 논리의 기축으로 작용하는 등 순수－참여의 이분법적 구도에서 참여가 우위를 확보하는 데 기여하고 있다는 점에서 그 의의를 찾을 수 있다.

이 외에도 이미 50년대 중반부터 민족문학과 관련하여 '주체'라는 용

---

35 이철범(1986), 「역사의식과 실존」, 앞의 책, p.7.
36 임중빈(1965), 「문학의 危機와 주체성 － 무엇이 오늘의 문제인가」, 『문학춘추』 (1965. 6), p.216.

어를 사용하고 있었던 정태용의 비평론을 참고할 수 있다. 그의 논리는 60년대 들어서서도 일관되게 전통의 주체적 인식을 보여준다. 백철과 유종호의 의견[37]에 반론을 펴면서, 전통의 요소를 서구 사조에서 찾으려는 단절론자들에 대해 '한국의 현실은 보지 않고' 외국의 사조만 "맹목적으로 앵무새처럼 떠들고 있다"며 일축한다. 정태용의 견해는 임중빈의 논리와 거의 동일한 입장에서 전개되는데, '한국적인 것'의 규명은 곧 '시대정신'과 밀접한 관련을 갖는 바, 풍토적 역사와 사회적 조건을 몰각하고 관념적으로만 떠들어서는 안 되며 시대정신과 주체의식을 가질 것을 촉구한다.[38] 하지만, 정태용도 일방적인 전통 계승론은 문제가 내포되어 있다면서 유종호, 정명환과 같이 엘리엇의 전통 개념을 차용하는 모습을 보인다.

> "엘리엇은 그의 「전통과 개인적 재능」에서 자기 세대를 골수 속에 갖는 것만이 전통을 옳게 계승하는 것이라고 말했다. '자기 세대를 골수 속에 갖는다는 것은 작가로 하여금 곧 시대에 있어서의 자기의 위치, 자기이 현대성을 극히 예민하게 의식시키는' 역사적 의식이라고 그는 설명하고 있다. 이러한 역사적 의식이 없는 전통의 계승이란 단순히 과거를 모방하거나 답습하는 것에 불과하다."[39]

특히 주목할 것은 그가 현대성의 특질을 자각하고 선택된 과거의 것에 대해 현대적 가치를 부여하려는 진보적 전통론을 전개해 나간 점이다. 전통이 현대적, 창조적으로 계승되자면 무엇보다도 그것을 계승하는 사람들이 이전 시대와는 다른 자기 세대에 충실한 주체적 정신을 확

---

37 유종호는 다음과 같이 한국의 문학전통을 부정한 바 있다. – "한국적인 것은 전통적인 것과 아무런 관계가 없다. 불란서는 전통이 있는 나라이기 때문에 전통적인 것이 곧 불란서적인 것이지만, 한국은 신문학을 외국에서 도입하여 전통이 없는 나라이기 때문에 전통적인 것이 곧 한국적인 것은 아니다."

38 정태용(1963), 「한국적인 것과 문학 – 백, 유 兩氏 소론에 대하여」, 『현대문학』 (1963. 2), p.192.

39 정태용(1963), 「전통과 주체적 정신 – 세대의식 없이 옳은 전통은 없다」, 『현대문학』(1963. 8), p.243.

립했을 때에만 가능하다는 것이다. 정태용은 시야를 확대하여 주체성에 입각한 전통론을 '근대화론'과 연결시키고 있다. 즉 "문학에 있어서의 주체의식이란 이 시대, 우리 사회의 정신적인 주체성을 확립하고 그에 의해서 현실을 비판하여 현실을 조형하자는 주장이 된다. 이것은 우리나라의 근대화의 길이요, 유능한 민족의 한 사람이 되며, 사회의 지도적인 문학자가 되는 길"이라고 강조한다.[40]

더불어, 정태용과 비평의 궤를 같이하는 장일우의 평문도 눈여겨 볼 필요가 있겠다. 그는 「시대정신과 한국문학」이라는 글을 통해 시대정신과 역사와 민족을 공유하는 전통이 실천적으로 연결될 때 주체성이 세워질 수 있다고 말하면서, 한국문학의 민족적 특성에 내재한 보편성을 추구한다. 한국문학이 체득해야 할 시대정신을 대중의 사상과 지향에서 찾고 있으며, 그래서 민중들이 '열어놓은 자유의 깃발, 4·19의 정신'을 '민족주체의 정신', 곧 새 시대를 창조한 정신으로 높이 평가하고 있다.[41]

이와 같이 1960년대 중반부터 나타난 전통의 주체적 수용에 관한 논의는, 전통계승의 반성 및 전통부정론의 극복을 주장하고 있는 비평가들이 전통 논의를 좀더 방법적, 논리적으로 심화시켜 보자는 의도에서 나온 것이다. 때문에 한 차원 더 진전된 논의로서 문학전통의 주체의식을 획득하고 민족문학론 수립을 위한 발판으로 삼을 뿐 아니라, 그 방법적 원리로 간주되는 리얼리즘과도 직결되고 있다는 점에서 60년대 전통론의 정점이라 할 만하다.

이상으로 '전통' 문제에 관한 60년대 비평가들의 인식 변화를 살펴보았는데, 이는 대항논리를 통한 우리 문학사에 대한 비판적 모색과정으로 이해할 수 있겠다. 당대의 핵심 논의 중 하나였던 전통론이 초기 단절론의 형태든 아니면 중후기 주체적 수용론의 입장이든 지속적으로 전

---

40 정태용(1964), 「작가와 주체의식 – 근대화를 위한 문학의 임무」, 『한양』(1964. 8), pp.149–161 참조.

41 장일우(1965), 「시대정신과 한국문학」, 『한양』(1965. 4), pp.486–488 참조.

개될 수 있었던 이유는, 우리 문학의 현대성을 적극적으로 모색하던 60년대 비평가들의 작용 – 반작용에 기인하고 있음을 부인하기 어렵다. 즉 전통단절론이나 부정론이 대두되었던 것도 결국 모더니티를 논의하기 위해 전통을 의식할 수밖에 없었고, 그에 대해 이론적으로 정리하지 않으면 안 되는 연유가 게재되어 있었던 것이다. 보다 엄밀하게 말하자면 "전통론은 현대문학의 모더니티를 이루는 일과 맞짝을 이루고 있는 것이었고, 어느 한쪽이 제대로 이론 정립이 되지 않을 경우 다른 한쪽도 굳건한 이론을 세우기가 어려웠을 것"[42]이라 판단된다.

2) 자생적 민족문학의 개화

1960년대 비평가들은 자신의 시대가 처한 단절감을 뛰어넘어 당대의 역사를 조감할 수 있는 안목을 발견하고자 한다. 그래서 이들은 한국문학 전통의 주체성을 회복하고자 했고, 그 인식적 근거는 바로 '진보의식'에 두고 있는 것이다. 새로운 시대에 걸맞는 비평의식의 전환을 위해서는 자신과 자신이 처해있는 시대의 현주소를 새롭게 이해하는 것, 즉 도대체 자신은 어느 지점에 서 있으며, 어디를 향해 가고 있는지에 대한 고찰을 통해 보다 진보적인 역사의식을 획득하는 것이 그들의 가장 중요한 과제였을 것이다. 현대의 인간 삶의 조건에 대한 새로운 성찰이 곧 현대성의 원리라면, 비평적 현대성을 추구하던 당시의 비평가들에겐 자기 파괴의 도구적 합리성, 계몽주체의 독재 등 현대성의 모순적 원리를 극복할 수 있는 역사적 이성으로의 전환이 필요했다.

1960년대 평단에서 창출되어진 우리 문학의 발전을 위한 새로운 구상은 서구 근대가 이룬 성과를 단순히 추종, 만회하는 것을 넘어서서, 그것의 역사적, 현재적 부정성에 대한 비판을 내포하는 보다 진취적인 기획으로 거듭나려는 것이었다. 6 · 25 전쟁 이후, 자유 민주주의와 시

---

42 한수영(1996), 「1950년대 한국문예비평론 연구」, 연세대 박사논문, p.86.

장 경제의 승리를 목표로 하는 주권자들의 오만한 자세와는 달리, 불안과 불확실성이 더욱 가중되고 있는 상황 속에서 비판적 성찰을 통한 진보에 대한 근거있는 낙관이 필요했던 것이다.[43] 서구 근대화의 보편성과 특수성을 우리의 관점, 우리의 구체적 조건 속에서 주체적으로 사고하면서 진보의 새로운 지평을 창조적으로 개척하는 일, 현대의 비판적 잠재력을 서구적 길과는 다른 방식으로 제도화함으로써 모든 영역에서 새로운 질의 한국상을 구상하는 일, 우리 민족의 언어와 문화, 역사의 공통성에 근거하는 새로운 '민족문학'을 형성하는 일 등이 60년대 비평가들의 지향점이 되고 있다.

① 역사의식과 진보적인 문학론

1960년대 진보적 문학론에 대한 인식은 『창작과비평』의 창간(66)을 계기로 본격화되면서, 이후 『비평작업』의 동인이었거나 혹은 『상황』지에 주도적으로 참가했던 비평가들에 의해 꾸준히 개진된다.

대표적으로 구중서는 「서정주와 현실도피」에서 "역사의 신 클리오는 사장된 고서들 틈에서 잠들어있는 것이 아니라 오늘 우리의 좌중에 동석해 있다"는 현재적 역사의식을 강조한다. 그가 여기서 제기하고 있는 역사의식의 핵심은 서정주의 '신라시'에 관한 비판에서 엿볼 수 있는데, "서정주씨의 신라관에는 역사의식이나 전통의식 같은 것은 없고, 다만 단층적인 신라의 하늘에로 향하는 복고주의가 있을 뿐이다. 이것은 적어도 역사를 취재하는 문학인의 태도로서는 근본적으로 불가한 것이다"[44]라고 지적한다. 설화와 신화의 형태로 파악된 서정주의 신라정신은 허상적 '복고풍'에 불과하며 오히려 역사의 왜곡에 가깝다는 것이다.

---

43 이병천(1994), 「세계사적 근대와 한국의 근대」, 『모더니티란 무엇인가』, 민음사, pp.298-301 참조.

44 구중서(1965), 「서정주와 현실도피 – 역사시의 본평과 서씨의 경우」, 『청맥』 (1965. 6), p.117.

이처럼 전근대적 원시성을 비판하는 구중서의 역사관은 '사실성'과 '현재성'을 강조하면서 합리주의와 현실주의적 경향을 드러내고 있다.

또한 이 평문의 결론에서 구중서가 오딧세우스의 신화를 빌어 "우리는 지금 난항을 거듭하는 역사의 기항지에 외로운 모습으로 방황하고 있다. 이 역사를 등에 지고 시인이 어찌 황당한 神術의 呪句를 외며 좌정할 수 있겠는가? 우리는 계속 출항해야 한다. 찬란한 인간의 고장과 헤어진 가족을 찾아 떠나야 한다"[45]라고 주장하는 대목은 그의 비평적 현대성이 계몽주의적 이상에 기반하고 있음을 말해준다. 그리고 이러한 비평의식은 기성세대를 포함한 타자에 대응하여 주체를 정립하고 차별화하는 논리를 이루는 바탕이 되고 있다.

구중서의 역사의식과 관련된 비평 전개 양상은 「작가와 역사의식」이라는 글에서 그 특징을 뚜렷이 보인다.

> "「이 내부에 생기는 무엇」이란 무엇인가. 그것은 볼떼르나 똘스또이나 노신같은 작가들이 자기가 숨쉬는 시대, 자기가 딛고 선 상황에서 보다 밝고, 보다 진실된 방향으로 밀고 나아갈 수 있었던 힘, 그 「힘」을 가리키는 것으로 보아야 할 것이다. / 그리고 이 힘은 그들이 제정 하에 살았건 근대사회에 살았건 간에 노예가 아닌 인격인으로서의 정신작업자라는 점에서, 마땅히 자기가 역사의 한 주인이며, 역사에 대하여 책임이 있음을 자각하는 그 「역사의식」에 의한 힘인 것이다."[46]

여기서 구중서의 현대성 추구에 내재된 계몽적 성격은 '인격인'의 개념으로 드러나는데, 그가 제시하는 인격인이란 이상적 인간형의 본질적 자신에 대한 주인됨을 깨닫게 되는 자각적 의식, 곧 주체적인 정신의 힘에서 파악되고 있으며, 그는 이를 '역사의식'이라고 부르고 있

---

45 구중서(1965), 앞의 글, p.125.
46 구중서(1967), 「작가와 역사의식 – 육육년 상반기의 한국문학」(『한양』, 1667. 7), 『시대정신과 한국문학』(김인재 편), 한양사(일본 동경), 1972, p.424.

는 것이다.

  '역사의식'이라는 개념으로 강조되고 있는 진보적 역사관의 정립과 이에 바탕을 둔 구중서의 비평인식은 60년대 후반의 「중흥과 타락의 문학」에 이르러 뚜렷한 방향성을 드러낸다. 그는 한국의 근세사에 대한 인식과 여기에 포함되어 있는 진보적인 문학적 유산에 대한 관심을 갖는다. 이 글에서 구중서는 연암 박지원의 소설에 주목하고 이를 조선 후기의 실학사상이 반영된 리얼리즘 문학으로 파악하면서 '민족문학사의 일대 중흥'을 의미하는 것으로 높게 평가하고 있다. 구중서는 이와 같은 실학파의 문학적 전통이 정조의 문체반정에 의해 끊기고 말았다는 점과, 이후 근대문학의 선구자로서의 이인직도 역사의식의 부재를 드러냈다는 점을 지적하면서 "작가에게 있어 자기가 소속된 현실상황에 대한 실천적 애정으로서의 역사의식이 얼마나 절실히 요청되는 것인지"를 다시 한번 강조한다. 그리고 문화를 억압하고 역사의 진로를 방해하는 상황에 처한 작가의 책무를 다음과 같이 제시하고 있다.

> "문학예술은 생명을 창조하는 작업이다. 새로운 인간, 새로운 사회, 새로운 역사의 생명을 창조하는 작업이다. (…) 문학예술의 창조적 작업이 권력체제의 압력에 패배당했을 때, 더 나아가서는 겨레의 주체적 생명마저를 몰각했을 때 이 영토의 역사가 중흥에 실패하고, 패망의 구렁텅이에 떨어진 것이다. (…) 오늘 한국의 문학예술은 근세 이후 되풀이된 실패의 사업을 바로잡기 위해 실천적 인격, 창조적 작가의식, 역사의식을 갖추어서 작업에 나서지 않으면 안 될 것이다."[47]

  이 글에서 우리는 문학예술의 자율성을 옹호하는 구중시의 문학관을 엿볼 수 있다. 지배 권력에 억압받지 않는 창조적 작업을 추구하는 가운데 그 기반으로 반드시 역사의식이 전제되어야 함을 강조한다. 이같이 '역사의 생명 창조'를 중시하는 그의 실천적 문학관은 정치적인 독재

---

47 구중서(1968), 「중흥과 타락의 문학」, 『현대문학』(1968. 10), p.302.

가 진행되던 60년 당시의 시대정신에 대응하는 것이라 볼 수 있다.[48]

구중서의 비평 개진과정은 「역사의식과 소시민의식 – 60년대의 문예비평」[49]을 통해 김주연의 소시민문학론을 비판하면서 리얼리즘 논의[50]로 이어가게 된다. 60년대 평단에서 보이는 리얼리즘 문제[51]는 이후 70

---

48 이러한 관점에서 구중서는 60년대 작가 김승옥에 대하여 그의 작품은 감수성과 문체 차원의 새로움에 머물러 있을 뿐 진정한 생명의 창조에까지 나아가지는 못한 것으로 평가한다.

49 구중서(1969), 「역사의식과 소시민의식 – 60년대의 문예비평」, 『사상계』(1969. 12).

50 1960년대 말–70년대 초반의 리얼리즘 논의는 중반 이후 본격화하는 민족문학론의 전사(前史)로써 60년대에 형성되기 시작한 진보적 문학론의 지속적인 발전 과정의 한 단계로 파악될 수 있을 것이다. 이는 60년대 순수 – 참여문학론을 발전적으로 계승함으로써 진보적 문학론이 약진할 수 있는 계기로 작용했다고 볼 수 있는데 이는 당대의 비평이 전체 비평사의 흐름 가운데서 그 연속성을 형성하는 가장 중요한 맥락이기도 하다. – 한강희(1997), 앞의 글, p.158.

51 1960년대 리얼리즘 혹은 리얼리티에 대한 논의는 주로 소설 분야를 매개로 활발히 전개되었다. 전후세대 이어령은 「한국소설의 맹점」(『사상계』, 1962)에서 한국소설의 문제점을 리얼리티와 연관지어 지적하는데, 솔거의 '노송도'나 염상섭의 '표본실의 청개구리'는 진정한 리얼리티를 지니지 못했다고 평가한다. 그가 말하는 리얼리티는 현실과 상상력의 결합이라는 의미를 내포하는데, 그래서 한국 소설에 관해서는 기법의 반성을 요구한다. 이에 이의를 제기한 사람은 김순남인데, 그는 「사실과 리얼리티」(『한양』, 1963)를 통해 기법보다는 현실성을 바탕으로 한 문학 정신으로서의 리얼리즘을 강조한다. 백낙청은 현실에 대한 끊임없는 관심과 비판을 리얼리즘의 중요한 속성으로 파악하면서, 리얼리즘 소설의 성숙이 시민문학의 발전으로 이어진다고 보고 있다(「한국소설과 리얼리즘의 전망」, 『동아일보』, 1967). 그 밖에, 염무웅은 풍속소설이 불가능한 60년대에 20세기적 리얼리즘을 요구하면서, 자기 시대에 대한 문화사적인 규명과 함께 개인의 행동윤리를 찾아가는 최인훈과, 사회적 전모를 언어의 암시적 기능을 통해 포착하고자 하는 이호철을 대표적인 작가로 거론한다(「풍속소설은 가능한가」, 『세대』, 1965). 조동일은 자연주의와 리얼리즘의 차이를 강조했고(「리얼리즘 재고」, 『현대문학』(1967. 10)), 김윤식은 「풍자방법과 리얼리즘」(『현대문학』, 1968)에서 풍자 문학의 가치를 확인하는 가운데, 리얼리즘이란 '작가가 언어로 존재의 질서를 재편성해 드러내는 과정에서 나타나는 어떤 것'이라고 정리하고 있다. 또한 김윤식은 「70년도 비평개관」(『월간문학』, 1970)을 통해 〈사상계〉 좌담의 논의를 보완하면서 "리얼리즘을 사조나 수법 차원을 떠나 이상주의의 일종으로 보라"고 주장한다. – 김혜니(2003), 앞의 책, pp.382–394 참조.
　: 60년대 리얼리즘 논의는 자연주의의 유사개념 혹은 모더니즘의 대립개념에서 탈피하고 있음에 주목할 만하다. 이 때 비평가들은 기법이나 현실모방 중 어느 한 쪽으로 편향되지 않고, 리얼리즘을 '언어와 상상력을 통한 자기 시대에 대한 규명'

년대 문지파와 창비파의 문학적 이념의 대립과 분화의 배경으로 자리 잡는다. 이와 같은 맥락에서 1970년 〈4·19 혁명과 한국문학〉이란 제목을 내건 『사상계』 주최의 좌담회는 중요한 의미를 띤다. 여기서 구중서는 리얼리즘의 본질적 성격을 '역사의식과 미래에 대한 전망 제시'로 파악하고, 김현이 리얼리즘 문학의 실례로 언급했던 현진건, 염상섭의 문학을 비판한다. 이로부터 두 명의 신세대 비평가 사이의 리얼리즘 논의는 논쟁적 양상을 띠게 된다.[52]

이 좌담회 이후 구중서는 자신의 입장을 재정리한 소론 「한국 리얼리즘 문학의 형성」을 발표한다. 이 글에서 그는 문학예술의 기본 방법을 객관적 진실의 방법인 리얼리즘과 주관적 관념의 방식인 아이디얼리즘으로 대별하여 리얼리즘 경향의 문학예술이 이론적으로 체계화된 것은 "19C에 이르러 발쟉의 소설을 근거로 해서"임을 밝힌다. 객관성 추구와 공리성 투입이 19C 리얼리즘의 주된 경향이라며 이를 범시대적 개념으로 파악했다.[53] 이어서, 사회주의 리얼리즘 이론을 극단적 형태의 공식주의로 거론한 뒤, 20C 동구의 루카치 리얼리즘론을 전형성과 총체성이 결합된 개념으로 소개한다. 구중서는 루카치가 모델로 여기는 시대 정황이 당시 한국적 상황과 동격인 것으로 파악하여 이를 조화시키려는 노력을 보인다. 그리고, 김현이 리얼리즘 문학의 사례로 제시한 염상섭, 현진건, 채만식 등의 문학에 대하여 그것들은 자연주의적 단계에 머물

으로 인식하고 있다. 이 논의도 역사의식과 미학적 주체성을 동시에 염두에 두고 있다는 면에서 비평의식의 현대성을 드러낸다고 하겠다.

52 구중서·김윤식·김현·임중빈 좌담(1970), 「4·19 혁명과 한국문학」, 『사상계』(1970. 4), 『한국문학, 무엇이 문제인가』(유종호·염무웅 편), 전예원, 1977, pp.163-185.
　: 이 좌담에서 보인 리얼리즘에 관한 시각의 대립 양상으로는 첫째, 서구문학사에서의 리얼리즘과 자연주의를 어떻게 규정할 것이며 그 잣대로 한국문학의 전통을 어떻게 평가할 것인가 하는 문제, 둘째, 리얼리즘의 한국적 수용면에서 시대 상황과 문학적 방법의 관계에 대한 문제 등을 들 수 있다.
53 구중서(1970), 「한국 리얼리즘 문학의 형성」, 『창작과비평』 제5권(1970. 여름), pp.341-343.

고 있다는 비판적 입장을 표명하고 있다. 구중서가 추구했던 역사의식을 담보한 진보적인 문학론은 여기서 마무리되는데, 그에 의하면 진정한 리얼리즘 문학이란 시민의식과 역사의식을 획득한 것이어야 하고, 그러한 작품은 60년대 4·19 혁명 이후에서야 가능하게 되었다면서 하근찬의 「삼각의 집」을 예증으로 검토하고 있다.

　그러나 김현도 자의식에 치중했던 초기 논리에 비해, 60년대 후반으로 갈수록 역사의식 규명에 나름의 구체성을 띤다. 그가 말하는 진정한 역사의식이란 역사의 흐름이 한 지점에서 형성하는 상황 가운데 자기를 발견하는 것, 즉 마르크스주의와 같은 단순 명료한 것보다 자신의 상황에 대한 부단한 점검과 확인이 있을 때 가능한 것으로 보았다.[54]

　　"주요한, 황석우, 김억의 초기 자유시들은 모두 실연을 그 중요한 테마로 삼고 있다. 그렇다면, 다시 한번 묻는 것이지만, 무엇이 그 시인들을 탄식과 설움으로 밀어간 것인가? 20년대의 한국시에 있어서 자유시는 개성의 자기 표출을 의미한다. 그 자기 표출이 초기의 한국 상징주의자들에게서 부정적으로 나타난 것은 그 시인들에게 한국 사회의 구조를 파악할 수 있는 역사의식이 결여되어 있었기 때문이다, 라고 나는 말하고 싶다."[55]

　더불어 한국 사회의 구조 파악에 따른 역사의식도 강조하는데, 김현은 한국 신문학사에서 사회의 구조를 가장 명료하게 파악하고 긍정적으로 자기 표출의 완성을 이룬 작가로 한용운을 높이 평가하기에 이른다.

---

54 이는 신세대 비평가들의 '세대 의식'을 구체화한 의미에 가깝다. 김현은 신세대의 특성이 역사의식의 결여로 인한 세련된 감수성에 있지 않고, 역사의식에 대한 뚜렷한 자각에 있다고 주장한다. "랑가주의 반성이라는 행위는 문학이 의식의 조작에 의해 행해지는 것이지 삶 그 자체는 아니다라는 자각 때문에 행해진다. (중략) 의식의 조작은 의식이 어떤 대상을 향하는 순간에, 그 순간마저도 의식한다는 이원적인 구조를 갖는다. 바로 이 점 때문에 역사의식에 대한 결여는 그 결여를 확인하는 행위로 돌변하며, 사소주의의 승리는 그것을 극복하려는 의지로 뒤바뀐다."- 김현(1969), 「세대 교체의 진정한 의미」, 『세대』(1969. 3).

55 김현(1969), 「여성주의의 승리 - 한국 신문학 초기의 상징주의에 대하여」, 『현대문학』(1969. 10).

한용운의 시는 타인 속에 자신을 숨기기보다 자신을 유일자로 자각한다는 개인성, 혹은 개인의식이 두드러짐에도 불구하고 유교적인 사상과 기성 윤리에 토대를 둔 기존 한시 규범에 저항하는 개인적 차원에서의 자유와, 일본 식민주의에서 벗어나려는 국가적 차원에서의 자유를 구분하고 있다는 것이다.

이와 같이 김현의 역사의식은 작가가 사회를 파악함과 동시에 그 파악의 주체인 자기를 반성한다는 이중적인 의미를 포괄하고 있다. 자기 존재의 확인과 함께 자기의 부정성을 극복할 때 한 단계 더 진전된 현실 인식에 도달할 수 있다고 보았기 때문이다.

한편, 전후세대 비평가 이철범, 정명환, 김병걸 등이 역사와 관련하여 보여준 비평의 인식 단계는 구중서나 김현의 그것과는 다르다. 이들은 진보적인 역사의식을 토대로 한국 문학의 본질론에 접근하기보다는, 그저 문학인들이 역사의식을 갖추고 사회적 현실을 움직여나가야 한다는 작가적 책무에 관하여 언급하고 있는 수준이다.

첫째, 이철범에게 있어 지성이란 존재의 길을 계시해주고 민족의 역사를 계시해주는 것으로서, 지성인이라면 데카르트가 말한 "존재를 향한 기능, 즉 올바르게 판단하고 진실과 허위를 가리는 기능"을 가지고 있어야 한다고 말한다.[56] 따라서 한국의 작가와 우리 문학은 그 기능을 발휘하여 현실 세계에서 존재의 눈을 떠야 하는데, 그것이 곧 '역사의식'인 것이다. 이철범은 우리 문단이 이제껏 "절이나 산 속에서 산을 읊고, 사슴과 노래하고 샤머니즘의 토속미학을 내세웠던 사람들만이 민족 문학의 전통을 잇고" 있는 듯 착각을 했고, 점차 그 세력이 커감으로써 그 틈에 "한국의 작가와 우리 문학은 역사의식을 지녀야 한다"는 참뜻을 모르게 되었다고 비판한다. "특히 분단의 역사를 통틀어 안고, 역사의식으로 현존재를 고발하는 불붙는 정신이 결여되어 있었기 때문에 문학은 작가와 실제 살고 있는 역사적 현실과는 무관한 곳에서 순수의 이

---

56 이철범(1986), 「한국 지성의 방향」, 앞의 책. p.16.

슬만을 먹고 있었다"[57]는 것이다. 이철범의 이러한 견해는 순수문학론으로 일관해온 기성세대 비평의 원시성을 비판하면서, 거기에 대응하는 새로운 문학론의 계기를 '역사의식'의 소유에서 찾고 있었던 것이다.

둘째, 정명환도 참여문학론과 관련지어 발언하기를, 작가라는 위치는 반드시 작품을 통해 간접적으로 현실의 점차적인 변혁을 시도할 수밖에 없음을 인지시키면서, 작가들에게 그러한 문학적 역사의식을 당부하고 있다.

> "현대의 작가가 시대에 대해서 강렬한 역사적 의식을 가져야 한다는 것은 정치의 무대에 직접적으로 뛰어든다는 의미는 아니다. (…) 무엇보다도 작가는 한 작품이 시대를 움직일 수 있다는 18세기적 인상으로부터 해방되어야 할 것이다. 문학이 인간과 세계에 대해서 작용하는 것은 직접적인 현실생활의 영역에 있어서가 아니라는 것을 똑똑히 아는 것이 진정한 작품창조를 위한 요건이다."[58]

이 대목에서는 작가라 그 현실에 대응하고 반영하는 문학작품을 형상화함으로써 시대적 역사의식을 발현할 수 있다는 '문학적 참여론'을 제시한 것에 불과하다.

그런가 하면 셋째, 김병걸이 제시하는 역사적 의식은 존재론의 인식을 기반으로 한 현실적인 의식을 가리킨다. 그는 야스퍼스의 철학을 따라 인간이 실존한다는 것은 "그저 '있는 것'(sein)이 아니고 '거기에 있는 것'(dasein), 즉 상황 안에 있는 것"으로 인식하여, 세계 및 다른 의식적인 존재와의 관계성을 중시한다. 여기서 인간 존재의 상호소통성과 역사의식은 연관되는 것이다. 야스퍼스에 의하면 '상황'이란 다름 아닌 역사성을 의미한다. 그래서 그가 말하는 역사의식이란 역사에 관한 단순한 지식이 아니라, 우리가 두 번 다시 되풀이 할 수 없는 "우리의 각

---

57 이철범(1986), 「조작된 아류의 문학사」, 앞의 책, p.125.
58 정명환(1968), 「문학과 사회참여」, 흥사단 금요강좌(1968. 4. 26).

자적인 상황 속에서 실질적으로 생존하고 있다는 현실적인 의식"인 것이다. 김병걸은 이러한 이해를 바탕으로 실존적 의미로서의 역사에 관하여 다음과 같이 언급한다.

> "이데올로기적인, 즉 관념론적인 것이 아니라, 인간이 순간순간마다 자기를 새롭게 형성하면서 자신을 전방으로 내던지는, 이를테면 현존재의 자유의 가능성의 장인 것이다. 이 장 안에서 우리는 고립적인 자아의 밀폐성을 파기하고, 우리 자신의 역사성을 영위하면서 우리와 같은 다른 현존재와 교섭을 하는 가운데 우리 자신을 생동적으로 의식하게 된다. (…) 우리의 실존은 고립의 폐문을 부수고 나와 대립하는 깃 이상의 의미를 가지는 타자와의 그 交互(교호)관계를 밝히며, 모든 인간적인 가치에 대한 저해를 극복하는 그 역사적 과정에서 빛을 발하는 것이다."[59]

이 글에서 주목할 점은 실존의식을 토대로 형성된 역사관은 곧 현대성(모더니티)를 함의한다는 사실이다. 이 실존적 역사의식을 소유함으로써 '순간순간마다 자기를 새롭게 형성'하게 되고, 현존재를 '자유롭게' 하며, 더 나아가 '타자와의 교섭'을 통해 생동적인 역사성을 획득하게 된다는 것이다. 이 모든 의미는 현대성의 자질을 내포하며, 특히 하버마스가 제시한 의사소통적 이성의 일단을 엿볼 수 있다. 여기서 김병걸의 사회참여에 관한 인식도 짐작할 수 있는데, 그는 작가란 이데올로기나 관념론의 차원을 떠나서 이미 현실에 참여하고 있는 것이며, 이 참여는 타자와의 대립을 지양하고 '교호관계를 밝'힘으로써 인간성을 회복하고 상호소통의 역사성을 달성할 수 있게 된다고 정리한다.

② 민족문학의 개념 설정

한 걸음 더 나아가, 1960년대 비평가들은 전통에 관한 주체적 인식 및 역사의식의 각성을 통해 비평론의 향방을 잡고 민족문학론의 방법을

---

59 김병걸(1968), 「참여론 백서」, 『현대문학』(1968. 12).

모색하려는 단초를 보인다. 이 때 대부분의 신세대 비평가들은 외국 이론의 동향과 관련을 맺고 활동하고 있었지만, 역시 궁극적으로 지향하는 문학적 방향은 한국의 자생적인 특수성을 고려한 '민족문학'이었던 것이다.[60] 물론 이는 당대의 자본주의적 모순에 대해 끈질기게 저항하는 반면, 4·19를 통해 발현된 한국 민주주의의 신념을 신장시키는 데 있어서 투쟁의 전위가 되는[61] 복잡한 현대의 부정성과 긍정성에 적극적으로 대응해온 문학적 기획을 포함하는 개념일 것이다.

민족문학론은 대체로 그 성격이 두 가지 범주로 나뉜다. 민족문학이란 용어에서 '문학'을 중요시하는 입장과 '민족'을 중요시하는 입장이 그것이다. 이러한 두 가지 입장은 6·25와 4·19를 거치면서 뚜렷한 이원성을 보이게 된다. 전자는 민족이나 역사적 현실을 위주로 하기보다는 문학의 본질적 면을 중요시하는 민족적 순수문학으로 나타나고, 후자는 시대정신, 곧 역사의식을 바탕으로 사회역사적인 측면에서 문학을 바라보는 입장이다. 특히 후자는 이런 점에서 민족문학의 개념 및 이의 내포에 대해 깊은 관심을 표명하고 있다. 엄격한 의미에서 민족문학이란 후자를 지칭하는 것으로, 이들이 생각하는 민족문학의 방향은 반제 반봉건, 주체의식의 발견, 민주화와 분단 극복의 의지로 요약할 수 있다. 이를 우리 문학사 측면에서 시기적으로 감안하면 60년대는 주로 주체의식에 비중을 두고서[62] 민족문학의 개념 및 범주를 설정해나가

---

60 외국 문학이론을 많이 알고 그런 이론의 영향을 절대적으로 받았다는 현상과 시대의 가장 중요한 담론은 '민족문학이다'라는 명제는 서로 모순적인 것으로 이해되기 쉽지만, 오양호는 이것을 "보편성(세계성)의 논리로 특수성(민족문학)을 모색해야 한다는 주장에 다름 아니"라고 해석한다. 이후까지 큰 영향력을 행사했던 당시 비평가들(김우창, 김현, 백낙청, 유종호 등)의 학문적 행적은, 곧 보편성의 논리를 거쳐 특수성으로 가는 길이었다는 것이다. ― 오양호(2002). 앞의 글, 앞의 책, pp.208-211.

61 하정일(1999), 「민족문학의 쟁점」, 앞의 책, p.71.

62 이미 50년대 중반부터 민족문학과 관련하여 다수의 평론을 발표한 바 있는 정태용은 60년대에 들어서서 주체적 인식을 바탕으로 민족의 정체성을 규명하고자 한다. 그의 민족문학론의 핵심은 "국수주의와의 구별, 세계사적 보편성의 획득, 그

는 단계로 이해된다.

1960년대 민족문학론의 연원은 4·19 혁명에서 찾을 수 있는데, 정치적 독재 체제가 문화영역을 억압하던 시대적 분위기는 문학적으로 그 정치적 자유를 어떻게 수용할 것인가 하는 문제를 제출하도록 유도했다. 이로부터 순수―참여문학 논의가 시작되고, 참여론의 문학적 변용이 민족문학론으로 귀결되고 있는 것이다. 참여론은 당대의 억압적 상황 하에서 문학이 자율성을 확보하고 창조적인 문학적 환경을 이룩하는 데 비평활동이 어떤 식으로 대응해야 하는가를 방법적으로 제기했기 때문이다. 60년대의 전반에 걸쳐 다양하게 논의되었던 민족문학론에 대한 관심은 70년, 『월간문학』에서 마련한 '민족문학론' 특집으로 집약되고 있다.

여기서 김현은 민족문학이라는 용어 대신에 '한국문학'이라는 용어를 사용할 것을 주장한다. 즉 그는 좌·우파의 입장을 대변하거나 국수주의적 태도에 입각한 용어를 시정하고, 20년대의 왜곡된 '국민문학'과는 전혀 다른 현재의 시각과 입장을 그대로 나타내는 것이 중요하다고 강조한다.[63]

반면에, 순수문학 옹호론을 펼쳤던 이형기는 한국인이 한국어로 쓴 문학작품에는 당연히 한국의 역사와 전통이 투영될 수밖에 없다고 말하면서 이를 '민족문학'으로 규정하고자 한다. 아울러 "세계문학으로의 우리 민족문학, 나 자신의 말투로 고친다면 구태여 민족문학이니 뭐니 하지 않더라도 절로 우리 민족들을 대표하는 민족문학이 되고 동시에 인류공동의 재산으로 남을 수 있는 문학을 우리는 아직 갖지 못하고 있다"면서 "좋은 작품이 곧 우리의 민족문학"이라는 소박한 결론을 이끌어낸다. 이러한 견해는 민족문학의 개념을 광범위하게 정의함으로써 오

리고 이를 바탕으로 한 민족주체성의 미학 창조"와 "전통부정적, 서구지향적 분위기 속에서 민족주체성에 입각한 전통계승론을 주장하여 올바른 민족문학론을 창조"하는 데 있었다. ― 임헌영(1988), 『한국현대문학사상사』, 한길사, p.124.

63 김현(1970), 「민족문학, 그 문자와 언어」, 『월간문학』(1970. 10).

히려 그 논리를 추상화시키는 경향이 있다.

대다수의 전후세대 비평가가 민족문학의 당위성에 부정적인 반응을 보인 데 비해, 이철범은 역사의식을 출발점으로 긍정적인 논리를 개진하고 있다. 그는 참여문학론의 기조 하에서 반공과 반부르주아를 외치는 민족문학이어야 한다고 주장한다. 우리의 현대문학에서 민족문학이 마멸된 원인은 '반민족 어용작가'들 때문이라며, 그는 참여문학과 반공문학, 민족문학이 동일한 성격의 형태라고 파악[64]하고 있다.

이철범은 「언어, 민족, 이데올로기」라는 평문에서 발언하기를, 지금껏 우리 문단에서는 민족문학이 잘못 주장되고 오해되어 왔다면서 "민족문학의 문제는 고유 문자인 한글이 한국인의 역사와 그 속에서 전개되는 삶의 실존을 어떻게 감당해야 하는가 하는 점을 모색해야 한다"고 우리 고유어의 중요성을 강조한다. 또한 그가 제시하는 민족문학은 사상성을 지양하는데, 민족문학이 "공산당의 선전 매개물이나 그 예속물이 될 수 없"음은 물론이거니와, 그렇다고 해서 민족문학이 순수문학, 즉 "무학의 내용이 비여사적, 도속 세게나 샤머니슴에 뿌리박고 있"다면 그것도 참된 민족문학이 되지 못한다고 못박아 말하고 있다. 이철범이 정리한 민족문학의 개념은 다음과 같다.

> "그 문학은 민족의 고유언어, 문자인 한글을 실존의 집으로 인식하고, 한민족이 특히 외국과의 침략, 싸움에서 자체의 역사와 민족을 지키는 역사적 전개 과정에 벌어진 민족의 삶, 그 운명을 맡고 있어야 하며, 그 한에 있어서 무엇보다도 역사적이어야 하며, 또한 민중의 전통적 가치를 인식해야 할 것이다. (…) 한글을 인식해야 할 공동의 운명체는, 세계적 이데올로기의 구속에서 벗어나는 실존의 투쟁을 하는데서 민족문학은 이념을 가져야 했다."[65]

---

64 임헌영(1988), 『한국현대문학사상사』, 한길사, p.130 재인용.
65 이철범(1986), 「언어, 민족, 이데올로기 – 새로운 민족문학의 문제 제기」, 앞의 책, pp.179-180.

다시 말해서, 민족의 고유어를 토대로 하는 민족문학은 비역사적인 토속세계에 안주하는 문학이 아니라 역사적인 문학이어야 하며, 비정치적인 문학이 아니라 자유를 쟁취하는 정치적인 문학인 것이다. 어용의 문학이나 식민지적 외래어의 문학은 민족문학의 범주에 들어올 수 없으며, 미적 세계만을 추구하는 순수문학도 아닌, 한민족의 특수조건을 형성하는 사회적인 문학만이 곧 민족문학일 수 있음을 강조한다. 이철범은 '민족'이라는 개념이 근대국가의 형성과 더불어 뚜렷해진 만큼, "해방 직후 미 – 소의 상방된 이데올로기에 의해 다시 우리의 민족과 국토와 역사가 갈라졌다는 그 비극적 상황을 의식하는 곳에서 민족문학은 한민족의 실존을 찾는 가장 중요한 작업을 해야 옳"음을 주장한다. 따라서 그는 우리가 열망하는 민족문학이 성립된다면, "세계 속에 벌어진 분단의 역사적 현실에 뿌리를 박고, 그 현실의 심연 속에 전개되는 모든 한국인의 삶을 통째로 안고 무엇인가 강력히 부정"해 주기를 촉구하고 있다. 이는 새로운 한국문학의 성립을 고대하는 자생적 모더니티의 자질을 보여준다.

하지만, 1960년대를 마감하면서 본격적으로 시작된 민족문학 논의는 주로 개념 설정에 그친 것으로 보인다. 민족문학 정립을 향한 기대의 단초를 발견하는 단계일 뿐, 자연스럽게 70년대로 이월될 수밖에 없었다. 이는 "민족문학의 개념과 성격이 그 당위적 성격으로 인하여 너무 쉽사리 이해하려는 태도에서 문제의 핵심을 놓치기도 하고, 또 때로는 가치 개념을 앞세워 문학적 가치평가의 기준으로 삼으려는 인식이 크게 작용하고 있다"는 점을 부인할 수 없다.[66] 그러나 세대간의 차별적 인식이나 순수 – 참여문학론의 대립이 민족문학론으로 귀결되면서 융화할 수 있는 토양이 마련되었다는 데 의의가 있으며, 60년대 평단은 우리 민족이 주체성과 문학적 역사의식을 갖춘 고유한 민족문학을 열망하고 기획하기 시작한 시기로 규정할 수 있겠다. 이후 민족문학론의 방향은 70년대 중후기로 접어들면서 민족사적 당위성을 확보하는 단계로 전진한다.[67]

---

66 윤병로(1990), 「민족문학론의 쟁점과 평가」, 『성대문학』 27집, p.7.

2. 소통 의지와 시민의식 비평의 지평

1960년대 비평가들은 6 · 25 전쟁 후의 참담함과 정치적 타락에 직면하게 되자, 그 돌파구를 기존의 가치들의 부정과 새로운 제도의 출현을 기대하는 '현대성'에서 찾고 있다. 이들은 그 동안의 폐쇄적인 제도 속에서 굳어진 사고의 원시성을 반성하고, 위기에 처해 있는 사회, 문화를 소생시키는 일을 주도한다. 이 때 현대성의 자질은 곧 진정한 문학의 기준을 모색하는 원리로 작용하게 되는 것이다.

당시 현상적으로 볼 때는 4 · 19가 실패와 좌절로 끝난 듯 보이지만, 이 체험은 집단적 자아의 각성을 일으켜 당대의 민중과 지식인들에게 자신감을 가져다준 혁명이었고, 이에 따라 1960년대 문학은 전후의 개인적 실존이라는 문제와 고뇌에서 벗어나 민족 현실에 대한 각성의 계기를 마련하게 되었다. 또한 언론의 활성화와 함께 문학 활동의 공간이 확대되자 신진 비평가들은 이 지면을 통해 기성의 순수문학론에 대한 반성을 요구하기에 이른다. 여기에 서구 이론이 본격적으로 도입되기 시작하면서 평단 참여도 활성화되고, 이에 따라 현실 인식의 폭과 깊이가 더해지자 문학의 현실 참여적 성격이 확산될 수 있었던 것이다.

1960년대 비평의 개진과정을 살펴볼 때 우리 문학의 주체성을 확보하고 진보적인 역사의식을 토대로 한 민족문학의 모색이 큰 과제였다면, 또 다른 한편으로는 주체성 이면의 타자를 고려하는 '자기 확장'의 의지가 발현되는 시기였다고 할 수 있다.[68] 이성적 주체의 계몽과 해방

---

67 윤병로(1990). 앞의 글, p.8.

68 인간은 외부의 억압으로부터 벗어나려 이성을 내세우지만 점차 그 선험적 체계화의 원리(이성)인 내부의 주인의 노예가 되어간다. 이는 주체 내부의 이성에 특권을 부여함으로써 주객 상호연관을 단절시킨 결과였다. 여기서 야기된 분열과 소외의 문제는 이성의 역할을 주체들 상호간에 인정되는 보편성으로 만듦으로써 해결할 수 있다. 이 때, 그런 보편성은 주체들간의 상호연관성과 타자성이 허용될 때 진정으로 얻어질 수 있을 것이다. — 하버마스(1994). 앞의 책, p.50 참조 / 나병철(1996), 「근대성과 탈근대성의 담론」, 앞의 책, p.22.

을 위한 현대성 기획이 점차 물적 개념으로 변화하면서 합리성이 계산 가능성으로 바뀌고, 또 현대 사회의 주체 내부에 특권을 부여함으로써 주객 상호연관이 단절되는 분열과 소외의 문제가 발생[69]했다. 이러한 자기중심적 에고(ego)에서 벗어나려면 개별성을 주체들 상호간에 인정되는 보편성으로 만들어야 한다. 즉, 개인적 의식의 현존 대신에 타자와 상호 주관적으로 의사소통하는 주체를 상정해야 할 것이다.

이와 같은 맥락에서 이해할 때, 1960년대 비평가들은 진보적인 문학론에 관심을 가지면서 사회적 존재로서의 인간에 대한 탐구, 개인 윤리를 토대로 한 공리성 추구, 타자와의 소통을 꿈꾸는 공동체 의식, 속물성과 미숙한 부르주아 사회에 대한 반성 등에 초점을 두고 비평담론을 펼쳐나간다.[70] 그래서 이들은 문학을 통한 사회참여의 방식을 고민하는가 하면, 소시민의 속물근성을 자각하고 극복한 '시민의식'을 비평의 잣대로 삼게 된다. 개인의 자유를 확대시켜서 공적 영역을 형성하고자 했던 하버마스 '의사소통적 이성'[71]이 여기에 적용될 수 있는데, 그것은

---

[69] "현대성은 단일한 원리에 기초하지 않으며, 또한 이성의 지배를 방해하는 장애물들의 단순한 파괴에 근거하지도 않는다. 현대성은 이성과 주체 사이의 투쟁과 공존으로 이루어져왔다. 이성이 없는 주체는 자아의 정체성에 대한 집착에 매몰되며, 주체가 없는 이성은 권력의 도구가 된다. 금세기에 우리는 이성의 독재뿐만 아니라, 주체의 전체주의적 파행을 경험해 왔다."─ 알랭 투렌(1995), 『현대성 비판』, 정수복, 이기현 역, 문예출판사, pp.22-23.

[70] 데카르트에서 칸트에 이르기까지 사용되었던 의식철학 패러다임은 인식 주체의 자기관계 패러다임으로서, 자기 자신과 세계의 대상들을 객체화시키는 인식 주체를 상정하는 것이 그 특징이다. 주─객 구도를 유지하는 의식철학의 한계는 아도르노에 의해 지적되는데, 그는 현대의 특징을 '도구적 이성의 우위와 확산'으로 파악하며, 현대 사회에서 이성은 자연을 지배하는 기술과 관료주의의 도구로 전락함으로써 그 어떤 비판적인 힘도 지닐 수 없게 되었다는 비관적 결말에 이른다. 이 견해는 하버마스의 '의사소통적 합리성'에 의해 다시 비판받게 된다. ─ 이정윤(1998), 「하버마스의 현대성이론과 의식철학 패러다임의 비판」, 이화여대 철학과 석사논문 참조.

[71] 하버마스가 말하는 의사소통적 이성이란, 타자와의 상호이해 속에서 세계 내의 대상에 대해 의사소통하며 공동의 생활세계의 지평을 형성하는 것이다. 곧, 주─객 구도에서 벗어나 점차 의사소통적 행위의 자유와 범위를 증대시키고 공론영역을 형성할 수 있게 된다는 것이다. 의사소통적 이성에 의거한 대중적, 시민적 저항은

현대성의 한계를 인식하고 극복하기 위한 기획으로 현대성 논리를 확대시킨 것이다. 따라서 1960년대 비평문학에서는 주체의지가 확장된 소통 지향의 현대성을 발견할 수 있을 것이다.

1) '문학적 사회참여'의 모랄 획득

1960년대 평단에 있어서 참여문학론은 앞선 시대의 순수문학에 대한 반대급부로 등장하여 60년대 후반까지 비평담론의 중심축에 자리잡고 있다. 당대의 대다수 비평논의에 직·간접적으로 일정한 연관성을 나타내면서 핵심 쟁점으로 다루어졌다.

먼저는 구습에 대한 단절의식으로 대변되는 전후세대에 의해 '참여문학'의 문제는 제기되었다고 볼 수 있다. 1960년대 초의 시점에서 참여란, 당연히 기성문단에 대한 일종의 반역을 의미하는 것이었다. 그러나 이들이 개인적 윤리로서의 앙가주망에 국한된 논의를 펼쳤다면, 60년대에 등단한 신세대 비평가들은 4·19의 체험을 바탕으로 '참여'라는 용어 자체에 내재해 있는 현실에 대한 적극적인 관심 뿐 아니라, 인간은 사회와 소통하는 '세계 내 존재'이며, 문학은 사회인식과 미학적 방법을 떼어놓을 수 없는 유기적 결합체라는 본질적 차원에서 전면적인 논의를 펼쳐나간다. 즉 '문학인으로서 현실정세에 대해 어떻게 대처해 나가야 하는가', '사회참여의 구체적인 방법론은 어떻게 수립해야 하는가', '문화와 정치의 상관관계는 어떻게 규정해야 하는가' 등이 60년대 전반에 걸쳐 논의되어진다.[72] 신세대 비평가군의 참여문학론은 정치적 상황을

생활세계의 억압을 견제하여 결국 상실한 타자성을 회복시키고, 개인의 한계를 뛰어넘어 현대성의 규범적 토대를 마련할 수 있는 하나의 가능성을 시사한다.
— 이정윤(1998), 「하버마스의 현대성이론과 의식철학 패러다임의 비판」, 이화여대 철학과 석사논문, pp.1-3.

[72] 오양호는 1960년대 참여문학론의 전개를 다음과 같이 정리하고 있다.
"1960년 1월 순수문예지 『현대문학』이 처음 〈참여문학〉이란 말을 문단에 던졌고, 그해 말은 최인훈의 「광장」론으로 뒤덮였다. 61년은 아주 조용했다. 62년에 들어

문학의식과 결합하려는 이러한 시도와 함께, 개인성과 공리성, 언어와 현실을 동시에 고려하는 맥락에서 문학의 구체적 인식체계를 형성한다.

　순수문학을 표방하던 『현대문학』만이 거의 중심이 되어서 우리 문단을 이끌어가던 시기에 백낙청의 『창작과비평』은 하나의 분기점을 만들어 문학을 사회참여적 방향으로 돌려놓게 된다. 그는 창간호의 「새로운 창작과 비평의 자세」라는 핵심적인 평문에서 "한국에 관한 한, 민중의 저항을 가로막고 근대화를 위한 가장 보편적인 이상을 제시하며 또 실천하는 역사의 주동적 역할을 작가와 지식인이 맡아야 한다는 데에 딴 말이 있기 어렵다"고 지적한다. 이러한 주장은 백낙청의 비평이 '사회적 현대성의 구현'에 커다란 비중을 두고 있다는 사실을 명료하게 보여준다. 그렇지만 문학이 사회성, 역사성과 분리되어 존재할 수 없다는 관점과 더불어 그는 문학의 미학성도 염두에 두고서 그것의 이월가치와 창작활동의 자율성을 강조하기에 이른다.[73] 다시 말해, 문학의 진정한 순수성을 긍정하는 데서 출발하여 어떻게 문학 본연의 사회적 기능을 밝힐 수 있는가를 모색한 것이다. 이는 전후세대 비평가의 참여문학 논의 수준과 분명히 구별되며, 비평사적인 측면에서 보면 추상적, 당위적인 차원에 놓여 있던 당대의 참여론을 한 단계 끌어올리는 역할을 했다

서서는 문단비평과 강단비평이 맞섰고, 63년에는 순수와 참여의 대립이 본격화되기 시작했다. 65년에 와서는 『사상계』도 이런 문제에 관심을 보였고, 거기에 소위 〈학사주점〉 사건이 터지면서 이 문제는 현실의 전면으로 튀어나와 확산되었다. 66년에 『창작과비평』이 창간되고, 67년의 김붕구의 「작가와 사회」로 이 과제에 대한 논의가 절정을 이룬다."― 오양호(1989), 「순수. 참여론의 대립기」, 『한국현대문학사』(감태준 외 공저, (주)현대문학), pp.415~416.

73 "문학의 이월가치를 인정함으로써 우리는 예술활동의 자율성에 대해서도 인식을 새로이 하게 된다. 물론 역사적 사회적 관심과 제약으로부터 면제되는 자율성이란 있을 수 없다. 가장 순수한 기법상의 문제, 예컨대 시에 쓰이는 리듬의 변화나 소설서술의 시제조차도 그 역사적 상황과 작가의 현실감각에 뿌리를 둔 것임은 물론이다. 그러나 (…) 각가지 다른 영향과 자극 가운데서 자기 나름의 스타일을 창조해내는 작가가 값있는 작품을 쓰게 마련이다. 따라서 고정된 정책이나 사회적 행동강령으로 문학을 규제하려는 노력은 문학을 죽이는 결과를 가져올 뿐이다."― 백낙청(1966), 「새로운 창작과 비평의 자세」, 『창작과비평』 창간호, p.11.

는 점에서 그 의미를 찾을 수 있다.

백낙청이 가진 참여에 대한 문제의식은 문화의 사회적 기능, 한국문학과 사회문화적 상황 등을 차례로 검토해나가는 이후의 논의 과정에서도 확인할 수 있다.

　"그러면 한국의 문학인은 구체적으로 무엇을 할 것인가? / 무엇보다 먼저 작가는 언론의 자유를 위한 싸움이 자기 싸움임을 알아야 한다. 사상의 자유, 학문, 예술의 자유를 물론 포함해서다. / 둘째로 한국의 독자들—특히 잠재독자들—은 너무나 삶에 쫓기고 있어 문학이 아무리 좋다 해도 문학인이 직접 그들 자유의 증대에 공헌 안 해주는 한 문학을 용납할 마음이 안 나는 것이다. / 더욱이 언론의 자유란 작품활동의 전제조건일 뿐 아니라 자유화와 근대화를 위한 다음 단계 모든 작업의 교두보임을 생각할 때 이에 대한 구체적 성의는 바로 우리가 요구하는 문학적 재능의 징표로 볼 수 있다. / 수많은 잠재적 독자들을 가지고 그들을 차차 현실의 독자층으로 이전시키는 것은 한국문학의 현실적 성장을 위해서도 시급한 과제라 하겠다."

이 글은 〈한국의 문학인은 무엇을 할까?〉라는 장에서 발췌한 대목이다. 백낙청은 모순투성이의 열악한 문화적, 사회적 상황 속에서 한국의 문학인이 우선적으로 쟁취해야 할 과제로 언론의 자유를 제시한다. 작가는 표현의 자유를 지키기 위해 투쟁해야 하며, 이 때 자유에 대한 옹호는 작가 개인의 참다운 삶을 의미하는 것일 뿐만 아니라 모든 사람들의 삶을 옹호하는 차원의 것이 된다는 것이다. 따라서 작가는 개인을 확대시킨 '민중의 대변자'일 수밖에 없다는 의미를 부여받는다. 게다가 그것은 곧 근대화를 이루는 통로로 인식되고 있다.

이와 같은 백낙청의 문학에 대한 새로운 인식은 신세대 비평가로서 그 자신이 견지한 공리적 윤리의식의 단면을 보여주고 있는 경우이다. 백낙청은 자아를 확장시켜 타자 및 민중의 의식을 담아내는 문학의 사회적 기능을 적극적으로 옹호하고 그것을 문학적 이상형으로 제시하고 있다. 바로 그러한 차원에서 '작가'는 싸르트르적인 의미에 있어서의 '지식인'과 동질의 존재로 규정된다.[74] '문제는 자신의 시대를 선택하는 것이 아니라 주어진 시대에서 자신을 선택하는 것이다'라는 당시『상황』지에 실린 싸르트르의 말을 빌어, 백낙청은 자신의 시대와 역사에 대한 작가의 책무를 강조하고 있다. 백낙청에게 있어서 문학이란 처음부터 현실적 삶의 차원과 분리 불가능한 것이기에, 그의 문학적 인식은 이미 교류하고 소통하는 이성을 함의하고 있었던 것으로 파악된다. 그에 의하면, '현대'라는 인류사적 단계에 내재된 삶의 궁핍화에 주목하고 적극적으로 맞서는 것이 동시대 문학의 운명[75]인 것이다.

김치수도 백낙청과는 다른 비평집단에서 활동했지만, "말한다는 것은 행동하는 것이다"라는 싸르트르의 문학론에 기대어 작가가 취해야 할 태도를 피력하고 있다. 그는 평문「비평단상」에서 작가란 이미 시대 속에 존재하는 한 인간이고 보니 그에게 순수한 글쓰기란 있을 수 없음을 분명히 한다. "작가가 무엇을 어떻게 썼을" 경우, "거기에는 이미 작가의 의견이 개입된 것이어서 작가는 자신의 모습을 타인에게 보"여 줄 수밖에 없고, 이 때 작가는 "여러 가지 의미에서 시대상을 반영하며 그 시대를 가장 절실하게 사는" 인물로 표출되는 것이다.[76] 따라서 김치수는 작가의 글쓰기 행위 자체에 의미를 부여하는데, 글을 통해 작가의 성격과 태도가 드러나며, 이미 현실에 참여하고 있는 것으로 간주한다.

여기서 주목할 것은 김치수가 문학적 참여, 즉 언어성을 전제로 작가의 참여를 말하고 있다는 점이다. 마치 구체적인 사물에 작가 특유의 이름을 붙여주듯이, 작가는 개성적인 언어로 시대상을 반영하고 그에 대한 인식태도를 나타내는 것, 즉 글쓰는 행위 자체가 이미 '사회참여'를 실현

---

74 전후세대 비평가 이철범도 작가를 지성인과 동일시하는 모습을 보여준 바 있다. 그에게 있어 참된 지성인, 곧 참된 작가는 역사적 현실에 관심을 갖고 문학을 통해 우리 민족의 비극성을 표출해야 한다고 주장한다.
75 백낙청(1965),「궁핍한 시대와 문학정신」,『청맥』(1965. 6). pp.126-141.
76 김치수(1969),「비평단상」,『한국소설의 공간』, 열화당, p.85.

하고 있는 것임을 강조한다. 이처럼 언어와 현실에 대한 인식을 내면화한 김치수는 순수주의도, 당위적 차원의 참여문학론도 지양하는 입장이다.

김병익도 참여문학의 본질이 정치냐, 문학이냐 하는 식의 이분법적 구도 속에서 어느 한편에만 편향될 수 없다며, '정치를 문학 속에 어떻게 흡수하느냐' 라는 문제의식에 주목한다. 그는 작가가 "정치를 자신의 문학의식 속으로 흡수한 후 정치와 인간과의 관계로 작품 속에 형상시킬 경우, 작가에게는 오히려 유익한 소득을 가져"올 수 있다고 주장한다.[77] 이와 관련 하에, 정치적 상황이 작가의 상상력과 작품의 소재를 개발하고 정치를 문학의식과 결합시키면서도 종국적으로 인간의 실상과 구제에 귀결시킨 한 예를 도스또예프스키의 〈악령〉과 조지 오웰의 〈1984년〉에서 찾고 있다.

그는 이러한 외국작품을 상찬함과 동시에, 60년대 대표로 손꼽히는 우리의 작가 최인훈의 소설에는 현실성 및 사회참여적 모랄이 부족함을 안타깝게 여기고 있다. 물론 최인훈이 내세우는 '완벽한 자유인'이라는 패턴으로 이해하지면 그 작품들노 "인간과 자연의 명증한 파악을 위해 보다 냉철한 입장에 서려는 데가주망으로 충분히 납득할 수 있"지만, 문학의 현대성을 추구해가는 당대 흐름에는 역행하고 있다는 지적이다. 이제는 최인훈의 머릿 속에서 구상된 현실, 그것에 대한 관조적인 태도, 관념적인 의식의 서술기법 등에서 탈피해야 한다고 주장한다. 김병익은 "운명과 싸우고 숨쉬고 부닥치는 인간에게 간섭당하며 세계의 질서와 무질서 속에 자신의 공간을 갖고 있는 인간의 상황"이 작품 속에 생동감있게 반영되어야 함을 강조하면서, 최인훈 소설의 결핍사항을 다음과 같이 제시하고 있다.

"근래 작가가 보이는 산만성이나 지루하게 느껴지는 사설은 그의 현실
로부터의 차단이 더 넓은 세계로 문을 열어 준다기보다 한 자리에서 맴도

77 김병익(1970), 「문학과 정치」, 『정치학보』(서울대 문리대), pp.137-138.

는 좌절이나, 악의적으로 보면 장난기의 남용으로 매너리즘에 빠졌다는 느낌을 주고 있다. 이런 한계는 결국 작가가 벗어나야 할 것이고 그의 작품은 현실로의 앙가주망으로 극복할 수 있을지도 모른다는 가능성을 검토하게끔 한다. 최인훈의 인물들은 보다 생동하는 세계 안의 인간으로 뛰어들어야 할 것이다. 우리가 그의 작품에서 자유인의 한계를 지적하고 현실의 새로운 참여를 요구하는 상당한 이유는 이런 점에 있는 것이다."[78]

최인훈의 작품이 이미 그 자체로 문학성을 획득하고 있음은 인정하되, 작가의 문학의식 속에 현실상황이 좀더 적극적으로 흡수되어 형상화된다면 작품의 산만성이나 지루함을 극복할 수 있을 것이라는 논지에서 김병익은 앙가주망을 요청하고 있다.

또한 김병익은 '문학의 정치성'이라는 개념을 가치 평가의 차원에서 보다 구체적으로 규정하는데, 이는 "우리의 구체적인 역사적 맥락에서 삶의 평등성을 강조"하며, 정치와 현실에 대한 비판적 기능을 가져온다는 점에 주목한다. 따라서 그는 문학과 현실의 길항관계 속에서 진보적 지성을 획득할 수 있다고 강조한다.[79]

김현은 이전 시대의 참여 논의가 핵심에서 비껴간 것에 대하여 문제를 제기[80]함으로써, 순수냐, 참여냐 식의 양분적인 문학론을 지양하는 면모를 보인다. 그에게 있어 개인과 사회, 혹은 문학과 현실의 관련성은 기계적이고 도식적인 논리로 따져질 수 없다. 사회 혹은 현실과 문학의 관련성은 궁극적으로 언어라는 매개체에 의해 규정된다는 논리를 펴면서,[81] 싸르트르의 도구적 언어관에 기댄 전후세대의 참여문학론을

---

78 김병익(1969), 「자유와 현실 – 최인훈 론」, 『68문학』(1969. 1), pp.240-241.
79 김병익(1976), 「산업화 시대의 문학과 진보적 정지이네올로기 그 형성 과정을 중심으로」, 『한국문학의 의식』, 동화출판공사, pp.405-419.
80 "작가의 참가란 문학적인 의미에서인가 정치적인 의미에서인가, 작가가 참가해야 하는 현실은 계급적이며 정치적인 것인가 아니면 느끼는 것인가, 혹은 작가는 그러면 작품으로 참가하라는 것인가, 인간으로서 참가하라는 것인가, 좀더 본질적인 문제로서 작가란 생을 개혁하는 것인가 생을 그려내는 것인가 – 이런 모든 문제에 대해서 명쾌히 말하려 하고 또 말해준 사람은 적어도 내가 아는 한에서는 아무도 없다."– 김현(1965), 「참가 문학 시비」, 『선데이포스트』(1965. 5. 3).

비판한다. 그는 "자기가 서 있는 상황을 투철히 인식하고" 거기에 뿌리를 두고 있는 한국어의 고유성에 대한 이해를 촉구한다. 즉 한국 현실에 대한 정당한 논리적인 고찰을 바탕으로 문학적 언어를 통해 참여해야 한다고 주장한다.[82]

문학적 참여논의의 연장선상에서 김현은 「한국소설의 가능성」을 70년도에 내놓는데, 우리 소설에서는 진정한 리얼리즘을 발견할 수 없다며 "조금이라도 민중을 선동하는 기색이 있으면 그것은 리얼리즘이며, 그렇지 못하면 내추럴리즘"이라고 정의하는 일부 논자들을 비판한다.[83] 그는 여기서 우리의 사회주의 리얼리즘과 20-30년대 카프 김기진의 프롤레타리아 문학이론을 검토한 후, 우리 문학의 경우는 현실의 예술에 대한 우위성을 지나치게 강조한 나머지 예술성이 말살되었다며, 이러한 리얼리즘의 도식주의를 지양하려면 상상력을 통해서만 극복할 수 있다고 결론짓는다. 리얼리즘 작품이 성공하려면 현실의 모순을 직관으로 파악하는 '투시력'과 문학적 '상상력'이 동시에 추구되어야 함을 강조한다. 저신부터 서구적인 문학 이념형에서 벗어나지 못해서인지, 김현의 이러한 주장은 4·19가 미완의 혁명일 수밖에 없는 사정에 대한 지적인

---

81 김현은 외국문학 연구를 통해 얻은 지식을 자기의식의 일부로 내면화한 상태에서, 특히 詩에 대한 관심으로 언어적 감수성을 획득했고, 이로부터 구세대 비평가들의 도구적 언어관과는 다른 차별적인 인식을 드러내게 된다.

82 김현(1967), 「참여와 문화의 고고학」, 『조선일보』(1967. 11. 9).

83 김현의 이 글은 리얼리즘에 관하여 쓴 구중서의 소론에 대한 반론이다. 김현은 현실 재현에만 치중하는 진부성을 지적하면서, 구중서가 전개했던 발쟈크 당대의 리얼리즘은 시민계급 혹은 중간계급의 형성이 없는 폐쇄적 한국 사회에는 적용될 수 없다고 '원숭이 놀음'에 불과한 리얼리즘의 부당성을 주장한다. 한국 사회의 구조적 모순을 리얼리즘 수법으로 드러내면 소시민적 영웅주의나 소시민적 패배주의의 위험성을 지닌다는 것이다. — 김현(1970), 「한국 소설의 가능성 — 리얼리즘론 별견」, 『문학과지성』(1970. 가을), pp.39-53.
또, 이에 대한 반론은 염무웅에 의해 제기되는데, "리얼리즘을 시대적 예술사조나 단순한 모사론으로 보는 태도는 오류"라고 경계하면서 "철저성과 정직성에 기반을 둔 작가의 태도" 곧 문학정신임을 강조한다. 그래서 외국 작가들 뿐 아니라 김정한의 「인간 단지」와 김지하의 「오적」까지 리얼리즘의 실천으로 평가하였다. — 염무웅(1970), 「리얼리즘의 심화시대」, 『월간중앙』(1970. 12), pp.105-106.

동시에, 혁명 이후 모더니티 문제에서 중요한 범주로 떠오른 '주체'에 대한 우리 사회의 물음에 부정적인 것으로 보인다.

60년대 참여문학 논의는 후반에 접어들면서 김붕구의 「작가와 사회」 발표를 계기로 한층 심화된 양상을 보이게 된다. 김붕구가 사회적 자아와 창조적 자아라는 이분법적 구도 아래 창조적 자아 우위론을 펼치자,[84] 다수의 비평가들이 이러한 문학에 관한 인식태도와 비평적 속성을 어떻게 이해할 것인가를 두고 평문을 발표하기 시작한다.

먼저 임헌영은 「현실 冬眠族」에서 김붕구의 '창조적 자아' 우위론은 현실과는 동떨어진 허상임을 부각시키면서 "작가의 현실참여란 작품으로서의 참여를 말하며, 앙가주망이 싸르트르식 좌경뿐이라는 독단론은 가장 졸렬한 거짓 문학"이라고 반박한다.

또한 임중빈도 참여문학이란 창조 행위의 한 방편임을 전제로 하고서 "역사의 암담한 벽과의 필연적인 씨름이며 생존을 위한 구체적인 언어활동"[85]이라고 옹호하는 가운데 김붕구의 견해를 반박한다. 그는 「한국문단의 현황과 그 장래」에서도 "참여의 개념이 극도로 혼란된 나머지 결국 순수문학에의 집념을 확인하는 데 불과했다"며, 민족성과 세계성, 개인의식과 집단의식, 사회구조적 인식과 미학적 방법 등의 결합형태로 참여문학의 실체를 규명하고 있다. 임중빈의 논리에 의하면, 창조적 작가라 하더라도 집단사회와의 관련을 통하여 인간 실체를 증명하는 도전 방법이 곧 참여문학에 대한 문제제기이며, 예술성을 상실하지 않는 전제하에 집단의식과 자아의식의 결합작용으로써 문학의 변증법적 발전 요인을 찾아야 한다는 것이다.

뿐만 아니라 참여문학론이 리얼리즘으로 심화, 확대되기 위해서는 사

---

84 김붕구는 '사회적 자아'가 패배한 사례로 싸르트르의 문학적 실패를 지적하면서, 앙가주망은 필연적으로 프롤레타리아 혁명의 이데올로기로 귀착한다고 주장한다. 결국 작가의 앙가주망이란 무용(無用)한 것이므로 '창조적 자아'와 맞닿아 있는 작가의 성실성이 중요하다는 것이다. — 김붕구(1967), 「작가와 사회」, 『세대』(1967. 11).

85 임중빈(1967), 「반사회참여의 모순」, 『대한일보』(1967. 10. 17).

회구조적 방법과 함께 미학적 방법의 동시적 검토가 요청되며 민족문학론의 지평이 예의 리얼리즘 논의의 구축에서 비롯된다고 보고 있다.[86] 임중빈의 이러한 논리는 김현과 동궤에 놓이는데, 작가는 글쓰기를 통해 사회에 참여하는 것이고, 문학이란 언어와 현실이 동시에 추구되어야 한다는 입장이다. 더 나아가 임중빈은 참여문학이 위축된 기존의 문학적 폐단을 지적하면서 개선의 방향을 몇 가지 제시한다.[87] 이 글은 참여의 방법에 강조점을 두면서 "참여에 대한 원칙론보다는 방법론의 전개가 그 객관적 필연성을 뒷받침하는 근거가 될 수 있다는 점에서, 그리고 창조적 도전의 의미를 형상화하는 과정에서 한 핵심문제로 명백한 확연성을 부여하리라 본다"고 말한다. 그는 "정치현실이 가변적인 이상 문학예술의 이에 대한 반응과 도전이라 하는 것도 매우 다양한 형태로 표현되어야 하는 만큼, 다만 창조작업의 시스템을 재구성해 나가는 방법의 선택으로서 이에 따라 오늘의 한국 문학이 지향할 바 참여의 개념이나 성격도 밝혀질 수 있을 것"으로 기대하고 있다.

이와 같이 1960년대 신세대 비평가들이 보인 사회참여에 관한 논의는 '문학적' 참여론으로 귀결되면서 문학의 본질을 점검하는 계기로 작용했다. 순수주의를 극복하기 위해 참여해야 한다는 식의 당위적인 차원을 떠나서 작가는 글쓰기를 통해 이미 사회에 참여하고 있으며, 이들의 문학은 개인과 집단적 사회를 포함하고 미학성과 사회성이 동시에 추구되어야 한다는 논리에 이르게 된다.[88] 문학의 허구적 실제는 반드

---

86 임중빈(1968), 「한국문단의 현황과 그 장래」, 『우리 문학의 논쟁사 ─ 순수·참여론을 중심으로』(1985), 홍신선 편, 어문각, pp.125-127.

87 ① 문학을 문학 이외에 활용한다는 것은 절대로 금물이다. ② 한국문학의 참여는 오히려 특수성의 추구에 있을지 모른다. ③ 과거의 예로 보아 사회참여론자들은 예술을 말살할 뿐이다. ④ 작가는 순수하게 참여해야 한다. ⑤ 사이비 참가시에서 보는 바, 수단 속에 매몰되고 상실된 언어를 찾아 본래의 저 먼 인간고향을 회복하도록 작가들은 그 자세를 달리할 때가 왔다. ─ 임중빈(1968), 「참여문학의 재인식」, 『정경연구』(1968. 6).

88 그러나 조동일의 경우는 신세대 비평가군에 속하면서도 심화된 참여문학론에 이르지 못했다고 판단되는데, 그는 「순수문학의 한계와 참여」(〈문학과 현실〉심포지

시 언어를 매개로 실제적인 현실과 소통한다고 인식한 60년대 신세대 비평가들은, 사회참여성과 언어성을 다같이 획득한 그야말로 현대적인 문학을 지향했던 것이다.

한편, 1960년대 초반에 이어령, 유종호, 이철범 등 전후세대 비평가들이 내놓은 참여론은 기성문단의 순수문학론에 대한 저항, 반항, 반역의 용어들이 주를 이룬다. 이들의 '참여'에 대한 인식은 본격적인 문학론의 궤도에 들어섰다기보다는, 기성 비평가를 구세대로 간주하고 극복해야 할 대상으로 여기는 데 초점이 두어진 것으로 판단된다.

1960년 『새벽』지에 발표된 이어령의 「사회참가의 문학」은 두 가지 경우의 비참여 문학에 대하여 적극적인 비판을 가하고 있다. 순수문학론의 허구성을 안데르센의 오리 우화에 빗대어 말하기를, 기성의 순수문학론은 오리들 틈에 섞인 백조처럼 자신을 고귀한 존재로 여기는 작가의 환상, 그 선민의식에 뿌리를 둔 것임을 지적한다. 이와 함께 이어령은 퓰로스와 키네아스의 일화를 빌어 방관적 지식인 문학의 본질을 허무주의와 실천력의 결여로 비판하고 있다.[89] "인간이란 이미 상황 속에 내던져져 있는 존재이며 그것에 의하여 속박되어져 있는 그런 존재"라는 인식에서 출발하여, 궁극적인 의미에서 '비(非)참가'의 형식 또한 '가장 서투른 방법의 참가'임을 강조한다. 그런 점에서 '참가'는 "자기의 주체 밑에 세계를 현시하는 것이고, 주어진 상황을 선택이라는 행동

움, 『사상계』, 1965. 10)에서 '순수문학이란 작가가 우선 자기 현실에 대해서 외면하는 태도'라며 우선은 문학의 전제로서 현실을 내세운다. 그러나 조종일이 순수문학의 한계를 비판하면서 반대급부로 주장하는 '참여'란 '작가가 대중의 한 사람이라고 시인하는 데'서 시작되며, ㄱ 내중생활의 괴로움, 비탄, 환희 등을 드러내고 파고들어 민족적 현실에 접근할 수 있다고 말한다. 그리고 건실하게 현실에 참여를 시도하는 작가들의 예로서, 구체적인 논거는 생략한 채 박두진, 이호철, 서기원, 하근찬 등을 지목한다. 이런 면을 볼 때, 조동일의 참여문학론은 현실참여의 중요성을 상기시키긴 했지만, 문학적 언어성을 염두에 두거나 민중주체의 깊이있는 단계까지 도달하지는 못한 것으로 보인다.

89 이어령(1960), 「사회참가의 문학 – 그 원리적인 문제」, 『새벽』(1960. 5). pp. 269–273.

에 의해서 새로운 의미, 새로운 변화를 가져오게 하는 움직임"일 수 있으며, 그것이 가진 궁극적 의미는 '선택' 행위를 지배하는 '윤리성'의 차원에서 파악될 수 있다고 한다. 그런데 이어령은 김수영과의 '불온시' 논전(1967. 12-68. 3)에서 문학의 현실참여성을 비문학적 태도라고 규정하며 초반과는 다른 목소리를 내고 있다. 그의 평문 「서랍 속에 든 불온시를 분석한다」를 주목해보자.

> "참여론자들은 영광된 사회가 와서 서랍 속에 보류된 자신의 불온한 시를 해방시켜 줄 것을 원하고 있는 예술이 아니라, 거꾸로 그 '불온한 시가 영광된 사회'를 이루도록 행사시키는 데서 그 의의를 발견하는 일종의 전사(戰士)인 것이다. 그러므로 영광된 사회가 왔을 때는 이미 그러한 불온시는 발표되지 않아도 좋을 것이다. 발표가 허락된 순간 이미 발표할 만한 가치를 상실해 버리는 것이 '참여시의 운명'이기도 하다."[90]

이 대목에서 이어령은 창조의 자유가 허락되는 '영광된' 현대사회가 오기만 하면 문학의 참여적인 실천행위는 필요치 않다는 입장을 취한다. 이러한 논리가 더 구체적으로 표현된 평문이 「누가 그 조종을 울리는가」인데, 이 글의 초점도 참여문학이 곧 대중에 영합하는 시류문학이나 또는 정치주의 문학이라는 데 있다.[91] 하지만 이어령의 이런 글들은 60년대 '참여문학'에 대한 논의를 심화시켰다기보다는 그저 "문학을 정치 이데올로기로 저울질하고 있는" 사상성의 문학 내지는 "오도된 사회참여론자들"을 경계하는 의도였다고 볼 수 있다.

> "자기 이데올로기의 자(尺)에 맞으면 삐라 같은 글도 명작이라고 추켜세우고 그 경향에서 조금이라도 이탈되면 어떤 작품이라도 반동의 낙인

---

90 이어령(1968), 「서랍속에 든 불온시를 분석한다 - '지식인의 사회참여'를 읽고」, 『사상계』(1968. 3).
91 이어령(1968), 「누가 조종을 울리는가 - 오늘의 한국문화를 위협하는 것」, 『조선일보』(1968. 2. 20).

을 찍고 있다. (…) 오늘의 과제와 우리의 사명은 문학의 순수성을 파괴
시키는 것이 아니라, 그 순수성을 어떻게 이 역사에 참여시키는가에 있
다. 정치화되고 공리화된 사회에서 꽃을 꽃으로 볼 줄 아는 유일한, 그
리고 최초의 증인들이 바로 예술가이다. 그 순수성이 있으니 비로소 그
왜곡된 역사를 향한 발언과 참여의 길이 값이 있는 것이다."[92]

여기서 그가 '순수한 참여'를 내세운 것을 보면, 그의 인식은 존재의
탐구가 동반된 사회참여론이 아니라, 순수성과 사상성을 대립시켜 이해
한 차원에 그친 것으로 파악된다. 그 결과 모든 행위의 의미는 '개인'의
책임으로 돌려지면서, 이어령은 사회참여론자로서의 지평을 상실하고
만다.

한편, 유종호의 비평인식은 이전 세대에 대한 부정의 정신과 함께,
모국어에 대한 관심과 역사의식을 매개로 한 것이어서 눈길을 끈다. 그
는 「비순수의 선언」에서 토마스만 ─ 예이츠 ─ 싸르트르를 예증으로 들
어 정치적 언어의 의미성을 발견하는데, '순수한 문학적인 가치처럼 흥
미없는 것은 없다'는 싸르트르의 지적에 공감을 표시하며 작품과 비평
의 대사회적 기능의 필요성을 주장하고 있다. 이 글에서 유종호는 문학
의 사회참여성을 '현대'적 가치와 연결시켜 이해하고 있다는 점에서 주
목할 만하다.[93] 하지만, 이어령, 유종호가 이 때에 제기한 참여 및 비순
수 논의는 엄격한 의미에서는 참여문학론의 범위에 포함시킬 수 없겠
다. 당시 순수론자들의 입장에서는 순수문학 비판론 일체를 '참여론'으

---

92 이어령(1968), 「문학은 권력이나 정치이념의 시녀가 아니다」, 『조선일보』(1968. 10).
93 "우신 현대의 특이한 성격에서 오는 세계적 추세라고 해둡시다. (…) 토마스 만조
차 현대에 있어서 인간의 문명은 정치적 언어 속에서 의미를 제시한다고 표백하지
않았습니까. 켈트 족의 언어와 신화를 엮던 순수한 서정시인 예이츠도 토마스 만
의 이러한 연설을 그의 시의 모두(冒頭)에 내걸면서 애란의 현대사를 시로 엮었습
니다. 현대의 한 대변인인 싸르트르는 문학의 순수한 '문학적'인 가치처럼 흥미없
는 것은 없다고 공공연히 말하고 있지 않습니까. 이러한 현대의 기후 속에서 시인
들도 의식의 변혁을 일으킨 게죠."─ 유종호(1960), 「비순수의 선언」, 『사상계』
(1960. 3).

로 묶어 공격의 대상으로 인식[94]했지만, 이 두 사람의 담론의 초점은 순수문학 시비와 관련하여 이전 세대의 문화 풍토 일반을 겨냥한 비판에 불과했기 때문이다. 현실의 모순과 부조리를 비판하고 고발하는 목소리, 즉 적극적인 문학의 사회참여론은 4·19 혁명을 겪은 후 신세대 비평가들에 의해서 터져나왔다고 할 수 있다.

1960년대를 여는 역사적 전환의 시점에서, 이어령에 뒤이어 참여문학 문제를 적극적으로 제기한 또 한 명의 전후세대 비평가는 이철범이다. 그는 「문학과 현실의 단면」,[95] 「앙가쥬망의 문학적 용어 – 續 ‘문학과 현실의 단면’」을 통하여 참여문학에 대한 자신의 논리를 보여주고 있다. 토마스만의 「예술과 사회」를 빌어 자신의 입장을 표명하고 있는 바, 예술작품은 “결코 社會倫理讀本은 아닐 것이요, 어디까지나 예술가는 사고와 언어와 그리고 이메지를 통하여 그들 자체의 삶과 나아가서는 전체적인 인생을 비유적으로 비평”[96]하는 것이다. 이 글을 통해 이철범의 참여문학에 대한 논리와 인식이 실존주의 철학과 까뮈, 싸르트르에 크게 기대고 있음을 드러낸다.[97] ‘앙가쥬망’이라는 용어와 함께 ‘상황’과 ‘자유’ 등이 논리적 맥락의 중심을 이루고 있다는 데서도 알 수 있다. 「앙가쥬망의 문학적 용어」[98]에서 그는 앙가쥬망의 의미를 ‘명확한 인식 밑에서의 행동을 요구하는 언어, 정적인 언어가 아니라 행동하는 언어’로 규정하는 데서 논의를 시작하고 있다. 앙가쥬망의 보다 구

---

94 임헌영(1988), 『한국현대문학사상사』, 한길사, p.103.
95 이철범(1960), 「문학과 현실의 단면」, 『자유문학』(1960. 8).
96 이철범(1960), 「문학과 현실의 단면」, 『자유문학』(1960. 8).
97 이철범은 김붕구가 67년 「작가와 사회」 발표문에서 싸르트르의 앙가주망을 마르크스주의 계급투쟁과 일맥상통한 것으로 오해한 점을 지적하며 부연설명하고 있다. “사실은 싸르트르는 공산주의가 아니라 상호주관을 통해 인간과 자유를 믿는 실존주의자로 이해해야 한다. 앙가주망을 리얼리즘과 혼동해서는 안 되며, 그 점만이라도 철저히 파악하는 일이 참여문학에 대한 오해를 해소할 수 있고 참여가 오도되는 리얼리즘 문학을 올바로 인식할 수 있다.”– 이철범(1967), 「한국적 상황과 자유 – 문제설정부터 올바르게」, 『경향신문』(1967. 11. 22).
98 이철범(1960), 「앙가쥬망의 문학적 용어」, 『자유문학』(1960. 9).

체적인 의미는 "자신이 타인에게 명령하는 것이 아니라 자신이 자신에게 명령하고 스스로가 그 상황 속에 뛰어"드는 일이라고 주장하는 대목에 이르러 분명해진다. 앙가쥬망이란 "자기의 행동을 그 생의 상황 속에서 Engager(앙가저) — 끌어놓고 구속시키며 동시에 맹서를 시키는" 행위를 의미한다. 여기서의 의미는 인간과 세계가 맺고 있는 관계의 차원에서 따져질 수 있는 문제가 되는데 그 둘 사이에 놓이는 개념은 '자유'이다. 앙가쥬망의 행위는 책임을 동반하는 무한한 자유에서 비롯되며 그 중심에 '개인'이 서 있다는 것이다. 이 대목에서 개인의 자유와 예술의 자율성을 부정하는 공산주의 국가의 당문학과 해방 이후의 한국문학에 대한 비판이 가해지고 있다. 이런 점에서는 문학의 사상성이 짙은 목적문학을 반대한 이어령의 입장과 동일한 궤를 보여주는데, 이철범은 여기서 한 발짝 더 나아가 그 자신이 견지했던 객관적 현실 인식과 진보적 역사관을 배경으로 참여논의를 확대시킨다.

> "궁극적으로 지성인은 역사에 참여하는 것이지 어느 정부에 참가하는 것은 아니다. 말하자면 지성은 소수 지배자의 광신이 역사를 파멸의 구렁텅이에 몰아넣지 않도록 견제한다. 그때 지성인과 소수 지배자 사이에 마찰이 생긴다. 소수 지배자는 정권의 유지를 위해 지성인의 비판을 불평으로 받아들이고 지성인은 한 정권보다는 민족의 역사에 관심을 둔다. 그렇기 때문에 지성인의 참여는 자유와 가장 성실한 행위에 뿌리박고 있으며 어디까지나 자율성을 띤다."[99]

문학인을 지성인과 동의어로 사용하고 있는 이철범은 몰역사주의와 비합리주의에 대한 거리를 어느 정도 확보하고 작가의 자율성을 강조한다. 하지만, 그의 참여론도 여전히 정치권력에 부합하는 문학에 반대하는 단계에서 크게 벗어나지 못하고 있는 실정이다.

김우종 또한 50년대 문단을 주도했던 순수문학에 파산을 선고하고

---

[99] 이철범(1986), 「한국 지성의 방향」, 앞의 책, pp.11-12.

참여문학의 당위성을 역설하면서 참여론을 시작한다. 그는 이미「도피와 참여의 도착」에서 "가장 비현실적인 소재를 다룬 작품 속에서도 그러한 소재가 현실을 비판하는 작자의 정신에 의하여 다루어지고 거기에 작자의 개성이 강하게 살아있는 이상, 현실참여의 문학이 되는 것은 얼마든지 있을 수 있다"면서 문학의 참여적 가능성을 예고한 바 있다.

그의 논리가「유적지의 인간과 그 문학」에 이르러 보다 구체적으로 부연된다. 이 글에서 김우종은 '빈궁의 극한지대'에서 '인간동물'로 살아가고 있는 '한국적 상황'을 통탄하면서, "한국의 현대문학은 지금까지 이러한 현실을 과연 어떻게 처리해 왔을까"라는 물음을 던진다.[100] 그는 자신이 던진 물음으로부터 오영수의「안나의 유서」와 손창섭의「포말의 의지」를 비롯한 이범선의「오발탄」, 강신재의「임진강의 민들레」, 전광용의「꺼삐딴 리」, 선우휘의「도박」, 장용학의「원형의 전설」, 정한숙의「끊어진 다리」등의 작품을 차례로 거론해 나간다. 이 작품들에 대한 김우종의 최종적 평가는 그것이 우리 현실의 비극적인 부분을 그리고 있기는 하되, 궁극적인 의미에서 볼 때 소외되고 패배한 인물들의 이야기만 쓰는 작가들은 인간성 회복이라는 소박한 휴머니즘의 차원에서 벗어나지 못했다고 비판한다. '문제만 제기하고 해결의 방법을 전연 제시하지 못하는 것', 김우종은 그것을 오늘날 한국문학의 맹점으로 지

---

[100] 참여에 관한 평문을 한창 발표할 당시를 회고하면서 이철범은 다음과 같이 고백하고 있다.

"전쟁은 내가 문학의 사회참여 쪽에 많은 관심을 갖게 한 중요한 계기가 됐습니다. 내가 등단할 무렵만 해도 우리 경제는 지극히 열악했고 정치적으로도 아주 열악했어요. 우리 국민의 삶은 정말 비참하기 짝이 없었죠. 그야말로 굶어죽는 사람들까지 있었던 상황이니까요. 그런데 문학은 그런 상황을 외면하고 있었어요. (…) 내가 본 현실과 문학이 가는 길이 너무 달랐기 때문에 그냥 있을 수는 없었어요. '순수문학'을 옹호한다는 문구까지 문예지에 박아놓고 출발한『현대문학』이었기에 그것에 회의를 안 가질 수 없었어요. (…) 즉 문학은 목적성을 지녀서는 안 된다, 사회성도 안 된다, 사상성도 안 된다는 것이었습니다. 이제 그렇게 되면 결국은 문학이 우리 사회 현실을 전혀 외면해야만 순수한 예술이 된다는 결과가 나오게 돼요. 여기에 회의를 가질 수밖에 없었죠."- 강진호 외(2003),「순수문학 비판과 참여문학의 도정」,『증언으로서의 문학사』, 깊은샘, pp.135.

적하면서 이제 과거의 문학을 청산하고 새로운 방법론 위에서 우리 문학을 수립해나가야 한다고 주장한다. 김우종의 주장이 이러한 작품의 의미를 온전하게 해석하고 있는지의 여부를 떠나서 그의 참여논리가 대체로 설득력을 지닐 수 있었던 것은 극도로 빈궁한 당시 현실에 대한 철저한 인식이 바탕에 깔려 있고,[101] 당시 문학상황의 문제점을 구체적인 작품을 통해 밝혀냈다는 점, 그리고 비평사적 관점에서 30년대부터 내려온 순수문학의 인습을 거부했다는 점 등을 근거로 들 수 있다.

하지만 김우종의 논리가 당대 사회현실에 대한 나름의 객관적 인식에 근거한 것이긴 하되, 자신의 새로운 문학적 방법론에 대한 거듭된 강조에도 불구하고 실상 방법론의 차원에서 구체성을 띤 논리를 제시하지 못하고 있다는 점에서는 분명히 한계를 상정하고 있다.

그런가 하면, 정명환은 참여문학을 다양한 문학 중의 한 경향이라고 보면서, 「문학과 사회참여」를 통해서 참여문학을 집단의식과 자아의식의 결합관계로 규정하고 있다. 참여의 개념 자체를 이단시할 것이 아니라, 문학은 역사적 현실 속에서 역사를 넘어서는 무엇인가를 밝혀낼 수 있는 정치적 효능이 있다고 말한다. 정치에 대한 문학의 무조건 항복을 빚어내는 열등감을 지양하고 정치와 대중을 가치의 세계로 끌어당겨 인류에 봉사하는 길을 모색해야 한다면서 그는 대안으로 '가치론적 참여론'을 주장한다.[102]

참여론의 이론적 지평을 넓혀 60년대 후반에 가서는 리얼리즘론으로

---

101 당시 싸르트르의 앙가주망 이론이 유입되면서 소위 '외국문학파' 비평가군은 그 이론에 기대어 찬, 반론을 펼친 데 반하여, 김우종은 국문학 전공자로서 별도로 참여운동을 시작했다고 볼 수 있다. 그는 다음과 같이 증언하고 있다. ─ "내가 시작한 참여운동은 서구문학에 너무도 경도되던 당시 풍조와는 전혀 상관없이 우리 현실이 요구한 자생적 자발적인 것입니다. 즉, 우리 현실에서 '문학이 이래서는 안 되는데…'라는 생각은 분명했어요. 그래서 문학이 우리 현실의 길잡이가 되어야 하겠다, 하는 입장에서 참여문학을 했던 것입니다."─ 강진호 외(2003), 「순수문학 비판과 참여문학의 도정」, 깊은샘, pp.136─137.
102 정명환(1968), 「작가의 정치참여」, 『우리 문학의 논쟁사 ─ 순수,참여론을 중심으로』, 홍신선 편, 1985, 어문각, pp.511─518.

심화하는 데 앞장섰던 김병걸은 문학적 참여의 시대적 당위성을 주장한다. 「순수와의 결별」에서 "우리의 무거운 현실적 상황을 어떻게 다루어야 할까에 대해 개략적 규정을 짓는 것은 어리석은 일이며, 다만 인간 및 현실의 다양성에 대하여 문학이 어느 만큼 성실한 태도와 역량으로 발굴 작업을 하느냐에 문제의 핵심이 있다"[103]고 참여문학의 당위성을 주장한다. 그가 말하는 현실에의 참여란, "실리적인 것, 획일적인 것, 속물적인 것에의 귀착을 의미"하지 않고, 이것들을 "고발하며 규탄하는 작업"을 맡는 것이다. 이 글은 순수주의의 비현실성을 공격하기도 하지만, "결국 현재적인 자아 존재는 자기 밖과의 의미관계에서 성립하는 것"이라며, 소통 지향의 존재론적인 참여에 대한 발언도 엿보이고 있다. 김병걸의 이러한 접근은 「참여론 백서」에서 '앙가주망' 용어의 이해를 통해 두드러진다.

> "앙가쥬망은 여러 가지의 뜻을 지시하거니와, 특히 현실대처의 색채를 띤 '구속'을 의미한다. (…) 하이덱거가 被投性(피투성)이라는 말을 사용하였나. 현손재는 그 존재의 의미의 당연한 귀결로서 〈세계 안에 있는 존재〉인 것이다. 사람은 세계를 떠나서 존재하지 못한다. 세계에서 유리되어 존재할 수 없고, 반드시 세계 안에 있어야만 되는 필연성으로 말미암아 인간은 세계 속에 내던져진, 즉 피투성의 숙명을 지닌 것이다."[104]

그가 말하는 '세계 내 존재'는 그 필연적 숙명으로 인해 군집성 가운데 내재하지만 무조건 동화되는 것이 아니라, 오히려 각개가 가져야 할 권리와 진리를 쟁취하기 위해 현실에 범람하는 비인간성, 不美, 독선을 제벌(除伐)하는 사명을 행하는 것이 진정한 '앙가주망'이라는 것이다.[105] 김병걸도 김현의 논리와 유사한 맥락에서 인간과 현실, 개인과 사회, 순수문학과 참여문학을 도식적으로 분리하는 것에는 반대하지만,[106] 이

---

103 김병걸(1963), 「순수와의 결별」, 『현대문학』(1963. 10).
104 김병걸(1968), 「참여론 백서」, 『현대문학』(1968. 12).
105 김병걸(1963), 앞의 글, 앞의 책.

논리가 당위성을 탈피한 참여문학론으로 체계화되지는 못했다. 이런 측면이 여전히 신세대와의 변별점으로 남는다고 하겠다.

이상으로 살펴본 바, 전후세대 비평가들의 참여논의는 대체로 문학의 본질론이나 구체적인 문학적 방법론의 차원에서는 비껴나 있다. 구세대의 비합리적인 순수문학론에 대한 부정과 비판의식에서 시작하여 원론적 뒷받침이 약한 심정적 발언이 많았다는 한계를 남긴다. 단순히 목적성을 띤 선전문학과 참여문학의 차별성을 인식한 정도의 수준에서 크게 벗어나지 못한 것이다.

그러나 60년대 전반에 걸쳐 논의된 참여문학론은 4·19와 5·16의 역사적인 사건과 무관하지 않으며, 이후 70년대의 리얼리즘 문학논쟁까지 연계되는 것으로 파악된다. 이는 사회의 전환을 따라 신세대 비평가들이 그에 대응하는 문학적 갱신을 시도했다는 점에서 현대성의 일면을 내포하는 것이다.

2) 소시민의식 자각과 시민문학을 향한 열망

지난 시대, 6·25 전쟁과 같은 민족적인 환란 속에서 매몰될 수밖에 없었던 개인의식을 발굴해 낸 것이 60년대 문학의 특징이다. 하지만 이 현대성의 자질로 인해 오히려 외부세계는 부조리함을 드러내고 내면세계는 고립되어 더 복잡한 문제들을 잉태하기도 한다. 그래서 개인의식은 인정하되 그것을 사회적 공동체의 차원으로 발전시키려는 의지가 발동하는데, 이는 사회적 삶의 다원화나 분화의 과정을 통해 '시민사회'로의 확장을 기대하게 한다. 시민사회란 개인의 일상생활이 영위되는 배경이다.[107] 일상적인 소비가 이루어지는 생활 영역이자 개인의 위치와

106 김병걸은 "참여문학은 상상력이 없는 비문학이 아니라, 모든 좋은 문학이 그러하듯, 상상력을 필연적으로 지닌 문학이며, 다만 상상력의 거점을 역사적 현실에 두고 있다"고 역설한다. ― 김병걸(1968), 「사회성과 의식의 상상」, 『현대문학』(1968. 12).

정체성이 형성되는 장이며, 공통의 언어와 물화를 매개로 하여 개인을 사회화하는 공간이다.[108] 이처럼 개인의 자유를 포함한 민주주의와 함께 시민사회의 형성은 현대의 역동성을 보장해주는 주된 기반의 하나가 된다.

그런데 자본주의 경제나 권력의 논리는 개인의 자율적 공간을 침해하여 물화시키는 경향을 보인다. 하버마스가 말하는 '생활세계의 식민화'란 이를 가리키는 것이다. 그러므로 제대로 된 시민의식을 갖춘 시민사회의 확장이란 곧 그러한 식민화를 견제하고 스스로 자기와 일상성을 극복하여 조직화하려는 과정을 뜻한다. 따라서 현대의 시민사회를 향한 이러한 추이는 개인의 권리문제, 사회의 규제 및 조절 방식 등에 대한 새로운 사유방식을 내포하고 있는 것이다.[109]

1960년대 후반의 평단은 성숙한 시민사회 건설과 이에 걸맞는 '시민문학'의 정립에 지대한 관심을 보인다. 김주연의 '소시민 의식'과 백낙청의 '시민문학론'이 논전 형태로 대두되면서 비평이념의 분화양상을 드러낸다. 이 논의는 60년대 문학의 경향을 반성적 차원에서 점검하고 역사적 기여의 의미를 획득하여 시대적 소명에 걸맞은 비평론을 수립하기 위한 과정이었다고 할 수 있다.

먼저 김주연이 '소시민의 문학사적 의미'라는 부제를 단 「새 시대 문학의 성립— 인식의 출발로서 60년대」라는 평문을 발표함으로써 발단이 된다. 그의 비평 초기적 관심은 '상황'과 '인간'의 관계에 있어서 '인

---

107 시민사회는 국가를 매개로 다양한 제도적, 이데올로기적 장치들 토대 위에서 유지되지만, 이 지배력은 얼마나 많은 대중의 자발적인 동의를 획득하느냐에 따라 결정되기 때문에 나름의 자율성이 존재하고 일방적인 지배력은 행사할 수 없는 공간이다. 개인간의, 집단간의 경쟁과 소통을 통하여 시장경제의 지평을 넘어서는 역설적 힘을 발휘하는 가운데 다양한 현대성의 역동적인 작용이 가능해지는 것이다. — 하정일(1999). 앞의 글, 앞의 책, pp.65-66.

108 정수복(2002), 『시민의식과 시민참여 : 문명전환을 꿈꾸는 새로운 시민운동』, 아르케, p.7.

109 김성기(1994), 「세기말의 모더니티」, 『모더니티란 무엇인가』, 민음사, pp. 43-44.

간'이라는 주체를 향해 있었다. 50년대 문학이 인간의 내적 실존이 아
닌 외적 상황을 지나치게 중시하여 전체적인 상황 속의 인간으로만 규
정하고 있음을 비판하면서, 그것의 극복 방향으로 '주체로서의 인간'을
제시한 것이다. 그 인간에 대한 새로운 인식이 곧 '개인의 인식'이며,
바로 현대적 자아의 각성에 다름 아닌 것이다. 이는 60년대 문학 내지
신세대 비평문학의 형성에 있어서 중요한 원리가 되는데, 김주연은 그
와 동시대의 문학에서 새 시대 문학 성립의 단서를 찾아내고 그것에
'인식의 출발로서의 60년대'라는 이름을 부여하여, '추상적 상상이 아닌
구체적으로 그려진 본질'이라는 차원에서 개인성을 추구하고 있다.[110]
그는 이 글에서 이전 세대와 60년대 차이가 '인식의 싹틈'에 있다며 50
년대의 전후문학파 작가들이 '문학이 언어로 된 하나의 질서라는 사실'
을 인식하지 못하여 결국 실패한 데 반하여, 60년대 작가들은 '개인화
와 인간 소외'(소설), '개인의식'(시)을 드러냄으로써 성공하고 있다고 주
장한다.

> "새 시대 문학의식의 기본 심리가 되고 있는 '소시민' 의식은 여기서
> 현대문학이 지향하는 개성적 인간의 현현(顯現)이라는 이념과 순조롭게
> 연결된다. 물론 이 경우에 있어 '소시민 의식'이라는 어휘는 사회구조와
> 의 필수적인 연계관계 아래서 고찰된 사회학적 결론과는 무관하다. 사실
> 상 우리 사회가 '소시민'을 허락하고 있는가 아닌가에 대해서는 사회학
> 자체에서도 정실로 보고 있지 않을 만큼 사회의 유동도가 심하며 또 그
> 에 대한 결론은 이 경우 반드시 필요한 것은 아니다. 문제가 되는 것은
> 작가의 의식층 밑을 흐르고 있는 것이 바로 '소시민' 의식이라는 사실을

---

110 김주연은 '소시민 의식'의 성과를 낸 작가로 김승옥(인간의 본능 '성(sex)'에 대
한 긍정적인 수용), 박태순(일상 생활인의 속물성에 대한 편견 없는 수락), 이청
준(관념적 꼭두각시의 조형과 그 무력함의 제시), 서정인(상상성 지향의 현대인
이 무지와 편견으로 가득찬 사회에서 겪는 파멸과 착종) 등을 들고 있다. 그런데
김현의 지적처럼, 이 네 작가의 문학세계를 '감성'이라는 일률적인 단어로 처리
하는 것은 다소 무리가 있겠다. 섬세한 분석을 통해 소시민 의식을 촉발시키는
현실의 계기를 작품 속에서 조망하는 것이 필요하다.

　　짐짓 발견해 내려는 태도 자체다. 그것은 사실과는 다른 논리의 소박한
　함수관계를 벗어난 문학현실로서의 문제인 것이다."[111]

　이 글을 통해 짐작할 수 있듯이, 김주연은 60년대 문학의 새로운 감
수성과 세대의식, 그리고 개인성과 관련하여 '소시민 의식'이란 개념을
도출하여 60년대 문학의 지표로 설정한다. 그가 말하는 '소시민 의식'
은 이미 『68문학』 계열의 비평가들이 '60년대적 특징'으로 파악한 '개
인의식'의 다른 표현으로, 이를 비평론적으로 논리화하고 심화시키는
과정에서 나온 사회문화적 개념이다. 이런 점에서 '소시민 의식'은 개인
의식이 발전된 형태라 할 수 있으며, 비평의 시각이 개인적 차원에서
사회적 공동체의 차원으로 확대되고 있음을 짐작할 수 있다. 그리고,
김주연의 평문에서 사용된 '트리비얼리즘'이란 용어는 말 그대로 현실
의 속물성─비속성에 집착하는 태도가 아니라 오히려 그것을 초월하려
는 의미를 갖는다. 즉 그는 현대사회와 개인의 속물성을 '전면 수락'하
되, 그 다음 단계로서 건전한 '소시민 의식'을 구현하고자 했던 것이다.
김주연의 논리에 의하면, '소시민 의식'과 동일한 의미로 사용하는 '트
리비얼리즘'에는 "사소한 것에서 사소하지 않음"을 확인하려는 적극적
인 태도가 내포되어 있다[112]는 것이다.

　이에 관하여 김주연은 60년대 활동한 시인들의 의식을 고찰하면서,
"소시민 의식에의 함몰이 가져다주는 새로운 포오즈"란 "일견 모든 상
황과의 단절을 품고 있는 듯이 보"이지만, 이 때 시인들은 개성의 무게
뿐 아니라 "자신의 감정적 술회를 통한 자기노출"을 실현함으로써 밖의
현실과도 교환하고 있다고 재차 강조한다. "소시민 의식이란 그것 자체
로서는 기뻐할, 혹은 비판받아야 할 아무런 규준의 속에 있지 않"으며,
상대적으로 "상황의식에 대한 새로운 준비" 단계임을 명시한다.[113] 하지

111　김주연(1968), 「새 시대 문학의 성립─ 인식의 출발로서 60년대」, 『아세아』 창
　　간호, p.265.
112　김주연(1968), 앞의 글, p.266.

만, 이 글에서 김주연의 소시민 – 시민의식에 대한 이해가 사회사적인 명확한 규명을 전제로 하지 않았음이 확연히 드러나는데, 그는 시민의식을 "가장 인간적인 것"으로 파악하고 이를 '性의 문제'와 연관지어 거론하고 있기 때문이다.

> "정현종의 의식 내용에 있어 정신적인 면과 육체적인 면을 표리로 파악하고 있는 性은 60년대 시인의식의 또 하나의 단서처럼 생각된다. 60년대 市民의식의 충실한 반영으로 보이는 性의 문제는 지금까지 소월이나 영랑에서처럼 열등 컴플렉스의 표현인 〈기다림〉의 이미지로 굳혀져 왔거나, 그것을 생활 속에서의 발현이라고 해서 외설의 나열을 통한 외설의 止揚으로 보려고 했던 김수영의 경우가 있는데, 이 두 가지의 관심과 노력은 모두 시적 진실과 배반되는 태도이다. (…) 가장 인간적인 것은 가장 열렬하게 추구되어야 하되, 가장 은밀하게, 그리고 가장 상징적으로 표현되어야 한다는 것은 문학, 특히 시의 기본명제인데 이러한 관점에서 정현종으로 대표되는 60년대의 性에 대한 인식은 매우 정당한 것으로 보인다."[114]

김주연은 소시민적 본성의 노출을 통해 외부 세계와의 교류로 나아갈 수 있다고 판단한 바와 같이, '시민의식'이란 것도 인간의 본능을 포함한 정신세계의 진실성을 포괄한다고 단순히 이해한 점에서 그의 인식은 다분히 추상적임을 알 수 있다.

그래서 김주연은 평문 「계승의 문학적 인식」을 통해 이와 관련하여 자신의 논리를 부연 설명하는 기회를 갖는데, 그에게 있어서 소시민 의식이라든가 트리비얼리즘은 방법론적 차원의 문제인 것으로 확대해석해나감으로써 더욱 스스로의 모순을 노정하게 된다. "그것은 빌딜해서 감성주의에 이른다고 보아도 그렇고, 극복되어서 시민의식을 띤 사회적

---

113 김주연(1968), 「60년대의 시인의식 – 소시민의식과 낭만주의의 가능성」(『상황과 인간』, 1969, 박우사, pp.154–156).
114 김주연(1968), 앞의 글, 앞의 책, pp.151–152.

기능으로 연결된다고 보아도 그렇다.” 이는 현실에서 현실을 평가할 수 있는 방법론이 필요하기에 제기된 개념으로서, “현실이 갖고 있는 역사의 한 지점으로서의 객관성에 대한 인지”와 “그 현실을 창조적으로 파악하고 구성해야 하는 주관적인 노력”이 함께 부가되어야 그 의미가 분명해진다고 말한다.[115] 이처럼 그는 개인적 현실의 작은 일면을 발견해 내고 거기에 객관적인 의미를 부여하는 방식을 트리비얼리즘이라 본 것이다.

또한 김주연은 앞에서 살펴보았듯이, 새 시대의 새로운 문학을 요구하는 가운데 개인의식과 관련하여 사물의 개체성, 인간의 감각 및 주관성을 중시하는 입장에서 60년대적 새로움의 실체를 ‘개성’이라 정의한다.[116] 그러나 그는 개성의 추구에서 그치지 않는다. 이러한 몇 가지 전제 하에 ‘보편성을 향해 움직이는 정신’을 강조한다. 개인의식이 보편감각을 획득하려면 그것은 끊임없는 자기 확장의 과정 속에서 진행되는데, 개인의 일상에서 발현된 속물성을 자각하고 극복하면서 보편적인 시민의식을 향한 확대를 이루어갈 수 있다고 본 것이다.

> “시민의식을 형성하려면, 역사적인 필연성에 의해서만 가능한 것이다. 여기에서 문제는 한 사람 한 사람을 개인으로 개별화시키면서도 그 개인을 집단으로 묶어주는 보편감각(Sense of Identity)이 필요하게 된다. (…) 이러한 動力學의 배후에는 권리를 주장하는 본능, 감각위주의 욕구와 의무를 느끼는 이성 위주의 욕구가 서로 상반된 자리를 차지하고

---

115 김주연(1968), 「계승의 문학적 인식 – ‘소시민 의식’ 파악이 갖는 방법론적 의미」, 앞의 책, pp.272-273.

116 “일체의 공상과 선험, 편견, 그리고 근본적으로는 사실의 종합으로서만 압박을 주는 역사, 수사학으로서의 신, 정신의 허세가 가득 담긴 허세나 가장 제거되어야 할 동양적 체험과 감상에서 감연히 벗어나 하나의 나뭇잎, 겨울방의 한기, 만남의 기쁨에 모두 제 무게를 재어 주고 똑같은 논리의 순환으로 전쟁과 삶, 질병과 죽음, 모순과 허무의 추상감각에도 정당한 제 무게를 달아 주어야 한다. 사물에 대한 보편인식이란 바로 개성의 여부를 말한다.” – 김주연(1968), 「새 시대 문학의 성립 – 인식의 출발로서 60년대」, 『아세아』 창간호, p.267.

있으며, 이러한 대립은 바로 분열과 극복이라는 위상을 통해 현상의 근원에 접근하는 문학 인식의 내용이 된다. 시민의식과 소시민의식은 이러한 대립에 있어 바로 안팎관계를 유지한다. 시민의식은 그러므로 형성의 과정에 있어 필연적으로 소시민의식이라는 구체적이며 현실적인 감수성의 발현을 통해서 가능하다."[117]

이 글에서 김주연은 시민의식이란 대체로 이성 위주의 책임, 의무를 표현형으로 드러내고 있으나, 그 의식의 저변에는 인자형(因子型)으로 감정, 본능, 권리라는 개념이 전제되어 있다[118]고 설명한다. 즉, 어떤 종류의 욕망, 무책임을 자각해 가는 사이에 이성과 책임이라는 명제는 확실하게 개념화되는 것이다. 이 때 그 자각이 바로 '소시민 의식'으로 나타난다는 것이다. 그러나 소시민 의식이 시민의식을 각성시키는 계기가 된다 할지라도, '본능'까지 근본적인 인자로 규정한 것은 지식인의 자기 합리화와 현실 인식의 한계라는 혐의를 부인할 수 없게 만든다.[119]

한편, 김주연이 50년대 문학은 주체적 인간을 형상화하는 데 실패했다고 평가한 점에 대하여 백낙청이 「시민문학론」을 통해 반론을 제출하고 나서면서 일면 대립구도를 이루게 된다. 그 반론은 서기원의 「전후문학의 옹호」를 두둔하고 김주연이 주장한 '새 시대(60년대) 문학의 특성'에 대해 의문을 제기하는 것으로서, 더 나아가 50년대 문학의 연장

---

117 김주연(1968), 「60년대의 시인의식」, 『사상계』 186호(1968. 10).
118 이성 중심주의를 해체하기 위한 푸코의 담론 또한, 사회적 합리성이 어떻게 자아를 왜곡하고 억압하는 권력의 형태를 띠게 되는가에 주목하면서 자아의 해방과 진정한 개인성의 확보를 추구하고 있다. 먼저는 자신에 대한 앎이 선행되고 나서 그 주체는 타자와 공존해야 한다고 강조한다. 이러한 푸코의 모더니티 이론은 현대 비판 및 자기성찰의 방식과도 연결되는 것으로 보인다. ― 미셸 푸코 외 (1999), 『자유를 향한 참을 수 없는 열망 : 푸코―하버마스 논쟁재론』, 정일준 역, 새물결, p.5.
119 김주연이 김승옥 소설 「무진기행」에 관해 분석한 것을 보아도 주인공이 형성하는 무질서의 세계, 몽롱한 추억거리, 센티멘털리즘에만 특히 주목한 점은 오히려 비평가의 소극성과 수동성을 드러내주는 듯하다. 문학의 자율성을 인정하더라도, 기본적인 문학과 현실의 관계성을 배제할 수는 없기 때문이다.

선에서 60년대 문학이 성립할 수 있었다는 계승론을 역설하기까지 한다. 여기서 백낙청의 비평적 이념은 마침내 그 전모를 드러내고 있는데, 이 글은 60년대 비평문학의 한 줄기를 형성하고 그 도달점을 제시한다는 점에서 그 의미가 크다고 하겠다. '시민과 소시민', '서구 시민문학의 전통', '한국의 전통과 시민의식', '1960년대의 한국문학'이라는 네 개의 장으로 이루어진 이 長文의 평문에서 백낙청은 지금까지 자신이 수행해온 이론적 탐구와 내적인 성찰을 토대로 하여 한국문학에 대한 뚜렷한 전망을 보여주고 있다. 백낙청의 문제의식은 당시에 제기되고 있던 소시민 논의에 대한 비판적 검토의 필요성에서 비롯되고 있는데, 그는 이를 시민문학의 개념으로 정립하려는 의욕을 드러낸다.

하지만, 백낙청이 차용한 '소시민' 개념은 김주연의 새 시대 문학론에서 보여주는 '소시민'과는 분명한 차이가 있다. 김주연은 '소시민' 의식을 시민의식을 형성하는 계기로 전면화한다고 인식한 데 반해, 백낙청은 이를 '시민의식'의 결여 형태로 파악하여 대립 개념으로 인식하고 있기 때문이다. 즉, 김주연이 과정론으로 이해하고 있다면 백낙청은 결과론으로 이해한 것이다. 두 논자는 동일하게 자아 확대의 '시민의식'을 목표로 하고 있지만 그 추구하는 방법론에서 차이점을 드러내는데, 다음은 두 비평가의 비평론적 입지와 관점의 차별성을 짐작할 수 있는 대목이다.

> "그러므로 우리가 〈시민〉과 〈소시민〉을 대조적인 개념으로 사용할 때 우리는 엄격한 사회학적 계층분류를 하려는 것이 아니다. (…) 우리가 쓰는 소시민이라는 말은 주로 일반적인 생활태도, 정치의식 내지 세계관에 초점을 둔, 보다 유동적이고 광범위한 개념인 것이다. (…) 우리가 '소시민'과 대비시켜 우리의 미래를 위한 이상으로 내걸려는 '시민'이란, 프랑스 혁명기 시민계급의 시민정신을 하나의 본보기로 삼으면서도 혁명 후 대다수 시민계급의 '소시민'화에 나타난 역사의 필연성은 필연성대로 존중해주고, 그리하여 그러한 필연성을 기반으로 하여 — 또는 그

와 다른 역사적 배경인 경우 그와 다른 필연성을 기반으로 하여—우리
가 쟁취하고 창조하여야 할 미지, 미완의 인간상인 것이다."[120]

　백낙청은 '소시민'의 개념을 파악하기 위해 먼저 서구적 관점에서의
'시민'과 시민문학의 개념에 주목한다. 이 글의 서두에서 그는 "시민다
운 시민은 무엇보다도 소시민의 존재와 의식이 그것 나름으로 역사의
산물이며 역사는 돌이킬 수 없는 것임을 알지 않으면 안 된다"는 점을
강조하면서 '시민'의 의미를 제시한다. 여기서 말하는 '시민'은 부르주
아가 아니라 프랑스 혁명기 시민계급(시트와엥)의 어느 특정 시기에서의
특수한 상태를 일컫는다. 백낙청은 18세기 말 프랑스 대혁명에서 시민
계급이 부르짖었던 '자유, 평등, 우애'의 이상이 실제로 시민계급의 이
익을 가져다주긴 했으나, 참다운 시민의식을 키워서 민주적 시민사회를
완성하지는 못했기 때문에 우리가 지향하는 '시민'의 본보기가 될 수 없
다고 말한다.[121] 시민계급이 지배계급으로서 자기 이익을 관철해가는
과정에서 시민의식의 이데올로기적 성격이 발현되기 때문이다.[122] 그래

---

120 백낙청(1969), 「시민문학론」, 『창작과비평』(1969 여름), (『민족문학과 세계문학』
　　1, 창작과비평사, 1978, p.13).

121 푸코는 이에 관하여 권력의 담론으로 해명한다. 도시의 부(富)와 행정능력, 도덕
　　성, 특정한 삶의 방식과 혁신적 사고, 지식 등을 기반으로 나타난 부르주아지는
　　대혁명 이후 19세기부터 적극적으로 역사를 정치 투쟁의 무기로 사용하게 된다
　　는 것이다. 이를 기점으로 부르주아지의 민족 개념이 정립되기 시작했는데, 하나
　　의 민족이 존재하기 위해서는 명시적인 법과 제정기관이 있어야 한다는 가설 하
　　에, 권력의 야심을 다시 드러내게 된다. 그래서 귀족계급 및 왕정의 절대 권력으
　　로부터의 해방되고 국민적 정당성을 확보하기 위한 혁명은 일시적인 자유의 경
　　험에 불과했으며, 진정한 시민사회에 도달하지 못하고 이내 곧 부르주아지가 보
　　편계급을 자처하며 지배계급으로 부상하게 되었다는 것이다. 이러한 푸코의 논
　　리에 의하면, 자유를 향한 대혁명을 통해 육체를 억압하는 규율권력에서 벗어나
　　긴 했지만, 근대 이후부터는 또 다른 권력, 즉 앎(지식)을 바탕으로 인간 전체를
　　생물학적으로 조절하려는 권력이 다시 대두하게 되었다는 것이다. ― 미셸 푸코
　　(1994), 『감시와 처벌 : 감옥의 탄생』(오생근 역), 나남출판. 참조.

122 그래서 백낙청이 주장하는 시민의식은 저항의식, 혹은 현실 참여의식과 일맥상
　　통하는 면이 있다. 성민엽은 이에 관하여 「시민문학론」에서 백낙청이 시트와엥
　　으로서의 시민 개념만을 따로 분리해낸 것은 하나의 이념형을 만들어 오히려 사

서 아직 우리의 역사가 체험해 보지 못한 미래 지향적인 시민관을 '미지, 미완의 인간상'으로 표현한 것이다.

「시민문학론」의 본론에 들어가면, 백낙청은 계몽주의 문학에서 리얼리즘 소설의 형성에 이르는 서구 시민문학의 전통을 추적하는데, 이 과정에서 그는 서구의 정치, 경제사와 이에 대응되는 문학사에 관하여 엄밀한 이해를 드러내 보인다. 여기서 시민문학의 개념은 리얼리즘과의 관련성 하에서 그 본질적 측면에 접근하게 된다. 소재의 선택이나 기법상의 자연주의가 리얼리즘의 본질은 아니겠지만, 여기서 백낙청은 리얼리즘과 시민문학 사이의 한 가지 유대를 발견해낸다.

> "시민문학이 이상적으로 모든 시민이 공유하는 문학이고 건전한 사회의 현실에 깊은 관심을 갖는다고 전제할 때, 되도록 당대 현실을 소재로 삼고 되도록 만인이 자연스럽다고 느끼는 기법─그것도 물론 하나의 기법이요 따라서 자연 그대로만은 아닌 예술적 관습임을 사실이지만─을 써서 그려낸 문학이 적격일 것은 당연한 이치이다. 시민사회, 시민문학을 형성하는 일이 하나의 지속되는 과업으로서 기존 현실에 대한 끊임없는 비판을 요구한다는 점에서도 리얼리즘의 그러한 면이 중요시되는 것이다. (…) 필자로서는 리얼리즘의 본질을 사회와 인간을 보는 어떤 〈원숙한 관점〉과 이에 수반되는 〈균형〉으로 파악한 영국의 비평가 레이몬드 윌리엄스의 주장에 공감을 느낀다."[123]

이 대목에 이르러 시민문학의 개념은 리얼리즘이라는 구체적인 문학적 원리에 의해 분명한 의미를 획득한다. "사회가 단순히 개인관계 탐구의 배경을 이루고 있는 것만도 아니고 개인이 순전히 생활양식의 어떤 국면을 예시(例示)하는 수단으로서만 존재하는 것도 아니다"라는 레이몬드 윌리암스의 견해에 기대어 그는 리얼리즘의 의미를 '총체성'을

회 구성체의 내적 모순을 은폐하는 지배 이데올로기로 수렴되기 쉽다고 지적한다.─성민엽(1984), 「민중문학의 논리」, 『민중문학론』, pp.40-42 참조.
123 백낙청(1969), 「시민문학론」, 『창작과비평』(1969년 여름호), p.472.

구현하는 문학적 원리로 파악하고 있다. 이러한 인식을 이미 67년 「한국소설과 리얼리즘의 전망」에서도 다음과 같이 드러낸 바 있다.

> "리얼리즘 소설의 특징은 작품의 실감이 작가 한 사람만의 또는 특수 독자 몇몇 사람만의 실감이 아니라 같은 시대, 같은 사회에 사는 모든 사람들의 실감이 되고자 한다는 점이다. 개인의 관심사는 곧 함께 사는 모든 사람들의 관심사로 공유되고 전체 사회의 관심사가 각 개인의 문제로 실감될 것을 지향하는 것이다. 이러한 근본 의도를 달성하는 데는 여러 가지 방법이 있을 수 있겠지만 당대 현실을 소재로 택한다거나 사실적 묘사를 하는 것이 특히 중시되는 것은 당연한 일이다."[124]

이 대목에서 백낙청은 리얼리즘 문학이란 개인과 사회의 교감, 즉 자아와 자아의 확대 과정을 언어적 묘사를 통해 밝히는 것으로 특징짓고 있는데, 이는 그의 시민문학론으로 이어지고 있음을 보게 된다. '시민문학'은 인간과 사회를 바라보는 원숙한 관점을 가짐으로써 "개인을 무시한 전체화도 아니고, 전체화를 외면한 개인주의도 아닌, 떼야르가 말하는 〈인격화하는 전체화〉"와 맥락이 닿아있다고 제시한다. 개개인의 시민들이 형성하는 건전한 사회가 시민사회라고 인식한 점을 감안할 때, 백낙청은 개인관계를 수락하는 차원에서 사회성을 획득하고 있음이 분명해진다. 따라서 당시 김주연의 비평논리를 폭넓게 이해했다면, 소시민 의식의 자각과 시민문학은 충분히 서로 연계될 수 있는 의미망인 것이다.

백낙청은 시민문학의 핵심적 성격이 계몽주의 혹은 합리주의라는 문학적 현대성의 전통 내에서 파악될 수 있다는 점을 인정한다. 그러나 동시대적 상황 속에서 이러한 문학적 전통의 계승문제와 관련하여 그는 "진정한 시민문학의 원리로서의 이성(理性)은 고정된 합리성이 아니며 오히려 기존의 합리성에 대한 끊임없는 도전을 의미하는 것"이라는 지

---

124 백낙청(1967), 「한국소설과 리얼리즘의 전망」, 『동아일보』(1967. 8. 12).

적을 덧붙이고 있다.[125] 여기서 시민문학은 개인과 사회의 총체성을 구현하는 현대 문학으로서의 의미를 담지하게 되는데, 이는 주체의 논리를 강조하는 계몽이성과 함께 이를 부정하고 반성하는 차원에서 제기되는 소통적 합리성을 동시에 포괄하게 된다.

부득이하게 서구의 개념을 빌려올 수밖에 없었던 백낙청의 '소시민', '시민' 개념은 다소 모호한 점이 있지만, 건전한 부르주아가 주도하는 시민사회를 지향하는 관점에서 쓰여진 「시민문학론」은 우리 현대사의 과제로서 시민혁명을 제시하고 있다는 데서 의미를 찾을 수 있다. 그는 이어서 이에 대응하는 과제로 반제와 반봉건을 기치로 하는 시민(부르주아) 민주혁명을 설정한다. 덧붙여 시민문학론의 논거가 되는 시민의 개념을 설정한 후, 김주연의 소시민(트리비얼리즘)을 염두에 두고서 '소시민'의 계층, 계급적 성격과 그 의미를 밝히고 있다.

> "혁명 후의 시민계급이 일부는 귀족계급의 잔존자와 결합하여 이른바 금융자본을 중심으로 일종의 상층 부르주아지를 형성했고 나머지는 역사의 실질적 결정권에서 점차 소외되어 왔다는 것은 두루 알려진 사실이다. 이러한 특수한 소외의 산물인 새로운 유형의 시민들, 엄연히 시민계급의 일원이면서도, 시민의 제반 지배적 결정에는 참여 못하고 그런데도 자신이 지배계급의 구성원이요 자립자족적인 시민이라는 환상을 끝내 고집하고 있으며 바로 그러한 자가당착적 처지와 자기 이해의 결핍 때문에 극도로 무책임한 개인주의와 극도로 감정적인 집단주의 사이를 무정

[125] 전후세대 비평가 유종호는 이광수의 계몽주의 문학이 한국 근대화과정의 한 시기에 촉진제 구실을 하며 크게 영향을 끼친 것은 사실이나, 그 과정에서 세태에 충실한 풍속소설로 전락하여 독자들을 타락시키기도 했다고 언급한다. 따라서 비과학적인 사고방식이자 궁극적으로는 문화의 후진성을 의미하는 이분법적 사고에서 벗어나, '시민으로서의 자각'이 필요하다고 역설한 바 있다. 여기서 유종호가 말하는 시민의식은 현존하는 온갖 사회적 부조리를 외면하지 않는 끊임없는 비판의식이다. 그러한 까닭에 그는 후진적인 당대 한국의 정치현실과 문화계를 향해 '사고의 변혁'을 요구하는 목소리를 높이고 있다. 이것은 모든 시민들이 가져야 할 성실한 자세이자, 동시에 많은 독자를 거느려야 할 작가들의 최소한의 성실성이라고 말하고 있다. ― 유종호(1961), 「신문소설고 ― 그 생태와 공과」, 『동아일보』(1961. 9).

견하게 방황하면서 해소할 길 없는 원한과 허무감과 피해 망상증에 시달
리고 있는 현대사회의 수많은 시민들 — 이들을 우리는 중소기업가니 상
인이니 또는 현대적 신중간 계급이니 하는 식으로 계층 구별을 함이 없
이 통틀어 '소시민'이라 불러도 좋을 것이다."[126]

앞서 말했듯이, 백낙청도 김주연과 마찬가지로 '소시민' 개념을 사회
학적 의미에서 엄밀히 규정하고 있지는 않다. 그저 광범위하게 '프티부
르주아', '소상인 계층' 정도로 인식하고 있었던 것이다. 그는 '소시민'
의식을 미화하는 새로운 형태의 순응주의나 신세대 비평가들의 문학적
표어가 되는 현상에 반대 입장을 표하면서, 이를 바탕으로 시민문학의
한국적 전통을 찾는 일에 나선다. 그러나 백낙청에게 있어 시민문학의
한국적 전통을 찾아내는 작업은 처음부터 불가능한 것으로 제시되고 있
다. 이는 시민문학의 주체인 '시민' 자체가 한국의 역사 속에서는 부재
하기 때문이다. 그의 문제의식은 "〈시민의식〉을 실재하는 시민계급의
의식 상태로 규정한다면 서구적 부르조아지가 성립된 바 없는 한국의
역사에서 시민의식을 찾는 것은 무의미한 일이 된다"는 데에 놓여 있으
며, 그러한 견지에서 시민문학을 규정하는 '시민의식'의 내용을 서구적
인 시민 개념의 틀을 벗어나 '사랑' 혹은 '자유'라는 보다 광의의 개념
으로 설정해둔다.

이 대목에서 그는 과거 혹은 전통에 대한 과소평가나 과대평가의 태
도를 모두 다 바람직한 것이 아니라고 말하면서, 자신이 몇 해 전에 강
력히 주장했던 우리 문학전통의 단절론을 반성하는 면모를 보인다. 오
히려 이 글 「시민문학론」에서는 한국에서의 시민의식의 발전이 부분적
인 단절과 왜곡, 비약에도 불구하고 근세사에 이르러 하나의 흐름을 형
성하고 있다는 사실에 주목한다.

백낙청은 조선 후기의 실학사상, 동학농민전쟁, 3·1 운동의 의미를
차례로 검토해 나가면서, '시민의식'이라는 평가의 기준을 가지고 한용

---

126 백낙청(1969). 앞의 글, 앞의 책, p.14.

운과 염상섭, 그리고 60년대의 작가 손창섭, 하근찬, 이호철, 최인훈, 김승옥, 서정인 등에 대한 문학비평을 시도한다. 이 가운데서도 3·1 운동과 4·19정신을 충실히 계승한 작가로 한용운, 김수영을 꼽아 시민문학의 전통에서 이들을 정당하게 가치평가 하자고 주장하는데, 한용운의『조선불교유신론』과「님의 침묵」은 철저한 시민적 자각에서 씌어져 현대성을 확보하고 있으며, 김수영의 문학은 "1960년대 한국 시민문학의 가장 뛰어난 성과"라는 것이다.

특히 백낙청은 한용운의 시를 불교사상에 근거하여 이해하기를, 〈님〉은 사랑하는 남성이자, 잃어버린 조국이요, '중생'이라는 중첩된 의미를 지니는데, 시인의 '님에 대한 사랑'은 곧 시민의식다운 사랑에 도달한 것이라고 평가한다. 3·1 운동 이후 한국 시민의식의 빈곤을 한용운이 '님의 침묵'으로 표현했으며, 이어서 시민의식의 성립을 위한 최소한의 양심과 현실감각을 보여준 시인은 이상(李箱)이라는 것이다.

그러나 이러한 해석은 객관적인 분석비평에 의거하지 않고 백낙청의 모호한 '시민' 개념과 주관적 논리에 기반한 과도한 의미 부여임을 알 수 있는데, 그는 시민의식을 곧 '사랑', '자유', '참여'라는 의미로 규정하고 있기 때문이다. 진정한 시민문학의 원리를 '이성'에서 찾으면서도 그가 말하는 시민문학은 합리주의 문학이 아닌, 낭만적인 감성까지 포괄하는 사랑의 문학인 것이다.

예를 들어, 김수영의 시「사랑의 변주곡」중 "아들아 너에게 광신을 가르치기 위한 것이 아니다 / 사랑을 알 때까지 자라라"는 부분을 인용하며 "시민문학론이 우주 전체를 움직이고 이끄는 힘으로서의 '사랑'과 같은 의미를 갖는 정확한 동의어로 볼 수 있는 날을 기대한다"며 글을 맺고 있다.[127] 여기서 백낙청의 논의가 구체적인 작품을 근거로 시민의식의 구현양상을 보여주려고 시도한 점에서는 의의가 있겠지만, 한국 사회의 실정에 대한 정확한 파악을 토대로 '시민' 개념을 정립하지 못한

---

127 백낙청(1969). 앞의 글, 앞의 책, p.76.

채, 자신의 논리 안에서 시민의식을 사랑과 자유라는 추상 개념으로 귀결시킨 점은 논리의 비약을 가져왔다. 그의 실제적인 작품론은 관념적인 감상 차원에서 크게 벗어나지 못했으며, 이로 인해 「시민문학론」을 오히려 소극적인 참여론에 한정시키는 한계로 작용하기도 한다.

또한 백낙청은 소시민의 의미를 과도하게 대타적으로 의식함으로써 문제의 본질을 제대로 규명하지 못하고 실제 비평에서 많은 오류를 보인다. 최인훈은 관념적, 우화적 형식의 소설을 주고 쓰면서 특히 『광장』의 소시민적 주인공을 변호하려는 애매한 감정에 머물러 있기 때문에, 그리고 김승옥은 "소시민 의식의 한계를 한계로서 제기하는 데 어느 정도 성공한 문학"이지만 부지중에 현실의 문제를 흐려놓고 있기 때문에 시민문학의 달성에 실패한 것으로 평가한다. 더불어 이호철의 소설 『소시민』도 진정한 '시민 의식'의 작품에는 이르지 못했다고 단편적으로 지적한다. 하지만 최인훈, 이호철, 하근찬 등의 작가들은 전쟁의 현장 증인으로서 그 시대의 풍토를 객관적으로 파악하고 고발하려 했으며, 김승옥도 현대인의 자기 존재에 대한 질문을 던짐으로써 '60년대'라는 그 시대정신의 풍속도를 그려냈다는 점을 감안할 때, 백낙청의 시민의식을 잣대로 한 실제 비평은 오히려 자신이 내세운 원론을 뒤엎는 것이었다. 시민사회의 기반을 '개인성을 전제로 한 사회와의 소통'에 두면서도, 실제 작가와 작품을 대할 때는 현실이 초래한 모순의 실체를 명확히 규명해내지 못하고, 시민의식의 의미를 상당히 축소시켜 평가의 기준으로 적용하고 있다.

한편, 김주연은 소시민 개념을 비롯하여 자신이 쓴 「새 시대 문학의 성립 — 인식의 출발로서의 60년대」(1968)에 대하여 평단의 오해와 반박이 두드러지자, 그 오해의 유형을 짚어보고 자신의 논의를 다시 체계화시키려는 모습을 보인다.

> "이 글은 제목에서 압축했듯이 60년대라는 세대에 초점을 맞추어서
> 그들이 지니고 있는 문학적 특징을 밝힘으로써 그들 작품의 분석적 내

용을 획득하는 동시에 역사적 기여의 의미를 찾아보려는 다분히 시도
적인 노력이었다. (…) 그러나 나의 이러한 생각은 정신문화의 근본적
인 힘이 되어야 할 의식의 탄력성이 배제된 채, 몇몇 작가나 비평가에
의해 지극히 도식적이고 기계적인 편견으로 인해 갖가지로 왜곡, 해석
됨으로써 사태의 규명을 불필요한 혼란으로 밀어넣고 있다. 혼란의 요
점은 대개 서너 가지로 요약될 수 있다. 첫째는 소시민의식의 문제이
다. 즉 소시민의식이란 문학에서 타기해야 마땅한 것인데 이것을 오히
려 굉장히 필요하기라도 한 듯한 요소로 강조하는 것은 넌센스가 아니
냐하는 물음이다."[128]

김주연은 이같이 자신의 비평론에 반박하는 당대 비평가들의 의문사
항을 정리하면서 오히려 자신의 논리를 더 확고히 피력한다. 그가 말하
는 일상성의 극복이란 "일상성이라는 현상을 개념화시켜 놓고 가능"하
다는 것이다. 그래서 소시민 의식이라는 개념화 역시 "현실의 혼란 밑
에 깔린 사태의 핵심을 문학적인 면에서 드러낸 것"에 지나지 않는다고
주장한다. 그러나 그것은 바로 소시민을 자각하고 이미 극복을 하고 있
다는 의미와 통하며, 백낙청이 「시민문학론」에서 발언했던 "드러냄으로
써 넘어서는" 현상과 동일한 맥락에서 이해할 수 있음을 강조한다.

이와 더불어 김주연은 '소시민 의식'을 속물주의로 읽어낸 작가 및 비
평가들에게 "감성을 통한 전체에의 조망을 거쳐 이성적 인식을 그 명제
로 삼고 문학을 이해하려는 태도야말로 가장 역사의식에 충실하면서 전
체상적 시력을 얻는 그 구체적 실현이라"면서 강력히 반박하고 나선다.
그는 "일종의 엄숙주의가 등장하는 한, 인간을 찾는다는 열렬한 문학의
염원은 〈인간을 위해서〉라는 그럴듯한 구실아래 〈전체상적 視力〉이라
는 내용을 알 수 없는 힘에 의해 지배될 것"이 분명하다면서, 그 예가
50년대 문학이었다고 지적한다.

그리고, 백낙청의 「시민문학론」에 대응하여 속편격인 「계승의 문학

---

128 김주연(1968), 「60년대의 시인의식」, 『사상계』(1968. 10).

적 인식」을 쓰면서 자신의 논의를 전면화하는 가운데,[129] 시민의식의
속성을 네 가지로 규정하고 있다.

> ① 시민의식이란 노력해서 획득되어지는 것이지, 관념적으로 주어지
>   지 않는다.
> ② 대중 확산 속에서 파악되는 것이기 때문에 보편감각이라는 공동의
>   장에서 출발한다.
> ③ 감각을 인식의 발판으로 하는 문학에서 보편성의 획득은 반드시
>   이념적으로 바람직한 면에 의해서만 가능하지는 않다.
> ④ 시민의식이 내보이고 있는 긍정적인 이념, 윤리와 책임이라는 명
>   제는 강론의 과정으로 이루어지는 것이 아니라 그러한 이념의 뒷
>   면에 자리잡고 있는 본능과 감각의 완성과 그 극복을 통해 이루어
>   진다.[130]

여기서도 그의 일관된 주장이 반복되고 있는데, 즉 시민의식의 형성
은 필연적으로 '소시민 의식'이라는 구체적이며 현실적인 감성의 발현
을 통해서만 가능하다는 것이다. 그런데 김주연의 주관성 강조는 모든
사물을 새롭게 조망해보려는 의지의 결과이지만, 감성과 이성의 균형감
각을 취하지 못해서 스스로의 모순을 노정[131]하고 있기도 하다.

---

129 김주연은 '소시민문학'론이 간과하고 있는 부분을 백낙청에게 지적당하자, 속편
「계승의 문학적 인식」을 통해 자신의 의도를 부연설명하고 있다. 즉 시민의식의
형성은 필연적으로 '소시민 의식'이라는 구체적이며 현실적인 감성의 발현을 통
해서만 가능하다면서, 이를 방법론의 차원으로 확대시켜 논의를 개진하고 있다.
"문학을 포함한 모든 정신문화가 그것들 나름으로서 독립된 높은 가치를 유지하
고 그것이 주장하고자 하는 사상 혹은 의미를 다른 어떤 종류의 조건에 의해서도
간섭당하지 않고 지키려면, 반드시 그것은 보편적이면서도 바로 그렇기 때문에
얻어지는 독자적인 어떤 방법론 위에 서 있어야 한다는 것이 분화된 현대인의 사
고방식이라고 나는 믿는다."― 김주연(1969), 「계승의 문학적 인식 ― 〈소시민의
식〉 파악이 갖는 방법론적 의미」, 『월간문학』(1969. 8).
130 김주연(1969), 「계승의 문학적 인식」, 『상황과 인간』, 박우사, pp.255–276 요약.
131 이는 김주연이 트리비얼리즘을 시민의식을 각성시키는 하나의 계기로 보는 데
그치지 않고, 방법론의 차원으로 확대시킨 데서 빚어진 오류라 파악된다. ― 이상

‘소시민’, ‘시민’ 논의와 관련하여 당시 『68문학』에서 함께 활동하고 있던 김치수도 50년대 문학의 한계점을 밝히며, 김주연의 새 시대 문학 논리를 옹호하고 나선다. 그는 이전 시대와의 차별적 측면인 60년대 작가들의 ‘일상적 자아의 추구’는 “개인이 사회나 현실에 관해서 전체 개념 내지는 실체 개념으로 파악하지 않고 ‘관계 개념’으로 파악한 데”서 연유한다고 보았다. 실상 “한 개인이 진정으로 아프게 생각하는 것은 일상적 현실의 조그마한 부분이며, 이런 것을 도외시했기 때문에 ‘60년대 문학’ 이전에는 문학이 사회나 현실에 대하여 전체적인 파악”에서 머무른 것이라고 비판한다. “개인은 존재하지도 않고 전체만이 문제가 되는” 50년대 문학이 낳은 인습은, 개인을 출발점으로 사회 전반을 문제삼는 60년대 문학과는 전적으로 다르다는 견해를 선명히 드러낸다.[132]

또한 김치수는 김주연의 논리와 동궤를 이루면서, ‘소시민 근성’과 ‘소시민 의식의 자각’을 구분하며 후자는 ‘반속주의’이자, 역사의식으로 연결될 수 있는 개념임을 강조한다.[133]

> “‘소시민의식의 자각’이란 19세기적 시민의식의 범위를 뛰어넘은 보다 높은 차원에서 말해져야 한다. 그것은 ‘소시민근성’과는 구분되는 것으로서 이 문제에 대한 해답을 얻기 위해서 속물근성과 비교하는 것이 필요한 일이리라. (…) 이러한 인물을 통해 작가가 말하고자 했던 것은 그러한 비굴성과 속물성이 일종의 ‘소시민근성’이라는 것과, 그 근성은 곧 의식 자체의 지나친 폐쇄성과 순응성 때문에 사회나 개인의 개선에 저해될 뿐이라는 것이다. (…) 소시민이 자신의 소시민이라는 위치에 대해서 자각을 했을 때 그것은 ‘소시민의식의 자각’이 된다. 따라서 ‘소시민근성’이 속물근성이라면 ‘소시민의식의 자각’은 이에 대해

갑(1996), 「60년대 문학과 ‘소시민의식’의 의미」, 『유천 신상철박사 회갑기념논총』, 문양사, p.307.

132 김치수(1969), 「반속주의 문학과 그 전통 – 60년대 문학의 성격, 역사적 위치 규명」, 『한국소설의 공간』, 열화당, p.55.

133 김치수(1969), 「‘소시민’의 의미 – 69년 作壇의 문제작」, 『월간문학』(1969. 12), pp.212-213.

'반속주의'인 것이다. (…) 그러므로 이들 작가들의 작품에 나오는 속물들에 대하여 작가가 분석하고 표현하는 것은 소시민의식의 자각에서 나온 것이다. 소시민이 자신의 위치를 자각했을 때 일상적 자아에의 관심은 對사회적 확산의 의미를 내포하게 되며 그것이 역사의식으로 확인되는 것이다.”[134]

김치수는 60년대의 작가들의 공통점은 '일상적 자아'를 추구한 점이라고 밝히면서, 더불어 이 일상적 자아 즉 '소시민'이 자신의 안일한 생활과 소시민으로서의 권리만을 주장하게 될 때는 인간의 속물성과 통하는 '소시민 근성'이 되지만, 스스로를 소시민이라고 자각했을 때는 그 단계를 넘어선 '소시민 의식의 자각'이 된다고 부연하고 있다. 그에 의하면 개인성에 대한 관심은 자아 확장에의 의지를 내포하기 때문에, 소시민 의식의 자각은 시민의식을 향한 필수과정이라는 것이다.

김병익도 소시민－시민 논의를 나름대로 정리하고 있는데, 백낙청의 시민의식은 소시민 근성과 대립되는 개념으로서 60년대 작가를 비판하는 입장의 자유, 평등, 박애정신의 구현체로 파악되며, 김주연의 “'소시민 의식'의 자각은 '소시민 근성'의 자각, 그것을 뛰어넘는 의욕”이라고 설명한다. 백낙청이 말하는 시민의식은, 그 논문이 명확히 표현하고 있지는 않지만 근대적 개인주의의 근거를 전제하고 있으며, 김주연도 개인의 발견을 통해 결국은 긍정적인 시민정신을 구현하자는 의도였다고 해석한다. 김병익은 이 논의에 관하여 결론내리기를, 백낙청은 이념을 강조하고 있고 김주연은 그 통로를 제시하고 있는데 이것이 서로 오해되고 있다면서, 요컨대 두 논자의 견해를 '같은 차원의 문제를 둘러싼 보완직 관계'로 보고 있다.

한편, 구중서는 김주연, 김치수 등 이들이 속해 있는 비평집단을 '소시민문학 그룹'으로 지칭하면서 「역사의식과 소시민의식」라는 평문을 발표한다. 그는 당시 소시민 문학 논의의 출발점이 된 김주연의 「새 시

---

134 김치수(1969), 「반속주의 문학과 그 전통」, 앞의 책, p.57.

대 문학의 성립」에 대해 극도의 비판적 입장을 표명하고 있다. '소시민 의식'이 문학의 기본 심리가 될 수도 없고, 더욱이 현대문학의 지향에 연결될 수 없는 차원의 요소라고 주장하는데, 그 이유는 그것이 "기껏 해야 시정의 시대의식에 지나지 않는 비지성적 차원의 사고형태"이기 때문이라고 말한다. 구중서에 의하면, 김주연의 '개인'에 대한 강조는 '창조를 위한 종합의 원리'와 '지성을 위한 승화의 원리'의 거부를 의미 하는 것이며, 소시민 의식 또한 "근대적 시민정신에 소통되어야만 문학 의 차원에 오를 수 있"는 성질의 것이다.[135] 그런데, 구중서의 이러한 비판은 김주연의 확장된 소시민 논리나 이미 진행된 백낙청과의 '시민 문학' 논의 과정을 포괄하지 않고 있다. 이 점에서 구중서의 '소시민 의 식'에 관한 발언은 진지한 고민에서 나온 것이라기보다는, 『상황』의 동 인으로서 『68문학』 계열에 대한 반감과 함께 『창작과비평』 계열과도 차별화하려는 전략의 소산인 듯하다. 이는 비평집단 차원의 대타적인 의식의 발로인 것으로 짐작할 수 있다.

전후세대 비평가 김병걸도 60년대 평단을 점검하면서 이슈가 되었던 '소시민 의식'을 거론하고 있다. 평문 「60년대 문학의 이슈」를 통해 김 주연과 백낙청 사이에 오간 논의과정을 비판적인 시각으로 서술해간다. 그가 "60년대를 전후하여 문단에 데뷔한 작가의 작품들만 60년대 문학 으로 한정짓는" 설정에 불만을 표시한 것을 보면, 이 비판적 시각은 세 대의식에서 연유한 것임을 짐작할 수 있다. 김병걸은 글의 마지막 부분 에서 백낙청의 논리에 동조하는 듯 보이는데, "과연 트리비얼리즘과 같 은 델리키드한 감성적 인식방법에 의하여 한국적인 특수한 시민의식을 개발할 수 있겠는가?"라는 문제 제기가 바로 그것이다. 하지만 여기서 김병걸이 시민정신의 형성요건으로 제시하고 있는 바는 소시민－시민 논의와 상당히 동떨어진 맥락으로 이해된다. 왜냐하면 그는 분단체제의

---

135 구중서(1969), 「역사의식과 소시민의식 － 60년대의 문예비평」, 『사상계』(1969. 12) pp.240-241.

고통과 증언을 강조한 이철범의 평문을 좋은 예증으로 삼으면서, 단절된 민족의 비극성에 대한 인식과 사회정의의 확립과 비판정신의 현시가 곧 시민정신의 근본이라고 단언하고 있기 때문이다.[136] 김병걸의 평문은 '소시민', '시민'의 개념에 대한 이해부터 당시 문학작품에 구현된 인물분석에 이르기까지 정밀한 논의작업을 펼쳤던 신세대 비평가들의 이슈를 다시 추상적으로 정리하고 있다는 데서 뚜렷한 한계를 남긴다.

　1950, 60년대 문학 작품에 빈번히 나타나던 개인화 문제가 50년대에 미처 논리화되지 못하고 60년대 중반을 넘어서야 비로소 '소시민 의식'으로 전개된 것은, 4·19 혁명을 중심에 둔 1960년대의 시대적 특질 때문일 것이다.[137] '소시민'과 '시민'에 관한 논의는 70년대 초반까지 이어진다.[138] 한국적 역사를 토대로 시민문학을 촉구하는 의식의 연장선상에서 이후 민족문학론의 이론을 모색하게 되는 것이다. 이는 김주연과 백낙청 사이에 논전의 형태로 비평론이 개진되었지만, 결국은 두 논자 모두 성숙된 시민의식과 한국의 특수 조건을 고려한 시민 사회의 형성, 거기에 적합한 시민문학의 요구에 맥락이 닿아 있었던 사실은 분명하다. 특히 김주연의 소시민 의식에 공감을 표시한 『68문학』 계열(이후의 '문지파')의 비평가들도 백낙청의 '시민문학론'에 대해 적대적 입장을 드러내기보다는 양자의 의견을 경청하는 가운데 논리를 보완함으로써, 60년대 시민문학론을 성숙한 단계로 고양시키는 일에

---

136 김병걸(1969), 「60년대문학의 이슈」, 『월간문학』(1969. 12), pp.143-144.

137 여기서 천이두의 지적은 참조할 만하다. "개인화의 문제를 고독과 관련하여 볼 때, 50년대는 '호소로서, 추상적 이슈로서의 고독'이라면, 60년대는 '구체적인 존재 양식으로서의 고독'이다."- 천이두(1969), 「문학사적 위치 - 교훈과 유희」, 『월간문학』(1969. 12).

138 이후 김주연은 「역사비판론과 시민문학론」을 통해서 백낙청의 의견에 대해 조목조목 비판하면서 '시민성' 개념 규정으로 전환하고 있고, 이에 대해 백낙청도 「한국문학과 시민의식」을 통해 소시민 의식은 이미 시대에서 동떨어진 논의라며 재반론을 펴고 있다. - 김주연(1971), 「역사비판론과 시민문학론」, 『문학과지성』(1971. 12).
백낙청(1978), 「한국문학과 시민의식」, 『민족문학과 세계문학』 1. 창작과비평사(1978. 3).

일조했다는 평가를 받고 있다. 김주연이 말하는 감각과 본능은 궁극적
으로 이성을 통해 극복되어야 할 대상이지 타기해야 할 대상은 아니기
때문이다. 부조리한 현실의 일상 속에서 물화되어가는 개인의식을 깨
우치는 '소시민 의식의 자각'과, 이 자각을 통한 자아의 확장 속에서
속물근성을 극복하고 공적인 윤리와 책임감을 획득하려 할 때 시민의
식이라는 명제는 성립된다는 것이다.

이와 함께, 1960년대 말에 발표한 백낙청의 '시민문학론'은 궁극적
인 차원에서 60년대 비평문학의 한 가지 도달점이라고도 볼 수 있다.
그것은 60년대를 경과하는 동안 한국 사회의 현대화를 위해 추구해왔
던 계몽적 합리성에 대한 자연스러운 반성의 표출이었으며, 주체의식
과 소통적 이성을 포괄하는 진보적 문학론의 복원이라는 점에서 중요
한 의미를 띠고 있다. 여기서 60년대 후반 백낙청이 제출한 일련의
문학론과 새로운 문학인식의 확립은 『창작과비평』이라는 동인지의 성
격을 더욱 명확히 하고 이를 중심으로 비평집단의 분화가 가속화되었
다고 볼 수 있다. 이처럼 1960년대 중후반 비평계의 주류를 이루었던
참여문학론과 시민문학론은 공통의 비평이념을 소유한 동인들끼리 뚜
렷한 집단의식을 드러내도록 계기를 부여했고, 또한 비평집단간의 의
식 교류는 그것이 다소 공방전 형태였을지라도 문학적 인식의 심화된
국면으로 이끌었다고 볼 수 있다. 이를 통해 '소시민─시민'의 의미를
체계적으로 추출하여 민족문학의 주체를 확고히 하는 한편, 리얼리즘
에 대한 새로운 인식을 유도하여 민족문학론 수립에 심대한 영향을
미친 것으로 판단된다.[139] 곧 1970년 초의 민족문학론은 이러한 배경
하에서 산출된 것이라 할 수 있다. 그런 의미에서 볼 때, '소시민─시
민' 논의는 60년대 비평담론의 질적 성숙도를 대변한다 해도 무리가
없을 것이며, 비평사적인 연계성도 획득하고 있다.

---

[139] 김병익(1972), 「정치와 소설」, 『현대한국문학의 이론』, 민음사, p.120.
  : 김병익은 참여론을 문제의 제기로, 시민문학론을 상황에 대한 인식의 태도로,
리얼리즘을 문학으로 귀환하는 방법론이라며 같은 연결고리로 파악한다.

제3장을 통해 살펴본 바, 1960년대 비평가들이 추구하는 공리감은 사고가 분화되지 않은 이전 시대의 집단성이나 이데올로기로 묶인 전체적 윤리와는 전적으로 차별화된다. 이는 개인의식을 바탕으로 문학적 현대성의 모순을 극복해보려는 또 하나의 지향점으로 대두한 것이다. 그래서 60년대 비평문학에 드러나고 있는 개인과 집단과의 관계 설정이란, 곧 문학과 현실과의 관계 설정, 문학의 자율성과 사회성과의 관계 설정의 문제와도 연루된다. 비평문학이란 사회적이고 역사적이며 현실적인 맥락에서 생성되게 마련이라는 소극적인 의미를 넘어, 인간 삶의 갖가지 영역들과 적극적으로 교류하고 현실에 개입하며 그 나름의 방식으로 역사적, 사회적 당위성과 윤리적 전망을 지향[140]하고 있음을 보여주고 있다.

---

[140] 김병익(1972), 「산업화 시대의 문학과 진보적 정치이데올로기 ― 그 형성과정을 중심으로」, 『현대한국문학의 이론』, 민음사, pp.405-419.

제4장

비평의 전문성과 미적 주체의식

과거에 '비평'이라 하면, 예술을 애호하는 교양인들이 여담으로 시를 변호한다거나 시작법(詩作法)을 논하는 것으로 문학의 보조적 기능에 불과했다. 비평의 출발로 보이는 아리스토텔레스의 『시학』은 바로 그 예술 옹호론의 대표적인 이론이라고 할 수 있다.[1] 그러나 현대에 이르러 비평이란 문학적인 엘리트가 자기들의 감수성을 행사하는 방식이며 현대를 진단하고 예언하는 보다 전문화된 영역으로서, 현대인의 정신적 위기를 초극하려는 신념의 그 비평정신은 지성의 부단한 노력이기도 하다. 특히 1960년대는 대학에서의 전문적인 문학교육과 함께 전문적인 비평가가 양산되고 고급의 문학인구가 팽창하는 시기이다. 신세대 비평가들은 당대에 창작된 많은 작품들을 읽고 비평적 실천을 전문화시켜 나갔으며, 이를 통해 60년대 문학의 개인성과 언어미학을 발견해냄으로써 현실과의 관련 속에서 미적 주체의식을 확립하기에 이른다. 급진적으로 산업화를 추진해가던 60년대 한국 자본주의 사회에서 물질 중심주의와 소외현상이 팽배해지자, 거기에 대항하는 문학적 열망은 상대적으로 고조되었던 것이다. 이러한 현상은 현대 철학적 담론에서 말하는 '미적 현대성'의 개념과 연결된다. 사회적 현대성이 과학과 기술의 진보, 산업혁명, 그리고 자본주의에 의해 야기된 광범위한 사회 및 경제적 변화의 산물인 '부르주아 모더니

---

1 시란 모방이기 때문에 진실한 것이 못되고, 인간의 감정을 조장하는 것이므로 그의 공화국에서는 추방되어야 한다는 플라톤의 시인 추방설에 대하여, 아리스토텔레스는 모방자(imitator)와 제작자(maker)를 구별하여 시의 창조적 예술성을 변호하였다. - 아리스토텔레스(1976), 『시학』, 천병희 역, 문예출판사, pp.23-31 참조.

티'를 가리킨다면, 미적 개념으로서의 현대성은 이에 대한 거부, 즉 자기 시대의 현대적 병폐성에 저항하는 '미학적 모더니티'를 일컫는 것이다.[2] 이 때, 미학적 모더니티는 성찰적 현대성의 특징적 형태일 것이다.[3]

1960년대 비평가들의 인식 저변에는 사회의 세속화로 인해 경험하게 되는 현대의 위기를 미학적 영역이 극복, 초월해야 한다는 당위성을 내포하고 있다. 그래서 현대적 세계가 잉태한 비인간성, 즉 현대성의 부정적 양상을 인식하고 반성하는 가운데, 심미적 저항으로서의 미적 주체의식과 자율성이 부각되는 것이다. 비평이 당시의 사회, 역사적 모더니티를 의식하면서 모순된 현대화에 대한 대응으로 진행된 문학 활동이라고 할 경우, 60년대 비평문학은 풍부한 미학적 모더니티를 함의하고 있으리라 판단된다. 이상의 내용을 근거로 하여, 5장에서는 1960년대 신세대 비평가들이 독자적으로 보유한 이론적 지식체계와 문학연구의 방법은 무엇이었는지, 그 비평의 실천양상을 작가 및 작품 평론을 중심으로 고찰하고자 한다.

---

2 M. 칼리니스쿠(1993), 『모더니티의 다섯 얼굴』, 이영옥 외, 시각과 언어, pp. 53-54 참조.
　같은 맥락에서, 하버마스 등은 부르주아 계층의 가치관과 매우 밀접한 관련을 맺고 있는 역사적 모더니티와, 오히려 부르주아 계층의 가치관과 크게 배치되며 어떤 의미에서는 反부르주아지적 특성을 출발점으로 삼는 심미적 모더니티를 포괄하여 범주화한다. 그러나 이를 문학과 예술과 관련하여 본격적으로 다루기 시작한 것은 19세기에 와서인데, 샤를르 보들레르는 「현대생활의 화가」(1863)라는 논문에서 일시성이나 우연성 안에서 파악된 '감각적 현재'를 가장 중요한 모더니티의 특성으로 간주하고 있다. - 김욱동(1992), 『모더니즘과 포스트모더니즘』, 현암사.
3 19세기 후반 상징주의 이래의 현대적 문학, 예술 운동에서 어떤 공통적인 속성을 찾자면 니체적 의미에서의 망각, 즉, 자신이 처한 역사적 순간에 대한 극도로 고조된 의식 속에서 행하여지는 모든 역사적 선례에 대한 끊임없는 '부정'을 기반으로 하는 새로움에 대한 열망과 기도라 할 수 있다. - 황종연(1994). 앞의 글, 앞의 책, p.195.
　따라서, 현대의 부정적 양상을 인식하고 반성하는 것까지를 현대성으로 규정할 경우, 미적 모더니티 논의 역시 현대성 담론 안에서 이루어질 수 있는 것이다.

1. 비평적 실천과 개인성의 발견

이미 제2장에서 언급한 바와 같이, 1960년대 사회에 대한 반응으로서의 비평문학은 서로 다른 두 가지 양상으로 드러난다. 하나는 현실 사회의 부조리를 반영하여 있는 그대로 폭로하고 고발하려는 태도이고, 다른 하나는 오히려 실제 세계와는 차단하고 문학작품의 독자적인 구조에만 주목하는 방법, 즉 텍스트를 하나의 완결된 구조로 보고 그 속에 내재된 상상의 현실 세계를 분석하려는 태도이다. 이런 비평태도의 분화에 관련하여 많은 논자들은 60년대 비평구도를 참여와 순수, 역사주의와 형식주의 등의 대립양상으로 보아왔고, 현대문학사에서는 이 두 방향을 리얼리즘과 모더니즘이라는 서로 배타적인 사조적 경향으로 설명해 왔다. 하지만 두 사조는 서구에서 발현되었던 양상과는 달리 우리 문학사에서는 그 경향들이 혼재되어 복합적인 양상으로 드러나는 경우가 허다하다.[4] 따라서, 1960년대 비평문학의 실상은 현실성과 문학성, 혹은 리얼리즘과 모더니즘의 배타적인 구도로 이해할 것이 아니라,[5] 상반된 인식 및 방법론을 바탕으로 한 이 두 가지 비평태도가 당대의 평단에서 어떠한 실천적 양상으로 드러나며 비평문학의 현대성을 확보해 나가는가에 대한 고찰을 통해 드러날 것이라 본다.[6]

1960년대는 4 · 19 혁명이 기존의 지배 권력을 전복시키지 못하고 연이어 군부 독재가 진행되면서, 반공 이데올로기의 강화 등 문학의 자율성이 침해받는 시기이다. 이 때 비평가들은 현실에 대한 간접적인 저항

---

4 진정석(1997), 「민족문학과 모더니즘」, 『민족문학사연구』 11호, 민족문학사연구회.
5 리얼리즘의 자본주의에 대한 저항이 '자기 시대의 모순'에 대한 내용적 대항이었다면, 모더니즘은 '동시대의 예술적 관습'을 변혁함으로써 그 근거가 되는 자본주의적 현대성에 저항한다. — 나병철(1996). 앞의 책, p.197.
6 김준오는 문학사 속에서 모더니즘과 리얼리즘이 서로 상호보충적이고 우호적인 관계임을 주장하면서, 우리가 주목해야 할 것은 단순히 외래수용으로서의 현대성이 아니라, 자생적인 것으로서 개인적, 역사적 차이를 갖는 현대성이라고 말한 바 있다. — 김준오(1988), 「한국 모더니즘의 현단계」, 『현대시사상』(1988. 가을호).

으로서 비평적 실천의 산물들을 내놓고 있다. 특히 서구의 구조주의 비평이론을 적극 소개하고 이를 작품론에 적용하여 언어의 자율성, 문학의 구조미학 등에 관심을 쏟는다. 이전 시대의 주관적인 감상 차원의 평론 수준에서 벗어나 문학연구 방법론을 체계화하고 비평 영역을 특화시켜 전문성을 획득해 나갔던 것이다. 따라서, 60년대 평단의 새로운 비평적 주체로서 등장한 신세대 비평가들의 문학적 입지는 이전 세대와 뚜렷이 변별되고, 또한 이들 스스로도 차별성을 강조하고 있다. 비평인식의 논리나 문학적 형상화 면에서 구체성이 결여되어 있던 50년대와는 달리, 이 때의 비평가들은 '분석비평'[7]을 통해 60년대 작가들에게서 공통적으로 잠재하는 '자의식'과 '개성'을 발견해낸다. 즉 이성적 주체의 자율성, 개인의 주관성과 내면성, 사물의 구체성에 대한 신뢰를 보이고 있는 것이다. 현대 문학의 특성이 개성적인 독창성에 대한 강한 욕망[8]임을 되새긴다면, 이렇게 개성 및 자의식을 추구하는 현상은 60년대 작가 및 비평가들의 문학적 현대성에 대한 강력한 욕망의 산물이라고 할 수 있다.

1) 구조주의 이론과 분석비평의 정착

현대 비평은 방법적 측면에서 크게 두 개의 영역으로 나누어지는데, 그 하나는 작품이 발생하게 된 외적인 조건이나 내부적인 요인을 조사

---

7 분석비평은 19세기적인 실증주의적 태도를 부정하면서 문학을 문학 자체로 인식하는 방법으로서 문학의 자율성을 강조하고 있으며, 시적 언어가 일상적 언어와 변별된다는 인식을 가지며, 문학연구의 대상으로서 텍스트 자체를 강조한다. ─ 이승훈(1995), 『모더니즘 시론』, 문예출판사, pp.56─84.
우리 평단에서는 50년대 후반부터 언어의 분석에서 시작하여 비평에 하나의 객관적 평가 단위를 설정함으로써 과학적 근거를 이룩하는 미국의 분석비평에 관심을 보이고 있었다. 그러나 당시는 단순한 이론수용의 차원에 머물렀고, 60년대에 이르러서야 제대로 작품에 적용한 성과물들이 나오기 시작한다. ─ 김세령(1998), 「1950년대 모더니즘 비평 연구」, 이화여대 석사논문, pp.32─33.
8 M. 칼리니스쿠(1994), 『모더니티의 다섯 얼굴』(이영욱 외 역), 시각과 언어, p.83.

하여 작품을 파악하려는 역사적 비평이고, 다른 하나는 작품 그 자체에
한하여 그 미학적 요소를 규명하려는 분석적 비평이다. 역사주의 비평
에서는 문학작품이란 어디까지나 인간의 기록인 만큼 작자의 사회적,
역사적 배경을 떠나서는 작품의 정당한 이해가 불가능하다고 보는 것인
데, 이는 환경론, 경제론, 마르크스의 사회주의 비평, 프로이드의 정신
분석학적 비평도 포함[9]하고 있다. 그러나 역사적인 사실도 상황이나 관
점에 따라서는 얼마든지 해석을 달리할 수 있고, 과학주의라고 자처하
는 역사주의 비평에서도 일정한 도그마가 필요하게 된다. 작품의 의미
가 작가의 의도만으로 국한된다는 것은 논리의 비약일 수 있다는 비판
이 나오게 된 것이다. 이 역사적 비평에 맞서서 본격적인 분석비평론을
내세운 대표적인 사람은 엘리엇이다. 그는 "문학을 연구할 때는 전기적
인 연구가 필요하지만, 작품 자체를 이해하는 데는 작가의 전기와 무관
하다"고 주장한다. 이처럼 작품과 작가의 엄격한 구별은 비평이 오직
작품 자체에만 국한되어야 한다는 객관적 비평론에 이르게 되고, 영미
계통의 신비평(new criticism), 프랑스를 중심으로 한 구조주의 비평 등
이 그 계보를 이룬다. 이들의 공통된 특징은 작품을 언어의 독특한 배
열로 이루어진 일정한 의미 조직체로 본다는 점이다. 그래서 이 비평론
은 소쉬르의 언어학과 관련지어 이해된다.

　대표적으로 전후세대 비평가 유종호는 손창섭의 소설 「신의 희작」을
읽어내는 가운데, '신비평' 이론에 관하여 상세한 부연설명을 다음과 같
이 덧붙이고 있다.

　　"〈신비평〉이라고 하는 현대비평의 한 새로운 유파가 있다. 분석비평
　　이라든지 정독이라든지 하는 별명이 잘 암시하고 있듯이, 작품을 작품으
　　로서 논하며 원본의 언어분석에 열을 올리고 있는 유파다. 신비평가들이
　　표명하고 있는 여러 선언의 성질로 보아 극단적인 전문화의 추세를 나타
　　내고 있는 현대에서 일종의 비평상의 순수주의를 표방한 것이라고 볼 수

---

9 김광길 외(1997), 『문학비평이란 무엇인가』, 국학자료원.

가 있다. 그들이 내세운 선언의 하나에 작품의 작가로부터의 분리라는
것이 있다. (…) 작가와 작품의 분리란 명제도 엘리엇에서 발단하였고 또
시와 시인을 논하는 자리에서 제안하였던 터이다. 신비평도 이전의 비평
에 대한 안티테제로 출발한 것인 이상 자연 선언서에선 문학의 순수비평
을 강조한 나머지 전기적 비평이나 역사적 방법에 대한 자기방법의 우위
성의 주장이 파생적으로 분리론을 낸 것이라고도 볼 수가 있으리라."[10]

이전 시대 주류를 이루었던 전기적 비평, 역사적 비평에 항거하는 방
법으로 신비평론이라는 객관의 순수비평이 부각되었다는 유종호의 견해
는 기성문단에 대한 저항의식, 세대의식을 일면 표출하고 있다. 그리고
이같은 작가 / 작품의 분리론을 신비평가들의 비평 전문화 추세와 연관
지어 지적한 부분은 중요한 의미를 지닌다. 특히 60년대 신세대 비평가
들은 비평이 하나의 체계를 갖추고 사회정치와 분리된 문학의 전문영역
으로 자리매김 하도록, 즉 비평문학의 현대성을 추구하는 과정에서 이
론 탐구에 더욱 열의를 보인 것이 사실이기 때문이다. 60년대에 비평전
문 동인지들이 다수 창간되는 현상도 같은 맥락에서 이해될 수 있다.
이와 같이 1960년대 비평가들은 대학교육을 통해 현대비평의 두 방
향 – 역사적 비평과 분석적 비평 – 을 탐지하고서 소쉬르의 『일반 언어
학 강의』[11]를 토대로 엘리엇의 비평론을 적극 활용하기 시작한 세대라
할 수 있다. 게다가 60년대 평단에서의 서구이론 수용은 전후세대가 중

---

10 유종호(1961), 「고백이라는 것」, 『현대문학』(1961. 12), (유종호 전집 『비순수의
  선언』, 1995, pp.97-109).
11 소쉬르는 언어활동(랑그)과 말(빠롤)을 구별하고 있다. 어떤 화자가 개인적인 사
  상을 표출하려고 할 때는 사회적 성원 사이의 계약인 랑그라는 언어형식을 사용하
  여 이를 물리적인 말로 나타내기 때문에, 빠롤은 개별적이고 우연적인 내용으로
  완전한 실체가 못 되고 오직 랑그만이 일반적이고 전체적인 체계로서 객관성을 갖
  고 있다는 것이다. 그래서 참된 구조주의 언어학은 우선 랑그를 일차적인 연구대
  상으로 삼아야 한다고 소쉬르는 말한다. 이 때 개별적인 낱말로서는 자주성이 없
  으며, 오직 전체적인 관계의 구조 내에서만 의미를 갖게 된다. 그래서 언어에 있
  어서의 리얼리티란 곧 낱말의 구조이며, 전체는 부분의 단순한 집합이 아니고 종
  합이라는 것이다. – 소쉬르(1990), 『일반 언어학 강의』, 최승언 역, 민음사.

심이 된 영미 계통의 범위에서 벗어나 점차 유럽의 다양한 문예이론으로 확대되는데, 이 때 비평가들의 눈길을 끈 것은 신비평론과 흡사한 구조주의 분석비평일 것이다.

김현은 「구조주의의 확산」이라는 평문을 통해 프랑스의 정신적 조류가 어떤 경로로 우리나라에 유입되었는지를 밝히고 있다. 김현이 이 글에서 구조주의 이론을 체계적으로 소개하게 된 계기는, '구상적 구조주의'를 내세운 뒤랑이 67년 한국을 방문하면서 당시 평단을 자극시킨 것으로 보인다.[12] 김현은 구조주의를 기호학 안에서 재해석하는데, 그 시원을 훔볼트에게서 찾으며 "언어는 산물이 아니라 〈활동〉이다"라는 명제를 수용하고 있다.

> "언어들 사이의 진정한 차이란, 음성이나 기호의 차이가 아니라 세계 전망의 차이이다. 한 언어란 단어의 기계적인 조립이 아니며, 단어와 규칙은 오직 연결된 말의 활동 속에서만 존재한다. (…) 이렇게 해서 시간 속에서 변화하고 발전하고 있는 현상을 취급하는 통시 언어학 대신에 '구조적 제관계'를 탐구하는 공시적 언어학이 대두한다. 훔볼트에 뒤이어 이 공시 언어학에 확고한 이론적 기반을 마련해 준 사람이 『언어학 강의』를 남긴 드 소쉬르이다."[13]

그는 이 글에서 구조주의의 네 기둥을 인류학의 레비-스트로스, 정신분석학의 쟈크 라깡, 마르크시즘의 알튀세르, 철학의 미셸 푸코로

---

[12] 이 때 뒤랑은 자신의 구조주의 이론을 '박애의 철학'이라고 해명했는데, 김현은 그의 발언에 비판을 가하고 있다. - "그가 말하는 박애의 휴머니즘은 구조주의의 타당한 귀결이라기보다는 차라리 구조주의 속에 남아있는 실증주의의 잔재가 아닐까? 구라파 문명의 우월성, 인류의 전문제를 담당할 사람은 구라파 사람들밖에 없다는 그런 자부심이 그의 발언 어느 구석에는 아직도 남아있는 게 아닐까?" 하지만, 이 글에서 김현은 구조주의 자체를 반성하고 있지는 않다. 그저 "우리의 위치에 대한 정확한 판단이 필요할" 때임을 명시하고 있을 뿐이다. - 김현(1968), 「구조주의의 확산」, 『사상계』(1968. 7), (김현문학전집 11권 『현대 비평의 양상』, pp.47-48).

[13] 김현(1968). 앞의 글, 앞의 책, p.43.

언급하지만, 무엇보다 소쉬르의 랑그 / 파롤, 시니피앙 / 시니피에에, 공시태 / 통시태 등의 대립 개념이 구조주의에 가장 큰 영향을 미친 공적이었다고 강조한다. 원래 '구조주의'라는 용어는 레비-스트로스의 저서 「혈족관계의 기본적 구조」가 출간되면서 본격적으로 논의되기 시작하고, 또 "롤랑 바르뜨를 중심으로 한 신비평가들의 맹목적인 선전 덕분"에 그의 형식적 구조주의가 유행사조로 등장하긴 했지만, 실제적인 문학비평 이론으로 확장될 때는 오히려 소쉬르의 언어학에 근거를 두고[14] 있다는 것이다.

구조주의가 당시의 "다원주의적 진보 개념의 통시적인 언어학에 반대되는 개념"이듯이, 이 이론을 토대로 예술의 객관적 분석을 시도한 60년대의 분석비평 방법은 확실히 과거의 인상비평에 대한 반역이며 혁명이다. 개인의 체험과 창작이라는 신성불가침의 예술론을 논리적인 도식과 수학적인 방정식의 구조에 불과하다고 정의하는 이들 분석비평의 주장은 의식의 획기적인 전환을 가져오게 한 것이다. 그래서 보수적인 많은 사람들이 회의를 품고 '반역사적'이라는 반론을 펴기도 했지만, 과학과 기술문명에 대한 호기심이 자극되고 현대적 산업화를 추진해가던 60년대 한국의 평단은 인간의 사유와 존재방식마저 구조적 도식으로 설명되고 지배되리라는 것을 어렵지 않게 수용했을 것으로 판단된다. 특히 물질문명의 혜택을 받으며 자라난 신세대 비평가군은 이전 평단의 정신적 샤머니즘, 그 모호한 추상성에서 벗어나 객관적인 정신을 수용할 때임을 자각했고, 따라서 분석비평의 구조주의를 많은 작품읽기에 원용하는 모습을 보여준다. 동시에 비평 방식으로서의 구조주의는 그 반대의

---

14 소쉬르 인식의 기반은 과학성인데, "자연현상에는 그것을 지배하고, 예시하고, 선행하는 수학적 원리가 내재한다"는 데카르트나 갈릴레이의 신념이 구체화되어 자연과학뿐 아니라 인문학, 문화현상 등에도 그것에 선행하는 이론적 시스템이 있다는 것이다. 진정한 과학적 관점은 역사에 좌우되지 않는 면을 대상으로 하여 횡적으로 파악되는 공시적 입장에서 문화현상을 규명해야 한다고 주장한다. ─ 한스 크리스토만(2002), 「소쉬르와 언어학의 전통」, 『비판과 수용 : 언어학사적 관점』(김현권 외 역), 역락.

의미로도 시대의 필연적인 소산이었다고 볼 수 있다. 즉, 60년대 비평가들은 사회의 현대성이 잉태한 인간소외 및 내면성 상실 등을 인지하면서 이러한 실제 사회와는 차단하고, 오히려 문학성 자체에만 주목하여 작품으로 형상화된 내적 현실을 낱낱이 파헤침으로써 간접적으로 부조리한 사회에 저항하고자 했던 것이다.

이와 같이, 영미 계통의 신비평과 프랑스의 구조주의 이론은 지속적인 탐구와 작품 분석에 활용됨으로써 60년대 문학연구 방법론으로 정착의 단계에 접어들게 되고,[15] 대학 문학연구의 현장에 뿌리내리게 되면서 아카데믹한 강단비평의 가장 중요한 토대이자 제도화된 지식으로 기능한다. 이는 문화적 식민주의라는 비판이 가능할 만큼 외래문화 도입에 있어 미국 중심으로 기울어진 당대 사회의 분위기[16]와 무관하지 않을 것이다. 강단비평이란 작품에 대한 단순한 해설이나 감상과는 차원이 다른, 문예이론 및 지식의 체계화와 밀접한 관련을 맺는 작업이다. 이러한 양상은 대학에서 외국문학을 전공한 새로운 비평가들이 속속 평단에 진출하면서, 그에 상응하는 성과물을 제출하게 되자 주목을 끌기 시작한다.

---

[15] 미국의 신비평 이론이 완숙기에 접어든 50년대 말에서야 우리 문단에는 신비평이 소개되기 시작했다. 분석비평을 1950년대 비평문학의 큰 특성으로 다루고 있는 연구도 보이지만, 실제 비평자료를 검토해보면 50년대 후반에는 분석비평에 대한 이론이 백철, 김용권을 중심으로 소개되었을 뿐이지 그 시기의 주도적인 흐름은 아니다. 치밀한 작품분석이 드러나는 평문은 극소수에 불과하기 때문이다. ─ 김세령(1998), 「1950년대 모더니즘 비평연구」, 이화여대 석사논문, pp.32-36 참조.

[16] 1960년대 초반의 비평이론이 영미 계통에 편중되어 있었던 이유는 당시 국제적인 힘의 중심이 미국으로 옮겨지고 있었고, 또한 우리나라는 개화기 이후 한동안 일본을 통해서 서구문화를 접해오다가 식민지 시대를 거치면서 일본을 향한 민족적 증오로 인해 그 매개항으로 미국을 택하게 된 것이다. 일본 중심의 문화적 교류가 미국 중심으로 한치되고 있는 상황을 두고 "새로운 새것 콤플렉스가 원산지 직수입이라는 형태로 구체화한 것이, 60년대의 문화적 분위기였다"는 김현의 지적은 60년대 초기의 사회적 흐름과 문화적 지적 토양이 대미 위주로 변화하고 있음을 말해주는 것이다. 한편, 미국의 원조로 진행된 60년대 한국사회의 현대화 기획은 많은 부당성과 파행성을 내포하고 있는 터라, 점차 우리 내부에서는 반미 감정이 싹트고 미국에 대한 반작용으로 러시아 및 유럽의 문화로 눈을 돌리게 되는 계기를 부여받는다. ─ 김현(1972), 「한국문학의 가능성」, 『현대한국문학의 이론』, 민음사, pp.250-254 참조.

60년대 신세대 비평가 김현은 문학작품을 읽을 때 누구보다 분석비평 방법에 충실했던 비평가이다. 〈문학은 언어다〉라는 블랑쇼의 정의를 신뢰하던 그는 작품을 측량하는 비평가란 "하나의 성(城)에 도달한 단독자"와 같다고 비유하면서 그 "城의 구성요소는 시간과 공간과 언어"라고 제시한다. "나레이터의 인칭, 문체 등은 언어를 기반으로, 주인공의 성격, 플롯은 시간과 공간을 기반으로 형성되는 것"임을 지적하면서, 이러한 소설의 객관적 조건을 자세히 규명해야 한다고 강조한다.[17]

김현은 사회정치적인 미묘한 갈등과 이데올로기 문제를 다루고 있는 최인훈의 『광장』에 대해서도 이 작품을 산출하게 된 배경이나 작가 의식과는 무관하게, 작품 자체의 내용 및 구조분석에 충실한 모습을 보여준다.

> "『광장』에는 남도 북도 선택할 수 없었던 인텔리 철학자의 고민이 그려져 있다. 『광장』의 주인공인 이명준이 보기에는 남에는 '밀실'은 있었지만 '광장'이 없었고, 북에는 '광장'은 있었지만 '밀실'이 없었다. 그러나 '광장' 없는 '밀실'이나, '밀실' 없는 '광장'은 다같이 역사의 지층에 뿌리박지 못한 풍문에 지나지 않는다. 그래서 그는 결국 자살을 택하는데, 그 자살 역시 밀실의 제스처에 지나지 않는다. 그의 자살은 '밀실'과 '광장'을 연결하는 의도의 소산이라기보다는 '밀실'과 '광장'의 지나친 거리에 당혹감을 느낀 자의 정신착란에 지나지 않기 때문이다."[18]

이러한 김현의 언급은 '광장과 밀실'이라는 최인훈 작품의 공간구도를 중심으로, 분단국가의 역사적 현실 앞에서 갈등하는 주인공의 심리를 묘파하고 있음을 잘 드러내준다. 내면의 심리묘사는 미적 자의식을 투영시키는 서술방식이라 할 수 있다.

이와 함께, 김치수도 60년대 소설들을 분석비평의 잣대로 세밀히 파악하는 모습을 보인다. 대표적으로 그는 김승옥의 「무진기행」이나 「서

---

17 김현(1962-63), 「비평고」, 『산문시대』(1962년 가을호-1963년 가을호).
18 김현(1972), 「한국문학의 가능성」, 『현대 한국문학의 이론』, 민음사, p.75.

울, 1964년 겨울」에 관하여, "소설의 새로운 세계의 개척이라는 찬사를 받을 만큼 획기적인 것"이었다며, 대목별로 예문을 실어가며 분석해나가고 있다.[19] 김치수는 "인간관계의 단절과 개인의 고립, 소시민의 좌절을 언어적 감성과 독특한 발상으로 담아내고 있다"는 점에서 김승옥 소설의 특징을 밝혀내고, 작품의 내용과 구조는 "개인이 외부로부터 형성된 가치관을 꼭 필요로 한 시대라기보다, 자기 나름의 가치관이 확인을 시작한 시대라는 점을 일깨워주고" 있다고 말한다. 이는 김승옥 작품 자체의 완결된 구도 속에서 인물들의 '개인의식'을 파악해낸 김치수의 분석비평 방식을 엿볼 수 있는 단면이다.

또한 염무웅은 이호철론, 김동리론, 최인훈론, 선우휘론 등 많은 실제 비평을 통해 분석비평이 방법론으로 정착되었음을 드러내 보인다. 특히 그는 「시의 반성」에서 허영자의 「사모곡3」과 「해빙기에」, 박두진의 「넋을 팔아」, 김영태의 「첼로」 등을 비교분석하면서, "詩 바깥의 상황과의 의미를 의식적으로 차단하고 순수한 언어의 조작만을" 살펴보고자 했다. 시의 운율적 리듬, 시어의 가공법, 발언의 강도 등 언어양식에 초점을 두고서 전혀 경향을 달리하는 시 세 편을 분석한 후, 염무웅은 앞으로 "한국어의 리듬과 정서에 밀착되면서도 현대적 복잡성"을 소화한 시, 그리고 "역사의 앞날에 대한 강인한 비젼을 제시하면서도 높은 단계의 언어적 형상화"를 이룩한 시들이 창작되어야 할 것을 당부하면서, 현대 시사(詩史)적 차원에서 우리 시의 결여부분을 반성하고 있다. 염무웅 역시 여느 신세대 비평가들의 인식과 다를 바 없이, 문학에 대한 도식적인 이해 차원에서 벗어나고 있다. 그가 밝힌 현대시란 곧 한국 현실을 기반으로 한 언어미학이 실현된 시였던 것이다.

백낙청 또한, 구체적인 시작품을 통해 김수영의 시세계를 연구하면서[20] 구체적인 언어 분석비평의 모습을 다음과 같이 보여준다.

---

19 김치수(1969), 「반속주의문학과 그 전통」, 『한국소설의 공간』, 열화당, pp. 50-52.

"「반달」에서 언어는 어느 작품에서보다 든든하고 생생하게 살아있다. '詩的'이 되기 위해서만 쓴 낱말은 한개도 없고 흔히 각행의 끝에서 호흡이 끊어지지 않고 다음 행으로 이어가는 수법의 사용은 평범한 산문을 내리 읽는 듯한 스피드와 자연스러움을 준다. 그리고 뒤에 가서 〈오오 눈물의 / 눈물이여 음악의 음악이여 / 달아난 음악이여 반달이여〉하는 구절도 눈물과 음악을 거의 대치 가능한 단어로 만들어놓은 사전의 시적 조직과 점차 충일되어온 감정의 리듬과 그와 일체가 된 언어의 리듬이 없이는 넌센스로 떨어지고 마는 것이다."

여기서는 백낙청의 강한 시대의식이나 현실적인 문학논리가 전혀 개입되지 않은 채, 작품 자체의 시적 구조를 충실히 탐구하는 면모를 보인다. 시의 운율, 호흡, 어휘, 리듬감, 조직 등 시적 언어와 음악성에 주목하면서 정밀한 분석 작업을 펼치고 있다. 물론 작품론을 쓰고자 시인을 택할 때는 백낙청 자신의 인식논리에 부합되는 김수영의 시적 성향에 매력을 느꼈으리라는 짐작도 가능하지만, 그 동기와 상관없이 이 평문에서는 김수영 시의 형식에만 초점을 맞추어 그 스타일을 규명해내고 있다.

이처럼 1960년대 작품분석의 방법론으로 정착한 신비평 및 구조주의 비평의 공통된 특질은 이전 시대의 주관적 인상비평이나 정실비평, 작가의 전기적 비평 등을 거부한다는 것이다. 작가의 개인적 경험과 상관없이 비평은 절대적 기준의 권위를 전통적 가치 위에 세워야 한다는 것이 분석비평론의 근본 의도이다. 시나 소설은 그 자체로 하나의 완결된 세계이며, 객관적인 존재이기 때문에 그것을 이해하는 길은 오직 언어의 의미와 독특한 배열로 이루어진 일정한 조직체로 보아야 한다는 것이다.[21] 신세대 비평가들은 미적 주체의식을 확보하는 과정에서 작품의

---

20 백낙청(1968), 「김수영의 시세계」, 『현대문학』(1968. 8).
21 리처즈는 「언어의 의미」에서 언어도 센스, 감정, 어조, 의도 등의 복합적인 의미를 갖고 있다고 했다. 시적 언어의 조직은 복잡하고 미묘한 감정의 유기적 결합으로 은유, 역설, 반어를 사용하고 구조(structure)나 결(texture)의 구조적 배열을

개별적인 유기적 구조와 언어미학에 지대한 관심을 보인다. 더불어 소쉬르의 구조주의 언어학을 문학비평에 함께 적용하여 한 문장의 구조는 문장에 들어있는 낱말들의 집합이 아니라 낱말과 낱말간의 관계로 보는 그의 시각을 수용하고 있다.

그런데, 당시 비평담론이 사회 참여론으로 대세가 기운 것을 감안할 때, 60년대 비평가들이 체계화된 문예이론을 강조하면서 문학의 내재적 구조와 언어에 천착했던 이 비평방식은 전혀 이질적인 태도로 이해되기 쉽다. 하지만 그 인식의 이면에서는 참여문학론과 맞닿는 맥락을 발견하게 되는데, 왜냐하면 이러한 이론비평의 보편화는 문학의 독자성을 침범하는 정치적 이데올로기에 대항하기 위한 또 다른 경향이기 때문이다.

1960년대 평단에서 구조주의 분석비평이 특별히 환영받게 된 이유는 새로운 방법론에서 오는 명쾌한 분석과 도식성의 유효함도 중요한 계기가 되었지만, 무엇보다 비평론 자체가 갖고 있는 존재론을 인식적 기반으로 삼고 있는 데서 연유한다. 해방 이후부터 60년대에 이르기까지 문학 외적인 상황의 중압감에 부담을 느끼고 있던 많은 비평가들에게 있어, 문학 그 자체가 목적이 되어야 한다는 발상의 구조주의 이론은 획기적인 비평 방법론으로 수용될 수밖에 없었던 것이다. 이는 문학의 자율성에 대한 인식과도 연관되는데, 문학의 자율성이란 상상력이 기존의 가치체계를 부수고 하나의 새로운 세계를 창조하며 새로운 것의 센세이션을 창출한다는 예술적 행위의 고유성을 뜻한다. 그런데 예술이 이처럼 자신의 독특한 체계를 만들어 나가는 현상은 기존의 사회와 가치에 의해 문학이 함몰되는 과정을 비판하는 데서 출발한다. 이런 의미에서 본다면 자가 스스로 창출해낸 '새로운 문학적 삶과 세계'는 결코 현실 세계로부터의 도피가 아니라, 새로운 유토피아의 현현이라는 현실세계에 대한 암시적인 기능을 수행하는 것이다. 동시에 이러한 문학의 내재적인 탐구를 통해 미적 주체의식을 확

갖고 있다는 것이다. ─ I. A. 리차즈(1983), 「언어의 의미」, 『시와 과학』, 이삭.

보하고자 하는 60년대 비평가들의 의지도 현실 저항의 일면을 담지하고 있다고 파악된다.

그래서 보다 체계적인 교육을 통해 서구 이론을 공부한 신세대 비평가들의 평단 진출은 주목할 만한데, 그들이 문학적 이념의 공유에 의해 비평집단을 형성하고 의식의 분화를 이룰 수 있었던 것도 정밀한 지식 체계의 획득으로 비평의 전문성을 갖추었기에 가능하게 된 것이다. 이는 궁극적으로 당대 평단의 저변에 자리잡고 있는 현대성 추구의 역동적인 근원으로 판단된다.

2) 자의식 및 개성의 옹호

비평문학이란 당대 부조리한 사회와의 불화 관계에 놓인 자신들의 표현 매체이며 사회와 관련을 맺을 수 있는 장임을 인식하게 되면서, 신세대 비평가들은 자신의 특수한 위치를 자각하고 비평적 주체로서 스스로를 각인시킨다. 이러한 평단 분위기의 전환은 현대 문학적 인식에 있어 중요한데, 문학작품의 자의식 표출과 개성의 형상화에 주목한 점은 60년대에 새롭게 등단한 신진 비평가들에게서만 찾아볼 수 있는 현대적 비평인식의 특성이다.

김현은 1962-63년에 걸쳐 「비평고」를 발표하는데, 그는 비평이란 작가가 작품에 부여한 주관적 진리를 파악하여 새로운 축성 작업을 시도하는 것이라고 정의한다. 따라서 작품을 해석한다는 것은, "작가에 의해 어떻게 세계가 보여지고 종합되는가"를 밝혀내는 것으로서, 이것이 곧 개성의 문제와 연관된다고 보았다. 왜냐하면 "작가의 개성이 현실을 자기류대로 여과한 것"으로서 소설이 나타나고, 소설이란 "예술을 통한 개성의 표현"이기 때문이다. 그는 조이스, 발자크, 졸라 등 외국작가의 예증을 통해 이제 스토리로서의 소설이 지배하는 시대는 지나가고, 작가가 자신의 독특한 경험과 관심사를 "구조적 상상력을 통해 써 나가는" 시대가 도래했음을 밝히고 있다. 김현은 자기와 타자의 문제, '사물과 나'라는 지점이 새로운 시대의 문학작품을 위한 출발점이라 보고 있다.[22] 즉, 문학의 현대성을 발현하는 주요 특성으로 자의식과 사물에 대한 정당한 인식을 강조한 것이다.

또한, 「카프카 시론」에서 출발한 김주연이 자신의 비평의식을 뚜렷히 드러내기 시작한 것은 「60년대의 시인의식 - 소시민의식과 낭만주의의 가능성」에 이르러서이다. 이 글에서 김주연은 60년대에 대거 등장한 시인들이 박재삼이나 고은 같은 50년대의 시인들과 구별되는 의식상의 공통 본질을 가지고 있음을 지적하고 있는데, 여기서 60년대적인 의식의 전형적 대변자로는 황동규, 김영태, 마종기, 정현종 등을 꼽고 있다. 특히 이 가운데서도 "60년대 시인의식의 가장 확실한 증언이 되는 것"으로 정현종을 거론하면서, 그의 가장 큰 공헌은 시인의 개성표현을 위한 '사물의 독립문제'이며, 이 점은 60년대 시인의식의 정황을 밝히는데 중요한 관건을 이룬다고 지적한다. 김주연의 발언에 의하자면, 사물의 구체성을 확보한 정현종은 '찬란한 개성에의 찬가'를 구현하고 있는 시인이다.

> "밖의 세계 속에 함몰되거나, 인식되어 있지 않은 자연에 대한 굴종을 시의 모티브와 힘으로 구사해온 전세대의 의식과 완전히 메별되어 있는 인간의 개성이 그에게서 발견된다. 이 개성은 또 전세대의 모더니스트들이 시도하였던 포즈화된 의식과잉과도 다른 것으로 시인이 스스로의 의식에 얼마나 솔직할 수 있느냐는 한 전범의 추구이다. 그것은 요컨대 인간의 새로운 발견이다. 그러나 우리에게 있어 새로운 인간의 발견이란 인간을 인간직인 의식의 차원에서 조준한 최초의 인식이라는 짐에서 그 중요성이 크게 지적될 만하다."[23]

---

22 김현(1962-63), 「비평고」, 『산문시대』(1962 가을-1963 가을), (김현문학전집 11권 『현대 비평의 양상』, pp.304-314 참조.
23 김주연(1968), 「60년대의 시인의식 - 소시민의식과 낭만주의의 가능성」, 『사상계』(1968. 10), p.261.

　이 대목에서 김주연은 이전 세대의 도식화된 의식구도와 구별하면서, 60년대 詩작품의 분석을 통해 새로운 '인간의 개성'에 주목하고 있다.

　이러한 그의 비평의식은 「새 시대 문학의 성립 - 인식의 출발로서 60년대」에서도 뚜렷이 발견된다. 김주연은 이전 세대의 문학을 반성적 차원에서 점검하며, 50년대의 전후문학과 작가들이 "문학이 언어로 된 하나의 질서라는 사실보다 그들 생애의 충격을 담는 그릇"으로 보아 결국 실패한 데 비해, 60년대 작가들은 '개인화와 인간소외'(소설), '개인의식'(시)을 드러냄으로써 성공하고 있다고 말한다. 특히 서정인 작가론을 통해 "사회 속에서의 좌절을 통한 개인의 부각"을 강조하면서, 개인과 더불어 "그 인간을 둘러싸고 있는 사회에 대한 근원적인 탐구가 이루어지고"있음을 60년대 문학의 특성으로 부각시킨다. 이 글에서 눈에 띄는 것은 그가 지속적으로 '소시민'이라는 용어를 제기하고 있는 대목이다. 김주연은 인간 존재가 '완성된 어떤 존재가 아니'라 '의식함으로 존재되는 것'으로서 "새 시대 문학의식의 기본심리가 되고 있는 소시민의식은 여기서 현대문학이 지향하는 개성적 인간의 현현이라는 이념과 순조로운 연결을 본다"[24]고 주장하고 있다.

　한편, 그는 개인의식과 관련하여 인간의 '善'에 집착한 괴테와는 달리, '본능과 감각'을 중시하는 노발리스를 비롯한 서구 낭만파의 주장에 동의하며 인간주체의 주관성을 절대시한다. 이러한 몇 가지 전제하에 김주연은 60년대적 새로움의 실체를 '개성'이라 정의하며 이 글을 결론 맺고 있다.

　　"새로운 문학이란 바로 사물에 대한 인식의 눈뜸이다. 일체의 공상과 선험, 편견, 그리고 근본적으로 사실의 종합으로서만 압박을 주는 역사, 수사학으로서의 신, 정신의 허세가 가득 담긴 허세나 가장 제거

---

24 김주연(1969), 「새 시대 문학의 성립 - 인식의 출발로서 60년대」, 『아세아』 창간호, p.265.

되어야 할 동양적 체험과 감상에서 확연히 벗어나 하나의 나뭇잎, 겨
울방의 한기, 만남의 기쁨에 모두 제 무게를 재어 주고 똑같은 논리의
순환으로 전쟁과 삶, 질병과 죽음, 모순과 허무의 추상감각에도 정당
한 제 무게를 달아 주어야 한다. 사물에 대한 보편인식이란 바로 개성
의 여부를 말한다."[25]

김주연은 일체의 관념성을 거부하고, 사물 개체마다 지니는 주관적인
구체성의 현현, 즉 사물에 대한 보편인식을 '개성'으로 강조한다. 60년
대적 새로운 문학이란 이 개성에 대한 인식을 기반으로 한다는 것이다.

김치수의 문제의식도 김주연과 동궤에 놓여 있다고 할 수 있는데, 자
신이 속한 비평집단의 의식을 보다 더 명징한 차원에서 보여주고 있음
이 특징적이다. 그는 「한국소설의 과제」라는 평문을 통해 한국 소설사
의 한 가지 전통을 '자아의 인식' 혹은 '개인의 발견'이라는 측면에서 이
끌어내고 있다. 김치수에 의하면 그러한 의미의 전통은 30년대의 이상
에서부터 비롯되어 50년대의 손창섭과 60년대의 최인훈으로 이어지는
흐름 속에서 발견된다. 중요한 것은 이와 같은 김치수의 관점이 동시대
문학에 대한 전망과 결부되어 있다는 사실이다. 그는 60년대 문학의 흐
름 속에서 최인훈과 함께 김승옥, 서정인, 이청준, 박상륭 등의 작가를
특별히 지목함으로써 이들의 문학이 가진 의미를 차별적인 것으로 인식
한다. 이 작가들의 소설에 나타나는 주인공은 흔히 주변에서 볼 수 있
는 평범한 인물들로서, 현실 앞에서 자아의 무기력함을 드러내는 불특
정한 개인이 주시되고 있는 것이 오히려 이전의 문학과는 다른 점이다.
즉, 60년대 작가들은 '일상적인 개인을 추구'하고 있다는 점을 공통항
으로 소유한다.

"사실상 문학이란 옛날부터 인간의 비극을 주제로 해 왔다. 패배한
개인이란 이런 문학의 비극성에 근거를 두고 있는 것이지만, 우리 문학

---

25 김주연(1969), 앞의 글, p.267.

에서 이처럼 한 시대에 많은 작가들의 관심이 방법을 달리하면서 개인으로 돌아온 예는 없다. 이것은 60년대 문학의 특성이며 50년대 이전의 문학과의 차이점이다. 춘원 이후의 현실에 대한 전체적 조응이 60년대에 와서 단편적 성찰(개인과 관계된)로 넘어온다는 사실은 가장 주목해야 할 것이다. 문학이 항상 새로운 현실을 추구해야 한다면, 그러기 위해서 투철한 자기인식을 전제로 한다. 이것이 바로 근대화이며, 그렇지 않고는 문학이 지향하는 바 인간의 구원을 추구할 수 없다."[26]

대개 근대문학의 출발점을 춘원 이광수로 지목하는 데 반하여, 김치수는 현실에 대한 '전체적 조응'이 아니라 구체화된 '단편적 성찰'이 가능해진 60년대 작품에 들어와서야 '근대화'가 실현된 것으로 파악한다. 바로 투철한 자기인식, 그 주체 의식이야말로 모더니티와 직결되는 요소이기 때문이다.

김치수는 이들 작가가 다루고 있는 인물의 성격이 '자기 성찰형'이라는 점을 강조하면서 이들의 문학이 가진 의미를 '知的인 감수성으로 파악된 오늘의 風俗圖'라는 구절로 일축하고 있다. 여기서 그가 지목하고 있는 60년대 작가들의 무기력한 자아에 대한 인식이란 단순히 패배의 차원에 그치는 것이 아니라, 패배주의를 극복하기 위한 시지푸스적 노력을 보이는 긍정형 인물이라는 의미를 부여받는다. 그래서 이들의 문학에 대한 김치수의 궁극적인 결론은, 60년대 작가의 작품 속에 등장하는 일상적 인물들이 현실과 역사라는 거대한 힘에 의해 패배한 개인인 동시에 '내적 투쟁'을 벌이는 주체로서의 개인임을 밝히고 있다. 자신이 일상적 소시민임을 자각한다는 것 자체가 무기력함을 뛰어넘는 현상이라는 것이다.

김치수는 「반속주의 문학과 그 전통— 60년대 문학의 성격, 역사적 위치 규명」에서도 '60년대 문학'의 변별성과 그 시대정신의 풍속에 관하여 쓰고 있다. 특히 60년대 문학을 대표하는 소설가로 김승옥, 서정

---

26 김치수(1969), 「한국소설의 과제」, 『68문학』 창간호, p.143.

인, 박태순을 언급하면서 이들의 작가론을 통해 60년대 문학의 전개과
정을 살피고 있다. 특히 1962년 「생명연습」으로 등장한 작가 김승옥은
현대인의 비극을 인식하고 자기 존재에 대한 질문을 던지는 데서 소설
을 출발시키고 있다며, 김치수는 그의 작품에 드러나는 개인성과 언어
성(문체)에 관심을 둔다.

> "김승옥의 주제는, 자기가 살고 있는 삶이란 무엇이며, 자기가 던져
> 져 있는 이 세계란 어떤 것인가 하는 근본적인 질문의 세계를 추구하는
> 것이며, 그의 역할은 문학의 관심을 사회 전반의 개조와 역사의 흐름 전
> 체의 파악으로부터 개인의 발견으로 회전시켰다는 점에서 주목의 대상
> 이 되었던 것이다. 이런 작가의 관심과 함께 그의 문체의 현란함은 문학
> 이 언어를 매체로 한 정신의 표현이라는 점에서 그의 문학적 업적으로
> 기록되었던 것이다. 이러한 김승옥의 역할은 그가 최근에 작품을 발표하
> 지 않았다고 해서 전혀 줄어들 수도 없는 것이다. (…) 자아와 관련된
> 현실의 단면을 예리하게 파헤친 서정인의 문학도 자기 발견의 문학임이
> 분명하다."

이처럼 김치수는 구체적인 작품 분석을 통해 60년대 문학의 특성으
로 '개인 추구'로의 전환을 지적하면서, 자기에 대한 인식이 문학적 현
대성의 출발점임을 명시하고 있다. 당대에 들어서면서 작가들의 관심과
방법이 확연히 달라졌음을 지적하고 '개인'에 대한 주목은 "60년대 문
학의 특성이며 50년대 이전의 문학과의 차이점이다"라고 밝힌다.

김주연, 김치수와 같은 비평계열로 묶여지는 비평가 김병익의 논리
역시 60년대 작가들이 탐색하는 '개인과 자아'의 발견에 주목하여 김주
연이나 김치수가 강조하고 있는 의미와 동일선상을 이룬다. 김병익은
최인훈 문학의 고유함을 '사고의 주체'로서의 '순수한 자유인'의 초상을
그려내고 있다는 점에 두고 "서구적인 철저한 논리적 사고방식을 개화
이후 가져보지 못한 우리나라에서 최인훈식의 탐구는 상당히 필요한 것
으로 보인다"[27]는 견해를 제시하고 있다. 그리고 김주연의 트리비얼리

즘은 이념이 아니라 상황 인식의 방식으로서 그의 의도는 '개인의 발견을 통해 긍정적인 시민정신을 구현하자는 것'이었다고 옹호의 입장을 분명히 한다.

이와 같이 김주연, 김치수, 김병익이 당대 발표된 작가, 작품에 관하여 인식하는 그 논리의 궤는 동일하게 보인다. 이들이 60년대 작가들에게서 공통적으로 발견해낸 '개인'은 용어를 달리하고 있을 뿐 그 개념은 같은 것으로 볼 수 있다. 김치수는 개인의지를 현실 앞에서 자아의 무기력함을 나타내는 '일상적인 개인'에서 찾고 있으며, 김병익은 작가들이 탐색하는 사고적 주체로서의 '개인과 자아의 발견'으로, 김주연은 이전 세대와 60년대가 구별되는 변별적 요소로서 구체적인 사물과 개성에 대한 '인식의 싹틈'으로, 김현은 '자기 세계'로 규정한다. 『68문학』(이후 『문학과지성』)의 동인으로 함께 활동한 이들은 김주연－백낙청 간의 대결구도로 진행된 시민문학 논의를 지켜보면서 모두 '소시민 의식의 자각'을 옹호하며 김주연에게 힘을 실어주고 있다. 이러한 면은 동궤에 서 있는 집단 무의식을 드러내며 비평집단을 중심으로 한 신세대 비평가군의 분화 국면을 보여준다고 하겠다.[28]

이상에서 고찰한 바, 신세대 비평가들은 60년대에 새롭게 등장한 김승옥, 서정인, 박상륭, 홍성원, 이청준 등의 작가들이 문학작품에 대한 인식적 전환을 통해 개인 자아의 형성이라는 내면적 추구에 집중하고 있음을 밝혀주었다. 이러한 작가들의 대두는 전후(戰後)문단이나 4·19직후의 문학의 불모성을 극복할 수 있는 기회가 되었지만, 이처럼 일상적 개인에만 골몰하는 그들의 창작방식은 당시 어지러운 사회 현실에 대한 소극적인 대응 태도로 비판의 대상이 되기도 한다. 하지만, 60년대 비평문학이 당대에 발표된 문학 작품의 개인성에 주목하고 인간 자의식을 존

---

27 김병익(1969), 「자유와 현실 － 최인훈씨의 경우」, 『68문학』(1969. 1). p.118.
28 상대적으로 『창작과비평』 집단과 『상황』 집단의 비평가들이 60년대의 구체적인 작품들에서 일상적인 개인이나 사물의 개성에 주목한 부분은 흔하게 발견되지 않기 때문이다.

중하는 면모는 기성문단 및 전후세대에서는 찾아볼 수 없는 특성이다. 이 때 비평가들이 각각으로 달리 사용한 일상적 개인, 개성, 개인의식, 소시민의식 등 그 다양한 용어와 구체적인 발현 양상의 상이성 속에 들어있는 현대적인 것의 실체는 당대의 사회 속에서 소외됨으로써 더 부각되는 '자기의식'이며, 그것을 문학사에서 유의미적 미학으로 만들고자 하는 비평가들의 미적 주체의식이 드러난 것으로 이해할 수 있다.[29]

2. 언어미학과 문체에 대한 탐구

문학에 있어서 '언어'는 미적 주체의식을 드러내주는 중요한 수단이 된다. 1960년대 비평가들은 순수-참여 식의 도식적인 이분법을 초월하려는 의도로 문학의 자율성을 옹호하고, 구조주의라는 틀을 빌려 당시에 발표되는 문학작품들을 읽어내면서 비평적 실천의 형식을 정착시켜 나갔다. 특히 이들은 언어학 이론에 주목하면서 보다 과학적 맥락 안에서 언어를 이해하게 되는데, 이는 실존주의나 의식철학에서 벗어나 언어적 소통의 패러다임과 구체적인 형식미학으로 눈을 돌리는 계기를 부여한다.[30] 소쉬르에 의하면 랑그란 말하는 주체 속에만 존재하는 것이며 곧 자기반성, 내면세계의 소산인 것이다. 이를 인식한 60년대 비평가는 '문학형식' 속에 삶을 통폐합시킨 작가들의 창작 방식에 주목하며, 작품의 언어구조와 문체 탐구를 통해 현대성을 담지하게 된다.[31] 또한 문인들의

---

29 최문규(1996), 『(탈)현대성과 문학의 이해』, 민음사, pp.52-53.
30 이와 같은 배경에서 모더니티는 계몽의식의 실천적 측면과 심미적 표현의 측면을 고려하여 언어적 패러다임으로의 전환을 가져오게 된다. 의식철학석 패러다임에서 언어적 패러다임으로의 전환은 소쉬르, 퍼스, 프레게를 거쳐 비트겐슈타인에와서 이루어졌다고 할 수 있다. 여기서 모더니티 탐구의 중심은 주체의식이 아니라, 한 집단의 주체들이 행하는 공적인 언어적 활동이 된다. 하버마스는 이러한 언어적 패러다임으로의 전환을 수용하여 그의 의사소통행위 이론을 정립시키게 된다. - 이상화(1992), 『네오마르크스주의와 포스트마르크스주의』, 철학과 현실(1992. 겨울호), pp.162 -164 참조.

언어인식이 뚜렷해지면서 토착어 확산 운동이나 민족어와 인공어의 변증법적 운동을 통해 민족문학 성립의 발판을 마련하게 된다.

1) 작가의 언어의식과 독자의 재창조성

'문학적 언어'를 통한 사회참여를 강조했던『68문학』의 동인인 김주연과 김치수는 60년대 문학을 논하면서 각각 시와 소설 작품의 언어 양상에 주목하고 있다. 김주연은 시를 분석할 때 한 개인의 실존이 온전한 주체로서 미시적 형상화가 잘 되었는지를, 특히 언어와 상상력에 주목하여 그 성공여부를 평가하고 있다. 그는 시인 마종기와 정현종에 관하여 '언어를 통한 자기의식의 형상화'가 두드러진다고 높이 평가하면서, 이들의 시에서는 각각의 사물들도 구체적인 언어표현에 힘입어 주체성과 리듬감을 획득하고 있다고 지적한다. 이런 측면에서 50년대의 시인들 혹은 보다 이전의 시인들 — 박재삼, 박성룡, 고은, 신동문, 김광림, 김수영, 김춘수 등 — 과는 차별성을 드러낸다는 것이다.[32]

반면, 김치수는 소설 장르를 언급하면서 흔히 '60년대 문학'이라고 특징지워 말할 때 김승옥, 서정인, 이청준, 박태순, 박상륭 등의 작가를 예로 드는 이유는 바로 그들의 색다른 문학 양상과 언어에 대한 새로운 태도 때문이라고 지적하고 있다. 이 작가들은 개성적인 언어 표현에 "'60년대'라는 시대정신의 풍속을 짙게 담고 있다"는 것이다. 묘사 위주

---

31 리치와 쇼트는 문체를 제대로 보려면 언어학의 시각과 비평가의 시각이 어우러져야 한다고 했다. 문체론은 미적 감수성에 대한 비평가의 관심과 언어 서술에 대한 언어학자의 관심을 연결시킨 "언어 서술을 통한 미적 효과"에 대한 연구에서 비롯된다는 것이다. — G. L. 리치, M. H. 쇼트의『소설문체론』, pp.12−13(조남현(2004),『소설신론』, 서울대출판부, p.313 재인용).

32 "마종기의 현실이 체험의 사물화(자기화)임에 대해, 정현종의 현실은 보다 상상력에 의해 만들어진다. 추상어휘든 현실적인 사물의 지시어든 간에 사물이 시인의 의식 속에서 내포를 변용당하게 되는 것이다. 시인이 자기의식의 형상화를 위해 사물의 존재를 관리하는 자리로 올라간다."— 김주연(1968). 앞의 글(『상황과 인간』, 1969, 박우사, p.150).

의 서술기법, 독특한 문장 스타일, 인물 심리의 객관적 투영법 등은 60
년대 소설의 두드러진 특징이라며 주목한다.

　김현의 언어와 상상력에 대한 관심은 남달라서 그의 초기 비평작업은
거의 '언어' 문제에 집중되고 있다. 그는 「나르시스 시론」 이후 말라르
메, 발레리 등 주로 프랑스 순수시에 관심을 가지고서 사물의 존재에서
얻어지는 언어의 문제를 다루었다. 현실 세계에 대하여 문학은 상상력
의 세계를 의미한다는 것, 그리고 이 상상력은 궁극적으로 '언어'에 의
해 기능하며 두 세계를 매개하는 원리로 작용한다는 견해를 표명하고
있다. 그는 말라르메의 실존적인 언어성에 경도되는데,[33] 의식이란 언
어 자체이며 언어적 방법만이 자기 존재의 확인이라고 생각한 것이다.
그래서 비평가의 임무란 다름이 아닌, "그가 살고 있는 시대의 여러 작
품에서 어떤 언어의 틀, 보다 포괄적인 말을 사용한다면 '구조'를 찾아
내는 일"[34]이라고 말한다.

　그가 주요 분석대상으로 삼은 한국 작가는 이효석, 이상, 김춘수 등
인데, 말라르메와 김춘수는 언어 이전의 사물의 본질에 천착하고 있음
이 동일하다고 지적한다. 김춘수의 시는 '나'와 아무런 상관없이 존재하
는 사물에 언어를 부여하면 사물은 존재론적 의미를 띠고 나에게 다가
와서 '나'는 비로소 인간의 조건을 초극하기 시작한다는 것, 즉 창조적
언어가 사물과의 교감을 통해 '절대'로의 비상을 추구하는 과정을 형상
화하고 있다고 설명한다. 그런데 김현이 김춘수의 시보다 이상의 작품
에 더 애착을 보이는 것은, 이상은 한 걸음 더 나아가 '언어-사물' 상
태의 본질을 지향하면서 "의식의 때를 극한에 이르도록 벗겨 언어가 사

---

33 "나는 꽃이여! 라고 말한다. 그러면 내 목소리가 어떤 윤곽을 지워버리는 망각의
　밖에서, 꽃받침으로 알려진 어떤 딴 것으로서, 음악적으로, 같은 그윽한 이데, 꽃
　다발이, 부재인 것이 올라온다."- 말라르메, 「망상」
　　: 김현은 명명함으로써 비로소 존재가 나타나고, 그래서 "존재와 언어는 등가"라
　는 인식에 동의하고 있다.
34 김현(1966), 「한국문학과 전통의 확립」, 『세대』(1966. 2), p.252.

물이 되려는 순간에 그것을 급습하고 점령하여, 그 이상한 물질성 속에서 언어를 붙잡으려는 태도"를 보인다는 것이다.[35]

그의 이러한 평론 방법은 이전의 비평가들이 본질을 떼어버린 사조만을 생경하게 도입하거나, 정확한 근거는 생략한 채 관념으로서 위기의식을 조성하거나, 혹은 인상비평과 감정비평을 일삼던 형태와 비교해 볼 때 현격한 차이를 가진다. 그것은 무엇보다 문학에서의 언어와 상상력이 가지는 의미에 대한 가장 기초적인 인식의 출발을 말해 준다. 언어적 구조로 현실을 읽어내는 그는 개인과 사회, 혹은 문학과 현실의 관련성을 기계적이고 도식적인 논리로 따질 수 없게 만들었다.

이렇듯 언어미학의 중요성을 인식하고 집요하게 고찰하던 김현은 신세대 문학의 가장 큰 특징을 '문체'로 들면서 기존 언어에 대한 반성을 보인다. 서기원의 글 「전후 문학의 옹호」(『아시아』 1969년 5월호)를 읽고 그의 부정확한 언어관에 대하여 미분화된 사고의 흔적이라며 비판하고 나선 것이다.[36] 서기원이 전후세대 문학의 특징을 '기존 언어질서에 대한 도전'이라고 말하면서 그것을 장용학, 손창섭, 오상원에 국한시켜 설명하자, 신세대 비평가군에 속하는 김현은 그가 규정하는 전후세대와 새로운 세대의 개념은 지나치게 조야하고 근시안적이라고 반박한다. 김현의 입장에서는 '기존 언어에 대한 저항'이야말로 60년대 신세대만의 차별적인 논리였기 때문이다.

> "그렇다면 새로운 세대의 특징은 무엇인가? 그에 의하면 기존 언어 질서에 대한 전후세대의 반발 때문에 생긴 언어의 저항감이 언어 자체 속에서 마멸되어, '폐쇄된 언어가 세계 언어의 일환으로' 형성되어가는 면모를 보여준 데에 있다. 언어의 변모를 기준으로 삼는 이러한 세대론

---

35 김현(1962), 「이상에 나타난 〈만남〉의 문제 — 소설을 주로 하여」, 『자유문학』 (1962. 11).
　　김현(1964), 「김춘수론 — 존재의 탐구로서의 언어」, 『세대』(1964. 7).
36 김현(1969), 「분화 안 된 사고의 흔적」, 『서울신문』(1969. 5. 6).

은 언어라는 것에 대한 깊은 성찰이 뒷받침되지 않으면, 진부한 상투어에 불과하게 될 우려가 있다. 만일 그가 언어라는 말로 표현하고자 하는 것이, 최근의 기호학자들의 주장 그대로, 의식과 사물이 관계를 맺는 기호체계라면, 그의 진술은 명확하고 올바르다. 그렇지만 그는 언어라는 말을 의식 내부에 존재하는 선험적인 어떤 것으로 파악한다. (…) 이 소박한 언어관은 그의 판단을 부정확하게 만드는 데에 큰 공헌을 한다."

결국 김현은 서기원의 언어에 대한 추상적인 이해를 비판하면서, 이에 근거한 그의 세대론적 입장은 비논리적일 수밖에 없다고 결론짓는다. 신세대의 특징은 언어에 대한 깊은 성찰, 정확한 언어관을 근거로 한다는 것이다.

게다가 김현은 「6, 70년대의 한국 문학의 전망」[37]에서 시의 변모상과 이론적 배경을 언어성에 입각하여 고찰하면서, 한국 사회의 특수성에 뿌리를 둔 고유어의 가치를 역설한다. 순수시의 이론적 배경은 '언어의 습관성, 애매성'이라 할 수 있는데, 세련된 교양을 통해 한 사회의 랑그로서 정착된 언어라 할지라도 시대와 현실구조의 변모에 따라 변화하므로, 시적 언어도 공리적인 측면과 예술적 측면의 상호보완으로 완성된다는 것이다. 이때 김현은 그간 "서구 문학이론을 선험적인 것으로 받아들이는 것이 버릇이 되어 있는 한국 문학으로서는 이 이론의 고정화를 무엇보다도 빨리 탈피하지 않으면 안 된다"고 주장하기에 이른다. 이러한 반성적 인식에 덧붙여서 김현은 시문학사의 변모를 주도해가는 김춘수, 전봉건, 김수영 시인의 경우 "시적 공간의 처의성(處意性)을 분명히 인식한 곳에서 출발하였기 때문에 시의 논리화라는 함정에 빠지지 않고 각각 절대시, 관능시, 소시민 생활의 극복을 위한 세태시의 방향으로 발전해"나갔다고 분석하면서, "그들의 목표는 한국어로서 한국의 현실과, 그 현실 속에서 생을 영위해나가고 있는 개인의 의식구조를 밝히는 것에 한정되어 있다. 그래도 한국어로서 샤머니즘적인 세계에 함

---

37 김현(1970), 「6, 70년대의 한국 문학의 전망」, 『대학신문』(1970. 4. 13).

몰되지 않고, 시적 공간을 꾸며보겠다는 노력은 아무리 높게 평가되어도 지나치지 않다"고 호평하고 있다.[38] 이러한 대목은 김현이 김주연과 다른 견해를 표명한 것인데, 같은 『68문학』 동인이었어도 김주연은 개인의식을 발현하는 60년대 주요시인 부류에 김수영과 김춘수를 포함시키지 않고 오히려 그들의 시세계는 60년대적 특징과는 거리가 있는 것으로 파악하고 있기 때문이다.

실상, 김현의 초기 관심사는 프랑스 시인과 시론 탐구에 한정되어 있었는데, "말라르메와 서정주가 다른 언어를 가지고 시를 쓰고 있다는 사실을 까맣게 잊고 있었다"라는 반성적 고백이 뒤따르면서, 위의 글은 궁극적으로 '한국어의 가치를 알아야만 한다.'는 자각으로 자신을 이끌어가고 있음을 보여준다고 하겠다. 이 자각은 말할 것도 없이 그 언어가 놓인 맥락, 즉 한국 사회의 특수성과 거기에 뿌리를 두고 있는 한국 문화의 고유성에 대한 정확한 이해를 의미한다. 김현의 자기반성과 깨달음이란 곧 한국 문학의 의미 또한 한국의 현실을 반영하는 당대의 민족어 차원에서 검토되고 이해되어야 한다는 인식에 다름 아니며, 이는 60년대 비평문학의 한국 자생적인 미적 주체의식 정립을 위한 토대가 된다.

김병익도 이와 유사한 맥락에서, 언어의 이중성―문학성과 정치성―에 주목한다.[39] 작가의 특징은 자기의 표현과 구제를 언어로 형상화시

---

38 사실 김현의 초기 비평활동 속에서 김수영을 대하는 일은 불편하게 느껴진다. 「시인을 찾아서」라는 김현의 시인론에 김수영이 포함되어 있긴 하지만, "그가 그의 운명과 47년 동안 싸우는 동안 나는 그와 6,7년 싸워왔다. 그의 시와 산문, 그리고 그의 삶은 나의 그것에 대한 생각과는 너무나 다른 것이었다"고 스스로 말하고 있거니와, 김수영 또한 김현의 형식 위주 시평에 불만을 갖고 있었다. 그래서 김현은 김수영의 혁명의식과 시적 모험이라는 대립 항목을 자신의 논리틀 내에서 극단화시켜 배제하는 방식을 취한다. 즉 실천적 영역에 대한 김수영의 열정은 배후로 밀어내고 모더니스틱한 형식실험을 전경화하여, 김수영, 황동규, 정현종 등은 '형태파괴적인' 시편에, 신동엽은 '형태보존적인' 시편에 설정해두었다. 그 이후 김현은 언어와 시적 변용에 관한 고찰에 주력함으로써 자신의 구도 속에서 김수영을 감싸 안는 방식을 택한 것으로 보인다. ― 최원식, 임규찬 엮(2002), 『4월 혁명과 한국 문학』, pp.253-281 참조.

킨다는 점인데, 언어란 표현의 형식인 동시에 표현 내용을 이루고 있다는 측면에서 이중성의 특질을 갖는다고 말한다. 즉 "사고는 언어로 진행되며 언어는 사고의 전개"인 것이다. 따라서 문학이 언어를 그 표현 수단으로 취하고 있다는 의미는 "인간의 일상적이고 개별적 언어와, 복수의 인간체인 사회 및 그 사회를 조직화하는 권력체인 정치의 언어를 배제할 수 없으므로, 문학과 사회는 기초적인 해후를 가질" 수밖에 없는 필연성을 부여받는다. 이것은 개인의 성숙과 확장을 통해 시민사회를 형성할 수 있다는 시민의식에 기반한 비평논리와 동궤를 이루는 것으로 파악된다.

김병익은 정치를 배제하기도 하고 흡수하기도 하는 언어의 이중성을 강조하면서, 배제는 예술로의 지향이며 흡수는 지성의 확장이기에 이 배제와 흡수가 긴장을 유지할 경우, 곧 언어의 이중성과 견고하게 조화를 이룰 때 문학의 질감은 더욱 고도화된다고 인식한다. 그는 작가에 대한 평가 기준을 정치적 참여도가 아닌 작품 그 자체에 두면서, 언어라는 형식미가 획득하고 있는 정서적 충격과 언어로 조작되는 사상의 설득력에서 찾고 있다. 이러한 그의 논리는 문학의 자율성과 현실참여를 대립적 관계로 설정하지 않고 상호보완을 통해 문학 본원의 자질을 회복하자는 의도를 담고 있다.

한편, 60년대의 전후세대 비평가 중 유종호와 이철범도 언어에 대한 관심을 보였는데, 이 두 사람의 인식 논리는 상당히 대조적이다. 유종호가 언어의 미학적 의미에 천착했다면, 이철범은 민족문학의 토대가 되는 모국어에 관한 관심을 피력하고 있다.

유종호는 전후세대일지라도 언어 문제에 있어서는 선구적인 비평가라 할 수 있겠다. 데뷔평론인 「언어의 유곡」(1957)에서부터 그는 '언어의 본질에 대한 미시적인 탐구'에 깊은 관심을 기울이며 문학 언어에 천착하고 있었다. 문학으로부터 사상이나 내용을 제거하고, 문학을 언

---

39 김병익(1970), 「문학과 정치」, 서울대 문리대 『정치학보』.

어적 기술의 결정체로 보는 미시적 사유, 분화된 사유의 면모를 보여주고 있는 점은 현대적 사유의 본질과 닿아 있다. 문학을 단일하고 보편적인 '선험적 원리'로부터 조망하는 것이 아니라, 문학을 구성하는 개별적 영역들이 담보하고 있는 고유한 가치와 역할을 미시적으로 탐구하는 작업은 주체성의 원리에 따라 보편적 규범의 구속성으로부터 해방된 과학, 도덕, 예술(문학) 등의 하위 영역들이 자립적인 가치체계를 지니게 되는 이른바 현대화의 원리와 연계된다고 하겠다.[40]

유종호의 언어감각은 「감수성의 혁명 : 김승옥」(1966)에서 두드러진다. 그는 김승옥의 「무진기행」이 "언어의 가능성에 대한 이례적인 신임을 안겨준다"고 평가하면서, "우리의 모국어에 새로운 활기와 가능성에의 신뢰를 불어넣었다"고 상찬하고 있다. 또한 이효석의 「메밀꽃 필 무렵」과 비교하면서, 김승옥의 소설이야말로 세련된 현대성을 충족시키는 보기 드문 텍스트였음을 밝히고 있다.

> ""장 선 이런 날 밤이었네"로 시작되는 허생원의 목가적인 유장조와 '나'의 자재로운 전환, 변화, 속도 있는 서술은 가장 대조적이다. 30년의 시간적 거리를 분명히 보여주는 감수성의 낙차에서 가장 두드러진 것은 도시와 시골 사이의 낙차다. 김승옥이 거둔 압도적인 공감 — 특히 도시 청년 사이에서의— 이면에는 모더니스트들이 이루지 못한 도회의 서정과 우수와 신경의 시를 조성하는 데 그가 성공했다는 사실도 크게 작용했을 것이다."

위의 언급은 김승옥의 「무진기행」이 경박한 모더니즘 작품이 아니라, 도회의 서정과 우수, 그같은 감수성을 가장 정확하게 묘사한 진정한 모더니스트의 작품이라는 사실을 강조하고 있다. 이렇듯 유종호는 60년대 구체적인 작품 논의를 통해서 언어미학과 관련하여 비평적 현대성을 드러내고 있다.

---

40 J. 하버마스(1994), 『현대성의 철학적 담론』, 문예출판사, pp.18-20.

　반면에, 이철범은 미학적인 접근이라기보다는 분단조국의 상황에서 외적 이데올로기에 의해 강요되는 우리 사회의 공격적 언어를 경계시키고 있다. 여기서의 언어란 곧 사상, 사고, 풍조 등을 의미하는데, 그는 당시 남북 분열의 비극적 시대를 각인시키면서 국가 정책 차원의 경직된 이데올로기를 비판하고 있는 것이다. 이 양극화 현상으로 인해 잉태되는 모든 비인간적이고 비인도적인 문제를 제기하면서, 특히 한국 시인은 "공격적 언어의 우상숭배, 독재성, 전 국민의 자유스러운 사고와 정서에 위배되는 프롤레타리아 독재"를 규탄해야 한다고 주장한다. 이는 민족의 동질성을 파괴하고, 한민족 전통과 역사의 계승을 가로막고 있다는 것이다. 그는 공격적 언어를 제거하는 임무를 당대 시인들에게 부여하면서 다음과 같이 서술하고 있다.

　　"미래에 던져진 아이들이 모국어를 배우기도 전에 공격적 언어의 희생자가 된다면 국토는 용서할 수도 없지 않느냐, (…) 민족 분열의 비극적 시대를 사는 시인들은 절대 권력이 조작하는 공격적 언어에 의해 파괴되는 하나의 민족의 모국어를 지키고 길이 보존하는 그 피나는 노력부터 해야 하고, 그 노력은 또한 권력의 역사에 부당하게 매몰되는 민중들의 생생한 언어를 의식하고 거기서부터 분열의 전 국토를 안고 새로운 생명으로 잉태하는 것을 뜻한다."[41]

　이같이 전후세대 이철범은 6·25 전쟁의 영향권 하에서 민족 분단의 현실을 비극적으로 인식하고, 통일된 전통의 형성을 위해서는 민족의 모국어, 특히 지배권력에 억압받는 민중들의 언어를 재생시켜야 한다고 주장한다.

　표면적으로 보면, 우리 민족의 고유어를 보존하자는 견해는 신세대 비평가 김현에게서도 발견할 수 있지만, 그 내적 의도는 상당한 거리가 있는 것으로 파악된다. 김현이 언어미학을 바탕으로 한국 현실을 제대

---

41 이철범(1986), 「민족 분열의 비극적 시대와 시인의 사명」, 앞의 책, p.121.

로 형상화하는 모국어의 사용을 촉구하면서 문학의 본원적 형태를 고민
했다면, 이철범은 문학의 자율성을 배제한 채 사상을 표현하는 수단으
로서의 이념적 언어를 중심에 두고 설명했음을 알 수 있다. 공격적 언
어의 제거를 '시인'들에게 당부하면서도 그 의미는 문학작품 속의 '시적
언어'와는 차이가 있기 때문이다.

또한 이철범은 「언어, 민족, 이데올로기」에서 새로운 민족문학의 성
립 요소로서 '언어'를 언급하고 있다.

> "우리의 경우 고유의 문자와 언어인 한글은 역사를 형성하고 미래에
> 다 창조하는 그 원동력이 되지 못했고. 분단의 역사에다 우리 민족의 의
> 지를 한 곳에 집중시킬 수가 없었다. 따라서 역사에의 의지는 미─소의
> 힘이 지배하는 이데올로기에 의해 변질되었거나 아니면 제 뜻에 따라서
> 제 길을 갈 수가 없었다. (…) 북한에서도 한글을 사용하고 있다. 그러
> 나 그 문자는 맑스─레닌주의의 이념과 가치를 강매하는 데 동원된 도
> 구에 불과했다."

역시 이 글에서도 그는 분단 현실의 비극성과 반공의식을 토대로 사
회주의 사상을 전달하는 언어의 도구적 기능을 비판하면서, 우리 민족
의 의지를 집결시킬 수 있는 민족어의 필요성을 역설하고 있다. 이철범
의 이러한 언어의식은 고유어를 통해 민족의 주체성을 회복하자는 의도
를 드러내지만, 신세대 비평가나 유종호의 미학적 관심과는 달리 이념
성 및 선동성을 내포하고 있는 것으로 파악된다.

그런데 여기서 또 한 가지 눈길을 끄는 것은, 문학의 언어에 관심을
가진 60년대 비평가들은 그것의 소통성에도 주목하고 있다는 점이다.
이들은 개별 작가가 작품을 통해 드러내는 미학적 언어의 주체성도 발
견해내지만, 의사소통의 기능을 가진 언어성을 감안하여 독자 입장의
'수용미학'[42]을 내세우기도 한다. 이런 견해의 도출은 작가 위주로 작품
을 해석하려는 전통적인 비평방법의 타성에서 벗어나, 철저한 작품 중

심의 접근을 주도한 분석비평의 영향이 컸을 것이다. 작가의 사상이나 의도를 찾아내는 데만 급급할 것이 아니라, 작품에 드러난 언어적 조건에 주목하며 그것을 수용하는 독자의 입장에서 파악하려는 것이다.

물론 1960년대 비평가들이 제시한 '독자'의 범위에는 전문적인 문학비평가도 포함하고 있어서, 작품을 대하는 비평가의 책무 또한 스스로 인지하는 모습을 보인다. 60년대에는 다른 분야의 지식인들도 비판적 지성의 전통을 형성하는 일과 이에 입각한 지성인의 사회, 역사적 역할을 중요하게 인식하고 있었는데, 비평가들 역시 문학의 형성에 영향력을 행사하고자 하는 자신의 존재의미, 이와 더불어 비평의 입지를 확고히 하여 주체적인 전문성을 획득하려는 문제에 천착하고 있었던 것이다. 실제 작품은 일반 독자를 포함한 전문 비평가들의 독해, 즉 비평의 실천을 통해서 다시 한번 재창조되며, 여기서 새로운 언어구조와 의미를 부여받을 수 있다고 말한다.

유종호는 작가와 독자의 생리를 논하면서 "작가가 보고 제출한 현실이 저마다의 주관에 의해서 염색되어 있듯이, 독자들의 동일한 작품에 대한 반응도 그들의 주조적인 관심에 의해서 다소간 염색"되는 것이라고 언급한다. 그래서 동일 작품에 대한 "비평가의 상이한 언설"의 가능성을 인정하고 있다. 독자란, 작가가 계시한 많은 비밀을 발견해가면서 훌륭하게 성장해가는 사람이라는 것이다.[43] 여기서 유종호는 비평가들의 관점에 따라 문학에 내포된 다양한 의미를 찾아낼 수 있다는 점, 이로써 동일한 작품도 다양한 비평문학으로 거듭 탄생할 수 있는 가능성을 시사하고 있다.

---

42 현대 문학사로 접어들면서 독자들이 피동적이고 일방적인 위치를 벗어나 창작 행위에 직접, 간접으로 영향을 주는 존재로 부상하여 마침내는 '독자반응비평'이라는 독립된 문학연구 방법마저 생겨나게 되었다. 볼프강 이저의 독자론에 의하면, 작가가 생산한 텍스트는 독자의 활성화를 통해 구체화된다며 '창조적 독자'를 내세우고 있다. ― 조남현(2004), 『소설신론』, pp.354―365 참조.

43 유종호(1961), 「작가와 독자 ― 그 생리」, 『동아일보』(1961. 1).

김치수도 앞서 보았듯이, 장용학의 문체를 분석하면서 독자들에게 다양하게 해석할 여지를 주지 않는 그의 작품은 미학성이 떨어진다고 비판하고 있다. 김치수의 논리에 의하면 작품에는 의식면／무의식면, 즉 작가의 몫／신의 몫이 있는데, 작가가 신의 몫까지 과도하게 설명하려 해서는 안 된다는 것이다. 소설에 유동과 생기가 있으려면 이 신의 몫을 많이 가져야 하고, 이런 작품은 "오래도록 독자의 창작 대상(읽는다는 의미에서)"이 된다고 강조한다.

> "작품은 바로 독자 능력의 정확한 수준에 따라 오직 그 한도 내에서 존재하고 生起될 뿐이다. 독자는 읽고 또 창조하는 동안에 항상 작가가 창조한 것보다 더 깊이 발견할 수 있다. 그것은 독자가 스스로 작품 속에서 표현된 것은 물론, 표현되지 않은 부분까지 탐색하기 때문이다. 그러므로 작품은 그 보는 각도에 따라 달라지고 새로운 의미를 갖게 된다."[44]

김치수는 적절한 문체로서 작가와 독자 사이의 일정 거리를 두고, 문학작품이 폭넓은 관점에서 수용되었을 때 그 문학의 생명력을 유지할 수 있다고 판단한 것이다. 게다가 독서행위를 일종의 '창작행위'로 인식함으로써 비평가들의 문학성과 문단 내에서의 입지를 분명히 하고 있다.

이와 유사한 맥락의 견해는 평문 「비평단상」에도 보이는데, 김치수는 여기서 비평가를 대표적인 독자로 설정하고[45] 그의 사명을 강조한다. "작품에 나타난 작가의 의도와, 의도된 것은 아니지만 작품이 전해주는 의미를 발굴하는 것은 해설의 기능으로서 가장 중요한 비평"의 임무라고 제시한다. 문학적 가치란 비평가의 '가치 재창조'에 의존하는 경우가 많기 때문에, 창조적 정신의 높은 승화를 보여주려면 작가의 노력과 함

---

44 김치수(1964), 「작가와 문학적 변모 ─ 장용학을 주로 하여」, 『한국소설의 공간』, 열화당, pp.161-162.

45 로베르 에스카르피는 작가와 작품만을 주체로 삼아온 기존의 문학연구 방법에 대하여 비판적 시각을 보이면서 독자 중심의 문학사회학과 수용미학을 강조한다. 그는 독자 범위를 '교양있는 독자층(전문가)'과 '대중적인 독자층(단순 소비자)'으로 대별하고 있다. ─ 조남현(2004). 앞의 책, p.362.

께 읽는 독자의 노력이 부가되어야 한다는 것이다. 그래서 비평가에게
맡겨진 또 하나의 중요한 임무는 "작가의 의도와는 상관없이 작품 자체
가 갖고 있는 문제성이라든가, 그 작품의 조화에서 오는 묘한 효과라든
가, 작가가 생각지도 못했던 성과"를 밝혀내는 것임을 김치수는 재차
언급하고 있다.

　김현 또한 '비평'에 관하여 다양한 각도의 탐구를 선보이면서 '독자와
소설'의 관계에 천착한다. 우리가 어떤 작품을 파악할 때는 정적인 위치
에서 단일 형태로 한정지을 수 없다. 그는 "독자가 작품을 파악하는 것
은 인상의 흐름으로서의 동적인 시찰과 공감에 의해서"임을 강조한다.
작품 내에서 "한 인물이 등장하고 그 인물에게 어떤 사건이 일어나고
주인공이 거기에 반응하여 행동해나가는 것 — 이것은 독자가 다시 만들
어내는 세계"라는 것이다.[46] 그런데 김현은 독자의 이러한 반응형태를
일종의 시대 산물로 보고 있다. 즉 "시대가 만족을 희구하면 와일드류
의 문학이 독자를 얻고, 시대가 불안을 재촉하면 말로의 독자를 얻는
다"면서, "그 시대의 정신이 무엇을 좇는가"를 찾아내는 일이 "독자에
게도 작가에게도 중요한 문제"임을 제시한다.[47]

　여기서 김현의 비평논리는 독자와 작품의 소통성, 즉 독자가 작품을
읽고 독특한 시각에서 재창조해내는 수용미학적 관점을 포괄하면서도,
그 속의 언어와 사고 또한 역사적인 시대 현실을 기반으로 소통하고 있
음을 상기시켜 준다. 그의 비평적 인식은 이분법적 도식을 탈피하여 주
체성과 소통성으로 특징지어지는 60년대 문학의 현대성을 간파해내고

---

46 이에 관하여 엠모트는 "독자들이 허구적 인물, 장면, 사건 등을 대할 때 실제 현실
　 속의 체험에 부분적으로 의존하고 자신의 이미지를 추가할 뿐만 아니라, 기억 속에
　 다가 텍스트를 재구한다. (…) 독자들은 개별적인 체험에 따라 다르게 읽기도 하지
　 만, 문화적 배경, 출생시기, 교육, 사회계급, 나이와 같은 요인들에 따라 다르게 읽
　 기도 한다"고 지적한 바 있다. — 캐서린 엠모트(1997), 「Narrative Comprehen-
　 sion」, Clarendon Press, Oxford, p.67(조남현(2004), 앞의 책 참조).
47 김현(1962-63), 「비평고」, 『산문시대』(1962. 가을-1963. 가을), (김현문학전집
　 제11권 『현대 비평의 양상』, pp.316-320.

있었던 것이다.

이와 같이 1960년대는 전문적인 비평 동인지의 창간과 더불어, 비평가 자신들이 실제 작품들을 대하면서 한층 더 심화된 창작행위로서의 비평작업에 소명의식을 가지고 있었음을 발견하게 된다. 따라서 이 시기는 비평가들이 스스로 전문적인 독자이자 재창조자로 자처하며 비평 영역의 독자성과 작품 해석의 열린 가능성을 확보해 나간 때라고 할 수 있겠다. 여기서도 60년대 비평문학의 미학적 주체의지를 포함한, 비평가들의 현대적 비평의식을 확인할 수 있다.

2) 일상묘사와 심리기술법

문학이란 언어를 매체를 한 정신의 표현인지라, 그 작가의 사상은 언어적 표현을 통해 드러난다고 할 수 있다.[48] 특히 현대 예술이란 예술가가 형식과 어법에 있어서 전례 없는 현대적 상황의 자각을 반영시킨 것을 가리킨다. 따라서 문학에 있어서 현대적이라 일컫는 성질은 주제에서보다도 스타일과 형식을 자각한 감수성에서 나타난다고 할 수 있다.[49] 이는 문학에서 '현대적'이라고 불릴 만한 어떤 것이 존재한다면 그것은 확실히 작가의 개성적인 독창성에 대한 강한 욕망이며, 이 때 그런 독창성은 작가의 개성적 문체(style)와 언어 미학적 형식에서 보다 효과적으로 드러나기 때문이다.[50] 1960년대 비평가들도 언어미학을 탐

---

48 머리는 문체에 관하여 "정서나 사상을, 또는 한 작가 특유의 사상이나 정서의 체계를 정밀하게 전달해 주는 언어의 자질"이라고 말한 바 있다. - 존 미들턴 머리(1990), 『문체론 강의』(최창록 역), 현대문학사, 참조.
49 김진희(2000), 「생명파 시의 현대성 연구」, 이화여대 박사논문, p.81.
50 데이비드 로지는 머리가 제시한 문체의 층위를 ① 개인의 특이성으로서의 문체 ② 표현기법으로서의 문체 ③ 최상의 문학적 성과로서의 문체 등 세 가지로 정밀히 설명한 바 있다.
　1960년대 비평가들의 문체적 특징은, 대체로 로지의 분류상 ①, ②에 해당되는 작가의 개성적 표현으로서의 서술기법 측면에서 부각되고 있다.

구하는 가운데, 많은 실제 작품평론을 통해 개별 작가들의 문체적 특징에 주목하고 있다.

김현이 쓴 작품론의 특징은 한국 소설을 읽으면서 거기에 대응하는 합당한 외국작품의 예를 들어 견주어 분석하는 등 비교문학적 관점을 종종 드러낸다는 사실이다. 다른 작가의 문체를 비교해보는 가운데 분석의 구체성을 더할 수 있기 때문이다. 김현은 강준식의 「증세」와 최인호의 「모범 동화」를 소개하면서, 이 두 글은 서로 다른 상황과 서로 다른 기술방법을 통해 거의 동일한 결론에 이르고 있음을 밝혀내면서 각 작가의 문체에 주목하고 있다.

> "인간이란 결국 우발적인 존재이며, 우발적인 존재라는 면에서 항상 좌절하는 존재라는 것. 그 결론을 추출해내기 위해서 최씨는 헤밍웨이의 간결한 문체를 상기시키는 순박한 문체를 통하여 대위법적으로 상황을 구조화하고 있으며, 강씨는 르 클레지오의 『침묵』을 연상시키는 대중 군중의 소리와 주인공의 의식을 자꾸 꼬고 꼬아서 만든 의식의 혼돈 상태를 차용한다."[51]

대학에서 불문학을 전공한 김현은 한때 서구 문학이론에 심취해 있었을 뿐 아니라, 많은 외국 작품들을 번역, 소개하는 작업을 해 왔다. 이렇게 다양한 지식체계를 바탕으로 비교분석하는 방법은 일반 독자에게는 다소 이해의 어려움을 줄 수 있는 김현의 엘리트주의의 한 단면이기도 하지만, 반면에 비평적 인식의 지평을 넓혀주고 문체연구의 범위도 확장시키는 잇점을 지니고 있다.

또한 김현과 김주연은 여성 특유의 문체에도 관심을 보이고 있다. 먼저 김현은 평문 「세 편의 소설」을 통해 여성작가의 소설도 그냥 지나치지 않고 그 개성적 문체를 세밀히 드러내준다.[52] 오정희의 「직녀」와 손

---

51 김현(1970), 「강준식의 「증세」, 최인호의 「모범 동화」」, 『대학신문』(1970. 9. 20).
52 60년대 비평가들이 여성작가들의 개성적 문체를 놓치지 않고 분석한 점도 비평적 현대성과 관련하여 이해할 수 있겠다. 앞서 언급했듯이, 현대성 담론은 자본주의

소희의 「갈가마귀 그 소리」를 택하여 읽고서, 특히 손소희 작품의 그 문장배치나 소설작법 측면에서의 작가적 독특함을 밝히고 있다.

> "손소희 작가는, 여자 특유의 섬세한 감각으로, 영신환 한 알에서부터 삼베 몇 필에 이르기까지 자세한 시선을 보냄으로써 과거의 이념에 젖어 있는 한 촌녀를 생생하게 현대에 재현시키는 데 성공한다. 물론 정확하고 고전적인 문장, 갈마귀떼의 울음을 앞뒤로 배치하여 완벽한 대칭구조를 이루게 한 소설작법 등의 도움 때문이다."

이 대목에서도 알 수 있듯이, 작가와 비평가는 문학적 소통을 통해 서로에게 영향을 미칠 수밖에 없는 존재이다. 60년대 비평가들은 시, 소설 등 실제 작품의 창작방법에 대해서도 관여하는데, 특히 김치수가 여성 작가들에게서 주목한 것은 일상적 생활의 섬세한 묘사기법이나 적절한 문장의 배치를 통한 안정된 작품구도를 높이 평가하고 있다.

이와 함께 비평가 김주연도 여성 소설의 문체에 관심을 보인다. 그는 「한국 현대여류작가론」을 쓰면서 50-60년대에 걸쳐 활발한 창작 활동을 펼치고 있는 여성작가 — 정연희, 박경리, 강신재, 한말숙 등 — 를 지목하여 개별적인 문체 특징들을 비교, 서술하고 있다.

> "개성의 발현이라는 점에서의 평가는 이때 정연희가 훨씬 강하다. 그러나 박경리는 일정한 톤의 반복을 좁은 세계에서 감정적으로 발산하기 때문에 주는 사소설적 인상 때문에, 그리고 정연희는 바로 그 인상을 배제하려는 데서 오는 지나친 주제의식(대담하게 남자주인공도 나온다)으

생산양식 및 그 내재적 모순과 다양한 저항을 모두 포괄하고 있다. 자본의 논리가 확장, 굴절될 때 이 현상에 대한 대응적 차원에서 현대인은 비자본주의 체제를 선호하게 되는데, 예를 들면 이성주체 중심의 구도에서 배제되었던 사회주의, 생태주의, 여성주의 등으로 관심을 돌리는 계기를 부여받는다(볼프강 벨슈(1988), 『근대, 모던, 포스트모던』(주은우 역), 참조). 문단에서 배제되어 왔던 여성작가의 작품에도 주목하여 세밀한 분석비평을 행한 것은 60년대 비평가들의 현대적 비평의식이 반영된 것으로 보인다.

로 인한 서술의 사변성이 각각 보편적인 현실감을 잃게 하고 있다. 강신
재나 한말숙과 같이 묘사에 의존하여 신선한 효과를 얻는 것보다 경험에
의한 탐색으로 거대한 로망을 원한다면 경험의 깊은 內化로써 시선이 폭
넓게 확장될 필요가 있다."

여기서 김주연은 작가마다 개성적 스타일을 중시하면서도, 그 개성의
발현이 지나치면 보편적인 현실감을 잃게 되는 점을 경계한다.[53] 그는
여성작가 작품의 한계를 지적하며, 그들에게 여성 특유의 경험적 내면
화와 60년대 작품들의 특징이라 할 수 있는 문학적 '묘사'의 필요성을
요구하고 있다.

소설의 묘사기법을 중시하는 비평가들의 시각과 관련하여, 염무웅도
전후문학이 이룩한 값있는 성과의 하나로 이호철을 꼽으면서 그의 묘사
력을 높이 평가[54]하고 있음을 알 수 있다. 전쟁사건을 소재로 다루었다
는 점에서는 50년대의 일반작품과 다를 바 없지만, 이호철의 소설이 일
정한 성공을 거둘 수 있었던 것은 "생활의 밀착된 묘사가 50년대적 현
실의 어두운 그늘을 제대로 보여주었던 데에 있으며, 더구나 그것이 작
가의 관념적 圖式이 되도록 배제된 가운데 이루어진 결과"라는 것이다.
소설이 드러내는 묘사의 구체성은 "예술가 자신이 끼어드는 것조차 하
나의 훼손이 될 수 있다는 것을 거듭 확인"시켜 준다고 염무웅은 말하
고 있다. 60년대는 비평적 실천을 통해 문학 속에 나타나는 인물이나
사물의 구체성을 획득하고 있음이 특징적이다. 그래서 추상적인 설명체
를 탈피한 현실 상황의 객관적인 묘사를 요구하는 것이다.

김치수는 다양한 작품론을 통해서 60년대에 등단하여 새로운 방식의
글쓰기를 표명한 작가와 그 이전 세대 작가의 문체적 차별성을 뚜렷이
증명해보이고 있다. 60년대에 들어서면서 작가들도 문학적 변모를 보이

---

53 미들턴 머리는 문체 유형을 3가지로 정리하면서, 개인적인 것과 보편적인 것의 완
　전한 융합이라고 설명했다. ─ 존 미들턴 머리(1990), 『문체론 강의』, pp.16-17.
54 염무웅(1969), 「순응과 탈피 ─ 이호철 론」, 『한국단편문학대계』 제9권 ─ 작가해설.

고 있음에 주목한다. 먼저 50년대 장용학의 소설을 분석하면서[55] 묘사나 암시 등 언어의 묘미를 살리지 못하고, 지나친 실험기법이나 혹은 모든 내용을 작가의 직접적인 설명으로 다 풀어버리는 그 극단의 서술 태도에 신랄한 비판을 가하고 있다.[56]

> "소설은 사물 그 자체를 주는 것이 아니라 사물의 기호를 주는 것이다. 말하자면 소설은 외관만을 가지고 있는 것이 아니라, 그 내부에 '무엇인가'를 암시해주는 기호를 가져서 독자로 하여금 그들 마음대로 그것을 판독하도록 하여야 한다는 말이다. (…) 주제의 혼란, 시간의 불가역성, 단절된 의식, 이것들은 독자로 하여금, 어느 정도 유식한 독자까지도 스스로 무식한 독자라는 어처구니 없는 자격지심을 갖게 한다. 반면에 그에게는 또 독자에게 너무 친절을 베풀기도 하는 면이 있어 자기가 쓰고자 했던 것을 끊임없이 설명하여 준다. 그리고 존재의 본질 문제도 소설 속에서 그는 철학서에서처럼 직접적으로 설명한다."

고소설은 작가가 작중 인물들의 심리까지 파악하여 설명해주는 식의 전지적 작가 시점이 대부분이지만, '현대' 소설이라고 할 때는 '말하기(telling)'보다는 '보여주기(showing)' 기법, 즉 암시적인 서술방식이 주를 이루는 것이다.

그래서 김치수는 작가가 다루는 주제가 '인간존재의 본질'에 관한 무거운 것이라 할지라도, 철학서가 아니라 소설이라는 문학적 작품으로 형상화시킬 때는 이중적인 언어성이 부각되도록 창작해야 함을 강조한다. 그는 장용학의 소설을 까뮈의 「이방인」과 비교하면서 두 작가가 다루고 있는 소설의 테제는 유사한데, 장용학의 작품은 테제 자체로 끝난 것처럼 보이고 까뮈의 것은 단순한 테제 소설이 아닌 것으로 느껴지는

---

55 김치수(1964), 「작가와 문학적 변모 – 장용학을 주로 하여」.
56 조남현도 한국 소설의 문제를 언급하면서 50–60년대의 장용학, 서정인, 이청준 등을 작가지향적인 성격이 강한 '불확실한 문제'를 내보였던 작가로 꼽고 있다. – 조남현(2004), 「소설신론」, p.313, 서울대출판부.

이유는 바로 장용학의 설명식 문체에서 연유한다고 지적한다. 그의 소설은 "너무나 많은 말을 하여, 말한 것 이외에는 아무것도 없는 소설"로 전락하고 말았다며 문학적 묘미가 사라지는 장문의 설명체는 지양해야 할 스타일이라는 것이다. 김치수는 장용학의 글쓰기에 현대소설의 특징인 '보여주기' 기법이 드러나지 않음을 지적한 것에 다름 아니다.[57] 이러한 글쓰기 기법에 대한 인식과 반성의 면모 자체가 60년대 신세대 비평가들의 특성을 잘 대변해준다.

김치수는 황순원의 소설론에서도 유사한 내용으로 비판을 가하는데,[58] 「일월」(1966)이라는 작품이 인간의 구원문제를 다루고 있긴 하지만, 긴장감 없이 모든 주제를 설명적 문체로 다 풀어내고 있는 방식은 지나치게 관념적이라며 황순원의 서술태도를 지적하고 있다.[59]

> "이상에서 본 바와 같이 「日月」에서도 분명히 인간의 구원의 문제를 다루고 있지만 결국 구원이란 '사업'에서도 '사랑'에서도 '종교'에서도 얻을 수 없다는 것이 황순원의 결론이다. 황순원은 종교적 구원을 너무 고식적이고 관념적인 방법으로 추구해 오고 있다고 보여진다. 좀더 합리적인 방법으로 종교적 구원에 접근하는 작가적 자세가 아쉽다. (…) 독자에게 생각할 여지를 주지 않는 점에서 불만이다."[60]

---

57 김상태는 한국문학의 문체 변화과정을 미디어와 관련하여 설명하면서, 고소설과 근대소설의 차이점은 청각 위주의 문체에서 시각 위주의 문체로 바뀌어가는 것이라고 밝힌다. 독자를 눈앞에 두고 이야기하는 투의 서술은 청각 위주의 스타일로서 이는 문장어로 정착되어 가는 과정을 의미하며, 장면을 보여주는 듯한 현재법 서사체는 근대인의 날카로운 심리와 정서를 잘 표현할 수 있다고 말한다. ─ 김상태(2000), 「매체와 한국 현대문학」, 『중한인문과학연구』, 중한인문과학 연구회. 이런 의미에서, 60년대 비평가들은 묘사를 비롯한 '보여주기' 기법이 근대(현대) 문학의 특징임을 정확히 인지하고 추구했음을 알 수 있다.

58 김치수(1966), 「'외로움'과 그 극복의 문제 ─ 황순원의 「일월」」, 『사상계』.

59 기본적으로 황순원 문체는 단문주의를 지키고 있기에 많은 어휘와 긴 문장을 요구하는 내면묘사라든가 복잡한 심리 전개는 잘 보여주지 않는다고 평가되어진다. ─ 조남현, 「소설신론」(2004). 서울대출판부, pp.319-320 참조.

60 김치수(1966). 앞의 글,(『한국소설의 공간』, 1976, 열화당, pp.148-149).

반면에 「일월」보다 더 일찍 발표된 글이라 할지라도 상황적 묘사가 잘 드러나 있는 작품에 대해서는 김치수도 후한 점수를 주고 있다. 예컨대, 황순원의 「나무들 비탈에 서다」(1960)는 6·25로 인해 절망적인 상황에 놓인 한국 젊은이들의 정신세계를 인상적으로 잘 그려내고 있다며 작가의 '심리기술법'을 호평한 바 있다.

이처럼 김치수는 이전 시대의 작품에 대해서는 그 서술태도에 주목했다면, 당대의 소설에 대해서는 문장 표현의 특성에 관심을 보인다. 그는 「반속주의 문학과 그 전통」에서 60년대 대표적인 작가들 – 서정인, 박태순, 이청준, 박상륭 – 을 논하는 가운데, 그는 '자아' 혹은 '개인'에 주목하면서 문체를 언급할 때는 '개성적'이라는 표현으로 바꾸어 쓰고 있다. 예컨대 "김승옥과 박태순의 문체는 이들의 문체와 구분되면서 이들보다 훨씬 더 개성적이다"[61]라는 문맥 속에서는 그 이전 세대의 소설가들과 차별점을 부각시키면서, 60년대 작가들만의 독특한 글의 스타일을 다음과 같이 파악하고 있다.

> "김승옥의 의식의 심연을 보이는 듯한 문체를 필두로 서정인의 응축되고 의인화된 문체, 박태순의 일상적 구어체의 문체, 이청준의 정통적이면서 복합적인 문체, 박상륭의 우화적인 문체 등은 지금까지 보아왔던 소설의 문체에 새로운 가능성을 입증한 것이라 하겠다."

신세대 비평가 김병익도 언어미학에 관심을 두고서 김치수와 동일한 시선으로 60년대 소설작품을 읽어내고 있다. 작가의 개인성이 작품의 형식적 스타일, 즉 문체에 드러난다고 파악하고 이를 구체적으로 구분하면서 60년대만의 특성으로 간주한다.

> "김승옥의 화사한 회화적 문장이 현기증으로 말미암은 구멍 뚫린 사람의 허망한 상황을 묘사하는데 적극적인 효과를 얻는데 대해, 박

---

61 김치수(1969), 「문체의 특징 – 한국소설 문체의 세 전형」, 『월간문학』(1969. 2), p.139.

태순은 그의 饒舌(요설)스런 화법으로 자신의 의식을 명백하게 전달하고 있다. 그의 문장에서는 시간의 흐름이 영화의 사진처럼 선명히 보인다."[62]

김병익은 이 평문에서 김승옥, 박태순, 이청준 등 60년대 새로운 작가들의 특징적인 표현형식을 지적하면서 그들의 개성적 문체를 비교, 설명하고 있다. 한 폭의 그림을 그리는 듯한 회화적 문장은 상황 묘사에 적합하고, 속도감 있는 말하기 기법은 화자의 의식 전달에 유용하다고 설명한다.

또한 그는 '최인훈론'을 통해 그 작가의 현대성 국면을 보여준다. 최인훈의 「총독의 소리」가 기존의 평가에서 높은 점수를 부여받지 못했던 것은 이 작품에 사용된 독특한 기법과 그 의미를 찾지 못함에서 연유한 것이라고 말하며, 김병익은 최인훈 소설의 전개방식과 표현법으로 평가의 잣대를 돌린다.

"그의 작품은 엄격히 말해서 '의식의 흐름'을 추적했다기보다 '사고의 언어적 전개'였다는 것이 더욱 마땅할 것이다. 그 형식은 어떻든 작자의 발언을 자유롭게 표현하기 위해 역설적인 전개방법을 채택했다는 것은 작자의 새로운 실험의 성과이기도 하거니와, 기왕의 그의 작품처럼 주인공을 통한 작가의 자유의 갈구는 표현형식으로부터의 해방으로까지 발전했음을 보여주는 것이다."[63]

작가 최인훈의 자유에 대한 갈망은 '의식의 흐름 수법'이라는 실험적 글쓰기를 통해 드러나고 있으며, 이러한 심리기술이 언어적 해방을 보여준 것은 이 소설이 현내성을 담지히고 있다는 의미와 통할 것이다. 이 때 김병익은 서구의 소설 헤세의 〈싯타르타〉와 조이스의 〈율리시즈〉

---

62 김병익(1968), 「앙팡 모랄리스트 – 우리 시대의 문학」, 『사상계』(1968. 6)(『한국문학의 의식』, p.121).
63 김병익(1969), 「자유와 현실 – 최인훈 론」, 『68문학』(1969. 1), (『한국문학의 의식』, p.234).

를 예증으로 삼고 비교하면서 최인훈의 표현형식, 즉 현실 및 몽상의
형상화 기법을 분석해낸다.

> "최인훈은 사건의 핵심을 그 행위나 물리적 연관성에 두기보다 그것이
> 의미하는 바, 나와 세계와의 상호 파악에 둔다는 자신의 입장을 천명하는
> 말일 것이다. 사실 그는 '의식의 놀이'를 택했고, 이 의식의 놀이는 모든
> 것을, 몽상과 현실의 교착이나 그의 단편에서 자주 보이는 끔찍한 살인의
> 연출이나 그 파격적인 소설기법에서나 주인공, 또는 그 행위, 또는 뒤에
> 서 조정하는 작자의 연출에까지 충분한 바리에이션을 가능케 했다."

상상력을 가미하여 화자의 심리 전개를 보여준 최인훈 소설의 전개
방식은 일면 현실에 대한 저항의 의미를 띠고 있고 김병익도 작가의
이런 기법에 호감을 보이지만, 그렇다고 그가 예리한 비평가로서의
작품에 대한 공정한 시각을 잃은 것은 아니다. 김병익은 이 평문에서
"심심찮게 삽입해 온 말놀이는 그 필연적인 연관성을 잃는 경우가 없
지 않아 작가의 작품에 대한 근엄성에 회의를 일으킬 때도 있나"라고
지적하며 최인훈이 시도한 '의식의 놀이'의 한계를 분명히 말해주고
있다.

한편, 전후세대 비평가 중 유일하게 작품의 실제비평과 그 언어성
에 관심을 보인 사람은 유종호이다. 그는 「비속의 미학」에서 언급하
기를, 그것이 리얼리즘 계열의 작품이라 할지라도 문학을 분석하는데
있어서 작가의 예술성, 미와 스타일(문체적 측면)은 간과해서 안 된다
고 강조한다.

> "지금껏 플로베르의 리얼리즘은 적확한 문장, 객관적 무사성, 그리고
> 작중인물에 대한 작가의 비정적 초월, 세부묘사의 철저 등의 면으로만
> 해석되어 왔다는 느낌이 없지 않다. 하지만 그 근저에 있는 플로베르의
> 예술에 대한 신앙, 미와 스타일에 대한 신념 등도 간과해서는 안 될 것
> 이다."[64]

유종호는 이제껏 우리 문단이 외국의 문학사조를 수용함에 있어서 "그 표피만을 배우고 핵심부분은 건드리지 않고 버렸다는 사실"을 모순점으로 지적하면서, 그 어떤 "저항도 또 고발도 문학 이전의 영역에서의 공허한 주먹질이라면 별로 존경하지 않는다"고 발언한다. 이는 문학의 미학성을 중시한 유종호의 비평적 모더니티를 잘 드러내고 있는 대목이다.

또한 그는 우리 문학의 점진적인 발전과 60년대 작가적 변모의 원인을 외국문학의 영향에서 찾고 있다. 유종호는 '의식대중의 反개념'이자 '무의식적인 작중 인물이 전개하는 소박한 휴머니티의 세계에 대해서 반기를 든' 새로워진 60년대의 소설을 '새 문학'이라 명명하며 다음과 같이 말하고 있다.

> "이러한 작가들에게서 발견할 수 있는 공통적 특색은 대체로 관념적 사변적 요소의 도입, 폭넓은 관심에서 나온 대화, 우리를 둘러싸고 있는 세계와 상황에 대한 비판, 재래에 없었던 심리분석, 혹은 내적 독백 도입과 같은 수법상의 변혁 등으로 집약할 수 있을 것이다. 그리고 그것을 단적으로 지적 요소의 도입 내지는 확대라 불러서 틀림은 없으리라."

유종호는 60년대 문학인들이 서구의 지적 요소를 수용함으로써, 소설 장르도 사고나 수법상의 변혁을 가져오게 되었다고 지적한다. 특히 이전 시대의 소설에는 드물었던 심리기술법이나 독백 문체에 주목하면서, 이때부터 유종호 자신도 본격적인 분석비평의 모습을 보여주게 된다.

그는 김성한의 〈귀환〉을 읽고나서 "이 나라 사회의 병리와 지식인의 존재방식이 이렇듯 간결하고 날카롭게 제시되어 있는 경우는 유례를 찾기 어렵다. 집약적인 언어의 밀도가 시에 육박하고 있다. 이 짤막한 지식인의 자기비판 속에는 지식인에게 내재하는 모든 병리의 증상이 포착되어 있다"고 분석하며, 작가의 언어성과 비판의식에 극찬을 표하기도

---

64 유종호(1960), 「비속의 미학」, 『현대문학』(1960. 8).

한다.[65] 다시 말해, 유종호는 김성한 작품의 모더니티 구현양상을 높이 평가했던 것이다.

또한 대학에서 영문학을 전공한 그는 외국소설 작품론도 여럿 선보이는데, 헉슬리와 헤밍웨이의 작품세계를 살펴보는 가운데 세밀한 문체 분석 작업을 행한다.[66] 헉슬리의 작품은 "다채로운 관점의 전이에서 오는 풍자성, 재기발랄한 대화언어, 생생한 성격의 부재, 여주인공의 심리를 해부"하는 면이 두드러지는 데 비해, 헤밍웨이의 작품은 "짤막하고 간단한 리듬, 대등절의 연속, 일반적인 종속절의 결핍"이 주요 특색이라고 설명한다.

> "문장 구조면에서 본다 하더라도 헤밍웨이의 경우엔 지성을 통한 경험과 전이, 혹은 비판적 취사선택을 내포하는 형용사 혹은 형용절이 전무함에 반해서, 헉슬리의 경우엔 여덟 개의 형용사, 한 개의 형용절, 그리고 많은 부사구가 있다."

이러한 평문에서는 문장구조의 품사 종류에 관해서도 상세히 언급하고 있는데, 유종호의 언어에 대한 남다른 관심과 예리한 분석력을 읽을 수 있다. 그는 선동적인 구호비평에 머물러있는 다른 전후세대 비평가와는 달리 비록 서구이론에 기대어 있긴 하지만, 1960년대 비평의 미학적 형식을 새롭게 수립하는데 선봉적인 역할을 한다.

한편, 전후세대에 속하는 정명환은 18세기 프랑스의 박물학자 뷔퐁이 1753년 연설 「문체론」에서 말한 "문체는 인간이다"라는 문장에 대한 기존의 오독('문체는 글을 쓰는 사람의 도덕적 인간성을 나타낸다')을 지적하면서, 모든 언어는 전체적 구조와 문맥 속에서 그 의미가 분명해지니 이해를 돕기 위해서는 그 연설 전체를 고려해 줄 것을 요구한다.[67] 정명

---

65 유종호(1965), 「지식인과 문학」, 『계간 한국문학』(유종호 전집 『비순수의 선언』, 1995, 민음사, pp.358-368).

66 유종호(1964), 「지성과 반지성」, 『문학춘추』(유종호 전집, 앞의 책, pp. 369-385).

환의 이러한 지적은 50년대 비평가들의 서구 문예이론의 무분별한 수용과 전체 맥락과 동떨어진 이해로 생기는 해석작업의 오류에 대해 문제를 제기한 것이다. 실상, 이 연설에서 뷔퐁이 강조한 것은 '문체란 충동이나 본능, 영감에만 의지하지 않고 치밀하게 계산된 가운데, 주제와의 적절한 연계 속에서 모든 지적 능력의 결합으로 발현된다'는 논리였다. 이렇게 뷔퐁을 통해 문체의 엄격성에 눈을 뜬 정명환은 "어느 경우이건 간에 주제에 적합한 문체는 작품과 작가의 생명 그 자체이다"라며 주제와 문장 스타일의 조화를 강조한다. 그는 이런 논리의 근거로서 알베르 까뮈의『이방인』을 예로 들어 "「이방인」의 제1부를 논리 정연한 긴 문장으로 처리했다면, 그의 이름은 오늘날까지 빛을 내지 못했으리라. 그는 부조리한 글로밖에는 표현할 수 없다는 것을 똑똑하게 의식하고 있기 때문에 문학사에 그의 이름을 크게 남겨놓고 있는 것이다"라고 밝히면서 작품 주제에 합당한 까뮈의 문체 선택을 상찬하고 있다.

이와 같이 1960년대 비평가들은 실제 작품의 분석비평을 통하여 각 작가의 언어적 스타일에 주목하고 문체적 특징에서 개성을 찾아내고 있다. 이러한 미적 주체의식과 관련된 모더니티의 발현은 신세대 비평가뿐 아니라, 당시 대학에서 외국문학을 전공한 유종호, 정명환 등의 평문에서도 볼 수 있다. 그들의 인식은 서구의 문학이론 탐구를 계기로 언어의식을 획득하면서 가능했던 것으로 이해된다.

제4장에서 고찰한 결과, 1960년의 4·19 혁명은 시민의 자유와 시민 사회 형성에 대한 믿음의 단초가 되었으나 당시에는 그 정신을 제대로 발현시키지 못하는 좌절의 기운이 강했다. 이러한 60년대의 왜곡된 사회, 역사적 모더니티를 의식할 때 문학인들은 예술 영역의 분리와 단절을 추구하게 되고, 부조리한 사회에 대한 저항 차원에서의 언어의식과 그들의 미적 주체의식은 더 두드러지는 것이다. 이러한 면은 비평의 형

---

67 정명환(1967), 「문체는 인간이다」,『동서춘추』.

식적 측면에서 찾아볼 수 있는데, 60년대 신세대 비평가들은 감상 차원의 인상비평에서 벗어나 문학비평 방법에 대한 연구를 토대로 구조주의 비평을 정착시키고, 독자적인 비평문학 영역을 확보해간다.

또한 1960년대 비평가들은 외국문학의 정규과정 교육을 통해 소쉬르의 언어학 이론을 습득하면서 언어에 대한 과학적 인지가 가능해졌으며, 더불어 예술로서의 문학성에 눈뜨면서 그 매체가 되는 언어에 대한 관심은 고조될 수밖에 없었다. 비평가들의 언어미학과 모국어에 대한 연구의 진흥은 당대 작가들의 언어의식에 영향을 끼쳤으며, 보다 언어적 감각을 살린 문학작품의 창출에 자극제 역할을 한다. 그래서 60년대에 새로이 등단한 시인 및 작가들은 기본적으로 한국어를 바탕으로 문학적 내용과 기법을 다양하게 선보이고 있다. 당시 평단에서의 언어미학에 대한 탐구가 가진 의의는, 단순히 언어적 차원에서만 논의되는 것이 아니라 당대 작가들의 고유한 내면의식의 표출방식을 발견함으로써 현대적 문인으로서의 면모를 찾아내고, 더 나아가 독자적인 조직체로서의 문학의 자율성을 확보하는 계기가 되었다는 것이다.

제5장
1960년대 비평문학의 비평사적 의의 및 한계

본 논문은 1960년대 차별적인 시대의식을 갖고 활동한 신세대 비평가들을 중심으로 그들의 문학 인식의 논리와 비평형식을 '현대성(modernity)'이라는 측면에서 규명하여 60년대 비평문학의 특성을 밝히고자 했다. 현대성의 관점에서 작품을 본다는 것은 단순히 기법이나 형식적 차원에 국한된 논의도 아니고, 내용이나 주제 차원의 접근만도 아니다. 이는 사회적 현대성과 연관된 것으로 문학을 당대의 사회, 문화사적 흐름 속에서 거시적인 관점으로 고찰하는 것을 의미한다.

1960년대 한국 사회는 외국 자본에 힘입어 다소 기형적이나마 자본주의 경제체제를 정착시키고 현대화를 진행해나가던 시기였다. 물론 사회 현실적인 성숙도가 문학의 현대성 성취의 선결 요건이라고 할 수는 없지만, 이러한 물적 조건을 바탕으로 문학에 대한 인식 역시 서서히 변모해가고 있었다. 독재적인 산업 현대화 기획은 60년대를 살아가는 비평가들에게 물질적 풍요와 자유를 향한 갈증이라는 이중적이고 역설적인 경험으로 다가왔다. 그래서 그들의 비평적 열정은 사회면의 합리성이 담보되지 않은 상황 하에서 문학적 이상을 향한 투쟁의 성격을 띠고 있다고 파악된다. 이 시기의 비평가들은 새로움에 대한 열망과 함께, 과거의 산물을 부정하고 자의식 및 당대 문학에 대한 싱칠의 모습까지 보여주고 있다. 이것이 바로 1960년대의 현대적인 비평문학을 이끌어내는 동력이었으며, 여기서부터 비평의 모더니티에 대한 인식은 이전 시대와는 구별되는 새로움을 추구하기 위한 일련의 움직임을 모두 포괄하게 된다. 그 내용은 문학의 본질에 관련된 문제에서부터 그 문학을 생산하는 사회와 문단 모두를 포함하고 있다. 따라서 이런 모든 상황들과 문학적 측면을 두루 고찰함으로써 1960년대 비평문학의 의의를 규명해 낼 수 있었다.

1960년대 초반부터 시작된 비평계의 혁신 의지는 이전 시대와는 변별된 현대(modern)의 특성을 보여준다. 당대 비평가들은 한국 사회의 현대화에 반응하면서 문학 영역의 미적 자율성을 근거로 비평활동을 했다는 점에서 분명 현대적인 것이다. 당시 문학 이외 다른 분야의 지식인들도 근대와 현대를 구분하면서 산업화 시대에 대한 반성과 문학 본질에 대한 진지한 성찰들을 이끌어내고 있다. 또한 모더니티를 추구하는 현대 비평문학은 통일된 질서의 흐름이 아니라, 다양한 분파들의 출현과 전개가 같은 시대 속에서 단절, 저항, 갈등, 상호조응을 통해 일정하게 한 시대의 문단을 이끌어 나가는 동력으로 작용한다.

1960년대 문단은 두 차례의 세대교체 현상을 보이며, 각기 다양한 목소리를 내는 동인지들이 연이어 창간되면서 서로 상호작용하는 가운데 前代와는 다른 새로운 비평이념의 모색과 그 뚜렷한 성과를 갖게 되었다. 특히 비평문학이 전문화되면서 신세대 비평가들은 그 이전보다 새로워지고 달라지려 했으며, 동시대 안에서도 개성적이고 차별적인 담론을 내세우고 있다. 이런 노력의 근저에 자리잡고 있는 의식이야말로 현대적인 것이다. 이들이 보여주는 비평태도는 크게 두 가지 방향으로 나뉘어 드러나는데, 비평 및 문학작품의 창작을 통해 현실의 악을 고발하고 적극적인 사회참여를 촉구하면서, 한편으로는 체계적인 이론을 강화하여 아카데믹한 비평을 정착시키게 된다. 물론 이 두 가지 방식은 배타적으로 드러나기보다는 모두 사회적 현대성에 대한 반성을 내포한 미적 대응으로 이해할 수 있겠다.

1960년대 비평인식의 그 전개과정을 다시 돌아볼 때, 앞선 세대의 비평론을 부정, 비판하면서 논리적인 저항의 면모를 보인다는 점이 특징적이다. 60년대 산업화 시대의 물질적 풍요를 배경으로 다양한 계통의 진보적인 서구 지식과 체험을 쌓은 신세대 비평가들은 기성 문단의 비평정신의 원시성은 물론, 전후세대의 당위적인 구호 차원에서도 벗어나고자 했다. 이러한 권위에 대한 도전의 국면은 개별 비평가들의 다양한 입장과 각각의 비평담론이 맞부딪치는 논쟁적 구도를 야기하기도 했으며, 내부적 분화과정을 통해 훗날 문지파와 창비파, 그리고 상황파로 각각 불리게 되는 주류 비평집단의 형성으로 대두되고 있다. 이는 비평문학이란 개인적 차원의 행위가 아니라 그를 에워싼 제도와 집단 무의식에 연결되는 사회적으로 구조화된 실천 행위의 하나라는 점을 확인시켜 주고 있다. 그러나 그 이면에는 양분적 대립을 넘어서서 비평집단간의 소통과 상호보완의 관계를 유지하면서 다원화된 비평의식을 포괄하고 있다.

또한, 무엇보다 신세대 비평가들의 의식은 성찰적이고 합리주의적인 모더니티의 자질을 공통적으로 보여준다. 서구 사상에 경도되어온 자신과 한국사회의 모습에 회의를 표하고, 당대 감정적인 소모전의 성격으로 전개된 비평담화를 반성하면서 새로운 형태의 문학론을 모색해 나간다. 주체에 대한 정립이 지배적인 권력체계를 형성하고 합리화에 의해 사회가 붕괴됨을 인지하면서, 비평문학의 규범적인 척도를 재창조해보자는 시대에 대한 새로운 자기 이해를 보이는 것이다. 60년대는 유사한 비평이념으로 묶인 주류 비평집단의 형성이 부각되는데, 김현 중심의 비평가 집단(『68문학』 계열)은 개인성 혹은 자유주의라는 이념에 연결된 문학의 자율성 개념을 추구했고, 백낙청 중심의 비평가 집단(『창작과비평』 계열)은 시민사회 이념을 바탕으로 문학의 사회참여적 모랄을 획득하려 했다. 이와 비교할 때, 『상황』 계열은 한국적 전통의 주체적 수용과 실천적 맥락을 강조한 형태의 진보적 문학론을 추구한 것으로 나타나고 있다. 그러나 성찰적 접근이라는 공통된 성격 위에서 신세대 비평가들은 이분화된 이념의 대립구도를 지양하고 다양한 비평의식의 유기적 교류가 가능한 평단을 유지해 나간다.

특히 60년대 신세대 비평가들이 이전 시대와 변별되는 점은, 무엇보다 한국 현실의 특수한 조건을 고려한 '주체의식'에 주목하면서 그 비평논리를 펼쳐나갔다는 사실이다. 이들은 성숙한 개인을 전제로 타자와 소통하는 시민문학, 민족문학의 정립을 기대하고 있었다. 자의식과 개인의 자유를 가장 소중한 가치로 두면서도, 그 자유와 창조의 주체로서 민중에 관심을 보인 면은 하버마스의 '의사소통적 합리성' 혹은 알랭 투렌의 '행위의 사회학'적 가치와도 연관지어 의미를 부여할 수 있겠다. 60년대 비평문학은 개인주의나 자기 폐쇄적 사회로 매몰된 위험성이 있는 현대성을, 주체가 타자와 소통하면서 개인의 정체성으로 축소되지 않고 공적인 행동의 영역을 열어나가려는 문학의 현대성을 모색하고자 한 것이다. 이 점에서 1960년대 비평문학은 모더니티의 양면적인 자질을 내포하는 가운데 무르익은 현대성을 발현하며, 70년대 본격적인 민족문학론의 전개를 생각할 때 비평사적 연속성도 획득하고 있다.

그런가 하면, 1960년대 비평가들은 당대에 발표된 시, 소설 등 많은 작품들을 읽어가면서 실제비평의 산물을 세출하고 있고, 비평을 전문영역으로 확고히 구축함으로써 비평문학의 미학적 독자성을 중요시한다. 또한 구조주의 이론을 작품 이해에 적용하여 언어미학에 관한 탐구와 함께 분석비평의 형식을 정착시켰으며, 또한 부조리한 현실 속에 묻혀 있던 일상적 개인 및 사물에 구체성을 부여하여 '개성'의 현현을 옹호하고 나선다. 신세대 비평가들이 공통적으로 추구하는 문학형태는 언어미학을 바탕으로 한 '현실고발'의 방식이었으며, 이는 개발 독재로 진행된 당시의 사회, 문화적 억압에 항거하는 미학적 주체의지의 표출이었다.

그럼, 본고에서 의미를 두고 고찰한 구체적인 사항을 정리해보면 다음과 같다.

첫째, 기존의 1960년대 비평문학 연구는 순수 – 참여문학과 연관된 세대논쟁, 혹은 김현 계열과 백낙청 계열의 대립구도에 한정된 논의가 주를 이루면서, 60년대 새로운 시간의식을 토대로 활동한 신진 비평가들에 대한 현대적 접근은 이루어지지 않았다. 따라서 본 연구는 현대 비평문학의 흐름 속에서 60년대 비평문학의 특성을 부각시키고 비평사적 위상을 찾는데 궁극적인 의미가 있다. 특히 신세대 비평가들의 다양한 비평의식이 상호보충적인 관계 속에서 문학본질 규명에 근접하고 있음을 밝힘으로써 기존의 편협된 시각의 평가를 벗어날 수 있다.

둘째, 비평전문 잡지의 창간과 더불어 동인지를 중심한 비평집단의 결성은 비평 영역의 전문성 획득과 다양한 비평이념의 체계화를 가능하게 했다. 또한 외국문학 전공 비평가들을 중심으로 한 서구이론의 반성적 수용은 분석비평을 작품 해석의 방법론으로 정착시킨다. 따라서 이 시대는 많은 실제 작품론을 선보이면서 비평인식의 근거를 마련한다. 이러한 현상은 모두 1960년대 비평의 문학적 입지를 더욱 확고히 하는 계기가 된다.

셋째, 군부 독재와 산업화 물결 속에서 경제적 자본형성은 이룩했지만 개인의 자유는 무시되고 문학의 자율성마저 억압받던 60년대 사회 상황에서, 작가 및 비평가들이 前代와는 달리 행한 파격적인 선언은 곧 현실에서 소외된 일상적 개인에 대한 주시와 미적 주체의식을 반영하는 언어성의 강조이다. 이는 비평적 모더니티의 출발임과 동시에, 언어를 통한 현실의 고발방식은 현대 사회의 물화된 가치를 전복시키는 미학적 대응이라는 점에서 의미를 획득한다.

넷째, 前代의 관념적인 비평담론을 부정하고 문학의 新전통을 모색하는 가운데 드러낸 주체성 확립의 의지는 정실비평, 인상비평 등과 결별하게 했으며, 서구 현대사회를 모델로 추종해가던 당시 한국의 합리적인 현대화 기획은 비평문학의 자기반성 및 성찰을 통해 한국 현대문학의 자생적 현대성을 확보하려는 주체의 논리 등을 이끌어내고 있다. 게다가 개인의 정체성 추구로만 한정될 여지가 있는 주체인식의 범위를 공리적인 영역으로 확대시켜 시민문학, 민족문학론의 단초를 제출하면서 70년대 비평담론과 연계된다는 의미에서 비평사적 의의도 부여받는다.

　다섯째, 이상의 신세대 비평가들과 비교해볼 때, 60년대 초반부터 활발한 비평활동을 펼친 전후세대 비평가들은 구세대의 관념적인 비평론에 대한 부정의식에서 출발함은 동일하지만, 이들의 현대적 인식은 의식철학과 서구의 이론적 지식체계에 편향되어 있었다. 그래서 이어령, 이철범, 유종호, 정명환의 기성 비평론에 대한 저항은, 다시 한번 신세대 비평가들에 의해 선동성이 짙은 구호비평이라는 비판을 받게 된다. 또한, 김우종, 김병걸을 포함한 다수의 전후세대 비평가들도 참여문학론을 제기했는데, 신세대의 논의와 견주어 볼 경우 문학의 사회적 기능, 곧 사회참여의 필요성을 주장하는 데 그쳐서 그 인식의 폭과 깊이는 뚜렷한 한계를 보여주고 있다. 문학의 참여적 성격을 확고히 정립하지 못하고, 선전문학 혹은 목적문학과의 차별성을 강조하는 데 논의의 초점이 모아진다. 문학의 본질을 기능적 측면에서 재정립하고자 했을 때, 실상 사회적 기능, 미학적 기능 중 어느 하나만 선택할 때는 문학이 불구적인 차원을 벗어날 수 없다. 그래서 문학의 본질은 두 개의 기능이 상호보완적인 요소로 작용해야 한다는 신세대 비평가들의 인식에 이르러서야 올바로 파악될 수 있는 가능성을 찾게 된다. 60년대 초반, 전후세대로부터 제기된 순수-참여론이라는 대립적인 문학 인식은 60년대 중후반에 접어들어 '참여'의 여부가 아닌, 그 의미를 묻는 차원으로 귀결되었을 때에야 비로소 이분법적 도식성을 극복할 수 있는 기미를 보인다. 전후세대는 문학의 자율성과 정치성을 모순적 관계라 생각하고 서로 배제하려 했지만, 신세대 비평가들은 모순을 병존시키는 방법을 '언어 미학'에서 찾았던 것이다. 언어가 현실을 바라보는 눈을 통제하는 지배력을 회복하게 되면, 언어의 혁명은 곧 현실의 혁명이 될 수 있기 때문이다. 그런데 전후세대 비평가 중 유종호는 특별하다. 언어에 대한 관심이 남달랐고, 또한 서구식 근대주의 추종을 반성하면서 한국의 구체적인 현실에 토대를 둔 주체의식에 대한 각성, 민족문학을 향한 열망까지 그의 다양한 평문들을 통해 보여주고 있기 때문이다. 이로부터 유종호를 제외한 전후세대의 모랄은 그 속의 형이상학적, 몰역사주의적 성격 때문에 비판의 대상으로 객관화되고, 신세대 비평가들을 중심으로 역사와 현실에 대한 전망, 문학과 사회의 관련성에 대한 인식이 60년대 비평문학의 특성으로 자리잡는다. 그래서 당시 비평문학의 '현대성'은 문학의 자율성과 현실성을 동시에 달성하는 전위적 의미를 내포한다고 할 수 있다.

이상에서 살펴본 바에 따라 1960년대 비평문학의 단계를 한국 비평사적 맥락에서 이해한다고 했을 때, 그 한계점과 의의는 다음과 같다.

먼저, 이 시기의 평단에는 외국문학을 전공한 비평가들이 대거 활동함으로써 서구문학 편향의 엘리트주의 및 전통에 대한 이해의 부족을 보이기도 하고, 서구의 시민사회 및 시민문학을 표본으로 제시하는 등 한국적 비평의 현대성을 온전히 성취했다고 단언하기는 어려울 것이다. 그리고 체계적인 이론을 바탕으로 비평적 실천이 활발히 이루어지긴 했지만, 실상 비평가 자신들이 제출한 원론비평의 내용을 실제비평에 반영하지 못하고 오히려 이질적인 개념과 관점으로 작품을 분석한 경우가 드러나기도 하였다. 한걸음 더 내딛기를 요구한다면, 사회적 상황에 긴밀히 대응하는 비평장르로서 다른 분야의 담론과도 활발한 교류가 있어야 한다. 60년대 비평문학이 '상호소통'의 문학적 인식 논리를 강조하면서도, 실질적으로 당시 다른 장르나 학문분야의 담론에 상응하는 더 발전된 비평론을 펼치지 못한 것은 한계점으로 남는다고 하겠다.

하지만 1960년대 비평문학은 서구식 현대의 모방에서 벗어나려는 자기반성을 통해, 한국 현실의 특수조건을 고려한 비평적 진보성을 확보해 나갔다는 점에서 큰 의의를 지닌다. 특히 다양한 비판과 성찰 과정을 통해 기성세대의 비평인식을 뛰어넘고자 했고, 한국 문학의 '주체성' 정립을 향하여 매진하고 있다는 점에서 현대적인 의의를 발견할 수 있다. 실상 한국 사회의 현대성은 일본 식민지 시대, 6·25 전쟁과 분단 등을 겪으면서 외부의 모델이 이식된 경우인지라, 이 때 현대적 주체는 '되기'보다는 '만들어진' 측면이 강했다. 그런데 1960년대에 와서 내부의 혁신을 대변하는 4·19를 통해 보다 진보적인 주체 이념과 그 이념에 내재된 계몽성을 자각하게 되었고, 이를 확장시켜 자생의 민족문학 성립을 시도하게 된다.

또 한편으로는 1960년대의 독재적인 산업 현대화 물결 속에서 도구적 인간관의 소외의식도 체험하게 되는데, 이러한 현대의 양면성에 대한 절실한 경험이야말로 사회, 역사적 현실과 대면하는 새로운 미학적 대응양식을 모색하게 했고, 이에 관한 비평담론은 실제 문학작품의 창작에도 큰 영향을 미친다. 비평가들은 적극적인 현실 반영 및 고발의 문학을 촉구하면서도 언어를 통한 미학성을 놓치지 않는 작품을 요구하기에 이른다. 이에 맞추어 당대에 발표된 문학 작품들은 대체로 현대 사회에서 소외된 일상적 개인과 구체적인 사물성을 독창적인 서술기법에 기대어 드러내고 있다. 60년대 신세대 비평가들이 비평주체에 대한 자기 인식의 강화와 함께, 당대에 발표된 작품에서 이러한 개인성을 인지해낸 점은 비평사적 맥락에서 미학적인 의의를 획득한다. 따라서 이전 시대의 비평담론이 문학적 모더니티의 다양한 역동성을 인지하지 못한 채 그 의미를 축소시키고 단지 이론적인 모색으로 문제제기의 수준에 그친 것에 비하면, 60년대 비평가들은 활발한 실제 비평을 통해 의식철학의 한계를 문학적으로 극복해가고 있었음을 알 수 있다.

4·19와 5·16 같은 사회적인 전환의 사건을 계기로 1960년대 비평가들은 이전과는 단절된 시대의식을 소유하게 되었고, 지식체계의 정비를 통해 전문 비평가로서 새로운 비평담론을 창출해내었다. 그 개진 과정을 보면 계몽적 합리성, 비판 및 성찰성, 주체성, 현실성, 소통성, 진보에 대한 낙관 등으로 특징지워지는 현대성의 관철 국면이 분명하게 드러나고 있다. 이러한 특성은 史的으로도 이후 1970년대 비평문학에 연계되는데, 순수―참여문학 논의를 통해 이루어진 사회참여에 대한 인

식의 심화는 70년대 초반 리얼리즘 논쟁의 토대로 작용한다. 그리고 60년대의 시민문학에서 70년대의 민족문학, 80년대의 민중문학 단계로 나아가게 된 것이다.

결 론

　　본 연구는 1960년대 한국 비평문학의 특성이 사회적, 비평사적 '전환'의 차원에 놓여 있다는 점에 주목하면서, 차별적인 시대의식을 갖고 대두한 신세대 비평가들을 중심으로 그들의 비평형식과 문학인식의 논리를 '현대성(modernity)'이라는 측면에서 고찰하였다. 4·19 혁명과 5·16 쿠데타로 군부가 세워지면서 1960년대 우리 사회의 현대화 기획은 본격적으로 추진되는데, 이러한 당시의 사회상을 반영, 혹은 대응하며 나타난 비평문학은 사회적, 미학적 현대성을 풍부하게 함의하고 있음을 발견할 수 있었다.

　　4·19 민중 봉기는 사회의 모든 부문에서 개혁운동의 모태로 작용하면서 한국 사회의 민주화와 자본주의적 현대화, 시민사회 건설에 대한 포부, 전쟁과 분단으로 인한 외세와의 관계, 민족과 민중에 관한 문제를 제기하게 된다. 이 영향은 문학 부문에서도 두드러졌다. 미국식 민주교육을 받고 자란 순한글 세대가 문인으로 등장하면서 과거와는 다르게 살겠다는 단절정신으로 6·25 전쟁에 관한 객관적인 해석 작업을 시도하고, 산업화 시대의 부조리한 현실에 대한 반성과 더불어 개인의식을 작가들의 개성적인 문체로 형상화하고 있다. 이 때 비평계의 변화도 뚜렷한데, 1960년대에 들어서서 평단에 새롭게 등장한 신세대 비평가들의 인식 전환의 국면은 비평문학 전반에 일정하게 반영되고 있다. 변모하는 환경과 상호작용이 진행되면서 주체의 복원에 대한 필요성을 절감하게 된 신세대는 기성 휴머니즘론의 윤리적 도식성을 비판할 뿐 아니라, 당대 비평 전개에 대한 성찰성도 보

여주면서 섬세한 언어미학으로 극복하고자 했다. 또한 성찰의 방향이 자아냐 세계냐에 따라 개인의식, 시민의식, 진보적인 역사의식 간의 상호 보완적인 관계를 유지하면서 비평문학의 현대성을 다양하게 드러내고 있다.

이와 함께, 한국 사회의 현대화 과정은 5·16 군사쿠데타 이후부터 경제 부문의 산업화라는 현실적 당면 과제에 치중하는 모습을 보인다. 戰後의 궁핍함에서 벗어나 기본 생계를 위한 물적 기반을 형성한 것은 큰 결실이나, 산업 현대화에의 치중은 물질적, 수단적 가치 편향성을 부각시킴으로써 인권과 자유의 정상적인 성장을 저해하였다. 더구나 두 차례에 걸친 경제개발정책은 외세 및 국가 권력에 크게 의존적이었던 것이다. 따라서 1960년대 사회의 현대화는 민주화와 경제성장이라는 두 목표가 상호충돌하면서 민족 내부의 구조적 모순과 갈등이 부각되는 시기로 규정될 수 있다. 이 시대의 독재체제는 자유로운 문화생산을 방해하고 국가 차원에서 물리적 힘을 행사하여 문화의 자율성과 지식인의 자유로운 담론도 통제했다. 그러나 이런 상황 가운데서도 진보적 지식인들을 중심으로 민족운동은 꾸준히 전개되었고, 이들은 한국 사회의 '성장 경제론'을 공통 관심사로 모더니티 담론을 펼쳐나간다.

당대 지식인 계층의 현대화 담론은 사회적 현대화의 성격과 주체 문제를 둘러싸고 벌어진 논쟁 과정에서 명확히 드러나며, 이는 50년대 전후 지식인 논의의 관념적 성격에 대한 비판 및 반성적 인식에 근거한 것으로 보인다. 1960년대 초반의 지식인 논의는 『세계』(1960년 신년호)지 특집으로 기획된 '인텔리겐챠론'에서 지성인의 개념과 연관지어, 비판적 지성의 '전통'을 형성하는 일과 이에 입각한 지성인의 사회역사적 역할에 대한 인식에 주목했다. 이 때 지식인 담론은 한국의 지식인 계층에 대한 역사적 고찰과 현실 타협적인 전통에 대한 비판적 의식을 보여주는데, 이것은 곧 "한국에서는 지성의 현실참여가 아직 없다"[1]는 강력한 자기 부정의식으로 이어지고 있다. 그리고『청맥』지 기획특집의 내용은 계몽적 관념의 차원에서 구체적인 현실 인식의 차원으로 옮겨가는 당대 지식인 담론의 전개과정을 보여주고 있다. 그리고 여기에서 개진된 진보적인 이념과 논리는 당대 비평문학이 현대성을 담지하는데 중요한 영향을 끼쳤다. 싸르트르의 실존적 휴머니즘 철학과 앙가주망 문학론, 시민문학의 진보적 전통과 리얼리즘, 민족적 주체성을 근거로 한 민족문학론 등 1960년대 평단의 주제와 쟁점 또한 지식인들 '현대' 논의의 배경 속에서 이해될 수 있다.

  4·19 혁명이나 경제개발정책 시행의 파장으로 인해 드러나는 60년대의 사회적, 문학적 전환의 면모들은 과거와는 다른 시대적 갱신의 출발점으로서 충분한 의의를 지니고 있다고 판단된다. 이는 당시의 문단 구도에도 자극제 역할을 하는데, 1960년대 초기까지만 해도 여전히 주도권을 잡고 있던 김동리, 조연현 중심의 '청문협'(조선 청년 문학가 협회)도 이승만 정권과 관련을 맺고 있던 '만송족' 문인들이 퇴진하게 되면서 점차 그 권위가 깨어지기 시작한다. 이철범의 글[2]을 통해서 1960년 당시의 혼란했던 문단내부 사정을 짐작할 수 있으며, 임헌영, 김병익 등은 문인들의 세대교체 현상을 60년대 평단의 특징으로 지적하고 있다.[3]

  세대간의 갈등 면모를 표면적으로 드러낸 것은 최인훈의『광장』해석을 두고 벌어진 백철(원로)과 신동한(신진) 간의 비평 논쟁이었다. 이어령은 50년대 말부터 문단의 위기를 지적하는 가운데 '화전민의식'을 토대로 문학인의 '저항정신'을 표명하기에 이른다. 이는 이전의

---

1 송건호(1964), 「지성의 사회참여」,『청맥』(1964. 11), p.31.
2 이철범(1960), 「1960년의 文壇報告 - 어내크로니즘의 미학」,〈새벽〉(1960. 12), pp.210-211.
3 1960년에 발표된 정창범의 「이념적 문학동인을 위한 제의」(『현대문학』, 1960. 1)도 전후세대 비평가의 전면적인 대두를 선언하고 있다는 점에서 눈길을 끈다.

기성세대에 대항하는 새로운 주체의 탄생, 즉 세대교체를 통한 강력한 자립의식을 선언한 것에 다름 아니다. 60년대의 평단은 출발지점부터 매너리즘으로 점철된 과거의 한국문학을 극복하고 문학적 전환을 이끌어내는 임무를 부여받은 것이다. 이렇게 전후세대 비평가들이 서서히 당대 비평담론의 중앙에 자리잡아 가고 있을 때, 신춘문예 등단 및 새로운 동인지 창간을 통한 신세대 비평가들의 등장은 또 한번 60년대 평단의 세대교체 국면을 보여준다. 신세대들은 언어성, 민족성 등 주체의식에 대한 각성과 함께 문학의 본질에 관한 논의에 중점을 두고 있다.

1950년대 막강한 영향력을 행사하던 문예지들이 문단통합과 함께 폐간되면서, 점차 작품활동의 터전이 종합지, 동인지 등으로 확산된다. 1960년대에 나타나는 50종 이상의 동인지의 특징은 문학이념이나 방법에서 다양성을 표출한다. 20-30대의 젊은 문인들로 새롭게 형성된 동인지들은 다층적인 문학 경향을 보이면서 공존해 있었던 것이다. 이들은 기성세대에 의한 문단 질서에 타협하지 않고 동인활동을 통해 자신들의 문학적 경향을 스스로 개척하려 했다는 점도 특징으로 지적할 수 있다. 또한 문학 인구의 비약적 증가를 이루게 되었고, 기존의 비평가들이 주로 문예지를 통해 등단한 데 비하여 60년대 신세대 문인들은 일간지의 신춘문예나 종합지의 신인상 제도를 통해 데뷔하고 있다는 점도 주목된다. 이는 자기의식이 분명하고 문학적으로도 일정한 교육을 받은 보다 전문적인 문인이 등장하게 되었음을 시사한다. 그리고 이전의 잡지들이 시나 소설 위주의 작품을 중심으로 실어왔다면, 60년대에는 비평분야를 중점적으로 다루면서 비평을 문학의 개별영역으로 자리매김 시키는 시기였다고 할 수 있다.

이 때 비평가들이 당시의 사회상황에 대응하는 차원에서 내세웠던 비평태도는 두 가지 양상을 보이는데, 아카데미시즘과 현실고발의 방식이 바로 그것이다. 이 두 방식은 모두 미학적 현대성의 획득에 기여하는데,

일반 평문에서는 부조리한 현실에 대하여 직접적인 고발 및 폭로의 글쓰기 방식을 주장하고, 실제 작품론에서는 그 자체의 구조미학에 몰입하여 분석해내는 방법을 택하고 있다.

실제 문학작품을 읽어내는 비평 방법으로 이론성이 강조되는데, 1960년대 서구문학이론의 수용은 영미 계통 뿐 아니라 유럽문학에 이르는 다양한 차원으로 진행된다. 이 가운데서 신비평 및 구조주의 이론은 60년대 전반을 통해 지속적인 수용의 단계를 거치면서 대학 중심의 아카데믹한 강단 비평의 가장 중요한 토대가 된다. 당시 아카데미시즘의 성장은 주목할 만한데, 대학교육의 제도화가 전문적인 문학교육을 가능하게 했고, 각 부문의 이론적 체계화는 문학인을 포함한 고급 지식인을 배출하기에 이른다.

그런가 하면, 김현을 비롯한 대부분의 신세대 비평가들이 언어의 틀로써 현실에 복수하고 현실을 고발할 것을 제시한 데 반해, 전후세대인 이철범과 김우종은 언어에 대한 미학적 감각은 배제한 채 한국 현실의 비관적인 면모와 악을 비판하면서 정의감을 테마로 삼고 작품을 창작해 줄 것을 강조하고 있다. 이는 문학의 사회참여성과도 연결되는데, 김병걸은 「참여론 백서」와 「순수와의 결별」을 통해 '참여'가 가지는 의미의 현대성을 규명하면서 참여는 곧 현실의 고발, 비판정신과 맞닿아 있다는 것임을 제시한다.

한국 비평문학사를 훑어보면 매 시기마다 현대성에 관한 논의가 있어 왔지만, 60년대 이전에는 실상 일본 식민지 시대, 6·25 전쟁과 분단 등을 겪으면서 외부의 근대사회 모델이 이식된 경우인지라 현대성의 자주적인 실현이라고 보기는 어렵다. 게나가 현대성의 다양한 역동성을 인지하지 못한 채 리얼리즘이나 모더니즘 같은 사조와 연결지어 배타적으로 이해한 경향이 짙다. 그래서 모더니티의 의미를 축소시켰을 뿐 아니라, 문학의 현대성에 관한 이론적인 모색에 그쳐서 실제비평의 근거를 확보하지 못한 점 등이 한계로 남아 있었다. 1960년대에 들어와서야 내부의 혁신을 대변하는 4·19를 통해 보다 진보적인 주체 이념과 그 이념에 내재된 계몽성을 자각하게 되었고, 또한 산업화 현실과 인간소외를 반성하며 상호소통의 가능성과 민중 연대, 민족문학의 정립을 향해 노력을 기울이게 된다.

이 논문의 본론 제2장, 3장, 4장에서는 1960년대 비평가들의 인식적, 실천적 측면에서 추출한 문학논리를 전개하는데 여기서 그 특성들을 요약해보기로 한다.

먼저, 60년대 초반부터 비평가들은 앞선 세대의 비평 산물들을 부정함으로써 과거와 단절하고 새로운 시대의식을 소유하는 등 비평계의 혁신의지를 표출하고 있다. 60년대 비평문학에 내재한 인식의 저변에는 당시 비평가들의 체험이 시간과 관련맺으며 나타난다. 그들이 인식한 '현대'라는 시간적 개념은 단순히 '현재'의 의미가 아니라, 과거와는 공간적 내용이 다른 특정한 새 시대로서의 현대(modern)라는 의미를 갖는다. 62년 「산문시대」 창간호에 실린 서문은 60년대 작가 및 비평가가 이전 시대의 문학적 풍토를 다시 갈아엎고 그 곳에 새로운 씨앗을 뿌리려는 결연한 의지를 표명하고 있다. 과거로부터 이어져 온 현재의 시간을 '태초의 어둠'으로 인식하면서 한번 죽고, 또 한번 살고자 하는 현대적 시간의식을 보여준다. 이러한 문학적 혁명의 시간은 계기적으로 정렬된 시간을 부정한다. 과거와 의도적으로 단절시킴으로써 그것을 재생시켜 다시 되돌리는 순환적 시간의식에 근거한 것이다. 따라서 60년대 비평가들에게 있어서 현대성의 자각은 정신의 샤머니즘에서 벗어나지 못하는 비평계의 현실을 인지하고, 단절의 방법을 통해 극복해야 한다는 시대적 소명의식과 통한다. 김주연은 "60년대라는 시간은 그전 세대와는 부단한 변증법적 발전으로 일어난 지양의 공간이며, 그러므로 전세대의 작가들은 정과 반으로서의 그 나름의 의의를 가질 수 있다"[4]고 전제한 뒤 김동리의 샤머니즘을 비판하고 있는데, 이 순환적 시간의식은 자아와 현실을 변혁, 재창조해내는 미학적 모더니티와도 관련된다고 하겠다.

　문학의 이론적 기반을 강화하여 활발한 비평활동을 전개하던 젊은 비평가들은 기성 비평론에 대한 구체적인 분석 및 비판 작업을 통해 한국 평단의 원시적인 문학정신을 탈피하고자 한다. 60년대 초반, 전후세대 이어령, 유종호 등은 해방 이후 한국 문단의 흐름을 주도하고 있던 조연현, 김동리, 백철 비평문학의 관념성을 비판하는가 하면, 신세대 김현, 백낙청, 구중서 등은 전후세대의 비평도 선동적인 구호의 허상에 불과하다며 다시 비판하고 나선다. 이들은 기존 평단의 추상적인 비평이념을 부정하고 논리적인 차원의 극복을 시도하면서 비평문학의 현대성을 구현해 나간 것이다.

　또한 1960년대는 순수문학이라는 통념화된 문학적 장이 지배하던 기존의 문단 분위기가 전환되는 시기였다. 60년대 초반부터 10여년에 걸쳐 다양하게 전개되어온 순수-참여문학 논의는 문학의 사상성을 거부, '자율성'을 옹호하여 문학 본원의 영역을 확보하도록 이끌었다. 보수적인 지배담론으로 굳어진 순수문학의 이데올로기성, 그 비합리성을 비판하고 문학에 대한 새로운 자세를 모색하는 과정에서 60년대 비평문학의 현대성을 획득하게 된다. 백낙청은 기성 문단의 이념으로 굳어진 순수문학의 권위, 그 허위의식의 이데올로기를 해체해야 한다고 주장했고, 김현, 김치수 등은 문학의 가치 기준을 '현실적이다 상상적이다'에 둘 것이 아니라 작품에서 형상화된 세계가 공리적 가치보다도 문학의 본질에 충실해야 함을 강조하고 있다. 신세대들은 언어와 현실에 대한 인식의 내면화 과정을 통해 사회적, 미학석 모너니티를 실현했던 것이다. 그에 비해, 전후세대 비평가들은 문학적 자율성에 대한 관심보다는 사상성의 지양에 초점을 둔다. 이어령과 정명환은 기성의 순수문학론에 저항하는 '참가문학'을 내세우면

---

4 김주연(1968), 「새 세대의 문학의 성립 - 인식의 출발로서의 60년대」, 『아세아』 창간호.

서 정치적 목적을 위해 문학을 선전 도구로 사용하는 '선전문학'과의 차별성을 강조한다. 이철범은 흑백논리의 문학인식과 문학의 사상성을 거부하며 비평문학의 자유를 추구해나간다. 이러한 논의들은 순수문학의 관념적인 이데올로기를 거부하면서 문학에 대한 근본적인 인식을 재정립하는 계기가 되었다.

한편, 요즘 모더니티의 철학적 담론에서 초점이 되고 있는 것은 현대에 대한 반성적 성찰의 의미이다. 1960년대 비평문학은 한국적 상황의 특수성과 서구 이론에 대한 탐구가 동반됨으로써, 성찰적 접근을 통해 비평논리의 개진과정을 다시 반성하는 면모를 보인다. 1960년대는 정치, 경제적 현대화를 추구하면서 전환을 맞게 되자, 우리 평단에서도 '근대' 혹은 '현대'의 개념에 대한 관심을 표명하면서 문학적 현대성 논의를 보인다. 전후세대인 유종호가 먼저 '서구=근대'를 추구하는 것은 일종의 추적 망상이라며, 그 본래의 정신과는 무관한 채 '기법'만 추종하여 표면적 유사성을 확보하는 것은 진정한 근대화가 아니라고 지적했다. 이어서 임헌영은 「누리의 사부타지」(『세대』 1967. 9)를 통해 시의 '비합리적이고 비과학적인 표현법'을 폐기할 것을 요구하면서 문학의 진보주의적 의식의 일면을 드러내는가 하면, 「현대에의 도전」(『현대문학』 1968. 7)에서는 한국의 근대가 일방적인 서구화를 의미하게 된 것은 근대정신의 부재에서 연유한다고 비판한다. 이 논의에서 좀더 나아가 김주연과 김치수는 보편적이면서도 독자적인 방법론을 강조하면서, 문학적 현대성은 분화된 현대인의 사고방식과 연결된다고 판단했다. 김치수가 "어떤 문학이든지 새로운 문학은 그 앞의 것을 부정하고 나오는 것이 원칙이고, 그 부정을 통해서 그 앞의 문학을 긍정하며 동시에 전통을 형성하게 되는 것"[5]이라고 언급한 부분은, 1960년대 한국 문학에서 발견한 현대성이 '성

---

5 김치수(1969), 「반속주의 문학과 그 전통 - 60년대 문학의 성격」, 『한국소설의 공간』, 열화당.

찰과 극복'의 모더니티에 근접해 있음을 확인시켜 준다.

또한 1960년대 비평문학의 특성은 이전 시대의 비평론 뿐 아니라, 자신의 비평문과 당대의 비평 흐름을 수시로 점검하고 있다는 것이다. 자기 논의의 한계점을 시인하고 반성한다든가, 논쟁식으로 진행되어온 60년대 전반의 비평담론에 관해 성찰적으로 접근하고 있다. 김현은 「한 외국문학도의 고백」에서 자신의 외국문학에 대한 인식적 편향을 객관화시켜 반성하고 있으며, 백낙청은 자신의 평문에 보이는 전통에 대한 편협된 시각을 스스로 비판하고 수정했다.[6] 또 김치수와 김현은 60년대 평단에서 줄곧 이슈가 되어왔던 순수-참여논쟁의 비평론들을 성찰의 대상으로 삼고 문제를 제기함으로써 그 논리를 반박, 문학적 인식의 향방을 반성하고 있다.

1960년대 초반, 전후세대가 본격적인 비평활동을 개시하면서 기존의 인상비평을 비판하는 강단 비평가들이 새로운 주류를 형성해나갔다면, 중후반의 시점에 이르러서는 신세대 비평가들이 비평문학의 지향점을 모색해나가는 가운데 서서히 비평의식의 분화가 시작된다. 신세대들은 주류 비평집단을 형성하여 편집동인끼리 동일한 문학노선을 지향하면서도, 각 개별 비평가로 개성적인 비평행위를 펼쳐 보이기도 한다. 대표적인 동인지 『창작과비평』, 『69문학』, 『상황』 등은 문학과 사회에 대해 서로 대립하면서도 상호보완적인 길을 걷게 된다. 『68문학』의 편집진이었던 박태순, 염무웅이 『창작과비평』의 단골 필진으로 활동하기도 하고, 동인들이 각자의 비평집단에만 구속되어 있는 것이 아니라 『사상계』, 『현대문학』, 『세대』, 『문학춘추』, 『월간중앙』 및 각종 신문에 많은 평론들을 함께 게재하면서 비평의식을 자유롭게 표명하고 있다. 이처럼 극단의 양분화가 아닌, 개인과 비평집단의 다원적 성격을 인정하는 1960년대의 평단 분위기는 상호소통의 가능성을 열어둔 '현대성'을 함의하고 있다. 오히려 70년대로 넘어가면서 소위

---

6 백낙청(1969), 「시민문학론」, 『창작과비평』(1969, 여름호).

'창비파' 대 '문지파' 구도의 대립적인 이분화가 뚜렷해진 것으로 보인다.

부정정신과 성찰성 외에도, 모더니티의 또 다른 한 축을 이루는 자질은 바로 '주체'에 대한 인식의 논리이다. 새 것이라는 말이 지니는 '부정'의 힘은 과거와 전통의 권위를 실추시키고 새로운 주체 정립에 나선다. 그래서 1960년대 초기의 비평가들은 '전통' 문제를 화두로 문학적 현대성을 확보해가는데, 기성 비평가들과 전통주의자들이 득세하던 당시의 지배적인 문단 조류에 저항하는 방법으로 문학전통 단절론을 내세우면서 비평적 모더니티를 도입한다. 김현은 전통을 단순히 향토색과 지방감정으로 해석하고 있던 종래의 많은 사이비 전통론자들에게 있어 '이어령의 단절론'은 뼈아픈 독침이었다며, 이어령과 유종호의 전통 부정의 논리를 긍정하고 있다. 반면에 김우종, 이철범, 백낙청, 임중빈 등은 한국문학 전통을 반성적으로 극복하거나 주체적으로 수용하려는 태도를 취한다. 김우종과 조동일이 전통부정론을 반성하는 차원에서 제시한 대안은, 우리의 고전문학 속에서 한국적인 전통을 찾자는 것이었다. 이철범과 임중빈은 비평문학의 위기가 주체성에 대한 인식의 결핍에서 연유한 것이라며 역사적 맥락에서 문학의 주체성을 찾아야 한다고 주장한다. 이들은 과거의 문학적 내용에서 전통적인 요소를 찾아 계승하자는 입장이기보다는, 문학전통의 위기 극복방법을 시대의 주체의식에 입각하여 제시한 것으로 볼 수 있다.

1960년대 평단의 '전통' 논의는 기존 전통주의자들의 권위에 저항함과 동시에, 후반으로 갈수록 주체적 역사관 수립의지와 한국 자생적인 현대성 담론과 맞물려서 하나의 방향성을 가지게 된다. 그래서 60년대 비평가들은 성찰적 이성을 통해 서구의 현대 모방에 그치지 않고 우리의 주체적 기획이 도출되어야 함을 강조한다. 이 때 문학적 이념의 혁신을 위해서는 자신과 자신이 처해있는 시대의 현주소를 새롭게 이해하는 것, 즉 새로운 역사의식을 획득하는 것이 가장 중요한 과제였다. 현대의 인간 삶의 조건에 대한 새로운 성찰이 곧 현대성의 원리라면 역사의식은 이와 닿아있는 것이다. 구중서의 역사의식은 현대성 추구에 내재된 계몽적 성격과 맞물리는데, 즉 자신에 대한 주인됨을 깨닫는 자각적 의식, 자기가 선 상황에서 보다 진실된 방향으로 밀고 나아갈 수 있는 힘을 '역사의식'이라 부르고 있다. 한편, 김병걸은 '상황이 곧 역사'라는 실존적 의미로서의 역사의식을 제시하면서, 역사는 관념성, 자아의 밀폐성을 파기하고 '다른 현존재와 교섭을 하는 가운데 자신을 생동적으로 의식하게 되는' 것이라고 말한다. 그는 민족문학 이념도 요구하는데, 이것은 토속세계에 안주하는 문학이 아닌 한글 공동체가 세계적 이데올로기의 구속에서 벗어나려는 자유 쟁취의 문학임을 강조한다. 그에게 있어서는 한민족의 특수조건을 고려하고, 분단 현실에 뿌리를 박고 전개되는 모든 한국인의 삶을 강력히 부정하며 소통의 관계성을 지향하는, 즉 한국 자생적 모더니티를 담보한 문학이 곧 민족문학인 것이다. 물론 60년대 비평가들은 민족문학 개념 설정의 단계에서 그치고 이 논점을 70년대 평단으로 이월해야 했지만, 이들은 한국의 구체적 조건 속에서 주체적으로 사고하고 진보의 새로운 지평을 창조적으로 개척하는 일에 주력하며, 우리 민족의 언어, 문화, 역사의 공통성에 근거하는 새로운 '민족문학'을 형성하는 일을 열망하고 있었다.

이처럼 1960년대 비평가들은 자의식 및 문학의 주체성을 강조하면서도, 그로 인한 현대성의 모순적 원리—자기 파괴적인 계몽, 합리주의적 독재 등—를 딛고 새로운 희망의 원리를 창출해내기 위해서는 자기 한계를 아는 성찰적 이성, 역사적 이성으로의 전환이 필요했다. 그래서 안온한 인식체계, 보수적이고 허위로 가득찬 모든 것들을 회의하고 부정하는 정신을 바탕으로 진보적인 인식의 국면에 도달하고, 자기 확장의 의지를 발현하게 된다. 이에 따라 60년대 중·후반에는 문학의 사회적 기능, 개인을 넘어선 공동체의식, 소통 지향적인 공적 윤리감, 역사의식과 실천적 지성의 추구가 두드러진다. 특히 이전 시대의 문학적 경향과는 달리 '참여'(앙가주망)를 존재적 의미의 당연한 귀결로서 받아들이면서 문학의 언어성을 전제로 한, 현실에 대한 적극적인 관심과 반영을 강조한다. 특히 김병익은 보다 문학의 본질적인 측면에서 참여를 언급했는데, "작가가 정치를 자신의 문학의식 속으로 흡수한 후 정치와 인간과의 관계로 작품 속에 형상시킬 경우, 작가에게는 오히려 유익한 소득을 가져온다"고 사회참여의 당위성을 말하면서, 그러하기 때문에 작가는 문학과 정치와의 관련성을 '어떻게' 형상화시키느냐가 더욱 중요하다고 지적했다.

소통을 지향하는 문학적 현대성의 문제는 자의식과 시민의식의 대결로 이어지는데, 개성을 부각시켰던 김주연의 트리비얼리즘과 백낙청의 시민문학 논의가 그것이다. 백낙청은 「시민문학론」을 통해 '시민'의 의미를 "우리가 쟁취하고 창조하여야 할 미지, 미완의 인간상"으로 제시하면서 사회참여의 의미를 확장시켜 시민문학의 개념으로 정립하려는 의욕을 드러낸다. 이에 반해, 김주연과 김치수는 소시민 근성과 소시민 의식을 변별시켜 말하면서, 소시민의 속물근성을 극복한 '소시민 의식의 자각'이야말로 對사회적 확산의 의미를 내포하는 시민의식, 역사의식의 출발점이라고 설명하고 있다. 하지만 실상은 이들이 대립적인 견해를 내세운 것이라기보다는 김주연은 과정론, 백낙청은 결과론에 가깝다고 할 수 있다. 진정한 시민사회란, 개인의 일상생활이 영위되고 개인의 위치와 정체성이 형성되는 장이며, 공통의 언어를 매개로 하여 개인을 사회화하는 공간으로서,[7] 개개인의 성숙된 시민의식이 동반되어야 실현가능하기 때문이다. 경제나 권력의 논리는 시민의 자율적 공간을 포섭하여 물화시키는 경향을 보이므로, 시민의식을 갖춘 개인들이 모여서 그러한 억압을 견제하고 스스로 자

---

7 김성기(1994), 「세기말의 모더니티」, 『모더니티란 무엇인가』, 민음사.

아와 일상성을 극복하여 조직화하는 가운데 시민문학은 가능한 것이다. 다시 말하면, 60년대 비평가들은 자아와 타자 사이에 소통적 모더니티가 실현되는 문학세계를 구축하려 했던 것이다. 이 논의는 70년대의 리얼리즘론, 민족문학론 등으로 연계된다.

한편, 1960년대는 비평이론을 체계적으로 수용하고 실제 비평에 활용함으로써 문학 영역에서 비평이 전문성을 획득하는 시기이다. 특히 외국문학을 전공한 비평가들이 대거 등단하여 활동하면서 다방면의 서구이론을 소개하게 되는데, 이것은 현대화 과정이 외세 의존적이었던 60년대 사회의 분위기와 무관하지 않을 것이다. 프랑스 실존주의 철학은 참여문학론 전개에 이론적 바탕을 제공해주었고, 문학의 자율성을 옹호하는 관점은 구조주의라는 이론적 틀을 빌려서 세련화시켜 나갔다. 이것은 실제 비평에 있어서 분석비평의 방법을 정착시키는 계기가 된다. 또한 60년대 다수의 비평가들은 직접 외국작품을 번역하고 그에 대한 활발한 논평도 겸하고 있다. 김현은 「나르시스 시론」을 통해 발레리, 싸르트르, 바타이유 같은 프랑스 지식인 비평가에 대한 관심을 보여주었고, 백낙청은 횔더린, 매슈 아놀드, 싸르트르의 영향 하에서 새로운 지식 체계를 도입하여 진보적인 문학론으로 나아가게 된다. 독일문학을 전공한 염무웅은 풍속소설과 관련하여 19세기 자연주의 문학에서 카프카의 리얼리즘 전통과 현대적 변모 양상을 거론한 바 있다. 한국 문학작품에 대한 서구 문학이론의 무분별한 적용은 바람직하지 못한 현상이겠으나, 60년대 비평가들이 서구 이론을 정착화하기까지 부단한 연구와 반성을 거쳐 한국문학의 연구 수준을 한 단계 끌어올렸다는 점은 주목할 만하다.

이러한 분석비평의 태도는 작품 속에 구현된 60년대적 특성을 면밀히 드러내준다. 즉, 작가 및 작품의 개체성, 개인의식을 발견해냈다. 이런 특면은 제대로된 자기의식을 소유함으로써 처해있는 기존의 체계에서 해방될 수 있다는 현대성 담론의 철학적 바탕과 맥이 닿아 있다. 현대 과학과 자본주의로 인하여 야기된 산물을 거부하고 나온 것이 미학적 모더니티[8]라면, 4·19 혁명에서 비롯된 시민사회 건설에 대한 믿음과 그리고 좌절, 이러한 1960년대의 왜곡된 사회, 역사적 현대성을 의식할 때 그 대응으로서의 미적 주체의식은 문학적 언어를 통해 더 부각되는 것이다. 『68문학』계열의 김주연, 김치수, 김병익 등은 60년대의 대표적인 시인과 소설가 몇몇을 특별히 지목하여 이들의 문학에 현현된 일상적 개인성과 작가의 개성적인 표현법, 스타일에 주목하고 있다. 이는 60년대 작가들의 개인의식과 주체 정립에 대한 관심을 간접적으로 표명한 것에 다름 아니다. 그리고, 문학에 있어서 언어는 미적 주체의식을 드러내주는 중요한 수단이 되기 때문에 60년대 비평가들은 소쉬르의 언어학을 바탕으로 보다 과학적 맥락 안에서 언어를 이해하고자 한다. 이는 실존주의나 의식철학에서 벗어나 구체적인 형식미학으로 눈을 돌리는 계기를 부여한다.[9] 김현은 현실세계에 대하여 문학은 상상력의 세계를 의미하고, 이 상상력은 궁극적으로 언어에 의해 기능하며 두 세계를 내개하는 원리로 작용한다는 견해를 내세운다. 그래서 "그가 살고 있는 시대의 여러 작품에서 어떤 언어의 틀, 즉 구조를 찾아내는 일"[10]이 비평가의 임무라고 제시한다. 김주연도 60년대 대표적인 시 작품을 분석하면서 주체로서의 한 개인의 실존에 대한 미시적 형상화에 주목하여 그들의 언어성과 상상력을 드러내고 있다. 언어미학을 탐구하는 가운데 작가의 개별적인 스타일, 즉 문체적 특징에도 주목하게 된다. 특히 김현과 김주연은 여성작가들의 소설을 분석하면서 여자 특유한 섬세한 감각과 주제의식, 문체, 기법 등을 찾아내고 있다. 백낙청은 김수영의 시세계를 고찰하면서, 김병익, 김치수는 공통적으로 김승옥, 박태순,

---

8 M. 칼리니스쿠(1993), 「모더니티의 다섯 얼굴」, 이영욱 외, 시각과 언어, p.53.
9 소쉬르에 의하면, 랑그란 말하는 주체 속에만 존재하는 것, 곧 자기반성이며 내면 세계의 소산인 것이다.
10 김현(1966), 「한국문학과 전통의 확립」, 『세대』(1966. 2), p.252.

이청준의 소설을 분석하면서 개별 문체를 비롯한 60년대만의 작가적 특성에 주목하고 있다. 전후세대 비평가들 중에서 언어미학에 관심을 보인 자는 유종호가 유일하다. 이철범은 언어를 하나의 사상으로 이해하면서 민족문학을 위한 고유어를 주창한 데 반해, 유종호는 일찍부터 시, 소설의 구체적인 작품론을 통해 문장구조와 표현방식, 서술태도 등에 주목하여 분석하는 면모를 보여주고 있다.

따라서 1960년대 비평문학이 보여준 현실고발의 방식과 이론이 강화된 비평방식은 대립적으로 변별되기보다는, 사회에 대응하는 미학적 층위에서 이해할 때 상호보완의 관계로 추구되었다고 판단된다. 비평가들은 작가가 문학작품을 통해 자의식과 사물의 구체성, 언어적 개성 등을 드러낼 때, 그 개인들을 둘러싸고 있는 현실의 사회악을 형상화해 줄 것을 요구하고 있었던 것이다.

이상에서 살펴본 바, 1960년대 비평문학에서 발견되는 전반적인 특성들은 '60년대'라는 특정한 시대의식을 반영하는 '현대성'을 내포하고 있다고 하겠다. 본 연구를 통해서 1960년대 평단은 표면화된 세대 간의 갈등이나 논쟁 이면에 개별 비평가들의 다양한 목소리와 비평의식들이 유기적인 관계를 맺고 소통하고 있음을 발견할 수 있었다. 전후세대 비평가들이 앞선 세대의 관념적인 비평론을 다소 감정적으로 부정한 데 비하여, 60년대에 새로이 등단한 신세대 비평가들은 그 당대의 비평흐름에 주목하여 논리적인 성찰의 모습을 보여주었다. 이들은 60년대 전후세대의 선동적인 구호비평의 허상을 비판하고, 자신의 평론을 재고하여 수정하거나 당대의 논쟁적인 비평담화들을 반성, 비평적 대안 및 지향점을 모색해 나갔던 것이다. 또한 초반에 제기되었던 문학전통 단절론을 극복하려는 움직임과 함께, 현대문학의 주체성을 회복하려는 노력을 보였다. 우리 역사와 민족에 대한 관심을 바탕으로 진보적인 문학을 꾀하고, 서구 이론을 무분별하게 추종하던 모습을 자기 반성하면서 한국의 특수조건을 고려한 비평문학 모더니티의 자생적 면모를 갖추려 한 것이다.

60년대 신세대 비평가들은 계몽과 해방을 추구하는 주체의식의 한계를 인식하고 의사소통적 이성을 지향하는데, 곧 순수문학 이데올로기에 갇혀 있는 것을 거부하면서 문학의 사회참여, 언어미학을 기반으로 한 현실 고발의 방식 등을 주장한 것은 이성적 주체에만 집중했던 현대에 대한 부정의식의 일환일 것이다. 그리고 무엇보다 자의식 및 사물의 개성에 주목하면서, 동시에 소시민의 속물근성을 자각, 극복하여 성숙한 시민의식을 갖추어 나가길 촉구한다. 이는 진정한 시민문학, 민족문학 정립을 위해 거쳐 가야 할 노정이라고 판단했기 때문이다.

그런데 한국 비평문학의 현대성을 규명함에 있어서, 1960년대의 외세 및 국가권력에 의존하여 진행된 사회의 현대화 측면과 외국문학 전공자들의 서구 문학이론의 적극적인 수용은 문제시될 수 있다. 한국의 특수성을 고려한 모더니티 실천이 주체기 명확하시 못한 상태로 보이기 때문이다. 하지만 60년대 비평가들은 구조주의 틀을 실제비평의 분석방법론으로 정착시켜 시나 소설작품을 읽어나가는 가운데 미학적 주체의식을 확보하였고, 언어에 대한 지대한 관심은 작가들의 개성적 문체를 발견했을 뿐 아니라 더 나아가 민중어, 민족어에 대한 가치를 인식하는 계기가 되었다. 현실에 대한 구조적 인식과 성찰이 실천으로 나아가려면 반드시 주체를 전제로 하는데, 문학을 통해 현실을 변혁하고 역사를 재건하는 데 있어서 1960년대가 '민중'을 발견한 점은 70년대 이후 실천의 서사를 가능하게 한 원동력이 되었다. 이런 점을 감안할 때 1960년대 비평문학은 무분별한 서구 문화의 편향성을 드러내기보다는 '현대'라는 새로운 시대 개념을 정립한 가운데, 기성 비평론을 논리적으로 비판할 수 있는 지성의 근거를 마련하고 서구 모방의 현대화를 자각, 반성하면서 주체적인 비평의 모더니티를 확보하려는 의지의 산물들이었다고 볼 수 있다. 그래서 60년대 비평문학은 본격적인 민족문학의 개화를 준비하고 현실과 유리되지 않은 민족 주체의 문학적 현대성을 성취하기 시작했다는 점에서 그 고유한 특성을 찾고 역사적 의의를 부여할 수 있겠다.

참고문헌

1. 1960년대 관련 기초자료집

『60년대사화집』, 1961. 9. 10.
『산문시대』 창간호~5호, 1962. 6. 15~1964. 9. 15.
『사계』 1~3호, 1967~1968.
『세계』 1960 신년호.
『청맥』 1964~1966.
『68문학』 1호, 1969. 1. 15.
『창작과비평』 1966. 1~1973. 6.
『문학과지성』 1970~1973.
『현대문학』, 『자유문학』, 『월간문학』, 『문학춘추』, 『시문학』, 『심상』, 『사상계』, 『상황』, 『새벽』, 『세대』, 『아세아』, 『한양』, 『지성』, 『신동아』, 『월간중앙』, 『정경연구』, 『문예중앙』, 『세계의문학』, 『문학사상』, 『중앙일보』, 『서울신문』, 『경향신문』, 『동아일보』, 『조선일보』, 『한국일보』.

2. 평문 기본자료

구중서(1963. 2), 「한국 문화인 기질의 비판」, 『신사조』.
______(1965. 6), 「서정주와 현실도피」, 『청맥』 9.
______(1966. 7), 「작가와 역사의식」, 『한양』 53.
______(1968. 10), 「중흥과 타락의 문학」, 『현대문학』.
______(1969. 9), 「문학인의 시대적 입장」, 『사상계』 97.
______(1969. 12), 「역사의식과 소시민의식 ─ 1960년대의 문예비평」,

『사상계』.
______(1970. 8), 「한국 리얼리즘문학의 형성」, 『창작과비평』.
______(1970. 4), 「좌담(김윤식·김현·임중빈) — 4·19 혁명과 한국문학」, 『사상계』.
______(1977. 4), 「4·19와 한국문학」, 『한국문학』.
김병걸(1963. 10), 「순수와의 결별」, 『현대문학』.
______(1971. 9), 「리얼리즘을 왜 왜곡하는가」, 『현대문학』.
김병익(1967. 10), 「문단의 세대연대론」, 『사상계』.
______(1968. 6), 「앙팡 모랄리스트 — 우리세대의 문학」, 『사상계』.
______(1969. 1), 「자유와 현실 — 최인훈 씨의 경우」, 『68문학』 창간호.
______(1970), 「문학과 정치」, 『정치학보』, 서울대 문리대.
______(1972. 10), 「리얼리즘의 기법과 정신」, 『문학사상』 창간호.
______(1982), 「순수·참여논쟁 — 그 지양을 위하여」, 『문학과지성』, 문학과지성사.
______(1986. 3), 「문학비평과 비평문학」, 『동서문학』.
______(1988. 4), 「4·19와 한글세대의 문화」, 「김현과 문지」, 『열림과 임굼』, 문학과지성사.
______(1991), 「'창비'와 한국 4세기반의 역사」, 「4·19 30주년, 그 역사성과 현재성의 층계참에서」, 『우공의 호수를 바라보며』, 세계사.
______(1994), 「모국어 세대와 모국어 문화」, 『숨은 진실과 문학』.
김붕구(1960. 5), 「증언으로서의 문학」, 『사상계』.
______(1964. 8), 「작가와 증언」, 『사상계』.
______(1967), 「참여와 참여문학의 제 유형」, 『사상과 사회』.
______(1967. 12), 「작가와 사회」, 『세대』.
______(1969. 1), 「새 비평이냐, 새 차취냐」, 『월간중앙』 10.
______(1969. 2), 「작가와 사회(재론)」, 『아세아』 창간호.
김수영(1963. 12), 「세대교체의 연수표」, 『사상계』.
______(1964. 12), 「난해의 장막」, 『사상계』.
______(1966. 6), 「진도없는 기성들」, 『세대』.
______(1967. 12), 「참여시의 정리」, 『창작과비평』 8.

______(1968. 1), 「지식인의 사회참여」, 『사상계』(전집2에 재수록).

______(1968. 2. 27), 「현실적인 문학과 정치적 자유」, 『조선일보』.

______(1968. 2. 27), 「실험적인 문학과 정치적인 자유」, 『조선일보』.

______(1968. 3. 26), 「불온성에 대한 비과학적 억측」, 『조선일보』.

______(1968. 9), 「생활현실과 시」, 「시여, 침을 뱉어라」, 『창작과비평』 11.

김수영·이어령(1968. 3. 26), 「'자유' 대 '불온'의 논쟁」, 『조선일보』.

김양수(1960. 1), 「문학의 자율적인 참여－과도기적인 것과 적극적 상황」, 『현대문학』.

______(1960. 3), 「식민지기질의 극복－후반기세대의 문학」, 『자유문학』.

______(1962. 7), 「한국문학의 장래관건」, 『자유문학』.

______(1964. 4~10), 「문학이란 무엇인가」, 『현대문학』.

______(1971), 「사회참여, 그 악몽의 문학」, 『비평문학』.

김우종(1960. 2), 「문학의 순수성과 이데올로기」, 『한국일보』.

______(1960. 5), 「바른 여론을 환기시키자－문화인과 정치참여의 필요성」, 『조선일보』.

______(1961. 1), 「새 세대·새 문학」, 『자유문학』.

______(1961. 1), 「도피와 참여의 도착」, 『현대문학』.

______(1963. 8. 7), 「파산의 순수문학－새로운 문학을 위한 문단에 보내는 백서」, 『동아일보』.

______(1963. 11), 「유적지의 인간과 그 문학」, 『현대문학』.

______(1964. 5), 「저 땅위에 도표를 세워라」, 『현대문학』.

______(1965. 7), 「순수의 자기기만」, 『한양』.

______(1989), 『김우종 문학 평론집－순수문학비판』, 자유문학사.

김우창(1965. 1), 「존재의 인식과 감수성의 존중」, 『신동아』 5.

______(1966. 1), 「시에 있어서의 지성」, 『창작과비평』.

김윤식(1968. 12), 「비평의 임무는 무엇인가－비평의 한계와 반성」, 『현대문학』.

______(1969. 9), 「자의식의 비평과 서구적 지성의 한계」, 『창작과비평』 15.

______(1969. 10), 「앓는 세대의 문학」, 『현대문학』.

______(1969), 「비평가의 변모 – '의식의 문제를 중심으로'」, 『월간문학』 12.

______(1976), 「상상적 기능과 인식적 기능」, 『한국현대문학사』, 일지사.

______(1983), 「4·19와 한국문학」, 『4·19혁명론』 1, 일월서각.

______(1988), 『한국현대문학사연표』, 문학사상사.

______(1991), 「6·25 전쟁문학 – 세대론의 시각」, 『1950년대 문학연구』, 문학비평연구회, 예하.

______(1992. 11), 「1960년대 문학의 특질」, 『한국현대문학사』, 서울대 출판부.

______(1996), 『김윤식 선집 – 비평사』 3, 솔출판사.

김주연(1968), 「새 세대의 문학의 성립 – 인식의 출발로서의 60년대」, 『아세아』 창간호.

______(1968. 10), 「60년대의 시인의식 – 소시민의식과 낭만주의의 가능성」, 『사상계』 186.

______(1969. 8), 「계승의 문학적 인식 – 소시민 의식 파악이 갖는 방법론적 의미」, 『월간문학』.

______(1969), 『상황과 인간』, 박우사.

______(1972), 「역사비판론과 시민문학론」, 「문학비평종합론은 가능한가」, 「60년대 소설가 발견」, 『현대 한국문학의 이론』, 박우사.

김치수(1966), 「'외로움'과 그 극복의 문제 – 황순원의 〈일월〉」, 『사상계』.

______(1968. 5), 「문학의 기능과 비평의 자세」, 『사상계』.

______(1968. 11), 「작가와 반항의 한계」, 『사상계』 187.

______(1969. 2), 「문체의 특징 – 한국소설 문체의 세 유형」, 『월간문학』.

______(1970. 1), 「소시민의 의미」, 『월간문학』 15.

______(1972), 「한국소설의 과제」, 『현대한국문학의 이론』, 민음사.

______(1976), 「반속주의 문학과 그 전통 – 60년대 문학의 성격」, 「문학사에서 전통문제」, 「60년대 작가에 대한 별견」, 「자연주의 재고 – 염상섭」, 『한국소설의 공간』, 열화당.

김 현(1966. 2), 「한국문학과 전통의 확립」, 『세대』.

______(1967. 11), 「참여와 문학의 고고학」, 『조선일보』.

______(1968. 2), 「허무주의와 그 극복」, 『사상계』.

______(1968. 4), 「다시 한 번 참여론을」, 『현대문학』.

______(1968), 「한국비평의 가능성」, 『68문학』.

______(1969. 3), 「세대교체의 진정한 의미」, 『세대』.

______(1969. 5), 「분화 안 된 사고의 흔적」, 『서울신문』.

______(1972), 「한국문학의 가능성」, 「한국소설의 가능성」, 『현대한국문학의 이론』, 민음사.

______(1988), 「60년대 문학의 배경과 성과」, 『분석과 해석』, 문학과지성사.

______(1991), 「1969년의 문학적 상황 1, 2」, 『김현문학전집』 3, 문학과지성사.

백낙청(1965. 6), 「궁핍한 시대와 문학정신」, 『청맥』.

______(1966. 1), 「새로운 창작과 비평의 자세」, 『창작과비평』 창간호.

______(1967. 3), 「역사소설과 역사의식」, 『창작과비평』 5.

______(1968. 2), 「좌담(선우휘) ― 문학의 현실참여」, 『사상계』.

______(1968. 6. 23), 「서정의 성장과 극복」, 『한국일보』.

______(1968. 8), 「김수영의 시세계」, 『현대문학』.

______(1968. 6), 「창작과비평 2년 반」, 『창작과비평』.

______(1969. 6), 「시민문학론」, 『창작과비평』 14.

______(1974. 7), 「민족문학개념의 정립을 위하여」, 『월간중앙』.

______(1978), 『민족문학과 세계문학』 1, 창작과비평사.

백 철(1960. 2), 「한국문단 十年」, 『사상계』.

______(1960. 9), 「혁명 뒤에 오는 문학과제들」, 『새벽』.

______(1962. 11), 「세계문학과 한국문학」, 『사상계』 문예증간호.

______(1964), 「신문학과 근대 자연주의」, 『사상계』.

______(1966. 2), 「뉴크리티시즘의 행방」, 『세대』.

______(1966. 7), 「작가와 현실과 문학」, 『현대문학』.

______(1968. 5), 「한국의 문학지 60년」, 『세대』.

______(1980), 「전통문학의 계승과 발전」, 『한국문학비평선집』(문학평론가협회 편), 대광문화사.

서기원(1961. 11), 「한국문학에 한마디」, 『사상계』 101.

______(1962. 12), 「연평 ― 1962년의 문제작」, 『사상계』.

______(1969. 5. 17), 「대변인들이 준 약간의 실망」, 『서울신문』.

______(1972), 「한 세대의 의미와 한계」, 『문학과지성』 8, 여름호.

서정주(1963. 10), 「사회참여와 순수개념」, 『세대』.

______(1964. 7), 「내 시정신의 현황」, 『문학춘추』.

______(1964. 9), 「시평가가 가져야 할 시의 안목」, 『문학춘추』.

선우휘(1967. 10. 19), 「문학은 써먹는 것이 아니다」, 『조선일보』.

______(1968. 2), 「작가와 평론가의 대결」, 『사상계』.

______(1969. 2), 「현실과 지식인」, 『아세아』.

신동한(1965. 4), 「비판의 방향」, 『한양』 38.

______(1977. 9), 「민족문학의 이론을 정립할 때」, 『월간문학』 103.

______(1987), 「신진 대 기성의 공방」, 『문학논쟁집』(임헌영 편), 태극
　　　　출판사.

염무웅(1965. 9), 「풍속소설은 가능한가― 현대소설과 리얼리즘」, 『세대』.

______(1966. 1), 「현상과 이념」, 『문학춘추』 18.

______(1966. 2), 「오해된 저항문학」, 『세대』.

______(1970. 12), 「리얼리즘의 심화시대」, 『월간중앙』.

______(1979), 「리얼리즘론」, 「김수영론」, 『민중시대의 문학』, 문학과지
　　　　성사.

원형갑(1959. 3), 「앙가주망과 신비적 체험」, 『현대문학』.

______(1960. 11), 「현실과 문학의 구조」, 『자유문학』.

______(1969. 7), 「지식인과 지적 마조히즘 ― 선우휘씨의 '현실과 지식
　　　　인'을 읽고」, 『현대문학』.

유종호(1958. 9), 「산문정신고」, 『현대문학』.

______(1958. 12), 「비평의 문제들」, 『현대문학』.

______(1960. 3), 「비순수의 선언 ― '하양지향'론」, 『사상계』.

______(1960. 3), 「소설의 문제」, 『현대문학』.

______(1960. 4), 「전통의 확립을 위하여」, 『세대』.

______(1961. 9), 「신문소설고」, 『동아일보』.

______(1962. 11), 「한국적이라는 것」, 『사상계』.

______(1964. 9), 「유소사(有所思)」, 『문예춘추』.

______(1964. 9), 「버릇이라는 굴레」, 『현대문학』.

______(1964. 10), 「새로운 우상」, 『현대문학』.

______(1965. 8), 「작가와 비평가 – '시장과 전쟁' 논쟁의 경우」, 『현대문학』.

______(1966. 1), 「한국문학의 전제조건」, 『창작과비평』.

______ 외(1974. 10), 「좌담(백낙청) – 리얼리즘과 민족문학」, 『월간중앙』.

윤병로(1957. 3), 「리얼리즘의 현대적 방향」, 『현대문학』 27.

______(1959. 3), 「전통의 문제점」, 『자유문학』 24.

______(1960. 9), 「산문정신의 제문제」, 『현대문학』.

______(1961. 4), 「현대의 작가와 독자」, 『현대문학』.

______(1963. 3), 「문학사의 사회적 지위」, 『현대문학』.

______(1964. 1), 「비평가의 내일을 위한 각서」, 『신사조』.

______(1968. 8), 「비평문학 서설」, 『현대문학』.

______(1984), 「전통론에 대한 시비」, 「순수문학의 재논의」, 「순수 – 참여론」, 「리얼리즘의 논쟁」, 「민족문학의 재론」, 「참여론의 한계」, 「민족문학의 재검토」, 『한국현대비평문학론』, 청록출판사.

______(1989. 2), 「새 세대의 충격과 60년대소설」, 『현대문학』.

______(1989), 「분단시대의 민족문화론 – 최일수평론집」, 『민족문학의 모색』, 범우사.

______(1990), 「민족문학론의 쟁점과 평가」, 『성대문학』 제27집.

이어령(1956. 5), 「우상의 파괴」, 『한국일보』.

______(1957. 1. 11), 「화전민지대 – 신세대의 문학을 위한 각서」, 『경향신문』.

______(1958. 12), 「무엇에 대항하여 저항하는가」, 『사상계』.

______(1959. 1), 「작가의 현실참여」, 『문학평론』.

______(1960. 5), 「사회참가의 문학, 『새벽』 33.

______(1962. 11), 「한국소설의 맹점」, 『사상계』.

______(1963. 7), 「사안시의 비평」, 『현대문학』.

______(1963. 9~10), 「부메랑의 언어들」, 『현대문학』.

______(1965. 11), 「한국비평문학 50년」, 『사상계』.

______(1966. 1), 「제삼세대」, 『중앙일보』.

______(1966. 3), 「문학과 역사적 사건」, 『한국문학』.

______(1967. 12. 28), 「'에비'가 지배하는 문화 - 한국 문화의 반문화
    성」, 『조선일보』.
______(1968. 2. 20), 「누가 그 조종을 울리는가 - 오늘의 한국 문화를
    위협하는 것」, 『조선일보』.
______(1968. 3), 「서랍 속에 든 불온시를 분석한다 - '지식인의 사회참
    여'를 읽고」, 『사상계』.
______(1968. 3. 10), 「문학은 권력이나 정치이념의 시녀가 아니다 - 다
    시 김수영씨에게」, 『조선일보』.
______(1968. 3. 26), 「불온성 여부로 문학을 평가할 수 없다」, 「논리의
    현장검증 똑똑히 해보자」, 「자유대 불온의 논쟁」, 『조선일보』.
______(1986), 『지성과 채집』, 나남.
______(1986), 「무엇에 대하여 저항하는가」, 「저항으로서의 문학」, 「참
    여문학의 논리」, 「4월의 문학론」, 『저항의 문학』, 기린원, (1959
    년 지경사 개정판).
이철범(1960. 9), 「앙가쥬망의 문학적 용어」, 『자유문학』.
______(1960. 12), 「1960년대의 문단보고 - 어내크로니즘의 미학」, 『새벽』.
______(1961. 3), 「역사의 전환기」(상), 『자유문학』.
______(1961. 4), 「한국문학의 문제의식」, 『자유문학』.
______(1962. 2), 「작가와 비평가의 자유」, 『신사조』.
______(1962. 11), 「침묵의 태동」, 『신사조』.
______(1965. 5), 「정치와 예술의 자유」, 『문학춘추』.
______(1966. 4), 「작가와 역사의식」, 『신동아』.
______(1968. 11), 「비평문학의 명맥」, 『월간문학』.
______(1969. 8), 「문학과 상황의식」, 『현대문학』.
______(1986), 『고난의 시대 문학이란 무엇인가』, 종로서적.
이형기(1962. 7), 「심식적 문학론」, 『현대문학』.
______(1963. 5), 「문단인상파론」, 『현대문학』.
______(1963. 8), 「우정있는 반환 - 연막비평의 정체」, 『현대문학』.
______(1964. 2), 「문학의 기능에 대한 반성 - '순수' 옹호의 노트」, 『현
    대문학』.
______(1964. 8), 「전통이란 무엇인가」, 『현대문학』.

______(1965. 9), 「전통문학의 가능성」, 『현대문학』 129.

이호철(1967. 10. 21), 「작가의 현장과 세속의 현장」, 『동아일보』.

임중빈(1964. 1), 「사회소설론 서설」, 『조선일보』.

______(1965. 4), 「문학과 인간의 모랄」, 『한양』.

______(1965. 6), 「문학의 위기와 주체성」, 『문학춘추』.

______(1965. 8), 「객관적인 상황과 문학」, 『한양』.

______(1966. 3), 「소박한 리얼리즘 풍토」, 『문학춘추』 20.

______(1967. 10. 17), 「반사회참여의 모순」, 『대한일보』.

______(1968. 1), 「한국문단의 현황과 그 장래」, 『사상계』.

______(1968. 6) 「한국문학과 논쟁」, 『세대』.

______(1968. 5), 「참여문학, 그 방법서설」, 「참여문학의 인식 – 작가와 정치적 관심」, 「참여문학의 재인식」, 『정경연구』.

임헌영(1966. 3), 「니힐과 반항」, 『현대문학』 135.

______(1969. 12), 「도전의 문학」, 『사상계』.

______(1971. 3), 「한국문학의 과제 – 민족적 리얼리즘에의 길」, 『현대문학』.

______ 편(1976), 『문학논쟁집』, 태극출판사.

______(1979. 5), 「도식주의 비평」, 『현대문학』.

______(1979. 1), 「문학 작품 속에 나타난 4·19」, 『현대문제평론 23인선』(유종호 편), 한진출판사.

______(1985. 4), 「4·19와 한국소설」, 『한국문학』 138.

______(1986), 「민족의 상황과 문학사상」, 「4월혁명의 문학적 전개」, 「민족문학과 민중문학」, 「분단인식과 민족문학」, 『민족의 상황과 문학사상』, 한길사.

______(1988), 『한국현대문학사상사』, 한길사.

______(1989), 「4·19와 60년대 문학의 변혁의지」, 『변혁운동과 문학』, 범우사.

장백일(1963. 5), 「오늘의 빈곤 – 한국문단의 근황」, 『한양』 15.

______(1963. 12), 「동인지와 그 비평」, 『한양』 22.

______(1964. 11), 「새 주제의 탐구」, 『한양』 33.

______(1964. 7), 「비굴한 지성들」, 『문학춘추』.

______(1970. 11), 「참여문학의 현실적 의의」, 『월간문학』.

______(1995. 10), 「1960년대의 논쟁과 문학」, 『한국리얼리즘문학론』, 탐구당.

장일우(1963. 6), 「한국적인 것과 전통적인 것」, 『자유문학』.

______(1964. 5), 「순수의 종언」, 『한양』.

______(1964. 6), 「참여문학의 특성」, 『한양』.

______(1965. 4), 「시대정신과 한국문학」, 『한양』.

정명환(1962. 11), 「평론가는 이방인인가」, 『사상계』 114, 문예증간호.

______(1963. 2), 「비평이전의 이야기」, 『사상계』.

______(1963. 11), 「전쟁과 한국작가」, 『사상계』 문예증간호.

______(1963. 12), 「예스와 노의 사이」, 『신세계』.

______(1964. 3), 「현대문학과 휴머니즘의 위기」, 『세대』.

______(1964. 4), 「전통의 연결과 단절」, 『사상계』.

______(1965. 8), 「서구작가와 사회의식」, 『사상계』.

______ 외(1968. 8), 「좌담(박희진 · 안수길 · 이어령 · 조연현) – 사회사상에 휘말린 문학론」, 『신동아』.

______(1969. 2), 「허무와 미의 문학」, 『아세아』.

정창범(1960. 1), 「이념적 문학동인을 위한 제의」, 『현대문학』.

______(1962. 1), 「1961년 소설」, 『현대문학』.

______(1966. 2), 「순수와 통속」, 『세대』.

______ 외(1968. 1), 「한국대표 작가론」, 『현대문학』.

______(1969. 12), 「60년대 – 작가개관」, 『월간문학』.

______(1971. 11), 「참여문학의 사적 검토」, 『월간문학』.

정태용(1963. 2), 「한국적인 것과 문학– 백, 유 양씨 소론에 대하여」, 『현대문학』.

______(1963. 5), 「사이비 지성의 결산」, 『현대문학』.

______(1963. 8), 「전통과 주체적 정신」, 『현대문학』 104.

______(1964. 7), 「주체성과 비평정신」, 『현대문학』 75.

______(1964. 8), 「작가와 주체의식」, 『한양』 30.

______(1965. 6), 「신풍이 없는 신인들」, 『한양』.

______(1968. 1), 「1968년의 작단개평」, 『현대문학』.

조동일(1965. 1), 「시인의식론」, 『청맥』 5.

______(1965. 10), 「순수문학의 한계와 참여」, 『사상계』.

______(1965. 10), 「릴리시즘과 참여의식」, 『세대』 27.

______(1966. 3), 「전통의 퇴화와 계승의 방향」, 『창작과비평』.

조연현(1963. 1), 「문학은 암호 이상의 것이다」, 『현대문학』.

______(1965. 12), 「논쟁의 주제와 그 행방」(상), 『신동아』.

______(1966. 2), 「논쟁의 주제와 그 행방」(하), 『신동아』.

______(1966. 7), 「문학저널리즘고」 하, 『현대문학』.

______(1968. 8), 「문학평론 60년의 문제들」, 『신동아』.

______(1978. 8), 「민족문학과 민중문학」, 『현대문학』.

천상병(1960. 9), 「4·19 이전의 문학적 속죄 − 왜 현실적이 되지 못했던가」, 『자유문학』.

천이두(1969. 3), 「나약한 소시민의 초상화」, 『월간문학』.

______(1969. 12), 「60년대 − 문학사적 위치」, 『월간문학』.

______(1974), 「발랄한 환상의 공간 − 60년대 문학」, 『종합에의 의지』, 일지사.

______(1966. 2), 「주체의식의 창조적 양상」, 『문학춘추』.

최일수(1956. 12), 「우리 문학의 현대적 방향 − 전통의 올바른 계승을 위하여」, 『자유문학』 3.

______(1958. 9), 「문학상의 세대의식」, 『지성』 2.

______(1960. 9), 「4·19의 문학적 전망」, 『자유문학』.

______(1961. 4), 「반항적 문학」, 『현대문학』 76.

______(1968. 4), 「분단의 문학 − 상황부재의 60년대 작가」, 『사상계』.

______(1969. 9), 「전통주의와 세계주의」, 『현대문학』 177.

______(1971. 6), 「참여문학은 시녀인가」, 『현대문학』.

______(1976), 『현실의 문학』, 형설출판사.

______(1983), 「민족문학과 세계문학」, 「민족과 문학」, 「민족문학의 고유성」, 「민족문학의 현대적 방향」, 「현대문학과 민족의식」, 「민족문학과 전통」, 「민족의 실체」, 『민족문학신론』, 동천사.

홍사중(1961. 7~8), 「비평의 영토」, 『사상계』 96~97.

______(1963. 2), 「후진국의 장래와 우리문학」, 『자유문학』.

______(1963. 11),「한국문학의 오늘의 과제」,『한양』.
______(1964. 4),「작가와 현실 - 서정주씨의 글을 읽고」,『한양』.
______(1965. 2),「한국문학의 새로운 전망」,『한양』.
______ 외(1968. 1),「한국 현대소설을 진단한다」,『한양』.

3. 국내연구논저

1) 논문 및 평론

강경화(1996),「분단현실의 비평적 소명의식과 민족문학 - 최일수비평론」,
『1950년대문학의 이해』(조건상 편), 성균관대출판부.
강만길(1983),「4월혁명의 민족사적 맥락」,『4월혁명론』, 한길사.
고명철(1998. 4),「1960년대 순수·참여문학논쟁 연구」, 성균관대 대학
원(석사).
곽승미(2000),「김남천 문학연구 : 인식적 미학적 원리로서의 근대성」,
이화여대 박사논문.
구모룡 외(1995),「우리 시대의 비평가론 - 김병익론」,『오늘의 문예비
평』, 봄.
구인환(1963),「전통을 위한 자세」, 청량원.
______(1964),「기법과 참여문학」, 청량원.
구중서·강진호(1998). (대담),「1960, 70년대와 민족문학」,『작가연구』
제6호.
권성우(1993),「60년대 비평론의 세대론적 전략과 새로운 목소리」,『1960
년대 문학연구』, 예하.
______(1999),「1960년대 비평에 나타난 '현대성' 연구」,『한국학보』.
권영민(1992),「한국현대비평의 논리와 형태」,『소설과 운명의 언어』,
현대소설사.
______(1993),「전후상황의 극복과 지양」,『한국현대문학사』, 민음사.
김동리(1939. 8),「순수 이의」,『문장』.
김만수(1994),「전후비평에서의 '전통' 논의의 의미 - 유종호론」,『문학
의 존재영역』, 세계사.

김상태(2000), 「매체와 한국 현대문학」, 『중한인문과학연구』, 중한인문
        과학 연구회.
김석호(1965. 11), 「창작과 세계관의 문제」, 『문학춘추』.
김성기(2001), 「세기말의 모더니티」, 『모더니티란 무엇인가』, 민음사.
김성희 외(1966. 4), 「4·19는 역사를 단축시켰는가」, 『청맥』.
김순남(1964. 1), 「주체적 입장에서 본 전통문제」, 『현대문학』.
______(1964. 6), 「한국평단의 반성」, 『한양』.
김시철(1999), 「명동 동방싸롱과 당시의 환경」, 「〈자유문학〉 초창기 얘
        기」, 『격랑과 낭만 — 〈자유문학〉과 명동 동방싸롱 이야기』, 청아
        출판사.
김영민(1995), 「춘원 이광수 문학의 근대성 연구」, 『민족문학과 근대성』,
        민족문학연구회 편, 문학과지성사.
______(1996), 「논문중심주의와 우리 인문학의 글쓰기」, 「복잡성·컨텍
        스트·글쓰기」, 「컨텍스트의 해석학」, 『탈식민성과 우리 인문학
        의 글쓰기』, 민음사.
김용권(1960. 9), 「작가와 계간평론지」, 『사상계』 86.
______(1960. 10), 「논쟁과 그 윤리」, 『사상계』 87.
______(1962. 12), 「교체하는 비평계 — 1962년의 평론」, 『자유문학』.
김용락(1996), 「한국민족문학논쟁사연구」, 영남대 박사학위논문.
김용직(1971. 6), 「민족문학론 — 그 길을 위한 모색」, 『현대문학』.
김유중(1995), 「중도적 비평의 전개양상 — 정태용론」, 『한국전후문학연
        구』(구인환 외), 삼지원.
김윤태(1995. 7), 「4·19 혁명과 민족현실발견」, 『민족문학사강좌』(하),
        창작과비평사.
김재홍(1995), 「역사적 비극 전제된 대항논리의 시」, 『한국문학 50년』
        (권영민 편), 문학사상사.
김종길(1964. 6), 「시험과 재능 — 우리의 현황과 그 문제점」, 『문학춘추』.
______(1964. 7), 「시와 이해」, 『문학춘추』.
김종출(1966. 10), 「문학평론무용론시비 — 현대문학에 있어서의 비평가
        의 임무」, 『신동아』.
김준오(1988), 「한국 모더니즘의 현단계」, 『현대시사상』(1988. 가을).

______(1989), 「순수 - 참여와 다극화 시대」, 『한국현대문학사』(김윤식 외), 현대문학.

김진만(1963. 11), 「보다 실속 있는 비평을 위하여」, 『사상계』.

______(1965. 2), 「우리문학의 문제」, 『사상계』.

______ 외(1965. 12), 「토론 - 우리 문학의 과거와 현재」, 『사상계』.

김진희(2000), 「생명파 시의 현대성 연구」, 이화여대 박사논문.

김창원(1991), 「전통논의의 전개와 의의」, 『한국현대시사의 쟁점』, 시와 시학사.

김 철(1993), 「50년대의 문학연구의 지형」, 「한국보수우익의 문예조직 의 형성과 전개」, 『구체성의 시학』, 실천문학사.

______(1995. 7), 「냉전체제의 고착과 50년대 문학」, 『민족문학사 강좌』 (하), 민족문학사연구소 편.

김춘수(1969. 12), 「60년대 문학 - 시인들」, 『월간문학』.

김태현 외(1986), 「우리시대의 비평가들」, 『문학의 시대』, 풀빛.

남진우 외(1997), 「다시 현대성이 문제다」, 『현대시』 좌담(1997. 3).

도정일(1990), 「자크 라캉이라는 좌절 - 유혹의 기표」, 『세계의 문학』, 여름호.

동아일보사(1990), 「4·19 혁명의 역사적 의미」, 『현대사를 어떻게 볼 것인가』 5부.

류양선(1996), 「세대 - 순수논쟁과 김동리의 비평」, 「해방기 순수문학론 비판」, 「1960년대 순수 - 참여논쟁」, 『한국현대문학과 시대정신』, 박이정.

문덕수(1963. 2), 「전통론을 위한 각서」, 『현대문학』.

______(1968. 5), 「현실참여의 진의」, 『현대문학』.

문성훈(2001), 「현대성의 자기분열」, 『한국사회와 모더니티』, 사회와 철 학연구회, 이학사.

문예미학회(1994), 「허상문 - 리얼리즘과 생산이론」, 「홍승용 - 리얼리 즘의 논의」, 「정재찬- 리얼리즘 시론을 위한 문학사적 반성」, 『리 얼리즘』.

문학사와 비평연구회 편(1993), 『1960년대 문학연구』, 예하.

민병욱(1995), 「지성주의 정치경제학과 정치적 논법」, 『문학과지성 비판』,

지평.

박윤우(1993), 「전후 현대시의 상황과 김수영문학의 논리」, 『한국 전후 문학의 형성과 전개』, 태학사.

박이문(1961. 2), 「60년대 신진작가의 여건과 기질」, 『사상계』.

박태순・김동춘(1981. 12), 「역사적 상상력과 문학」, 『실천문학』 2.

______(1983. 7), 「60년대 문학의 두 가지 이념」, 『정경문화』 221.

______(1985), 「젊은이란 무엇인가」, 『우리문학의 논쟁사』(홍신선 편), 어문각.

______(1983), 「4・19의 민중과 문학」, 『4월 혁명론』, 한길사.

박헌호(1993), 「1950년대 비평의 성격과 민족문학론으로의 도정」, 『한국전후문학연구』(조건상 편), 성균관대출판부.

박혜경(1991), 「자유와 문화적 초월, 혹은 열린 전망」, 『비평 속에서의 꿈꾸기』, 문학과지성사.

백승철(1976), 「창조의 보편성과 특수성 － 전통의 추구」, 『문학논쟁집』 (임헌영 편), 태극출판사.

백하현(1987), 「1970년대 리얼리즘 문학논쟁의 연구」, 『문학과 지성 비판』, 도서출판 지평

서경석(1993), 「60년대 소설개관」, 『1960년대 문학연구』(문학비평연구회 편), 예하.

서정수 외(1995), 「언어적 사고와 판단의 유형」, 『말과 생각』, 한양대학교 출판부.

선우현(2001), 「탈근대(성)의 포용으로서의 근대(성)」, 『한국사회와 모더니티』, 이학사.

성민엽(1985), 「4・19의 문학적 의미」, 『해방 40년 : 민족지성의 회고와 전망』, 문학과지성사.

송건호(1975), 「민족지성의 반성과 비판」, 「지식인의 주체적 자세」, 『민족지성의 탐구』, 창작과비평사.

______(1985), 「민족지성의 회고와 전망」, 『해방40년 : 민족지성의 회고와 전망』, 김병익, 김주연 편, 문학과지성사.

송희복(1995), 「집단적 삶 의식의 넓이, 개인적 실존의식의 깊이」, 『한국문학사론연구』, 문예출판사.

신동욱(1966. 12), 「비평의 기능」, 『문학춘추』 24.

______ 외(1968. 1), 「문학평론의 현황과 그 방향」, 『현대문학』.

신승엽(1991), 「비평사 연구의 새로운 방향모색을 위하여」, 『민족문학사 연구』 창간호.

염무웅·김윤태(1997. 3). (대담), 「1960년대와 한국문학」, 『작가연구』 제3호.

오세영(1976. 1), 「문학에 있어서 시간의 문제」, 『한국문학』.

______(1996), 「모더니즘, 포스트모더니즘, 아방가르드」, 『한국근대문학 론과 근대시』, 민음사.

오양호(1989), 「순수－참여론의 대립기」, 『한국현대문학사』(김윤식 외 편), 현대문학사.

______(1991), 「한 시대와 맞선 문학」, 『무학의 논리와 전환사회』.

오창은(1998), 「1960년대 소설의 4·19 혁명 관련 양상 연구」, 중앙대 석사논문.

오화섭(1964. 9), 「논쟁과 장유유서의 논리」, 『현대문학』.

우찬제(1995), 「배제의 논쟁, 포괄적 영향－60년대 순수·참여논쟁의 맥락」, 『한국문학50년』, 문학사상.

우한용(1996), 「김우종론－비평의 원칙과 실천의 관련상」, 김윤식 외 『한 국 현대 비평가 연구』, 강.

유종호·이남호(1996. 4). (대담), 「1950년대와 한국문학」, 『작가연구』 창간호.

이광호(1993), 「맥락과 징후」, 「비평의 전략」, 「세대론의 지평」, 『위반 의 시학』, 문학과지성사.

______(1995), 「비평이론과 방법론의 실천적 심화」, 「문학사 인식과 시 대구분」, 『남북한 현대문학사』(최동호 편), 나남출판사.

______(1995), 「비평의 이타성과 초월적 전망－김병익론」, 『환멸의 신 화』, 민음사.

이동하(1989), 「확대와 상상의 드라마－70년대 비평」, 『한국현대문학 사』(김윤식 외), 현대문학사.

______(1995), 「김현의 『한국문학의 위상』에 대한 한 고찰」, 『전농어문 연구』 7집, 서울시립대 국문학과.

이병천(1994), 「세계사적 근대와 한국의 근대」, 『모더니티란 무엇인가』, 민음사.

이병헌(1995), 「한국 현대비평의 유형과 그 문체에 관한 연구」, 고려대 박사논문.

이봉래(1956. 4), 「한국의 모던이즘」, 『현대문학』.

이상갑(1996), 「60년대문학과 '소시민 의식'의 의미」, 『유천 신상철 박사 회갑기념논총』.

______(1998), 「문화주의와 역사주의의 상승작용」, 『1960년대 문학연구』(민족문학사연구소 현대문학분과), 깊은샘.

이상익(2001), 「한국 사상사에 있어서 근대성의 발흥」, 『한국사회와 모더니티』, 이학사.

이선영(1995), 「우리문학 연구의 새로운 지평」, 『민족문학과 근대성』, 민족문학연구소 편, 문학과지성사.

이숭원(1995), 「김현의 시 비평에 대한 고찰」, 『선청어문』 23집, 서울대 국어교육학과.

이어령·이상갑(1997. 10). (대담), 「1950년대와 전후문학」, 『작가연구』 제4호.

이영일(1955. 12), 「차원의 이질성과 지양」, 『예술집단』.

______(1956. 1), 「역사적 경험과 문학」, 『시와 비평』.

______(1962. 12), 「어느 변성기의 짤막한 역사 ─ 1962년의 소설계」, 『자유문학』.

이인석(1961. 8), 「혁명현실과 문학」, 『자유문학』.

이용성(1996. 6), 「한국 지식인잡지의 이념에 대한 연구」, 한양대 박사 논문.

이정우(1999), 「도덕적 주체의 탄생 ─ 다산의 인간존재론」, 『전통근대, 탈근대의 철학적 조명』, 철학과 현실사.

이정윤(1998), 「하버마스 현대성이론과 의식철학 패러다임의 비판」, 이화여대 석사논문.

이태동(1995), 「역사와 신비평, 그리고 메타비평」, 『한국문학 50년』, 문학사상사.

이현식(1995), 「해방직후 순수문학논쟁연구」, 『민족문학사연구』 7, 민족문학사연구소.

______(1995), 「한국근대문학 형성의 사회사적 조건」, 『민족문학과 근대성』, 민족문학연구소 편, 문학과지성사.

이희중(1995. 8), 「상황과 모색 : 60~70년대 남한의 문학비평」, 『남북한 현대문학사』(최동호 편), 나남출판.

임규찬(1990. 5), 「1970년대 사실주의」, 『한국근현대문학연구입문』, 한길사.

임종수(1990. 11), 「백철 연구」, 충남대 대학원(박사).

임영봉(1999), 「1960년대 한국 현대문학비평 연구」, 중앙대 박사논문.

임 화(1941), 「주체의 재건과 문학의 세계」, 『문학의 논리』, 학예사.

장용학(1964. 8), 「해바라기와 순수신판」, 『문학춘추』.

______(1964. 10), 「낙관론의 주변」, 『세대』.

______(1964. 11), 「편리한 비평정신」, 『문학춘추』.

전기철(1992), 「한국 전후문예비평의 전개양상에 대한 고찰」, 서울대 박사논문.

전봉건(1965. 2), 「사기론」, 『세대』.

전승주(1996), 「1960년대 순수 – 참여논쟁의 전개과정과 그 문학사적 의미」, 『한국현대비평가연구』(김윤식 외), 강.

전영태(1995), 「소설적 인식의 전환과 다양성의 확보」, 『한국문학 50년』, 문학사상사.

정규웅(1982-84), 「문단 1960년대 – 문단측면사」, 『문예중앙』, 1982 봄~1984 봄호.

______(1983. 10), 「동인지 시대의 주역들」, 『정경문화』.

정재찬(1997), 「백철의 신비평 수용에 관한 연구」, 『한국 근대문학 연구의 반성과 새로운 모색』(문학사와 비평 연구회), 새미.

정현기(1986), 「1960년대적 삶」, 『문예출판사』.

______(1989), 「문학비평의 충격적 휴지기」, 『한국현대문학사』, 현대문학사.

______(1990), 「1960년대 소설」, 『한국근현대문학연구입문』, 한길사.

______(1994), 「김승옥과 1960년대적 불안」, 『한국문학의 해석과 평가』, 문학과지성사.

정호웅 외(1993), 「자유-평등의 이념항과 새로운 소설형식」, 『한국소설사』, 예하.

조남현(1984), 「순수-참여론의 표리」, 『지성의 통풍을 위한 문학』, 평민사.

______(1988), 「한국소설에 투영된 4·19」, 『삶과 문학적 인식』, 문학과지성사.

______(1990), 「순수-참여논쟁」, 『한국근현대문학연구입문』, 한길사.

______(1999. 겨울호), 「순수참여논쟁 다시보기」, 『한국문학평론』.

조 흡(1999), 「21세기 사회학의 비전을 제시한 앤서니 기든스」, 『인물과 사상』 10호, 개마고원.

진정석(1997), 「민족문학과 모더니즘」, 『민족문학사 연구』 11호, 민족문학사연구회.

최문규(1992), 「해체구성과 장르구분의 중성화-하버마스의 데리다 비판을 중심으로」, 『세계의 문학』 겨울호.

최원식(1979. 3), 「민족문학론의 당위와 한계」, 『문학과지성』.

______(1982), 「민족문학론의 반성과 전망」, 『민족문학의 논리』, 창작과비평사.

최유찬(1991), 「1950년대 비평연구(1)」, 『1950년대 남북한문학』, 평민사.

최인훈(1965. 10), 「문학활동은 현실비판이다」, 『사상계』.

______(1980), 「세계인」, 『유토피아의 꿈』, 문학과지성사.

최장집(1996), 「한국민족주의의 특성」, 『한국민주주의의 조건과 전망』, 나남출판사.

하정일(1999), 「민족문학론의 쟁점」, 『20세기 한국문학의 반성과 쟁점』, 소명출판.

한강희(1997), 「대가비평의 초상 : 강단비평의 운명-유종호론」, 『합리주의의 문턱에서』, 강.

______(1997. 12), 「1950~1960년대 전통론의 이월 및 정체성 모색의 세 국면」, 『성균어문연구』.

______(1998. 2), 「1960년대 한국문학비평 연구」, 성균관대 박사논문.

한수영(1995), 「1950년대 한국문예비평론 연구」, 연세대 박사논문.

허윤회(1996), 「순수와 참여의 의미」, 『문학과 논리』, 태학사.

______(1998), 「1960년대 '순수' 비평의 의미와 한계」, 『1960년대 문학연구』(민족문학사연구소 현대문학분과), 깊은샘.

홍기삼(1993), 「1960년대 한국소설과 민족주의」, 『소설과 사상』 봄호.

홍문표(1980), 「참여와 순수문학의 갈등과 극복」, 『한국 현대문학논쟁의 비평사적 연구』, 양문각.

홍성호(1995), 「피에르 지마의 텍스트 사회학」, 『문학사회학 – 골드만과 그 이후』, 문학과지성사.

홍신선(1985), 「존재인가 의미인가」, 『우리 문학의 논쟁사 – 순수·참여론을 중심으로』, 어문각.

홍윤기(2001), 「다극적 현대성 맥락 속의 미완의 파시즘과 미성숙 시민사회」, 『한국사회와 모더니티』, 사회와 철학연구회 엮음, 이학사.

홍정선(1985), 「4·19의 문학적 의미」, 『해방40년 – 민족지성의 회고와 전망』, 김병익 외 편, 문학과지성사.

______(1995), 「4·19와 한국문학의 방향」, 「주제토론」, 『민족문학사연구』 8호.

황종연(1992), 「한국문학의 근대와 반근대」, 동국대 박사논문.

______(1994), 「모더니즘의 망령을 찾아서」, 『모더니티란 무엇인가』, 김성기 편, 민음사.

2) 단행본

강진호 외(2003), 『증언으로서의 문학사』, 깊은샘.

강영안(1996), 『주체는 죽었는가』, 문예출판사.

권영민 편(1985), 『해방40년의 문학』, 민음사.

______ 편(1987), 『한국현대문인대사전』 상·하, 아세아문화사.

______ (1993), 『한국현대문학사』(1945–1990).

______ 편(1995), 『한국문학 50년』, 문학사상사.

김광길 외(1997), 『문학비평이란 무엇인가』, 국학자료원.

김근수(1992), 『한국잡지사연구』, 한국학연구소.

김병익(1973), 『한국 문단사』, 일지사.

김상선(1996), 『광복 뒤의 우리 문학 연구』, 집문당.

______(1982), 『신세대작가론』, 일신사.

김성환 외(1984), 『1960년대』, 거름.

김시철(1999), 『격랑과 낭만』, 청아출판사.

김영민(1992), 『한국문학비평논쟁사』, 한길사.

김용락(1997), 『민족문학 논쟁사 연구』, 실천문학사.

김우종(1989), 『순수문학비판』, 자유문학사.

김윤식(1982), 『한국 현대문학 비평사』, 서울대출판부.

______(1985), 『한국현대문학사』, 일지사.

______(1989), 『임화연구』, 문학사상사.

______(1995), 『김동리와 그의 시대』, 민음사.

______(1996), 『해방공간 문단의 내면 풍경』, 민음사.

______(1997), 『사반과의 대화』, 민음사.

______(1997), 『발견으로서의 한국현대문학사』, 서울대출판부.

김치수·김현 편(1994), 『싸르트르의 문학적 세계』, 문학과지성사.

김현권 외(2002), 『비판과 수용 : 언어학사적 관점』, 역락.

김혜니(2003), 『한국 근현대비평문학사 연구』, 월인.

나병철(1996), 『한국문학의 근대성과 탈근대성』, 문예출판사.

대한어머니회 중앙연합회 출판부 편(1977), 『한국교육 30년사』.

문병호(1995), 『서정시와 문명비판』, 문학과지성사.

민병욱 외(1987), 『'문학과지성' 비판』, 도서출판 지평.

박정희(1963), 『국가와 혁명과 나』, 향문사.

박태순, 김동춘(1991), 『1960년대의 사회운동』, 까치.

박인기(1988), 『한국현대시의 모더니즘 연구』, 단국대 출판사.

사월혁명연구회(1993), 『한국사회변혁운동과 4월혁명』 1, 한길사.

서정주(1975), 『나의 문학적 자서전』, 민음사.

손세일 편(1976), 『한국논쟁사』 2, 청람문화사.

여홍상(1997), 『바흐친과 문학이론』, 문학과지성사.

오양호(2002), 『한국 현대소설의 서사담론』, 문예출판사.

윤병로(1982), 『한국현대비평문학론』, 청록출판사.

윤지관(1996. 4), 『리얼리즘의 옹호』, 실천문학사.

윤호병(1994), 『비교문학』, 민음사.

이동하(1996), 『한국문학과 비판적 지성』, 새문사.

이명섭 외(1994), 『현대문학비평의 이론과 전망』, 성균관대학교 인문과
    학연구소.
이명재(1982), 『현대한국문학론』, 중앙출판.
______(1990), 『변혁기의 한국문학』, 문학세계사.
______(1997), 『문학비평의 이론과 실제』, 집문당.
이상화(1992), 『네오마르크스주의와 포스트마르크스주의』, 철학과 현실.
이선영(1993), 『한국 문학의 사회학』, 태학사.
______(1995), 『리얼리즘을 넘어서 - 한국문학 연구의 새 지평』, 민음사.
이호철(1997), 『문단골 사람들』, 프레미엄북스.
임철규(1983), 『우리시대의 리얼리즘』, 한길사.
임헌영(1986), 『민족의 상황과 문학사상』, 한길사.
______(1988), 『한국현대문학사상사』, 한길사.
장준하(1992), 『지식인과 현실』(장준하전집 2권), 도서출판 세계사.
전기철(1993), 『한국 전후문예비평 연구』, 도서출판 서울.
정규웅(1999), 『글동네에서 생긴 일』, 문학세계사.
정수복(2002), 『시민의식과 시민참여』, 아르케.
정한용(1989), 『민족문학주체논쟁』, 청하.
조건상 편(1996), 『1950년대의 이해』, 성균관대출판부.
조남현(2004), 『소설신론』, 서울대출판부.
최동호 편(1995), 『남북한 현대문학사』, 나남출판.
최문규(1996), 『탈현대성과 문학의 이해』, 민음사.
최재서(1976), 『증보 문학원론』, 신원도서.
하정일(1993), 『민족문학의 이념과 방법』, 태학사.
한국교육연구소 편(1993), 『한국교육사』(근현대편), 풀빛.
한국민중사연구회 편(1986), 『한국민중사』(Ⅱ), 풀빛.
한국사편집위원회(1995), 『자주민주통일을 향하여』(1권 / 2권), 한길사.
한길문학편집위원회 편(1990), 『한국현대문학연구입문』, 한길사.
한상진·오생근 외(1990), 『미셸 푸코론』, 한울.
한수영(1997), 『문학과 현실의 변증법』, 새미.
현택수 편(1998), 『문화와 권력』, 나남출판.
홍문표(1980), 『한국 현대문학 논쟁의 비평사적 연구』, 양문각.

황국명(1988), 『비평과 형식의 사회학』, 지평.

4. 국외연구논저

강상중(1997), 『오리엔탈리즘을 넘어서』(이경덕, 임성모 공역), 이산.
게오르그 루카치(1986), 『현대리얼리즘론』(황석천 역), 열음사.
＿＿＿＿＿＿＿(1985), 『소설의 이론』(반성완 역), 심설당.
＿＿＿＿＿＿＿(1997), 『이성의 파괴』(한기상 외 공역), 심설당.
게오르크 W. 프리드리히 헤겔(1996), 『헤겔 미학 1』(두행숙 역), 나남
　　　출판.
다이안 맥도넬(1992), 『담론이란 무엇인가』(임상훈 역), 한울.
데미안 그랜트(1977), 『리얼리즘』(김종운 역), 서울대학교 출판부.
들뢰즈(1999), 『의미의 논리』(이정우 역), 한길사.
레이먼드 셀던(1987), 『현대문학이론』(현대문학이론연구회 역), 문학과
　　　지성사.
로버트 터커(1982), 『칼 마르크스의 철학과 신화』(김하군, 한명희 역),
　　　한실사.
루시엥 골드만(1984), 『문학사회학방법론』(임철규 역), 현상과인식.
루이스 A. 코저(1980), 『지식인이란 무엇인가』(방근택 역), 태창문화사.
리처드 포스터(1990), 『뉴크리티시즘의 재평가』(한태진 역), 한신문화사.
리타 펠스키(1998), 『근대성과 페미니즘』(김영찬, 심진경 역), 거름.
마단 사럽 외(1991), 『데리다와 푸꼬, 그리고 포스트모더니즘』(임헌규
　　　편역), 인간사랑.
마샬 버먼(1994), 『현대성의 경험』(윤호병, 이만식 역), 현대미학사.
미셸 푸코(1992), 『지식의 고고학』(이정우 역), 민음사.
＿＿＿＿＿(1993), 『담론의 질서』(이정우 역), 새길.
＿＿＿＿＿(1994), 「계몽이란 무엇인가」, 『모더니티란 무엇인가』(김성기
　　　편), 민음사.
M. 칼리니스쿠(1993), 『모더니티의 다섯 얼굴』(이영옥 외 역), 시각과
　　　언어.

베르너 슈타크(1990), 『지식사회학』(임영일 역), 샛길.

부룩스 외(1991), 『신비평과 형식주의』(이경수 외 역), 고려원.

스테판 코올(1982), 『리얼리즘의 역사와 이론』(여균동 편역), 한밭출판사.

아놀드 하우저(1999), 『문학과 예술의 사회사 4』(백낙청, 염무웅 역), 창
　　　작과비평사.

아리스토텔레스(1976), 『시학』(천병희 역), 문예출판사.

I. A. 리차즈(1983), 『시와 과학』(이국자 역), 이삭.

알랭 투렌(1994), 『탈산업사회의 사회이론 - 행위자의 복귀』(조형 역),
　　　이화여대출판부.

　　　　　(1995), 『현대성 비판』(정수복, 이기현 공역), 문예출판사.

알베르 까뮈(1986), 『반항적 인간』(신일철 역), 일신사.

　　　　　(1998), 『시지프의 신화』(김화영 역), 책세상.

앙리 르페브르(1999), 『모더니티 입문』(이종민 역), 동문선.

앤서니 기든스, 울리히 벡, 스콧 래쉬(1998), 『성찰적 근대화』(임현진,
　　　정일준 역), 한울.

앤 제퍼슨・데이비드 로비(1995), 『현대문학이론』(송창섭, 임옥희 공
　　　역), 한신문화사.

옥타비오 파즈(1995), 『낭만주의에서 아방-가르드까지의 현대시론』(윤
　　　희병 역), 현대미학사.

위르겐 하버마스(1994), 『현대성의 철학적 담론』(이진우 역), 문예출판사.

　　　　　　　(1994), 「근대의 시간의식과 자기확인 욕구」, 『모더니티
　　　란 무엇인가』(김성기 편), 민음사.

　　　　　　　(1995), 『의사소통의 사회이론』(장은주 편역), 관악사.

　　　　　　　(1996), 『현대성의 새로운 지평』(한상진 편), 나남출판.

장루이 카바네스(1995), 『문학비평과 인문과학』(조광희 역), 이화여대
　　　출판부.

장 폴 싸르트르(1959), 『유물론과 혁명』(임갑 역), 양문사.

　　　　　　(1972), 『문학이란무엇인가』(김붕구 역), 문예출판사.

츠베탕 토도로프(1984), 『미학이론』(홍승용 역), 문학과지성사.

　　　　　　(1987), 『바흐친 : 문학사회학과 대화이론』(최현무 역),
　　　까치.

＿＿＿＿＿＿＿＿＿(2001), 『계몽의 변증법』(김유동 역), 문학과지성사.
칼 만하임(1991), 『이데올로기와 유토피아』(임석진 역), 청아출판사.
클라우스-미하엘 보그달 편저(1994), 『새로운 문학이론의 흐름』(문학이
　　　론연구회 역), 문학과지성사.
테리 이글턴(1977), 『문학비평 — 반영이론과 생산이론』(이경덕 역), 까치.
＿＿＿＿＿＿＿(1986), 『문학이론입문』(김명환·정남영·장남수 역), 창작사.
토니 베네트(1983), 『형식주의와 마르크스주의』(임철규 역), 현상과 인식.
Th. W. 아도르노(1984), 『미학이론』(홍승용 역), 문학과지성사.
페르디낭 드 소쉬르(1990), 『일반언어학 강의』(최승언 역), 민음사.
페터 뷔르거(1974), 『전위예술의 새로운 이해』(최성만 역).
폴 리쾨르(1999), 『해석이론』(김은성, 조현범 역), 서광사.
폴 헤르나디 편(1984), 『비평이란 무엇인가』(최상규 역), 정음사.
피터 포크너(1980), 『모더니즘』(황동규 역), 서울대출판부.
피에르 부르디외(1991), 「경제적 자본, 문화적 자본, 사회적 자본」, 『지
　　　식인과 지성인』(엄창현 편역), 이웃.
피에르 지마(1977), 『문학텍스트의 사회학을 위하여』(이선우 역), 문학
　　　과지성사.
H. R. 야우스(1983), 『도전으로서의 문학사』(장영태 역), 문학과지성사.

찾아보기

인 명

용 어

저자 소개

강 소 연

1973년 부산 출생
이화여대 국문과 및 동대학원 졸업(문학박사)
현재 이화여대 국문과, 서울산업대 문예창작학과 강사
주요 논문으로는 「1950년대 여성소설 연구」, 「1960년대 비평문학 연구」,
「장석남 詩의 은유 읽기」, 「소통을 욕망하는 일탈의 시쓰기」 등이 있다.

1960년대 사회와 비평문학의 모더니티

인 쇄 | 2006년 6월 24일
발 행 | 2006년 6월 30일

저 자 | 강소연
발행인 | 이대현
편 집 | 김보라
발행처 | 도서출판 역락 / 서울 성동구 성수2가 3동 301-80
　　　　등록 · 1999년 4월 19일 제303-2002-000014호
　　　　전화 · 02-3409-2058, 2060
　　　　팩시밀리 · 02-3409-2059
　　　　홈페이지 · http://www.youkrack.com

ISBN | 89-5556-479-1-93810
정 가 | 15,000원

· 파본은 교환해 드립니다.